海明威全集

# 岛在湾流中 （上）

Islands in the Stream

〔美〕海明威　著

饶　月　译　俞凌婷　主编

中国出版集团　现代出版社

图书在版编目（CIP）数据

岛在湾流中：全2册／（美）海明威著；饶月译
. — 北京：现代出版社，2018.6（2023.7重印）
（海明威全集／俞凌娣主编）
ISBN 978-7-5143-7105-5

Ⅰ. ①岛… Ⅱ. ①海… ②饶… Ⅲ. ①长篇小说—美
国—现代 Ⅳ. ①I712.45

中国版本图书馆CIP数据核字（2018）第109903号

# 岛在湾流中

| | |
|---|---|
| 著　　者 | （美）海明威 |
| 译　　者 | 饶　月 |
| 主　　编 | 俞凌娣 |
| 责任编辑 | 杨学庆 |
| 出版发行 | 现代出版社 |
| 地　　址 | 北京市安定门外安华里504号 |
| 邮政编码 | 100011 |
| 电　　话 | 010-64267325　64245264（传真） |
| 网　　址 | www.1980xd.com |
| 电子邮箱 | xiandai@cnpitc.com.cn |
| 印　　刷 | 三河市金元印装有限公司 |
| 开　　本 | 880mm×1230mm　1/32 |
| 印　　张 | 19 |
| 版　　次 | 2019年1月第1版　2023年7月第3次印刷 |
| 书　　号 | ISBN 978-7-5143-7105-5 |
| 定　　价 | 80.00元 |

# 序

众所周知，海明威是一个生活经历异常丰富的知名作家，同时也是一个在世界上享誉盛名并且写作风格鲜明的文学大师。海明威复杂的生活经历描绘了他所有作品的故事曲线，也构成了他作品中丰富多彩的主题。

首先，就个人浅见，有必要剖析一下海明威的成长经历。海明威出生于美国芝加哥以西的一个郊区城镇，人口并不密集，因此给了海明威一个平静、安逸的童年生活。幼时的海明威喜欢读图画书和动物漫画，听稀奇古怪的故事，也热衷于缝纫等各种家事。少年时期，他更喜欢打猎、钓鱼，内心充满了对大自然的好奇与敬畏，这一点在他多部作品中都有体现。在初中时，海明威为两个文学报社撰写了文章，这为他日后成为美国文学史上一颗璀璨的明星打下了基础。高中毕业以后，海明威拒绝上大学，他到了在美国媒体具有举足轻重地位的《堪城星报》当了一名记者。虽然他只在《堪城星报》工作了 6 个月，但这 6 个月的时间，使他正式开始了写作生涯，并且在文学功底上受到了良好的训练。1918 年，第一次世界大战爆发，海明威不顾家人反对，毅然辞掉了工作，去战地担任了一名救护车司机。战场上的血流成河，令海明威极为震惊。由于多次目睹了战争的残酷，给海明威的创作生涯提供了丰富的素材和灵感。在他早期的小说《永别了，武器》中，他进行了本色创作，揭示了战争的荒唐和残酷的本质，反映了战争中人与人之间的相互残杀以及战争对人的精神和情感的毁灭。1923 年海明威出版了处女作《三个故事和十首诗》，使他在美国文坛崭露头角。1925 年。海明威出版了《在我们的时代里》这一短篇故事系列，显现了他简洁明快的写作风格。继而海明威出版了多部长篇小说和大量的短篇小说，令他成为了美国"迷惘的一代"作家中的代表人物。《老人与海》获得了 1953 年美国的普利策奖和 1954 年的诺贝尔文学奖，将海明威推上了世界文坛的制高点，可以说，《老人与海》是他文学道路上的巅峰之作。

其次，海明威的感情生活错综复杂，给海明威的作品增添了大量的情感元素。海明威有过四次婚姻经历，这些经历赋予了海明威不同寻常的爱情观。司各特·菲茨杰拉德曾打趣道："海明威每写一部小说都要换一位太太。"连他自己都没有想到，竟然一语成谶。世人皆知，海明威有四大巅峰之作，分别是《太阳照常升起》《永别了，武器》《丧钟为谁而鸣》和《老人与海》，在时间上，他的确先后娶了四位太太。据考证，1917 年海明威和一位护士相爱，但是不久后，这位护士便嫁给了一位富有的公爵后代。海明威对爱情始终抱有完美主义，所以这样的结局令海明威无法接受，甚至愤恨。因此，海明威常常将女人比作妖女，这一点在他的多部作品中有所反映。1921 年，海明威与他的第一任妻子哈德莉结婚，但是婚姻观的差异最终使两人分道扬镳。不得不说，哈德莉对海明威的文学创作起到了至关重要的作用。在她的帮助下，海明威学会了法文并结识了著名女作家斯泰因。这段时期，海明威佳作不断，哈德莉却毫无成长，这促使了两人的婚姻关系更加恶劣。1926 年海明威出版了《太阳照常升起》，这部小说使他声名大噪，也间接宣告了海明威与哈德莉婚姻关系的破裂。1927 年，海明威与第二任妻子宝琳结婚，两人在佛罗里达州和古巴过了几年宁静而美满的婚姻生活。海明威在这几年中完成了他的不朽名作——《永别了，武器》。然而，没过几年，海明威对宝琳开始厌倦，他遇见了他的第三任妻子——战地女记者玛莎。最开始，海明威以玛莎为荣，并为她创作了《丧钟为谁而鸣》，令人叹息的是，这对最为相配的夫妻也在 1948 年结束了婚姻关系。海明威的第四任妻子维尔许是一名战时通信记者，研究分析政治和经济形势，为三大杂志提供背景资料。婚后，维尔许放弃了自己的工作，专心照顾家庭，但这仍未给两人的婚姻关系带来一个美满结局。1961 年，海明威在家中饮弹自尽，享年 62 岁。

对大自然的喜爱之情和对生命的敬畏丰富了海明威小说五彩斑斓的主题，纷然杂陈的情感生活和不同寻常的生活环境造就了海明威作品中跌宕起伏的故事情节。因此，海明威的每篇长篇小说、短篇小说、新闻及书信都有着鲜明的个人风格。海明威用最简洁明了的词汇，表达着最复杂的内容；用最平实轻松的对话语言，揭示着事物的本来面貌。他的每部小说不冗不赘，造句凝练，丝毫没有矫揉造作之感。即使语言简洁，但是海明威的故事线索依然清晰流畅，人物对话依然意蕴丰富。海明威曾这样形容自己的写作风格："冰山在海里移动之所以显得庄严宏伟，是因为它只有八分之一的部分露出水面。"这无疑是个非常恰当的比喻，十分形象地概括了海明威对自己作品的美学追求。海明威最开始创作了众多短篇小说，使他在文坛新秀中占有一席之地，后来《太阳照常升起》的出版，奠定了他在"迷惘的一代"代表作家中的超然地位。"迷惘的一代"是美国两次世界大战期间涌现的一类作家的总称，他们共同表现出的是对美国社会发展的一种失望和不满。他们之所以迷惘，是因为这一代人的传统价值观念完全不再适合战后的世界，可是他们又找不到新的生活准则。海明威将"迷惘"这一形容词表现得淋漓尽致，他用深刻而典型的对话将第一次世界大战后青年的彷徨与迷惘的心声书写出来。可以说海明威的大量文字都散发着战时与战后美国青年对现实的绝望。海明威不只竭尽所能地发挥着对"迷惘"的认知，同时也表现着海明威内心的"硬汉观"。海明威一向以文坛硬汉著称，他是美利坚民族的精神丰碑，代表着美国民族坚强乐观的精神风范。在《老人与海》中海明威用风暴、鲨鱼等塑造了一个"人可以被消灭，但是不可以被打败"的硬汉形象，同时也反映了海明威英勇、坚定的生活态度。海明威的众多作品中不仅充斥了"迷惘""硬汉"等思想，不可忽视的还有他对自然与死亡的理解。作为一个对生命有着独特理解的文学大家，海明威形成了对死亡的坦荡、豁达的人生态度。《午后之死》就明确指出："所有的故事，要深入一定程度，都是以死为结局，要是谁不把这一点向你说明，他便不是一个讲真实故事的人。"海明威想要表达"死亡是人生的终点，任何人不可逃避"这一观点。《老人与海》中也有海明威对自然生态的想法，海明威利用圣地亚哥、环境、鱼类的关系形象地阐述了：人不能过于追求物质享乐，要尊重自然、节省资源、保护生态环境，才能达到人与自然的和谐。总之，海明威光彩夺目的主题思想和艺术风格都在探究着人类文明进程中对生命的思考。

海明威的创作经历了一个复杂的发展变化过程。在海明威早期的作品中，海明威表达对西方资本主义日趋腐朽的绝望和内心痛恨战争的不满情绪，文字中蕴藏着一种悲观和颓废的色彩。海明威在创作中期才改变了这种思想，开始对西方资本主义和战争的本质有了新的认识，这是海明威心理历程上的一个重大发展。海明威的后期作品依旧延续着早、中期的写作风格和迷惘情绪，但是却比早、中期的作品反映的情绪更加明显。值得一提的是，海明威的创作中也充斥了大量的意识流和含蓄表达，从而使读者在真假变换中感受到人物或强烈或浪漫的内心世界。

为了方便海明威文风的欣赏者了解海明威，我们特出版海明威全集系列丛书，内包含海明威的多部小说、书信、新闻稿、诗等作品。读者可从中感受到海明威享受心灵的自由却求索不得的无奈，也可感受到海明威对内心对生命最强烈的回响。海明威的作品无论在中心思想层面，还是语言风格都有其独到之处，因此他的作品读来令人回味无穷。对于欣赏者来说，要具备独特的艺术鉴赏力和审美修养才能发掘海明威"海面下的宏伟冰山"，从而产生更多对生命的思考。

# 目　录

## 第一部　比美尼

# 第二部　古巴

# 第三部　在海上

# 第一部　比美尼[①]

---

① 佛罗里达半岛主权并不唯一，其东南方有两个小岛就是属于巴哈马群岛的。而巴哈马群岛隶属英国。

# 第一章

　　这儿的港湾和外海被一道狭长的岬角隔开，岬角地的最高处伫立着一栋住宅。房子的结构实在坚固，在三次飓风的考验下依然分毫无损，这种牢固使这座房子称得上是一艘海船了。高高的椰子树被信风吹弯了，这座房屋恰巧就在这天然的阴凉下；这座房子一面临海，要出门时需要爬下崖壁，再穿过一整片白灿灿的沙滩，就能到不远处的墨西哥湾流①去出海了。风平浪静的时候，远远望去湾流的海水总是一片深蓝。可当你走到水里细细一瞧，那荡漾在白灿灿细沙上的海水也只不过是泛着一片清凌凌的光而已。如果你在海滩上看到了鱼或者鱼的影子，但那只是小鱼罢了，大一点儿的鱼还在远远的海滩那边呢。

　　在这里有一件惬意的事情就是洗海水浴了，不过这福分也就仅限于白天。因为这里的海域晚上很不安全，游泳的话可得需要很大的胆量了。一到晚上，在湾流附近捕食的鲨鱼就会出现在海岸的边缘，它们有时候顺着湾流一直游到海滩边。在风平浪静的夜晚里，只要来到楼上的阳台上，总能听见挣扎得水声泼剌泼剌地响，那就是有鱼落入鲨口了。晴朗的夜空下，海滩那边总能看见一道道水花，放眼望去亮晶晶的，那就是鲨鱼游过留下的痕迹。总之，晚上的海滩仿佛就成了鲨鱼的天下，它们没有一点顾忌，无论是谁都要怕它们三分。好在白天的时候，鲨鱼总还是离得远远的，一般不会游到这一大片白灿灿的沙滩跟前来，就算真有鲨鱼游来了，你老远就能发觉鲨影而后可以迅速躲开。

---

　　① 墨西哥湾暖流，简称"湾流"，是来自北大西洋最强大的一股暖流。它穿行于北美洲东海岸，运行方向经常是自西南向东北。流至佛罗里达东南海岸时，宽度约有170公里。

这栋房子的主人名叫托马斯·赫德森，是一位才能出众的画家，他很痴迷于画画，一年里在屋里作画的时间差不多都有大半年，就算不在这屋里也总在这岛上。人一旦在这儿住久了，就会对这个处于低纬度地区的小岛产生感情，就会情不自禁地留心这里的季节更替。托马斯·赫德森对这座小岛也产生深厚的感情了，他年复一年地居住在这里，无论春夏秋冬，哪一季都舍不得离开这里。

在小岛的飓风季节里，通常只要不起风暴，大多数时候天气还是相当宜人的。如果六七月里根本没有遇到信风，或者是到了八月风势就已经开始逐渐减弱的年头，那这年夏天肯定就会热得够呛。当然，飓风经常肆虐在九十月里，甚至有的年头十一月初还有飓风来袭。这天气真要邪门起来啊，最早从六月起就开始了，热带风暴有可能随时会生成。

说起热带风暴，托马斯·赫德森私下里也注意好些年了，如今，晴雨表上没有任何迹象，他却早已从天色的变化中观测出热带风暴的苗头了。是的，他懂得用什么方法去推算风暴的蛛丝马迹，也知道应该采取怎样的措施来预防。他也深刻体会到，在飓风袭来时能够团结全岛居民共患难，这可是一件极有意义的事。他们之间的情谊也随着战胜飓风而渐渐加深了。"飓风之猛，可以猛到人亡屋毁，无一幸免"，关于这点，托马斯·赫德森心里非常清楚，不过他始终都坚持着这样的一个原则：要是这么厉害的飓风哪天真吹来的话，他倒是非常愿意亲身尝试一下那种凶猛的滋味，如果房子真被刮倒了，他也心甘情愿跟房子共赴天堂。

通俗来说，从外形上将这座房子比作一条海船一点也不为过。为了抵挡住狂风暴雨的侵袭，人们在建造时特意将房子深嵌在地里，这样看上去虽屹立在高处却好似和小岛浑然一体。神奇的是，如果从屋里的窗户向外瞭望，你就会发现窗窗相对，都能望见大海。夜晚睡在这四面通风的屋里，只会觉得凉快，炎热会荡然无存。如果不算那高高的一大片驳骨松林①的话，这座房子理所当然就是岛上最高的建筑了，加上这房子刷得雪白（为了在夏天的时候可以多散些热），所以这座房子在岛上显得非常抢眼。当你从海上顺着湾流航行时，远远地就可以望见这小岛，扑面而来的就是那一大片驳骨松林，黑乎乎的驳骨松树影在海平线上隐隐出现不久，你就能望见这座雪白房屋的身形了。等再近一些，你就能看清整个小岛了：岛上生长着许多高高的椰子树，有的房子却是用墙板围护建造的，在一长溜儿白灿灿的沙滩背后，有好大一片葱茏之地，整个小岛拥有典型的南国之景。每次遥望自己的房子时，托马斯·赫德森就会感到无比欣慰。它虽然是耸立的一所房子，他却将它当作自己的宝贝儿，像珍爱自己的船一样，那种感情好似酒酿般醇厚。冬天的岛上北风狂虐，那真是刺骨的冷，可是托马斯·赫德森的屋里却是又舒坦又暖和，因为整个岛上就他家里有个壁炉。这个壁炉相当大，还是敞口的，托马斯·赫德森就找些海上漂来的木头当柴烧。

托马斯·赫德森捡了一大摞这种海上漂来的木头，将它堆积在自己家朝南的屋墙下。这些木头被太阳晒得发白，又被风刮得像砂纸打磨过一般，他很喜欢那些木头，觉得它们样子很别致，往往舍不得将它们烧掉。不过转念一想，反正每一次大风暴就会有一批木头漂来，既然大海会源源不断地送些千姿百态的木头来，那他就没必要珍藏了。再说了，他发觉看那些自己喜欢的木头烧起来也是一件乐趣。每当寒夜，炉火映照着坐在大椅子里的他，厚木板桌上台灯明亮，在这样的美好时光里他捧本书看着，享受着炉火和灯光的辉映。偶尔抬起头来，看看形态各异、令人叫绝的根根白木在壁炉里熊熊燃烧，屋外传来西北风的怒号，惊涛拍岸也澎湃在耳边。

---

① 驳骨松，一种常绿乔木，高可达 20 米，常作防风林栽种，俗称木麻黄。

　　有时候他会把灯熄了，躺在地毯上，两眼平视着在炉火里燃烧着的木头，木头上腾起的火焰轮廓分明，附在木头上的沙粒和盐分也在火里燃烧着，迸发出五颜六色的光焰，看着看着，他就一阵欢喜一阵伤感。其实不管烧什么木头，多愁善感的他见了都会生出一些感触，尤其是那些海上漂来的木头熊熊燃烧，他的心情只觉无言描述。大概是因为自己喜欢的东西就不该烧掉吧，他心里矛盾地想：不过既然烧了，心里也大可不必这般不安。

　　当他这样躺在地上的时候，似乎感觉风是吹不到他的，其实屋子低处的角落里尽钻来些哗哗的风，就连岛上坑坑洼洼的草丛都被风吹得直不起来，风一直扑到苍耳和海草的根上，一直钻到沙滩的内层里。他将身子贴着地，仔细地感受着大海那拍岸怒涛的搏击。他不由得记忆起这样的感觉，那是非常久远的事了，那时他还只是个孩子，常常喜欢去炮台附近，在一处泥地上躺着玩，泥地上时常能感受着大炮的轰击。此刻的地面被海浪撞击着，令他有了熟悉的感觉。

　　冬天的壁炉是个宝贝，其实就算在别的季节里，他见了这壁炉也还是会心生温暖，内心会不自觉地憧憬着冬天在炉前享受的温馨画面。在他看来，冬天是这岛上一年四季最美妙的季节了，所以他心里面眼巴巴地从春天盼到秋天，直到冬日到来他心底里的石头总算落了地。

# 第二章

　　那年冬天过完，春天也快到了尽头的时候，托马斯·赫德森的三个孩子来到了岛上。这个是早就说好了的计划：他们哥儿仨约好在纽约会齐，然后一同搭火车南下，最后乘飞机离开美国本土，来到岛上。不想其中两个孩子的那位母亲却是我行我素，她要带两个孩子一块儿去欧洲旅游度夏，事先她并不跟孩子们的爸爸商量，总要和他闹出点疙瘩事儿来。还说她是很讲理的，夏天孩子们跟妈妈过了，圣诞节就应该跟爸爸一块儿过，但是圣诞正日那天也还是要跟妈妈一起过的。

　　如今，托马斯·赫德森早已领教惯了，对她耍的这些花样还是有办法折中解决的，那就是：小的两个孩子还是先到岛上来，跟爸爸团聚五周然后再回纽约，在纽约买学生票搭法国渡轮去巴黎，正好，他们的妈妈已经先到巴黎了，并且买好一些他们必需的衣物，在那里等着带他们走。他们去法国这一路上的安全也不用担心，担起照看责任的是他们同父异母的兄长小汤姆。小汤姆到了法国就直接去找自己的母亲，她正在法国南部拍电影。

　　其实小汤姆的妈妈并没有要儿子去法国找她，反倒是很希望父子能在小岛上多过些时日，多培养感情。不过能见见儿子对她来说也挺好，所以一跟她商量她就同意了，两个孩子的母亲谁相当大度立刻就显现出来了。前者是说一不二，后者呢，论人儿倒是真挺有魅力，也挺讨人喜欢的，可就是那个秉性一辈子也改不掉：绝不更改已经打定的主意。她是一名良将，不仅具备运筹决策的能力——有事必在心里提前谋略，更具备计出必行的那份坚持与执着。当然，也不是说她就从来不会做些妥协，但是只要事先商量的计划一旦定下来，不管这计划是怎样拟订的，无论经过多久的苦思，还是一时冲动或晚来酒兴之余突然冒出来的主意，绝不容许做出涉及根本的修改。

对于那两个孩子的母亲的计划也好，决定也罢，托马斯·赫德森完全能掂量出其中的分量，再说他也算是个过来人了，毕竟经历过两次离异的，所以只要方案能折中达成，可以和孩子一起待上五个星期，他也就心满意足了。虽然时间短了点儿，但他想那也只能怨自己只有这点儿福分。转念想想，能与自己喜欢的人在一起整整相聚五个星期，乐于相处的人呀，这也是件蛮不错的事情啊。"哎，话说回来，当初我怎么会同意跟汤姆他妈分手呢？"一想到这儿，他立马又对自己说：好了好了，现在想这些也没意义，这档子事儿不想也罢。同时他认为第二个妻子也不错，生下的两个孩子也是挺好的。这种事情复杂得很，真是很难说，瞧着那两个孩子身上很多从他们妈妈那儿继承来的优点，结论就是这女人还是不错的，自己不应该跟她分手。可是继而再一想：不行！跟她不分手哪儿行呢。

好在如今他再想起这前后两次离异的事儿，内心基本已经没有什么苦恼了，准确地说，这些事情不会让他烦心了。所以他把心思都用在工作上，因为这样才能排解他内心对孩子的歉疚。所以现在对其他事儿他都心不在焉，只盼着孩子们快些到来，与他们过一个快活的夏天。也只有在遂了这个心愿以后，他才可以专心埋头作画。

仔细想想，孩子与画画，已经占据了他全部的生活，别的什么事他都不放在心上。真的，更何况这些年在岛上生活，他已经养成了一种固定的、规律化的画画生活，这就可以抵偿一切。他相信自己已经画出了一定的成绩，也正是这样的成绩激励他一定要留下来、画下去，他自信他的画作将传之久远。现在他偶尔也会怀念巴黎，但也仅限于回味而已，去是不会再去的了。不仅对巴黎只是这样回味，对整个欧洲，以及亚洲、非洲好多地方，如今他心里也只是怀念而已。

他想起当年高更①要到塔希提去画画时，雷诺阿②曾经说："花那么多钱、跑去那么远的地方画画没必要，就在巴铁诺尔③这里作画也是挺好的呀？"要想这话更传神，那就必须用法文的原话来说："quand on peint si bien aux Batignolles?"④ 如今，托马斯·赫德森早已把这个小岛看作自己的 quartier⑤，他不仅在岛上安家立业，并且左邻右舍都是他的朋友，他现在作画非常刻苦，比在巴黎时的刻苦有过之而无不及。

有时候他也出岛去捕鱼，比如到古巴沿海去捕；有时候则在秋天去山里逛逛。他在蒙大拿⑥有个牧场，不过已经租给别人了，因为对那里来说，夏秋两季是如黄金般重要的季节，而现在孩子们一到秋天就都得回去上学了。

他时而得去趟纽约，是必须要会会一贯跟他打交道的那位画商的。不过现在他已经今非昔比了，无论是在国内还是在欧洲都颇受尊崇，他的画家地位已经树立起来了，所以现在的情况多半是那位画商到岛上来跟他碰头，画商也方便取了画就携画北返。他还有一块放牧地，是从祖父那儿继承的，虽然地已经卖给人家了，但托马斯·赫德森自己手里还拥有采矿权，如今他又把采油权租给了石油公司，这样一来，他就有一笔定期收益。这笔收入，一半的支出就约莫被赡养费占去了，即便如此，他的生活靠剩下的部分也完全是有保障的，不仅可以摆脱"生意经"的压力，爱怎么画就怎么画，而且还可以想住哪儿就住哪儿，想去哪

---

① 保罗·高更（1848—1903）：法国后期印象派成员之一。自1891年到南太平洋上的法国殖民地塔希提岛后，其作品多表现岛上的风土人情和古老神话。

② 皮埃尔·雷诺阿（1841—1919）：法国著名印象派画家。

③ 巴铁诺尔：巴黎北部的一个地区。

④ "在巴铁诺尔不是画得好好的吗？"

⑤ 法语：根据地。

⑥ 美国落基山区最北面的一个州。

儿旅游就去哪儿旅游。

除了婚姻有过两次失败，就别的方面而言他还真可以说是个成功者，不过话说回来，他的心本就不在这利字上。如今占据在他心里的，一是画画，二是孩子，还有就是他的第一个女人，至今他还余情未了并深爱着她。打那以后他爱过很多女人，他的生活里总是时不时地需要个女人！有时候岛上也有女人会来探望，她们的到来，会令他欢喜一阵，他也是非常乐意她们留住在岛上的，甚至有时留住的时间还挺长。不过他总是觉得这些女人走了之后，他才内心轻松，如释重负，尽管有时候他还是挺喜欢来的女人的。好在他现在涵养颇深，不会再跟女人吵架了，而且他现在也自有避免结婚的办法，他觉得能够学会这两条可是相当不容易的，其艰巨程度与他当初下定决心把画画的生活纳入规律化、固定化的轨道可以相提并论。不过他终究还是如鱼得水，学会了和女人轻松相处。至于画画，他早就掌握了一些门道，而且他相信自己每年还是可以不断进步。不过因为他以前有个为人不知检点的时期，所以他现在能真正静下心来，刻苦作画，那可真是不易的。当然，要说他胡来一气，那还真谈不上，不就是有些狠心自私，不知检点吗。关于这点，好几个女人当面这么说过他，他自己也终于觉察到了。后来他自己总算明白了这其中的利弊，于是下了决心：自私，只能用于爱惜自己的画作；狠心，一旦工作起来就不怕心狠；为人，一定要有所检点，有所约束。

在努力工作的同时，他打算履行自己制定的行为准则，他认为做好这三点，就可以尽情享受生活的乐趣。好比今天他就非常愉快，因为明天一早小家伙们就要来了。

“汤姆先生，你还需要什么吗？现在你画画已经收工了吧？”家里的听差约瑟夫问他。

约瑟夫手大脚大，个子高高的，一张黑黑的脸儿怪长的。他平时总穿一件白色短上装，在长裤底下却光着一双脚。

"我看什么也不需要了，谢谢你，约瑟夫。"

"来一点儿金汤力①如何？"

"不了。我正打算一会儿去博比先生的店里喝一杯。"

"那还是就在家里喝一杯不用花钱的吧。刚才我到博比先生的店里去，他说话就没好气。说什么谁闹得清名堂太多的调和酒啊。一问才知道，敢情是一位从游艇上下来的女客人，上他店里去要一种叫'白色佳人'的什么玩意儿，他哪儿知道什么'白色佳人'啊，正好看见包装纸上画着一个穿白网眼纱衫的女人坐在泉水旁这样的一种美国矿泉水，就拿来充了数。"

"我觉得我还是想去一趟。"

"那你在家先喝一杯。领航船上给你捎来了几封信，正好你可以一边看信一边喝酒，完了再去博比先生的店里也不打紧。"

"这样也好。"

"那太好了，"约瑟夫说，"因为我都已经把酒调好了。至于那些信件，我估计好像都没什么要紧的，汤姆先生。"

"信在哪儿呢？"

"我放在厨房里，这就去拿来。我看到一封来自纽约的，一封是从棕榈滩②寄来的，字写得好秀气。从信封上看是太太们的笔迹，纽约那位替你卖画的先生也寄来一封。还有两封我就认不出来了。"

"约瑟夫，代我回信你愿意吧？"

"当然，先生。只要你吩咐。别小看底下人的我，年少时候还在学校读过两年书的。"

"你先去把信拿来吧。"

"好的，汤姆先生。另外还有一份报纸。"

"我先不看报纸了，留着明天吃早饭的时候再看吧。"

---

① 金汤力，一种鸡尾酒，将金酒（杜松子酒）兑在奎宁水中。
② 在佛罗里达东南沿海，是著名的海滨度假胜地。附近有一城镇，名西棕榈滩。

就这样，托马斯·赫德森一边坐在那里看信，一边悠然地喝着清凉的金汤力。不知为什么他看了两遍其中的一封信，然后才收起来全部的信，放在写字台的一个抽屉里。

"约瑟夫，孩子们可是很快就要来喽，"他喊了一声，"你都替他们准备齐全了没有啊？"

"放心吧，汤姆先生，都准备好了。我还特意多备了两箱可口可乐呢。小汤姆应该长得比我都高大了吧？"

"还没有吧。"

"估计现在如果要跟他打起来我还打不过他呢！"

"哪能呢。"

"以前这孩子常在私底下跟我打闹，"约瑟夫说，"如今对他们的称呼要变成先生了。一个叫汤姆先生，一个叫安德鲁先生，还有一个叫戴维先生。真是太有趣了，这三个小伙子真没得说，全是数得着呱呱叫的。特别是安迪①，最是机灵过人。"

"是啊，小时候的他确实很机灵。"托马斯·赫德森应声道。

"哎呀呀，他可是愈长愈机灵了。"看得出约瑟夫对安迪是极为欣赏的。

"今年夏天你可要做个好榜样啊，得让他们跟着你学学。"

"汤姆先生，你可千万别这么说，要是三四年前的我，对什么都还不懂，听到你这样的话，也许就胡乱应了。可今天呀，我是跟着汤姆学还差不多，所以你要我今年夏天给他们哥儿几个做榜样，我哪儿当得起呢。现在汤姆上了贵族学校，上流人士的种种好规矩他肯定学会了。虽然我长相儿跟他不同，但他的言谈举止我要学，要像他那样，做到彬彬有礼，却又不拘形迹。还有我也要学学戴夫②的那份精明，估计那可是最难学的。我还得好好琢磨琢磨：安迪这个机灵鬼是不是有什么窍门。"

---

① 安德鲁的昵称。
② 戴维的昵称。

"哎呀，可别让你摸着了门儿，我可不想让你把机灵耍到我头上。"

"哪儿能啊我，汤姆先生，你真是误会我了。我说想学得机灵点儿，是用在干活管用的方面，可不是为了对付东家你的。"

"你挺开心孩子们来的吧？"

"这还用说吗，汤姆先生，这可是从来没有过的开心事儿。不瞒你说，我看这样的大喜事简直比得上基督再次降临，我开心都还来不及呢，你还问我开心不开心。"

"是啊，我们得让他们哥儿仨玩个痛快，再好好想些点子。"

"不行啊，汤姆先生，"约瑟夫说，"他们的玩法可吓人啦，花样够多，我们反倒是得多操点心千万别让他们闯祸了。我看到时候还得请人来帮个忙，就埃迪吧，他对付这些小哥儿们比我强。像我跟他们在一起混久了，对他们来说我的那些个办法已经老掉牙了，根本管不了他们。"

"埃迪最近可好？"

"他身体倒是没什么问题。这不王太后陛下快到华诞了嘛，他也就借着这个名目每天总要喝两口。"

"对了，你刚才说博比先生正憋着一肚子气，我看我现在还是赶紧去他的店里看看吧！"

"刚才他还问起你来着，汤姆先生。要我说啊，像博比先生这样有教养的人，世上还真是不多见，可从游艇上来的那些个人应该叫无赖，常常招惹他，他甚至都按捺不住要发火了。我临走的时候回头看了他一眼，那样儿估计火儿都快冒到嗓子眼里啦。"

"那刚才你是去干吗呢？"

"我去买可口可乐的，顺便打了几盘'落袋'，免得把我的球艺荒废了。"

"打得还顺手吗？"

"别提了，球艺越来越差劲了。"

"我还是赶紧去吧，"托马斯·赫德森说，"不过我想先冲个凉，顺便换一换衣服。"

"我已经在床上给你放好替换衣服了，"约瑟夫对他说，"再来一杯金汤力吗？"

"不用了，谢谢。"

"顺便提醒一下，罗杰先生的船已经到了。"

"好的。我会去找他的。"

"今天他是在这儿过夜吗？"

"可能会。"

"我替他准备好，反正也不差一张床铺。"

"那最好不过。"

# 第三章

托马斯·赫德森个子十分高大，正在冲凉的他，感觉自己光着身子比穿着衣服还要高大三分，他的皮肤黝黑黝黑的，这是被太阳晒的，就连头发也被晒得深一道浅一道的。这时，他先把肥皂抹在褪了色的头发上，胡乱地揉上一通，然后头凑在莲蓬头下冲洗着肥皂沫，莲蓬头里的水花急骤，差不多是飞进而出，打得他针刺般痛。要论体重他倒还不算超重，他自己也时不时地登上磅秤看看，差不多也就是一百九十二磅的样子。

他一边冲凉一边想：我怎么先洗澡了，一般不是先去游泳再回来洗澡吗？可这会儿也真有点儿累了。嗯，今天早上在工作之前我就已经游好长时间的泳了。再说等小家伙们来了，这游泳的机会还愁没有吗，而且还得加上罗杰。这可真够劲儿呀！

他随即换上一条干净的短裤，上身套一件旧的水手领横条套衫，穿上软帮鞋，就出门下坡而去。篱笆门前是那白晃晃亮得耀眼的王家国道，再往前面就是已被太阳晒得都发白了的珊瑚岩质的道路。

路边几座白板条小屋，坐落于两棵高高的椰子树下，托马斯·赫德森看见从当中一座小屋里走出来了一个老黑人，一件黑羊驼呢上装合体地穿在他的上身，底下穿了好像特意熨过的浅黑色的裤子，走路腰板挺得笔直。他在托马斯·赫德森之前先一步拐上了大路，托马斯·赫德森没看清他的脸，就在他转身的一瞬间，那张黑黑的还挺和气的脸映入了托马斯·赫德森的眼帘。

这时从那座小屋的后面传来一个孩子的声音，那孩子借了一支古英格兰乐曲的调子，编了首歌儿取笑他：

爱德华叔拿骚①来，

上街贩卖糖果来，

伤兵买来我也买，

一口苦到把头甩……

爱德华大叔转过脸来，尽管照着灿烂的午后阳光，可是那脸上写着的是气愤、伤心，完全没了原本和气的神色。

"我认识你，"他说，"别以为你躲起来我就不知道你是谁，我要到警察那里告你去。"

没想到那孩子听了这话反而唱得更响亮了，那歌声又是清脆又是得意：

爱德华啊，爱德华！

凶大叔、狠大叔、糙大叔爱德华！

你卖的糖果实在不像话！

"我要叫警察来，瞧你说的这些是什么话啊，"爱德华大叔说，"警察自有办法收拾你。"

"爱德华大叔，你今天还卖蹩脚的糖果吗？"只听那孩子在后面又得意地喊了一声。小家伙心眼儿挺多，始终躲得让人瞧不见他。

"做人好苦啊，"爱德华大叔边朝前走边自言自语，"我哪儿还有一点尊严呀，好好的就遭人羞辱。上帝呀，你的这些子民怎么不知道自己在做啥，请你宽恕他们吧。"

这个时候，路前方王家国道的那一头，庞塞·德莱昂酒店②楼上的房间里也飘出了歌声。一个黑人小伙子从托马斯·赫德森身后追上来，他顺着珊瑚岩大道匆匆而行。

"汤姆先生，那边打过一架啦。"黑人小伙子打着招呼，"那

---

① 拿骚在巴哈马主岛新普罗维登斯岛上，系巴哈马的首府。

② 庞塞·德莱昂是一个西班牙姓。曾有一个西班牙探险家胡安·庞塞·德莱昂于16世纪时在这一带活动，这家酒店的名字大概就是以那个探险家的名字命名的。

先生是开游艇来的，什么东西都往窗外扔。估计是打架或者是吵了嘴什么的。"

"都扔了些什么呀，路易斯？"

"什么都扔，汤姆先生。那先生不管三七二十一抓起什么就扔什么。他太太想去劝住他，他疯狂地说，再说连你也要扔出去。"

"你知道那先生是从哪儿来的吗？"

"北边来的，听说是做大买卖的大人物啦，他都能够买得起我们的整个小岛，别说那家酒店了，依我看啊，要是他还像这样把东西往外继续扔一会儿，不管多少钱，可以完全买下来。这对他来说不是什么稀奇事。"

"警察怎么处理这事儿的，路易斯？"

"还没人去叫过警察呢，汤姆先生。不过得叫啦，大家觉得现在该是警察出场的时候啦。"

"你是在替他们当差吧？我还准备请你帮我弄些鱼饵，明天要用呢。"

"没问题，汤姆先生，你放心，鱼饵的事儿就交给我好了，替你弄点鱼饵是我的荣耀。我就是这一阵一直在替他们当差。今儿早上雇的我，原本准备带他们去捕大海鲢，我一大早就来他们手下伺候了，可他们不知道为什么一直没有提去捕大海鲢的事情。还捕鱼呢！他们现在成了扔东西的，你看扔完盘子摔杯子，摔完小杯子就摔大杯子，房间里估计都给扔完了，就连椅子也扔出去了，博比先生送上去账单，那先生也是见一张撕一张，还口口声声骂博比先生是王八蛋、大骗子，存心敲诈讹赖他，是存心要宰他这条大海鲢。"

"看来那先生还真是挺难伺候呢，路易斯。"

"汤姆先生呀，这种主儿浑蛋透顶的，那可真叫前半辈子少见，后半辈子难寻。他之前要我给他们唱歌听。你也知道，我唱歌水平是不高，没乔西唱得好，不过我唱歌一向都很卖力，也许会超水平发挥呢。这一回我就唱得非常卖力，你肯定知道我唱得有多好，你也听我唱过的嘛。可他呢，只愿听那支'妈妈不要豆、不要米、不要椰子油'什么的，别的歌统统都不要听，所以我翻来覆去就唱这一支。这首老歌本来就是唱烂了的那种，我唱过几遍后腻烦得不行，于是我就对他说：'先生，我还会唱别的新歌呢。什么好听的、美妙的歌都会。如果您还想听一些别的老歌的话，我也会唱呀，比如说那首为大老板约翰·雅各布·阿斯特唱的歌，就是那个在泰坦尼克号撞上冰山沉没时遇难的人①，我也挺乐意为您唱上几支这样荡气回肠的歌的，别尽唱这一首啊，您觉得如何？'我把这话说得真是和气得很，要多客气有多客气。你也知道我说话一向如此礼貌。在我说完那么多好话之后，这位先生却说：'你这个黑小子，给我好好听着，你懂什么，约翰·雅各布·阿斯特能有几个好钱罐当尿壶用？如今老子开的大报馆、大商号、大工厂，比他多得多了。你要还这样自以为是，来教训我，说这个好听那个好听，小心你的脑袋，被我揪住后，就得按进尿壶里去不可！'说到这儿，他太太实在听不下去了，就说：'亲爱的，你何必跟这么个孩子计较呢？我觉得他唱得蛮好的嘛，让他再唱两支新歌。我也很想听。'那先生还是不依不饶、盛气凌人：'你给我听着，我才不管什么新歌不新歌的，你别打算听，这小子也别打算唱。'汤姆先生，你看看这先生奇怪又专横。还是那太太有礼仪风范，这个时候居然只是说了句：'哦，亲爱的，你这个人还真是难伺候。'汤姆先生，不管是谁碰上了像他那样的，都是不知道该怎么对付的啊，这就好比刚出娘胎的猴崽子碰上了一台柴油机，无处下爪只能挠头。你可别见怪

---

① 泰坦尼克号是英国的一艘豪华大客轮，于1912年在赴美的首航途中撞上冰山后沉没，全船两千余乘客大半遇难。在这次沉船事故中遇难的也有约翰·雅各布·阿斯特（1864—1912）。他是美国当时著名的资本家、房地产老板，同时还是个发明家。

啊，我好像太多嘴了，但我见了这情景心里实在愤懑不平。他的那些话让太太心里委屈死了。真是的，亏他说得出口！"

"那你现在又打算替他们干什么差事去呢，路易斯？"

"我想给他们弄些海螺珠去。"他说。

这工夫他们边走边说的，已经停在了一棵有大片树荫的棕榈树下，于是那个黑人小伙子从口袋里掏出一个干干净净的小布包。布包打开后，六颗亮晶晶的透着淡红珠光的海螺珠闪耀在眼前，当地人在捕到海螺后，在挖开清洗时常能意外发现这种珠子。这种海螺珠，除了英国的玛丽王太后①会看得上，托马斯·赫德森还从来没有见到过第二个。其实对玛丽王太后的了解托马斯·赫德森知道的也不多，无非是从那些报纸、电影的报道宣传什么的听一些罢了，另外是从一篇登在《纽约客》杂志上关于她的人物特写中了解一二。不过，虽然跟玛丽王太后并不相识，但他一看到报道说王太后喜欢海螺珠，便立刻觉得他和王太后之间仿佛有一种老朋友之间的情谊，那种感觉甚至比他的一些多年的老友还要熟悉。不过此刻他心里却在掂量：今晚岛上居民要热烈庆祝玛丽王太后的华诞，大伙也知道王太后有多么喜欢海螺珠，可这个小伙子却想用海螺珠去博得那位太太转愠为喜，这事情真奇怪啊。不过话又说回来，玛丽王太后声称喜欢海螺珠，说不定这也只是作为笼络巴哈马老百姓的一种手段呢，托马斯·赫德森觉得没法排除这种可能性。

两个人一路走到庞塞·德莱昂酒店后，路易斯还在那儿继续说："那太太受了委屈了，一直在哭呢，汤姆先生你是没瞧见，她哭得叫别人听了也觉得伤心啊。所以我就想了这么个点子，到罗伊的酒店里弄几颗海螺珠来，让她玩赏玩赏也许就不会那样难

---

① 玛丽王太后（1867—1953）：英王乔治五世（1865—1936）的王后。乔治五世于1910—1936年在位。继位者原本是其子爱德华八世（即温莎公爵）。但由于爱德华八世于即位当年（1936）即退位，最后由其弟乔治六世继位。本文提到的王太后就是指的玛丽王太后。

过了。"

"见到海螺珠她总该开心了吧，"托马斯·赫德森说，"她要是根本就不喜欢海螺珠可就糟了。"

"但愿她能开心，我这就给她送上去。"

托马斯·赫德森在珊瑚岩大道上走了太久，眼睛也因为被珊瑚岩耀眼的光芒闪耀着，所以乍一走入一派阴凉的酒吧极不适应，感觉就像踏进了一间黑屋。他走到吧台，要了一杯金汤力，酒里滴了几滴安古斯图拉苦味汁①，还加了一片酸橙皮。这回他看到博比先生面色难看极了，闷闷地站在吧台后边。酒吧里有四个黑人小伙子在打台球，他们为了打出高难度的"开伦"②，竟还时不时地翘起台脚来帮一把。这时酒吧里唯有那桌台球，还打得嗒嗒直响，没有什么声音了。楼上的歌声已经听不到了，那阔佬的游艇还停在码头上，这会儿也在吧台上喝酒的还有艇上的两个水手。待了一会儿，托马斯·赫德森的眼睛也恢复如初，慢慢适应了，觉得这里的光线虽然暗了些，倒也挺凉快。这时路易斯从楼下下来了。

"那先生睡着了，"他说，"太太接过了我给的海螺珠，一边看着珠子，眼泪却还一直掉个不停。"

那两个游艇水手听见后，没吭声只是对看了一眼。托马斯·赫德森站在那里，端起那一大杯金汤力，呷了一口，细细品尝着虽然带着苦味，但苦味过后却也相当爽口的酒。这酒味勾起了他对非洲大地的一段回忆，他不禁想起了坦噶③、蒙巴萨和拉木④，想起了那一带的沿海。如果这些年他没在这个岛上定居，没准会选择住在非洲生活也不是不可能。不过他转念一想：得

---

① 安古斯图拉苦味汁是安古斯图拉树皮制剂，味苦，有滋补和解热作用。
② 开伦是以球杆击球得分的一种台球打法，一般以主球直接碰撞两个球或两个以上目标球得分。
③ 坦噶当时属坦噶尼喀，如今是坦桑尼亚东北沿海一个港口城市。
④ 蒙巴萨和拉木位于肯尼亚东部沿海，是港口城市。

了，想去非洲随时都可以去嘛。只要那个地方令他的内心深处能够得到安宁，那就住那儿好了。他现在住在这儿，图的就是个内心安宁。

"汤姆，看来这种酒和你的口味挺对的吗？"博比问他。

"是啊。要不我一直喝它？"

"有一次我开了一瓶，喝了一口，发现这味道怎么和奎宁水这么像。"

"这里边是加了奎宁水。"

"我看现在好多人神经都有问题，"博比说，"有钱就任性，只要喜欢，什么名堂都可以弄来喝，还说这叫有的享受就要尽量享受。把什么乱七八糟的东西给掺在好好的金酒里，那里头连奎宁水都有，真是好好的金酒被白白糟蹋了。"

"我倒觉得味道不错，金酒掺别的饮料都不如这味道痛快。奎宁水里加一片酸橙皮，一口喝下去，感觉胃里那些细微的毛孔都一个个张开了似的。我就是喜欢这种味道，喝下去就觉得特别舒畅。"

"我是看出来了。你喝了酒就心里舒畅，我和它无缘，喝了就只会肚子里难受。罗杰哪儿去了？"

罗杰是托马斯·赫德森的一个朋友，为了钓鱼，专门在岛上自己盖了一所棚屋，作为基地。

"他就快来了吧。还约好约翰尼·古德纳，三人准备一块儿吃饭的。"

"我真搞不懂，你们可都是见过大世面的人了，三个这样的人物长住在这个岛上，你们仨这是何苦呢？"

"哈哈，你不也在这儿长住？再说这个岛很不错啊。"

"我啊，哪比得上你们呢，在这儿能混口饭吃就不错了。"

"赚钱吃饭的话，去拿骚也可以嘛。"

"拿骚有啥好的！还不如这儿呢。说实话，在这个岛上还有些乐子可找。何况，在这岛上赚的钱也多。"

"我就挺喜欢在这儿生活。"

"没错，"博比说，"住在这儿我也挺舒服的。不过重要的一点就是，能在这儿赚点钱够自己生活下去才行。不过你的那些画儿，一直销路不错吧？"

"嗯，现在看来还相当可以。"

"有意思，我记得你给爱德华大叔画了一幅画儿，那样的画也被人掏钱买走了。而且你笔下画的尽是些黑人，不是在海水里捕海龟的黑人，就是在陆地上造船的黑人，再不就是那些划船驾船的黑人，当然也有采海绵的船。要不就画大风暴，例如船遇到海龙卷是怎么被掀翻的惊险场面，我说，这种画真会有人来买？人家不用花一个子儿也能看到这些场景啊。"

"当然有人买了，那还能有假？在纽约我每年都会去举办一次画展，这些画在画展上就都卖出去了。"

"是拍卖吗？"

"不是拍卖，这种画展的画廊老板，会给每幅画标上价格，来看画展的人如果遇到喜欢的画，价格也接受的话就买回去了。博物馆的藏品有的也是在这儿买的。"

"你就不能直接自己把画卖给别人吗？"

"当然能啦。"

"那我倒很想买一幅海龙卷的画，"博比说，"这幅画上的海龙卷要黑得昏天黑地、特大特凶的那种。我看最好是画两个连在一起的海龙卷，在海面上呼啸着席卷而过，所过之处海水都被倒吸而起，那景象真能把你活活吓死，这画要让人身临其境，可以感受那震天巨响。当然，还要画上我。我是一个划着一只小船采海绵的渔人，由于海龙卷的到来，我手里的水底观察镜也被刮得没影了，就连小船也歪歪斜斜地被掀到半空中，我整个人都很惊慌，吓得手足无措。这么一幅天翻地覆、排山倒海之势的龙卷风，请你来画需要多少钱？我准备就把这画挂在酒吧了，要不挂在家里也行，就怕我那老太婆会被吓死，哈哈。"

"那得看你这画究竟打算画多大呀。"

"你觉得画多大好就画多大，总之愈大愈好嘛不是，"博比拿足了腔调，"你觉得这样的画你得画几个海龙卷呢？索性你就画它三个海龙卷吧。我就见过一连三个海龙卷，简直就是直冲云霄，我离得近看得真切，那架势，比上回扫过安德罗斯岛①附近海面的那一个还要疯狂，我亲眼看见一艘采海绵的船被其中一个卷起，掉下来的时候引擎正好砸在船身上，打了个对穿。"

"这样的话，光是画布就要用掉不少钱呢，"托马斯·赫德森说，"咱们又是老朋友，那我就只收你买画布的费用好了。"

"那好，你一定要买一方很大很大的画布，"博比说，"闯进这个酒吧来喝酒的人看到这么几个大龙卷，准会统统吓跑，该死的，滚出这个小岛。"

口气好大，显然博比是激动起来了，不过他对这种大口气显然上了点瘾，愈说愈停不住了。

"汤姆老哥，你能不能画出来，我构思了这么一幅飓风的全景图：先画飓风的风眼，这个方向的风已经刮过，刚刚平息的时候，那个方向的风又蠢蠢欲动起来了。我们要画种种场面，你看椰树林里的黑人被吹得七歪八倒的，被飓风刮上小岛的船只被掀翻在山冈顶上。当然，还要画一些瞬间的镜头，轰然倒塌的大饭店，那些碎木片好似中了标枪四下横飞，暴雨里随风刮来的死塘鹅，就像天上下起了塘鹅雨。还要画降到了最低点的气压表和被刮得无影无踪的风速计。大海深处波涛汹涌着和风暴眼里奇异的出现一轮明月都要画出来。再就是画一些巨潮狂浪，将一切人畜草木吞没的景象，画一些被吹下海去的一丝不挂的女人，还有海边漂得到

---

① 巴哈马群岛中最大的一个岛，位于比美尼岛的东南方。

— 23 —

处都是的黑人的尸体，有的甚至被吹到了半空中……"

"哇……那你这画布可就大得了不得啦。"托马斯·赫德森说。

"画布大些算个啥！"博比说，"你要大的画布我可以弄来帆船上最大的主帆给你当。和你以前画的那些平淡无奇的小不点儿比起来，我们这次就是要画出一幅最大最大的画来，要大到天上少有、地下难寻、名垂千古。"

"我先把海龙卷画好再说吧。"托马斯·赫德森说。

"好吧，这样也好。"博比的伟大计划正说到兴起，现在一下子被拉回来，还真有些不舍，"不过说真的，你我都是走南闯北、见多识广，你的功底又那样深厚，我们一定可以成功的，也能创造出一些伟大的画来。"

"我明天就开始画海龙卷看看。"

"好，"博比说，"凡事开头难，但开头总要有，你把海龙卷画起来。不过我说心里话，我很希望你能画出来我们刚才想象的飓风画面。有人画过那个泰坦尼克号沉没的题材了吗？"

"那个啊，目前还没有，那可是真正称得上大型之作的。"

"是吗？那看来我们也大可画一画嘛。我总是不由自主地会想象一下这个题材，整个场景安排我认为漫天浓雾比较合适，船被冰山撞了之后，这个冰山还在继续往前直闯，一定要表现出来这个冷森森的形象。还要表现细节，表现得愈详细愈好。好比那个挤上救生艇的男子，一定要把这个男人也画进去，他混在女人堆里，号称自己能替女人们驾驶救生艇，有丰富的救生经验，所以就挤上去了。可他在奋力挤上救生艇的时候还将几个女人踩下了水，咱不光要画这些人的形容体貌，还要把他们的内心世界画得一清二楚。不过，一说到这个男的吧，我就不由自主地想起了那一位，就是现住在我们楼上的那一位。要不，把他画下来用在我们的画里如何？你赶快上楼去看看，趁他这会儿还睡着呢。"

"我觉得我们还是先画海龙卷吧。"

"汤姆啊，我构思这么多就是一心巴望着你能成个带'大'字的画家，"博比说，"瞧你以前都在画些什么呀？要么是在海滩上捉红海龟！真有你的，画的黑人连绿海龟都捉不到，只能捉只红海龟，因为谁都不稀罕的。要不就画两个黑人划着小船，船上乌七八糟一堆小龙虾。我说你不要再这么糟蹋自己的才华了，所以，以后干脆就别弄这种小打小闹的玩意儿，不然你就这样虚度一生了，老兄！再说了，你瞧瞧，这还不到半个钟头的工夫，我们构思好了三幅大创作的轮廓，嘿嘿，老实说我才只发挥了一点点想象力呢。"他顿了一下，从吧台底下拿出一杯酒来，一饮而尽。

"这个酒不算什么，"他举着空杯说，"再烈的酒我都不怕，你还没见过我喝呢。听我说，汤姆，我们刚才说的那三幅大型的画作，完全可以称得上是真正伟大的作品。应当属于世界级的画作，值得送往水晶宫①，跟它并排挂在一起的是古往今来那么多的传世名作。不过当然啦，我们最开始构思的那一幅，就那个海龙卷说到底还不能算是个重大的题材。好在你也还没有动笔画呢。我们索性画一幅比这三幅还伟大的作品，你觉得这个主意如何？"

说完，博比咕嘟又是一杯，一饮而尽。

"什么主意？"

博比隔着吧台将脑袋凑了过来，生怕自己的话被人偷听了似的。"你可千万别一听就给吓溜了啊，"他小声说，"这画的规模可真就大了去了，要有很大想象力才能画出这样的画，说出来别把你吓坏了，汤姆。我们来创作一幅《世界末日图》吧！"他顿了一下，接着说道，"最关键的是，尺寸大小最好和真人实物一

---

① 指位于英国伦敦海德公园里的一个展览大厅，该大厅是用玻璃和钢架建造的，在1936年的一场大火中毁于一旦。

般无二！”

　　“那不就是画地狱吗？”托马斯·赫德森说。

　　“不，我们要画的是打入地狱前的一刹那。在阴阳岭上的教堂里那些狂热的信徒乱作一团，只见一个魔鬼操起了干草叉，他们号叫着，被干草叉一叉叉装往车上，嘴里哼哼着说的也不知是哪一国的话，应当是求耶和华保佑之类的话吧。有个类似舱门一样的地方，始终张着大口，不管是黑人、教堂里的教士，还是信徒，反正只要是人，魔鬼就把他们叉起来统统送往那黑洞里，扔进去就没了影。黑人倒在地上到处都有，四下爬满了海鳝啦、小龙虾啦、蜘蛛蟹啦什么的，连身上都是。海水围住了这座孤岛，并且一个劲儿往上涨，水里那些不停打转的褪头鲨、双髻鲨、鼠鲨，还有融鲨，蠢蠢欲动地蛰伏着，因为有些人跳了水想逃走，他们实在不愿意被穿在叉上，被扔进那直冒热气的舱门般的大黑洞，于是这些鲨看见有人下水便张口来吃。最后还在反抗的只剩下还在痛饮最后一杯的醉鬼了，他们抢起了酒瓶对着魔鬼身上就是一通乱打。魔鬼却不费吹灰之力地叉起他们往洞口里扔，就是侥幸没被扔进洞口的那些人，汹涌的海浪也会把他们立马吞没了。这时候的海里呢，除了内圈有大鲨鱼在等着抓落水的人以外，外层还有一些比如鲸鲨、大白鲨、逆戟鲨之类的超级大鱼，在巡回觅食，逃到岛上最高处的猫狗也没被放过，魔鬼照样叉起来就往洞口里扔。被吓得汪汪乱叫的狗，直往后退，全身毛根根竖起的猫，能逃就逃，即使是碰上魔鬼也要用爪子去挠，实在不行了纵身往海里一跳，进行最后一搏，好在猫的泅水本领还不错，大部分的猫都泅水逃脱了，鲨鱼咬住的只有个别的猫，看来见上帝的命运是逃脱不了了。

　　“渐渐地，洞口冒出带着臭味的热气，你我就站在画面的正中，安然自若地观察着这一切。一个魔鬼的草叉叉折了，他只好用手去拉，那几个教堂里的教士一把被揪住，被拖过来扔进洞里。你一边看一边记录，我手里拎了一瓶酒提神用的，时不时地喝两口，偶尔也请你来一口提提神。那些个大个子教士，在魔鬼手里死命挣扎，死活不肯入洞，连指头都抠进了沙里，嘴里直嚷耶和华救命，魔鬼累得浑身大汗，但手里拖着教士还是不停地一路走着，有时候还跟我们打招呼：

"汤姆先生，劳驾请让一让。今天可真是忙得够呛，劳驾请让一让，博比先生。"

"看那魔鬼累得满头大汗，一脸泥垢，趁他拖了一个教士再走回来的时候，我也请他喝一口，他却说：'多谢你，博比先生，我现在不能喝。我在干活的时候是从来不碰这玩意儿的。'"

"汤姆呀，你说这场面够宏伟吧，这么多故事情节，要是都能表现在一幅画里，那该是怎样的一幅千古奇画啊。"

"是啊，我们今天的构思确实挺不赖，还真蛮有成绩的，我们就先谈到这里吧。"

"行啊，今儿暂且说到这儿，"博比说，"你瞧瞧我，为了构思这样一幅巨画，嘴巴说得都干得不行了。"

"我知道有个叫博斯①的，就是画的这种画，而且非常出色。"

"就是搞磁电机的那个人吗②？"

"不是那个。是叫希朗尼默斯·博斯的那个，他是个非常非常老的老前辈了。当然，画得好极了，这种题材的画家还有皮特·勃鲁盖尔③。"

"也是位老前辈？"

"可不是，他的画你见了一定会喜欢，他那些画也画得好

---

① 希朗尼默斯·博斯（1450—1516）：荷兰著名画家，他的画画面复杂且有别具一格的圣像，代表作有《天堂乐园》《圣安东尼受诱惑》等。

② 罗伯特·博斯（1861—1942）：德国实业家。1886 年，他在斯图加特开设了一家工厂，是专门制造汽车中的电气装置的。磁电机是利用永久磁铁产生磁场的小型交流发电机，是汽油机点火系统中的点火电源。

③ 皮特·勃鲁盖尔（1525—1569）：荷兰著名画家，擅长以西方风俗的手法处理宗教题材，作品多以画农村景色、反映农民生活和社会风俗为主。

极了。"

"得了，"博比说，"什么老前辈，我们都别信那一套，谁都没见过世界末日呀，那些个老前辈们又怎么会知道得比我们多呢？"

"话虽这样说，但只怕没那么容易超过他们。"

"对于咱不能超越他们我压根儿就不信，"博比说，"管保我们的画一问世，再也无人问津他们的画了。"

"大家再来一杯怎么样？"

"哎呀，我都忘了自己身在何方了，噢，是在酒吧了，真要命！上帝保佑，还有王太后呢，汤姆，我们一聊起来连今天是什么大日子都忘了。来，我们大家一起来为王太后的健康干一杯，我请客。"

说完他给自己斟了一小杯朗姆酒，然后把剩下的半瓶布思牌纯黄金酒给托马斯·赫德森递了过来，盘子里还有半只酸橙、一把小刀，一瓶施韦普斯牌印度奎宁水。

"你自己调吧，我不想弄你爱喝的那个鬼名堂。真是喝个酒还玩那么多新鲜花样，活见鬼了。"

托马斯·赫德森调好酒，又拿过一个瓶子来，这个瓶塞上插着根鸥鸟羽毛管，他将瓶子摇了摇，给酒里滴了几滴苦味汁。见他都弄好了，博比将酒杯举起，可眼睛却又瞅向吧台的那一头。

"你们两位想喝些什么？请随便点吧，最好别是什么新鲜花样的。"

"'狗头'啤酒。"一个水手说。

"给！'狗头'啤酒，"说着，博比手伸到冰桶里，递给他们两瓶冰啤酒，"不好意思，没有酒杯了，那些个酒鬼成天摔的，都给摔光了。好！大家都有酒了吧？各位，现在我们为王太后干杯。也许王太后的眼里根本没有本岛，估计咱也沾不上王太后多大的光，可我还是要提议：各位，为王太后请干掉此杯。愿上帝保佑她平安。"

大家在博比的提议下，都为王太后的健康干了一杯。

"我们的王太后也是位伟大的女性，"博比说，"我总觉得她有些古板。我认为比较和蔼可亲的还是亚历山德拉王太后①。不过庆贺当今王太后的华诞我们还是很衷心的，上次大战，我们岛上就有一个同胞，在战场上英勇奋战，一条胳膊被打断了，所以啊，本岛虽小，爱国我们却是不甘落后哪。"

"你刚才说今天是谁的生日？"有个水手问。

"英国的玛丽王太后，"博比说，"就是当今英王的母亲。"

"也就是说，'玛丽王后号'就是以她命名喽？"另一个水手问。

"是的，来，汤姆，"博比说，"为玛丽王太后，咱们哥儿俩再来干一杯。"

---

① 亚历山德拉王太后（1844—1925）：英王爱德华七世（1841—1910）的王后。1901—1910年，爱德华七世在位。他的继位者为乔治五世，王后即为玛丽（即文中所说的当今王太后）。

# 第四章

天色渐渐黑了下来，海滩虽小，港湾里却有不大不小的三个码头，夜色中的船舶也准备回港，早已收起了挑出在船外的支杆，沿着航道一一归航，终于在码头前边的泊位上安静地停泊下来了。海边微风轻柔地吹着，蚊虫也不见踪影。潮水退去的速度很快，船上的灯光映照得海水绿幽幽的，海水湍急地流着，好像要把码头的脚桩都一并吞下去似的，就连那两个人所在的那条大游艇的船尾处也被海水搅得漩涡连连。为了防止船只碰撞，码头的脚桩上绑着几个卡车的旧轮胎，在游艇外壳木板的反光映射下，黑黢黢的水中投下了岩石的一圈圈浓浓的倒影。附近水里的颚针鱼对亮光最感兴趣，都逆水游来这里，浮在那里不进不退，只摆动着尾巴。这些又细又长的颚针鱼，也像海水那样给照得绿幽幽的，不过此刻它们可不是来觅食的，也不是在这儿嬉戏，只是浮在那里不想游走了，它们对这灯光已经看入了迷。

这艘名叫"独角鲸"号的游艇是约翰尼·古德纳的，他和汤姆正在游艇上等候罗杰·戴维斯。此刻"独角鲸"的船头正迎着退潮，在它船后相邻的泊位上也停泊着一条游艇，船主正是那对成天混在博比酒店里的男女。这两条游艇舱式豪华，始终保持着船尾对船尾的架势，缆绳各自被拴得牢牢的。约翰尼·古德纳坐在船尾的一把椅子里，把脚搁在另一把椅子上，右手端着一杯"汤姆·柯林斯"①，一只青皮的墨西哥长辣椒则拿在左手。"真是妙不可言啊这感觉，"他说，"这边先咬上一口，嘴里满是火辣火

---

① 以金酒（杜松子酒）加上苏打水、柠檬汁、糖汁和冰块调和而成的一种酒。据说，汤姆·柯林斯酒是以一个善调此酒的酒店侍者的名字命名的。

辣的，那边再喝上一口凉爽的'汤姆·柯林斯'，不出片刻，马上满嘴都是要命的冰凉。"约翰尼·古德纳先吃上一口辣椒，咬了一口就咽下去，然后迅速卷起了舌头，"嘘"的一声呼出一口长气，再端起大酒杯赶紧猛灌上一大口。非常享受地一眯他那双灰眼睛，接着他丰满的下嘴唇舔了舔上嘴唇，笑了出来。事实上，他看上去总是似笑非笑的样子，大概是因为他的嘴是爱尔兰人特有的那种，嘴角有些上扬的缘故。这样从他的嘴角显然是很难看出他的性格如何的，比较招人注意的，除了他那薄得出奇的上嘴唇，还有他的那双眼睛，总让人忍不住想多看几眼。他的身量个头属于中等略偏重的类型，此刻看去神气还不错，正浑身舒坦地靠在那里。不过他这神气要搁在正常人的脸上那就只能算是面色欠佳，像是得了什么病似的。你看他一张脸都被晒得黑黢黢的，就连鼻子和前额都已被晒得脱了皮，头上也已经有些谢顶，所以他脑门显得特别的高。他的下巴那儿有一道疤，如果把这道疤往中间挪一点儿的话，没准儿人家还当它是个小酒窝呢。他的鼻梁也稍有点儿扁平，不过还算不上是个塌鼻子，不细看很难觉察到他奇特的鼻子，只是给人感觉就像是一位现代雕刻家拿块石头即兴雕个头像，在鼻子的部位不小心下手略重了那么一点儿，所以那么一点点就多凿去了。

"近来在干些什么呀，汤姆？"

"一直都在画画。"

"我就知道你只会画画。你这个没出息的小子！"说完约翰尼·古德纳又咬了一口辣椒。那辣椒瞅着足足有半尺来长，只是有些皱巴巴、瘪塌塌的样子。

"辣椒也就辣第一口，"他继续说，"就好像爱情的创伤一样。"

"净胡说八道！辣椒明明是两头都辣的。"

"好吧，那爱情呢？"

"爱情？全是扯淡！"托马斯·赫德森说。

"你看看你，说这种气话何苦呢？你已经被敏感侵袭了，要这样下去指不定你会变成什么样的呢？我看这岛上的牧羊人都是疯子，都有疯病，难道你也想跟着他们发疯不成？"

"拜托，约翰尼，这个岛上是不养羊的。"

"不养羊哦？那一定就是养蟹喽？那就是养蟹的人都有疯病，"约翰尼说，"我的意思是不希望你钻牛角尖，死活不出来。来拿根辣椒，尝尝味道。"

"我早尝过这味道了。"托马斯·赫德森说。

"唉，你在我这儿吹嘘你的光辉历史一点用都没有。"他说，"我还不了解你的身世？那些八成都是你编出来显摆的，我这心里可清楚着呢！你大概想说辣椒都是你用牦牛驮着传入巴塔哥尼①的吧！不过我告诉你啊，汤米②，我这个人的思想是很新的，一点也不老土。辣椒我也吃得多了，我什么都喜欢尝试也都尝试过，往里面放什么馅儿的都有：有的放鲫鱼肉，有的放鳕鱼干，有的放智利鲤鱼，也有的放墨西哥斑鸠胸脯肉，放火鸡肉的，甚至放鼷鼠肉的。吃得我就跟当了国王似的，那叫一个得意啊。不过这些个吃法看似新奇，其实都是搞的邪门歪道，味道远不如这干巴巴、瘪塌塌、长长的光杆辣椒一根，也不放任何馅儿，虽然貌不惊人，可一旦蘸上些浓浓的'楚潘戈'沙司吃起来，那味道真是妙极了。呸，去你的浑蛋——"只见他舌头又缩起了，嘘出了一口长气，"我咬太多了，啊，辣死我了！"

果然，他又端起"汤姆·柯林斯"猛灌了一大口。

"嘴里辣得要命，总得喝一口清凉清凉吧。"他还挺有理由，"所以吃了辣椒，我喝酒是名正言顺的，你再来点儿什么吗？"

"那就再来一杯金汤力吧。"

---

① 巴塔哥尼：位于南美洲东南部的一片高原。一部分属于阿根廷，一部分属于智利。

② 托马斯·赫德森的昵称。

"来呀，"约翰尼喊了一声，"给姆库布瓦①老爷再来一杯金汤力。"

"您请，汤姆先生。"很快弗雷德送酒上来了，他是约翰尼游艇的船老大在岛上雇的几个小厮之一。

"多谢，弗雷德。"托马斯·赫德森说。

"这一杯为我们亲爱的王太后，愿上帝保佑她健康。"两人一边碰杯一边说，然后一起喝了起来。

"那个老色鬼怎么还不来，跑哪儿去了？"约翰尼嘟囔着。

"还在他自己屋里呢吧。一会儿就到了。"托马斯·赫德森说。

约翰尼又接着吃他的辣椒，这会儿倒没有再辣椒长辣椒短地叨叨，待他把杯里的酒都喝完了，他说："汤姆老兄，跟我说说吧，你到底过得如何？"

"我嘛，挺不错的啊，"托马斯·赫德森说，"我已经过惯了在这里的生活，一个人自由自在的，平日里也就画些画。"

"你真喜欢在这儿生活？真愿意待在这儿一直画下去？"

"是的，约翰尼。在这儿我其实过得挺好的。我已经厌倦了像以前那样东奔西走地画画。现在我宁愿待在这儿画画，不骗你，这样安安静静的生活好极了。"

"论地方这儿倒是真不赖，"约翰尼说，"可像我这样的人，一向是喜欢起来恨不得马上就要，讨厌起来恨不得马上就甩，长期待在这样的地方我哪儿能受得了？也只有像你这样胸中有些才华的人，才会觉得这个地方挺好。哦对了，听说罗杰觉得没有脸见我们，是真的吗？"

"听你这么说，看来这个事情挺有影响的啊。"托马斯·赫德森说。

---

① 姆库布瓦：系斯瓦希里语，也许是托马斯·赫德森早年在东非时有过这么一个称呼。

"那可不，我就是在大陆沿海一带听说的。"约翰尼说。

"他在那边做什么啦？"托马斯·赫德森不由得好奇起来。

"我也不是很清楚他的事情，据说相当不光彩。"

"真的很不光彩？"托马斯·赫德森疑惑地问道。

"你的意思我懂，不过事情并不是你想的那样。更何况这光彩不光彩的，在那边自有另外一套评价标准。只是听说他迷恋一个漂亮姑娘，好像还没成年。不过话说回来，那边人的'规格'本身就比较大，从他们那里来的橄榄球球员身上就看得出来这一点。大概的确是因为那边的气候条件比较特殊，吃的蔬菜又新鲜，再加上其他种种因素，只有十五岁的黄毛丫头看上去就跟一个二十四岁的大姑娘差不多，真是要命。回头真要长到二十四岁，就都成了梅·惠蒂女爵士①啦。啊啊，你要还是个光棍的话，可得仔细看看这些姑娘们的牙口才好呢。开个玩笑嘛，牙齿能看得出什么名堂来呢。这些丫头基本上都有父母，就算没有双亲也一定有个单亲，而且她们个个都非常饿。要说这可跟气候脱不了关系，只有那样的气候才形成那样大的胃口。你说人吧毛病多，有时候心太热，心里一热就会干错事：忘了看看她们的社会保险卡或驾驶执照。在我看来，衡量一个人到底有没有成人的标准，就不应该只是看他们的年龄，有的冤案不就是光看年龄才造成的吗？太多太多了，真是数不胜数啊。所以啊，这个标准应该全方位地看，包括体重、身材以及总的行事能力。再说了，你听说过早熟还受责罚的吗？恰恰相反，谁都认为学徒工拿一点月例钱那是天公地道的。还有要当心的，就是赌马。不能让人抓住一点毛病，我就是被这档子事整得很惨。不过，听说罗杰老兄让人家抓住的把柄却不是这个问题。"

"是吗？我什么把柄被人家给抓住啦？"罗杰·戴维斯问。

---

① 梅·惠蒂（1865—1948）：英国著名戏剧演员。70岁后她重登银幕，演绎的老人角色堪称一绝。

这个罗杰老兄，当他下了码头，因为脚上穿了双麻底鞋，所以跳到甲板上的时候，竟然没有发出一点声响。他上身套的那件至少大了三个尺码的运动衫，下身又穿了一条粗蓝布的旧工装裤，裹得紧绷绷的，整个人看起来显得身形奇大。

"嘿!"约翰尼嚷道，"你这家伙，既不按铃也不敲门。我正跟汤姆说来着，我说我也不清楚人家到底抓住了你什么把柄，反正搞了未成年的'祸水小姐'这档事儿肯定不是。"

"好了好了，"罗杰语速有些快，"咱们不谈这些。"

"你凭什么那么横啊?"约翰尼说。

"我这哪儿是横啊，"罗杰解释说，"我是客客气气地求你们放过我吧。你船上还有酒喝啊?"他又瞅了瞅后边那条船尾对着他们的舱式豪华游艇。"挺豪华啊，那船是谁的?"

"你不知道啊，就是混在庞塞酒店里的那对男女的。"

"哦，"罗杰说，"真是的，甭管这些个丢了脸的家伙，我们先来喝一杯。"

"来呀。"约翰尼叫了一声。弗雷德立刻从舱里钻出来，过来问："先生有什么吩咐?"

"看看那两位老爷想要喝点儿什么。"

"好的，两位先生请吩咐。"弗雷德说。

"这回我的向导兼顾问是汤姆先生，"罗杰说，"他喝什么我也就喝什么。"

"今年来这儿野营的人多吗?"约翰尼问。

"迄今为止还只有两个，"罗杰说，"就是我的顾问和我两个，哈哈。"

"你就说'我和顾问俩'岂不更简洁?"约翰尼说，"真不知道你都是怎么写的书。"

"这个啊，反正花两个钱就可以请人替我修改语句，顺便改掉不当之处。"

"能不花钱你岂不是赚得更多，"约翰尼说，"我刚跟你的顾问在这儿聊天来着。"

"顾问说他打算一辈子住在这个岛上了，还说他在这儿过得日子开开心心，真是心满意足。"

"你还真应该去那个地方看看，"汤姆也对约翰尼说，"有时他也请我去喝两杯。"

"那儿是不是有漂亮姑娘？"

"这倒没有。"

"没有？那你们两位老兄都在做些什么呢？"约翰尼好奇地问。

"我感觉自己一天到晚忙忙碌碌，就没闲过啊。"

"我记得你以前也常来这儿，有时还小住一段时间。那时候你们都做些什么呢？"

"不外乎就是喝酒、游泳、吃饭。汤姆画画的时候，我就看看书，谈谈天什么的，想钓鱼的话就去钓鱼，想游泳就去游泳，游累了回来再喝点儿酒什么的，再美美地睡上一觉，一天就这样舒服地过去了。"

"也没有娘们？"

"没有娘们。"

"这种生活气氛似乎不大对劲吧。反正我总觉得这不大正常。难道两位老兄是抽了不少鸦片吗？"

"汤姆，你来说？"罗杰问。

"这个，必须要挑头茬的。"托马斯·赫德森故作深沉地说。

"大麻呢，长得都还不错吧？"约翰尼问。

"汤姆，种大麻了没有？"罗杰问。

"去年没什么收成，"托马斯·赫德森说，"雨水太多了，全被冲了个精光。"

"你们说的这些，当我听不出来吗？"约翰尼喝了口酒说，

"只有一点我听了很高兴：你们喝酒还是照喝不误；照你们这样生活，两位老兄的境界堪称大师了，这分明已经到了出家修行的地步了，汤姆现在已经大彻大悟，看透红尘了？"

"汤姆你自己说说？"罗杰问。

"我还跟以前那样对待上帝啊。"托马斯·赫德森说。

"很虔诚的？"

"我们一向是奉行信仰自由的，"托马斯·赫德森说，"信仰什么宗教是个人的意愿，你自己只管自己的活动就好了。岛上有个棒球场我觉得还不错，除此之外活动的地方多的是。"

"要是轮到上帝上场击球，我管保投给他一个快球，又高又刁的那种。"罗杰说。

"罗杰，"约翰尼略带责备地说，"亏你还是个作家呢。你难道没看见这会儿暮色四合，夜幕降临，已经到了黄昏时分？天黑以后还这样说话可要不得，这是不尊重上帝啊，说不定他这会儿正举着球棒，就站在你背后呢。"

"他不出来击球才怪呢，"罗杰故作深沉地说，"就在不久前我就见过他来击球，你信不信？"

"那可不，"约翰尼说，"我还见过他打出了一个安打，所以对于你投出的快球，他准能一棒就击中，让你输得落花流水。"

"是啊，你还会没见过吗，"罗杰顺着他的话儿继续说，"别说你见过，就连汤姆也见过，咱都见过。只要上帝来了，我要用一记漂亮的快球投给他，让他出局，你们信吗？"

"咱还是弄点儿东西来吃吃吧，胃已经抗议了。"约翰尼说，"先不谈上帝了啊。"

"那个糟老头儿，成天在海上替你开着这玩意儿到处跑，不知道现在饭菜做得怎么样啊？"托马斯·赫德森问。

"他做海鲜杂烩浓汤可是一绝哦，"约翰尼说，"今天晚饭就可以吃到清烧的鸽鸟，就是那个一身金黄的金斑鸽鸟，每人再加一份蛋炒饭，都是黄澄澄的。"

"瞧你这满口金啊黄啊的，这怎么听起来就像在搞室内装修似的，"汤姆说，"不过这个季节的行鸟鸟还不是一身金黄，你这鸟是在哪儿打的？"

"在南岛①打的。我们的船开到南岛后，又想下水游泳，于是靠岸泊好船，然后就畅快地游泳了。游着游着我发现空中飞着行鸟鸟，还挺多，我兴奋地吹了个口哨，没想到鸟群就飞了回来，于是这样一连两次，每次都打下了几只。所以今晚每人都有两只可以吃。"

晚饭后，他们仨悠闲地坐在船尾的甲板上，借着澄净的夜色，喝着咖啡抽着雪茄。这时，另一条船上走过来两个人，远看起来像游手好闲的浪荡汉，只不过一个带着吉他，一个带着班卓琴，这就可以判断出他们是艺人。渐渐地，码头上也聚起了一帮黑人，于是他们当下断断续续地唱了几支歌，抱着吉他的名叫弗雷德·威尔逊，码头上那帮黑咕隆咚的黑人热情似火，一支歌唱开个头，弗雷德·威尔逊就接着边弹边唱了，抱班卓琴的是弗兰克·哈特，他好像对这歌不熟，要不就是不会摆弄班卓琴，只是在一旁胡乱凑合。唱歌实在不是托马斯·赫德森的强项，他索性就坐在一边，在黑黑的夜色中当个安静的听客。

从水面上望去，能看到博比酒吧的店门大开，一派灯火辉煌，酒店里正搞着热闹的庆祝活动。潮水依然在以很猛的势头退去，水上但凡照得到灯光的地方就能看见有鱼儿在那里扑腾乱窜。汤姆知道，那些扑腾乱窜的鱼儿多半是灰鲷，它们这会正享受着美餐，因为潮水里裹挟着许多小鱼。有几个黑人小伙子看到了扑腾的灰鲷就用钓线在那里垂钓，可能是觉得鱼太多所以连钓竿都不用，可是，这样钓上钩的鱼儿很容易逃脱，时不时地就听

---

① 南岛：是比美尼双岛中靠南的岛屿。

见他们在那儿骂骂咧咧，应当是鲷鱼逃了引发的，有时钓上来了一条，便又能听见鲷鱼在码头上直扑腾的声音。当天下午，离黄昏还很早，有条渔船捕到一条旗鱼，大家伙儿很兴奋，把鱼吊起来拍了照，过了磅，就宰了。所以这帮小伙子就用大块的旗鱼肉做钓饵，因为那水里是有大鲷鱼的。歌声使码头上慢慢热闹起来，渐渐地好多人围过来了。有一个叫鲁珀特·平德的黑人，即使在黑人里面也算是个特大号的彪形大汉，此人总是以一名战士的身份自居。据说力气蛮大，有一次他曾独自背起一架钢琴，一个人顺着王家国道，从官家码头一直背到那个已经被飓风刮倒的老夜总会。这会儿他也来到码头上，禁不住同伙的提议，便向船里喊道："约翰尼船长，弟兄们说他们的嘴巴都干啦。"

"去买点儿喝的吧，别喝那种有伤身体的啊，鲁珀特，还要少花钱。"

"遵命，约翰尼船长。我们喝朗姆酒①就行。"

"这个我和你们的想法不谋而合，"约翰尼说，"那最好还是去买一坛好了，因为买一坛喝的话比较划算。"

"多谢约翰尼船长。"鲁珀特答应了一声，就带头从人群当中挤过，去买酒了。酒的磁力还是立竿见影的，瞧，人群一下子散去好多，都跟着鲁珀特去了。托马斯·赫德森看他们径直往罗伊的酒店去了。

就在这会儿，从停泊在布朗码头的一条船上呼的一下飞起了一枚烟火，直蹿到高高的半空中，又啪的一声开了花，整个海港顿时一片通明。跟着呼的一声，又有一枚飞了起来，这一回因为是斜着放出去的，一直飞到了他们那个码头的左侧尽头处，才在头顶上啪的一声炸开了花。

"他奶奶的，"弗雷德·威尔逊愤愤地说，"我们也早就应该

---

① 朗姆酒：一种低度酒。

差人到迈阿密去买一些烟火回来。"

就在这时候，码头上各路烟火齐起，照亮了夜空，呼呼之声、啪啪之声早已响成一片。在忽闪忽闪的亮光中，码头上走回来了鲁珀特几个人，他的肩上还扛回来了一个挺大的物件，一个外面套着柳条筐的大酒坛子。

这边又有人在船上放了一枚烟火，在码头的顶上伴着闪光轰的一声炸开了，下面的人群被照得一清二楚：一个个都是全身黑，瞧，胳膊黑黑的，脖子黑黑的，脸黑黑的，鲁珀特更是宽肩膀、粗脖子、扁脸盘，肩上扛着的套着个柳条筐的酒坛和脑袋紧偎着，脸上充满了爱惜而又得意的表情。

"快去拿杯子来，都拿搪瓷杯子来啊。"他回过头去对跟在后面的人说。

"可我们只有铁皮杯呀，鲁珀特，怎么办？"有个小伙子说。

"没有就去买。"鲁珀特说，"得要搪瓷杯子，铁皮杯子使不成。给，我这儿有钱，你们都上罗伊店里买去。"

"去把我们的信号枪拿来，弗兰克，"正在船上的弗雷德·威尔逊对弗兰克·哈特说，"咱趁此机会打掉旧的信号弹，当作礼炮岂不是很好，后边得空我们再换些新的？"

鲁珀特一副神气十足的样子，不过使命感很强，一直守着他的酒坛子，等着人家拿杯子来盛酒，有人却拿了一只长柄锅来，鲁珀特索性就先给倒上一锅，大家也就传来传去喝了起来。

"让小兄弟们先喝，"鲁珀特还不忘叮嘱一句，"喝吧，小子们。"

这会儿歌声还在继续唱，不过已经是百花齐放，各唱各的了。可能觉得放烟火还不够过瘾，有的船上就开始鸣枪，长枪短枪都有。布朗码头上甚至冲锋枪都开起了，只见那红红的曳光弹掠过水面，打着水漂似的终入了水。一开始只听到三四发的短点射，也许鸣枪的嫌短，干脆又"嘟嘟嘟"的扫上一梭子，响声过后，就看见一连串红色曳光弹尾随着一道漂亮的弧线划过港湾上空。

弗兰克·哈特终于将信号枪和各色信号弹取了来，正提着箱子下船，来到船尾，那边码头上也正好把杯子都拿来了，鲁珀特的一个帮手就在那儿动手给大家斟酒，一杯杯递给大家。

弗兰克·哈特手上端着枪，早已装好了信号弹，他嘴里念着"上帝保佑王太后！"，然后一扣扳机，只见信号弹"嗖"的一声，越过码头的尽头，弗兰克应当是没有朝空中发射，只见信号弹直奔博比先生那大开着的店门而去。好在这信号弹是打在了门旁的混凝土墙壁上，因为在珊瑚岩大道上炸开的弹药都熊熊燃烧起来，顿时周边一片白晃晃的光芒，照得通明通明的。

"小心呢，"托马斯·赫德森提醒说，"别小看这种信号弹，弄不好也是会烧伤人的。"

"小心个屁，"弗兰克说，"老子倒要看看叫那些专员官邸吃我一家伙后是什么样的。"

"可别呀，房子烧着了怎么办啊。"罗杰也在一旁提醒他。

"房子烧了我赔不就是了嘛，有什么大不了的。"弗兰克说。

又一记信号弹在天空中划出一道弧线，这回真的就是直奔那白色门廊的高大府邸而去的，可惜还没到专员府上的门廊呢，弹药就已经烧成了亮堂堂的一片，看来还是距离远够不着。

"亲爱的专员大人，"显然弗兰克还不死心，"你这个浑蛋，今儿个好好看看我们到底爱国不爱国。"趁着说话的工夫，弗兰克又将一颗信号弹上了膛。"弗兰克，你还是小心点儿的好，"汤姆继续劝他，"像这样耍火暴性子，也没啥意思。"

"可今天晚上我就是想痛快一下，"弗兰克说，"我不痛快一下就没法为亲爱的王太后祝寿了，可我自己不要就真的没意思啊。汤姆，闪一边儿去，看我一枪打到布朗码头上。"

"真是的，你不知道吗？布朗码头上堆着汽油桶呢。"罗杰说。

"放心放心,我很快就好。"弗兰克向他保证。

结果呢,也不知道这个弗兰克当真是枪法不济,还是说他一心只是想要逗逗托马斯·赫德森和罗杰,反正是枪枪都没打中。关于这点,托马斯·赫德森和罗杰心里也都吃不准,不过心里边还是有一丝轻松了,但有一点他们还是很有谱的,那就是,他们还没见过这世界上有拿着一支信号枪说打哪儿就打哪儿的家伙,像弗兰克这样的人也太无聊或是火气盛了,那码头上堆着的汽油桶很多呢。

弗兰克站直了身子,垂下了左臂,细心瞄准,俨然一副决斗般的架势。这回信号弹打到了码头较远的一头,也就是堆着大堆汽油桶的最前端,也许是心灵感应还是怎么的,信号弹蹦起来又反弹到水里,大伙心里又一块石头落了地。

"喂!"只听停靠在布朗码头的船里有人嚷嚷了起来,"你们在闹什么鬼把戏啊?往哪里打呢!"

"看吧,我这一枪也能赶上神枪手的枪法了吧,"弗兰克说,"好,我接着来打专员的官邸。"

"你还是趁早停手吧,别惹麻烦。"托马斯·赫德森对他劝道。

"鲁珀特,"弗兰克朝码头上打招呼,"让我也来一口,行不行?"他根本就不理睬托马斯·赫德森在说些什么。

"好啊,弗兰克船长,"鲁珀特说,"你有杯子吗?"

"给我拿一只杯子来,"弗兰克左右看了看,对站在身旁看热闹的小斯弗雷德说。

"遵命,弗兰克先生。"

小斯弗雷德匆匆忙忙地取来了杯子,他脸上好像发着光一样,充满了兴奋和欢喜。

"弗兰克先生,你是打算烧掉专员大人的官邸啊?"

"如果真要着了火，那就烧掉吧。"弗兰克漫不经心地说。

站在码头上的鲁珀特接过杯子，斟了足足大半杯酒递给船里的弗兰克。

"为我们亲爱的王太后干杯，愿上帝保佑她。"弗兰克举杯一饮而尽。

虽说喝的朗姆酒酒精含量极低，可大伙这么个喝法与痛饮没什么分别了。

"愿上帝保佑她，愿上帝保佑她，弗兰克船长。"鲁珀特跟随弗兰克，也郑重其事地为王太后祝酒，于是在场的人也都跟着同声应和："愿上帝保佑王太后。对对，保佑她健康。"

"好吧，现在我就专心伺候专员大人吧。"弗兰克说。他举起信号枪笔直地对着天空就是一枪，可是这回跟风向有些相背，而且因为这次装的是颗伞投照明弹，风一吹，只见那团耀眼的白光飘飘荡荡地，直落到游艇的后面去了。

"你这是怎么啦，弗兰克船长？"鲁珀特说，"像这样打，啥时候才能打到专员大人的公馆呢。"

"着啥急，咱先照亮了看看这一派的美景，"弗兰克说，"专员大人的事，迟早要办的！"

"其实啊，专员大人的公馆是很容易烧起来的，弗兰克船长，"鲁珀特俨然当起了弗兰克的"参谋"，"你想想看啊，有两个月没下雨的岛上已经干成什么样子了，我这倒不是有意要煽动你，事实上专员公馆就是一堆干柴火，那是一点就着啊。"

"警察在这附近吗？"弗兰克问道。

"你用不着操心警察了，"鲁珀特说，"他们鬼精鬼精的，都躲着呢，还巴不得什么都看不见，都不用管才省事呢。你就只管开枪吧，而且我敢保证这码头上谁也没看见有人开枪。"

"你瞧这码头上的人，个个都面孔朝下趴在地上，啥也看不见，"在后面的人堆里不知是谁也附和着说，"这里的人什么也没有听见，保证也什么都看不见。"

"这样吧，在场的都听我的命令，"鲁珀特这会儿不知怎么了，拼命为弗兰克打气，"大家听到我的命令就都把脸背过去啊，保证啥也看不见。"给弗兰克打完气他又接着煽风点火，"相信我，咱们专员大人的那幢房子有些老了，就相当于一堆干柴，包你一点就着。"

"哼，我倒要先看看你能不能说到做到。"弗兰克说。

说话的工夫，他又装上一颗伞投照明弹，迎着风对天就是一枪。果真，在徐徐飘落的耀眼的白光下，只见码头上的人要么趴在地下，要么就是扑面卧倒，而且都掩住了双眼，无一例外。

伴随着照明弹渐渐熄灭，从黑暗中传来鲁珀特深沉的嗓音，没了刚才煽风点火般的戏谑，取而代之的是非常严肃："无限仁慈的上帝啊，赐给弗兰克船长勇气和力量，烧了专员公馆吧，愿上帝保佑你。"

"那个，专员的太太和孩子也在那儿？"弗兰克问。

"放心吧，我们会去把他们救出来的。你就专心发射吧，"鲁珀特说，"只是要烧他的公馆又不是烧人，况且我们也绝不会波及无辜，放心，那些无辜的人是不会受到半点伤害的。"

"嘿，你们怎么看，到底要不要烧？"弗兰克将头转向后舱里，向那几位征求意见。

"唉，快收手吧，"托马斯·赫德森说，"这号事可不是开玩笑的，干不得啊。"

"有何干不得？反正我明天一早就走了，"弗兰克说，"不瞒你们说，我都已经办妥了结关手续。"

"那就痛痛快快地烧吧，"弗雷德·威尔逊也跳出来说，"我看当地人好像都很赞成，你不要磨蹭了。"

"下决心去烧吧，弗兰克船长，"鲁珀特还在拼命给他打气。他趁热打铁地冲着大伙儿问道："咱们听听大家的意见，大伙儿，烧还是不烧?"

"烧了！烧了！快去烧了吧，愿上帝赐给你力量!"码头上的那帮子人齐声吆喝。

"难道就没有人主张不烧吗?"弗兰克这会儿有些犹豫，忍不住问他们。

"烧了吧，保证没人看见，大伙儿在这儿啥也没听说，咱连个屁也没放。弗兰克船长，烧了吧。"

"好吧，真要烧的话，那还得再打两枪，练习练习。"弗兰克说。

"我说，这事儿你真要干? 我可不能留你，就得撵你下船，别怪我不客气啦。"约翰尼说。

弗兰克瞅了他一眼，约翰尼的头微微一摆，但是罗杰和码头上那帮子人只是瞅着弗兰克，都没有注意到他这个极其细微的动作。

"瞧瞧，他已经吓得不成人样了，"他说，"为了让我能铁下心来干，鲁珀特呀，再给我来一杯吧，一杯就好!"

说着他就把杯子递了过去。

鲁珀特趁此机会，弯下腰来凑到他跟前说："这件大事你今天要是干了，这能成为你一辈子的光彩啊，勇敢的弗兰克船长。"

此刻，码头上的那帮子人已经欢快地迸发着疯狂，在那儿欢唱自编的新歌："弗兰克船长来到咱们港，今晚大伙儿乐了个畅。"稍微停顿了一下，又来唱一遍，这回声调唱得越发地高了，"弗兰克船长来到咱们港，今晚大伙儿乐了个畅。你看我们痛快不痛快。"

那后一句"今晚大伙儿乐了个畅"一声声唱得好比咚咚响的擂鼓，威风而又震耳。然后大家伙儿又接着往下唱："专员骂鲁珀特理不当，还骂'肮脏的黑狗'真不应当，等弗兰克船长信号枪一响，他的公馆被烧个精光呀烧个精光，就盼烧个精光。"

唱完这段，接下来他们又唱回原先的那个调子，这游艇上至少就有四位是听到过这歌调的。其实这是一支起源于非洲的老调。在非洲的早些年月里，马林迪①、拉木和蒙巴萨之间的沿海大道上必须依靠渡船摆渡，才能够过河。而替渡船拉纤的黑人在一齐使劲时就需要吆喝，所以他们就即兴地编些劳动号子来唱。这个调子就是这样编出来的。既然都是现编的，渡船上的白人乘客往往就被他们拿来作编派号子唱歌的对象。好比大家伙正在唱的这首——"弗兰克船长来到咱们港，今晚大伙儿乐了个畅，弗兰克船长来到咱们港"，唱到这里时会有一连串花腔翻得很高：含着挑战的意味，很明显，这挑战里还满含着轻蔑，似乎已经看准了对手准得完蛋。最后才雄赳赳气昂昂唱出了后面的一句，咚咚咚擂鼓般的一声："今晚大伙儿乐了个畅！"

大伙儿还在外面唱呢，鲁珀特弓着腰，探身到后舱来。"你瞧见没有，弗兰克船长？"他一副继续给他打气的架势，"瞧瞧，你还没有干出来光辉事业呢，大家伙对你支持得不行，已经在为你唱赞歌了。"

"看这样子怕是已经不容我不干了。"弗兰克向托马斯·赫德森表白了一句，然后对鲁珀特说，"行，让我再练一枪，看能不能成功。"

"好嘞，枪法就是愈练愈精的。"鲁珀特见此形势好不欢喜。随即，码头上就有跟风的人吆喝："弗兰克船长就要练枪开杀戒喽！"

"真不愧是条好汉子，弗兰克船长，上帝保佑你。"

"你不知道吧，弗兰克船长撒起野来可比野猪还凶呢。"又一个声音说。

"鲁珀特呀，请再给我来一杯酒吧。"弗兰克说，"我现在倒

---

① 位于肯尼亚东部沿海的城市，马林迪位于拉木和蒙巴萨之间。

挺需要它，不是想要靠它壮胆，我这次有了它帮忙希望瞄得准点儿。"

"弗兰克船长，请！愿上帝给你当准星，"鲁珀特迅速地把酒递下船来，并对着大伙儿说，"弟兄们，咱接着唱那首歌献给弗兰克船长啊。"

弗兰克仍然是一饮而尽。

"看我练这最后一枪，"说完他就一扣扳机，信号弹飞快地掠过船后那条舱式游艇的头顶，这回径直飞到布朗码头的汽油桶上，又弹了一下后最后落在水里。

"真是个没得救的浑蛋。"托马斯·赫德森悄悄骂了一句。

"你给我闭嘴，这一枪可是我的得意杰作哪。"弗兰克耳力还行，毫不客气地回敬了托马斯·赫德森一句，"我不像你这个煞风景的假正经。"

就在这时候，从后面那条游艇的后舱里钻出来一个人，这人来到船尾大喝一声："你们这些猪猡都给我听着，别再闹了，行不行？下面舱里有位太太要睡觉哪。"大家看见这位男士身穿睡衣却有裤无衫。

"太太？"弗雷德·威尔逊问。

"对，就是我的太太。谁还会骗你不成，"那人说，"哪知道今天这么倒霉，碰上了你们这帮混账家伙，没完没了地打那些个信号弹，害得她简直是连眼都合不了，这还怎么睡觉呢？"

"我有个睡不着的药方，那就是给她吃两片安眠药试试吧？"弗兰克说，"鲁珀特，这就派个弟兄去买几片安眠药给太太送来。"

"你这个人怎么就这么不开窍呢，老板？"弗雷德·威尔逊说，"你太太睡不着你得先反思一下，反思你自己这个当男人的有没有当好，反思你哪里让她不省心，怎么就说一定是我们闹的？我看，如果是你这个男人当好了，她也就安得下心睡得香睡得美了。说不定她睡不着的真正原因，是因为内心苦闷，硬压着一团火，这样怎么睡得着呢？你还别不信我，我太太去看精神分析医生，医生就是这样跟她解释的。"

真要论理的话，弗兰克是论不过人的，可这几位都是蛮不讲理的粗汉，再加上那个家伙已经灌了一天的酒，还摆出这种态度来跟人交涉，可见走的这第一步棋就是一个败举。约翰尼、罗杰、托马斯·赫德森，他们三个发现了这一点，索性就在一边儿看着，谁也不吭声。眼瞅着另外两个家伙，从对方踏上船尾、大骂"猪猡"的那一刻起，就站在那儿一唱一和，默契十足，如果放在棒球场上，就是一对配合默契的游击手和二垒手。

"你们这群没有素质、肮脏的猪猡！"那人依然站在船尾骂骂咧咧，不过看来他肚子里的词汇也是相当有限。尽管已经把后舱的灯打开了，但还是很难看清那人的面貌，也说不准他的确切年龄到底有多大，看上去也就在三十五到四十之间吧。巧的是，托马斯·赫德森今天已经听了不少人说他的闲话，原以为此人面相一定非常不堪，现在有机会看见了倒觉得面相还行，远没有想象的那么糟糕，托马斯·赫德森还寻思他准是已经休息一会儿了。再一想：不对啊，这怎么回事，大家不都说他一直在博比的酒店楼上睡大觉吗，怎么跑船上来了？

"要不给太太试试宁比泰①这药，"弗兰克装得十分体己似的对他说，"我觉得这药不错，除非太太对这种药有过敏反应。"

"我就是想不明白他的这位太太过的这么滋润的日子，还有什么不满足的。"弗兰克话音刚落，弗雷德·威尔逊又对他说开了："我说老板，你一定是拉盖特②俱乐部里的一员狠将吧。瞧你这精壮的体格，看上去还真是棒得很呢。我倒要请问尊驾，你这

---

① 一种安眠镇静药戊巴比妥钠的商标名。
② 又称回力网球。一项在四面有围墙的场地内用球拍击球，利用围墙反弹的一种球赛，有单打也有双打。

贵体保养得如此精壮彪悍，究竟是花了多少本钱才做到的呀？弗兰克，你瞧瞧这老板，男式上衣这样漂亮、这样华贵，以前你见识过吗？"

"不过老板，有一点你就办得不地道了，"弗兰克接着对他说，"你还没意识到吧，你的睡衣好像是上下穿倒了吧，你睡觉时就这么穿着？说实在话，作为男人就这么套一条裤子，我这么个岁数今天倒还第一次见识这样的穿法。"

"听听，你们这些满嘴脏话的猪猡，怎么就不能安静点，让人家太太好好睡个觉呢？"那人说。

"别在这儿开口'猪猡'闭口'猪猡'的，问题是你怎么就不老老实实回你的舱里去睡觉呢？"弗兰克反问他，"在这儿乱嚷嚷得不好，要是惹上点儿麻烦事儿，你的汽车司机也不在，那可就没有人来照看你了。你不是还要等着汽车司机每天来送你上学的吗？"

"弗兰克，他还上什么学呀，"弗雷德·威尔逊将手里的吉他放下说，"你看不出来吗？人家现在是做大买卖的人了吗？他呀早长大啦，是个大孩子，当上大老板，干上大买卖啦。"

"哎哟，老弟，你真是个买卖人吗？"弗兰克问道，"那这笔账就不用我帮你算啦，你呀赶紧躲回你的舱里去算算吧，留在这儿没你一点便宜。"

"他这话说得在理，"弗雷德·威尔逊接着说，"你跑这儿来跟我们胡闹，对你有什么好处呀，所以，还是赶快回你的舱里待着去吧。声音大点儿又没什么，多听听也就习惯了。"

"你们这些肮脏的猪猡！"那人也不罢休，嘴里骂声不断，眼睛也狠狠地盯住了他们死命地看。

"我再说一遍，你这健美的玉体不适合待在这里，请回舱里去，好吗？"弗雷德·威尔逊说，"而且我相信你一定能想出办法让你太太睡着的。"

"你们这些猪猡，"那人还是不停地骂，就这一句来回骂，"你们这些下三烂的猪猡。"

"我说，你这'猪猡'长、'猪猡'短的都骂多久了，你骂人也不换换别的名堂骂骂吗？"弗兰克说，"你还是快回舱里去吧，听得人腻烦得很。你有那样的美男子胸膛，只有犯傻才跑到外边来呢，就今儿晚上外边这风，要是、着了凉那还了得？"

那人还是不回舱，一双眼睛死死地盯着他们，仿佛想把他们一个个都牢牢刻在心里似的。

"得了，别盯着我们看啦，你忘不了我们的，"弗兰克对他说，"万一你真要是忘了的话，以后有幸再碰面时，我提醒你就是了。"

"你们这些下流种子。"那人最后丢下这一句，转身钻进舱里去了。

"他是谁？"约翰尼·古德纳问，"我好像在哪儿见过他似的。"

"我知道他，他也应该认识我，"弗兰克说，"不过这样的人不提也罢。"

"是吗？他叫什么名字你可知道？"约翰尼又问。

"反正这人是草包一个，"弗兰克说，"草包的名字，还记他干什么？"

"我看倒也是，"托马斯·赫德森说，"刚才他被你们两个围攻得够呛。"

"对草包就该这样，就是应该受到如此围攻待遇。不过话说回来，我们对他还算是客气的。"

"得了吧，我看你就是缺少点同情心。"托马斯·赫德森说。

"刚才我倒是真听见一条哇哇乱叫的狗的声音，"罗杰说，"大概是信号弹吓到他们的狗了吧。弗兰克，我知道你正玩得高兴，闹了这么久，没有闹出人命案子来，我们还是把信号弹收起来吧。你这也算是万幸了，总算没有闯下什么大祸。既然如此，那又何必还要去吓唬一条可怜巴巴的狗呢？"

"哈哈哈，我看在那儿哇哇乱叫的是他老婆吧，"弗兰克喜滋滋地说，"来吧，我们再给他的舱里打上一颗信号弹，将他们的房中情景彻底大曝光。"

"那我可真要走人啦，"罗杰说，"有些玩笑可不是随便开的。比如开汽车，开飞机也是，我觉得这些就没有什么玩笑可开的。酒后这事儿显然也不能去干。再好比你现在闹着玩儿的吓唬一条狗，这有什么好玩儿的？我实在笑不出来。"

"请便！又没有谁要拦着你，"弗兰克说，"反正最近你让大家也都觉得头痛。"

"哦？是吗！"

"怎么不是？你们这些浑蛋，就是你，还有汤姆，到处装正经，老是扫人家的兴，你们这都算是改邪归正了哈，所以。想当初你们是怎么寻欢作乐的，怎么现在就不许人家乐了？哼，居然抬出一块叫什么社会公德心的崭新招牌，还冠冕堂皇的。"

"那照你这么说，我劝你别把布朗码头点着了，这就叫有社会公德心喽？"

"那也不过是面子上的！你就是打个幌子让大家看。我早在大陆沿海听说你们的事了，你们的门面也不过如此。"

"弗兰克，带上你的信号枪到别处去玩如何？"约翰尼·古德纳说，"大家本来都还挺有兴致的，可你偏要胡闹一气。"

"这么说，你跟他们也都是一个毛病喽。"弗兰克说。

"你还是冷静点儿，弗兰克。"罗杰对弗兰克发出警告。

"好吧，你们个个都是活腻了的苦行狂！大善士！伪君子！"弗兰克说，"只有我一个人还想找点乐子痛快痛快。"

"弗兰克船长。"这时，鲁珀特从码头边上大声叫着他。

"什么事儿啊，鲁珀特？说！"弗兰克说着便抬起头来，"这里只有你鲁珀特才够朋友。"

"弗兰克船长，咱今晚还干不干专员那边的事了？"

"干吗不干！照烧不误，鲁珀特老弟。"

"我就知道，上帝保佑你，弗兰克船长，"鲁珀特说，"再来点儿朗姆酒增点神，如何？"

"不必了，现在的我精神十足，"弗兰克对他说，"鲁珀特，现在发令吧，让大家都快趴下。"

"大家快趴下，"鲁珀特一声令下，"都卧倒了！"

弗兰克"嘭"的一声朝码头后边的专员公馆打去一枪，信号弹没有打到公馆却落在门廊前面的细石子走道上，只可惜就差那么一点点了，信号弹在石子走道上烧了起来。码头上的那帮子人抬起头来见了这景象直叫苦。

"看来时运不济！"鲁珀特骂了一声，"就差那么一点儿了，弗兰克船长，接着再来一枪如何。"

突然，后面那条游艇后舱里的灯亮了，那个人又走了出来。两条游艇尾对着尾，尽管中间隔着三尺来宽的水面，不过那人的脸儿能看清，涨得红一块白一块的。这回他穿的倒是齐整，上身套了件白衬衫，下面穿了条白帆布裤，脚上蹬了一双胶底运动鞋，而且他还把头发梳得光光的了。约翰尼是这边船尾上的几个人中离他最近的，不过约翰尼整个人是背对着他的，坐在约翰尼旁边的罗杰，则是一副闷闷不乐的样子。没想到那人就站在自家的船尾，手指冲着罗杰一指，开骂起来：

"你这个蠢货，肮脏的、下三烂的蠢货！"

罗杰不由得吃了一惊，抬头看着他。

这时弗兰克冲那人喊了一声："嘿，你该不会是骂错了吧？你刚才不还是一直骂'猪猡'的吗，这会儿怎么变'蠢货'啦？"

那人才不理弗兰克呢，只顾把矛头对准了罗杰。

"你这个又大又胖的蠢货！"不知道为什么，那人激动得以至于连话都差点儿说不出来了，只是指着罗杰骂："你这个大骗子冒牌货！不要脸的！还作家呢，狗屁！还画家呢，装得倒像，真不要脸！"

"嘿，你这个家伙，你知不知道到底在跟谁说话？你胡乱说的什么呀？这些又是哪门子的事？"罗杰被他惹得站了起来。

"就是跟你这个蠢货！跟你这个孬种说的！你是冒牌货！你这个肮脏的蠢货！我呸！"

"你在这儿发什么疯啊？"罗杰有点儿怒了，但还是没有提高嗓门。

"你这个蠢货！你这个冒牌货！"那人依然站在对面的船上，隔水嚷嚷那架势还真有点儿像在眼下新式的动物园里，一个隔着水沟（现在不用栅栏了）的游客正在那里骂一头动物一样。

"别急，他要骂的是我呢，"弗兰克还在一边儿乐呵呵地说，"嘿，我才是你骂的'猪猡'啊。你这么快不就认识我了吗？"

"我骂的是这个冒牌货，"那人的手还是指着罗杰，"你这个蠢货。"

"你瞧瞧，你这怎么能说是在跟我说话呢？"罗杰对他说，"你这简直就是故意不分青红皂白，乱骂一气嘛，等你将来回到纽约，你的目的就是跟人吹嘘吹嘘，你是如此这般把我骂了个够，是吧？"

罗杰这番话说得很有耐心，也确实很有道理，听了直叫人觉得他是真心希望，那人能够醒悟不要再在那儿乱骂人了。

"你这个蠢货！"没想到那人根本不听劝，继续在那儿直嚷嚷。看来他这回就是存心要来个歇斯底里大爆发的，穿着这么整齐出来就是为了骂人，而且一副愈来愈进入角色的架势，"你这个下三烂的冒牌货！肮脏的冒牌货！"火气也愈大了起来，"你这个样子怎么能说是在跟我说话呢？"罗杰还是回他那句老话，口气也非常平静，托马斯·赫德森则看出他已经打定了主意要解决这件事，"如果你真有话要跟我说，咱到码头上说去。你在这儿骂骂咧咧的算什么。"

罗杰说完这话就跳上了码头，没想到那人跟着也爬了上去，那动作真是要多快有多快。这也难怪，他如此大动干戈，兴奋地骂了那么一大堆，看来一时半会儿不准备收场了。总之他也跟着上了码头之后，那帮黑人原本往后直退，随即又都围了上来，除了他们中间有一块空地外，或者说把他们两个团团围住了。

托马斯·赫德森还在琢磨，那人跟着罗杰登上码头的时候心里到底有什么打算呢，只见双方在那么多黑人的围观下，一句话也没说就准备动手了。那人先出手，原本准备给罗杰吃一个摆拳，罗杰却一记左拳打中了他的嘴巴，他嘴巴顿时鲜血直流。他不甘心，冲着罗杰又是一个摆拳，罗杰却给他的右眼连连两记重重的勾拳。接连吃了几拳的他拼命揪住罗杰不放，罗杰只能抽出右手对准他的肚子一阵猛捅，好不容易把他推开，腾出左手立马给了他一个狠狠的反手耳光。然而罗杰的运动衫就在这一揪一推之间给撕破了。

在这打斗中，码头上的灯不知是谁开了，所以大家都能看得一清二楚。那帮围观的黑人只是把他们俩围住，没有逼得很近，谁也没有说一句话。汤姆四下看了看，估计这应该是约翰尼船上的小厮弗雷德开的灯吧。

罗杰乘胜追击，连珠炮般连出三记勾拳，直直对准那人的脑门。那人只能继续揪住他，他用力将那人推开，那人的嘴巴上又狠狠地接连中了两拳，他的运动衫这几个回合下来，一大块又撕破了。

"别出左拳了，"弗兰克嚷嚷，"出右拳，揍死他算了！这个只知道骂人的王八蛋！"

"说啊，你不是有话跟我说吗？"罗杰话刚出口，又是一记狠狠的勾拳打向那人的嘴巴。那人嘴里顿时鲜血直流，右边是已经完全肿了的半张脸儿，估计他的右眼已经撑不开眼皮了。

那人还是死死揪住罗杰不放，罗杰索性一把将他裹在怀里，这下他被夹住了，动弹不得。不消一会儿那人已经喘得上气不接下气的了，不过始终都没有说一句话。汤姆看见罗杰在将自己的两个大拇指分别按在那人的两个肘弯里，然后用他的大拇指来回揉摩那人肱二头肌和下臂之间的肌腱上。

"你这个王八蛋，别把你的狗血都淌在我身上。"罗杰说着，看着就像戏耍一般，抬起左手把那人的脑袋往后一掀，随即又反手在他的脸上打了一个耳光。

"看我再替你换个鼻子。"他说。

"揍死他，罗杰。好样的，揍死他！"在一旁的弗兰克使劲儿打边鼓。

"你这个呆子，都打到这个份儿上了，还怎么揍死他啊？"弗雷德·威尔逊说，"罗杰早就揍得他快没命啦。"

那人还是揪住罗杰不放手，罗杰一把夹住了他，再把他推开。

"来打我呀，"罗杰对他说，"来呀来呀，你过来打我呀。"

那人又气急败坏朝着罗杰挥拳打来，罗杰轻轻一闪就避过了，然后一把把他抓住。

"说！你姓什么叫什么？"他问那人。

那人一言不答，仿佛气喘病大发似的，只顾在那儿呼呼喘气，就像要断气的样子。

罗杰又把那人夹住，往他的两边肘弯里拿自己的两个大拇指掐去，"还挺壮实嘛，你这个王八蛋，"他对那人说，"这样不经打，是哪个浑蛋教你的招数呀。"

那人早已有气无力，即使打过来一拳，也是软绵绵的。他被罗杰一把抓住拉到跟前，提着打了个转，用右手顺手又扇了他两个耳光。

"你刚才不是很会骂人吗，现在怎么不开口了？"他问那人。

"瞧他的耳朵哎，"鲁珀特说，"这不是一串葡萄吗？"

那人再次被罗杰紧紧夹住，罗杰拿大拇指使劲去抠他肱二头肌下部的肌腱。托马斯·赫德森一直在仔细观察那人的脸色。格斗之初，那人的脸上没有露出惊慌之色，顶多看上去像一只穷凶极恶的公猪罢了。但是打到现在，他是一脸的惊慌失措，大概他完全没有料到，竟然没有人出来劝架，而在一旁幸灾乐祸地围观。想必这会儿他以前在小说中看到过的某个情节在他大脑的哪个角落里正播放着：打架的其中一方只要倒下，那就只有被踢死的份儿。所以，只要罗杰向他大喝一声"来打呀"，或是一把将他推开了，他总是会下意识地挥拳过来，继续死撑着也要打下去，始终不肯认输。

又一次，罗杰使劲儿把他推开了。他被罗杰夹得不能动弹的时候，俨然一副走投无路的可怜样，可是一旦罗杰松了手，他的恐惧便会逐渐得到缓和，不多会儿那份凶相就又露出了。这会儿他就站在那儿，两只眼睛都快睁不开了，还死死地瞪着罗杰。看得出来，他的内心起先还有些惶惶然，因为他的脸被揍坏了，嘴里直淌血，这伤瞅着着实不轻，还有他那只耳朵，看上去就像一个熟得快要烂掉的无花果似的，皮下原先只是一个个出血点，现已经汇合成了一个好大的血包。可是如今罗杰的手既然已经松开了，他站着缓了一会儿，恐惧感便又消退了，只见那股打不怕的凶恶劲儿又要冒出头了。

"说啊，你到底有什么话要说？"罗杰问他。

那人张口就骂："蠢货！"他一边骂着，还把下巴一缩，双手一举，微微一扭头，一个劣性难改的顽童架势活脱脱冒了出来。

"好戏来了，"鲁珀特叫了起来，"快看快看，好戏就要登场了。"

可惜根本没什么好戏，甚至就连一点戏剧性都没有。还不等那人上演什么好戏，罗杰就以飞快的速度来到那人的面前，向上微微一耸左肩，右手也握紧了拳头，猛地往那人头上使劲一拳，那人的半边脑袋上就听啪的一声。也就是顷刻间，那人就双膝着地，跪了下去，脑门一下子撞上了码头铺板。他脑门子就这样一直顶着码头铺板，不大一会儿，只见他身子一歪，便软绵绵地瘫了下去。罗杰俯视了他一眼，就撇下他来到码头口，一个纵身就跳上游艇，自顾自走进了后舱。

说也奇怪，刚才码头上打得那么热火朝天的，那些游艇上的人一个也没有出来劝架的，现在看他歪着身子倒在了码头上，他们这才过来把他抬回自己的船上。那人被打得不省人事，抬在手里感觉他就是沉甸甸地瘫成了一团。码头上还有几个黑人帮着抬，他们把他抬上船尾送下舱去。他被抬进了舱里后，里边的人随手就把门关上了。

"是不是应该找个医生来替他看一看呀。"托马斯·赫德森说。

"别看他撞在码头上就给吓到了，那一下其实撞得并不厉害，"罗杰说，"我后来也寻思过，码头是木板的，碍不了事。"

"我看你扇他的最后那记耳光，恐怕够他受的了。"约翰尼·古德纳说。

"瞧他的脸，都被你打得不像样了，"弗兰克说，"特别是那只耳朵，起初还只像一串葡萄，到最后已经肿得像只胖乎乎的橘子了，我从来没有见过肿成这样的耳朵。"

"就怪这一拳头打出去根本就没考虑后果。"罗杰说，"赤手空拳反而坏事啊，要是我以前没见过他，要是他今天不胡搅蛮缠也就不会有这样的事了。"

"嘿，被你今天这么一打啊，我保证你以后再见他，也不会认得出他了。"

"但愿他只是累，一会儿就能醒过来吧。"罗杰说。

"罗杰先生，可真带劲儿啊你这一架打得。"小厮弗雷德说。

"得了，有啥可说的，"罗杰说，"无缘无故这样的事就闹出来了，想想这又是哪跟哪呀？"

"根本就是那位先生自作自受。"小厮弗雷德说。

"你也别把这事儿放在心上，罗杰先生！"弗兰克对罗杰说，"死人的事我还见得少啊，那个小子绝对死不了，你就信我的吧。"

码头上的黑人们心里都有些不自在，因为看见刚才那白人被抬上船去的不大妙的光景了，于是渐渐散去了，一路上还在不停地议论刚才打架的事儿。先前一个个天不怕地不怕，嚷嚷着要烧专员公馆的样子，早就消失得无影无踪了。

"弗兰克船长，再见了。"鲁珀特说。

"要走了吗，鲁珀特？"弗兰克问他。

"是啊，大家都想上博比先生的酒店去，看看那边兴许有什么热闹玩意儿呢。"

"那就再见了，鲁珀特，"罗杰说，"明天再找时间跟你会会啊。"

罗杰现在是满心的不快，虽然把那人打得趴下了，不过他自己的左手也肿得像个葡萄柚子那么大。右手虽然没有左手那么厉害，但也肿了起来。除此以外，现在他身上一看明显地就是打过架，运动衫的领口已经被撕破了，一大块耷拉着挂在胸前。他头顶也冒出一个小小的疙瘩，估计曾挨过那人一拳。约翰尼正在替他擦红药水，他的几处指关节在打架的时候皮被擦破了，罗杰连看都不看自己受伤的手，他心里可能还因这个事堵得慌。

"走吧，大伙儿都走了，我们也去看看博比的酒店那儿有什么好玩的没。"弗兰克说。

"老罗，你真别把这事儿放在心上了，"弗雷德·威尔逊一边说着一边爬上了码头，"为这点儿事放不开的只有傻瓜才会呢。"

他俩带上他们的吉他和斑卓琴，穿过码头，径直走向庞塞·德莱昂的酒店。远远望去，酒店店门大开，透出一派灯火辉煌的景象，隐约还传出来一片歌声。

"弗雷迪①这小子其实还是挺不错的。"约翰尼对托马斯·赫德森说。

"他啊本来是不错的人，"托马斯·赫德森说，"可是自打弗兰克一来后，整日混在一起也变坏了。"

此刻，托马斯·赫德森正在担心一言不发的罗杰。其实，他还不只是为罗杰担心，显然还担心另外一些事情。

"罗杰，咱们是不是也该回去歇歇了？"托马斯·赫德森说。

"我始终放不下心，也不知道那人现在怎么样了。"罗杰说。

罗杰左手托在右手里，背对着船尾坐在那里，一副忧心忡忡的样子。

"得了吧，就那人你还有什么好不放心的呢，"约翰尼一副嘲笑他杞人忧天的口气，"你看看，人家立马就能走动啦。"

"真的？"

"你自己看嘛，哎哟，真稀奇，还是端着把猎枪出来的呢。"

"怎么可能？"罗杰说。他始终背对着船尾在那儿坐着，并没有回过头去看看的意思。不过从他的口气能听出多少有点儿高兴的意味。

其实现在那人果真就站在船尾呢，尽管这回睡衣睡裤倒是都被他穿齐全了，不过他端着的那把猎枪才是当下最令人瞩目的。托马斯·赫德森从枪上把目光收回来，不由得再去看那人的脸，

---

① 指弗雷德·威尔逊，是弗雷德的昵称。

显然已经有人替他拾掇过了，即便如此那张脸瞧着还是惨不忍睹。他的脸上擦了不少红药水，裹的纱布和橡皮胶也厚厚的一层，但是露在那儿的那耳朵还是非常触目惊心。托马斯·赫德森估摸着那东西大概是一碰就痛的，所以就没法帮他收拾了，索性就不包扎了。可是真的非常肿大，一层皮都绷得紧紧的，这成了他这张脸上最扎眼的目标。当下一片安静，谁也没开口，那人也是一声不吭地站在那儿，鼓着他那张开花的脸，满脸凶相地端着猎枪。仔细瞅，呵，他的眼睛已经肿得上下眼皮紧挤在一块儿了，还端个枪真怀疑他能看清楚人影吗？看他站在那儿一言不发，旁人也都没敢开腔。

过了好一会儿，罗杰才终于将脑袋慢慢地、慢慢地转过去，一看见他，就侧着脸儿对他说：

"行了，快把枪收起来回去睡觉吧。"

只见那人肿起的嘴唇动了两下，却始终没说一句话，还是直愣愣地端着枪站在那儿。

"我知道你这小子不要脸，绝对能干出背后打冷枪这样的事，但我就是谅你也没有这个种，"罗杰还是侧着脸儿，稳稳地没有提高一点音量地对他说，"所以，收起了枪快去睡觉吧。"

突然，罗杰冒了个险，背对那人坐在那儿。事后托马斯·赫德森觉得冒得这个险实在太悬了。

"嘿，大家瞧瞧哦，看这小子的德行，一副睡衣睡裤就跑出来，是不是跟麦克白夫人①挺像的哈？"罗杰提高音量问跟他一起在船尾的那另外三人。一听罗杰说这话，托马斯·赫德森心想坏了，这下要出事了。可结果呢，却什么事儿也没有发生，因为过了没多久，那人就转身提着他的猎枪钻回舱里去了。

---

① 指的是莎士比亚《麦克白》一剧的女主角。

"好了好了，这下我心里算是松快了，"罗杰说，"刚才我胳肢窝里的汗水呀，都淌到了大腿上，这会还有点往下淌的。走吧汤姆，咱们回去休息吧。这人没事了。"

"让人不敢相信，不可能一点事儿都没有了吧？"约翰尼说。

"看他那光景，活生生的人儿一个。"罗杰说，"放心吧，保准儿啥事儿也出不了。"

"走吧，罗杰，"托马斯·赫德森说，"一块儿上我家坐会儿去吧。"

"好的，走。"

他俩跟约翰尼道别后，顺着王家国道，准备回托马斯·赫德森的住处。此刻还在进行着热热闹闹的庆祝活动。

"去庞塞·德莱昂酒店吗？"托马斯·赫德森问。

"得了吧，还去干吗呀，我可不想去了。"罗杰说。

"我觉得应该对弗雷迪说一下，就说那人没事了。"

"我想直接去你家。那你去告诉他吧。"

等托马斯·赫德森回到家时，只见罗杰面孔朝下，趴在纱窗游廊里边靠内一头的那张床上。四下一片漆黑，只有隐约的庆祝喧闹声。

"这么快睡着啦？"托马斯·赫德森问他。

"没有。"

"再来一杯，如何？"

"谢了，我不想喝了。"

"感觉手上还疼吗？"

"不碍事的。就是有点儿胀痛，估摸着明个会好一些。"

"怎么，心里又不痛快了？"

"是啊。不知怎么的还是憋得慌。"

"那仁小子明天早上就到了。"

"是吗？那敢情好。"

"要么你再来一杯？"

"真不喝了，你就自己喝吧，老弟。"

"我确实想来一杯威士忌加苏打水，这样就能很快睡着的。"

罗杰依然趴在床上，托马斯·赫德森将酒从冰箱里取了出来，调好以后又回到纱窗游廊那一片黑咕隆咚中。

"你也知道，这世上多的是无法无天的大坏蛋大恶棍，"罗杰说，"汤姆呀，今天这个家伙就恶劣透了。"

"好歹你今天让他尝到点儿教训。"

"我看不见得啊。今天我叫他丢了脸，吃了一点亏，赶明儿他肯定会在别人身上撒气的。"

"他这种人就是喜欢自作自受。"

"话是不错，可我觉得今天这事干得不彻底啊。"

"还不彻底？你就差把他给宰了。"

"我正是这个意思。这种人今后肯定会变本加厉的。"

"可依我看，今天这顿教训他受的也蛮够了。"

"我看未必，真的。我在大陆沿海碰到的那件事也是这样。"

"对了，到底那是怎么回事？你回来以后还都没有说起过。"

"跟今天的情况有点相像，也是跟人打了一架。"

"跟谁？"

罗杰说出一个人名，这人在当时可是个地位颇高的实业界人物。

"我其实根本就不想跟那人吵架打架的，"罗杰说，"事情出在一个旅馆里，我呢，因为当时正好跟个女人有点事儿纠缠不清，说真的，那天我就不应该上那儿去。反正那天晚上的情况真比今天晚上还要气人，搞得我对那个家伙是一忍再忍，忍了又忍。你也知道我的脾气，最后实在忍无可忍了，就狠狠地给了他一顿揍。偏偏不巧的是，我给他这一顿揍吧，当时没在意，把他的脑袋撞在了游泳池沿的大理石台阶上，因为当时我们是在那个游泳池旁边闹起来的。最后，他在这个叫‘黎巴嫩雪松’的旅馆里大概躺到了第三天，总算才醒了过来，等他醒了我也万幸免了个过失杀人的罪名。假如当时真要打起官司来，他们凭着弄来的那些所谓的证人，我这个过失杀人罪可就当定了。”

“后来呢？”

“后来他又回去继续干他的买卖去了呗。但是，鬼点子很多的他又弄了个十足的圈套来陷害我、不断地报复我。”

“到底怎么回事？”

“反正是一套接一套的花样，无所不用吧。”

“愿意说说吗，现在？”

“不说也罢。那些事儿你知道了也没啥意思。不骗你，反正就是想方设法故意整圈套陷害我。事情弄得可真够呛的，你难道没注意到？大家也对此几乎绝口不提。”

“我是有点察觉。”

“所以我才对今天晚上的事觉得极不痛快。那些个十恶不赦的恶棍、横行霸道的坏蛋实在太多了。就是你狠狠地揍他们也仍然改变不了现状。我以为就是因为这个原因，他们才敢来惹我。”他在床上一翻身，脸朝上，“汤姆，我现在才知道从前的人讲要扬善斥恶，是很有些道理的。一个人的心一坏，可真就坏了，谁也改不了他像猪一样的无耻。”

“不过话说回来，你难道就是一个十足规矩的好人吗，我估计不少人会这么看你。”托马斯·赫德森老实不客气地对他说。

“那是。我自己不想也不敢这样高攀。就连说我自己是个好人，或者勉强跟好人两字沾点儿边，都是不大敢说的。不过我内心是巴不得自己能做个好人。更何况反对恶人，未必就意味着能成为好人。好比今天晚上我反对了恶人，可是我把自己也变成了一个恶人。我能感觉到当时头脑里的种种恶念，简直就像浪潮一般汹涌而来。"

"是啊，动手总归是不好的。"

"这我也知道。可你说碰到这样的恶棍、坏蛋，不动手那又怎么办？"

"只要他们一动手，你就得立即把他们制伏。"

"话是不错。可我实在忍不住，而且一旦动手开打，我就觉得还挺开心的。"

"哈哈，今天那人要是还能再打下去的话，我看你大概还要更开心呢。"

"恐怕还真是这样呢，"罗杰说，"不过现在我也说不准了。我的初衷是一心只想要把他们打垮。我对此很无奈，可是一旦你在打他们的时候觉得开心，这就说明你跟你反对的对象只怕也相差无几了。"

"不过这个家伙倒真是特别恶劣。"托马斯·赫德森说。

"汤米呀，不光是这种人恶劣，真正的问题在于这种人数量实在太多了，好像还与日俱增。就拿我上次在大陆沿海碰到的那个人来说，也不比今天这个人好到哪儿去。走遍天下哪儿都有这样恶劣的人，我们真拿这个没办法。看来这年头世道不好啊。"

"怪世道不好？好的世道你几时见到过？"

"我们以前就一向过得很快活，不是吗？"

"对，我们以前过得快乐无比，也到过许多的好地方。不过要我说，这世道从来就没有好过。"

"这些年我也真糊涂了，"罗杰说，"人人都说自己是好人，却不见一个人有好结果；在人家都很有钱的时候，我身上却没有一个子儿。可是现在我有俩钱了，却生活在这么个社会，世风日下的。不管你怎么说，我还是觉得从前没这么多卑鄙邪恶的人，也不尽是活该天打雷劈的。"

"就你以前交往的那帮朋友，只怕也是蛮够呛的呢。"

"谁说的，我有时也能碰上一些好人。"

"不多吧。"

"不，还是有一些的。再说我的朋友你也不全认识。"

"我就看你老爱跟些不三不四的人混在一起。"

"那我倒要请问一下，今天晚上那几位算是谁的朋友呢？是你的朋友还是我的朋友？"

"是我们大家的朋友啊。他们无聊是有的，但没见做什么坏事，真要说的话，他们还算不上是恶人。"

"是啊，"罗杰说，"他们中的一些确实还算不上什么恶人。可弗兰克就是个相当坏、坏得可以的家伙。即使算不上恶人，我也实在是看不惯他的一些品质作风。如今他和弗雷德搭了档往邪路上走，变坏就快多了。"

"总之，善恶是非我心里好歹还是清楚的。我不想冤枉人家，当然也不会做糊涂的人。"

"我就不行了，我想从善却总是失败，所以弄得我现在也不大清楚到底怎样才叫善。倒是那恶，一向跟我打惯了交道的，是个恶人我不会看走眼。"

"哎，今天晚上弄成这样，大煞风景，真是遗憾。"

"没事儿，我呀就是心里有些不痛快罢了。"

"你想要睡了吗？要不你今晚就在我这儿过夜吧。"

"那敢情好。既然你留我，我就遵命了。不过我想先到书房里看会儿书再睡。我记得上次的时候，你手里拿着一本澳大利亚短篇小说，我想看那一本。"

"你是说亨利·劳森①写的吗?"

"正是。"

"好,我给你找出来。"

托马斯·赫德森很快就睡了,可是当他夜半醒来,却看见书房里的灯还亮着,书桌前还有罗杰的身影。

---

① 亨利·劳森(1867—1922):澳大利亚作家、诗人,所著短篇小说颇丰,多是反映劳动人民生活的作品。

# 第五章

在微微吹拂的东风中托马斯·赫德森醒来了，起来一看，小朵小朵的高积云在蓝天里零散地随风飘浮，地上是白森森的平沙一片，在清凌凌的海水上投下了飘浮的云朵们一路移动的斑影。徐徐和风中，小风车发电机的叶片不停地打转。这是一个晴朗的早晨，扑面而来的是一阵阵清新的空气。

罗杰不在屋里，托马斯·赫德森就一个人坐在那儿吃早饭，手里拿着昨天的马里兰来的报纸。他特意留着昨天的报纸到今天吃早饭的时候看。

"今天什么时候小家伙们到？"约瑟夫问。

"大概中午的时候吧。"

"看来得给小家伙们准备午饭喽？"

"是啊。"

"对了，在我来的时候罗杰先生就已经不在了，"约瑟夫说，"他应该是早饭都没有吃就走了。"

"他啊，大概马上就要回来了。"

"有人说看见他划着小船出去了。"

托马斯·赫德森吃罢早饭，看完报纸后，就准备画他的画了。他作画是到临海一边的游廊上。今天画得倒也顺当，很快就画了许多，快要完工时，他听见罗杰回来了，而且正往他这边来了。

"这幅画要是画好了一定错不了。"托马斯·赫德森听见罗杰站在他背后说。

"是吗?!"

"可是，你是在哪儿见到这样大的龙卷风的？"

"我这画的是人家的'点品'，说真的我也从来没有见过，人家要求要这样大的龙卷风。你那手感觉好点儿了吗？"

"哦，还肿着呢。"

"要不是这肿着的手提醒我，还真以为是做了一场可怕的噩梦呢。"罗杰在托马斯·赫德森背后看着他画画，托马斯·赫德森一直没转过身来。

"想想是挺可怕的。"

"后来你真看见那家伙出来的时候，端着一把猎枪？"

"谁知道那是怎么回事啊，"托马斯·赫德森说，"嘿，再说都过去了，别想那么多了。"

"哦，对不起，"罗杰说，"我这会儿是不是不应该来打搅你？"

"没事儿没事儿，你在这儿也不碍我事。我很快就画好了，你就待在这儿吧。"

"我看见天一亮他们就走了。"罗杰说。

"嗯？你出去干什么了，起那么早？"

"我把书看完后，没有一点睡意，一个人在这屋里实在又待不住，索性就去了码头上散步，跟那帮子人打发打发时光吧。庞塞·德莱昂酒店昨晚竟然通宵营业。对了，我还见到约瑟夫了。"

"是啊，早上约瑟夫跟我说你划船去了。"

"今儿个我还是单用右手划的呢。当时突然想到如果能把这单手功夫练出来，那也不错，后来渐渐地右手很熟练地可以划了。现在心里也舒畅多了。"

"好吧，今天我恐怕也只能画到这儿了。"托马斯·赫德森说完起身开始收拾，"小家伙们这会儿差不多该出发喽。"他瞧了瞧表说，"趁现在我们何不先喝上一杯呢？"

"好啊。我来一杯也正好。"

"只是，现在还没到十二点呢。"

"这个嘛，在我看来没关系的。你现在已经把一天的工作完成了，我呢又正在享受轻松度假。不过，如果你不想破了自己规矩的话，我等到十二点再谈吃喝也无所谓。"

"也好。"

"其实我也是一直坚守着这规矩的。因为没到中午，就不能喝上一杯，可有时觉得难以忍耐冒出许多的无名火来，只能硬憋着。"

"要不我们今天就破例一次吧，"托马斯·赫德森有点儿兴奋地说，"一会儿就可以见到三个小家伙喽，我心里实在是高兴啊。"他还特意说明了一下高兴的理由。

"我知道，我知道。"

"乔！"罗杰马上招呼约瑟夫，"请拿一下调酒器具，我们想要调些马蒂尼①喝。"

"好的，先生。而且酒我都已经调好了。"

"什么，你这么早就把酒都调好了？你还真把我们俩当作酒鬼呢？"罗杰有点吃惊。

"罗杰先生，没有啦，我是看你早饭没吃就出门了，想着你回来肯定能喝两杯的。"

"来，为咱俩干杯，也为那三个小家伙们干杯。"罗杰说。

"今年小家伙们来这儿得好好开心一下才行。要不你也跟我们一块儿住这儿吧。人多才热闹，反正如果哪天你要是被他们吵得烦了的话，随时都可以回你的小屋去。"

"乐意奉陪，只要你不觉得被打扰，那我就在这儿住上几天。"

"你哪儿会打扰到我呢，真是的。"

"这下小家伙们一来，可真是太热闹了。"

---

① 马蒂尼是以金酒（杜松子酒）为主料，加苦艾酒等混合而成的一种鸡尾酒。

　　有三个小子的生活当然过得很有劲，尽管他们都还算是很规矩的孩子。时间真快，小家伙们来到这儿已经有一个星期了，因为金枪鱼鱼汛已经过去，所以现在岛上的渔船大部分也零散地出工了，人们又都放慢了生活节奏，一切都显得平常。季节也悄无声息地到了初夏。

　　小家伙们来了以后，托马斯·赫德森就和他们一起睡，新添了几张帆布床放在纱窗阳台上，因为有了孩子的陪伴，托马斯·赫德森的生活仿佛有了新的生机，夜半醒来听着孩子们睡梦中的鼻息，真是减去了他的寂寞和孤独感。因为这儿靠近大海，夜里从土山坡上吹来微风，相当凉快，其实即便没有风的时候也不热。

　　小家伙们刚来的时候还能保持一定的整洁，熟悉以后就不大注意了。好在孩子们都很听话，只要要求他们必须要把脚上的沙子冲洗干净才能进屋，或是进屋前要把湿淋淋的游泳短裤挂在外边，然后再到屋里去换身干的，这些孩子们都能做到。幸亏还有约瑟夫替他们整理床铺呢。他很勤快又懂得如何照顾孩子。他早上就把孩子们的睡衣睡裤晾在外面，等晒好以后又都叠起来放好，所以这样看来，孩子们可以随手乱扔的无非就是他们临睡前换下的衬衫线衫而已。不过实际的状况却是，他们仨的东西在这房间里扔得到处都是，好在他们的老爸托马斯·赫德森也不大在意，或者说他觉得还有点儿新鲜有趣。虽说一个人独居一院久了，已经养成了自己的一套生活习惯，如今小家伙们来了，他的生活里偶有一二破例被改变，倒也不觉得什么。他知道这是暂时的，等小家伙们一走，他也就恢复了自己老一套的习惯。

　　现在，他正坐在面海的阳台上画画，抬眼便能看见他们哥儿仨，正跟罗杰一起躺在沙滩上。哥儿仨个子一大一中一小，很好分辨，看样子他们是在说话，挖沙玩儿，好像还在争论着什么，只是离得有些远他听不到小家伙们到底在讲些什么，不过这样看着他们，他心里也觉得安宁。

老大是个大高个儿，生得脚大腿长的天生是块游泳的料。他的脖子、肩膀长得跟托马斯·赫德森活脱儿一个样。黑黑的肤色衬着他的脸型，看上去颇有几分印第安人的气质，这么个快活的小伙子，在他不说不笑的时候，脸上却似乎总带着一丝哀愁的神气。

"你在想些什么呀，宝贝儿？"当托马斯·赫德森见他脸上又出现这副忧伤神情的时候，便瞅住了他想问出他心里的想法。

"我在想怎么样做才能在鱼钩上扎个假的鱼饵。"等小伙子一开口，脸上顿时显得神采奕奕。这是因为他一说话呀眼睛和嘴巴就都活动开了，而当他陷入思考的时候，从眼里和嘴角便会流露出一丝哀愁。

说到老二，老爸托马斯·赫德森总会下意识地联想到海獭。瞧，老二的头发跟海獭的毛是一样的颜色，从头到脚都晒得黑黑的，而且他皮肤的肌理细密得很，也跟水下动物几乎不相上下，所以一看见他，就觉得这小子外形和海獭相似，浑身乌黑，但又透出金色的光泽，别具风采。不过，让父亲会觉得他像海獭，还因为他总是能如此安然自在地享受自己的那片小天地，同时又显得顽皮逗人。说到顽皮逗人，动物里头当属海獭和熊了，其中感觉熊应该跟人更为相似。不过这孩子个子怎么看都没有熊那魁梧的迹象，体格长得也不会太苗壮，他是铁定当不了运动员的，当然他自己也不想当运动员。但是头脑灵活的他很有小动物的那份可爱劲儿，有时候他既能在自己的一片天地里自娱自乐，又跟人挺合得来。他是个很重情意、有正义感的小家伙，只是大家还不太了解他的长处。同时他又是一个不折不扣的笛卡儿①式的怀疑派，总爱跟人争论，还喜欢戏弄人，但是孩子的他戏弄别人从不

---

① 笛卡儿（1596—1650）：法国哲学家、物理学家、数学家、生理学家。他认为一切皆可怀疑，主张抛弃所有因袭的见解，怀疑一切。

存什么坏心，尽管有时候他戏弄起人来难免有点过了。老大老三总是联合起来，拼命想找出他的弱点，戏弄他，好让他出糗，然而对他还是感到无限敬佩。他们哥儿仨每天在一块儿，肯定是免不了要吵架的，有时候还彼此奚落，语言还相当的尖酸刻薄，但是他们对待大人却又很讲礼貌，总是恭恭敬敬的。

最小的一个，啊，那副小身板简直就像一艘袖珍战舰。从体格上看，他跟老爸托马斯·赫德森最像，只不过横向宽了点儿，竖向却短了点儿，但仍可看出他十足就是老爸的翻版。这个小家伙皮肤也是被晒得黑黑的，而且还长了一些色斑。估计他一生下来就是一副老成的模样，所以那小脸儿显得有点儿滑稽。别看他最小，却喜欢毫不客气地捉弄两个哥哥。而且托马斯·赫德森还发现了他性格上有些阴暗点，关于这点，父子俩谁也没有多琢磨，只是彼此都心知肚明。对于他身上这个毛病，相信这一点别人是理解不了的。尽管托马斯·赫德森跟这个小儿子相处的时间最少，但他们父子间的感情却依然密切。做父亲的总是小心翼翼，不愿触及这个问题，他可能觉得儿子有这个毛病也是情有可原的吧。三个儿子里，就这个叫安德鲁的小儿子，小小年纪就显出优秀运动员的素质，特别是他刚学会骑马，可老爸觉得他那骑术就简直有点儿神乎其神了。如果你没有见过他骑马，就绝不会相信这个小家伙竟会有如此不凡的身手。你瞧他纵马腾跃，一副俨然老行家一般的冷漠矜持之态，两个哥哥也为这位老弟感到自豪。不过他想要胡闹的话，两个哥哥也是坚决不答应的。这孩子虽然看着处处都表现得挺不错，可仿佛他天生就是个坏家伙，表面上看他嘻嘻哈哈地打趣逗闹，其实骨子里到哪儿都揣着一肚子坏水。这点儿他自己知道，人家也知道。在这方面他会有意表现得挺好，其实心眼儿是一天比一天坏了。

托马斯·赫德森从临海的阳台上望下去，只见他们四个人并排躺在沙滩上，老大小汤姆躺在罗杰的旁边，小儿子安德鲁则紧挨着罗杰，罗杰被他们夹在当中，老二戴维则躺在小汤姆的边上，一副手脚摊开，仰面朝天，闭目享受的姿态。托马斯·赫德森收拾好画具，下楼来到他们身边。

"嘿，爸爸，今天工作顺利吗？"老大看见他后第一个问道。

"爸爸，你现在打算去游泳吗？"老二问。

"我喜欢泡在海水里，可舒服了呢，爸爸。"小儿子说。

"你好呀，老爷子，"罗杰咧着嘴笑道，"请问赫德森先生今天画画的功课进展如何？"

"报告各位，本人今天画画的功课已经结束啦。"

"哇，太棒了，"老二戴维说，"那我们就下海摸鱼去喽，我要戴上护目镜。"

"还是等吃了午饭再去吧。"

"真够劲儿。"老大说。

"你们看这风浪，会不会太大了些？"小兄弟安德鲁有点担心地问道。

"就你才觉得太大。"老大小汤姆奚落他说。

"可别这么说，这风浪可不算小呢，汤米。"

"风太大的话，鱼儿也会因为怕大浪而躲进礁石缝里不出来了吧，"戴维说，"爸爸，鱼儿会不会也像人一样晕船呢？我看它们在风浪里被颠来颠去的。"

"那可不，"托马斯·赫德森说，"真遇到狂风大浪的时候，活鱼舱里的那些石斑鱼在渔帆船上闹起晕船来，死了也不稀奇。"

"看吧，我跟你说得没错吧？"戴维有点小得意地对哥哥说。

"得了吧，鱼儿死掉是因为得了病，"小汤姆说，"再说你凭什么证明那一定是晕船病呢？真好笑。"

"我想我们可以肯定，活鱼仓里的鱼儿死掉就是因为不折不扣的晕船病，"托马斯·赫德森说，"至于鱼儿要是在海水里无拘无束地游，而不是在船上被颠来颠去的话，还会不会犯这病，我就不知道了。"

"可是爸爸，我觉得钻在礁石缝里的鱼儿也不能无拘无束地游啊！"戴维说，"爸爸你想想看，鱼住在鱼洞里，出了鱼洞它们才可以到处去游游。但是大鱼来了，就只能躲在洞里，如果这时又遇到狂风大浪的冲击，它们跟在渔帆船的活鱼舱那情景里不也一样吗？"

"还是不大一样。"小汤姆还是有些不服气地说。

"好吧，就算不大一样吧。"戴维倒是很知趣地退让，不再跟哥哥争了。

"好啦好啦，你们别再争了，"安德鲁说，然后他就将嘴凑在父亲的耳边悄悄说道，"爸爸你看，他们争成这样，干脆我们不去算了。"

"怎么，你不想去吗？"

"想啊，我倒是挺想去的，可也觉得害怕得不行。"

"你怕什么呀？"

"我一到水下什么都害怕，憋不住气，心里怕得就发毛。我们哥儿三个只有戴维是不怕往水下钻的。你见到过汤米游泳吧，本领算不错的了，可他到了水下也照样害怕，我不骗你，真的。"

"你说的这个嘛，我也是常常害怕的。"托马斯·赫德森对他说。

"真的？你也会害怕？"

"那当然，而且我觉得在陌生的水下，不管是谁都会害怕的。"

"谁说的，戴维就不怕。甭管哪儿的水他都敢下，一点儿都不怕。只不过戴维现在害怕见到马，因为他从马上摔下来的次数实在太多啦。"

"是吗，小阿弟，"戴维听到他的话了，"我问你，你知道我是怎么被摔下来的吗？"

"那我怎么知道，谁还记得你被马摔了多少次啊。"

"我记得啊，让我告诉你我为什么老被摔下来吧。那年，我常骑的一匹马叫'老阿花'，每次马夫给它系上肚带的时候，那马很生气又无法避开，所以后来我一骑上马，它就有了撒气的机会，这就是为什么很容易连鞍子带人一起往下滑了。"

"可是我骑这匹马的时候，怎么就没碰到这样的麻烦事儿呢？"安德鲁在一旁自鸣得意地说。

"哼，那只能是我活见鬼了，"戴维说，"因为大家都喜欢你呗，大概有人在你骑它之前给它通风报信了，于是这马知道你是谁，我看八成儿连这马也喜欢你。"

"是啊，我还把报上文章里怎么写我的都一句句念给它听呢，它可喜欢听呢。"安德鲁不依不饶地说。

"依我看这匹马当时肯定是累昏了，在戴维骑它之前刚拼命跑过，"托马斯·赫德森说，"要说啊那回戴维真是不凑巧：戴维骑上了那匹只有我们大人才骑得惯的又老又累的夸特马①，而且那马当时又没有可跑的场地。你们想想，生手骑累马，在那种地方哪儿行呢。"

"我的意思是说，不是我就一定能骑得了这马，爸爸。"安德鲁说。

"算你小子有自知之明，"戴维说，可是马上又变了口吻说，"不，不，你肯定骑得了，你就是嘴上谦虚罢了。不过说实在的，安迪，你是不知道这马跑得那个冲啊，它要不跑得这么冲我能被吓慌吗？说真的，我就是叫那鞍头给吓慌的。唉，怎么说呢！反正我当时慌得真是什么都忘了。"

"爸爸，我们一会儿当真要戴上护目镜摸鱼去？"安德鲁问。

"如果风浪太大的话，今天就不去了。"

---

① 夸特是四分之一英里之意，用在这里特指善于短距离冲刺的马，这种马专跑赛程为四分之一英里的比赛。

"可这风浪到底算不算太大，由谁说了算呢？"

"当然是由我说了算。"

"那好吧，"安迪说，"爸爸说了算，不过我看这样的风浪实在是太大了，出不去了。"

"爸爸，现在你那匹'老阿花'还在牧场吗？"安迪紧接着又问。

"我想应该在的吧，"托马斯·赫德森说，"也不确定，我已经把牧场租给人家了，你们也知道。"

"真的租了？"

"嗯，去年年底就租出去了。"

"可我们还可以去那儿玩儿吗？"戴维连忙问。

"当然可以去喽。别忘了就在那条河下游的滩地上，还有一座很大的木头房子，是我们的呀。"

"在我住过的所有地方里，就数咱们那个牧场最好了，"安迪说，"当然，现在住的这个地方也不错。"

"是吗？我还以为你最喜欢的应该是罗切斯特①呢。"戴维不怀好意地挖苦他说。想当初每到夏天，两个哥哥都跑到西部去了，安德鲁比较小，就只好托保姆带回老家罗切斯特去照看。

"哦，我也喜欢罗切斯特啊。你们不知道那个地方好玩儿极了。"

"不过，戴维，那年有三头灰熊被我们打死的事情，你还记不记得，等到秋天你回家把咱们打熊的经过讲给安德鲁听的时候，他都说什么来着？"托马斯·赫德森问。

"天哪，那么久的事情了，我记不清楚了。你还记得吗？爸爸。"

"你忘啦？当时备餐室在饭厅隔壁，你们几个小孩子在那里

---

① 位于纽约州的西部。

吃着晚饭，你还在兴致勃勃地给大家讲我们打熊的故事呢，后来安娜说了一句：'哎呀天哪天哪，戴维。那场景一定非常惊心动魄吧，快说你们后来又怎么样呢?'谁知道这当口，这位当时只有五六岁的调皮老弟吧，却开口抢先说：'是啊，戴维，喜欢这种事儿的你们也许会感到挺有趣的，可是我们罗切斯特哪儿来的灰熊呢?'"

"哈哈哈，我们的大骑士，听见没有?"戴维说，"你听听，你那个时候就是这样的!"

"好了好了，爸爸别说了，"安德鲁说，"你怎么就不说说他呢，比如他当初就知道看报上的滑稽连环漫画，着迷得什么正经书也不看。我们车子穿过大沼泽地的时候，那么美的风景他也不看，还是沉迷在他的连环漫画里。还有那年秋天我们在纽约，他在那所学校读书，也是因为他沉迷于连环漫画，撂下了许多功课，你当时还说他将来非成为一个小无赖不可。"

"拜托，这些事儿我自己都记得，"戴维说，"用不着劳烦爸爸再来说一遍。"

"最主要的是你后来都改正了，也没有再犯了。"托马斯·赫德森说。

"我不改正不行啊。要是不改这个毛病，还照老样子下去，到今天那可不得了。"

"爸爸，也给他们说说我小时候的事儿吧，"小汤姆翻过身来，抓住了戴维的脚踝说，"我还记得你总说我小时候怎么怎么的，以后会怎么好怎么好，可实际上我觉得我长大了恐怕也不过如此吧。"

"是啊，你小时候的情况我是最了解的。"托马斯·赫德森说。

"我觉得那时候你有些怪里怪气的。"戴维说。

"那没办法啊，外国那些地方都是怪里怪气的，他住在那里所以人也变得怪里怪气的，"那个最小的小家伙插嘴说，"你们这会儿要是把我搁在巴黎、西班牙、奥地利什么的，肯定也会认为我怪里怪气的。"

"我说大骑士，你不觉得他现在还不够怪里怪气的吗？"戴维说，"就算没有那些个异国风情的影响，他的怪里怪气可是特别啊。"

"异国风情的影响？是什么啊？"

"这玩意儿啊，我看你是没有。"

"那我将来一定要争取有，你就等着看吧。"

"你们俩少在这儿啰里啰唆的，还是听爸爸说吧，"小汤姆说，"爸爸，你就把你那会儿带我在巴黎闲逛的情形说给他们听听吧。"

"你还是个小娃娃的时候，出奇的老实，没有那么怪里怪气，"托马斯·赫德森说，"那时我们住在楼上的一个套房里，从我们家的窗户望出去，能看到楼下的一家锯木厂。我跟你妈妈用衣筐给你改了一只摇篮，常常把你放在摇篮里，让你自个儿在那儿一直睡。在摇篮的旁边，那只法国的大猫咪就蜷曲着身子睡在那儿，一直守护你，谁也不让靠近。你还告诉我们说你的名字叫格宁·格宁，我们就常常逗你叫小捣蛋格宁·格宁。"

"天哪，我是打哪儿给自己弄来这么个奇怪的名字呀？"

"大概是我们带你乘了一趟电车或者公共汽车，你就学车上的卖票员关门要打铃的那个声音吧。"

"我当时肯定还不会说法语吧？"

"嗯，那会儿你还不大会说。"

"不久后我就会说法语了吧？后来又发生什么事了，给我说说吧。"

"你不记得你的小童车了吧？后来我就常推着那个折叠式的，不大考究，但非常轻巧的童车，带你到街上去。一般我都把你推到'丁香园'去吃早饭，你比较乖，就坐在童车里看大街上来来往往的人群和车流。我一边吃早饭还可以一边看我的报，后来吃完了早饭……"

"早饭都吃些什么？"

"不过就是些奶油鸡蛋卷或者牛奶咖啡。"

"我跟你也吃一样的？"

"哪能啊，你的牛奶里只加一点点咖啡。"

"好像这些我还有些印象。吃完早饭呢，我们接着又要去哪儿？"

"我将你推着从'丁香园'出来，一直穿过大街，经过喷泉的时候你会指着喷泉池里的一些东西咿咿呀呀说些什么，比如青铜骏马、鱼形雕塑和美人鱼像，咱们再往前走，就能看到一些法国小孩儿在两边高高的栗树树荫下玩耍，你对此也非常感兴趣，看得入神，他们的保姆则坐在细石子人行道旁的长椅子上歇息……"

"右手边就是阿尔萨斯学校，对吧？"小汤姆说。

"左手边是一座座公寓房子……"

"对对，就在通往左边的那条街上，沿街尽是一座座的公寓房子，公寓为了能作画室用，还都用玻璃材料做屋面的，那些房子则因为背阴的原因，石墙看上去暗乎乎、惨兮兮的。"小汤姆说。

"那会儿应该是秋天还是春天？又或者是冬天的事了？"托马斯·赫德森问。

"是深秋时分。"

"是啊，你的两颊和鼻子都冻红了，小脸蛋儿露在外面一定很冷吧。我们接着从北面的铁门进到卢森堡公园里去，到了湖边，绕湖一圈，然后向右一拐，就能看到美第奇喷泉，喷泉旁边不远处还有一座人像雕塑，最后，从奥德翁剧院对面的大门出来，走过几条小街，便到了圣米歇尔大街……"

"对，大家都习惯叫它米歇大街……"

"我们顺着米歇大街向前走，又走过克吕尼美术馆……"

"好像是在我们的右边吧……"

"对，整个美术馆看上去黑黝黝、阴森森的，再往前，穿过圣日耳曼大街……"

"这条大街上那真是车水马龙、川流不息，热闹极了。爸爸，说到这儿我总觉得很是怪异，怎么人在这条街上就会觉得非常紧张，时时刻刻都能感觉到危险似的。可一会儿到了雷恩路一带，不知怎么又一下子觉得安心了，好像买了十二万份保险似的，当然我说的是从'双人像'到利普路口的那一段路。你说这到底是怎么回事儿呢？"

"这个啊，我也说不上来到底为什么，宝贝。"

"你们别只在那儿报路名啊，能不能讲点儿什么事儿给我们听啊，"安德鲁十分不快地说，"那些个地方我们又没去过，听得我都快烦死了。"

"行啊，那爸爸就讲点什么事儿给他们听听吧，"小汤姆说，"那些记忆里的路名，他们都不知道，那就等只有我们俩的时候再回忆吧。"

"其实当时也没有多大的事儿可说的，"托马斯·赫德森说，"当我们一路走到圣米歇尔广场，找家咖啡馆，随便坐在露天座那儿，你老爸兴致颇高，蘸着奶油咖啡在桌子上画速写呢，你呢就捧着一杯啤酒在那儿喝。"

"真的假的？我那时候就喜欢喝啤酒？"

"你不记得了吧，那会儿你就是个小小的啤酒迷呢。不过真到吃饭的时候，你喜欢往水里掺一点红葡萄酒喝。"

"掺红葡萄酒这个我有印象。我还记着法语里就叫 L'eau rouge。"

"Exactement①，"托马斯·赫德森也回了句法语，"你啊真就是个十足的小 L'eau rougie 迷，不过你有时候也喜欢来一杯黑啤酒。"

"我记得我们在奥地利坐平底雪橇的事情，奥地利真是冰雪世界，遍地都是白皑皑的雪，我们在奥地利是不是还养了一条叫施瑙茨的狗来着。"

"是啊，那你还记得吗？我们在奥地利过的快乐的圣诞节？"

"有没有过圣诞节我倒不记得了。除了你和妈妈，我印象里就还有那一片白皑皑的冰雪世界、那条叫施瑙茨的狗，还记得就是我那位长得很美的保姆。噢，对了，我还记得你和妈妈是滑着雪穿过一个果园过来，只是具体记不太清是在哪儿了，只能回想起妈妈登上了滑雪板，她的样子多美啊。不过我对卢森堡公园却记得非常清楚，而且我们一般都是在下午去的，那个公园很大，树木很多的，喷泉旁边有个湖，湖上荡漾着一些小船。通往卢森堡博物馆的林间小路上，都是铺着细石子，总是有在左手边的树下玩保龄球的男人。说到卢森堡博物馆，最明显的、我印象最深的就是在那高高的屋顶上挂着一只大时钟。我记得那会儿的树都是光秃秃的，树叶在秋天都掉了，一片片叶子散落在石子路上。看来我还真就最喜欢回想秋天的情景呀。"

"为什么呢？"戴维问。

"因为值得回想的事情有许多许多。可能是因为秋天有那么多欢庆的节日吧，所以我总觉得秋天里的样样东西都带着那么一股好闻的气息。而且细石子路的路面总是干净的，即使周遭的东西都已经变得潮乎乎的。秋天的风也很洒脱，湖上的小船被风刮得疾行如飞，树林子里树叶也被风吹得沙沙作响，然后纷纷落地。我还记得爸爸你常常在天黑前可以打到鸽子，还把鸽子藏在

---

① 法语：一点儿没错的意思。

我的毯子里，在回家的路上我发现后，就把鸽子紧紧地偎在怀里，感觉那鸽子身子还暖烘烘的，就那么紧紧地贴着我，我抚摩着它光滑的羽毛，抚呀抚呀，直到手也变得暖和了，只是这么一直抚摩着，但到最后鸽子也冰凉了。"

"爸爸，你是在哪儿打的鸽子呢？"戴维问。

"我想想啊，应该是在美第奇喷泉附近打的。想打鸽子可不简单，时间和地点得配合上才可以。公园四周都用高高的铁栅栏围着，除非鸽子主动从高空飞到喷泉这儿，一到天黑就要关闭园门，所有的游客都得离园，想打鸽子就得利用公园快要关门的那会儿。一般来说，管门的会先来——提醒游客，等游客都离开后，再关门上锁。我往往就等管门的前脚一走，赶紧拿起皮弹弓，瞄准喷泉附近那些着地的鸽子，一弹弓一只。说到弹弓，法国人做的弹弓那才叫一个好呢。"

"你的弹弓呢，是自己做的吗？"安德鲁问。

"可不就是我自己做的嘛。我还记得有一次我和汤米的妈去徒步旅行，走到朗布依埃森林里，发现一棵小树的树杈可以做弹弓，我顺手砍下并削成了一个皮弹弓的架子。可是弹弓光有架子还不行啊，还得有大号的橡皮筋，我们还是后来在圣米歇尔广场的一家文具店里买到了，最后又从汤米妈的旧手套上剪下一块皮来做了弹兜儿。"

"子弹呢？你拿什么做子弹？"

"一般都是小石子呗。"

"你打鸽子的时候都距离多远开弓呢？"

"当然是愈近愈好，而且要以最快的速度去把鸽子拾起来，塞到毯子里。"

"我还记得有一回居然活下来了一只鸽子，"小汤姆说，"我把它按在怀里不让它动，在回家的路上也悄悄地不敢声张，因为我想养着它。那只鸽子个儿挺大的，有着长长的脖子，一看就非常灵活的脑袋，它身上的羽毛带点儿紫红色，唯独那对翅膀是雪白雪白的。那会儿咱家还没有鸽子笼，你就让我先在厨房里养着，你把它的一条腿拴住，说等以后有了笼子就好了。可是哪知道这却让它丧命于猫口。我们家养的那只大猫在当天夜里把它咬死了，还得意扬扬地叼着死鸽子，拖到我房里，一直衔到我床前来了。你们是没看见那猫的得意样儿，活像一头威武的老虎随便叼了个土人似的，大猫猛地一蹦，就拖着鸽子蹦到了我的床上。那会儿我早就长大了不睡摇篮了，摇篮在我的记忆里甚至一点印象都没有了。我记得你和妈妈当时都没在家，应该是到咖啡馆去了吧，家里就剩了我和大猫，时令正好是冬天，家里的窗子还都开着，望向窗外就能看见大大的月亮挂在锯木厂的当空，就连木屑的气味我都闻得到。我印象最深的是，那大猫趾高气扬地，拖着死鸽子走过来的样子，它把头抬得高高的，被它拖着的死鸽子几乎都离了地了，到了床前那大猫简直就像飞一样的，猛地一蹦就叼着死鸽子飞扑到了我的床上。虽然说它咬死了我的鸽子，我很心疼，可是一瞅见它那个得意劲儿，那个开心样儿，再想想它跟我是那样要好的朋友，就不由自主地被它感染，跟着它一块儿开心，也为它得意。我记得它在床上很活泼，不停地玩儿，先是摆弄那只死鸽子，玩上一阵又跑来我胸前拿爪子来回抓挠，喉咙里还直打呼噜，跟我玩上一阵就再回去摆弄它的猎物。到最后，我记得它和我一块儿抱着鸽子就睡着了，我的手和它的爪子都在鸽子身上搭着。直到半夜里我醒来，听到它喉咙里打得呼噜贼响，一看才知道，好家伙，原来它正在那儿享用鸽子肉呢，那吃相简直就跟一头小老虎似的。"

"哎呀，这样的故事可比你们报路名好听多了，挺有吸引力，"安德鲁说，"可是汤米，你看着那大猫吃鸽子，心里居然不害怕吗？"

"不怕。这没啥可怕的，大猫跟我是最好的朋友呢。我的意思是，当时我没有比它更亲密的朋友了。要我说啊，那会儿大猫心里也有我这个朋友，它巴不得我能陪它吃上两口呢。"

"没准儿你还真应该陪它吃两口，"安德鲁说，"再接着说说弹弓的事儿吧，弹弓的事还没说完呢。"

"另一把弹弓呀，是妈妈精心准备的、送给爸爸你的圣诞礼物呢。"小汤姆说。

"那把弹弓是她在一家售卖枪支的店里看到的，妈妈说她本来是想买一支猎枪送给你，可是猎枪又很昂贵，她一直都攒不起买猎枪的钱。所以，每天她在去那家 Epicerie① 的路上，经过枪店的时候总忍不住要看看橱窗里摆放的猎枪，直到有一天她看到这把弹弓，二话不说赶快买下来，生怕她要是今天不买马上就会被别人买走一样，弹弓买回家后她就一直藏着，等到圣诞节才送给了你。这笔买弹弓的钱她想瞒着你，只好在日常开销的账目上做花样。这些可都是妈妈亲口告诉我的，而且说过好多次了。我记得收到这份圣诞礼物以后，你就把原来的那把弹弓送给我了。我很喜欢，真可惜我那会儿力气小，小得还拉不开弹弓。"

"爸爸，我们以前是不是一直都很穷啊？"安德鲁问。

"那倒没有，咱不可能一直都很穷啊。特别是在生下你们兄弟俩后，我的穷日子也算是熬到头了。虽然后来有几次手头也非常窘迫，经济也有点紧张。但真要说那种很穷的穷日子，倒是再没有经过了，真要算穷的那会儿，还得是我跟汤米还有汤米他妈妈一起过的那个日子，那才是真穷呢。"

"继续给我们说说你们在巴黎的事情呗，"戴维说，"你跟汤米还干了些啥？"

---

① 法语：指的是小的食品杂货店。

"我们还干了些啥呢，宝贝？"

"那就说秋天吧，一到秋天小贩们开始卖炒栗子，你经常带着我去买炒栗子吃，我呢就喜欢用手捂着热栗子取暖。还有哦，我们去看过马戏，还观看过马戏大王沃尔表演的鳄鱼。"

"这些你都还记得啊？"

"还记得很清楚呢。我们观看马戏大王沃尔表演人跟鳄鱼摔跤的这场戏时（这个马戏大王还把'鳄鱼'念成了'乌鱼'，知道不，就是一身黑色的乌鸦的那个'乌'字）。有个拿三叉戟的美丽姑娘去赶鳄鱼，最大的那条鳄鱼比较皮，它就是在那儿一动也不动。马戏场是个圆形的场子，大红色的地上刷着金色花纹，可漂亮了，只不过在场子里还能闻到一股马味儿。场子后面就有个酒吧，你最喜欢去那儿喝上两杯。还有克罗斯比先生跟驯狮师傅夫妻俩也会和你一块儿喝酒的。"

"是吗？记得这么清楚，那你还记得克罗斯比先生长什么样儿吗？"

"我就记得不管天有多冷，克罗斯比先生都是很耐冷，不戴帽子也不穿大衣的。还有他的小女儿，长得就像《爱丽丝奇境历险记》中的那个爱丽丝，留着一头长发披在背后。我记得书上插图里的那个爱丽丝就是这样的。克罗斯比先生在酒吧里总是很好动，一副坐不住、立不定的样子。"

"还有呢，你还记得谁？"

"乔伊斯先生。"

"哦，他又是一副什么模样？"

"乔伊斯先生高高的，瘦瘦的，他留的胡子很有意思，上面两撇八字须，下巴底下还直撅撅地挂着一把山羊胡子。他戴着一副眼镜，片子很厚很厚的。走起路来把头扬得好高好高，只是眼神实在不怎么好。我记得有一回在街上，他跟我们对面而过却一声不响地，直到你去招呼他，他才站住，那双躲在镜片后面的眼睛，看起来就像是从金鱼缸里望出来似的，望了半天好不容易算是瞧见我们了，然后听见他说：'啊，我正在找你呢，赫德森。'于是，我们三个人就来到一家咖啡馆，坐在露天座的一个三人位里，尽管那天屋外很冷，不过我们旁边就放着一个——你说那叫什么来着，爸爸？"

"Brazier（火笼）。"

"什么？Brazier？那不是女人戴的那玩意儿吗？"安德鲁说。

"Brazier 是个在外面打了许多小孔的铁筒子，往里面加些烧着的煤炭就可以供人取暖了，就像在咖啡馆露天座，只要坐得离 Brazier 靠近些就不会觉得冷了。赛马场上也有这东西，人们只要站在它旁边，就会觉得比较暖和，"小汤姆不得不对 Brazier 解释一番，"我跟着爸爸和乔伊斯先生常去的那家咖啡馆，在外边露天座里就摆了一溜儿这样的火笼，哪怕天气再冷，坐在露天里只要靠着火笼也照样可以又暖和又舒服。"

"听听吧，咖啡馆，酒吧间，还有夜总会，我看你们这大半辈子的时光都泡在这种地方喽。"那个最小的小家伙说。

"你别说，还真是泡掉了不少时光呢，"小汤姆说，"爸爸，你说呢，是不是？"

"还有呢，爸爸有时候会让我坐在外边的汽车里等他，说他去赶紧喝一杯就来，结果呢，我在汽车里都呼噜呼噜睡了一觉也不见他来，"戴维说，"所以啊，我那会儿一听到什么'赶紧喝一杯'这样的话就讨厌。什么赶紧啊，我看世界上没有比这更磨蹭的事了。"

"你还记得乔伊斯先生说了些什么吗？"罗杰问小汤姆。

"哎哟，戴维斯先生，我也是记不起那个时候的事啦。他好像谈到了一些意大利的作家吧，还谈到了福特先生。乔伊斯先生是很看不惯福特先生的，那个庞德先生不知道为什么也很招他的反感①。我记得很清楚的一句话是，他对爸爸说：'赫德森呀，我看卡埃兹拉简直疯啦。'因为那时我仔细琢磨乔伊斯先生说的话，'疯啦'的'疯'跟'疯狗'的'疯'是不是同一个意思。我记得他们谈话的时候，我就坐在那儿正对着乔伊斯先生的脸瞅，由于被冻着的缘故，他的脸儿有点发红，面皮看着精光滑溜的，眼镜的镜片那个厚呀，很容易让人想起他不济的眼神。瞅着他，我不自觉地又想起了庞德先生的样子：红红的头发，倒三角的胡子，眼睛瞅着特别机灵，不过他嘴角边总挂着点儿白沫，有点像肥皂泡似的挂在那儿。我心里想，庞德先生真要发了疯那还了得，但愿我们以后别再碰到他。接着我又听见乔伊斯先生说：'难怪如此，福特不就已经疯了好多年了嘛。'这话的条件反射作用特厉害，让我眼前立马又出现了福特先生那张白白的、滑稽的大脸盘儿，还有他那淡淡的眼珠，一口松动的牙齿和老是开着一条缝的嘴巴，就像庞德先生似的，他的嘴角边也总是露着令人作呕的白沫，还顺着下巴往下淌。"

"行啦行啦，别再说了，"安德鲁说，"再说下去我晚上又要做噩梦了。"

"别听他的，你接着说，"戴维说，"他总这样，上回就是因为安德鲁说他做了噩梦，我正看得那本狼人的故事书都被妈妈锁起来了。"

"庞德先生咬过人没有？"安德鲁问。

"这样的事儿怎么可能有啊，大骑士，"戴维认真地对他说，"乔伊斯先生说的'疯'是指做事疯疯癫癫的意思，又不是疯狗病的那个疯。不过，他根据什么说他们都疯了呢？"

"这我可就不知道了，"小汤姆说，"虽然比起和爸爸在公园

---

① 此处提到的三位"先生"分别是：詹姆斯·乔伊斯（1882—1941），爱尔兰小说家、《尤利西斯》的作者；福特·马多克斯·福特（1873—1939），英国小说家、文学评论家和编辑；埃兹拉·庞德（1885—1972），美国诗人、评论家。

里打鸽子的那个时候，我那会儿已经大得多了。但是我毕竟还是个小孩子，不可能记清楚所有的事儿的。再说，我提心吊胆地想着庞德先生和福特先生流口水的吓人样子，生怕他们来咬人呢，根本顾不得想其他的。你认识乔伊斯先生吗，戴维斯先生？"

"当然认识。我和你爸爸跟他都是很好的朋友。"

"可我爸爸却比乔伊斯先生年轻多了。"

"确实，那会儿你爸爸是最年轻的了，在这些朋友里头。"

"才不是呢，还有我呀，"小汤姆很得意地俏皮话脱口而出，"我想我应该算是乔伊斯先生最年轻的朋友了吧。"

"嗯，可不是，他一定还挺想念你呢。"安德鲁说。

"没能认识你对他来说有点可惜，对你真是有点遗憾，"戴维对安德鲁说，"看吧，你要不是总待在罗切斯特，估计他也会认识你这位小朋友了。"

"得了吧，你们不知道乔伊斯先生是个大人物啊，"小汤姆说，"他怎么可能有时间跟你们这两个小鬼交朋友。"

"那只是你的看法，"安德鲁说，"乔伊斯先生怎么就不能跟戴维做朋友呢，就凭戴维常给学校里的报纸写文章，我看他们做朋友没什么不合适。"

"爸爸，你再跟我们讲讲，当年你跟汤米还有汤米他妈妈过的日子，到底穷到一个什么地步了呢？"

"他们那时候的确是挺穷的，"罗杰说，"我记得，你爸爸一早起来，先把小汤姆的一瓶瓶牛奶都安排好后，就得赶到菜市买菜了，不是直接买，他还得在最便宜的蔬菜里挑最好的买。我出去吃早饭的时候，总能碰到他刚买了菜回来。"

"不是我自夸啊，要说识别 poiresux 好坏的本事，我绝对可以在第六阿朗迪斯芒里称得上是第一。"托马斯·赫德森告诉小家伙们说。

"poiresux 是什么啊？"

"就是韭葱。"

"那个长得就像大个儿的洋葱，长长青青的，"小汤姆说，"但是看起来又不像洋葱那么光亮，只是稍微有些暗光。韭葱的叶子是青的，底下的根是白的。煮熟了以后，放凉拌上点橄榄油和醋，再加上点盐和胡椒粉，就可以吃了，茎叶带根都可以吃，一点都不浪费。那味道真是太好了，我吃得可多了，我敢说这世界上吃的韭葱最多的就是我了。"

"刚才爸爸说的那个第六什么的，又是什么花样啊？"安德鲁问。

"人家正说话呢，你就打岔。"戴维毫不留情地数落安德鲁。

"这怎么叫打岔呢，我又不懂法语，不懂总得问吧。"

"也就是区的意思，整个巴黎市区划分成二十个阿朗迪斯芒，那会儿我们就住在第六阿朗迪斯芒。"

"好了好了，爸爸，你接着讲讲别的好吗？咱们别谈阿朗迪斯芒了吧。"安德鲁央求道。

"你学点知识、长点学问就这么痛苦啊，真受不了你这个运动员。"戴维说。

"我也很想学知识啊，"安德鲁说，"可我觉得阿朗迪斯芒什么的太高深了，你在训我时不也说什么什么事情高深着呢，我年纪小听不懂啦，我承认这一套高深的东西我听不懂，我实在没有这个理解水平。"

"我问你，泰·科布①的累计安打率是多少？"

"三成六七。"

"咦，你小小年纪怎么又懂这个了呢？"

"行啦，戴维。安德鲁喜欢他的棒球，你喜欢你的阿朗迪斯芒，这并不妨碍着你什么。"

---

① 泰·科布（1886—1961）：美国著名棒球运动员。

"我看主要原因不在他，是由于罗切斯特没有阿朗迪斯芒的缘故。"

"你别在那儿瞎说。我不过是想多听爸爸和戴维斯先生肚子里好听的故事，再说大家也都喜欢听，确实带劲，不比谈这个该死的……叫什么来着？唉，真他妈的该死！我连这个名字都记不住。"

"你怎么回事儿，当着我们大人的面骂娘，太没规矩了。"托马斯·赫德森狠狠地批评他。

"对不起，爸爸，我错了。"那小家伙说，"我也是没办法，都他妈的怪我年纪太小不懂事。我又犯了，对不起对不起。我是说，都怪我年纪小不懂事。"

安德鲁这会儿是又惶恐又委屈。每次戴维捉弄他，他次次都上了他的当！

"你不能总拿自己年纪小、不懂事当借口吧，"托马斯·赫德森教训他说，"我也知道，感情一激动起来就容易骂娘，可你当着大人的面儿怎么骂得出口呢。没人的时候随便你说什么，我也不会来管你。"

"求求你别说了，爸爸。我已经知道自己错了。"

"我也知道你是真心认错的，"托马斯·赫德森说，"爸爸也不是故意要训你。我只是在给你讲道理。我跟你们三兄弟见面的机会少，所以这好不容易见了面就难免要给你们多讲讲道理。"

"是啊，我们跟爸爸见面的机会的确是不多呢，爸爸。"戴维说。

"就是，"托马斯·赫德森说，"就是因为见面不多我才不免要多跟你们唠叨些。"

"不过安德鲁在妈妈的面前很好，从来不会像这样骂骂咧咧的。"戴维说。

"行啦，戴维。你就别再跟我过不去啦。爸爸，这件事情就到此为止，好吗？"

"我给你们两个小家伙个建议啊，如果真想要精通骂人的本事，"小汤姆神秘地说，"去看看乔伊斯先生的书吧，保准你们大开眼界。"

"不用了，我的骂人本事已经足够应付了，"戴维说，"至少目前应付起来还是绰绰有余的。"

"真的，要是我的朋友乔伊斯先生骂起人来，我甚至连听都没有听说过的措辞、用语。我敢说，无论是谁，无论是用哪种语言，休想比他骂得还凶。"

"他是凭借自己的骂人天赋创造了一套全新的语言。"罗杰此刻正闭着眼睛，仰面朝天地躺在沙滩上跟他们说话。

"你说的这种新语言我是不懂啦，"小汤姆说，"大概是因为我年纪也还太小，所以看不太懂。反正你们看过《尤利西斯》就明白了。"

"我觉得这书不适合给孩子看，"托马斯·赫德森说，"这话可不是哄你们玩儿的。因为你们看了也不会懂，索性就别去看了，等你们再大一些的时候看这书会比较合适。"

"可我已经全看完了，"小汤姆说，"不过爸爸，你说的也是，我在看第一遍的时候简直连半句话都看不懂，完全不明白他说的是什么。可我一遍又一遍地看下去，现在我已经能领会书里的部分内容了，我不是在这儿吹牛，现在我都可以给人讲解呢。当然，最主要的是看了乔伊斯先生的这本书，作为他的朋友，我也感到很自豪呢。"

"他果真跟乔伊斯先生是好朋友吗，爸爸？"安德鲁问。

"乔伊斯先生以前倒是还会时不时地问起他。"

"真是的，这还能有假？我和乔伊斯先生就是朋友，"小汤姆说，"而且他还是我最要好的朋友之一。"

"汤米，你刚说到你可以跟人讲解这部书，不过眼下我倒觉得你还是少给人讲解为好，"托马斯·赫德森说，"恐怕你眼下讲解得很不清楚。你能跟人讲解的是书中的哪一部分？"

"最末尾那一部分啊。就是女主人公一个人在那儿自言自语的那部分。"

"就是那段独白，对吧？"戴维说。

"怎么，你也看过了？"郝德森有些吃惊。

"没有啊，"戴维说，"就是汤米念给我听的呗。"

"那他有没有跟你讲解呢？"

"凡是他能讲解的都给我讲了。不过我们都觉得书里有些内容太深奥了，就我们俩现在这年纪确实不懂。"

"你们是从哪儿弄到的这本书？"

"是在家里的藏书中找到的。我想看看，就带到学校里去了。"

"你说什么？你还带到学校去了？"

"是啊，我的同学们想听，我带上书才能给他们念上两段啊，我还告诉他们，这位乔伊斯先生就是我的朋友，我们以前常常在一起的。"

"同学们听你念了这本书以后的反应如何？"

"只有那些信教比较虔诚的同学认为写得太露骨了，其他都还好。"

"被学校老师发现了吗？"

"当然被发现了嘛。哎呀爸爸，你难道没听说这件事儿吗？哦，对了，你应该没有听说的，那时候你大概是在阿比西尼亚呢吧。当时校长都决定要把我开除了，我不服气，就跑去向他申诉，我跟他说乔伊斯先生是位伟大的作家，并强调他跟我在私下里是好朋友，最后校长才决定：书是不能还给我的，得由他亲自送回家里交给家长。我呢，也向他保证：今后如果我要给同学们念点什么文章，或者打算讲解什么经典作品的话，一定要在事前先征得他的同意。这个校长最初准备开除我的时候，一口咬定我是个思想肮脏的学生，可我根本就不是。爸爸。至少我的思想不见得会比别人肮脏吧，我觉得。"

"那他后来把书送回家里没有？"

"最后还是送回来了。可原先他是想把书没收的，我就继续向他申诉：一、这个是出版的书；二、上面还有乔伊斯先生送书给你的亲笔题词。这样一来，他又怎么好没收呢？因为书又不是我的。所以啊，到最后书也没有没收，我看他自己也显得灰溜溜的。"

"爸爸，到底我要长到多大才可以看乔伊斯先生的这本书呢？"安德鲁问。

"你啊，估计还得等些时候吧。"

"可汤米都已经看了呢。"

"那是因为汤米是乔伊斯先生的朋友。"

"就是这样的，安德鲁，"小汤姆说，"不过爸爸，我们跟巴尔扎克好像并不认识，对吧？"

"傻孩子，我们怎么能跟他认识呢？他是比我们早好几代的人呢。"

"那我们也不认识戈蒂埃①了？我在家里发现了他们写的两本奇书。一本叫《滑稽故事》②，一本叫《莫班小姐》。我先看了一遍《莫班小姐》，可惜什么都看不懂，不过我在想，看第二遍的话会不会能理解一些内容呢，所以我又从头看起了第二遍，果不其然，这本书果真很好看。可我们都不认识这两位作家，他们也不是我们的朋友，回头我要是拿他们的书去念给同学们听，学校非把我给开除了不可。"

---

① 泰奥菲尔·戈蒂埃（1811—1872）：法国诗人、小说家、评论家。《莫班小姐》是他写于19世纪30年代的一本小说。

② 《滑稽故事》是巴尔扎克的作品。

"那书写得怎么样呢，真的很好看吗，汤米？"戴维问。

"精彩极了。我保证你准会喜欢这两本书。"

"那你何不请示一下校长呢？也许他会同意你念给同学们听呢，"罗杰说，"不管怎么说，这两本书要比你们这些孩子自己胡乱找来看的那些货色强一些。"

"不行的，戴维斯先生。我还是不要去跟校长请示的好，别没事儿找事儿了，没准儿他一听我要念什么书给大家听就又扣一顶'思想肮脏'的帽子给我。撇开校长这一关不说，这回同学们的心理肯定也跟上次不同了：乔伊斯先生是我的朋友，这俩作家却不是，感觉很不一样啦。再说了，我对《莫班小姐》还谈不上有多理解，若真要跟大家讲解可实在是不行呢。上次讲《尤利西斯》的时候，我有乔伊斯先生的朋友这层关系作为本钱，多有说服力啊，可要搁这两位作家身上我就少了分权威啦。"

"听你这么一说，我倒真想听听你上次是怎么讲解的。"罗杰说。

"说哪儿的话呢，戴维斯先生。我讲的那些在你看来一定都是极粗浅的皮毛。你听起来哪会有味道呢，兴许只会觉得好笑。不过，我想你对那个《尤利西斯》一定有十分透彻的理解吧？"

"嗯，可以说是相当透彻。"

"唉，要是我们能认识巴尔扎克和戈蒂埃那该多好啊，然后就像乔伊斯先生那样，做个常常见面聊天的朋友。"

"是啊，我也深有同感呢。"托马斯·赫德森说。

"可我们也还认识另外的一些优秀作家吧？"

"那当然。"托马斯·赫德森说。此刻沙地上热乎乎的，脚踩在上面很是舒服，他在做完今天的作画功课后，感觉有些倦怠，不过心情倒是非常愉快舒畅。特别是在听了小家伙们的谈话之后，心情就格外愉快了。

"走吧，孩子们，我们现在去下海游泳，游完了再回来吃午饭，"罗杰说，"感觉天这会儿有点热了呢。"

托马斯·赫德森在沙滩上看着他们四个下海游泳。四个人慢悠悠地游着，在绿莹莹的海水里渐渐向外游去，在明净洁白的沙子上落下了大大小小四个身影。

四个人前前后后一路凫水前进，四个身影被微斜的阳光一路斜投在沙上。只见一条条晒得黑黑的胳膊高高举起，使劲前伸，紧接着手猛劈下去，打起一大把水来划向身后，两条腿则一路均匀地打着水，头也得时不时地转一下换口气，总之他们在水里的节奏很是和谐，不慌不忙，不紧不慢。托马斯·赫德森就一直站在沙滩上，看着这一大三小四个人借着风势慢慢游出海去，这样的时刻叫他好喜欢。他突然觉得应该把他们游泳的姿势给画出来，尽管他也知道这样画起来难度可不小。不过他还是决定要画，再难也要画一下试试，今年夏天就画。

尽管托马斯·赫德森感觉身子有些倦怠，懒得去游泳，可他看孩子们游得那么高兴，自己不游似乎不大好，所以最终他还是一步步走到海里。当那双被太阳晒热的两腿浸入被海风吹冷的海水里，只觉得一阵沁人心脾的清凉。慢慢地，海水的凉意逐渐上升到了腰部，再后来他身子轻轻向前一倾，就全身都没入了这浅海里。正当托马斯·赫德森迎着前面四个家伙游去的时候，却看见他们已经开始往回游了。此刻他的头正好跟他们处在同一个水平线上，不想却看到了跟刚才不同的画面，会出现这样的不同还有另外一个很关键的原因，就是：他们往回游是逆风。遇上这么点儿风浪，眼瞅着安德鲁和戴维这两个小子都有点吃不消了，在水里手忙脚乱地扑腾着。托马斯·赫德森不由得心想：怎么刚才在他心目中还是四头海里猛兽的这四个人，也就才一小会儿的时间吧，这奇妙的幻觉就一下子被风浪打破了。他们刚开始向外游的时候游得那么得心应手、畅快淋漓，可是现在那小一点的两个孩子想要顶住风浪前行，似乎有着不小的困难。当然喽，真要说已经困难到怎么样了那倒还算不上，但是至少他们出发时的那种水下功夫毫不含糊的假象已经破除了。前后两个画面是如此的截然不同，不过仿佛后一个画面更真实些。最后，五个人都上了海滩，一起向屋里走去。

"所以说我更喜欢待在水下，是有道理的，"戴维说，"因为在水下面我可以不用尽顾着换气。"

"那你下午就和爸爸、汤米一起下海去摸鱼呗，这样你就可以一直待在水下不是很好吗?"安德鲁立马冲他说，"不过我倒情愿跟戴维斯先生一起留在岸上。"

"戴维斯先生也不打算去啊?"

"我看我还是留在岸上吧。"

"你可别为了我不去啊，"安德鲁说，"我一个人反正也有的玩儿。我不过是瞎说的，也许你也不打算去摸鱼吧。"

"我还是不去了吧，"罗杰说，"正好我想趁这工夫歇会儿，看看书什么的。"

"你别叫这小子牵着鼻子走啊，戴维斯先生。他这是在耍花招呢，你可千万别中了他的计。"

"跟安德鲁没关系，我是真不太想去。"罗杰说。

说话这会儿他们就已经上了楼，大家换上干净衣服来到阳台上，把短裤也晾了起来。这时约瑟夫已经端来一碗海螺色拉。小家伙们已经等不及就开吃了，小汤姆还很有兴致地拿了瓶啤酒喝。托马斯·赫德森则靠在一张椅子里休息，罗杰拿来调酒器，站在那里调酒。

"每天吃完午饭我就只想打盹。"罗杰说。

"哎，你要不去就我们几个去也没啥意思，"小汤姆说，"那我也宁愿不去了。"

"真是太好了，汤米，你也别去了，"安德鲁说，"就让爸爸和戴维他们两个人去。"

"你别瞎想，我就是不去也不会给你当接手的①。"小汤姆对他说。

"哼，就是你想给我当接手我还不要呢。我已经找到个黑小子来当我的接手了。"

"不过我倒想问问你，为什么你总想要当投手?!"小汤姆说，"你没看那些投手都是大个子吗？我看你长成大个子的希望真不大。"

"我长大了准也是像迪克·鲁道夫②或者迪克·克尔那样的大个子。"

"谁知道你说的都是些什么样的家伙。"小汤姆说。

"赛马骑师出名的都有谁？快说个名字给我。"戴维悄悄向罗杰打听。

"厄尔·桑第③。"

"我知道我知道，你长大了可就是像厄尔·桑第那样的大个子。"戴维对安德鲁说。

"去你的，摸你的鱼去吧，真讨厌。"安德鲁说，"汤米说他是乔伊斯先生的朋友，那我也要和戴维斯先生成为朋友。戴维斯先生你看可以吗？这样的话那我回到学校就可以跟大家说：'我和戴维斯先生一起在那个热带小岛上度过了一个难忘的夏天，我们还一起创作，写了许多绝对精彩、非常刺激的小说，我的爸爸就在岛上画画儿，他的画你们也都见过了，画的都是些裸体女人。'你的画中女人是裸体的吧，爸爸?"

"有一部分是。不过这些画的色调都极暗。"

"太棒了，"安德鲁说，"我就不管什么色调暗不暗的，既然

---

① 这里说的是打棒球。

② 理查德·鲁道夫（1887—1949）：当时美国最著名的棒球运动员之一，迪克是理查德的昵称。

③ 厄尔·桑第（1898—1968）：美国著名赛马骑师，于20年代初期在赛马场上成名，一生一共参加过967次比赛。

汤姆要乔伊斯先生，那就归他吧。"

"你这人脸皮那么薄，怕还不敢看那种画吧。"戴维说。

"脸皮薄怕什么。我多看看就敢看了。"

"不过说真的，比起乔伊斯先生在他那书里的描写，爸爸画的那些裸体画儿还差得远呢，"小汤姆说，"也难怪，你还是个小孩子嘛，所以见了裸体画就会觉得有多么稀罕。"

"好吧。那我就要戴维斯先生了，不过书上还必须得有爸爸画的插图。我记得我们学校里有人说过，戴维斯先生的小说那是绝顶精彩、够刺激。"

"好哇。那我也要戴维斯先生。戴维斯先生跟我原本就是顶老顶老的老朋友了。"

"我看何止是戴维斯先生，还有什么毕加索①先生，布拉克②先生，米罗③先生，马松④先生，帕散⑤先生，"托马斯·赫德森说，"你跟他们都认识，不是吗？"

"对呀对呀，还有沃尔多·皮尔斯⑥先生呢，"小汤姆说，"瞧瞧吧，小安迪，你是怎么也比不过我的啦。要怪只能怪你起步太晚了，如今怎么比得过我？别说你在罗切斯特待的那时候，事实上在你出生的前几年，爸爸早就已经带着我在上流社会里见大人物大世面了。我就这么跟你说吧，在当今最最伟大的画家里面，恐怕十个里有八九个我都认识。他们中的好些人还是我非常非常要好的朋友呢。"

---

① 毕加索（1881—1973）：定居在巴黎的著名西班牙画家，也是立体主义画派的主要代表，其作品对西方现代艺术产生了深远的影响。
② 布拉克（1882—1963）：法国画家，立体主义画派代表之一。曾经参加过野兽派绘西运动，后又开始创作"拼贴面"。
③ 米罗（1893—1983）：西班牙画家，其作品最大特点是受超现实主义和达达主义影响。
④ 安德烈·马松（1896—1987）：法国超现实主义画家、雕塑家。
⑤ 帕散（1885—1930）：美国画家，原籍是保加利亚。1905年到的巴黎，"二战"期间又去了美国。1920年回到巴黎，并于1930年在巴黎逝世。
⑥ 沃尔多·皮尔斯（1884—1970）：美国画家，以给书籍配插图而著名。

"起步晚一点怎么了，我也算是起步了，"安德鲁说，"反正我是要定戴维斯先生这个朋友了。戴维斯先生你觉得呢？其实我们也不一定非要写那种精彩、刺激的小说不可。我可以胡编乱造嘛，就像汤米胡编乱造那样？你就跟我讲讲吧，你以前干过什么有意思的事情，只要是可以吓人的，你就随便找两件给我说说，我到时候就可以跟人讲，当真是有这么回事，我当时也在场呢。"

"你说什么？我胡编乱造，我看你简直是在放屁，"小汤姆说，"之前爸爸和戴维斯先生偶尔给我提两句醒儿，那只不过是帮助我回忆。这些事都是我亲身经历的，而且我还参与其中了，要知道那可是在绘画史和文学史上代表了一个完整的时代啊。如果要我写回忆录的话，只要是这方面的事情，我提笔就能写出好多来。"

"你看你越说越狂妄了，汤米，"安德鲁说，"我看你还是稍微收敛点儿吧。"

"戴维斯先生，你什么都别告诉他，"小汤姆说，"让他也跟我们当初一样，从零开始。"

"我跟戴维斯先生的事，不劳你费心，你少管，"安德鲁说，"我们的事不用你来插手。"

"爸爸，既然我们有那么多的朋友，你就再给我说一两位的故事来听听吧，"小汤姆说，"我印象里只是知道我认识他们，常常和他们一起泡咖啡馆，可我还想再多了解一些他们的故事，他们的具体事迹？就好比乔伊斯先生那样的——关于乔伊斯先生的事迹我不是就了解得很多吗？"

"这样啊，那你还记得帕散先生吗？"

"这位先生我不记得了。还真是记不起了。他是什么模样儿？"

"瞧瞧，你连人带长相都记不得了，还好意思说人家是你的朋友！"安德鲁说，"你再看看我，即使再过好几年，我难道会忘了戴维斯先生长什么样儿吗？这完全不可能嘛。"

"你少在这儿插嘴，"小汤姆说，"爸爸，就请你给我说说帕散先生吧。"

"乔伊斯先生那本书的末一部分，你不是很欣赏吗？如果要给这部分内容做插图的话，帕散先生画的一些画是再合适不过了。"

"真的吗？那还真是有意思呢。"

"你不记得在咖啡馆的时候吗，你常常跑去跟他坐在一起，他就常常给你画像，有时就画在餐巾上。别看他个子小，脾气那叫一个倔啊，还很古怪。通常他总在头上戴一顶圆顶礼帽。毫无疑问他是位非常出色的画家。不过他平时的行为举止总给人这样一种感觉：好像他正怀揣着一个巨大的秘密，而且是他刚刚听到的，觉得是个很值得玩味的秘密。也就是由于这个秘密的缘故，他时而显得非常开心，时而又非常伤感。不过无论你什么时候看到他，你都会感觉到他像是怀着那么个秘密，而且似乎觉得那显然是大可玩味的。"

"说到底，那究竟是什么秘密呢？"

"还能有什么秘密啊，无非就是酗酒啦、吸毒啦之类的，还有就是乔伊斯先生在那最末一章里，描写得了如指掌的那种秘密，当然应该也少不了诸如画好画这样的诀窍啦。就当时而言，他画画的技巧比当时所有人都出色，那也是他的秘密，不过他似乎并不在意。表面上看吧他好像把什么都看得很淡，可事实上根本不是那么回事。"

"难道他是个有着坏心眼的人吗？"

"嗯，他可坏着呢。他才是真坏呢，他的秘密里就有这一条。这个人心坏还自鸣得意，想必他根本不知道有良心的谴责。"

"啊……这样的人啊，那我跟他还是好朋友？"

"可不嘛，关系还好得很呢。他常常叫你'丑八怪'。"

"哈哈哈，"小汤姆听得直乐，"叫我'丑八怪'！"

"咱们家收藏着帕散先生的画吗，爸爸？"戴维问。

"是有两幅。"

"他给汤米画像都是正经画的吗？"

"没有，哪能正经画啊。他给汤米画画都是随手罢了，多半就画在餐巾上，要不然就画在咖啡馆的大理石桌面上。哦对了，他还给汤米起了个名儿，叫'左岸地区①一个爱灌啤酒的丑天丑地的丑八怪'。"

"天哪，好响亮的头衔，你还不赶快记下来，汤姆。"戴维说。

"那帕散先生的思想肮脏吗?"小汤姆问。

"我看可以这么说吧。"

"可是我看你讲得不是很肯定啊?"

"说他思想肮脏倒也没错。依我看他的秘密里就有这么一条。"

"可我认为乔伊斯先生的思想不能算肮脏。"

"对。"

"你也不能算肮脏，对吧爸爸。"

"对，"托马斯·赫德森说，"我当然也不能算思想肮脏。"

"那你的思想肮脏吗，戴维斯先生?"小汤姆问。

"依我看来也不能算吧。"

"那好，"小汤姆说，"回去我就去跟我们校长说，我爸爸和乔伊斯先生的思想都不肮脏。如果他还要来找碴儿，我还可以告诉他，戴维斯先生也是一样没有那些肮脏思想的。只是不知道我们校长是怎么想的，他好像一心认定我有肮脏思想似的。可我一点也不怕。要说思想肮脏，我们学校倒真是有个同学是这样的，

---

① 因为巴黎横跨于塞纳河的两岸，人们就称北岸为右岸地区，也是商业中心；南岸则被称为左岸地区，是大学生、作家和艺术家等汇集之地。

谁都能看得出来，我跟他那可是不一样的。对了，帕散先生叫什么名字？"

"于勒。"

"怎么个拼法？"戴维问。于是托马斯·赫德森就把拼法拼给他听。

"那最后帕散先生怎么样呢？"小汤姆问。

"他上吊了。"托马斯·赫德森说。

"嗯？天哪！他上吊了啊！"安德鲁说。

"帕散先生真是个可怜的人，"小汤姆一边说着一边为他做着祝福，"今儿晚上祈祷的时候，我也要为他祈祷祈祷。"

"我也要为戴维斯先生祈祷。"安德鲁说。

"那你可要经常为我祈祷，这样才好啊。"罗杰说。

# 第六章

那天晚上小家伙们都睡了以后，托马斯·赫德森和罗杰·戴维斯并没有马上就睡，他们在大房间里继续聊天。由于那天风浪实在太大，下午带孩子们下海摸鱼时间不长，也草草收场，不过吃过晚饭以后，小家伙们就又出去活动了，他们兴致勃勃地跟着约瑟夫去钓鲷鱼。回来时也高高兴兴的，不过看起来个个都已经很疲惫了。很快，他们跟长辈们道过晚安就都去睡了。刚开始还能听见他们在房间里说话的声音，不多会儿就都安安静静地睡着了。

最小的安德鲁在睡觉的时候怕黑，好在两个做哥哥的还算厚道，虽然都清楚这一点，却从不拿这事儿取笑他。

"这小子为什么睡觉会怕黑呢，你知道吗？"罗杰问。

"我也不太明白，"托马斯·赫德森说，"你小时候难道就不怕黑吗？"

"不怕呀，我不记得我怕过黑。"

"可是我就怕，"托马斯·赫德森说，"你帮我想想这是不是可以说明什么问题呢？"

"这我可真不知道了，"罗杰说，"不过我小时候有怕的事情，一是怕死，二是怕我兄弟有个三长两短。"

"你竟然还有个兄弟呢？我怎么一直都不知道，他现在在哪儿？"

"死了。"罗杰说。

"啊，真是对不起。"

"没事儿。他死的时候，我们年纪都还挺小呢。"

"他比你小几岁?"

"就小一岁。"

"怎么回事?"

"是因为我们坐的一只小船被打翻了,当时我们也没得到及时救援。"

"当时你有多大?"

"也就十二三岁吧。"

"咱不提这个也罢,你要是不想说的话。"

"已经没什么了,没准儿说说心里反倒会痛快些,"罗杰说,"不过,你以前真的还不知道这件事?"

"我是真的一点都不知道。"

"嘿,我那会总觉得这件事已经闹得满世界都知道了。现在想想小孩子的想法还真就这样奇怪。我就记得当时湖水太冷了,他没了力气松了手,我也迷糊了。最后,好像被人发现,我才算是捡了一条命,可他就再也没有回来。"

"哦,可怜的罗杰,这一下还真是该死了。"

"行了,你就别咒我了,"罗杰说,"你怎么不想想,我这么小就要尝试这种滋味,也未免太残忍了些啊。何况我对我兄弟的感情一直都是那么深厚,我本来就一直在替他担心,总担心他会有什么三长两短。我的担心成了现实你不知道我有多难受啊,我也顶不住当时那样冰冷的湖水啊。可是我怎么都不能以此来原谅自己。"

"这事儿出在哪儿?"

"北边缅因州。后来父亲在这件事上表面看起来很通达,可我知道,他心里始终没能原谅我。自打这件事以后,我就天天巴望自己快死。不过我又想想,人总不能就这样一辈子痛苦吧。"

"你兄弟叫什么名字?"

"戴夫。"

"怪不得呢！那你今天说不想下海去摸鱼，也是由于这个缘故吧？"

"多半是这样。可我还是每隔一天去下海一次。说真的，这种事情真是很玄乎，谁能说得准呢。"

"你都这么大的人了，怎么还信这个？"

"我当时发现他不见了，还钻到水里去找他，可就是怎么都找不到，"罗杰说，"湖水太深了，而且也实在是冷，冻得挺不住啊。"

"叫戴维·戴维斯。"托马斯·赫德森说。

"嗯。在我们家，老大名字都是叫罗杰，老二也都叫戴维。"

"不过老罗啊，都过去这么多年了，终归你也得想开呀。"

"没有用的，"罗杰说，"不管过多久都没用，发生了这样的事，就一辈子也忘不了。要不然呢，我还总忍不住喜欢翻出来叨叨两句。出了这样的事我心里始终感到有愧，就好比那天在码头上我跟人打架一样。"

"这怎么能一样呢，你那天在码头上完全是可以问心无愧的。"

"不不，我心中有愧。这件事我那天也对你说过了，今天就不谈了吧。"

"好吧。"

"我就寻思吧，再也不能跟人打架了。一辈子也不与人打架了。别看你是从来不打架的，真要打起来的话其实你并不比我差。"

"得了吧，打架我哪儿比得上你呢。不过我确实是铁定了主意不打。"

"得，今后我也不打架了，做个好人，再也不写那些乌七八糟的东西了。"

"啊啊，我听你说半天了，就数这句话最中听。"托马斯·赫德森说。

"说实话，你看我真能写出点有价值的东西吗？"

"试试看嘛，不试怎么知道。不过你当初把画画撂下，又是由于什么缘故呢？"

"因为我觉得不能再欺骗自己了。其实现在在写作上也是，我也不能再欺骗自己了。"

"说具体点儿，你到底怎样打算的？"

"找个地方，踏踏实实地写小说，尽我最大的努力，写出一本真正像样的小说来。"

"还找什么地方啊，你为何不住在我这儿写呢？回头这三个小家伙们就都走了，你在我这儿只管住下来吧。你自己那间屋子太热，根本没办法写作。"

"我在这儿住着，真的不会太打搅你吗？"

"你看你，这是说的哪门子话呢，老罗。实不相瞒，我这儿常年一个人住着，也觉得冷清呢。虽说想要专心工作就得躲开一切烦扰之事，可也不是什么都能躲开，最后躲得就只剩自己了呀。哎呀，不说了不说了，我这话听着像是在做演讲似的。"

"别呀，你接着说。我倒是很想听听你的经典论说。"

"那好吧，你真要是打算开工写啊，就在我这儿开始写起来吧。"

"原本我想着是去西部①写，你觉得是不是更好些？"

"这跟在哪儿写没关系，依我看啊在哪儿都行，关键在于你能不能坚持。"

"那未必，我就是觉得不是哪儿都行，"罗杰显然不能同意，"这个我心里有数。原本是很好的地方，往往到后来就都变得不行了。"

---

① 指美国的西部。

"这话倒也没错。不过就目前来看，我这个地方倒还不坏。尽管无法保证会一直这样好下去，不过眼前总归是好的地方，你觉得呢。再说了，你工作之余还可以有我这个伙伴作陪，我呢，除了工作也有个你可以做伴。我们在一起工作，却互不相扰，你尽可以好好去发挥、去创作。"

"也就是说，你真觉得我能写出有点价值的小说，对吧？"

"听着，你要不动手试一试，你就永远也写不出来。好比今儿晚上你给我讲的那些，要是你愿意写出来的话，那可不就是一部绝顶的小说吗？对啊，不妨就从小船开始写……"

"结尾呢，安排一个什么样的结尾？"

"可以根据小船这条主线虚构情节嘛。"

"别说了，"罗杰说，"我已经厌烦了那俗套的写法，那跟歪门邪道没什么分别，一说到故事里有一只小船，那小船里就一定而且毫无悬念地有一位美丽的印第安姑娘。为此，我还得设计出一个叫琼斯的青年，这个年轻人正要去向移民们报告西席·地密尔①正在赶来的消息，他是在赶路途中经过这里的。只见他一手提着那把老式火枪'老贝齐'，一手抓着乱糟糟的荒藤野蔓，你说他赶个路干吗要从临河的崖壁上攀缘而下？结果呢还出其不意地落在了小船里。美丽的印第安姑娘在见到他的一瞬间便说：'天哪，原来是你啊，琼斯。既然上帝让我们遇见，那就让我们好好恩爱一番吧，我们这经不起风浪的小舟任由它去，向着大瀑布漂去吧，要知道那就是将来要闻名天下的尼亚加拉啊！'"

"那不行，绝对不行，"托马斯·赫德森说，"哪需要这些编的故事呀，这样编的显得你有多浮躁啊。你只需要写你自己的那只小船，写那水寒彻骨的湖，还有你的小弟弟……"

---

① 美国著名电影导演、编剧、制片人。是好莱坞黄金时代的大师，以拍摄圣经题材的史诗性巨片而著称。所以文中所说的"西席·地密尔"，意指在他导演的影片中那种常见的大队人马的景象。

"戴维·戴维斯。他当时才十一岁。"

"以及你们随后的遭遇。然后从这儿起直至终篇你仍然可以自由地发挥呀。"

"可是我实在不喜欢这个结局。"罗杰说。

"说心里话，我想我们谁也不会喜欢这个结局，"托马斯·赫德森说，"可是一部小说总得有个结局吧。"

"小说我们就先谈到这儿吧，"罗杰说，"不过关于这部小说到底怎么写，我倒要认真考虑一下了。汤姆，我有个问题想请教你啊，就我个人经验来看，为什么感觉好好儿画画是一种乐趣，可是好好儿写作却是一种痛苦呢？我自己画画从来也没画好，尽管画得也不像样，但却始终是乐在其中的。"

"这个我也说不上来，"托马斯·赫德森说，"也许是因为在绘画这门艺术上，传统和基本法则都比较明确，画家可以借鉴的技巧也多。即使你想要摆脱伟大绘画艺术的正统法则，另辟蹊径，总是可以找到值得借鉴的东西，而且还不乏其数。"

"我看还有一个关键的原因就是，画画的人人品要好些，"罗杰说，"就拿我来说吧，我要是成材些的话，也许早就成为一个了不起的画家了。可我大概就是一块不成器的料吧，所以顶多也只能当个好作家。"

"哪有像你这样看问题的，你这也太简单化了。"

"是啊，我看问题就老是这样简单化，"罗杰还觉得自己挺有理，"所以你看我这个人，屁用也没有吧，就是因为这个原因啊，这是很重要的一个原因。"

"走吧，我们去睡吧。"

"现在我还不想睡，想要再看会儿书，静一静心。"罗杰说。

那天夜里孩子们睡得很香甜。罗杰看书看到很晚才去阳台上睡觉，托马斯·赫德森则一晚上都没有睡觉。吃过早饭，风明显小了，天上仍然没有一丝云彩，他们计划今天下海捕鱼去。

"你也跟我们一块儿去吧，戴维斯先生？"安德鲁问。

"好的，一起去。"

"真的吗？那太好了，"安德鲁说，"我真高兴。"

"安迪，你现在心里对水下感觉怎么样？"托马斯·赫德森问。

"还是觉得害怕呀，"安德鲁说，"不过我总是这样。好在有戴维斯先生跟我们一块儿去，我的害怕确实减轻了几分。"

"千万不要害怕，安迪，"罗杰说，"害怕了就可以说是最没有出息的人。这还是你爸爸教导我的。"

"天哪，说这话的人还真不少呢，"安德鲁说，"这真说得上是老生常谈啊。可在我见过的孩子里，就戴维的脑袋很特别，他都不知道什么叫害怕。"

"你少给我胡诌，"戴维说，"你这个家伙就是喜欢胡思乱想，所以才弄得自己成了这副德行。"

"不光是我啊，还有戴维斯先生，他也老是感到害怕呀，"安德鲁说，"我想这或许是由于我们智力超群的缘故吧。"

"戴维，回头到了海里，你可要给我小心点儿啊，听见没有？"托马斯·赫德森说。

"一定小心。"

安德鲁瞅了一眼罗杰，还高兴地耸了耸肩膀。

# 第七章

那天他们决定把船停在一个暗礁附近下海捕鱼。这里还停着一艘当年在这儿触礁沉没的轮船,人们能看到在礁石旁边的水下露出的破船的铁壳,涨潮的时候,还是会有一些锈钢烂铁被推出水面,而且能明显看出那本是船上的锅炉。今天吹的是南风,托马斯·赫德森把捕鱼船开到一块礁石的背风面,但又不敢靠得太近,隔开点距离才下锚,这时罗杰和小家伙们已经都准备好了面罩和鱼叉。他们拿的都是极原始的鱼叉,形状五花八门。说到捕鱼,托马斯·赫德森和小家伙们都各自有高招,这些鱼叉也就是按他们各人的意思分别打制的。

他们把约瑟夫也带来了,他今天的任务是负责划小艇。安德鲁也乘坐着小艇。他们的小艇才刚出发,准备向礁石划去,只见那边捕鱼船上的人都已经陆续离船下水了。

"你怎么还不下来呀,爸爸?"戴维对着捕鱼船的驾驶台上的父亲喊道。圆玻璃镜罩住了他的眼鼻和前额,鼻下又紧紧贴着橡皮面罩,扣入两颊,压住顶门,脑后紧紧勒着一条橡皮带子,紧得都扣进皮肉里了——戴维这副戴上面罩的模样,跟那种科幻连环漫画中的人物装扮一致。

"马上,我一会儿就下来。"

"你就别在那磨蹭了,再晚下来一会儿,只怕鱼儿早就吓得逃光光了。"

"这里那么多礁石呢,包你怎么掏也掏不完。"

"可我晓得有两个特别精彩的洞啊,位置就在过了锅炉再往前点儿。我是在那天咱们两个人来的时候发现的。洞里满是鱼哦，看着像是还没有动过的样子，我就特意留着，想等今天大家一起来了再去摸。"

"我也知道那儿。好啦，你先去吧，我再过个把钟头就下来。"

"那我就先不去动，等你来了再一起去摸。"戴维说完，就使劲划着水赶紧追赶大伙儿去。他右手里拿的是那根六英尺长的硬木长矛，在长矛头上还装了个手工打成的双齿鱼叉，用一根又长又粗的钓鱼线牢牢地绑在长矛头上。这小家伙一身水性真好，他只管把脸儿没在水里，一边划水，一边透过面罩上的玻璃镜仔细察看水底情况。因为他遍体黝黑，再加上他在水里游时只露出湿淋淋的后脑勺，托马斯·赫德森看着游在水里的戴维，越来越觉得他像一头海獭了。

他就看着小家伙一路游去。小家伙在水里的动作舒缓而沉稳，他单用一条左臂划水，两条长长的腿则不停地蹬脚使劲把水往后踢。他并不常常换气，只是偶尔才稍稍侧一侧脑袋，探起脸来换口气，那间隔之长让人惊讶，而且这水平要超过很多大人。这会儿，罗杰跟大小子小汤姆早就把面罩往脑门上一推，先游了出去，已远远游在了前边。安德鲁和约瑟夫坐着小艇也到了礁区，但是安德鲁并没有立马就下水。微风轻轻吹着，放眼看去，礁石一带微波荡漾水色清浅，能看出礁石是褐色的，同时也衬托出远处海水那一片蓝更浓了。

托马斯·赫德森下了驾驶台，径直来到厨房。看见埃迪正用两膝夹着个提桶，在那里削土豆皮呢。他不时地透过厨房的舷窗，向礁石那边眺望。

"小家伙们这样散开了可不好，"他说，"得都向小艇靠拢才行。"

"你看会不会有什么玩意儿从礁石那边游来？"

"这几天正是大潮，你看现在的潮位已经涨得很高了。"

"水色看着倒还是挺清澈的。"托马斯·赫德森说。

"外洋里是肯定有坏玩意的，"埃迪说，"要是让它们嗅到了血腥味，这一带的海上就别想太平了。"

"可是到现在为止，他们还没有捕到一条鱼呢。"

"我敢保证他们马上就能捕到了。他们应该赶紧把鱼捕到手后，都放到小艇上去，不然等到血腥味随着大潮一传开，那可就太迟了。"

"那我这就浮水过去通知他们。"

"不用浮水过去。你在这儿喊话就好了，你立马就喊，让他们互相靠拢不要散开，把捕到的鱼都放在小艇上。"

托马斯·赫德森就爬上甲板，对着他们大声喊话，他把埃迪的意思告诉罗杰。罗杰朝着他举起鱼叉挥了两挥，表示领会了他的意思。

不一会儿，埃迪一手托着满盘的土豆，一手拿着小刀，跑到后舱来了。

"汤姆先生，你现在赶紧带上来复枪到甲板上去，可要带好的那把，就是小的那把，"他说，"我还是放不下心。在这样的大潮下让小家伙们出海，我实在不放心。何况咱们这儿离外洋也太近了。"

"那我还是去把他们叫上来吧。"

"倒不用急着把他们叫上来。也可能是我有点神经过敏了吧，昨儿一晚上我都没睡好。你也知道我疼这几个孩子，就像疼自己亲生儿子一样。所以，一想到他们要下海捕鱼我都快担心死了。"说着，他把手里那盆土豆放下，"我说我们还是这样办吧：你现在就把船发动起来，我这就去起锚，咱们把船再往礁石跟前靠靠，看靠得近点儿了再下锚。像今天这样的风潮，估计船会晃动但还不至于会撞到礁石。走吧，我们这就把船靠过去吧，这样有什么事近了才好照应。"

托马斯·赫德森又上了驾驶台，来到了总控制台前，开动了主机。趁埃迪还在起锚的工夫，托马斯·赫德森又朝前一望，看见那边几个人已经全部下了水。就在他遥望他们的当儿，戴维从水里一头钻了出来，把手里的鱼叉举得老高，嗬！尖头上还插着一条鱼在那里扑腾。托马斯·赫德森还听见他大着嗓门向小艇招呼了一声。

"把船头往礁石上靠吧！"这时埃迪在船头上呼喊着，他已经把铁锚捧在手里了。

托马斯·赫德森就把船缓缓地向礁石上靠去，他的动作小心翼翼地，一直靠到险些儿就要擦着了。顿时看见了大片褐赤赤的珊瑚礁顶，还能清楚地看见沙子上黑乎乎的海胆，紫红的海扇①随着潮水正在向他躬身下拜。等到埃迪把铁锚抛了下去，托马斯·赫德森便打起了倒车。船又转而向后退去，礁石也都纷纷后退。埃迪把锚绳放出去，等到绳子正好拉紧了，托马斯·赫德森才关了倒车。这一切结束后，他们的船就停在那儿，轻轻地晃荡着。

"这下好了，停在这儿我们就能照看上他们了，"埃迪站在船头上说，"这几个小家伙可是害我担心得够呛，我是折腾不起了。乖乖，弄得我现在连饭都吃不下了，你说这够呛不够呛。"

"我就守在这儿照看他们吧。"

"我马上把来复枪给你递上来，而且我还得赶快回去侍弄那盆要命的土豆呢。我看小家伙们都挺爱吃土豆沙拉不是吗？还偏偏就爱吃我们那种做法的土豆沙拉是不是？"

"是啊。何止孩子们爱吃，罗杰也挺爱吃。别忘了多加些白熟老蛋和洋葱在里面。"

"好的，我的土豆保管又耐嚼又好吃。给你，快带上来

---

① 一种动物，学名称作柳珊瑚。

复枪。"

托马斯·赫德森伸手接过埃迪递过来的来复枪，很沉重，可能是连着枪套的缘故，看起来也就是把短短粗粗的枪。枪套是用带毛的羊皮做的，剪短了的毛做了里子，为了防止枪套被海上咸湿的空气锈蚀。它吸饱了"神手牌"枪油的味道，这当下他抓住枪把，一把就把枪抽了出来，随手将枪套塞在驾驶台的铺板下面。那是一把256口径、18英寸老式枪管的曼利歇·肖纳牌来复枪，眼下，早已不准出售这样的枪了。因为不断地给枪托和前把上油擦拭，已经成了胡桃核仁那样的棕色。枪管看上去也是油光光的没有一丝锈迹，这估计是插在马鞍皮套里长年摩擦的结果。托马斯·赫德森的腮帮子很皮实，已经把枪托上的贴腮磨得滑溜溜的。一拉枪栓，就看到旋转弹仓里装满了胖鼓鼓的弹药筒，金属壳的弹头又长又细，如同铅笔似的露出个小小的铅尖。

这么一把好枪，说实在的，备在船上未免有点儿可惜了，但是因为托马斯·赫德森对这把枪偏偏情有独钟，所以他无论走到哪里都喜欢随身带着这支枪。看到这把枪他就会回想起许多往事，忆起许多熟人，想起去过的那许多地方，何况他早就实践出真知，得出一个保养经验：只要把枪保藏在羊皮枪套里，再让剪短的毛里子浸透"神手牌"枪油，即便是接触到了含有盐分的空气，照样也能丝毫无损。再说了，他一直认为枪就是应该用来射击的，而不是套在枪套里供收藏玩儿的，何况这把枪确实是好，不光自己使用起来容易，就是教人使用也是包你一教就会，这么一把好使的枪在船上当然更显得灵便和必要。每回他用这把枪射击，都是信心十足，照以往经验来看，只要目标在近距离以内，他打起来准是百发百中。事实上他有过好几支来复枪，还从来没有哪一支打起来能像这支得心应手。现在他从枪套里抽出枪来，把枪栓拉了拉，推子弹上膛，这样的几个动作已经让他内心感到无比的快活。

虽然海上有潮有风，不过船停在那儿却几乎感觉不到什么晃动。他提起枪上的带子，顺手就把枪挂在了控制台上的一个操纵杆上，他觉得挂在那儿是再方便不过了，要用的时候手一伸便可拿上。把枪挂完了以后，他便慵懒地躺在驾驶台的日光浴垫子上。准确地说，他是肚皮贴地趴在那儿，因为他希望能把后背晒得黑一些，再说趴着也正好能看看罗杰和小家伙们在前边叉鱼。这会儿他们几个都已经钻到水下去了，他们各自留在水下的时间长短不同，通常是探起头来换了口气，但转眼一扭头就又不见了，有时候还没见着人呢，只见叉着鱼的鱼叉先露出了水面。最忙的还得是约瑟夫，他划着小艇，一会儿赶来招呼这个，一会儿又忙不迭地去接应那个，把他们鱼叉尖齿上的鱼一条条摘下来丢在小艇里。托马斯·赫德森在船上都听得见约瑟夫在那儿叫啊，笑啊，不亦乐乎。还能看见船上一片五光十色的鱼儿，有红鳞的，有红鳞带着褐斑的，还有红黄相间的，甚至金黄条纹的都有，约瑟夫连拽带扯，把鱼摘下来使劲往后舱里扔，因为只有那儿是晒不到太阳的，鱼才能更保鲜。

"埃迪，有空给我来杯酒喝喝好吗？"托马斯·赫德森探出个脑袋朝下面喊了一声。

"行啊，想喝点什么呢？"埃迪立马从前舱里伸出头来。他头上还是戴着他那顶旧毡帽，一件白衬衫穿在身上还挺精神。在明亮的阳光下，托马斯·赫德森看出他明显两眼布满血丝，还注意到他嘴唇上涂着红药水。

"啊呀，你这嘴巴是怎么啦？"他问埃迪。

"没啥，昨天晚上不小心惹了点小麻烦。我就马马虎虎给自己擦了点红药水。怎么，弄得挺难看的是不是？"

"怎么说呢，感觉就像岛上一些下等去处的婊子。"

"去，去你的，"埃迪说，"黑咕隆咚的，我当时看都没看就擦了，全凭感觉擦的。要不要给你用椰子汁兑酒喝？我这儿正好有几颗鲜椰子。"

"那敢情好极了。"

"那就来一杯'绿色艾萨克'吧，我给你来个特别加料调制如何？"

"好。今儿就来个特别加料调制的。"

托马斯·赫德森趴在这垫子上晒着日光浴，不过他的头部却是落在背阴里的，那是因为驾驶台前端的控制台正好替他的脑袋挡去了阳光，使他会望得更远些。埃迪从船头给托马斯·赫德森把酒端来了，这酒是用金酒、酸橙汁、青椰子汁加冰块调制的，最后再滴上几滴安古斯图拉苦味汁，不多不少，正好使酒色红到透出了点锈褐色，就像好看的玫瑰红那样。如此冰凉的一大杯，为了不让太阳晒着酒，很快把冰块晒融，托马斯·赫德森索性把酒杯拿在手里，自顾自地瞭望着海上。

"看来小家伙们今天的成绩还不错哟，"埃迪说，"鱼捕了不少，今儿晚上这一顿足够吃了。"

"除了鱼还有些什么吃的呢？"

"可以再来个鱼肉土豆泥。来点凉拌番茄也不错。当然，首先必须要上的还是那道土豆色拉。"

"挺丰盛的了。土豆色拉已经做好了吗？"

"好是好了，就是还没有凉透呢，汤姆。"

"埃迪，我看你挺喜欢做菜，是吧？"

"你可是说对了，我就是喜欢做菜。我这个人挺简单的，除了坐船，就是做菜，我最喜欢的就是这两件，别的没有。我最不喜欢惹是生非啦，打架拌嘴什么的。"

"不对吧，你以前不就一直是个惹是生非的行家嘛。"

"你这是说的哪儿的话啊，汤姆，我一向是见了麻烦尽量躲避还来不及呢。虽然有时侯麻烦是你想躲也躲不过的，不过我总是尽量地做到能避则避。"

"那昨儿晚上这嘴又是怎么回事呢？"

"这个啊，没什么。"

显然埃迪不怎么想谈昨晚的事。自打认识他以来，他好像从来不提过去，也许是因为过去那些疙疙瘩瘩的事情实在太多了。

"好，那就不谈这事儿。咱看看除了这些我们还能给孩子们弄些什么吃的？他们现在正是长身体的时候，我们得想办法让孩子们多吃点儿，吃营养点儿。"

"放心吧，我来之前特地在家做了块蛋糕，也带到船上来了。另外水果的话就有几个新鲜菠萝，眼下拿冰镇着，一会儿我就去切片。"

"太好了。那鱼怎么个吃法呢？"

"你们想怎么吃咱就怎么做呗。回头先看看他们捕到的鱼，挑出味道最鲜美的，再听听孩子们的意见，你和罗杰也说说，你们爱怎么吃，这鱼我就怎么做。我看见戴维刚捕到的一条黄尾鱼，看起来还挺不错的。他之前还抓了一条，可惜给逃走了。目前看来就这一条最大，算得上是尖儿货喽。不过戴维似乎游得也太远了点儿吧，他的手里还叉着那鱼。还有，你看看乔，他怎么像拼死命似的，一直往安迪那边划小艇呢？"

托马斯·赫德森随即把酒往背阴里一放，站起身来。

"哎呀糟糕，"埃迪说，"那玩意儿果然来了！"

隔着蔚蓝的海水望去，他俩看见一个高高的三角形鱼鳍露在水面上，就像一只小船的褐色风帆，此刻它正用力地甩动尾巴，凭借这股强大推力划破水面，直扑向礁石外端的一个洞穴，冲刺一般来了。他俩不由得倒吸一口冷气，天呀，戴维还在这洞边呢，他正把叉到的鱼儿挑出了水面，举得高高的，连面罩都还蒙在脸上。

"糟了糟了，"埃迪说，"这条槌头鲨看着来势汹汹啊，汤姆，这下可糟了。哎呀完了完了。"

据托马斯·赫德森事后回忆说，那条槌头鲨当时给他印象最深的就是那鱼鳍矗立得好高好高的，就看它东一转西一扭的，那样子就像一条猎狗，闻到了气味一路紧追不舍，既像一把尖刀插来，却又感觉有点东一摇西一摆的。

他毫不迟疑地拉起那把"256"，对准鱼鳍稍前一点的地方就是一枪。可惜只打了个"远弹"①，只冲起一股水花。他还记得当时拿着枪管，手里全是油腻腻的。眼看那鱼鳍还在继续摇摇摆摆地直冲而来。

"戴维，把那要命的鱼赶紧扔给它，快。"埃迪朝着戴维大喊，顺势从甲板室后墙上翻身跳进了后舱里。

只听托马斯·赫德森又打了一枪，无奈还是"远弹"，只是冲起了又一股水花。这会儿他只觉得一阵反胃，肚子里好像什么东西被揪住了，还死死抓住不放。他必须要开第三枪。他也十分清楚这一枪有多么重要，所以他极力稳住自己，深呼吸沉住气，小心地打了出去。可是一枪出去后，看到的仍只是水花冲起在鱼鳍的前方。如今他只有一枪可打了，子弹已经没了，但是眼看那鱼鳍还是一路杀气腾腾地直冲而来。这时候鲨鱼离小家伙只剩了三十来码了，它依然如一把利刃一般，划破了水面长驱直入。戴维已经把叉齿上的鱼将下来拿在了手里，面罩也已经推到了脑门上，他目光非常镇定地瞅着那条直奔他而来的鲨鱼。

托马斯·赫德森此刻正极力说服自己别紧张，一定要沉住气，什么也别想，一定要凝神屏息，专心打好这最后一枪。眼看那鱼鳍摆动得猛烈极了，他正打算扣动扳机，对准了朝着那鱼鳍根部前边一点点的地方打一枪，却突然听到船尾响起了冲锋枪嘟嘟嘟的开火声，然后就看见鱼鳍周围顿时水花四起。紧接着又是嘟嘟一个短点射，这枪法准得不前不后，就在那鱼鳍的根部立刻

---

① 即子弹落点远于目标所在地。

扬起了一片更密集的水花。随即他也扣下扳机，冲锋枪声此时又再次响起，在短促而又密集的一阵嘟嘟嘟之后，那鱼鳍就应声沉了下去，这下子水下立马就像开了锅似的，转眼间水面上就冒出了一条大得从没见过的槌头鲨。这鲨鱼的白肚皮翻着，肚皮朝天歪歪斜斜地掠过水面，好像滑水板一样一路滑了出去，溅起了两大道水花。那鱼肚皮白得亮晶晶的，让人觉得实在是丑恶刺眼，嘴巴足有两三尺宽就像翘起了嘴唇在狞笑，头上还长着两个分得很开的大角，角梢上各有一颗眼睛：就是这么个东西，在埃迪雨点般的枪弹扫射下，在水面上一颠一跳地直打刺溜。不多久，它白肚皮上的黑点子枪眼就泛红了，接着就看到那大家伙便一翻身沉了下去。托马斯·赫德森看见它在往下沉的时候还不停地在水里打滚。

"这几个急死人的娃子，你快把他们都叫回来，"他听见埃迪在嚷嚷，"我真看不惯你们这样胡来。"

说时迟那时快，罗杰早已飞快地向戴维游了过去，约瑟夫也把安迪拉上了小艇，然后把船向另外两个孩子划去。

"我的天！"埃迪说，"好大的一条槌头鲨，你以前见过这样大的吗？真是要感谢上帝，让这种家伙在打人家主意的时候自己一定得露出水面。再次感谢上帝让它们生了这么个短处。这些个王八崽子们可是没少占便宜。你看见没有，那家伙到死还想跑呢。"

"给我来盒子弹。"托马斯·赫德森说，说这话的时候他身子还在打战，肚子里只觉得一阵空虚、想吐。他高声对着海里嚷嚷："赶快到这儿来。"水里的几个人正随着小艇往这边游，罗杰托着戴维，使劲帮他爬上小艇。

"啊，怎么不叫他们捕鱼啦，这一下能捕的鱼可多了去了，"埃迪说，"很快外洋的鲨鱼都要来分享这家伙啦。你就看着吧，这家伙一会儿就引来满海洋的鲨鱼啦。汤姆，你刚才看见了吧？

乖乖，这么大的一条槌头双髻鲨！难怪那家伙肚皮都朝天了还想跑呢，你瞧它后来那几个滚打得真是厉害！你注意到没有？小家伙当时拿着鱼打算就要扔给这家伙了。戴维这小家伙果真机灵！真是好样的！我看戴维这小家伙机灵得很呢！"

"我看还是让他们都赶紧回来吧。"

"那当然。我刚才说的不过是气话罢了。必须让他们都赶紧回来。你放心，这会儿他们要是还不想回来那才怪呢。"

"哎，刚才可是把我吓坏了。你那枪是从哪儿弄的？"

"还不是因为专员大人找我的麻烦，他不让我把枪带上岸，所以我就一直把枪藏在我那铺位底下的箱子里。"

"还真别说，你的枪法可真准。"

"我的妈哎，汤姆，这种要命当口哪会打不准啊！你没看见那鲨鱼，杀气腾腾地向戴维冲来？戴维这小家伙倒是看着不慌不忙，就等着拿鱼扔过去呢，我看他是胸有成竹地瞅着那直扑过来的鲨鱼呢，好在有惊无险啊！不过好家伙，见到戴维这么个好样儿的，我这辈子真是死也瞑目了。"

戴维他们出了小艇，一个个上到船上来了。小家伙们个个浑身是水，激动的情绪难以平复，罗杰就不同了，一看就是还心有余悸着。他没说话，过来跟埃迪使劲儿地握手，埃迪说："像这种涨潮的时候我们就不应该让他们这样出海，这本来就错了。"

罗杰还是一边摇着头，应当是对自己没有预想见的事情的否定吧。一边伸出一条胳膊搂住了埃迪。

"这事儿都怪我，"埃迪说，"你是外地来的，不了解情况，我是本乡本土的当地人，所以这事儿不能怪你。责任都在我一个人身上。"

"别这么说，你已经是尽心尽责到家了，比我们尽责。"罗杰说。

"这不算什么，"埃迪说，"就这么点距离，谁还会打不中嘛。"

"那大家伙你可看清楚了，戴夫？"这回，安德鲁的口气可是客客气气的。

"起先只看得见它的鱼鳍，一直到最后临近了我才看到了鱼身。可就在这时埃迪把它打中了。我就见那大家伙中弹先是沉了下去，不知道怎么回事很快又肚皮朝天地浮了上来。"

埃迪正拿了块干毛巾在替戴维擦身子，托马斯·赫德森清楚地看见戴维这小家伙从两腿到肩背，还满是鸡皮疙瘩。

"是啊，那大家伙肚皮朝天浮在水面上了，居然还想逃跑，这样的事我倒还从来没有见过呢，"小汤姆说，"真是走南闯北到哪儿也没有见过这样的。"

"这样的事的确很难看得到。"他父亲对他说。

"要把这大家伙拿来称称的话，一千一百磅总该是有的吧，"埃迪说，"我看天下再不会有比这更大的槌头鲨了吧。哎哟，罗杰，你当时看到那槌头鲨的鱼鳍了没有？"

"当然看到了。"罗杰说。

"你们说，我们可以去把它抓回来，行吗？"戴维问。

"那怎么可能呢，"埃迪说，"你没见它一连串地打滚，再加上那么重的体重，像那样一直往下沉，鬼知道现在到底沉在哪儿呢。估计它已经沉到了好几百尺深的海底，这整个海洋里的大小鱼类都会庆幸有了顿美餐。这会儿的工夫，只怕它已经把四面八方的鱼类都引来了呢。"

"唉，我想要是能把它抓到该有多好呀。"戴维说。

"你就别异想天开了，戴维老弟。瞧你身上，还满是鸡皮疙瘩呢。"

"那时鲨鱼朝你袭来，你心里也害怕得够呛吧，戴夫？"安德鲁问。

"可不是吗？非常害怕。"戴维老老实实地回答。

"当时你有什么想法没，打算怎么办？"小汤姆的口气充满了敬重。

"我啊,当时就打算先把鱼扔给它。"戴维说。托马斯·赫德森望望正在说话的戴维,感觉自己肩膀上又突然起了一阵小小的鸡皮疙瘩,不由得心里一紧。"然后等它靠近了,瞅准它的面门正中一鱼叉刺过去。"

"唉,真是的,"埃迪叽咕了一声,手拿着毛巾转身准备走,"你想要喝点儿什么,罗杰?"

"你有毒药吗?"罗杰问他。

"行了,别再胡说了,罗杰,"托马斯·赫德森说,"遇上这事儿其实我们大家都有责任。"

"是有责任,但是没有负起来啊。"

"好在事情已经平安过去了。"

"是啊,那也只好如此了。"

"那我去调两杯金酒来,"埃迪说,"汤姆已经来过一杯了,就在刚才闹得正紧张的时候。"

"没呢,我看到酒搁在那边他还没有动过呢。"

"那搁到这会儿还怎么能喝呢,"埃迪说,"我还是给你重新调一杯。"

"你真是好样儿的,戴维老弟,"小汤姆已经抑制不住自己万分自豪的心情,对戴维说道,"你等着吧,等将来回到学校里,我就去给同学们讲讲你今天的故事。"

"你讲了他们也不会相信你,"戴维说,"你别去给他们讲了,除非我从此不上学了还行。"

"为什么不能讲?"小汤姆问。

"这个,我也说不清为什么,"戴维话刚出口,忽然就哇的一声,像个小娃娃似的哭了起来,"你说吧,可要是你说了人家还不信,那样我怎么受得了啊。"

托马斯·赫德森一把抱起戴维,把他揽在怀里,小家伙的脑袋就紧紧靠在老爸的胸前。另外两个孩子这会儿都很懂事儿，把脸背了过去，罗杰也把头看向了别处。就在这会儿，埃迪端着三个酒杯，从舱里出来了，只见他的一个大拇指还扣在其中的一只酒杯里。托马斯·赫德森看到这光景就知道，他刚才在下面已经先喝过一杯了。

"戴维，好家伙，你这是怎么啦？"埃迪一来就问。

"没什么。"

"没什么就好，"埃迪说，"说得这么有志气，我听着喜欢，你这个亲爱的小鬼，淘气的小鬼。没事儿了没事儿了，不哭鼻子了，快下舱里去，让你爹好好喝一杯。"

戴维却没有动，胸挺得笔直的样子站在那儿。

"等到了低潮的时候，我们可以去那块地方捕鱼吗？"他问埃迪。

"当然可以，那时候就只管放心地去捕鱼吧，不会再有什么危险了，"埃迪说，"大不了就是会遇到一些海鳍。不过大鱼到那种时候也不会来。潮太低大鱼也来不了。"

"那我们等低潮的时候再去一次好吗，爸爸？"

"埃迪说可以去就去。一切都由埃迪说了算。"

"你可别这么说啊，汤姆。"看得出来埃迪嘴上虽这么说，心里却是美滋滋的，就连那擦了红药水的嘴唇也显得喜滋滋的，再看他那布满了血丝的眼睛，也是流露出欢喜得不能再欢喜的心情，"不过依我说啊，谁要是带着家伙去了，却打不了那天杀的贼鲨鱼，那我看他倒还不如把家伙也扔了算了，别去那儿自找麻烦。"

"怎么，你把那大家伙打得还不够吗？"托马斯·赫德森说，"你这一顿打可真是打得太出色了。只恨我的嘴太笨，不善言辞，实在形容不出你打得有多出色，有多精彩。"

"得了，你用不着在这儿捧我，"埃迪说，"反正我是一辈子也忘不了那凶恶的、挨千刀的，都肚皮朝天了还想逃跑，那场面我是一辈子也忘不了喽！。说真的，这东西穷凶极恶的，你可曾见过？"

这会儿大家都坐在那儿等着吃午饭。托马斯·赫德森向海面上望去，看见约瑟夫已经把小艇划到了鲨鱼沉下去的那个地方。只见约瑟夫从小艇里探出个身子，拿着水底观察镜往水底下瞧。

"看得到什么吗？"托马斯·赫德森大声问他。

"水太深啦，看不清楚啊，汤姆先生。估计那大家伙掉到暗礁底下去啦。这会儿八成儿已经躺在海底啦。"

"可惜啊，要是能弄来它那副牙床骨该多好啊，"小汤姆说，"晒白，然后搁家里挂起来，你觉得这主意如何，爸爸？"

"真弄回来，只怕我每天晚上又要做噩梦了，"安德鲁说，"弄不到才好呢，我开心。"

"你懂个屁，这样的战利品，那才叫意义重大！"小汤姆说，"你想想，把它带到学校里去，多有面子啊！"

"是啊，不过就算弄到了也该是戴夫的。"安德鲁说。

"不对，应该是埃迪的，"小汤姆说，"我相信我如果管他要的话，他一定会给我的。"

"要我说他肯定会给戴夫。"安德鲁说。

"戴夫啊，我看你就先别急着再出去了吧。"托马斯·赫德森说。

"我没急着出去啊，怎么也得吃过午饭，再过上好半天呢，"戴维说，"不是说一定要等到潮低了才能出去啊。"

"我的意思是说你不要急着再去摸鱼了。"

"可埃迪说过潮低了就没事了，不是吗？"

"是啊，我知道埃迪这么说的。可我心里还是直发忧。"

"埃迪说得不会错，这不是你说的吗？"

"我就求你看在爸爸的分上，不要去了，行不行？"

"这样啊，当然行啊，爸爸，你都这么说了那还有什么不行？只不过我就是喜欢到水里去。去不去别处都不打紧，我最喜欢去的就是水里玩了。而且既然埃迪说了……"

"那好吧，"托马斯·赫德森说，"我就说嘛，千难万难，求人最难啊。"

"我并没有这样的意思啊，爸爸。好吧，既然你要我别去，那我就不去。不过埃迪说了……"

"不是还有海鳝吗？埃迪不是说过还会遇到海鳝吗？"

"爸爸，你不要这么紧张嘛，其实海鳝是到处都会碰到的。你忘了你自己还教过我碰到了海鳝不要害怕，以及对付海鳝的办法，提防海鳝也得有门道，更何况海鳝的洞是认得出来的。"

"是啊，我都让你去了有鲨鱼的地方呢。"

"爸爸，那是我们大家一块儿去的呀。这事怎么能单怪你呢，你不要把责任尽往自己身上揽。要怪都怪我，一下水就游得太远了点儿，主要是一条黄尾鱼没叉住，让它给逃了，让海水染上了血腥味，这才招来了鲨鱼。"

"你说它来得那么快，是不是就像猎狗的鼻子那么灵敏。"托马斯·赫德森说。他这是有意说得轻松些，好消除刚才那样的紧张情绪，"它这可真算得上是高速了，要说这样高速度的鲨鱼我也不是没见过，以前在信号礁一带的海里就有那么一条高速度的鲨鱼，只要闻到血腥味儿，就飞快地赶来了。不过今天我的枪法臭到家了，连开了四枪，竟然一枪也没有打中。"

"我都看见了，只差那么一点点就打中了，爸爸。"小汤姆说。

"没打中就是没打中，说啥都是没用。"

"我看那家伙不是冲我来的，"戴维说，"它就是来抢鱼吃的。"

"可它也不会放过你的，"埃迪一边摆餐具准备开饭，一边说，"你想得可真天真，你身上带有鱼味吧，水里又有血腥，它怎么不敢吃了你？就算是匹马也要一口吃了呢。这种鲨鱼最大的特点就是再大的东西都要一口吃了才过瘾呢。哎呀，好啦好啦，咱别谈这档子事了好不好？跟你们这一说，我又得去喝一杯才行。"

"埃迪，"戴维说，"等潮低了再去，真的就没事啦？"

"是啊，包你没事。我刚才不是跟你说了吗？"

"你这小家伙该不是还没死心吧？"托马斯·赫德森问戴维说。他已经不再望着海面了，心里应该已经平静了。他也想明白了：不管小家伙的动机如何，像戴维这样一再争着要去总归是好的，小孩子就应该这样。他也总算看清了：倒是自己，一事当前就只考虑自身了。

"爸爸，我没有别的意思，我只是喜欢到水里去，比哪里都喜欢。何况今天天气又这么好，是最合适的下海时间了，说不准什么时候就又刮风了……"

"而且埃迪说了……"戴维还没说完，托马斯·赫德森就替他接了一句。

"对，而且埃迪说了……"戴维一边说一边对着爸爸傻笑。

"埃迪说了，什么捕鱼什么下海的，你们都别扯得远了。快来敞开肚子吃午饭吧，再不来吃我可要一股脑儿往大海里倒了哟。"只见埃迪站在那儿，面前摆着一大碗沙拉、一大盆炸鱼，还有一道菜是孩子们爱吃的土豆泥，"怎么不见那个乔呢？他上哪儿去啦？"

"找那条鲨鱼去了。"

"我看这家伙是疯了吧。"

埃迪又下到舱里忙去了，小汤姆则把菜一一传给大家，这时候安德鲁就悄悄地问他爸爸："爸爸，埃迪是个酒鬼吧？"

托马斯·赫德森这会儿正在往自己盘里盛冷拌土豆沙拉，在沙拉上面还撒了一层粒子很粗的黑胡椒末。这还是他教给埃迪的，仿的是当年巴黎利普餐厅的做法，现在这道菜已经成了埃迪船上的拿手菜之一了。

"你看见他刚才开枪打鲨鱼了吗？"

"当然看见啦。"

"想想吧，难道酒鬼能打这样好的枪法？"

他一边说着，一边给安德鲁的盘子里舀了些沙拉，自己也舀了一些。

"我这么问心里对他没有什么别的看法，而是我坐的这个地方对面就是厨房，我们才在这儿坐了这么一会儿工夫，我就看见他不停地从一个瓶子里倒酒喝，已经喝了大概有八杯了呢。"

"那瓶酒是他自己的。"托马斯·赫德森一边给安德鲁解释，一边又舀了些沙拉给他。像安德鲁吃饭这样快的家伙，他还没有见到过第二个，安德鲁说那是他在学校里就学会吃这么快，"安迪，你注意别吃太快了，要细嚼慢咽才好啊。我知道埃迪每次来船上，都要带上自己的酒。据说大凡好的厨子都是喜欢喝两口的。听说有些厨子也因此酒量还蛮大呢。"

"我刚才算了算他一共喝了八杯了。等等，他正在喝第九杯了。"

"安德鲁，你这个人是怎么回事儿啊，有你这样的吗？"戴维说。

"都闭嘴，安心吃饭。"托马斯·赫德森喝住了他们俩。

可是小汤姆却忍不住插了两句："你也不想想，这次要不是埃迪，你哥哥刚才就没命了，他可是多么了不起的一个好人呀。你倒好，就因为看见人家喝了几杯酒，居然就在背后骂人家是酒鬼，不管人家喝多喝少，你都太不应该了。人都是有情有义的，而且谁还没个个性，我看你以后还怎样跟人家相处！"

"我没有骂他是酒鬼。我问爸爸就是想知道他到底是不是酒

— 127 —

鬼。我也没说酒鬼就不好。我只是想了解一下他到底是不是酒量很好的人罢了。"

"等我将来挣了钱，第一笔就拿来请埃迪喝酒。甭管他要喝什么，反正他想喝啥我就给他买啥，我不但要请他喝，还要陪他一起喝呢。"小汤姆摆足了架势说。

"喝什么呀？"在扶梯口那儿露出来了埃迪的脑袋，旧毡帽推在了后脑勺上，晒得黑黑的脸儿上方出现了一大圈白，嘴上衔着一支雪茄，就叼在擦着红药水的嘴巴角上，"除了啤酒，你们三个要是胆敢随便偷喝，要是被我看到了三个娃娃一个也别想跑掉，非把你们揍个半死不可。所以啊，不许再谈喝酒了。倒是土豆泥，要不要再给大家伙儿来点儿？"

"那就劳驾你了，埃迪。"小汤姆说完，埃迪便又下舱里去了。

"好，马上就是第十杯了。"安德鲁从扶梯口向下望了一眼说。

"你少在这儿啰唆，大骑士，"小汤姆对他说，"你不懂得如何尊敬这样了不起的人吗？"

"再吃点鱼吧，戴维。"托马斯·赫德森说。

"我捕的那条黄尾大鱼呢？"

"大概埃迪还没有来得及下锅烧吧。"

"那我就来一条黄石鲈好了。"

"嗯，这种鱼味道可鲜着呢。"

"要是能把叉住的鱼马上就烧来吃，我看味道一定更鲜美，因为这一叉子下去就见了血，活杀的才最鲜最好吃，是不是这样，爸爸？"戴维说。

"爸爸，请埃迪来跟我们一块儿喝一杯吧，你说好不好？"小汤姆问。

"好啊。"托马斯·赫德森说。

"他已经跑来跟我们喝过一杯了，你们忘啦？"安德鲁插话说，"我们刚一上船的时候，他就迎出来喝了一杯。这么快你们都不记得啦？"

"爸爸，我想现在再去请埃迪来跟我们一块儿喝一杯，让他也跟我们一块儿边聊边吃饭吧，你说好不好？"

"那太好了，你去吧。"托马斯·赫德森说。

小汤姆说着就跑进舱里去了，托马斯·赫德森听见他说："埃迪，爸爸让我来请你到上边去，跟我们一块儿喝酒，你给你调杯酒咱们上去吧，也跟我们一块儿吃吃饭。"

"不吃啦，汤米，"埃迪说，"我从来就没有吃午饭的习惯。一般我是早饭吃一顿，然后一直到晚上再吃一顿。"

"那就上去跟我们一块儿喝一杯，总可以吧？"

"哎哟，我都已经喝过好几杯了，汤米。"

"行，那你就陪我喝一杯，我来瓶啤酒陪陪你，好不好？"

"好，就听你的，小家伙。"埃迪。托马斯·赫德森听见了冰箱门一开一关，"来，祝你好运，汤米。"

接着托马斯·赫德森听见两个瓶子在舱里碰得叮当响。他看了眼罗杰，罗杰正两眼望着大海，不知道在想些什么。

"也祝你好运，埃迪，"他又听见小汤姆说，"能跟你干一杯，真是我的荣幸。"

"哪儿的话呢，汤米，"埃迪对他说，"我能跟你干一杯才是有幸呢。我今天真是太开心了，汤米。我打死了那条贼鲨鱼，你看到了吗？"

"当然看到了，埃迪，你真厉害。你真的不去跟我们一块儿吃点儿？"

"不吃啦，汤米。我真的不吃啦。"

"那我也在这舱里陪陪你吧，免得你一个人喝酒怪冷清的。"

"你不用陪我，汤米。你脑子里该不会在胡思乱想些什么吧？

我又不是不喝酒就过不下去的那种人。我过得很好啦，除了替人做做饭，混口饭吃，啥都不用操心。没别的，今儿个我就是心里痛快，汤米。你真看到我打死那条鲨鱼啦？真的看到啦？"

"看得一清二楚呢，埃迪，你干得太棒了，打死了那么大一条鲨鱼，我今天算是开了眼界了。我倒没有胡思乱想，就是特别想问问你，你一个人在舱里不觉得冷清吗？要不要我陪陪你？"

"哎哟，我这辈子还从来不知道冷清两个字怎么写呢，"埃迪对他说，"我这人本来就喜欢快活，在这儿又挺惬意，所以越发觉得快活了。"

"埃迪，不管你说什么我都要留在这儿陪陪你。"

"真的不用陪我啦，汤米。我很高兴。对了，这儿还有盘鱼，你快端上去吧，赶紧到上边好好吃饭去。"

"我先端上去，然后再下来陪你。"

"我这儿没病没痛，汤米，真的不用你陪我。我真要是有个什么病痛，倒很希望你能来陪陪我，照料照料我。不过我现在心里痛快着呢，真的，我可以说从来也没有这样痛快过。"

"好吧，埃迪，你可别跟我客气啊，你的酒真的够喝啦？"

"够啦够啦。不够的话我自然会向罗杰和你爹借一瓶来喝嘛。"

"那好，我这就把鱼端上去，"小汤姆说，"埃迪啊，看到你我就觉得一切都很顺心，真是太好了。真是再也没有你这么伟大的人了。"

小汤姆端着那一大盘香喷喷的鱼来到了后舱里。盘里盛的有黄尾鱼，黄白两种石鲈鱼，还有石斑鱼，埃迪做法很特别，将它们连胸带腹划上了一道道长条切口，那切口看着很深，呈倒三角沟状，露出白白的鱼肉，炸得又黄又脆的鱼肉很是鲜美。他把盘子依次递到各人的跟前。

"埃迪刚才说他多谢你了，酒他也喝过几杯了，"小汤姆说，

"还说他这人从来没有吃午饭的习惯。这鱼味道怎么样?"

"味道真是美极了。"托马斯·赫德森对他说。

"你也请尝尝吧。"小汤姆对罗杰说。

"好，"罗杰说，"我来尝下这味美的鱼。"

"怎么，我们已经都吃这么长时间了，你还什么都没有吃吗，戴维斯先生?"安德鲁问。

"是啊，安迪。我这就吃，就吃。"

# 第八章

托马斯·赫德森在夜里醒来好几次，每次醒来后，都听到小家伙们熟睡后的轻微鼻息，一个个都睡得香甜无比。借着月光，他一眼看去，能把三个小家伙都尽收眼底。罗杰应该也睡着了，而且睡得好香，睡觉的姿势一动也不动。

最近的日子里有他们陪在身边，托马斯·赫德森觉得生活真正快乐起来了，他巴不得孩子们和罗杰都不要走了。他们没来的时候，本来他独自一个人过着倒也很快乐。每天也都干着工作，对这一点他早就已经适应的了，虽然冷清一点但他还能够承受。可是如今小家伙们一来，则把他建立已久的这套生活规律完全给打破了，好在他对新的生活不但习惯，而且非常享受。诚然，原先的那套"闭关自守"的生活规律对他来说也不失为一种乐趣：工作是生活里最重要的事情，每做一件事情都有固定的时间，东西从来不乱放乱丢，都各有其所，当然吃也是少不了的，一日三餐到时候保准有加酒，想要看新书就有新书可看，想要翻翻老书的话也还有许多老书可以展卷重读。在这样按部就班的生活中，就连每天的报纸送不送得到都成了一件大事，而且因为报纸不是每天必到的，所以假若少看了一天报纸的话，心里竟然不免会有一种怅然若失的感觉。想必这也就是为什么孤独的人往往会想出一些点子，借以保护自己，甚至可以说是借以摆脱寂寞，他的生活中就不乏这样的点子。他给自己定了很多规矩，也逐渐养成了不少习惯，有的是有意的，有的则是无意。但是自从这个夏天小家伙们来了以后，这些规矩呀习惯呀就都被他统统抛在脑后，可以不必遵守确实也没法儿遵守了，因此他自己也感觉好像松了一大口气。

不过转而一想，回头等孩子们都走了，他还得再从头按照这一套习惯生活，顿时感觉心里很不是滋味。他心里比谁都清楚那样的生活是个什么样儿。一天里称心的不过也就半天时间：屋子里干干净净，清清静静地适合他思考问题，看书的时候保管耳边不会有人说话，有什么看法尽可以都放在自己肚子里，工作时不会受到外界的打扰，可以全心投入。但是他知道除了这称心的半天，余下的可就只有寂寞了。他是三个孩子的父亲，孩子们已经完完全全占据了他的大半个心灵，一旦孩子们离他而去，他心中绝对会留下大片的空白，那种空虚寂寞和想念，他可是得生生地承受了。

经过这么些年下来，他的生活方式已经有了非常牢固的基础，一个是工作，一个是傍湾流而居的决心，还有就是这个小岛了。他估计这种生活一时半会儿垮是垮不了的。但是在他生活里可以与寂寞对抗的，也就只有那几个帮工，还有无非就是他的那一套生活习惯和做事规律，而且他现在深知自己的内心开拓出了一大片新的疆土，一旦孩子们离他而去，寂寞就将长驱直入。可那也是没办法的事儿啊！他反过来又想，反正这些都是以后的事儿了，既然是免不了的，怎么担心都是毫无益处。

今年夏天过到现在，他自我感觉运气还算不错，或者可以说是相当不错了，过得也很愉快。好几次差一点就要捅出大娄子了，最后也都一一平安化解了，想想真是有惊无险的。不光是一些很大的风波如此，好比那天晚上，罗杰和那个讨厌的家伙在码头上打架的事也是如此，本来是很有可能要闹出大乱子来的。也不光是像今天戴维险遇恶鲨的事是这样。他想了想，真的是就连各种各样的琐细小事，也都进行得顺顺当当。原来这就是幸福，表现得极其平常的幸福。因为睡不着，他索性让思想开始活跃起了。其实这真的是很简单的道理，往往那些脑子简单的人要比一些主意很多、脑子灵活的人过得更幸福，后者反倒是弄得自己苦恼，也弄得身边的人都跟着不好过。他试问自己，以前怎么就不晓得幸福竟是这样平淡的事呢。以前他总觉得幸福是比什么都刺激的，所谓幸福的感受可以极其强烈，跟伤心的人可以伤心到断肠一样的强烈。尽管这种想法也许并不正确，但是长久以来他却真的是这样认为的。他和孩子们在这个夏天已经足足享受了一个月的幸福滋味，如今幸福的日子虽然还在继续，但是每到夜晚，他却已经明显地可以区分与幸福相对的寂寞滋味了。

说到孤身独居的滋味，他完全称得上是已经遍尝无遗，再说跟自己相爱的人儿住在一起，那份光景他也是早就有过体验的。他一向明白自己很爱孩子，可是以前还没有意识到自己对三个小家伙的爱竟是这样的深，身边如果没有了他们竟又是这样难以忍受。此刻他真巴不得能把他们长久留在身边，也巴不得能跟小汤姆的妈妈恢复婚姻关系。可是这样的想法闪现不过几秒，他甩甩头觉得自己还真是傻气。

那等于是巴望自己能拥有全世界的财富，然后用你最明智的方案来规划使用；等于是巴望自己的画技直追列奥纳多①，或达到勃鲁盖尔一样的水平；等于是巴望自己能拥有绝对的否决权，并且凭借一己之力就可以惩治世间的一切邪恶，一旦坏事露头就能立即察觉，万无一失，而且绝无差错，随后就以按电钮那样简单易行的方式加以禁止。光有这样的权力还不行，自己还得体不衰脑不坏地长生不死，永远健在。今天晚上他确实有点儿想入非非了，他想要的就是这样的好事儿。可惜这些都是不可能办到的，就好比孩子们是留不住的，心爱的人死了也是不可能再重生的，这一切如果走出了你的生活就不可能再重圆了。当然，除了这些不切实际的想法之外，还有一些想法是可以办到的，其中一

---

① 即达·芬奇。列奥纳多是他的名。

条便是：身在福中要惜福，当幸福就在身边的时候就要好好地珍惜幸福的时光。怎么样，这一条就很好吧。他想了想自己身在福中的时候，幸福的到来也是因了多种多样的因素。不过眼前的这一回幸福，在这一个月里，是四个人给他带来了幸福，似乎从某些方面来说，这完全比得上当年一个人所能给他的幸福。而且最让人欣慰的是，这一回至今都没有出现过不愉快。真的是半点儿不愉快都没有。

他现在即使睡不着也并不觉得苦恼，他想起了好久以前，有一天夜里也是睡不着觉，就躺在床上想着三个孩子，想想自己是多么的愚蠢竟放弃了三个孩子。当时他觉得自己是情非得已，不得不这样做，或者说是自以为是的决定，由此便可想而知这就造成了一连串的灾难性的判断错误，而且犯的错是一次比一次严重。事到如今他已经把这些都看作不能改变的陈年往事，也不再感到悔恨了。他是做了傻瓜，而且他也受到做傻瓜要受到的惩罚。不过既然都已经过去了，眼下孩子们不都在这儿吗？大家一起欢乐地过着假期，他们是爱他的，他也爱他们。那么这些事儿吧，暂时也就只好这样算了吧。

孩子们来他这儿小住，假期满了都是要回去上学的，到那时他又要感到寂寞了。不过转念想想这也只是个过渡，等到下一个假期他们还是要来的。好在他还有罗杰做伴，如果罗杰决定留下来写书的话，他这日子也就不那么寂寞了。不过他感觉总也摸不透罗杰的心思，虽然跟他发出邀请了，但从他的话语来看也不知道他到底打算怎么做。想起罗杰，他在黑暗里情不自禁地笑了，他心里不觉地对罗杰起了怜悯，可是很快这想法被他制止了，如果这样未免也太对不起朋友了，罗杰可是最讨厌人家可怜他的，托马斯·赫德森只好收起自己的心思。深夜里听着他们轻微的鼻息，渐渐地他也睡着了。

可是还没睡多久月光就照到了他的脸上，他就又醒了。醒来后无事可想的他又琢磨起罗杰的事来，想起了跟罗杰好过的那个女人。说实话，在对待女人这方面他和罗杰都是一样的笨拙，一样的无能。既然不愿意想自己干下的那些个蠢事，他就只能去想罗杰的。

他自己在心里揣摩：自己只是想想又没什么，只要我不去可怜他，就不是对不起朋友了。再说我自己也曾经麻烦不断，所以想想罗杰遇到的那些个麻烦根本就不能算是对不起他。不过，我自己的麻烦跟他有个不同之处，那就是我真心爱过的女人只有一个，后来却把她丢了。不过这样的陈年往事我已经不再去多想了，个中的缘由我自己心里比谁都清楚，按说罗杰的事恐怕也是不要去多想的好。但是烦人的月光照在脸上，总是弄得他睡不着觉，因此他今天晚上又想起罗杰的事儿来了，想起他所知道的罗杰跟女人的交往，那些看似正经却又十分滑稽的事儿来。

他不由得想起了罗杰在巴黎期间最后爱上的那一个姑娘。当时他和罗杰都住在巴黎，罗杰就把姑娘带到他的画室里来，他第一眼觉得那姑娘真是婀娜多姿，可也真会装腔作势。他不明白罗杰为何一点也看不出她的装腔作势。或许这个姑娘是罗杰心上的又一个幻象。罗杰这人有个了不起的优秀品质，一向待人忠诚，这下可好，就都一股脑儿报效给了这个婀娜的姑娘。最后，两人都有了结婚的意思。其实熟悉她的人个个都知道这个姑娘是个什么样的人，而且都能看得清清楚楚，心里明明白白，可是罗杰却是到了有心结婚的时候，也就是在个把月的工夫里突然把她看透了。不用想也知道，在刚看透她的时候，他的日子肯定是很不好过的，不过罗杰又到画室来的那一天，已经是过了些日子了，也早就把她看得再清楚不过了。当时他在画室里转着，看了一会儿画，提了很有见地的一些意见。这些都说得差不多了，最后才说："我已经跟那个艾尔斯说啦，说我不想跟她结婚了。"

"好哇，那就不结呗，"托马斯·赫德森记得自己当时这么说的，"你是心血来潮决定的?"

"不能说是心血来潮。早就听了些风言风语什么的。这女人就是在那儿装呢。"

"不会吧?"托马斯·赫德森说，"这又是怎么一回事?"

"她就是在跟我装假，彻头彻尾的。怎么看都瞧不出一点儿真心。"

"我当时还以为你挺喜欢她的呢。"

"没有的事。一开始我是有这个想法的。可我实在没法儿喜欢了呀，和她相好也就开头一阵。"

"相好是指什么?"

"你还能不懂?"

"对，"托马斯·赫德森笑笑说，"我不应当不懂啊。"

"那你说说吧，你喜欢她不?"

"不喜欢。简直受不了。"

"那你怎么也不提醒我呢?"

"她是你的女朋友哎。再说你也没问过我。"

"反正我现在已经跟她摊开来，说得很明白了。既然已经说了，就一定要说到做到。"

"不如，你就来个一走了之吧。"

"我干吗要走?"他说，"要走也是她走才对。"

"我不过是觉得，你这么一走岂不是更干脆利索?"

"犯不着，她在巴黎长住，我又不是长住在巴黎。"

"这话倒也是。"托马斯·赫德森说。

"话说你那一个不也是强硬了一下才解决的，对吧?"罗杰问。

"是啊。这样的女人靠软说肯定是对付不了的，非得要来硬的才能解决。要不索性你也省点儿事，挪个窝算了?"

"可我已经在老地方住得习惯又舒服。"罗杰说。

"我倒是记得碰到这种情况的话，在法语里有句套话是这么说的：

Je me trouve très bien ici et je vous prie de me laisser tranquille. ①"

"是的，不过前边还得加一句 je refuse de recevoir ma femme. ②"罗杰说。

"人家这话是对 huissier③ 说的。不过我这又不是离婚，不过是恋爱不成分手罢了。"

"可如果以后你见了她心里不会觉得不好受吗？"

"这有什么不好受的？这要是见了她，听听她说话，兴许我的毛病还都好了呢。"

"那你叫她以后怎么办呢？"

"你还担心她自己没有个算计？这四年来她算计得我还不够吗？"

"应该是五年吧。"托马斯·赫德森说。

"是五年，不过我看第一年她倒没有算计我什么。"

"我奉劝你还是走为上策，"托马斯·赫德森说，"如果你觉得她第一年没有算计你什么的话，那我认为你还是赶紧远走高飞为妙。"

"不行，她写信可厉害着呢。我真要一走反而坏事了。这回我就要留在巴黎，好好地玩它个够。我下定决心要来个一劳永逸地彻底治好这毛病。"

在跟这姑娘的关系彻底破裂之后，罗杰还真就在巴黎大玩特玩，一点不假地诚实地玩儿了个够。表面上他还把这当个笑话来说，不惜拿自己取笑，其实内心早已火冒三丈，因为自己竟然做

---

① 法语：我在这里挺好，请不要打搅我。
② 法语：我的女人来了我不见。
③ 法语：指的是看门人。

了这么大的蠢事出乖露丑的。本来他身上那种忠诚待人的优良品质是他最难能可贵的特点。如今这对他来说已经无所谓了，远不及画画写作的才华重要，当然也不及他风度好、体格强来得重要。如此一来，他索性就肆意地、无所顾忌地糟蹋自己的忠厚本质。要说他这样放荡的生活对谁都没有好处，对他自己危害更是最大，这点他自己也明白，而且也深以为恨，然而他却还是乐此不疲的，继续地进行着"拆圣殿柱子"的错误。谁都知道一旦一个人在心灵上搭建起了一座圣殿，这座圣殿不仅结构良好，而且造得很坚实，想要加以拆毁可不是那么容易的。不过他当时那股自暴自弃的劲儿也真够人瞧的。

罗杰一连搭了三个女人。托马斯·赫德森认为：这三个女人都是只能跟她们客客气气，万万不可亲近半分的。为什么罗杰会一而再，再而三地搭上这同一种类型的女人呢，恐怕只有一个理由可以解释，那就是后两个女人活脱脱就是那头一个女人的翻版。话说罗杰跟原先的女人前脚刚分手，这后面一个女人就粉墨登场了。尽管那第一个女人地位和出身都要比罗杰低那么点儿，但她在床上一向是春风得意，而床下也是有利必钻，先是从美国一个排名第三还是第四的大财东那里捞了不少，后来又嫁了个大阔佬，肯定也得了一大笔。这个女人名叫塞妮斯，可是在托马斯·赫德森的记忆里，罗杰不但从来不这么叫，还一听到这个名字眉头就皱成大写的汉字"川"。谁也没有听过他叫塞妮斯的名字，每次提到她，他都说的是"骚货大王"。要说这个女人的人品嘛，她看上去就像是钦契①家人的一个年轻女人，身上无时无刻都打扮得漂漂亮亮，整整齐齐。一身黑黝黝的肌肤也很光洁，可脸上时不时地露出一股乖戾的邪气。她的心地和赛马场上分赌

---

① 这里指的是比阿特丽斯·钦契一家。比阿特丽斯·钦契（1577—1599）本是一名罗马贵族妇女，因联合兄弟、后母共谋杀了残暴的生父，被教皇处死。历史上以她为题材的文学作品很多，雪莱亦著有《钦契一家》。

彩的那台计算机相比可以说不相上下。她在罗杰身旁并没待多久，等到条件成熟，她前一只脚已经稳稳当当地踏进了上流社会，后一只脚也甩掉了罗杰。

被女人甩，对罗杰来说还是第一次，这给他的刺激着实有点儿大，或许就是这个原因，很快地他又搭上了两个跟她长得极像的女人。真够怪的呀，这三个女人活脱脱就像是一户人家里走出来的三姐妹。不过这后面两个女人可是被他一点不假地给甩的，就是被他硬生生地给甩了，托马斯·赫德森觉得罗杰直到连甩了两个女人似乎才出了口气，不过真要说到完全消气那还差得远呢。

罗杰跟这后面两个女人的分手，没有闹任何不愉快，更没有一句吵架拌嘴，他跟其中一个约在"二十一点"① 好好相叙，然后用上洗手间的借口就一去不回了，无论怎样这样一走了之甩人的方式都显得没有礼貌也不可爱。不过罗杰却还正经八百地说，他可是堂堂正正地在楼下付完账再走的，据他自己说，他后来很喜欢回想最后一眼看到的她：一个人坐在大厅角落里的餐桌旁，看着如此气派的饭店，跟她那么的搭衬，她也那么喜欢这些！

至于另外一个女人，他原打算把她给甩在她喜欢得不得了的白鹤夜总会②，不过他又担心比林斯利先生会不高兴，那就算了吧，他有时还得向比林斯利先生借俩钱花呢。

"那你最后是在哪儿甩的人家？"托马斯·赫德森问他。

"你肯定想不到，是在摩洛哥动物园。我让她在几头斑马中间一坐，叫我看着这样的画面，也好留个纪念呀。反正这摩洛哥动物园她是非常喜欢的，"他说，"不过我想这斑马栏的幼崽房才应该是真正让她刻骨铭心、忘也忘不掉的。"

---

① 位于纽约的一家著名高级餐馆。
② 一家夜总会，20世纪三四十年代在纽约非常红火。比林斯利应该是该夜总会的老板。

这段儿过后，他又交了一个女人，托马斯·赫德森的直觉告诉他，像这么个见貌难见心的女人真是天下少见呀。要说相貌，这位长得总算不再像钦契家的了，甚至是完全不同，也不太像公园大道版上的博尔吉亚①之流。她看上去那可是健硕啊，头发是茶色的，有着一双长长的玉腿，曼妙的身段，又配上一张聪明活泼的脸蛋。她的脸蛋虽说没有多惊艳，却真的是要比常人好看得多。她的一双眼睛才真是她最美丽的地方呢。最初跟她乍一相识，感觉这不但是个聪明的姑娘，而且非常地和蔼可亲，事实上她却是个十足的好酒之徒。要说是酒鬼倒也说不上，因为单从她的表现上还瞅不见那嗜酒如命的特点。她不过就是喜欢没日没夜地灌个不停而已。通常要看一个人喝酒是不是厉害，从这个人的眼睛里就能看得出来，比如罗杰，一喝酒眼睛马上就会变颜色。可是你看看这个叫凯瑟琳的姑娘，她的一双茶色的眼睛长得那么水灵动人，和她的茶色头发映衬着是那么的和谐，仔细看还能看到在鼻子周围和两颊还长着几点那么可爱的小雀斑，总之，她身上的每个细胞都透露出一派健康和悦的气息，实在是让人看不出背后会有嗜酒这么个名堂。这么个姑娘，看上去倒应该像是经常驾驾帆船，或者是搞一些野外活动之类的，所以身体才会这么的好。就是这么个姑娘，看起来也挺开心的。可是谁也想不到，她骨子里却是纵酒无度。她这条帆船可真是够蹊跷的，也不知她最终要驶到哪里去，反正行驶到中途她就一度让罗杰搭上了船。

托马斯·赫德森那会儿正好在纽约租了一个画室。那天，罗杰一大早就到画室来了，托马斯·赫德森一眼就看到他左手背上尽是伤痕，而且可以肯定那是叫香烟烫的，看去就像有人要把烟

---

① 吕克里赞·博尔吉亚（1480—1519）：罗马教皇亚历山大六世的私生女，博尔吉亚家族以政治手腕毒辣闻名，一贯擅长玩弄政治婚姻阴谋。公园大道是纽约的一条街道，该街道上坐落着很多时髦豪华的公寓。

头掐灭，便一个又一个地在桌面上使劲儿碾，不巧的是，他的手背好像硬是给当成了碾烟头的桌面。

"昨天晚上她硬是要来跟我闹，看看这都是让她给胡搞的，"他说，"你这儿有碘酒吗？我这副样子可不好上药店去。"

"这个'她'说的是谁呀？"

"凯瑟琳呀。还能有谁，就是那个成天活蹦乱跳，像是每天都野在外边的那位姑娘。"

"你怎么能由着她胡闹呢？"

"她就喜欢这么胡闹我有什么办法，女人嘛，她乐意的事儿我们还不由着她？总不能扫了她们的兴吧。"

"不扫兴是吧，所以你就被烫得不轻呢。"

"其实这倒也没什么，不过就是玩玩儿。但我想了想，我还是得离开纽约了，去别的地方待上一阵子再说。"

"想走就走呗，你爱去哪儿只管去，不就是提起脚来一走吗？这么简单的事儿怎么样都行。"

"话是没错。不过我好歹还有那么多相识的朋友呢，就这么一走的话，弄得朋友们都不知道，还是不大好。"

"你想好去哪儿了吗？"

"听说西部不错，想到那里去住一阵看看。"

"话说回来，住哪儿其实都一样，换个地方也解决不了你的问题。"

"的确是这样。不过，去一个新的地儿，换一种健康的生活过过，好好地干一些活儿，也未尝不是件好事儿，反正都是没有害处的事情。虽然戒酒估计也解决不了我的问题，但是这酒我要是再喝下去的话，肯定就有更大的问题了，反正没半点儿好处。"

"好吧，那你就走你的吧。你要不要考虑一下，去我那个牧场住住？"

"牧场还在你手里吗？"

"嗯，还有几间屋子是我的。"

"我可以去那儿吗？"

"当然可以，"托马斯·赫德森对他说，"只是那个地方春天之前的气候条件非常恶劣，即便是春天过了也不见得有多好。"

"我就是要去条件艰苦些的地方，"罗杰说，"我要以此开始我的新生。"

"你倒说说这是你第几次的新生啦？"

"还真是记不清次数了，"罗杰说，"得了得了，你别老揭人家的旧疮疤了。"

这样看来他现在是再度计划要重新开始他的新生了，这一回他是不是就能有些结果呢，真的就新生了呢？他这人到底是怎么搞的？难道他真的以为听命于市场上的要求，沿袭那些能够赚钱的模式，就可以写出真实、优秀的作品来？他不觉得这样写书简直就是在浪费自己的才华吗？说到底，无论是画家的画作，还是作家的那些作品，都离不开本人的修养，离不开他在这一行经过磨炼所修得的功力。罗杰是有才华没错，不过这些年来看他也都扔了不少，浪费了不少，还有的就是彻底用错了地方。不过他即使浪费了这么多，依然元气足、体力够好，灵性也还没有受到多大的侵蚀，所以再次从头干起也未尝不可。托马斯·赫德森心里暗自思量：按理说一个有才能的作家只要为人正直，他必然会写出一部好的小说来。可是罗杰这个作家呢，在他应该为写好一部好作品而用功的时候，他却在肆意糟蹋自己的才能，谁知道这一番糟践过后他的才能是否还具备灵气呢？至于写作的技巧那就更不用多说了。他心想，倘若你平时就是个忽视技巧，看不起技巧，甚至是对技巧嗤之以鼻的家伙，哪怕只是故作姿态的嗤之以鼻，真等到了非得用技巧不可的时候，难道你还能指望技巧能在笔下生花？脑筋一转起来就会有技巧从天而降？要明白，技巧是什么也替代不了的，托马斯·赫德森心想。当然，才能也是什么都替代不了的，说白了这两者都是放不到酒杯里去的。到底才能在哪里？其实它就在你的身上，在你的心中，在你的脑子里，它就在你身上且无处不在。同样，技巧也是一样。他心想，那种仅仅把技巧当作自己已经会用的一套工具，对于创作者来说显然是不够的。

他转念又想，跟作家相比，似乎当个画家要幸运一些，因为干画画这一行实在是有太多的参考和凭借。而且我们的画画得好就好在是靠手的，要说画画掌握的技巧那可都是实实在在的硬功夫。所以罗杰就不一样了，他现在要从头干起的话可以依靠些什么呢？就他那点老底儿早都已经叫他给作践了、糟蹋了、败坏了，而且这一点他都是藏起来的。当然话说回来，别看他糟践了这么些日子，但可以肯定地说，从根本上看他的品质依然高尚而正派，甚至可以说是优秀的。这"优秀"两字，我要给作家去评的话是不会轻易说出口的，托马斯·赫德森心里这么想。但事实上罗杰能有现在这样的表现，已经足以证明他是真的具备这样的品质。你必须得相信，如果他能拿出码头上打架的那种精神来用在写作上，尽管这样干的过程会艰苦些，但最后一定是出成果的。如果他能像那天打架后那样用清楚的头脑来思考问题，如果他能保持这样的思考状态，那他的前途还是相当的乐观啊。

思来想去这么久，月光也已经从托马斯·赫德森的脸上溜走了，渐渐地他也就不再去想罗杰了。是啊，你想有什么用？他干得成与干不成，关键都得是在他自己。不过他要是真干成了，那是再好也不过的结局。我是希望自己能助他一臂之力的。这个忙我也许还是能帮的，他想。他就这么想着想着，一会儿却睡着了。

# 第九章

第二天早上，当太阳照到身上的时候，托马斯·赫德森自己就醒了。他照例下楼先来到海边，下海畅游了一番之后，才溜达回来吃早饭，进屋看见他们几个都还熟睡着呢。埃迪说依他看今天很有可能是个静风天，不太可能出现什么能掀起狂浪的海风。船上的钓鱼用具他都已经准备妥当，现在正派人弄鱼饵去了。

托马斯·赫德森想着这船闲了这么久，已经很长时间没有出海去钓过大鱼了，便问埃迪有没有检查一下钓线。埃迪说他都已经检查过了，并且把烂线都去掉了。他接着说，需要添置一些三十六号线，尤其二十四号线需要多添一些。托马斯·赫德森点头说回头派人买去。埃迪扔掉烂线后，暂时就都用好线给补上，一段段拼接的，把两个大号绕线轮子绕得满满当当的，看着倒也够用了。大鱼钩也都擦干净、磨尖了，还需要的就是接钩绳和转环，不过也都一一做过检查了。

"这些事儿你都什么时候干的啊？"

"昨晚一晚上没睡，连夜接的钓线，"他说，"接完了钓线又看到网有点问题，于是我又开始编撒网，你瞧这张网就是我新编的。唉，都怪那要命的月亮，搅得人睡不着觉啊。"

"是吗？你也是满月这些天儿睡不着觉？"

"可不是嘛。那睡不着的滋味真是叫人苦恼。"埃迪说。

"埃迪，你也相信睡觉时身上有月光照耀当真是对人有害的吗？"

"反正老一辈的人都是这么说的。到底是个什么样儿我也不敢说。只是觉得身上有月光照耀在睡觉时总不是个滋味儿。"

"你看我们今天出海会不会有收获?"

"这事儿可就难说啊。论理的话这个时令的海上应该是有些特大的鱼的。你打算今天跑到老远的地儿去? 到艾萨克①去钓?"

"是小家伙们说想上那儿去钓鱼。"

"去那儿的话,那我们吃罢早饭就得动身了。中午我也不打算生火做饭了。眼下有现成的吃的:海螺沙拉、土豆沙拉和啤酒,我再做些三明治就应该够了。你记不记得上回托渡轮捎来的一块火腿? 我们一直都还没有吃呢。哦对,我这里还有些莴苣,切完拌上点芥子粉和那种叫印度酸辣酱的,这不一道菜又成了嘛。不过让孩子们吃点芥子粉不碍事吧?"

"这应该没啥事儿吧。"

"记得我还是小孩子的时候,我们就很讨厌芥子粉,从来不吃。还有用那个印度酸辣酱来夹三明治吃,哎呀,那才叫一个美味呢,你吃过没有?"

"还没吃过呢。"

"这玩意儿你刚买来那阵子,我想不明白这东西该怎么吃。索性就拿它当橘子酱涂面包吃了。结果一尝,味道还挺好吃的。后来我就经常拿它当作酱料来涂面包糕饼什么的。"

"我们过些天再弄些咖喱来烧个什么菜吃,好不好?"

"我已经托渡轮在他下一趟来的时候替我带条羊腿来。不过想到小汤姆和安德鲁他们在一起吃饭,我们就暂时别给饭菜里边添加咖喱,等吃过了两回——我看一回也可以了吧,然后再来一顿咖喱腿,如何?"

"好啊。想想今天就出海钓鱼了,还有什么事需要我办的吗?"

"没什么了,我都准备好了,汤姆。你快去叫他们起床就是

---

① 位于比美尼以北的地方,有大艾萨克岛和小艾萨克岛。

了。你现在想喝一杯吗？要不我给你调一杯？反正你今天也不画画，喝一杯也没啥关系的吧？"

"那一会儿吃早饭的时候，给我来一瓶冰啤酒就好。"

"好极了。冰啤酒可以祛痰，有痰可真是讨厌。"

"乔已经来了吗？"

"还没有。弄鱼饵的那小子到现在还没有来，他去找他了。我这就给你把早饭端出来吧。"

"不着急，我还是先去把船开出来的好。"

"不用你忙活了，你就到饭厅里去，开一瓶冰啤酒，一边喝着一边翻开报纸看看。船我也早就替你准备得妥妥当当的了。去吧，我这就给你把早饭端出来。"

埃迪准备的早饭有炒得黑黝黝的咸牛肉末土豆泥，顶上还加了个炒得金黄的鸡蛋，配的是牛奶咖啡饮料，外加一大杯冰镇葡萄汁。托马斯·赫德森没有喝咖啡和葡萄汁，要了一瓶冰得很透的喜力啤酒，他就一个人在那儿一边喝啤酒一边吃土豆泥。

"我把葡萄汁再拿去冰着，一会儿给小家伙们喝吧，"埃迪说，"清早起来喝这种啤酒是挺够劲儿的吧？"

"是啊，感觉人变酒鬼其实是很容易的事情，你说呢，埃迪？"

"放心吧，你是变不成酒鬼的。你的心思都用在画画上了，生活也规规矩矩的。"

"不过一大早来两杯喝喝，那种感受还真是挺惬意的。"

"你这说的可是太对了。尤其是喝点儿够点劲儿的，就像这种啤酒似的。"

"可是一旦我喝了酒根本作不成画啦。"

"那有什么关系呀，反正你今天又不画画，一点儿也不碍事儿的。这瓶你喝吧，完了我再给你拿一瓶去。"

"行了，我喝一瓶也就够了，也不想多喝了。"

很快他们就出发了，那时候还不到九点，船随着潮水很顺利地上了航道。托马斯·赫德森在驾驶台上掌舵，他把船开过了水底的沙洲，一直驶向外海。

他们的船朝着湾流的边沿行驶着，他们看得见在外海那边有一条黑乎乎的线，那就是湾流的边沿了。海面上波澜不惊，清澈至极，连三十英寻深的海底①都可以看得一清二楚，真的是就连海扇随着潮流纷纷弯倒了身子都看得十分清晰。再深一点的四十英寻深的海底也还能看得见，只不过有些朦朦胧胧。再深些便都是黑乎乎的一片深影了，这时候他们的船也终于来到了水色深浓，此刻水波不兴的湾流里。

"哇，看来今天还真是个呱呱叫的好天哟，爸爸，"小汤姆说，"湾流的势头看来也挺足的呢。"

"的确是很足呢。你瞧，边沿上都有小小的浪卷的说明那里就有漩涡。"

"这海水真的是和我们家门前沙滩上看到的那个海水一样的？"

"有时候就是一码事呢，汤米。这会儿正是退潮的时候，潮水把海上的湾流往外顶，这样一来，湾流就到达不了我们家所在的港湾的口子外。所以你在家门前沙滩上看到的海水，就是那些无路可出而又倒流回来的潮水了。"

"可是在我们家门前看到的海水，简直跟这儿的蓝一模一样。为什么湾流的海水是这样的蓝呢？"

"那是由于这两种海水的密度不一样的缘故。这种海水的水质本身就和一般的海水压根儿就不一样。"

"可按理说应该是水愈深，水色也就愈深的吧。"

"其实那是源于你盯着海底瞧所产生的视觉效果。你知道不，

---

① 1英寻约合1.828米。所以30英寻约等于55米，40英寻约等于73米。

倘若水里有浮游生物的话，海水还会深得近乎发紫呢。"

"为什么?"

"我想大概是因为浮游生物本身是红色的，红蓝混在一起就成了紫色吧。据我所知啊，红海之所以被称作红海，就是因为海里有很多浮游生物，使海水看上去像染红了一样。那儿的浮游生物非常密集，多得不得了。"

"你喜欢红海吗，爸爸?"

"真是太喜欢了。那里虽说天气热得要命，让你吃不消，但是它那儿的礁石特别好看，而且在其他任何地方都见不到的。等到了两个季风的季节里，海洋里都是游来游去的各种各样的鱼。怎么样，汤米，你喜欢这样的地方吗?"

"或许吧，有关红海的书我倒看过两本法文的，是德蒙弗里先生写的。他的书写得可好了。他本人是干奴隶买卖的，可不是贩卖白人妇女啊，就是那种老式的奴隶买卖。我还知道他是戴维斯先生的朋友呢。"

"我知道德蒙弗里，"托马斯·赫德森说，"我也认识他。"

"戴维斯先生以前跟我说起过他的事儿呢。说是德蒙弗里先生在不干奴隶买卖后的那段时期，就回到了巴黎生活。有意思的是，他每次带女朋友出去，不管去哪儿，总要出租车司机放下汽车的顶篷，他要看看星象，再根据方位来指挥出租车司机把车往哪儿开。比如说吧，德蒙弗里先生正在协和桥上，要到玛大肋纳教堂去①。爸爸，要是你和我来走这一段路，那还不简单嘛，我们只需要告诉出租车司机去玛大肋纳教堂就好了，或者嘱咐下让他穿过协和广场沿着皇家路开过去就是，可是德蒙弗里先生却不是这样走的，他在出发之前一定要先根据北极星的位置推算方向，然后让司机必须按照这个方向开去玛大肋

---

① 协和桥在协和广场南面，是塞纳河上的一座桥梁。玛大肋纳教堂（或译作圣马德莱娜教堂）则在协和广场以北，两者之间可以由皇家路连接相通。

纳教堂，神奇吧！"

"是吗，我倒还从来没有听说过德蒙弗里先生有这样的一段故事，"托马斯·赫德森说，"倒是他别的故事我听了不少。"

"在巴黎跟人交往可不是件轻松容易的事儿吧？戴维斯先生好像说起过，他曾一度想跟德蒙弗里先生一块儿去做奴隶买卖，可后来不知什么原因把这事儿给搁浅了。到底是怎么回事我也不太记得了。啊，对了对了，我想起来了！这事儿八成是因为德蒙弗里先生后来不做奴隶买卖改做鸦片生意了。是的是的，就是这么回事。"

"那戴维斯先生呢，他不想去做鸦片生意吗？"

"是啊，他不想做这个生意。我记得他是这么说的：这鸦片生意嘛，我看德昆西①先生和科克托②先生已经做得挺好了。他还说人家做得好好的生意，这样去抢他们的生意怕是不大妥当。其实有些话我听着却是不懂，好比当时这句话我就没有听懂。爸爸，虽然那会儿你们谈话的时候，我有什么不懂的地方问你，你倒是总能给我解答清楚，可如果我总是这么问你打断你们的谈话，那你们肯定说得不痛快，所以后来我就用了一个办法：遇到一些听不懂的地方，不打断你们，我就先自己记在心里，等以后哪天有空了再一并问你。比如刚才这句话，我就是预备以后再问你的。"

"这样说来，那你岂不是积累了不少这样的问题吗？"

"可不是嘛，少说也有几百啦。没准儿都上千了呢。不过有些问题渐渐地我自己也弄懂了，所以每年总可以去掉一大批问题，这算是我自己独立解决的。但是我知道有些问题却是非请教

---

① 托马斯·德昆西（1788—1859）：英国散文作家，本人吸鸦片成瘾，并著有《一个鸦片吸食者的自白》一书。

② 让·科克托（1889—1963）：法国诗人、小说家、剧作家。曾在 1930 年出版过一本戒毒日记《鸦片》。

你不可的。而且今年开学后要作英文作文，我就打算把这些都详详细细写出来，当作作文喽。其实有些问题还挺有意思的，当作文写是再合适不过的了。"

"说真的，你喜欢上学吗，汤米？"

"哎呀，有些事情可是由不得自己的，比如上学就是。要说喜欢那还真谈不上，我看没有谁会对上学有多么的喜欢。更何况在经历了别样的生活之后，谁还会喜欢上学呀？"

"其实这个我也说不太清楚。反正我小时候是一想到上学心里就讨厌。"

"连艺术学校你也不喜欢？"

"不喜欢。单说学画画我是喜欢的，可是跟学校一沾边，我就又觉得讨厌了。"

"我倒是没有多大的不乐意，"小汤姆说，"可是你想想啊，我跟乔伊斯先生啦，帕教先生啦，戴维斯先生啦这样的人，都相处过了，再回到学校去跟那些娃娃做伴，总觉得有点不乐意，他们未免太幼稚了点。"

"可毕竟你觉得在学校还是挺有意思的吧，对不对？"

"这倒也是。在学校里我的朋友又多。各种运动只要不是那种傻傻的，拿个球扔过来接过去我都喜欢，读书我也是很用功的。可是爸爸，这样的生活过起来感觉也没有多大的意思啊。"

"我以前也跟你一样，常常会有这样的感觉，"托马斯·赫德森说，"不过不管怎么说，一个人还是应该多想想办法，尽量让自己的生活过得快乐些，你说呢？"

"我就是这样想的。所以我总是想方设法让自己过得快乐，不过该规规矩矩地生活我总这样规矩地生活，大多数时候都是这样吧。所以想让自己过得快活，也实在不容易啊。"

托马斯·赫德森不由得望向船后，他看到船后拖出了一道翻腾的浪花，在这平静的海面上欢快地荡漾开来。船舷外支架上挂下了两个钓饵，因为也是拖在船后面，在浪花掀开的水波荡漾中时起时伏。戴维和安德鲁手拿着钓竿，坐在那两张钓鱼椅上。哥儿俩的脸是向着船后的，这会儿正目不转睛地盯着鱼饵，所以托马斯·赫德森看到的也只是他们的背影。他再抬眼前望，好家伙，前边的海水里跃出了好多的鲤鱼，那鱼不像常见的那样在水里甩啊搅的，把水打得哗哗响，而是一个个的，或成双成对的，跳出水来马上又落入水中。这可是好看的鲤鱼跳水的景象啊，它们出水时映着阳光，亮闪闪的非常耀眼，可是水面却几乎没有激起一点波澜，随即它们一翻身，又一头入了水，也是轻盈得几乎没有溅起半点水花。

"快看，有鱼！"托马斯·赫德森突然听见小汤姆叫嚷的声音，"有鱼！有鱼！快看，有鱼上钩啦，戴夫！就在你的背后呀，小心小心，别叫它给跑啦！"

托马斯·赫德森往海里一看，海水里跟开了锅似的，冒起一串巨大的漩涡，可不管怎么看却就是看不见那鱼影。这时戴维把手里钓竿的把儿在活动插座上插好，仰起脸来，两道目光就投向了舷外支架上的钓线，最后盯着扣在钓线上端的衣夹。托马斯·赫德森这才清楚地看见那舷外支架上的钓线已经软绵绵地掉下了好大一圈，可是一落到水面上便绷紧了，随即又飞快地给斜斜地向外拉着，在水面上划出了一道口子。

"快提线拉钩，戴夫。快使劲拉钩呀！"埃迪正站在扶梯口那儿着急地喊叫。

"快提线拉钩呀，戴夫。天哪天哪，你怎么还不拉钩？"安德鲁已经急得快要央求戴夫了。

"你瞎嚷嚷个啥呀，"戴维说，"看着吧，我自会收拾它的。"

也许那鱼很狡猾，这会儿还没有把钩咬住，钓线还是以那样一个角度在不断往外拉，钓竿都已经被拉得弯弯的了。戴维使尽全力把钓竿把住，任凭钓线一直这样放出去。托马斯·赫德森早就把油门调小了，此刻引擎几乎是在空转了。

"哎呀求你了，快点拉吧，你还不拉钩，"安德鲁还在那儿一个劲儿地央求，"那你走开，你不拉就让我来。"

戴维根本不理他，只管稳稳地把住了钓竿，始终盯着钓线看，钓线仍保持着那样一个角度不断放出去。他已经把绕线轮子上的制动螺丝松开了。

"不出意外的话，那是一条剑鱼呢，爸爸，"戴维头也没抬，说道，"它上钩的时候我看见它嘴上的剑了。"

"真的？是条剑鱼啊？"安德鲁说，"天哪，好家伙！"

"我看你应该快些提线拉钩吧！"罗杰这会儿也站到了戴维身边。他离开椅子后就顺手把身上的保险带扣在了绕线轮子上，"拉钩吧，戴夫，动作快一些，这下可千万要钩实了。"

"你觉得它已经咬住钩子了吗？"戴维问道，"它会把钓钩含在嘴里带着跑吗？"

"我看你必须得快些拉钩把它钩住，再不拉的话它可能真要把钩子给吐掉啦。"

戴维听了罗杰的建议，叉开两腿身子立稳了，右手把绕线轮子上的制动螺丝死死地按住，然后用全身的劲提线拉钩，顿时他只觉得钩子上的分量好沉。他一次次地用力、使劲，钓竿都快被拉成一把弓了，可是钓线仍然还在不断往外送。看样子那鱼似乎还是丝毫不为所动。

"再拉呀，戴夫，"罗杰说，"记住，千万要把它钩实才行。"

戴维再次提拉，使足了全身的力气，那不断往外抽的钓线能听见发出吱吱的声响，钓竿也已经弯得都快抓不住了。

"天哪，上帝！"他从心底发出了一声呼唤，"我好像已经把它钩住了。"

"那现在快把制动螺丝松开，快，"罗杰连忙对他说，然后又对着汤姆吼了一句，"汤姆，注意观察钓线，方向随时跟着鱼儿转。"

托马斯·赫德森又重复了一句："方向随时跟着鱼儿转，注意观察钓线。戴夫，你还顶得住吧？"

"放心吧，爸爸，对付它我绰绰有余了，"戴夫说，"万能的上帝啊，让我快抓住这条鱼吧。"

为了帮助戴夫，托马斯·赫德森把船几乎来了个一百八十度的大转弯。眼瞅着戴夫绕线轮子上的线快要放到尽头了，托马斯·赫德森立刻把船向着那鱼靠过去。

"好，这下站稳了，开始收线，"罗杰发出指挥，"收线吧戴夫，可要给它点厉害瞧瞧。"

戴维把线一提，然后以最快的速度赶紧绕线，绕得连腰都弯了下去，然后再次把线一提，完了又赶紧绕线，每次绕线绕得都是连腰都弯了下去，他就这样一而再再而三地循环往复，看着就像一台绕线的机器了。不过绕线轮子上收回来的线终于愈绕愈厚了。

"我们家以前还没有人捕到过剑鱼吧？"安德鲁说。

"哎呀，我求求你了大骑士，你就少说几句行不行？"戴维说，"别总拿它磨牙啦。"

"我才不是磨牙呢，"安德鲁说，"我真的没说什么呀，自刚才你把它钩住以后，我这儿替你祈祷都还来不及呢。"

这时小汤姆跑到父亲跟前儿，悄悄地问："爸爸，那鱼嘴巴吃得住钩子吗？"托马斯·赫德森正把着舵轮，他眼睛朝下望着船后，盯着黑乎乎的海水里的那根斜斜的钓线在看。

"应该吃得住吧。戴夫又不是个使蛮力的家伙，还不至于把它的嘴巴给捣烂了呢。"

"听我说，只要能把这条鱼钓上来，让我干什么我都愿意，"小汤姆说，"真的，干什么都行。我什么条件都可以答应。我也什么都可以牺牲。安迪，你快去拿些水来给他补充能量。"

"给，我这儿有水，"埃迪说，"戴夫老弟啊，可千万不能松劲，一定要跟它顶下去啊。"

"不能再向它靠近了。"罗杰对着驾驶台上喊道。他是一名捕鱼的好手，他配合着托马斯·赫德森开着船，那简直就是默契之至。

"好，那我就拿船尾向着它。"托马斯·赫德森答应道，立刻就把船体转了个身，转得那样轻巧自如，船尾扫过之处，海水还是如刚才那般平静，几乎没有一点动静。

谁知道那鱼这时候似有警觉，突然往深水里一头钻了下去，这就给钓线施加了更大的压力，托马斯·赫德森为了减轻钓线上受到的压力，尽量以很慢很慢的速度打起倒车来。可是这一打小小的倒车，船尾就向着鱼的所在缓缓靠去，钓线压力虽然减少了，但是钓线入水的角度却是由斜变直了，你看那钓竿尖竟然已经笔直朝下，钓线还老是一抽一抽地一个劲儿地往外放呢。每次钓线一抽，戴维手里的钓竿便会跟着往上一弹。托马斯·赫德森只好把船头朝前方略微地挪了挪，为了避免戴维手里的钓线直陡陡地在水里上下。他非常清楚戴维像这样弓起背按着钓线，手还握着钓竿有多吃力，可钓线还必须得尽量扣住啊。

"制动螺丝已经不可能再拧紧了，再拧这线就得断了，"戴维说，"戴维斯先生，依你看这鱼下一步会怎么个动法？"

"估计它还会一直往下钻，你不拉住它它就会一直钻下去，"罗杰说，"除非是它自己停下不动了。不过你也得想办法把它拉上来。"

钓线还在继续被往外拉、向深水里钻。于是戴夫就一个劲儿地往外拉，而鱼则继续向水里钻。往外拉与向水里钻一直持续着，眼看钓竿都已经弯得必断无疑了，钓线绷得紧紧的简直就像是调好了音的大提琴弦，而绕线轮子上的线已经没剩多少了。

"我该怎么办好呢，爸爸？"

"用不着想怎么办。你只要这样挺下去就是最好的办法。"

"它就这样不停地一直钻下去吗？难道它就钻个没有底？"安德鲁问。

"也许还真就是没个底儿呢。"罗杰告诉他说。

"你就只管拉住它别松劲，戴维，"埃迪说，"到它钻得不耐烦了，自己也就乖乖地上来了。"

"可是这保险带已经快要勒死我了，"戴维说，"真要命啊，我的肩膀都要给勒断了。"

"那要不我来替你吧，让我来把它拉上来！"安德鲁问。

"省省吧，你这个蠢货，"戴维说，"我不过只是说保险带勒得我够呛。放心，就是勒得再厉害我也不会松手的。"

托马斯·赫德森对着下面的埃迪呼喊："你看看能不能再弄条保险带来呢？替他系在腰上。要是保险带过于长了，咱们可以再用绳子重新绑结实。"

埃迪很快就找了块又大又厚的棉垫垫在戴维的后腰，再把保险带给他绕在腰上，最后再用粗绳箍上几圈用力束紧。而保险带的另一头就连在绕线轮子上。

"这下感觉好多了，"戴维说，"多谢你啊，埃迪。"

"好啦，这下你肩膀腰背就可以一齐使劲把它拉住了。"埃迪拍了拍戴维说。

"可是你看看，我的钓线也快没有了呀，"戴维说，"哎呀，真该死的家伙，怎么还在一个劲儿地往下钻呢？"

"汤姆，"埃迪朝着驾驶台喊，"你快把船朝西北方向挪一挪，我看那鱼好像在往外游了。"

托马斯·赫德森轻轻地转动舵轮，把船慢悠悠、轻悠悠地开向外海的方向。他看见前方有一大摊像发黄的果囊色样马尾藻，有只海鸟也站在上面。海面上风平浪静，海水看着又是那么清那么蓝，当你一眼往水里望进去，会看到水下还有亮光呢，就像是三棱镜折射出的光带一般。

"看见没有？"埃迪对戴维说，"这会儿钓线已经不再往外拉了。"

现在尽管钓线已经不再一跳一跳地往水里沉了，可是戴维还是提不起手里的钓竿，只能勉强握住。可以看到线还是绷得那么紧，绕线轮子上的剩线也已经不足五十码了，但是好在总归是没在再往外放了。戴维死死地拉住了鱼，而整条船却跟着鱼在走。不过你几乎听不到引擎转动的声音，也压根儿感觉不到船在动，只有正在掌舵的托马斯·赫德森却看出来了：那根藏在蓝蓝的海水深处的白线目前看着是有那么点倾斜了。

"看到了吧，戴维，它刚才拼命往下钻，你就让它爱钻多深钻多深，现在它又想往外游，你还是这么对付它，让它想上哪儿就去哪儿。让它再这么折腾，估计一会儿你的线就可以收一点回来了。"

话虽这么说，可小家伙黑黝黝的背一直保持着拱弓的姿势，估计也挺紧张，他手里的钓竿早已给拉得弯弯的，钓线在水里缓缓划过，船在海面上徐徐而行，而那条大鱼正在百丈深处的水下游来游去。刚才还栖息在一摊海藻上的那只海鸟这会儿向船上飞了过来。它在把舵的托马斯·赫德森头顶上绕了一圈，又转朝水面上另一摊发黄的海藻飞去了。

"收吧，现在就可以收点线了，"罗杰指点戴维说，"既然你已经稳住它了，那就多少是能收点线回来的，放心拉吧。"

"汤姆，再稍微朝前方开一点！"埃迪向驾驶台上大喊，托马斯·赫德森再度把船往前挪了挪，尽量是开得轻轻的。

戴维就把钓竿使劲提了提，没想到那钓竿越发弯了，线也反而绷得比刚才还紧了。仿佛他的鱼钩钩住的是一只正在飘移的铁锚。

"别担心，不要紧的，"罗杰对他说，"这是正常现象，过一会儿肯定就能收得起来的。只是你还挺得住吗，戴维？"

"没问题，"戴维回答得很干脆，"我保险带绑着呢，没问题。"

"你真顶得住那家伙吗？它好像力气还挺大。"安德鲁问。

"我说，你少跟我在这儿啰唆行不行，"戴维说，"埃迪，能再给我点水喝吗？"

"哎呀，我把水放哪儿去啦？"埃迪问，"糟糕，大概是我刚才给泼掉了。"

"那我，马上再去倒一杯来，你等着。"安德鲁说着就下到舱里去了。

"我能帮你点儿什么吗，戴夫？"小汤姆也紧跟着问，"要不我还是回上面去，免得在这儿碍你的事。"

"没什么需要帮忙的，也不碍事儿的，汤姆。哎呀，真是要命，我怎么就提不起它来呢？"

"别着急，戴夫，这条鱼可是真正大的，"罗杰对他说，"你想要凭力气跟它硬来是不行的。对付它你就得靠智取，你得弄得它无路可逃，不得不跟着你来才是。"

"那你赶紧教教我，具体该怎么干呀，我一定照你说的办，死了才算完，"戴维说，"你也知道我信得过你。"

"这孩子，什么死啊活的，别胡说，"罗杰说，"说这种话可不好。"

"我这说的是真心话，"戴维说，"不折不扣的真心话。"

小汤姆又上到驾驶台，来到父亲的身边。爷儿俩都目不转睛地盯着底下的戴维。戴维身上绑着保险带，一直弓着身子，专心致志地对付着那鱼，罗杰则像军师一样站在旁边给他压阵，埃迪替他扳住了椅子。这时安德鲁端来了一杯水，赶紧凑到戴维嘴边。戴维嘬了一口立马就给吐了出来。

他对安德鲁央求道："安迪，替我在手腕子上浇一点好不好？"

这时小汤姆悄悄儿地问他父亲："爸爸，你看戴维真顶得住这鱼吗？"

"是啊，这么一条大家伙，只怕不大好对付呢。"

"我现在担心得要死，"小汤姆说，"我爱戴维，可不愿意为了一条贼鱼而让他有个什么事。"

"我又何尝不是呢，包括罗杰，埃迪，相信他们也都跟咱一样。"

"那我们就应该好好关照戴维。如果他要是实在挺不住的话，那就让戴维斯先生来捕这条鱼，或者你来也行啊。"

"看现在的情况，他还绝不至于挺不住吧。"

"那可未必，你对他的了解还不如我们呢。要知道现在的情况就是：为了要捕到这条鱼，他是连命都可以不要的，真的。"

"你先不要着急嘛，汤姆。"

"我能不着急吗？"小汤姆说，"我看咱家就生了我这么一个天生就爱着急的人。事实上我也巴不得能改改这个急脾气呢。"

"我是觉得现在这个样子还根本不用着急。"托马斯·赫德森说。

"爸爸，戴维可是这么个小屁孩呀，哪儿能捕得了那么大一条鱼呢？就他捕到过的鱼里面最大的也不过是旗鱼、黄条蛳什么的了。"

"但是鱼迟早会被累垮下的。别忘了，鱼的嘴里还吞着个钩子呢。"

"可那鱼有那么那么大呢，"小汤姆说，"它被戴夫缠住了这不假，可戴夫也同样被它给缠住了呀。今儿戴夫要是能逮住它，那固然是我们家的一桩美事，美得我都难以置信，所以我还是希望你或者戴维斯先生去帮帮戴夫，把那大鱼给抓上来。"

"相信我，戴夫没问题。"

船还一直在缓慢地向外海行去，渐渐地越来越远了，不过这里依然是水平如镜的海水。到了这一带，到处都是一摊摊的果囊马尾藻，全部泛着黄黄的颜色，浮在紫红色的海水上。如此一来，那紧绷绷的白色钓线在缓缓移动的过程中，就不可避免地撞进一摊摊的马尾藻里，遇到这种情况，埃迪就把手伸到水里，一一清除缠在钓线上的海藻。他把身子探出在舱口挡板外，从钓线上拉下枯黄的海藻扔开，站在驾驶舱里的托马斯·赫德森只看得到他皱巴巴的红褐色脖子和那顶旧毡帽，还有就是听见他在对戴夫说："看吧，这大家伙，简直就是在拖着船走呢，戴维。它在这么深的水里一直这样拖啊拖的，不是很容易把自己给拖垮吗？"

"是啊，可它也把我给拖垮了。"戴维说。

"你感觉头疼吗现在？"埃迪问。

"不疼。"

"找顶帽子给他戴上。"罗杰说。

"帽子就算了，戴维斯先生。我倒情愿能在头上浇点儿水。"

埃迪很快打了一桶海水过来，他先是用手小心翼翼地捧起海水，再一捧捧地往戴维头上浇去，瞧着把他的头整个儿都湿透了，又很细心地替他把遮挡住眼睛的一绺头发撩开。

"戴维，听着，你真要是感到头晕或者头疼的话就赶紧说啊。"他说。

"我没问题，"戴维说，"就是请你快快指点我，接下来具体该怎么干吧，戴维斯先生。"

"你先试着收收线，看看有啥反应。"罗杰说。

戴维开始收线了，收了一次又一次，一连收了三次，可是一分一毫都没见他提起来，更别说提起那条鱼了。

"哎呀，还是算了，先不要浪费力气了，"罗杰对戴维说，随即又招呼埃迪，"快去拿顶帽子来，浸透了水给他戴上。像这样没风的天儿，热得可真是够呛。"

埃迪赶紧找了顶长舌帽，放进那桶海水里浸过以后，拧也没拧就一下扣在这小家伙的头上。

"哎哟，咸水流到我眼睛里去啦，戴维斯先生。这下我可真是难受死了啦。"

"别慌别慌，我马上拿些淡水给你擦掉，"埃迪说，"罗杰，快给我块干净手绢。安迪，你去赶紧拿些冰水来。"

尽管咸咸的海水滴到戴维的眼睛里了，不过这小家伙耐力惊人，依然稳稳地又开双腿，拱起脊背，硬是挺在那儿顶住了拉力，船呢则还是缓缓地向着外海行驶着。西边有个鱼群，引来众多的燕鸥，纷纷向这边飞来。你瞧，它们这一路上都还在唧唧啾啾地相互报信儿呢，想必这群鱼里不是些鲣鱼就是些长鳍金枪吧，准跑不了这两种鱼，平静的海面让它们给搅得热闹了起来，但是鱼群也是聪明得很，它们很快就又沉到了水里，不过纷纷赶来的那伙燕鸥就像猜到似的也不走，就落在平静的水面上，耐心地等着鱼儿重新露面。埃迪先是替小家伙擦了脸，这会儿又把手绢放在一杯冰水里浸了浸，然后拿冰手绢敷在戴维的脖子上。就这样敷完了脖子又给两个手腕子也分别做了做冷敷，然后又把手绢重新放在冰水里浸泡，拧干以后，又一次敷在戴维的脖梗子上。

"头疼的话可要赶紧说啊，"埃迪再次叮嘱戴维，"小家伙，那也不叫临阵退却，是讲究策略和方法。在这种没有风的天，可没有人受得了大毒日头。"

"我挺得住，你就放心吧！"戴维对他说，"别的都没事儿，不过就是感觉到两个肩膀和两条胳膊酸痛得厉害。"

"那是当然的喽，"埃迪说，"经过今天这样的历练，才能把你捶打成个男子汉呀。我们担心的就是别让你中暑了，使劲也别使得过猛，小心伤了身子。"

"你看它坚持到现在，接下来还会有什么动作，戴维斯先生？"戴维问道。他的嗓音听上去都干涩沙哑了。

"现在恐怕也只能这个样子了吧。要么它继续牵着你兜圈子，要么它就该乖乖冒出水面来了。"

"也是真够糟糕的，我们完全没有想到它刚才会一下子钻得那么深，现在弄得我们钓线也不够，只能眼巴巴地看着拿它也没辙。"托马斯·赫德森对罗杰说。

"幸亏戴夫拉住了它，是这场较量成败的关键，"罗杰说，"依我看，再要不了多久喽，那鱼就会打退堂鼓了。等到了那会儿，它就该任凭我们处置了。戴夫，现在你再试试，把线收收看。"

戴维依言又试了试，却还是半点儿线都没提起来。

"没事儿，迟早这家伙都会上来的，"埃迪说，"你们就等着瞧吧。戴维呀，到时候包你一下子就搞定了。这会儿你要不要先漱漱口？"

戴维点了点头。他也是真快顶不住了，坚持到了这份儿上，他已经连说话的力气都能省则省了。

"吐出来吧，"埃迪给戴维喂完漱口水说，"你要咽的话也只能稍微咽一点儿。"他转过头去对罗杰说，"你瞧瞧，这鱼跟咱较量已经有整整一个钟头了哟。"随后又转过来问戴维："你真的不觉得头疼吗？"

小家伙点了点头。

"爸爸，你看呢？你觉得他现在怎么样？"小汤姆还补充了一句，"你可得对我说实话哟。"

"要我看啊，他的情况还可以，"他父亲说，"更何况埃迪一直在他身边，应该不会出什么问题的。"

"是啊，我估计也不至于出什么问题，"小汤姆的看法跟父亲也一样，"我可不能这么闲着，现在大家都这么紧张，我总得帮点什么忙心里才舒服。要不我去给埃迪调杯酒吧。"

"这想法不错，请给我也调一杯吧。"

"好啊。顺便我也给戴维斯先生调一杯。"

"他啊，我看他现在未必想喝吧。"

"那我先去问问他看。"

"好了戴维，你试试再提一次。"罗杰说这话时沉住了气，于是小家伙也屏住呼吸，双手紧紧按住了绕线轮子的两边，用尽浑身力气往上提。

"很好，你提起了一点点，"罗杰说，"慢慢先绕起来，自己估摸着看能不能再多收点儿。"

好戏开始上演，真正的搏斗现在才算开始。在先前那么长的时间里，戴维只不过是把鱼拉住了，可是鱼在往外海游，船也就被迫跟着鱼在走。可是现在得是他这个"渔夫"亮相了：他得开始往上提线了，等到线提起来之后，还得让钓竿先恢复平直，然后再缓缓放低，最后趁机把线绕起来。

"慢慢的，干这个千万不要想着快，"罗杰对他说，"不要急于求成。稳扎稳打一步步地来。"

于是，小家伙就这样向前探出了身子，看得出他是从头到脚一齐拼足了劲，一次次尝试着把线往上拉。每一次都得把全身凡是可以借力的部位都一起利用上，再把自己那仅有的几十磅重的分量也整个儿压上去。提了线之后再把钓竿一点一点放低，趁此工夫赶紧用右手把线快快绕起来，这个"渔夫"现在可是够紧张、够专心。

"看，戴维钓鱼还真是有两下子的，"小汤姆说，"虽然他从小就开始钓鱼，不过我真不知道他钓起鱼来原来还有这么大的本事。可他平日里还总说自己体育运动不在行，常常拿这个当笑话给我们讲。可你现在看看他干这个多行啊。"

"体育运动又算什么，"托马斯·赫德森说，"你刚说什么啦，罗杰？"

"我说，朝鱼的方向略微再往前动一动。"罗杰向上大声喊道。

"朝鱼的方向略微往前动一动。"托马斯·赫德森照样重复了一遍，以确保行动无误。就在船慢慢往前挪动的那一刻，戴维及时地又把线一提，这下子可收回了不少线呢。

"我想知道，你也不喜欢体育运动吗，爸爸？"小汤姆问。

"谁说的呢，以前喜欢，还非常喜欢呢。可现在不再喜欢了。"

"所有运动里面我就喜欢网球和击剑，"小汤姆说，"我想大概是由于我从小在欧洲长大的缘故吧，反正我是半点儿都不喜欢像那种扔过来接过去的球赛的。其实戴维要是想学击剑的话，我敢肯定他一定非常出色，因为他脑子特别灵光。可惜他就是不肯学啊。我看了看，他喜欢的无非就是看书、钓鱼、打枪、扎假蝇①这几样儿。我们打猎的时候，他的枪法可比安迪准得多了。你见过他扎的假蝇吗？那也是像得没两样的。爸爸，是不是我话说得太多了，你听着挺厌烦吧？"

"怎么会呢，汤米。"

说这话的时候，父亲的一只手爱怜地搭在小汤姆的肩上，小汤姆也用手扶着驾驶台的栏杆，跟父亲一样眼望着船尾。他的肩上有些很细很细的盐花，手摸上去感觉有点儿像沙子，那是因为在鱼儿上钩之前，这三个小家伙相互泼过好几桶海水玩儿来着，海水晒干了就有些盐花残留。

"其实我就是看戴维看得心里好紧张，也没什么，就觉得说说话能分分心，减轻几分紧张感罢了。说实话，我现在什么都可以舍得，一心巴不得戴维能把这条鱼赶紧捕到手。"

"这条鱼一定是大得不得了。一会儿出了水看看就知道了。"

"还记得几年前，有一次我跟你去钓鱼，就见到过一条好大

---

① 假蝇兼具钓钩和钓饵的作用，它就是一个用羽毛、金属丝等扎成的蝇状钓鱼钩。

好大的鱼。只见那鱼好一张剑嘴，嘴一张开就吞了我们做饵的大鲭鱼，它再往上一跃，很利索地一口就把鱼钩吐得老远。那鱼真的超级大，后来我做梦还常梦到过它呢。好啦，我这就下舱里给你们调酒去。"

"慢点儿，不着急。"他父亲对他说。

底下戴维正坐在一张"斗鱼椅"上，那椅子没有靠背，底座是可以旋转的。他整个儿人都坐在椅子里，叉开的两脚死死地抵在了后船地板，拼命地正把钓竿往上提，这就要求他必须这样才行，从两臂两腿一直到肩背各处都一齐使劲。就像刚才那样，一提起来就又放下，而且要在第一时间把线绕上，等把这些线绕好了再接着提第二次。就这样，一次提个一两寸、两三寸的，一直像这样提个不停，然后就看见绕线轮子上收回的线也愈绕愈厚了。

"告诉我，你的头真的不疼？"埃迪问他。埃迪一直在他旁边把椅子的扶手按住，免得椅子摇摇晃晃。

戴维没有说话，依然是点了点头。埃迪又伸手到小家伙的头顶上，摸了摸他的帽子。

"不错，帽子还是湿的呢，"他说，"这小家伙，你这下可要给它点儿颜色瞧瞧了，戴维。瞧你那手脚快得真跟机器一样。"

"跟刚才拉着它的那阵子比的话，现在省力些了。"戴维回答道，不过嗓音还是干涩的。

"那是肯定的喽，"埃迪告诉他说，"现在它已经远不及原先那么凶了。记得刚才它拼死逃脱那阵，差点儿连你的脊梁骨都被它来了个连根拔呢。"

"所以啊，你对付它就要能耐得住性子，快不了就不要强求，"罗杰说，"今儿你一直干得都很了不起，戴夫。"

"那现在是不是在等它露头啊？我们可不可以用手钩把它拉上来？"安德鲁问。

"哎哟，我求求你，能不能少说它几句啊？"戴维说。

"我又没有说它什么呀。"

"那我就求求你，请你别说话行了吧。对不起啊。"

安德鲁默默转身爬上了驾驶台。尽管他戴的是顶长舌帽，但是他眼里闪着的泪花还是被父亲看见了。小家伙把头又别了过去，可是哽咽得嘴唇都在哆嗦。

"小家伙，别放在心上，你并没有说错什么话。"托马斯·赫德森对他说。

安德鲁的头还是别转着，"你看吧，万一这下要是没钓上来鱼，肯定他要怪我说了它什么了，"他伤心地说，"我能有什么坏心，我不过是也想出点力，把该用的家伙都给准备好了。"

"戴夫现在心里烦，这是人之常情，希望你也多理解理解他吧，"他父亲对他说，"他说话还是讲点礼貌的。"

"这我知道，"安德鲁说，"我也承认他钓鱼的本事已经好得甚至都不比戴维斯先生差了。我只是很难过他竟那样看我。"

"这个嘛，你得知道戴夫还是第一次跟这么大的鱼打交道吧。所以一想到要对付那么大的鱼，他难免脾气也是臭点儿的。"

"什么嘛，你待人就一向都是好声好气的，还有戴维斯先生，也总是和颜悦色的。"

"你是不知道，我们以前并不是这样的。当初我跟他在一起学钓大鱼的时候，我们俩也都是火药味十足的家伙，态度粗暴，说话还尖刻无比。哎呀，我们两个人，那才叫难弄哦。"

"真的？"

"那还能有假吗？我告诉你吧，那时候我们处处表现得好像谁都在跟我们作对似的，其实自己也觉得很痛苦。这拿人来说啊其实是一种自然的现象。我们也是后来才懂得，做人不应该反其道而行之，应该做到理智，懂得控制。于是我们的态度就慢慢变得斯文了，因为我们的亲身经历告诉我们，粗暴加火性是干不成任何事的，钓大鱼那是妄想的。我们要是还死抱着火暴脾气不改，那个滋味可不是好受的。真的。我们俩原先那可都是很不好惹的家伙，火气大，脾气坏，几乎别想得到人家的理解，那个滋味现在想想都难受。所以你才看到我们现在钓鱼，都斯斯文文的了。关于这事儿啊，我们俩在一起曾经认真琢磨过，后来我们终于下定了决心，不管碰到什么事，都要斯斯文文的。"

"那我也要跟你们一样斯斯文文的，"安德鲁说，"不过跟戴夫相处，有时候很难做到斯文哎。爸爸，你看戴夫真能把这条大鱼钓上来吗？真希望他到最后不会是白日做梦一场空。"

"我们还是别谈这些了好吧。"

"是不是我又说错了什么话？"

"没有的事。不过我总觉得说这样的话好像不大吉利。这都是我们从老渔民那里听来的一些规矩。是不是有什么来历我也不知道。"

"那好，我今后注意就是了。"

"你的酒来了，爸爸。"小汤姆说着，把酒从下面递了上来。他为了防止冰块融化，还在酒杯外面特意垫了三层纸巾，并用橡皮筋紧紧箍住，"跟你说一下，酒里我加了酸橙皮、苦味汁，但是没有加糖。不知道合不合你的口味？要是不合口味我去给你换一杯？"

"看着挺不错的呢。你是用椰子汁调的？"他父亲问道。

"是的。埃迪那杯是威士忌。果真像你说的戴维斯先生他不想喝。怎么，你就打算在上边待着啦，安迪？"

"我不。我马上就下去。"

安德鲁下去了之后，小汤姆又上了驾驶台。

托马斯·赫德森回头望向船后方，发现水里的白白的钓线已经开始倾斜了。

"注意注意，罗杰，"他对着下边大声叫喊，"注意啦，鱼好像在往上浮了。"

"快看，鱼在上浮啦！"埃迪跟着也嚷了起来。他也看见钓线发生倾斜了，"注意把舵！"

托马斯·赫德森赶紧往下瞅了瞅，他得瞅准了绕线轮子上还有多少钓线可用，跟鱼周旋手里没有钓线那是万万不行的。一看轮子上的钓线还不足四分之一，而且就在他瞅这一眼的工夫里，呼的一声钓线又被往外拉了好大一截。托马斯·赫德森已经打出倒车，只感觉到船猛一下子向后靠去，这下就缓和了钓线倾斜的角度。船这样不停地倒过去，船上只听见埃迪在使劲儿嚷嚷："继续，赶紧冲着它倒呀，汤姆。眼看这畜生在往上浮啦。真急人，可是我们手上没多少线好用啊。"

"把住钓竿，戴维。"罗杰指挥着，"别叫它给拉下去了。"然后他又关照托马斯·赫德森："就这样倒着吧，尽量冲着它倒过去就对了，汤姆。尽量快吧，加大油门。"

他们还正说着话呢，在船后右侧，原本平静的海面突然就像破开了一个口子，只听腾的一下，从下面冒出好大一条鱼来，大家这才看见了，这鱼蓝里透黑，银鳞闪闪，虽然它一个劲儿地从水里往上冒、往上冒，却迟迟见不到那尾巴在哪里，天哪，大家都看得呆了，谁能想到这鱼竟会有这样长、这样大啊。好不容易那鱼终于全身露出了水面，高高跃起在空中，它应该是还滞留在了空中片刻，这才扑通一声又落到了水里，半空中都溅起了白沫纷飞的水花。

"哎呀，天哪天哪，"戴维说，"你们都瞧见这家伙了没有？"

"天呢，剑嘴好长的啊，跟我人都一样高了。"安德鲁在一旁看得不胜敬畏。

"真是太壮观了，"小汤姆说，"刚才的情景呀，比我梦中见到的至少还要壮观十倍。"

"你照样冲着它倒过去，对，倒过去就是了，"罗杰对托马斯·赫德森说，然后又回过头来关照戴维，"快点收线，赶紧趁它松线的机会把线收点回来。刚才这大家伙从那么深的水下蹿起来，必定能松出好长一段线，你正好趁这机会收点回来。"

还好，托马斯·赫德森的倒车打得快，向着鱼一下子靠了过去，这样绕线轮子上的钓线就没有继续再往外放了，此刻他看见戴维钓竿一起一落地绕线，这连环作业干得很是欢快，他把摇手柄摇得能有多快就有多快，很快，绕线轮子上的钓线就绕了厚厚一层。

"船要开得慢一些，"罗杰指挥着说，"可不能撞上它了。"

"我看这畜生准有千把磅重呢，"埃迪说，"趁线好收快快收啊，戴维老弟。"

就这么一会儿的工夫，那鱼刚才破水而出的地方，如今看着又是一片空阔平坦的海面了。只是有些浪花激起的一圈圈波纹不断地扩大。

"爸爸，你看见那鱼在蹿起来的当口儿掀起的浪头没有？"小汤姆掩饰不住激动地问他父亲，"那场面，真像整个大海炸开了似的。"

"就是它跃出了水面，我估计它是在一个劲儿地往上爬升呢，你看见没有，汤姆？那鱼体的颜色多么的蓝啊，还有那闪闪的银鳞如此灿烂，你以前见到过吗？"

"我看见它嘴上的那把剑也是蓝的，"小汤姆说，"整个儿鱼背也全是蓝的。你说它真有千把磅重吗，埃迪？"他扯起了嗓门问下面。

"我看准有。不过这事谁也打不了包票啊。反正那分量谁见了都应该感到挺吓人的了。"

"戴维，趁这会儿钓线好收，赶紧地把能收起来的都收起来，"罗杰对他说，"很好，你收得很不错。"

为了收回来浸在水里的大量散线，这会儿小家伙干得跟个机器一样，不停地重复收线的动作。船在托马斯·赫德森的掌舵下，倒得很慢很慢，几乎觉察不出任何动静。

"你看这鱼下一步会有什么动作呢，爸爸？"小汤姆问他父亲。托马斯·赫德森没有立刻回答，这会儿却在认真观察水里钓线倾斜的角度，他心里正琢磨着：要说保险的话，还应该把船往前开过点儿才是。但是他也知道要不把这线收回来吧，罗杰心里是绝不会踏实的。可是万一那大鱼一口气拼死冲出去的话，绕线轮子上的那点儿线很快就会被用完，那就肯定会被拉断了，所以罗杰现在是顶着风险在积蓄用线。托马斯·赫德森再顺着钓线看去，只见戴维的绕线轮子已经快绕满了半盘了，而且还在不断地回收着钓线。

"你刚才说什么？"托马斯·赫德森这才想起小汤姆刚在问他什么。

"我问你，觉得这鱼下一步会怎么样？"

"等等，汤姆，"他父亲这会儿已经顾不上回答了，赶紧招呼下边的罗杰说，"再这样只怕船要撞上那大家伙了呢，老弟。"

"那就只能减速前进了。"罗杰说。

"好的，减速前进。"托马斯·赫德森照样重复了一遍。这样一来戴维就没有那么多线可收了，但也因此减少了跟鱼相撞的危险。

可是刚过了没多久，钓线又开始往外拉了，罗杰立马朝上面喊："快把离合器脱开！"托马斯·赫德森立即照办，脱开了离合器，让引擎空转。

"已经脱开了。"他应了一句。罗杰还是在下边弯着腰，照看戴维。小家伙已经叉开了两腿稳在那儿，使劲拉住钓竿，即便如此，线还是悄悄地一直往外拉个不停。

"得把制动螺丝拧紧点儿，戴维，"罗杰说，"这下可不能就这么轻易地让它把线拉走，得让它费点神。"

"我是怕线被它拉断了。"戴维话虽这么说，可还是听罗杰的话把制动螺丝紧了紧。

"放心吧，拉不断的，"罗杰对他说，"只要不拧死，就肯定拉不断。"

线还在一点点往外拉，戴维手里的钓竿也弯得越发厉害了，只见小家伙的一双光脚板抵住了船尾的地板，他把身子死死挺紧，以此来顶住钓线那股拉力。不过并没有多久，那线就不再往外拉了。

"好的，趁这个机会，赶紧收些线上来，"罗杰对小家伙说，"那鱼现在是在跟我们兜圈子，它此刻正在朝里来。我们应该趁这个机会尽量收线，多收点儿线回来最保险。"

小家伙听着罗杰的指挥，落竿就绕，绕了几下又把钓竿一提，直一直，再放下接着绕。好几个来回不断重复之后，绕线轮子收回的线又很可观了。

"我这样干还可以吗？"他问。

"要我说啊，你干得还真不赖，"埃迪对他说，"刚才它蹿起来的时候我可算是看清楚了，那鱼钩扎得可真深呢，戴维。"

就在埃迪跟他说话的时候，小家伙一举竿，钓线却又往外拉了。

"可恶，真见鬼。"戴维说。

"不要紧的，"罗杰对他说，"就是这么个道理。此刻它又是在朝外去了，轮到它把线'收'回去了。就像刚才它向着你绕过来，你才收得一些钓线。"

戴维仍死死拉住那鱼，只觉得手里的线很紧很紧，紧得已经绷到了极点。线还在一点一点不断往外拉，汤姆看到刚才好不容易收上来的那点儿线，现在又统统叫那鱼给拉了回去，而且还多拉出了一些。终于，使尽全力的小家伙又把鱼拉住。

"准备好，接着跟它磨，"罗杰悄悄儿跟戴维说，"它跟咱在兜大圈子呢，不过此刻它又在朝里来了，咱的机会也来了。"

到了这个地步，如今托马斯·赫德森也只是偶尔才开动一下船机，是为了把那鱼始终甩在船后。他现在连小家伙的安危以及教他如何跟鱼斗智斗勇的事儿都顾不上了，他也很放心把这些都统统交给罗杰来处理，他能做的就是想尽一切办法用船的行动来配合戴维。照目前的情形来看，其实他也别无良策了。

到了下一回合，那鱼又往外多拉出了一些线。再下一回合，被它拉出的线还是有增无减。尽管和这鱼这么个你来我往地反反复复，小家伙的绕线轮子上仍然保有近半盘的线。毫无疑问，他还是非常坚定地、一丝不苟地跟鱼在较量，所以每次罗杰要他干些什么，他总能很好地完成任务。但是双方毕竟较量了这么久，不知鱼怎么样，反正他已经很累很累了，瞧他那黑黝黝的背上、肩上，留下了一摊摊汗水加海水晒干后的白花花的盐霜。

"已经有整整两个钟头了啊，"埃迪小声对罗杰说，"你脑袋没觉得怎么样吧，戴维？"

"没什么。"

"感觉疼吗？"

小家伙摇摇头。

"你得喝点儿水才行啊。"埃迪说。

戴维点了点头，安德鲁就立马把杯子凑到他嘴前，喂他喝了几口。

"戴维，你跟我说实话，感觉到底怎么样，还好吗？"罗杰弯下腰来，凑在他跟前问。

"还好。就是胳膊大腿加后背有点儿难受，别的什么都好。"他闭了会儿眼睛，一颠一跳的钓竿却始终紧紧抓在手里。虽然已经把绕线轮子上的制动螺丝拧得很紧了，从线却还在往外拉上看那鱼还在拼命往外游。

"我不想说话。"他说。

"好的，听我说，你现在又可以把线收点上来了。"罗杰刚一说完，疲劳的小家伙马上又干起了收线的活儿。

"看到没，戴维还真有圣徒的风范，殉道者的气概呢，"小汤姆对他父亲说，"像戴维这样顶呱呱的好兄弟，我同学里根本就没有谁达到这样的水平。哦，爸爸，这么个絮絮叨叨的我，你不嫌烦吧？都怪遇上这样的事，我心里那叫一个紧张啊。"

"没事儿，汤米，你有话就只管讲吧。要说担心，我们心里肯定都是有一点的。"

"你也知道啊，向来戴维就是个了不起的家伙，"小汤姆说，"他跟安迪不一样，他也不是什么天才，也没生就一块运动员的料，可他就是很了不起。我也知道你最爱他，或许这是理所当然的，因为他比我们俩都要强。我也明白像今天这种机会让他摔打摔打对他肯定是受益匪浅的，不然你也不会放手让他这样干了。我也相信他，不知为什么，可我心里还是觉得挺紧张的。"

托马斯·赫德森伸过手来搂住小汤姆的肩膀，一手掌舵，专注地望着船后。

"汤米呀，事情可没有你想的那么简单，你想啊，如果我让戴维中途打住的话，你能想象得出这对他的打击该有多大吗？好在捕鱼这行罗杰和埃迪都算是老行家了，我也知道他们都是极疼他的，所以，真要是他干不了的事，他们是绝不会让他干的。"

"可什么时候你见过他承认有自己干不了的事呢，爸爸。这话我可绝不是瞎说的。你就看着吧，他呀，就是他干不了的事他也照样会干的。"

"你就相信我吧，反正我是完全信得过罗杰和埃迪的。"

"好吧。现在我要开始为他祷告了，这是我目前能做的。"

"行，你就祷告吧，"托马斯·赫德森说，"不过，你说我最爱他，有什么根据吗？"

"我就觉得应该是这个理儿。"

"可是我明明爱你的年头最长啊，你得到的爱应该比任何一个的都要多啊。"

"好啦好啦，我们先不要谈我的事、你的事了。我们还是一起来为戴维祷告吧。"

"好吧，"托马斯·赫德森说，"啊，对了，我怎么忘了这茬儿呢！鱼儿上钩是晌午的事了。现在应该能有些阴凉地儿了。我想船上估计也已经有些阴凉地儿了吧。让我来把船轻轻转个向，想办法让戴维待在有阴凉地儿里。"托马斯·赫德森赶紧招呼下面的罗杰，把自己的想法告诉他："老罗，我想慢慢把船掉个头，这样能让戴维遮到点阴凉地儿，你觉得可行不可行？我寻思那鱼现在既然是这样兜圈子的话，我把船转个方向应该也没多大关系，不管它到底往哪儿跑，反正我们是盯着不放的。"

"好啊，你转吧，"罗杰说，"哎呀，这一点我怎么早没有想到呢。"

"早先根本没有阴凉地儿啊，直到这会儿才算有了一些。"托马斯·赫德森说。他以极慢的速度转动轮船，其实也就是以船尾为中心变了个角度，所以虽然进行了这样一番调整，线却并没有拉出去多少。把船调了个角度之后，果然舱面室后部投下了阴凉地儿，而且把戴维连头带肩膀都罩进去了。埃迪随即拿了一块毛巾在替他擦脖子和肩膀，还在他的后背和脖颈上抹了些酒精。

"感觉好些了吗，戴夫？"小汤姆在上面关心地问他。

"好多了，这下可真是舒服啦。"戴维说。

"是啊，这下我也总算觉得安心了些，"小汤姆说，"爸爸，你不知道，在学校里总有人说戴维跟我不是亲兄弟只是隔山兄弟，我就对这些家伙说，我们家才没什么隔山兄弟呢。话虽这么说，可我想想这些还是觉得挺心烦的。"

"等你们长大些自然就好了。"

"唉，生在我们这样的家庭里没有人觉得心烦那才叫奇怪呢，"小汤姆说，"不过要说我担心的人嘛，你现在已经用不着我再担心了。最担心的就是戴维。算了，不说了，我看我还是下去再为你们调两杯酒吧。而且一边调酒一边还可以祷告祷告。你想来一杯吗，爸爸？"

"好啊，我倒很想来一杯呢。"

"哈哈，估计最想喝的应该还是埃迪吧，怕是都快想死了呢，"小家伙说，"从鱼儿上钩到现在算算，已经有三个来钟头了。天哪，这三个钟头里埃迪那么喜欢喝酒的人总共才喝了一杯酒哎。瞧我这个人，做事多不到家啊。可是爸爸，你说戴维斯先生为什么不想喝呢？"

"我看戴维要是没结束这个，他是不会喝酒的。"

"现在戴维已经不再被太阳烤了呀，他说不定已经想喝了呢。反正我也去劝劝他看吧。"

说着小汤姆就下了驾驶台。

"我还不想喝，谢谢你，汤米。"托马斯·赫德森听见罗杰是这么说的。

"可是戴维斯先生，这一天来你还一杯都没喝过呢，我想你喝一杯解解乏吧。"小汤姆还在竭力地劝他。

"谢谢你了，汤米，"罗杰说，"那就请你喝一瓶啤酒，算是代我喝的，好吧。"然后他转而又开始招呼上面掌舵的："汤姆，前进速度稍微减低点儿。这一阵子那家伙还挺乖的。"

"好的，前进速度稍微减低点儿。"托马斯·赫德森也照说了一遍。

迄今为止，那鱼仍在深水里和他们兜圈子，但是它所兜的圈子是愈来愈小，走向也还是跟船的前进方向是一致的，这也是因为船就是按照鱼所要去的那个方向走的。现在会比较容易地看清钓线倾斜的角度。太阳已经渐渐落在了船的背后，这样一来，在黑黝黝的海水深处那钓线到底斜成什么样儿，就更容易看得真切了。没想到今天会僵持到了此刻，想着那条要对付的大鱼，托马斯·赫德森心里终于感觉踏实多了。他心里暗自庆幸，幸亏今天是个风平浪静的天儿啊，因为他知道海上要是稍微起些风浪的话，而钩子上套住这么一条大鱼可不是闹着玩儿的，戴维的那个日子肯定不会好过，他也不可能像现在这样还能吃得住。更何况现在戴维也已经不再挨烤了，海面依然风平浪静的，一点浪花也没有，他心里总算一块石头落了地。

"多谢你啦，汤米。"他听见埃迪在下边说，紧接着他就听见小家伙上驾驶台来了，手里端着仍旧垫了纸巾的酒杯。托马斯·赫德森接过酒杯尝了一口，感觉顿时满嘴清凉，这酒味里既有一丝丝酸橙的酸涩，又饱含着安古斯图拉苦味汁的芳香爽口，冰凉的椰子汁得了金酒的帮衬，越发显出其清淡，沁人心脾。

"爸爸，味道怎么样，行不行？"小家伙问。他自己手里拿着一瓶刚出冰箱的啤酒，太阳这么一晒，瓶子外面立刻挂满了水珠子。

"味儿挺够了，"他父亲对他说，"你这加的金酒不少吧。"

"金酒加少了不行呀，"小汤姆说，"这冰块化得可快了。要是能发明一种能够隔热的杯托就好了，好让加在酒里的冰块可以不那么快化掉。等回到学校以后，我一定要设计一个这样的发明出来。我觉得用软木做就可以了。说不定我还真可以做两个出来，并当作圣诞礼物送给你呢。"

"你看，戴夫现在多有精神呢。"他父亲说。

的确，戴维又一次铆足了劲儿开始对付那条大鱼了，那精神劲儿好似刚刚才投入战斗一样。

"单看他的身板儿吧，感觉是很瘦长的，"小汤姆说，"你看看他，胸脯并不壮，腰背也不厚。说真的，他整个儿看上去吧，就像是用木板条儿合起来的。可是他的臂肌那才叫一个发达，谁也别想与他相比。他还不止是手臂前部的肌肉发达，就连手臂后部的肌肉也一样发达，也就是我们平时说的肱二头肌和肱三头肌都发达。爸爸，你看他的体型是有那么点儿奇特吧？他这个小伙子奇特的地方还真有些亲切。像这样的好兄弟，我还能上哪儿找一个去？"

刚才小汤姆给调的酒，埃迪一口就喝了，此刻他又拿着毛巾在替戴维擦背。照例是擦完了背，再继续擦胸脯和那两条长长的胳膊。

"你还顶得住吧，戴维？"

戴维仍是点点头，没说话。

"我跟你说，"埃迪对他说，"我就见过一个人，人家可是个大老爷们儿，肩膀浑圆，那身子也挺壮实，可他还没干到你今天这么些活儿的一半呢，就打了退堂鼓。再看看你今天对付这么一条大鱼，干得真不简单呢，值得赞扬。"

戴维还是在跟鱼周旋，专心致志地瞅着钓线。

"那人你爹和罗杰也都认识，是个大个子，还受过专门的训练，说是钓了一辈子的鱼了。那天他和你今天一样，也是钓住了一条大鱼，那可是从来没有人钓到过的绝大的大鱼啊，结果呢，他心里一虚，认为这个鱼他拿不下来，终归是打了退堂鼓。你知道吗，是那么大的鱼吓得他心虚了、打了退堂鼓。今儿个你可说什么也不能动摇啊，戴维。"

戴维没有应声。他实在是不想说话，只顾忙着把钓竿不停地一提一落，尽可能多地绕线。

"依我看，这条贼鱼可是条雄鱼，所以才这么厉害，"埃迪对他说，"要是条雌鱼的话，早就不行啦。雌鱼要是这么折腾，早就肚子绷破，心脏崩裂，再不就鱼卵迸开了花。不知什么原因，别种鱼类都是雌的厉害，独有这种剑鱼不一样。这种鱼数雄的最厉害。瞧瞧这一条就挺厉害呢。不过没问题的，戴维，你准能抓到手的。"

埃迪刚说完，钓线又开始往外拉了。戴维的一双光脚死死抵住了地板，手里使劲拉住钓竿，他还趁此闭上了眼睛养养神。

"好，戴维，"埃迪说，"这就叫作忙里也要会偷闲。反正它这会儿是在跟咱兜圈子。好在有制动螺丝管着，你尽管歇会儿，剑鱼的力气不会少花，一刻不停，有它累的。"

说完，埃迪扭转了头瞅向舱里。从他眯缝着眼的模样，托马斯·赫德森就知道他是在瞧舱里墙上挂着的那架大铜钟。

"这会儿已经三点过五分了，罗杰，"他说，"戴维老弟呀，你已经跟它斗了足足有三个钟头又五分了。"

按说这当儿该轮到戴维收线了，可是线却还在不断地被拉出去。

"注意，这家伙又在往深水里钻了，"罗杰说，"注意啦，戴维。汤姆，你看得清钓线吗？"

"我这儿看得很清楚。"托马斯·赫德森回他说。托马斯·赫德森从驾驶台上望下去，眼下钓线倾斜的角度还不太陡，所以这钓线一直可以看到好深好深的水下。

"看来这大家伙想去死在海底里了，"托马斯·赫德森对大儿子说，他把嗓音压得很低很低，"实在不想那样做，那可就要坏了咱戴维的事了。"

小汤姆咬住嘴唇，摇了摇头。

"听我说，戴夫，你现在要尽量拉住它，"托马斯·赫德森听见罗杰说，"快把制动螺丝拧紧，能拧多紧就拧多紧。"

小家伙赶紧拼命地拧紧制动螺丝，紧得钓竿钓线都快要绷断了，然后他就咬紧牙关死命顶住，一副准备承受最大力气的样子。可是钓线还是一刻不停地在往外拉，往水里去。

"依我看，最后能不能胜利就看这一回了，"罗杰对戴维说，"汤姆，你把离合器脱开。"

"已经脱开啦，"托马斯·赫德森说，"不过我看可以略微往回倒一倒车，这样咱可以省好些线。"

"好，你试试看。"

"倒车啦。"托马斯·赫德森边说着，边倒车，果然省了些线，但是所剩也不多了，只见那绕线轮子上的剩线已经比刚才最少的时候还要少了。渐渐地，钓线就快变成直上直下了。

"我看戴维你得往外挪挪，到船艄上去，"罗杰说，"还有松一松制动螺丝，这样才能把钓竿把儿给拉出来。"

戴维立马把制动螺丝松了松。

"好，下一步就是把钓竿把儿在你的'把托'上插好。埃迪，你过来抱住戴维的腰，一定抱住。"

"哎呀糟糕，爸爸，"小汤姆说，"看这样子，这下那大家伙要一股脑儿把钓竿什么的要拉到海底里去了。"

戴维已经跪在了低低的船沿上，这会儿钓竿弯得连梢都没在水里了。好在他腰里绑着"把托"，钓竿把儿插在"把托"上的皮插座里。安德鲁则紧紧揪住了戴维的两脚。罗杰就跪在戴维的旁边，眼睛死死地盯着水里的线影和绕线轮子上仅剩的一点线尾巴瞧着。然而他冲着驾驶舱里的托马斯·赫德森摇了摇头。

眼看绕线轮子上的剩线已经不足二十码了，戴维早就被那大鱼给拉得弯下了身子，手里的钓竿已经有半截都没在水里。再过一会儿，绕线轮子上的线大概只剩十五码了。又过了一会儿，眼看剩线就不足十码了。好在这时候线终于不再往外拉了。可小家伙还是半个身子都俯出在船艄外，钓竿也还是有大半截没在水里，但是钓线已经稳住不再往外拉了。

"好了埃迪，你可以把他扶回去坐在椅子里了。"罗杰说，"别忙！别忙着抱那么快！你还是瞧着办好了，不要性急。他已经把鱼拉住了。"

埃迪刚才一直拦腰抱着小家伙，就是怕那鱼猛然牵动了线，把小家伙拉下水去。现在他把戴维扶回来重新坐在"斗鱼椅"里，小家伙被安顿好后，就把钓竿把儿在活动插座里一插，又开两腿摆好了姿势，抓住钓竿使劲往上拉。眼瞅着那鱼给拉起了点儿。

"你如果不打算收线，现在就不要使劲拉，"罗杰对戴维说，"其实你倒宁可让它拉着。自己抓紧间隙歇息歇息攒点劲，到真要跟它斗力气的时候再把力气使出来。"

"它反正是逃不出你的手掌心啦，戴维，"埃迪说，"所以你不用老是这样急着跟它干。你只管悠着点儿、慢慢儿来，这样才可以把它磨得筋疲力尽。"

为了跟船后的鱼加大一点距离，托马斯·赫德森轻轻把船往前开过一点。现在船后已经有了满满的一片阴凉地儿。船还在不断地向外海缓缓行去，海面上依然感觉不到一丝风浪。

"爸爸，"小汤姆唤他父亲说，"我刚才调酒的时候，无意中看了一眼戴维的脚，看到他脚上在出血呢。"

"那是因为要用力顶住地板，磨啊磨的给磨破的。"

"如果我拿个枕头去搁在那儿，有个东西垫着，照样也可以使劲顶住的，你看好不好？"

"你到下面先问问埃迪，看他怎么说，"托马斯·赫德森说，"可千万别去询问戴夫啊。"

眼看搏斗已快四个钟头了，船还在缓缓地向外海行去，戴维还在不断地把鱼往上提，罗杰现在接着按住那"斗鱼椅"的椅框。虽然戴维的劲头看起来比一个钟头前更足了，但是托马斯·赫德森看到他脚后跟上已经露出了一些血迹，在阳光下还是亮晶晶的，那是从脚板上淌下来的。

"你的脚怎么样啊，戴维，痛吗？"埃迪问。

"脚倒不痛，"戴维说，"就是两只手、两条胳膊加上脊背难受得很，我又毫无办法。"

"在你脚下安个垫子好不好？"

戴维摇了摇头。"这样我怕使不上劲呢，"他说，"本来脚下就有点黏糊糊的。再说脚也不痛。真的，一点也不痛。"

小汤姆又跑上驾驶台来，跟父亲说："我看他的脚底都快磨掉一层皮了。两只手也是，不但磨出了水泡，而且水泡全磨破了，真是不忍心看不下去。哎呀，爸爸，我实在不知道怎么好！"

"汤米，戴维现在的状况呢，就好比划着小舟面对急流却还得逆流而上。好比已经筋疲力尽了却还不得不继续登山爬坡，还得策马前进下不了鞍。"

"这些我都明白。可只能眼睁睁看着，自己又完全插不上手，帮不了忙呀，所以觉得好难过，那可到底是我自己的兄弟啊。"

"我能明白你的心情，汤米。不过小孩子家也都要经历这么一个必经的阶段，不经过这么一番摔打，可就一辈子也成长不了男子汉。我看现在戴夫就正处在这么个节骨眼儿上。"

"这些道理我都知道。可是刚才一看到他已经受伤的脚和手，我就不知道怎么好了。"

"这么说吧：如果这鱼落在你的手里了，但是罗杰或我不许你去把它逮住，你会心甘吗？"

"怎么可能心甘。只要我还有一口气，就非跟它斗到底不可。可眼下处在这个位置上的是戴维，我却只能眼睁睁看着，心里的味道那就是不一样嘛。"

"所以啊，我们更应多多考虑的是他的心情怎么样，"他父亲对他说，"我们最应当考虑的就是对他来说到底什么最重要。"

"这我又怎么会不懂呢，"小汤姆无可奈何地说，"只是对我来说那好歹是我的兄弟戴维呀。这样残酷的磨炼我实在看得心里像刀割一样，自己的兄弟要是能免受这样的磨难该有多好啊。"

"我又何尝不是这么希望，"托马斯·赫德森说，"我的好孩子，汤米，你的心地真是太善良了。不过我要请你理解清楚：我会这么让戴维一直干下去，是因为我知道他今天要是能捕到这条鱼的话，那他收获的可不仅仅是这一条大鱼，在他的内心会长出一种力量，并且这种力量会伴随他一辈子，以后的生活中要是遇上其他的磨难，他也会比较容易地对付了。"

就在这时候他们听见埃迪开了口。原来他刚又回过身去，看舱里的挂钟已经几点了。

"整整四个钟头了哟，罗杰，"他是这么说的，"你得喝点水了，戴维。这会儿感觉怎么样？"

"很好。"戴维说。

"有了，我还是去做些比较实在的事情吧，这样我的心才能稳住一些，"小汤姆说，"我得再去给埃迪倒杯酒。你要不要也来一杯，爸爸？"

"不了。这一次我就不喝了。"托马斯·赫德森回答。

小汤姆下去后，托马斯·赫德森就又专注地看着戴维。看得出戴维是显然悠着劲儿在干，显得挺累的，不过还是在干个不停也不愿停，他看见罗杰弯下了腰跟他悄声说了些什么。埃迪这会儿跑到了船艄的边沿，趴在那里观察水下钓线倾斜的角度。托马斯·赫德森倒不由得琢磨了起来：那剑鱼在深水里游着又该是怎么个景象呢？肯定是黑乎乎的，那是没话说，不过鱼类指不定自有一副好眼力呢。而且，那深水里肯定还是冰凉的。

他又想：也不知那鱼是单个儿一条在跟我们搏斗呢，还是有另外一条鱼一直陪着它在游？虽然第二条鱼的影子他们至今还没有看到过，可那也并不能证明这鱼就一定是单个儿一条的。或许在那黑乎乎的冰凉世界里，它也不是孤军奋战，还有另一条鱼跟它并肩作战呢。

还有一点让托马斯·赫德森捉摸不透的是：那鱼最后一次下潜，已经扎得那么深了，为什么它又突然打住了呢？是因为它的下潜深度已经达到极限了，就像飞机在爬升过程中也有个绝对升限一样呢，还是说是因为钓竿弯度一大拉起来就吃力，制动螺丝又把钓线卡得那么紧，而且钓线在水里还有个大摩擦的阻力，所以那鱼终归还是泄气了，只能忍气吞声的，先顺势游着？只要戴维提一提钓线，它就往上浮起那么一点儿，它肯这么乖乖地浮上来，也许只是因为被拉紧了不好受，想减轻些压力吧？托马斯·赫德森觉得情况很可能就是他推断的这样，照这样的假设，如果那鱼并没有伤得严重的话，戴维对付它估计还是相当棘手的呢。

这次小汤姆把埃迪自己的那瓶酒给他送去了，埃迪拿过瓶子美美地喝了好大一口，又让小汤姆继续把酒冰在鱼饵箱里，"藏在那里要取也方便，"他还说，"如果戴维还得跟这条鱼好好斗上一番，我看我不会变成个酒鬼才怪呢。"

"没问题，你什么时候想喝了，我就赶紧给你送来。"安德鲁说。

"不行不行，我想喝你就送来那哪儿行啊，"埃迪对他说，"你得等我开口，请你拿来的时候你再拿来啊。"

小汤姆又回到了托马斯·赫德森的身边，爷儿俩一起往底下瞧：只见埃迪俯倒了身子，仔细打量戴维的眼神，罗杰则按住了椅子，察看钓线的动静。

"你听我跟你说啊，戴维，"埃迪非常认真地盯住了小家伙的面孔，"现在你手上脚上的这些伤都算不了什么。疼是肯定疼的，样子嘛，也的确很看不得，不过这些都没有什么要紧的。渔家人的手脚从来都是伤痕很多的，而且下一回再来的时候，你也就更经得起这些考验了。只是你那颗脑袋瓜子，真的没事吗？"

"好得很呢。"戴维说。

"那就好，愿上帝保佑你，跟这狗娘养的大鱼斗下去吧，因为要不了多久我们就可以把它拉上来了。"

"戴维，"罗杰冲着小家伙说，"时间太长了，要不要我来，替你把它给拉上来？"

戴维摇了摇头，甩得跟拨浪鼓似的。

"现在你下来也不算是打退堂鼓，"罗杰说，"这叫通情达理。我可以替你拉上来，你爸爸替你拉上来也可以。"

"难道我有什么地方干得不对？"戴维愤愤地问。

"没有的事。你干得简直没得说。"

"我干吗要半途而废呢，这条鱼很快就到手了！"

"这大家伙已经让你够受的了，戴维，"罗杰说，"我是不希望你受到什么伤害。"

"可我让它嘴巴里吞了个钩子，哼，"戴维说话的声音都有些颤抖了，"不是它弄得我够受，是我让它尝到了厉害。这狗娘养的！"

"行，你就痛痛快快骂吧，戴夫。"罗杰对他说。

"这狗娘养的浑蛋！这狗娘养的臭大个！"

"你们看，他快要哭了呢，"已经跑上驾驶台来站在父兄身边的安德鲁说，"他就是怕哭出来，又激动，所以才这么虚张声势的。"

"你给我闭嘴，大骑士。"小汤姆说。

"我今儿就是死在它手里我也不怕，这狗娘养的臭大个，"戴维说，"不，不对不对！我其实并不恨它我还爱它呢。"

"行啦，你快少说两句吧，"埃迪对戴维说，"你有这说话的力气，还不如省着对付它呢。"

埃迪瞅了瞅罗杰，罗杰耸了耸肩膀，表示他也没办法，被弄得莫名其妙的。

"听着，戴维，我要是再看见你这么激动，这鱼我可就不许你再钓下去啦。"埃迪说。

"我其实一直就是这么激动的，"戴维说，"只是因为我从来不说，所以你们都不知道。就说这会儿吧，我这心里也不是刚才那么的激动，刚才不过是一口气哇啦哇啦都说出来罢了。"

"那你就快别说话了，赶紧歇会儿，"埃迪说，"只要你别激动，不大声嚷嚷，我们就有力气可以跟它一直耗下去。"

"是的，我决心奉陪到底，"戴维说，"对不起，我刚才不该这么骂它。我并不是存心要羞辱它。其实我是真心觉得，它倒是天底下头一号的好东西。"

"安迪，快去给我把那瓶纯酒精拿来，"埃迪喊，"我得好好给他擦擦肩臂和腿，酒精会让他的肌肉放松放松，"他对罗杰说，"这会儿我可不敢再用冰水来擦了，弄得不好是要抽筋的。"

他又瞅了瞅船舱里，说："这下可有整整五个半钟头啦，罗杰。"然后又回过头来问戴维："现在不会热得那么难受了吧，戴维？"

小家伙没有说话，只是摇摇头，表示自己已经不热了。

"好在我最担心的正午时分都已经熬过来了，那可是当空直照的大毒日头，"埃迪说，"现在你也就不会再有什么事了，戴维。你千万不能着急，咱们就慢慢儿地来收拾这条大鱼。反正到不了天黑，总能把它给收拾了。"

戴维点了点头。

"爸爸，像戴维这样跟鱼搏斗的紧张场面，你以前碰到过吗？"小汤姆问。

"嗯，碰到过。"托马斯·赫德森告诉他说。

"很多吗？"

"哪儿能啊，汤米。在这道湾流里，的确有些鱼够凶狠的。不过也有一些鱼，尽管大得出奇，捕起来却挺容易，不费什么功夫。"

"为什么那些大鱼捕起来反倒容易呢？"

"我想可能是因为这些鱼年岁也大了吧，长得又肥肥的。还有一些呢，依我看本来就已经老得快要死了，这种鱼捕起来自然就容易。不过也有一些大得拔尖儿的就像今天戴维碰到的这个，一直到死都还在不停地蹦跳呢。"

天色已经接近傍晚，四下里也已经好久没有见到过往的船只。可见他们已经出海很远了，照目前方位来看，这应该是在本岛和大艾萨克灯塔之间。

"现在再提一次试试看，戴维。"罗杰说。

小家伙又一次弓起背，又开两脚蹬紧，把钓竿使劲往上提。这一回那钓竿可不再像之前那样一动不动了，慢慢地居然提了起来。

"瞧，现在你把它拉上来了，"罗杰说，"快把这段线收好了，赶紧再提一次试试。"

小家伙再一举竿，又收回了一些线。

"好样的，这家伙正在浮上来了，"罗杰对戴维说，"现在就稳扎稳打跟它磨下去吧。"

戴维又像机器一样开工了，其实已经到了这会儿，更确切些说，他是个筋疲力尽的孩子，只是还学着个机器的样子在拼命罢了。

"好嘞，是时候了，"罗杰说，"果然这家伙慢慢浮上来了。汤姆，把船往前开走一点。要是能行的话，我们就打算在左舷把它给拉上来了。"

"好的，往前开走一点。"掌舵的托马斯·赫德森照说了一遍。

"具体的你看着办好了，"罗杰说，"反正我们只求能方便地把鱼拉上来，首先让埃迪用手钩把它提上来，我们再拿套索去把它拴住防止逃跑。我来负责收接钩绳。汤米，一会儿我在收接钩绳的时候，你就赶快过来把这椅子按住，同时还要注意着点，一定别让钓线缠住了钓竿。钓线千万不能绕乱了，万一我一时没能抓住的话，咱还得把鱼放一放。安迪，你过来听候埃迪的使唤，他要什么你就给他拿什么，套索啦，棍棒啦，随时都准备好拿给他。"

如今很清楚地知道，也能看见那鱼可是在一个劲儿地往上浮了，戴维也像在抽水似的，一直在上下忙个不停。

"汤姆，要不你还是下来，就在下面把舵吧。"罗杰朝着上面喊了一声。

"我正打算下来呢。"托马斯·赫德森对他说。

"那敢情好，"罗杰说，"戴维呀，有一点你必须牢牢掌握：如果那鱼想跑，而我一时又抓不住它，那你一定要把钓竿高高举起，不能叫钓线什么的把自己给缠住了。一旦看我抓住了接钩绳，你就赶快要松开制动螺丝。"

"线可要绕齐啊，"埃迪补充说，"切忌把线绕得纠结在一起，戴维。"

托马斯·赫德森从驾驶台下了螺旋扶梯来到后舱，接下来他就改在那里把舵驾驶。在后舱里把舵，自然比不上在驾驶台上那样，能很方便很好地观察水下，但是好处就是如果有什么紧急情况的话更便于照应了，最起码也方便传话了。在托马斯·赫德森看来，已经在驾驶台上居高临下望了好几个钟头，如今却一下子身处跟现场同一个高度，那感觉真是有些异样。就好比从包厢里来到了舞台上，或是来到了拳击台边的前排座上，来到了跑马场的栏杆外。在这儿看着大伙儿，好像一下子大了许多的感觉，也近了许多，个个都像被一下子拔高的，不再矮半截了。

他这才看见小汤姆所说的伤：戴维手上血迹斑斑，脚上也还在淌血，看上去就像抹了红漆。他还注意到，绑在小家伙背上的保险带，已经在他背上勒出了一道道血印。现在到了这样的紧要关头，小家伙每次使劲一提竿，最后总要甩一下头，那一脸的神气简直就像把命都豁出去了也无所谓似的。托马斯·赫德森朝船舱里不由得一望,钟表上还差十分钟就六点了。如今到了后舱,海面近在眼前,何况他又是站在阴凉地儿里看海,所以感觉这海看上去可真是大不一样。从戴维弯弯的钓竿上挂下来的白线,斜斜地没入黑乎乎的水中,钓竿始终不停地在那儿一起一落。埃迪此刻就跪在船艄的边沿,手钩被紧紧握在那满是雀斑加色斑的手里,他两眼直瞅着近乎紫红色的海水,正努力想把鱼影看清。托马斯·赫德森看见手钩柄上拴着绳索,绳索的一头已经牢牢地系在船尾的起重柱上。他的目光在搜罗了一圈之后又收了回来,又落在戴维身上,瞅瞅他的脊背,瞅瞅他叉开的双腿,再瞅瞅他握着钓竿的长长的胳膊。

"能看见鱼影吗,埃迪?"罗杰按住了椅子问。

"现在还看不见呢。戴维,一定稳扎稳打地跟它顶下去呀。"

戴维就一直干着他那套一提、一放加绕线的动作三部曲,没停一下。每转一次轮子就能绕上好大一圈线,如今绕线轮子上已经绕了厚厚的一叠线了。

又转一次轮子后,忽然那鱼半晌没有动静,随即钓竿就开始向水面弯了下去,钓线又开始被往外拉了。

"你们看,怎么又来啦,怎么又来啦?"戴维说。

"这有啥奇怪的,"埃迪说,"保不齐它还会干出些什么来呢。"

或许这鱼的耐性变差了,也就往外拉了那么一小会儿,戴维就又慢慢提了起来,尽管感觉到那竿头上的分量很重。可是一旦慢慢提了起来,线就又照样可以往回收了,这回收线还跟原先一样,比较轻松也比较顺畅。

"看吧,它只顶了那么一下,就顶不下去了。"埃迪一边说着,一边把旧毡帽推在后脑勺上,眯起了眼睛,继续朝深紫色清澈的海水里瞅去。

"我看见它了。"他说。

听见这话，托马斯·赫德森立马就放开了舵轮，来到船后也跟着往海里看。果真，那鱼的身影终于出现在了船后的深水里，因为水还很深，所以鱼看上去小小的，似乎还缩得短短的。可是就在托马斯·赫德森瞅它时，这不大一会儿工夫里，只觉得它一直在不断变大、变大。虽不像飞机向你飞来那样一下子就大了许多，但真的是一点儿也不含糊地、一直在不断变大、变大。

托马斯·赫德森走到戴维身边，紧紧地搂了搂他的肩膀，就又去把舵了。不一会儿，他就听见安德鲁在那儿大声嚷嚷："哎哟，大家快看快看！"这一回虽然他就在后舱里，也能清楚地看见船后远处深水里的鱼影。现在看上去，那鱼是褐色的，比他刚才看到的明显长了许多，也大了许多。

"保持原位不动！"罗杰头也没回地大喊了一声。托马斯·赫德森立马回应："保持原位不动。"

"哎呀乖乖，你们快瞧呀快瞧呀！"连小汤姆也兴奋地叫了起来。

直到这会儿，那鱼终于露出了自个儿的庐山真面目，托马斯·赫德森也心生感叹，他这辈子还从来没有见到过这么大的剑鱼呢。如今再来看那巨大的鱼身，已经不是褐色的了，而是遍体上下一片青紫。不过它在船后游得很慢，但是很稳，它行进的方向是跟船行方向一致的，就在戴维的右侧。

"好样的，戴维，让它一直跟过来，"罗杰说，"这样跟过来正好我可以手到擒来，一定可以。"

"往前开过一点。"罗杰又发出一声指令，眼睛一动不动地盯着大鱼，他应当是在寻找机会。

"往前开过一点。"托马斯·赫德森随即应了一声。

"可要把线给绕齐了啊。"埃迪对戴维说。这会儿托马斯·赫德森已经看见接钩绳上的转环浮出了水面。

"再往前开过一点。"罗杰又大喊一声。

"再往前开过一点。"托马斯·赫德森一边复述着，眼睛也一边紧紧地盯着那鱼，他看准了鱼来的方向后，然后把船尾慢慢靠过去。事到如今，他已经看清了整条鱼的全身：真是好大的一条鱼啊，遍体青紫，剑嘴又大又阔地向着前方指着，锋利的背鳍就嵌在它宽广的肩上，瞧瞧它那巨大的尾巴，甚至连摆都不用摆的，就推动着身子一路游了过来。

"还得再往前开过一点点。"罗杰说。

"再往前开过一点点。"

现在，只要他一伸手就可以抓住接钩绳。

"要下手了哟，你准备好了吗，埃迪？"罗杰问。

"全好了，来吧。"埃迪说。

"注意啦，汤姆。"罗杰说着就探出了身去，而且一把抓住了用钢丝做的接钩绳。

"快松开制动螺丝，"他这是对戴维说的，他自己则死死抓着那粗钢丝绳往上拉，把鱼慢慢提起来。他打算拖近点儿，以便让埃迪用手钩去钩。

乖乖，瞅着那快出水面的鱼，看上去真是有一根漂在水里的大圆木那么长、那么粗呢。戴维一直盯着它看，只时不时地抬眼望望钓竿尖上，生怕钓线缠住了钓竿。已经跟它搏斗了六个钟头的戴维，才第一次感到从两臂两腿到脊背不再是紧绷绷的了，托马斯·赫德森却看到他腿上的肌肉都在抽搐、在抖动。埃迪和罗杰各司其职，一个手提着手钩探出了身子，一个则在快速地收绳，显得沉着而又干练。

"我看这家伙早超了千把磅重呢，"埃迪说，随即又在罗杰耳边悄悄咕哝了一句，"老兄呀，麻烦来了，连接鱼钩的绳子好像是要断了哟。"

"你现在够得着吗？"罗杰问他。

"就是还够不着呢，"埃迪说，"你试着把它再拉过一点来，动作一定要轻轻儿的，轻轻儿的。"

罗杰就继续往上提钢丝绳，那大鱼也就一点一点浮上水面，向船边靠来。

"你看，绳子上给咬得净是口子呀，"埃迪说，"整个儿就快断啦。"

"怎么样，你现在够得着了吗?"罗杰问他，口气依然冷静、沉着。

"还是差点儿。"埃迪的回答也是一样沉住了气。罗杰尽量把手脚放得丝线般细细轻轻的，正这样一点点提着，忽然只见他身子往后一仰，他双手只觉得拉了个空，原来手里就只剩下根断了头的接钩绳，别的啥也没抓住呀。

"糟啦！糟啦！完蛋啦！我的上帝呀，怎么能这样啊！"小汤姆已经叫了起来。

可是埃迪这会儿已经提着手钩向水里扑去了。他一不做二不休，索性下到水里，心想要是够得着那鱼的话，拿手钩去扎它估计是最有效的。

尽管这样，可还是不行了。那大鱼起先还犹如一只深紫色的大鸟，在水下静静浮着，后来就慢慢开始往下沉了。大家也都只能眼睁睁地看着它，渐渐地沉下去，一点点变小、变小，最后终于小到再也看不见了。

埃迪的帽子在水面上还静静地漂浮着，在水里的他紧紧抓住了手钩柄不放。那手钩上拴着绳子，另一头已牢牢绑在船尾的起重柱上。这会儿罗杰已经一把搂住了戴维，虽然托马斯·赫德森看见戴维的肩头抖得厉害，但他由着罗杰去操心戴维的事儿了。他赶紧吩咐小汤姆说："快去拿梯子来，咱们救埃迪上船。安迪，你去把戴维的钓竿上的接钩绳解下。"

过了一会儿，罗杰从椅子里扶起戴维，将他抱到后舱右手边的铺位上躺下，胳膊一直被戴维搂着不放开。最后小家伙就那样直挺挺地倒在铺位上。

埃迪也浑身湿淋淋地被拉上船来了。他赶紧把湿衣服脱下，安德鲁趴在船边儿拿手钩把埃迪的帽子也捞了上来。托马斯·赫德森赶紧去船舱里替埃迪拿来一件干净衬衫、一条劳动布裤子，同时他给戴维也拿了一件衬衫、一条短裤。他心里对自己感到有些意外的是，大鱼跑掉之后，自己对戴维除了一片爱怜以外，心里竟没有一点别的感情。也许是因为经过了这一番长时间的搏斗，别的感情不知道统统消失在何方了。

他从船舱里上来的时候，戴维已经脱光了衣服趴在铺位上，还是面孔朝下，罗杰正在给他全身上下擦酒精。

"肩背，还有屁股，擦上去都好疼哦，"戴维说，"请手下轻点儿吧，戴维斯先生。"

"那怎么能不疼呢，有的地方皮儿都擦掉了，"埃迪对他说，"让你爸爸来给你手上脚上擦些红药水吧。擦红药水不疼的。"

"戴维，给你衬衫，快穿上，"托马斯·赫德森说，"可别着凉了。汤米，你拿一条最薄的毯子来给他披上。"

小家伙背上确实有好几处都被保险带擦破了皮，托马斯·赫德森给他轻轻地擦上红药水，还帮他把衬衫也穿上了。

"瞧，我现在挺好的是不？"戴维的口气听着板板的，"爸爸，给我来一瓶可口可乐，好吗？"

"好啊，"托马斯·赫德森对他说，"你等着，一会儿埃迪再给你做碗汤来。"

"可我肚子不饿呀，"戴维说，"现在还不想吃什么东西。"

"那就等一会儿再吃。"托马斯·赫德森说。

"我能够体会你的心情，戴夫。"安德鲁把可口可乐拿了过来，这么跟戴夫说。

"谁也体会不了我的心情的。"戴维淡淡地回了一句。

托马斯·赫德森把罗经航向给了大儿子，让他负责驾船返航回岛上去。

"汤米，听着，把机速调到三百，"他说，"等天黑我们看到灯塔后，到那时候我再来给你修正航向。"

"还是请你随时来给我修正修正吧，爸爸。你现在是不是也像我这样心里真觉得好难过？"

"这种事情也是没法子避免的啊。"

"我知道，埃迪也是尽了最大的努力的，"小汤姆说，"在这样茫茫的大海上，为了抓一条鱼而跳海，可不是谁都想干的。"

"是啊，差一点埃迪就抓住那鱼了，"他父亲对他说，"不过即使手钩真要是扎上了这条大鱼，他想要在海水里连手钩带大鱼拖过来，也真是够呛呢。"

"可我相信埃迪肯定有办法对付的，"小汤姆说，"你看我调的这机速对吗？"

"这个，其实可以用耳朵来听，"他父亲对他说，"不一定非得看转速表的。"

托马斯·赫德森再次来到戴维的床铺跟前，坐在一边儿。戴维身上裹着一床薄毯子，埃迪正在给他按摩双手，脚上是罗杰在给他按摩。

"嘿，爸爸。"他瞅了一眼托马斯·赫德森，打了个招呼，眼光转了过去强忍着泪花。

"戴维，我是真替你可惜，"他父亲说，"今天你跟大鱼搏斗，表现得真是太勇敢了，就我见过的人里面，恐怕还没有能比得过你的。依我看啊，罗杰比不上你，谁也比不上你。"

"多谢你这么夸我，爸爸。不过就请你不要再说这件事了吧。"

"那你现在想吃点什么吗，戴维？"

"有可口可乐的话请再给我来一瓶吧。"戴维说。

鱼饵箱的冰块里正好冰着一瓶可口可乐，托马斯·赫德森见了就开了瓶，回到戴维身边递给他。这会儿埃迪已经把小家伙的一只手按摩好了，他就伸手接过来喝。

"我做的汤现在正热着呢，马上就好，"埃迪说，"汤姆，你吃辣椒牛肉末可好？海螺沙拉也还有些现成的。"

"那是再好不过了，就热一些辣椒牛肉末吧，"托马斯·赫德森说，"我们好像自打吃了早饭到现在都还没有吃过一点东西呢。你瞧罗杰，这一天下来连酒都还没有喝过一滴。"

"没有的事，刚刚我已经喝了一瓶啤酒了。"罗杰说。

"埃迪，"戴维趴在床上问，"你说那鱼到底能有多重呢？"

"至少得在一千磅以上。"埃迪语气很肯定地告诉他说。

"那你也敢往海里跳啊，真不知该怎么感谢你才好啊，"戴维说，"真的，该怎么感谢你才好啊，埃迪。"

"嘿，这有什么，你这孩子，"埃迪说，"都到了这个节骨眼儿上，不跳又能怎么样呢？"

"爸爸，你说这鱼真有一千磅重吗？"戴维转过来问他父亲。

"那是肯定有的，"托马斯·赫德森说，"我这辈子还从来没有见到过这么大的鱼，甭说剑鱼了，就连马林鱼都没有。"

太阳已经慢慢西沉，他们的船正疾驶在回家的海面上，就连机器都转得那叫一个欢快。这同样的路程，来时慢慢儿走了好几个钟头，回去时却感觉像在飞一样。

安德鲁这时也过来了，坐在那大床铺的边儿上。

"哈喽，大骑士。"戴维主动招呼他说。

"你说，这鱼真要是让你给逮住了，"安德鲁说，"我说你就成了天下第一小名人了呀。"

"出名我是没想要，"戴维说，"倒是出名的是你，放心吧，啊。"

"那当然，我是小名人的同胞弟兄，当然也会跟着出名啦，"安德鲁说，"我说真的呢，不是跟你们说着玩儿。"

"照这么说的话，我作为你的朋友，那我不得出名啦。"罗杰对他说。

"还有我，船是我开的，我也该出名吧，"托马斯·赫德森说，"对了，埃迪也会出名的，他都是用手钩去扎鱼的嘛。"

"那是，埃迪这个名是非出不可的，"安德鲁说，"汤米送酒有功，出名也该有他的份儿。在咱们昏天黑地地跟这条鱼搏斗的好几个钟头里，汤米可是不间断地时不时地在送酒。"

"那条鱼呢？它也该扬名天下吧？"戴维问。看他现在应该是又恢复常态了，至少说话已经看着正常的与平时一般无二了。

"那还用说，这头一个出名的就该是它，"安德鲁说，"它就应该永垂不朽。"

"但愿它沉下去以后，不至于有什么好歹才好，"戴维说，"我真希望它能平安无事。"

"我相信它不会有什么大问题的，"罗杰对他说，"就凭它吞了鱼钩还有这么股拼劲，我就相信它会没事儿的。"

"其实这里边有个道理，我改天再告诉你们好了。"戴维说。

"现在就说嘛，干吗要改天呢。"安迪恳求他。

"我现在有点累了，再说，你们听了这话会觉得有些荒唐。"

"你快点说嘛。就说给我们听听吧。"安德鲁说。

"可我真不知道是说好呢还是不说好。我该不该说呢，爸爸？"

"说吧，没事儿。"托马斯·赫德森说。

"那好吧，"戴维开始说话的时候，紧紧闭上了眼睛，"不瞒你们说，在我支撑到最艰难的时刻，那会儿人已经筋疲力尽到了极点，心里都变得迷迷糊糊的，就连哪一方是它、哪一方是我都有些分不清了。"

"这我能理解。"罗杰肯定地说。

"也就是从那一刻起，我感觉到了自己对它的爱，甚至爱它超过了世上的一切。"

"你是说你爱它?"安德鲁问。

"是啊,我真的是爱它。"

"稀奇!真稀奇!"安德鲁说,"我真是不能理解你。"

"到后来看到它浮上水面来了,我对它的那份爱更像是沸腾了一样,那是连我自己都抑制不住的,"戴维依然闭紧了眼睛在说,"我在心里面不时地对它说,我简直什么都可以不要,只求它能快快靠过来,靠过来,让我看一看。"

"你说的我完全理解。"罗杰依然肯定地说。

"所以,我现在虽然丢了它,却一点也不觉得难过,"戴维说,"至于它是否大到破纪录,我也不稀罕。我只觉得自己很爱它。但愿它能平安无事就好,但愿我能平安无事就好。我们自始至终都不是对头冤家。"

"说得很好,你的领悟能力也得到了锻炼。"托马斯·赫德森说。

"还有戴维斯先生,我对你真是感激不尽,在我刚丢了那条大鱼的时候,多谢你跟我说了那一番话。"说到最后,戴维依然紧闭着眼睛没有睁开过。

托马斯·赫德森却始终不知道,在当时那种情况下,罗杰到底跟他说了些什么他才如此坦然。

# 第十章

那天晚上的空气，在起风以前一直平静得让人感到些许沉重。当其他人都已沉沉地睡去，托马斯·赫德森却没有一点睡意，坐在椅子里的他心想看看书吧，就随手拿了本书，看着看着眼睛倦了正好睡去。可是尽管手里捧着书却又怎么都看不下去，那是因为白天的事儿还一直在他脑海里浮现。不想还好，从头到尾一一想过来之后，他越想越觉得三个孩子里除了小汤姆以外，他跟另外两个似乎已经无法沟通，或者更准确地说，是他已经跟那两个孩子有了很大的距离。

戴维最后是让罗杰给拉走的。说真的，他特别希望戴维能从罗杰身上多多少少学到些东西，虽然罗杰这家伙生活上疙疙瘩瘩，事业上一直坎坎坷坷，可他真干点事情还是相当出色、绝对可靠的。再有就是在托马斯·赫德森的心中，戴维始终是个难以解开的谜。尽管他对这个儿子倍加珍爱，却始终感觉他就是个谜。倒是罗杰，对戴维的了解要比他这个生身父亲对儿子的了解多得多。所以，既然他们两个能如此相知，他心里倒也感觉很欣慰，只是一旦细细深想到了这里，却是在今晚无端平添了几分寂寞。

紧接着，他还想到了就是安德鲁的那一番表现，今天让他感觉很不舒服。尽管他也知道，安德鲁毕竟还只是个毛孩子，安德鲁也就是安德鲁的样儿，更何况他也没干什么坏事儿，所以不能因为他的一些表现就指责他，这是不公道的。再说了，要论表现他也还算是很不错的咧。不过托马斯·赫德森却始终觉得，安德鲁身上似乎总有点儿什么让人感到不大放心。

可他转念又一想：我干吗要这样乱想一气自己心爱的人啊，这也真够不像话的，可见自己是有多自私吧。何必非要这样细加剖析他们，还吹毛求疵，把谁都看得一无是处呢？不是应该好好记住这一天的吗？于是他命令自己说：别在这儿瞎想了，赶快睡去吧，一定要想法子睡着，别的什么都不去想了。明早太阳照常升起，你的日子也将照常地过。想想吧，这个暑假孩子们能待在你身边的日子已经所剩不多了。你记住，你得让他们过得更快活，这就挺好的。想到这里，他在心里说：是啊，对小家伙们，我是尽了心的，真是很尽心的，即使是对罗杰，我也是对得起了。而且再一想：不但他们在这儿过得很快活，我自己不也是感到非常快活吗？是啊是啊，真是快活得很。不过他仍然觉得今天无来由地有点什么，使他感到了一丝惶恐。是什么呢？再细细一想：可不嘛，可不每天都是这样，总好像感觉有点什么使人感到一丝莫名的惶恐嘛。得了，真的别想了，还是快去睡吧，希望现在睡下去，一觉就睡到了大天亮。记着，明天又是新的一天，还得让他们一天都快快活活的。

夜里开始刮起了一股强劲的西南大风，天快亮时才渐渐减弱，但至少也是七八级的风力。在这样的大风下，棕榈树早就被吹弯了腰，屋里都是百叶窗磕碰个不停的声音，满屋子飞舞着被吹散的纸，从屋里望向远处，海滩边只瞅见一排排的冲天白浪。

今天早上又是托马斯·赫德森独自一人下楼吃早饭，他下楼的时候罗杰已经不在屋里了，小家伙们又都还在继续熟睡，他就趁着这会儿的工夫，看看大陆的来信。信是由每星期来岛上一次的渡轮带来的，渡轮还给岛上运来了、生活用品，有肉、新鲜蔬菜、汽油等。风依然很大，托马斯·赫德森每看完一封信，都得用咖啡杯来把它压在桌上防止被吹散。

"要不要把门给关上吧？"约瑟夫问。

"现在还不用。屋里真被吹得一塌糊涂的时候，再关也不迟。"

"罗杰先生还那样，一早就到海滩上散步去了，"约瑟夫说，"是朝出海的那个方向走的。"

托马斯·赫德森听着，还是继续看他的信。

"这是报纸，"约瑟夫说，"我已经把压皱的地方都熨平了。"

"谢谢你，约瑟夫。"

"汤姆先生，那条大鱼的事是真的吗？埃迪告诉我的那些，都是真的吗？"

"他都跟你说什么来着？"

"说那条鱼大到谁都没有见过，最后居然给钓了上来，连手钩都扎得着了。"

"这是真的。"

"哎呀呀，我的老天乖乖！你看看，要不是来了渡轮，我得留在家里接应渡轮运来的冰块蔬菜什么的，我也早就去了。我一定一个猛子扎下去，非把它给拉上来不可。"

"是啊，最后埃迪就跳下水了。"托马斯·赫德森说。

"是吗？他怎么没告诉我这个。"约瑟夫顿时有点儿泄气。

"请再给我来点咖啡吧，约瑟夫，还有巴婆果也再来一片。"托马斯·赫德森说。一早起来他本来就觉得肚子饿了，再加上风这么呼呼地吹，胃口显得就更好了。"这次渡轮上送熏肉来了吗？"

"我来看看，应该是有的吧，"约瑟夫说，"感觉你今天早上的胃口可真好啊。"

"请让埃迪今天过来一趟吧。"

"埃迪他回家治眼伤去了。"

"怎么了？他的眼睛怎么啦？"

"还不是挨了人家的拳头呗。"

一提到这挨拳头的缘故，托马斯·赫德森心里或多或少就有点儿谱了。

"除了眼睛，还伤着别处了吗？"

"他这回可是让人揍得够呛，"约瑟夫说，"人家都不信他的，他在好几家酒吧里都是这样。他讲的那一套人家说啥也不信。唉，你说这有啥办法呢，真是的！"

"他们在哪儿打的？"

"他这人是走到哪儿就打到哪儿。而且到哪儿总也没有人信他说的。一直到现在都还没有一个人肯相信他说的话。想想也是，深更半夜的人家又不明究竟，自然也不会相信他啦，又都喝过酒，有的很明显就是存心想惹他打一架。依我看啊，这岛上爱打架的货色大概个个都跟他干过架了。我跟你打包票你信不信，到今天夜里啊，连米德尔基①的人都要兴师动众地赶来了，不为别的，就是因为不信他说的那些话啦。你看着吧，米德尔基那两个爱打架的头等狠客这一下可算是扬名了。"

"这样的话，他出去恐怕还真得让罗杰先生陪着呢。"托马斯·赫德森说。

"哎呀，这还了得！"约瑟夫顿时一脸兴奋的表情，"那今天晚上可就有热闹看啦。"

托马斯·赫德森喝了杯咖啡，接着又把约瑟夫刚端上来的全吃了，有冰巴婆果淋新鲜酸橙汁和四片熏肉。

"哎呀，你今天可真是胃口大开呀，"约瑟夫说，"每次我看到你这样大嚼，总忍不住想说你两句。"

"我食量一向都很大的。"

"是啊，有时候的食量可是真大。"

说着，约瑟夫又给端来了一杯咖啡。托马斯·赫德森拿起咖啡准备端到写字台那边儿去，他得赶紧回两封信，好赶当班的轮

———
① 一个小礁岛，位于比美尼北岛和南岛之间，意为"中岛"。

船寄出去。

"你先去趟埃迪家吧，让他开张单子看看都需要订些什么，然后好托下趟渡轮给送来，"他对约瑟夫说，"埃迪开的单子你拿回来我先过一过目。还有咖啡吗，够不够罗杰先生喝的？"

"他早上已经喝过了。"约瑟夫说。

就在托马斯·赫德森刚写完两封回信的时候，从楼上的写字台上他看到埃迪也带着开给渡轮的下周托运货单来了。好家伙，埃迪看上去可伤得不轻呢。眼疾虽然已经治疗过了，但却没见一点好，嘴巴和两颊明显地肿了起来。还有一只耳朵也肿得好大。嘴巴上又起了一道口子，他擦了红药水，红艳艳亮光光的，看上去他整个人显得十分滑稽。

"我昨晚倒大霉了，"他说，"这是单子，汤姆你再看看，要添办的东西应该没有什么遗漏了吧？"

"那你今天就在家好好歇一天吧，回家去好好休息休息吧？"

"那不行，在家里一个人待着反而更难过呢，"他说，"我打算今天晚上早点睡。"

"以后别再因为一点儿小事跟人家打架了，真的，"托马斯·赫德森说，"一点都犯不上。"

"可不是吗，我才不是那号成天打架的浑人呢，"埃迪张着他那红彤彤开裂肿胀的嘴唇说，"我一直还按捺着性子，心里想着真理和公道决没有不赢的理，可最后偏偏杀出一张陌生面孔来，他才不管那么多呢，非要把真理和公道揍得当场出彩才罢手。"

"我听约瑟夫说打你的人还真不少呢。"

"就是啊，如果不是后来有人把我送回了家，我还指不定咋样呢，"埃迪说，"我想送我回家的估计是'大好人'本尼吧。应该就是他和警察救了我，我这才没有伤着。"

"你这还叫没有伤着？"

"哎哟，我痛是痛，可并没有真的伤着哪儿啊。哎呀，真可惜你当时没有在场啊，汤姆。"

"得了吧，我不在场那是运气好，不是可惜。依你看，会不会是有人故意要伤害你呢？为何你每次都遭到挨打？"

"我看他们不会是存心的吧。他们不过是想要我承认我在说鬼话，我哪儿有胡说八道呢。警察倒是相信我。"

"真的？"

"是啊。警察和博比都信我说的。也就只有他们两个信了，一点不假。警察最后还发话来着，说是谁先动手打他他要把谁关起来。今天一早还问了我一遍，有没有人先动手打我？我说有是有，不过却是我先出的手，而且没打着人家。哎，没想到昨天晚上真理和公道被挨揍了，汤姆。压根儿就吃不开啊。"

"你确定还要亲自做今天的午饭吗？"

"当然喽，干吗不做啊，"埃迪说，"我看到渡轮送牛排来啦。虽说那是用里脊肉做的，可也是上等牛排，包你见了心里那叫一个欢喜啊。牛排的配料我都已经想好了，就用土豆泥、浓肉汁，再加一些利马豆。沙拉嘛就用那种叫卷心葛芭的，加上新鲜葡萄柚，就可以做成一道美味的沙拉。我看小家伙们还喜欢吃馅饼，我们可以用罗甘莓罐头做馅饼，那简直绝了。正好渡轮还运来了冰激凌，还可以把冰激凌盖在馅饼上。你觉得怎么样？我打算把我们的戴维小哥喂得壮壮的。"

"埃迪啊，你昨天提着手钩就往海里跳，当时心里是怎么想的呢？"

"鱼鳍的正下方是它的要害不是，我本打算拿手钩往那儿一钩子扎进去，然后再把手钩绳一拉紧，管保它就没命了。得手了就走他娘的，赶快回船。"

"在水下你看到那鱼长怎么个模样？"

"大极了，可是足足比得上只小船了，汤姆。那鱼一身紫红，眼睛足有你横转过来的巴掌那么大。我看见它眼珠子是乌黑的，鱼肚皮是银白的，那张剑嘴啊看上去让人心惊肉跳的。因为手钩上那个大木柄的浮力太大了，我就只好眼睁睁地看着它慢慢悠悠往下沉去，一个劲儿地往下沉，可我捏着手钩柄就是沉不下去，就是到不了它那儿。所以在水里的我也是毫无办法。"

"那鱼冲你这儿看了吗？"

"这个倒说不好。反正看上去它好像就是安安静静地浮在那儿，看着像是什么都无所谓的样子。"

"难道它已经筋疲力尽了？"

"我看它八成是玩儿完了，所以也不打算再挣扎了。"

"我寻思这种事吧，我们是碰上了一次就不会再有第二次的了。"

"可不是嘛。这辈子也别想再有第二次了。我现在也算是想明白了，干吗非要叫人家相信呢，爱信不信吧，无所谓了。"

"不过，昨天的经历倒是让我想替戴维画这样一幅画。"

"好啊，不过真要画就要画当时的情景，原原本本地画下来。可不要像你之前的一些画，画得滑里滑稽的。"

"你就看着吧，我要画得比拍的照片还逼真。"

"对，我就喜欢你的这种画。"

"只不过水下的那一部分，因为我没看到，多少想想还真是挺难画的。"

"能不能画得就像博比酒店里的那幅龙卷风似的？"

"不行。这可是不一样的两幅画，不过我相信这幅画出来只会比那更好。嗯呢，我今天就来打草稿试试。"

"我很喜欢博比店里的那幅龙卷风呢，"埃迪说，"博比这老小子更是把它爱得什么似的。凡是去他店里的人，只要一看到这幅画，他那张嘴巴就开始向人吹嘘了，客人竟然就都相信当时真的是有那么一连串的龙卷风了。不过现在这鱼可是在水里的，要画出来得更麻烦一些吧?"

"没关系,我看我应该画得了。"托马斯·赫德森说。

"那鱼蹦得很高的景象,总不见得也能画出来吧?"

"我看我是能画出来的。"

"那就两幅都给它画出来吧,汤姆。这是多么精彩的两幅啊,一幅画它蹦向空中,一幅画罗杰拉着接钩绳正在努力提它上来,戴维坐在椅子里,我紧贴在船艄头。嘿嘿,如果有需要的话,我们还可以配合这个架势先拍成照片。"

"我先打好草稿看看。"

"我在厨房里,你有什么事要问我的,只管来问好了,"埃迪说,"小家伙们都还睡着呢,好像一个都没醒。"

"好啦好啦,"埃迪说,"你看咱们都已经跟这么条大鱼打过交道了,也算见过了世面,所以我这辈子也没啥可稀罕的了。不过这饭我们还是每顿都要好好吃的。"

"可惜家里没有水蛭,不然我可以帮着你把眼睛治一治。"

"哎呀,治它干吗呀,我现在照样什么都看得清清楚楚的嘛。眼睛这点儿伤真不算啥,管它呢。"

"别叫醒孩子们,我也想让他们多睡会儿,能睡到什么时候就睡到什么时候吧。"

"放心吧,孩子们的早饭有我照料,不是还有乔,孩子们醒了他会来关照我的。要是他们真要是起来得太晚的话,早饭我就给他们吃少点儿,省得一会儿午饭倒吃不下了。你是还没看到这回送来的那块牛肉吗?"

"没看呢。"

"啊呀,我说汤姆,这块牛肉肯定要花不少钱呢,不过肉可真是好肉。我估计这岛上的人活了一辈子也没有吃到过这样的好肉。我就想着那牛也不知得有多么的壮实,才能长这样的好肉。"

"我知道那种牛,个儿矮,从小紧靠着地面长大,"托马斯·赫德森说，"那牛的样子就是横着跟纵着也差不了多少了。"

"哎哟，那还真是够肥的呀，"埃迪说，"我倒很想有朝一日找这样一头活的牛见识见识，那就真是太好了。我们当地宰的牛都是那种没有食吃、快要饿死的，所以那肉吃起来都是苦的。哎呀，乡亲们要是能有我们这样的牛肉吃，还不知道会乐成啥样呢？不过也不一定，他们根本就不识货，见了会恶心也说不定呢。"

"好的，埃迪，我现在得把这几封信写完。"托马斯·赫德森说。

"啊，真对不起，汤姆，打扰到你了。"

托马斯·赫德森又回复了两封业务上的来信，这个他原本打算过几天再写，等下星期渡轮来时再寄出的。今天精神好，所以就一并写好回信了。托马斯·赫德森写完信后，看了看下星期托办的货单，计算好货款，再加上税款（大陆进口货物是按百分之十的统一税率向政府缴纳），一并开了张支票，便出门往官家码头走去。远远地就看见渡轮那个码头人很多，那是正在往船上装货，船长正在一一接受岛上居民的委托办货，在岛上生活就是这样，凡是需从大陆进口的，什么货都得靠渡轮代办，无论是口粮食物、衣物药品，还是五金制品、备用零件等都得依靠渡轮完成流通。托马斯·赫德森看见此刻正在往船上装鲜活的小龙虾和海螺，甲板上堆了一甲板的海螺壳和空汽油桶、空柴油桶什么的。岛上的居民在大风中排着队，等着依次进舱去办订货手续。

"这次的货都还满意吧，汤姆？"拉尔夫船长热情地从舷窗里跟托马斯·赫德森打招呼。

"嘿，你这个小子，闯进来干什么，赶紧出去，轮到你了再进来，"拉尔夫船长冲一个戴草帽的大个子黑人吼道，接着他又朝向窗外说，"为了保证质量，几样货我只好另换了品种。牛肉怎么样，也满意吗？"

"埃迪说那肉真是没得说。"

"那就好。快把要寄的信和办货单子都交给我。这外边的风还真不小呢。我得赶在下次涨潮的时候出港。对不起啦今儿就没空奉陪了啊。"

"好的，下星期见了，拉尔夫。我就不在这儿耽误你的事了。多谢你啊，老兄。"

"放心吧，下星期我肯定想法替你办到全部货品。最近手头缺钱花吗？"

"还好。这两个星期手头还算比较宽裕。"

"你有需要的话尽管跟我开口，我手头有的是。那好。喂，该你了，卢修斯，你怎么回事儿啊？这一回打算怎么花钱呀？"

托马斯·赫德森办完这些个手续，就在大风中穿过码头往回走，一路上，女人们的棉布连衣裙被这大风吹得好不狼狈，码头上那帮黑人就聚在一起嘻嘻哈哈地看白戏。出了码头一拐，托马斯·赫德森顺着珊瑚岩大路一直走，就来到了庞塞·德莱昂酒店。

"汤姆，"博比先生赶紧招呼着，"快进来坐坐吧。哎呀我的老天，你这是去过哪儿啦已经？我这不刚刚打扫干净正式开门迎宾。来来，快进来，请喝一杯本店今天准备的开门迎宾酒。"

"这会儿就喝太早了点吧？"

"瞧你说的。我这可是进口的上等啤酒。你看，连狗头牌名啤我们都有备货。"说着他就伸手到一个冰桶里，取出一瓶比尔森①，开了瓶盖，递给托马斯·赫德森，"哦，对了，你是不要杯子的对吧，来，先干了这瓶啤酒，再决定要不要来杯酒喝。"

"照这么来的话，我今天可就别想动笔了。"

---

① 比尔森啤酒原产于捷克西部城市比尔森，并因此而得名，是一种高级啤酒。

"一天不动笔又有什么了不得呢？我看你现在就是干得太劳累了。你不能对自己这样不负责任，汤姆。人生在世，可就只有这么一回啊。你总不能成天就只跟画画打交道，是吧？"

"我昨天就一天没有动笔，带着小家伙们坐船出海了。"

托马斯·赫德森的眼睛看向酒吧尽头，望着墙上挂着的那幅龙卷风的大油画。看着自己的作品，他心里琢磨：画得总算是不错。照眼下自己的水平，恐怕也只能画到这一步了。

"对了，这幅画我还得再挂高点才行，"博比说，"昨天晚上有位客人看这画看得来了劲，竟异想天开地想要爬到画上的小帆船上去。我就恶狠狠地警告他说，他要是拿脚踹穿了我这幅宝画，他就得赔个一万大洋不可，一个子儿也不能少。警察也是这么跟他说的。后来那警察还说他也想了一个题材，想请你画一幅画挂在自己家里。"

"什么样的题材？"

"那警察不肯跟我说。就说自己有个绝妙的题材，回头他找机会再跟你研讨研讨。"

听到这里托马斯·赫德森又仔细看了看墙上的画，看得出画上已经有一些损伤的痕迹。

"嘿，汤姆，你这画还真经得起摔打，"博比得意扬扬地说，"一天晚上有个客人突然大叫一声，我没提防他拿起满满一杯啤酒朝画上一股龙卷风卷起的冲天水柱砸去，他妄想把那水柱砸倒。你哪里看得出它挨过砸吗？真是半点凹痕也没有留下。泼上去的啤酒也就像泼了点儿水，一下就流了个精光。哎哟汤姆，还是你真行啊，这画一丝一毫都没有褪色。"

"不过怕是经不起再这么折腾了。"

"那是没得说，"博比说，"谁也别想再动我的这幅宝画了。不过我还得要把它再挂高点才行。昨天晚上那位客人的举动确实吓到我了，让我有点不放心了。"

说着说着，他又递了一瓶冰冷的比尔森给托马斯·赫德森。

"汤姆，我听埃迪说起那鱼的事儿了，心里着实替你可惜啊。我跟埃迪从小就认识了，这辈子我还从来就没听过他说谎话。而且碰到要紧的事儿，他是从来不撒谎的。不不，应该说，只要你让他实话实说，他就从来不撒谎。"

"算了，这事儿真是晦气透了。对谁我都不想再提了。"

"是，不提也罢，"博比说，"我就是向你表示一下慰问。这样吧，你喝了这瓶啤酒，再来杯酒如何？这一大清早就闷闷不乐的可不是个事啊。你就随便说吧，想喝点什么，心里才会觉得痛快？"

"嘿，我这心里也没什么不痛快的。我今天下午还打算画画来着，所以今天就不陪你喝了。"

"好吧，既然你说要画画，我也是劝不动你的。这会儿大家也都快来了，总会有人赏我的光的。快看，那条游艇不是自己找死嘛，吃水那么浅！从海上这么一路过来肯定苦头是吃足了。"

托马斯·赫德森从开着的店门望出去，果然一艘极漂亮、极宽敞的白色游艇正沿着航道驶来。这种游艇一般都是在大陆上的港口里包租的，专跑佛罗里达诸基列岛一带，昨天海上那样风平浪静的，穿越湾流是完全没问题的。可是今天风这么大，这号游艇吃水浅，船上又那么多层房屋，在海上吃足了苦头是肯定的。所以，令托马斯·赫德森大感惊讶的倒是，在如此湍急的海水里，这条游艇竟然过得了沙洲、进得了港。

托马斯·赫德森和博比已经站到了店门口来观看，看见这条豪华游艇继续往港口里驶进了一段距离后，这才下了锚。只见游艇上一片雪白明亮，而且船上的人也都个个一身雪白。

"好嘞，来顾客了，"博比先生说，"但愿游客都是些正派人才好。自从金枪鱼汛过去以后，我们这儿还不曾有一艘像模像样的游艇来过呢。"

"你知道这条船的来头吗?"

"不知道,我以前从来没有见过。不过船是一等的,这错不了。而且这船肯定不是造来跑海湾一带的。"

"大概是船上的人半夜里看风平浪静,觉得没事就贸然开船来了,没想到在半路上就刮起了这场大风。"

"估计也就是这么回事,"博比说,"这场风还真不小呢,一路上这么颠啊震的,肯定够他们受的了。到底来的是些什么人,等着吧,反正咱很快就知道了。汤姆老兄啊,我还是给你调杯什么酒来尝尝吧。你不喝酒,我心里感到很不安啊。"

"好吧,那就给我来一杯金酒补汁吧。"

"又是这个金酒补汁,奎宁水没有啦。本来还有一箱的,给乔要了都送到府上去啦。"

"这样啊,那就来一杯酸橙威士忌吧。"

"好,用爱尔兰威士忌,不加糖,"博比说,"这得连干三杯才带劲啊。快瞧,罗杰来了。"托马斯·赫德森朝开着的店门外一看,果然看见罗杰来了。

罗杰喜欢光着脚板。走进来时大家才看清他下身穿一条褪了色的劳动布裤子,上身套的是一件渔民穿的那种条子旧衬衫,不知道洗了多少遍,已经洗得都小了一号了,他背上的肌肉即使隔着衬衫也能看出抖了抖。他径直走向吧台,两臂往吧台上一靠,向前探出了身子,博比的酒店比较昏暗,这就使罗杰的肤色显得乌黑,而且海风和烈日的痕迹还明显地留在他的头发上。

"小家伙们都还在睡呢,"他对托马斯·赫德森说,"埃迪昨晚叫人给打了。你看到他没有?"

"整整一夜他都在打架,"博比看似轻描淡写地说,"不过这种打架没什么了不起的。"

"埃迪可别出什么事啊。"罗杰说。

"没有什么了不得的事，放心吧，罗杰，"博比安慰他说，"他就喝了点酒，在那儿说了两句，有人不信他的，俩人为这口舌之争就打了起来。真的并没有人欺侮他。"

"戴维的事我觉得非常过意不去，"罗杰对托马斯·赫德森说，"或许我们真不该让他这么干的，这对他的伤害很大。"

"我看他倒没什么要紧的，"托马斯·赫德森说，"看昨晚他睡得多香啊。不过真要论责任的话，责任也在我。不管怎么说这事都应该由我出面叫他停手。"

"不是这样的。这一切你都交托给我了。"

"可是做父亲的就应该负起有关孩子的全部的责任，"托马斯·赫德森说，"我把责任撂给你本身就是很不应该的。这种事又怎么能委托给别人呢，你说。"

"可那也是我自己愿意揽过来的啊，"罗杰说，"我本以为让他这样干会磨炼他，本以为也不会对他有任何害处。相信埃迪也跟我是同样的想法。"

"我知道你们怎么想的，"托马斯·赫德森说，"其实我自己也是这么认为的。说实话，我当时倒是担心真要叫他停手有可能会影响了他别的什么。"

"是啊，我也考虑到这一点了，"罗杰说，"可我现在还是觉得自己没有做好，太不替人着想了，也太对不起人了。"

"我是他父亲，"托马斯·赫德森说，"应当怪我考虑得不全才是。"

"这次出海没捕着大鱼，真是煞风景煞得透了，"博比一边说着，一边给他们每人递了一杯酸橙威士忌，他自己也端了一杯，"让我们来干一杯吧，祝你们下次能捕到一条更大的。"

"哎哟，算了吧，"罗杰说，"还有更大的？我是不敢再想了。"

"不能被困难打趴下，怎么不敢想呢，罗杰？"博比问。

"没什么，随便说说罢了。"罗杰回答。

"我今儿倒是有了个想法，想替戴维画两幅画送给他。"

"那可太好了。你看那情景能画出来吗？"

"如果一切顺利的话，应该没多大问题。我已经大致地构想好了，怎么个画法心里也有了个谱儿。"

"没错，你一定能画。我看就没有你画不了的画。不知道这条游艇上来的都是些什么人？"

"哎，罗杰，你满心不快，就这样地在岛上到处跑……而且还光着脚。"他说。

"我刚才去了拉尔夫船长的渡轮一趟，已经倒掉了心里的诸多不快。"

"我这样到处跑是想完全打消心里的不快，可是始终没能做到，借酒消愁的事儿呢，我也坚决不干，"罗杰说，"虽然你这个酒还是挺不错的，博比。"

"多谢夸奖，"博比说，"马上我再给你调一杯，让你把积压在心头的不快干脆彻底地吐一吐吧。"

"是啊，我有什么权利拿个孩子去冒险，"罗杰懊恼地说，"而且还是别人家的孩子。"

"那还不得看你冒这个险是为了什么。"

"不，你这话不对。拿孩子去冒险就是不对的。"

"我心里就有底。我就很清楚自己冒这个险是为了什么。总不能就是为了那条鱼吧。"

"话是没错，"罗杰说，"为了达到这个目的，也不一定就非得采取这样的手段，让孩子去冒这样的危险。"

"你就放心吧，等他这一觉醒来肯定又是活蹦乱跳的了。这孩子的自我保护能力是很强的。"

"我只知道他是我心目中的大英雄。"罗杰说。

"是吗？比起你以前一直把自己奉为心目中的大英雄，他可真是要算一个强者了。"

"是吗？"罗杰说，"我看他现在也是你心目中的大英雄呢。"

"这我承认，"托马斯·赫德森说，"这个小家伙太值得你我共同好好学习了。"

"罗杰，"博比先生说，"我一直想问个问题，你跟汤姆是不是亲戚？"

"什么？"

"我总觉得你们是亲戚。而且你们俩长得也还有点儿像。"

"谢谢啊，"托马斯·赫德森说，"你也得谢谢人家，罗杰。"

"是的，多谢你，博比，"罗杰说，"你看我长得真像这位好汉画家吗？"

"是啊，而且你们看上去好像还是挺近的亲戚，瞧那几个小家伙跟你们俩长得都挺像。"

"可我们还真不是亲戚，"托马斯·赫德森说，"只是原先我俩都住在一个镇上，从小到大两人所犯的错误大多是一样的呢。"

"得了得了，你就别跟我这儿胡扯了，"博比先生说，"直接干了这一杯，把这些个灰溜溜的酸话赶走吧。想想在酒吧里一大清早就听到这样的话，叫人怪扫兴的，这一天还让不让人过啦。这样的酸话我听得不少了，甭管是黑人啦、包租船上的船老大啦，游艇上的大厨师傅啦，还有什么大老财和他们的婆娘啦，大私酒贩子啦，杂货店老板啦，甚至捕海龟船上的乡巴佬啦，总之这些形形色色的兔崽子王八蛋，任谁的牢骚都是在我这儿发出来的。可一大清早就说这酸溜溜的话，还是免了吧。这会儿外边那个大风刮的，咱们在屋里喝酒是再适合不过了。再说了，不管是谁说的，其实这种灰溜溜的酸话还不都是老一套？所以啊咱们的酸话就说到这儿为止啦。现在自从开始流行听收音机，大家都在听 BBC 了，估计没人还有那份闲工夫、闲心情去听人家的牢骚了。"

"是吗，你也听 BBC？"

"我就只听大本钟①报时。别的节目听不习惯，听了觉得浑身不自在。"

"博比，"罗杰说，"你真是个好心肠的朋友啊。"

"其实也不怎么好。不过只要能看到你脸上不灰了，我也就很高兴了。"

"嘿，还让你担心我，我也没啥不愉快的，"罗杰说，"你看都会有些什么样的人从这条游艇上下来？"

"甭管什么人，反正都是顾客呗，"博比说，"来，咱们再来为我干一杯，也好给我添些劲头，好去侍候那些人，管他们是些什么东西呢！"

就在博比挤着酸橙调酒的工夫，罗杰对托马斯·赫德森说："你知道，我绝没有一点要贬低戴维的意思。"

"瞧你这说的哪儿的话呢。"

"实话实说，当时我心里想的就是：呸！呸！这事我一定要痛痛快快地把它干好了不成！刚才你说我一直把自己奉为心目中的英雄，还真是批评到点子上了。"

"开玩笑啦，我哪有资格来批评你呢。"

"可我却觉得你批评得很好。你知道问题在哪儿吗？问题就在于已经好久、好久都没有一件让人感到痛快的事了，这日子过成这样而我做事却总还想图个痛快。"

"所以啊，你现在不是打算重新写书吗？我觉得你就把文章写得坦率些、纯真些、痛快些。以刚才聊得那些作为开头岂不是很好？"

"你说的什么坦率也好，痛快、纯真也罢，那我首先也得是个那样的人吧？可是你看我像吗？你看我能写出那样的文章吗？"

"我倒觉得这跟你是个什么样的人没什么关系，关键是只要

---

① 位于伦敦英国议会大厦钟楼上的大钟，准点报时。

你写得坦率。"

"好吧，你这意思我还得花点儿时间，再进一步体会体会，汤姆。"

"是啊。正好今年夏天我们又能聚在一起了，还记得我上一次见到你是在纽约，那时你还跟那个拿香烟头烫你的婆娘在一起呢。"

"她后来自杀了。"罗杰说。

"什么时候的事儿？"

"那时候早已经分手了，我正住在西部山里。我记得很清楚，我还没有到西海岸去写那个电影剧本呢。"

"是吗？怪可怜的。"托马斯·赫德森说。

"在我看来，本来她就一直朝着自杀的路在走，"罗杰说，"乖乖，亏得我手撒得早。"

"你是绝对不会走这条路的。"

"这不好说，"罗杰说，"其实我总觉得，有时候选择走这条路看来也是非常合乎逻辑的。"

"我刚才说你绝不会走这条路，一个最重要的原因就是这样的做法不足为训，会教坏了孩子们。你说你真要自杀了，戴维会怎么想呢？"

"我想他或许会理解的。而且话又得说回来，人自己都走到这一步了，还顾得上想把孩子们教好教坏？"

"哎哟，你看你，说着说着又冒这些个蠢话了。"

博比又把酒推了过来："罗杰呀，你这是怎么了，尽说这号胡话，连我也听出来灰溜溜的味了。按理说我赚顾客的钱，顾客说什么我也得听着。可要是自己的朋友说这号话，我就听不下去了。罗杰，你不许再说这些了啊。"

"好的，我已经不说了。"

"那好，"博比说，"先干了这杯。你们还真别说，我这店里以前就有过这么一位客人，他是从纽约来的，就住在那边的旅馆里，经常没事儿就到我店里来喝酒，一喝就是大半天。他来这儿喝酒也从来不谈别的，成天叨叨着他那一套自杀经。他的言语闹得店里人心惶惶，我记得那年整个冬天因为他我的店简直就没安生过几天。后来警察也警告他了，说自杀是非法行为。我实在受不了了，就请警察干脆警告他连谈论自杀都是非法行为。可警察却说不能自作主张这样警告，得请示拿骚方面才行。不过，听他叨叨了一阵过后，大家似乎也都听惯了他的自杀方案，大家彼此熟悉了以后，好些酒客居然还开始和他搭话，甚至帮腔。特别是有一天他跟大个子哈里进行了一番交谈，那谈话可真是了不得了。他对大个子哈里说他不但想自杀，而且还想找个志同道合的家伙结伴走。"

"'你找我就好啦，'大个子哈里对他说，'我正是你要找的那个对象。'于是大个子哈里就可劲儿地撺掇他，去清净世界要选个好城市，就是纽约，不如两个人先结伴而行，到达纽约再痛痛快快地喝他个一醉方休，喝到实在不想喝下了，再爬到城里最高的摩天大楼楼顶上，纵身一跃，来个一了百了。我当时就心想，大概在大个子哈里的心目中还以为，清净世界无非就是个近郊的什么地方吧。也许是个爱尔兰人的聚居区呢。

大个子哈里一说起他的这个主意，那位自杀先生便对哈里大为欣赏，从此俩人就天天凑在一块儿商量他们的自杀计划。不可思议的是，后来居然还有人也想入伙，建议他们组成一个求死旅行团，先别走那么远，不妨就去拿骚作为起步。可是大个子哈里却不同意，他坚持非去纽约不可。最后他悄悄告诉那位自杀先生，说他在这人世间的日子已经活够了，他已经准备好要去那个什么清净世界了。

可大个子哈里个人私事还没有解决完不能说走就走，就是他先前已经接受了拉尔夫船长的订货，他还得去捉些龙虾来交账，这一去就是好几天。就在哈里走后，自杀先生喝酒过了量人都昏迷了。好在他有从北边①带来的一种大概是阿摩尼亚什么的，那玩意儿看来还挺神的，嗅一嗅人立马就又清醒了，他刚一清醒酒瘾也清醒了，就又上我这儿来接着喝。人虽然看着清醒了，可那酒性却哪儿那么容易就散了呀，这样一天一天积累起来就越来越厉害了。"

"那时候大家都管他叫自杀俱乐部主任了，大家伙都劝他说：'自杀俱乐部主任呀，你还是先歇歇吧，要不你就非得先醉死不可，那就来不及执行你的自杀方案了，这样的话，哪儿还到得了你的清净世界呀。'"

"'你们懂什么，我这就是在向清净世界前进，'他说，'我已经启程了。你们怎么没看见呢？我的方向就是清净世界。给，这是刚才的酒钱。我已经做出了最庄严的决定。'"

"'别急呀，你还有个找头呢，'我对他说。"

"'找头我已经用不着了。你帮我留着给大个子哈里吧，让他喝上一杯再来跟我相会。'"

"说完他就急匆匆地出门而去，径直跑到了约翰尼·布拉克的码头上纵身一跃跳了水。当时正是退潮的当口，天色一片漆黑，也没有一点月光，所以自打他一落水就再没有人见过他的踪影了，直到两天以后，才在岬角一带发现他被冲上了岸。你们不知道，他失踪的那天害大家好苦，直找了一晚上啊。后来大家估计一定是他跳水的时候，脑袋撞上了以前留下的水泥墩子什么的，过后让潮水给卷走了。大个子哈里捉完鱼虾什么的回来见他死了，伤心了一阵，直到在我这儿喝光留下的那笔找头才算是打住。啊啊，要知道，那可是二十块大钞的大找头呢。大个子哈里把酒喝光以后，他悄悄地对我说：'我实话跟你说吧，博比，

_____

① 指纽约。

这位自杀俱乐部主任老兄的脑袋瓜子肯定有毛病，只是我不知道是哪一种病。'他还真说对了，因为后来家属来这儿找人，来人在见到专员时就说这位自杀俱乐部主任的确患有一种病，叫作'机工抑郁症'。你没有害过这种病吧，罗杰？"

"我没有，"罗杰说，"而且听你这么一说，我想我是永远也不会害这种病的。"

"这就是嘛，"博比先生说，"像清净世界这种玩意儿，绝对不能随便开玩笑的哦。"

"得了吧，清净世界清净个屁。"罗杰说。

# 第十一章


埃迪给大伙儿准备的午餐丰盛极了。光是那牛排看着让人就极有食欲，牛排的表层已经烤成了金黄色，上面留着一道道烤架的印子。外边一层用刀子轻轻一划，皮儿就绽开了，里面那叫一个肉嫩多汁儿啊。他们都不约而同地将盘里的肉汁舀来浇在土豆泥上，那肉汁在白里泛着浅黄的土豆泥上慢慢积成了一个小湖。除了牛排，还有用黄油煎的利马豆确实很耐嚼，以及入口清凉爽脆的卷心葛芭，新鲜的葡萄柚子更是散发出一股沁人心脾的凉气。

兴许是让这大风给刮的，大家的胃口也都随之大开，好家伙，一个个吃得可带劲了。他们正吃着，埃迪跑来瞅瞅大伙儿吃得咋样，他脸上的伤看着还真是不轻呢，只听他说："你们别只顾着吃，倒是实话告诉我，今天像这种烤法的牛排，味道怎么样啊？"

"妙极了，好吃极了。"小汤姆说。

"哎呀，要好好嚼嚼啊，吃慢点儿，"埃迪说，"吃得太快可就吃不出这么好吃的肉味呢。"

"我都还没来得及多嚼几下，就已经化掉了。"小汤姆很诚实地对他说。

"饭后甜点今天有吗，埃迪？"戴维问。

"有啊，馅饼加冰激凌。怎么样，高兴吧？"

"好丰盛，"安德鲁说，"还有两道呀？"

"吃吧吃吧，管保能把你撑得动都动不了。冰激凌冻得硬实着呢。"

"馅饼是什么馅儿做的呢？"

"用罗甘莓做的。"

"冰激凌呢？"

"椰子的。"

"这些都是哪儿来的呀？"

"这可都是渡轮运来的呗。"

埃迪给大家吃饭时喝的饮料是冰镇的茶，吃完甜点后罗杰和托马斯·赫德森又一人喝了一杯咖啡。

"真不错，埃迪这烧菜手艺可真不赖。"罗杰说。

"啊啊，跟大家胃口好也有一定关系。"

"那牛排是超级好吃呀，这跟胃口没关系。还有那沙拉，那馅饼，都太美味了。"

"是啊，他的菜是烧得没说的，"托马斯·赫德森也赞同罗杰的意见，"咖啡口感我觉得还可以，是吧？"

"也是没得说。"

"爸爸，"小汤姆问，"如果游艇上的那伙人去了博比先生酒店的话，我们想把安迪装成个小酒鬼，也去酒店里热闹热闹好吗？"

"这个，博比先生怕是不愿意呢。咱们要是害得他同警察搞坏了关系，这就不太好了。"

"这我可以先去问问博比先生的意见，我也可以先去警察那儿打个招呼。反正他跟我们也已经是朋友了。"

"好吧。那你就先去跟博比先生说一声吧，顺便打听打听游艇上那伙人大概什么时候可以到。就你们去吗，戴夫怎么办呢？"

"我们仨一起去啊，别担心，我们就背着他一块儿去，这样出去就当散散心，也给他补充点儿新鲜的精神养分。"

"我穿汤米的帆布鞋走着去好了，"戴维说，"不过怎么个玩儿法，你心里有谱儿了没有啊，汤米？"

"不着急，我们在去的路上现想也来得及，"小汤姆说，"那个，你的眼皮还能往外翻吗？"

"那有什么不行的，随时都可以。"戴维说。

"不行不行，我求求你，千万别现在翻啊，"安德鲁说，"咱们刚吃完午饭，我要打起恶心来那可让人受不了的。"

"现在只要有人给我一毛钱，我就可以立马叫你吐得人仰马翻，大骑士。"

"求求你就饶了我吧。过了这一阵子我就不怕了。"

"需要我跟你一块儿去吗？"罗杰问小汤姆。

"那敢情好啊，"小汤姆说，"我们一起动动脑子想个新鲜的好点子吧。"

"好的，走吧，"罗杰说，"要不你趁这工夫在家打个盹儿，岂不挺好，戴维？"

"是啊，或许我一会儿就睡了，"戴维说，"我想先看看书，等看倦了就睡一小会儿。你打算做什么呢，爸爸？"

"我啊，想到阳台上去找个背风的地方安心画我的画。"

"好哇好哇，那我也到阳台上去，躺在行军床上，看你画画。怎么样？"

"当然好。有你陪着我画起来就更带劲了。"

"我们出去也要不了多久就回来了，"罗杰说，"你怎么样，跟我们去不，安迪？"

"我原本是想跟你们去的，好商量商量怎么玩儿。不过我再一想还是别去，因为游艇上的那伙人说不定已经在那儿了呢。"

"精啊！"小汤姆说，"就数你最精呢，大骑士。"

罗杰和小汤姆出门以后，托马斯·赫德森在阳台上安宁地画了一下午的画。安迪也就看了一会儿吧，就不知道跑哪儿玩儿去了。戴维一会儿看画画，一会儿又看看书，安静地躺在那里不说话。

托马斯·赫德森计划先画那鱼的一蹦，因为鱼在水下的那个场景很是复杂，实在是要难画得多。尽管这第一幅画相对来说简单了，但他一连打了两个草样，心里仍觉得不满意，直到第三个草样才觉得有那么点儿意思了。

"你看看这幅，能看出点意思了吗，戴维？"

"哎哟，爸爸，你画画这真是出神入化呀。不过就有一点感觉很怪，你想，那鱼蹿出水面的时候，海水肯定也就跟着飞起来了，对吧？水花并不是等到鱼重新落水的时候才溅起来的。"

"对，确实应该是这样的，"他父亲也觉得他说得有理，"因为不冲破水面它是蹦不上去的，哈哈。"

"照现在这画面来看，那鱼已经蹦上来了。那就必定会有很多海水跟着飞了起来才对。如果你够准确的话，我想你应该看得出来实际上那水就是从鱼的身上滴下来或流下来的。我看不懂咱这画面上这鱼到底是在往上蹦呢，还是已经在往下落了？"

"这个嘛，我现在不过是打个草样。最初的想法是画出鱼正蹦到最高点时的情景。"

"我知道你这不过是先打的一个草样，爸爸。如果你感觉我有些多嘴的话，那就请你原谅。我才不会有存心要假充行家的意思。"

"这话说的，我是大大欢迎你给我提意见的啦。"

"要提意见那还得是埃迪才行，你也知道，埃迪真是个行家。他那双眼睛尖得什么都能记得清清楚楚，有时候比照相机还管用。我觉得埃迪是个了不起的人，你说是不是呢，爸爸？"

"他的确很了不起。"

"可大家怎么都不知道埃迪的这些好处呢？当然汤米多少还算是了解他的。除了你和戴维斯先生，我最喜欢的人就是埃迪了。你看他当厨子，好像并不把这仅仅当个职业，而是他本身就爱干这一行，他身上表现出的就是那种热爱。他懂的事挺多，感觉他就是个全能人才什么都会似的。你看看那天对付鲨鱼他多有办法呀，昨天为了捕那条大鱼他还想都没想就跳了海呢。"

"可是昨天晚上那些人却因为不信他的话，打了他一顿。"

"可爸爸，埃迪却并不因此而伤心呢。"

"是啊。他这人一直都乐呵呵的。"

"虽然昨天被揍得鼻青脸肿，他今天还是乐呵呵地来给我们做饭。我心里明白，他是个阳光派。是什么让他快乐啊，因为跳了海，追了鱼，所以他心里觉得快乐。"

"就是。"

"为什么戴维斯先生就不能像埃迪那样整天乐呵呵的呢，每天都乐呵呵的多好呀。"

"戴维斯先生与埃迪可不能比，他的情况要复杂一些。"

"我也清楚人跟人是不能比的。不过我记得戴维斯原先也是快乐的一个人，啥也不放在心上的。要说我对戴维斯先生了解可不比你少，爸爸。"

"我看他现在也过得蛮快活的嘛。只不过他已经改掉了那种啥也不放在心上的性子。"

"我说的'啥也不放在心上'不是说他干啥都马马虎虎，而是说他无忧无虑的生活状态。"

"我说的也是这个意思啊。不过他原本倒是相当自信，如今也不知把这自信丢哪儿去了。"

"这我清楚。"

"所以我现在最希望的就是他能恢复自信。说不定他重新开始写书了之后，就能渐渐找回些自信来。你说埃迪每天快快活活的，说到底就是因为他有个活儿能认真干、天天干。"

"这么说来，我看要他像你和埃迪那样每天都勤勤恳恳干活儿，戴维斯先生恐怕办不到吧。"

"嗯呢，他多半是办不到的。更何况这里边还有其他的缘故。"

"我知道。哎，我一个小孩子家，是不是知道的事情也太多了些，爸爸。可是汤米知道的事情至少比我还多二十倍，那些再要不得的事情他都知道呢，可我看他知道了也就知道了，并没有什么。不像我，知道些什么后就总让自己苦恼。我也不知道这是怎么回事。"

"这是因为你有了自己的理解和体会。"

"是啊，我的确是有体会，而且在心里还产生了不小的影响。是有这么一种说法：我就像'代人犯过'似的，爸爸？"

"我明白你的意思。"

"爸爸，我总爱说这些个一本正经的话，请你一定要原谅我。我知道其实这是不大礼貌的，但有时候我就喜欢这样，而且不由自主地就成这样了，因为我们不懂的事情实在太多了，可是真要懂事了吧，事情却又来得那么急，就像一个浪头打来，能打你个劈头盖脸一样。就像今天这一个接一个的浪头可真够多的。"

"你有什么不明白的，随时问我就好了，戴维。"

"好的，多谢你了，爸爸。以后有什么问题我会问的。不过我总担心有些问题恐怕请教不来，还是得靠自己琢磨才能真的明白。"

"你说我们要不要也去博比的酒店里，跟汤米和安迪一块儿扮'酒鬼'玩儿呢？你还记不记得，以前有个家伙说你总是喝醉，我还跟他吵架那些事？"

"记得。三年里他两次见我喝葡萄酒喝醉，就这么说我了。这事我们就不谈了吧。不过想想倒也是，既然我有过这样一笔老账，那我真要喝酒的话理由倒也很充分了。反正我已经叫那人见到过两次了，一二必有三，何不就索性凑满三次呢？我倒不是想喝酒，不过我也觉得去玩玩儿很有意思。"

"你们最近还玩这种扮酒鬼的游戏吗？"

"可以说汤米和我扮得都相当成功，不过最出色的还是安迪。你不知道安迪简直是玩这种把戏的天才。你是没看他演，他演起酒鬼来可真是绝了。我也就只能算是小意思偶尔客串客串的那种。"

"你们近来还都玩些什么把戏呢？"托马斯·赫德森一边说着，手里还在不停地画他的画。

"你见过我装个白痴兄弟吗？装个那种自打生下来就又呆又傻的白痴？"

"还真没见过，你们玩的这种好奇葩。"

这时托马斯·赫德森把打好的草样给戴维看："看看这幅画，觉得怎么样，戴维？"

"好极了，"戴维说，"我一看就知道这幅画的意思。这不正是那鱼蹦起在半空中将落未落的一瞬间的样子吗？你真的要把这幅画送给我吗，爸爸？"

"那可不，给你了。"

"你放心，这幅画我一定会好好保存。"

"不是一幅，是两幅。"

"那我也只带一幅去学校，另一幅留在家里就好了，放在母亲那里。要不干脆就保存在你这里吧？"

"不了，你还是带回去吧，兴许你母亲见了会喜欢的。你接着刚才的说，你们还在哪儿玩过这样的把戏？"托马斯·赫德森说。

"我们几个在列车上还玩过几回，整个车厢都闹得可热闹啦。大概是因为列车上什么样儿的人都有，所以我感觉在列车上玩最有意思了。爸爸你想啊，那样五花八门的人聚在一起，列车上即使不玩也不会不热闹。再说了，戴维说话的时候，人在列车上是想走也走不了的，只能玩。"

托马斯·赫德森听见隔壁屋里传来了罗杰说话的声音，他开始拾掇画具，今天就准备收摊了。这时小汤姆已经走了进来，说："你好，爸爸。画得还顺利吗？能让我看看画吗？"

托马斯·赫德森随即把两幅草样给他，看了看后小汤姆说："真好啊，两幅我都喜欢。"

"两幅画里你更喜欢哪一幅呢？"戴维问他。

"一样。我看都画得很好。"他说。托马斯·赫德森却早已看出他神色匆忙，完全一副心不在焉的样子。

"博比先生那边情况怎么样？"戴维问他。

"没问题，"小汤姆说，"只要我们自己别出娄子，他一点问题没有，管保能玩得很有趣。游艇上那伙人现在已经在酒店里了，我们都已经耍了他们一个下午了。我们是赶在他们来之前，就找了博比先生和警察。告诉你们吧，目前我们已经演到这一步了，就是戴维斯先生已经喝得晕晕乎乎的，而我是个劝客，还在一个劲儿劝他快别喝了。"

"你们会不会演得太过火了呢？"

"哪儿能呢，不会的不会的，"小汤姆说，"戴维斯先生的表演很精彩，遗憾的是你没有看到。他每喝下一杯，表情上都会有些变化。不过那变化非常细微，更何况在店里很不容易看出来。"

"那他到底喝的是什么呢？"

"茶呗。博比先生热情地帮助我们准备好道具。他把茶灌在一个空朗姆酒瓶里。他还在一只金酒瓶里装满了水，是准备给安迪用的。"

"你刚才说你在劝戴维斯先生，到底是怎么劝的？"

"我就装作一再地央求他。不过这话当然不能让他们听见喽。啊啊，博比先生也过来凑了一份，不过他喝的倒是真酒。"

"那我们还是快去看看吧，"戴维说，"别让博比先生凑着凑着把酒喝过了头。你看戴维斯先生劲头足不足？"

"他的劲头可足了呢。我看他应该是个了不起的表演艺术家，太了不起了，戴夫。"

"安迪呢，在哪儿？"

"在楼下，正拿着镜子，认真排练自己的角色呢。"

"埃迪是不是也打算来一份？"

"可不，埃迪和约瑟夫看到这么好玩都打算来一份呢。"

"哎呀，他们记不住台词的。"

"没关系的，他们才一句台词嘛。"

"一句台词埃迪兴许还记得住，那约瑟夫可就不保险了。"

"那也没事儿，他俩台词相同，他可以只要照着埃迪的台词再说一遍就好了。"

"你刚说警察也要参加？"

"对。"

"那伙人呢，一共来了几个人呀？"

"七个，有两个女的。一个很漂亮，还有一个长得更是绝了。我看见她已经很有点为戴维斯先生心疼的感觉了。"

"好玩！"戴维说，"快走，我们也看看这精彩的演出吧。"

"可就你这样儿，怎么个去法呀？"小汤姆问戴维。

"走，我背着他去。"托马斯·赫德森说。

"不用了，爸爸，我穿帆布鞋走着去就好了，"戴维说，"我就穿汤米的帆布鞋走着去应该没事儿。我都想好了，我可以用脚底贴着地走，那样走脚不痛样子也不至于太难看。"

"好，那我们就一同走着去吧。罗杰呢，又去哪儿了？"

"哈哈哈，他正趁这会儿的工夫在跟埃迪干杯呢，以示庆祝他表演成功，"小汤姆说，"刚才他登场的大半天里，尽喝茶滴酒未沾，爸爸。"

他们一行人再次踏进庞塞·德莱昂酒店时，外面依然刮着很猛烈的大风。一进门就看见游艇上的那伙人正靠着吧台，喝的是混合朗姆奶酒。他们的皮肤虽然被晒得黝黑，但个个都穿着一身白，看上去都像是体面的人，事实上也是相当知礼，见到有人来了，立马把占着的吧台让出了点儿地方来。他们七个人已经分了两堆，其中两个男的和一个女的，在靠"吃角子老虎"机的这一头，这个姑娘就是小汤姆说的那个长得极美的；在近门的那一边，待着三个男的和另一个姑娘，这姑娘长得也是怪动人的。罗杰、托马斯·赫德森和小家伙们一进门就径直来到吧台跟前。戴维走路的时候还特别注意了一下，不让自己露出一瘸一拐的样子来。

博比先生瞅了瞅罗杰，说："嘿，你又来啦？"

罗杰点了点头，脸上装作一副无奈的样子，博比顺势就把那朗姆酒瓶和一只酒杯放在他面前的柜台上。

罗杰也不吭声，伸手就拿了过来。

"你又来喝酒吗，赫德森？"博比问托马斯·赫德森。只见他脸上是从未见过的严肃神情和一副很讲原则的样子。托马斯·赫德森漫不经心地点点头。"你就不应该再喝了，"博比说，"人嘛，做什么事都应该有个度。"

"我只要来一点点朗姆酒就好，博比。"

"就来他喝的那个？"

"不。我要巴卡迪牌的。"

博比很快地倒了一杯，递给托马斯·赫德森。

"喝吧，"他说，"不过你也知道，这酒啊卖给你我实在是不应该的。"

托马斯·赫德森一口就喝了，只感觉胃里一阵暖乎乎的，这是真酒立刻来了精神。

"再给我来一杯吧。"托马斯·赫德森说。

"那得二十分钟以后才行，赫德森。"博比说。他还特地看了看吧台里边的钟。

这时候那伙人对他们已经有点注意了，不过表面上还是很注意礼貌的。

"你今儿又喝点儿什么，老弟?"博比先生问戴维。

"你故意的吧，你又不是不知道我已经把酒戒啦。"戴维口气挺凶地回答道。

"哟，什么时候戒的呀?"

"就昨天晚上呗，你又不是不知道。"

"那可真是对不起啊。"博比先生还说着话呢，一仰脖子一杯酒就下了肚。

"我说，我怎么可能记得住? 你们这些要命的小瘪三昨天干了啥前天又干了些什么乱七八糟的，得了，今儿你就帮我个忙吧，快把这个赫德森替我请出去，我还想好好做我的买卖呢。"

"老板，这就是你不对了，我在喝我的一声也没吭。"托马斯·赫德森说。

"我不管，你也该收摊了。"博比先生说着就把罗杰面前的酒瓶塞上了盖子，收起来放在了架子上。

这时候小汤姆对他点了点头，表示称赞他干得对，然后又悄悄对罗杰说了些什么。罗杰把他那耷拉着的脑袋捧在手里。过了一会儿又抬起头来，用手指指酒瓶，意思是要喝酒。小汤姆摇摇头，博比却豪爽地拿起酒瓶，拔去了塞子，一下子就把酒瓶推在了罗杰面前。

"你就喝吧喝吧，灌死了算了，"他说，"反正你要是灌死了我也不会睡不着觉的。"

闹到这份儿上，那两头的两堆人都已很注意这里的动静了，不过他们在顾盼之间还是一点都不失礼貌。虽说他们是到了小地方，可人始终都是礼貌的，而且看来还都是些斯文人呢。

这时，罗杰第一次开口了。

"你，给那小娃子也来一杯。"他对博比说。

"你想要喝什么，老弟？"博比先生问安迪。

"金酒。"安迪说。

这个时候，托马斯·赫德森倒是留了个心眼儿，他没去看那伙人。他用余光感觉得到那伙人的动静。

博比直接把酒瓶往安迪面前一放，旁边再摆上一只酒杯。安迪给自己倒了满满一杯酒，拿起杯子对着博比一举。

"我祝你健康，博比先生，"他说，"我今天的第一杯酒敬你了。"

"行了行了，快干了吧，"博比说，"你已经来晚了。"

"你是不知道他的钱让爸爸给拿去了，"戴维说，"这钱本来是妈妈给他过生日用的。"

小汤姆一抬头，正好跟他父亲打了个照面，他瞬间就哭了起来。他原本是不想让自己假哭变成真哭的，他那哭泣的模样儿可是够伤心的，而且怎么看都不显得做作。

一时间大家都不知道怎么办就沉默了，谁也没有开口，后来还是安迪说了："对不起，博比先生，请再给我来杯金酒。"

"行啦，你就自己倒吧，"博比说，"真是个不幸的孩子，也真够可怜的。"然后立马又转过来对托马斯·赫德森说:"赫德森,你喝了这一杯后赶紧走吧。"

"我又没在这儿吵吵闹闹的,你凭什么总叫我走呀?"托马斯·赫德森说。

"我还不知道你呀,你一会儿没准跟我这儿吵闹个不停。"博比还是一种恶狠狠的口气。

罗杰这会儿又指了指酒瓶,小汤姆一把抓住了他的袖子。小家伙很好地克制住了自己,没有流下泪来,看他表现得真是又勇敢又善良。

"戴维斯先生,"他说,"你今天喝得已经够多的啦。"

罗杰却一声不吭,这时博比先生又把酒瓶放到了他的跟前。

"戴维斯先生,真的你不能再喝了,否则今天晚上你还怎么写书呢,"小汤姆说,"你忘了吗,你说过今天晚上要写书的呀。"

"是啊,你说说,我喝酒是为了啥,你说吧?"罗杰反问他。

"可戴维斯先生啊,原先你写《暴风雨》的时候,没喝这么多酒呀?"

"你好烦呀,给我少说几句行不行?"罗杰对他说。

小汤姆还真是好有耐心,好有勇气,受了委屈却始终没有灰心。

"那我不说就是了,戴维斯先生。如果不是你事先嘱托过我,我也不会来劝你的。我们该回家去了。"

"是啊,你真是个好孩子,汤米,"罗杰说,"不过我们还是得留在这儿。"

"还要在这儿待多久呢,戴维斯先生?"

"不到他妈的打烊我们就不走。"

"我看没必要这样吧,戴维斯先生,"小汤姆说,"真的,咱们早点回家吧,不用非得等到打烊了。你想啊,你要是在这儿喝得两眼都发黑了，回去还怎么写你的书啊?"

"没问题，我口述就好了，"罗杰说，"就像弥尔顿①那样，你知道吧。"

"我知道你口述的文章也很精彩，"小汤姆说，"可今天早上，费尔普斯小姐把录音带子放出来一听，却多半是音乐，这又是怎么回事儿呢。"

"我在写一部歌剧，你觉得怎样?"罗杰说。

"行啊，我知道你写出来的歌剧也是一点儿不含糊，戴维斯先生。不过你看我们还是应该先把这部小说写完，你可是已经预支了这部小说很大一笔稿费了哟。"

"那就由你去把它写完吧，"罗杰说，"反正你大都也知道我小说的情节。"

"我的确都知道情节，戴维斯先生，说真的，论情节还是挺动人的，可就是书里的那个人物一个姑娘，你忘了在前一本书里你已经让她死了吗，这点读者恐怕要看得稀里糊涂了。"

"没什么大不了，大仲马的书里就有这样的先例。"

"你就别去跟他纠缠这个了，"托马斯·赫德森对小汤姆说，"像你这样跟他纠缠不休，叫他还怎么继续写啊?"

"戴维斯先生，既然如此，你就请个有真才实学的秘书来替你吧，我实在是不够水平，不过我听说有些小说家让秘书代劳作品的。"

"那怎么行。你不知道那个开销，大得负担不起。"

"要不要我来帮你的忙啊，罗杰?"托马斯·赫德森问。

"好啊。你可以用画给画出来呀。"

"那可真是太好了，"小汤姆说，"你真肯给戴维斯先生帮忙，

---

① 弥尔顿（1608—1674）：英国诗人，著有长诗《失乐园》《复乐园》。晚年因劳累过度而导致双目失明（1652）。

爸爸?"

"这有什么，我只需一天工夫就可以画完。"托马斯·赫德森说。

"你得像米开朗琪罗①那样倒着画，"罗杰说，"这画愈大愈好，大得要让乔治王②不戴眼镜也能看得清清楚楚。"

"你是真打算画了吗，爸爸?"戴维问。

"是啊。"

"那真是好极了，"戴维说，"总算我这大半天没白耽搁，听到了一句有道理的话。"

"我想画起来不会太难吧，爸爸?"

"这有什么难的? 恐怕我还嫌这太简单了呢。跟我说说，那个姑娘是怎么个人?"

"就是戴维斯先生作品里写的那个姑娘呗。"

"这样啊，那我只消半天就画出来了。"托马斯·赫德森说。

"可是要把她倒着画才行啊。"罗杰说。

"你就少在这儿要下流腔了。"托马斯·赫德森对他说。

"博比先生，我可以再来一杯吗?"安迪问。

"你已经喝几杯啦，老弟?"博比问他。

"才不过两杯罢了。"

"行吧，那你就接着喝，"博比说着便把酒瓶递给了安迪，"我倒是想问你啊，赫德森，你挂在我这儿的那幅画，已经这么久了，打算什么时候拿走啊?"

"怎么? 还没有人要买吗?"

"一个也没有，"博比耸了耸肩说，"最关键的是，你看看，我这店堂里自打挂了你的画挤得都转不过身来啦。而且你画的那

---

① 米开朗琪罗（1475—1564）：意大利文艺复兴盛期的雕塑家、建筑师、画家和诗人。

② 指当时在位的英王乔治六世，他于 1936 年接位。

龙卷风我一见心头就一阵乱跳。你拿走吧，我可不想再让它摆在这儿了。"

"对不起，"从游艇上来的那伙人里，有一位终于按捺不住，对罗杰说，"请问挂在那里的那幅油画是打算卖的吗？"

"哪个跟你说话啦？"罗杰很不屑地瞅了他一眼。

"对不起，恕我冒昧，"那人说，"你是罗杰·戴维斯，对吧？"

"让你说对了，就是我。"

"假如那幅油画是你朋友画的，而他正打算要卖的话，我倒是很想跟他谈谈价钱。"那人说着便转过身来，"请问，你是托马斯·赫德森吧？"

"对啊，我就是赫德森。"

"你的这幅画是要卖吗？"

"很抱歉，不卖，"托马斯·赫德森不假思索地对他说。

"可这位掌柜刚才还说……"

"你信他的？你不知道他脑子有毛病啊，"托马斯·赫德森对那人说，"他人倒是个极好的人，可就是脑子有毛病。"

"博比先生，请再给我来杯金酒好吗？"在这时候安德鲁彬彬有礼地问道。

"没问题，我的小老弟，"博比说着就给他斟了一杯，"你听我说啊，我倒是一直有个想法，你瞧这种金酒的瓶签上印着一大串浆果傻里傻气的，多没劲儿啊，我觉得印上你那张红扑扑可爱的小脸蛋儿，那该有多好啊。赫德森，你觉得呢？你能设计一张像样些的金酒瓶签，把小安迪那一脸可爱的孩子气给表现出来吗？"

"这样吧，我们直接推出一种新牌子好了，"罗杰说，"既然人家可以有'老汤姆'金酒，那我们就自己创立一个牌子叫作'快乐的安德鲁'吧"。

"就是就是，资金我来出，"博比说，"我们的金酒就在本岛当地酿造。回头装瓶贴瓶签什么的再雇些小孩子来。批发零售兼营。你们觉得怎么样？"

"听着倒像是回归手工业生产时代了，"罗杰说，"又走威廉·莫里斯①的路子。"

"你们说，我们的金酒用什么来酿好呢，博比先生？"安德鲁问。

"用北梭鱼好了，"博比说，"也还可以用海螺，都行。"

这时候，从游艇上来的那伙人已经不再关注罗杰和托马斯·赫德森，他们的目光显然也不在小家伙们的身上了，而是都瞅着博比，看上去显得有些不安。

"我想我们再谈谈那幅油画的价钱吧，好吗？"说话的还是那个人。

"你说的到底是哪一幅油画呀，我的好人？"博比一边问他，一边自己又是一杯一饮而尽了。

"你看，就是画面上有三股海龙卷，还有个人在划小船的那幅很大很大的油画。"

"倒是在哪儿呢，这幅画？"博比问。

"就在那儿啊。"那人说。

"噢……对不起，先生，我想你大概是喝多了吧。你也知道本店是做正经买卖的。什么海龙卷啦，划小船啦，我们怎么都不做这号生意的。"

"可我说的是挂在那儿的一幅画呀。"

"你就别在这儿耍我了，先生。那儿根本没有画。我这店里如果有画也是应该挂在柜台的上边，你看看，挂画的地方显然是

① 威廉·莫里斯（1834—1896）：英国作家、空想社会主义者。他的代表作为两部乌托邦小说《约翰·保尔的梦想》和《乌有乡消息》，他在小说里描绘了以小生产为基础的理想社会。

那里嘛，而且我要挂也应该是张裸体画，画个身材苗条的裸体美人，半卧半靠在那里还曲线毕露。"

"我是说就挂在那儿的一幅画，就是那幅啊，你看。"

"哪儿啊？哪幅？"

"那儿。"

"哎哟，我看真得让人给你服一剂澳塞尔泽①才行，先生。或者我可要管你叫黄包车了哟。"博比说。

"什么？黄包车？"

"是啊。你要不怕我可就打开天窗说亮话，我就老实不客气地管你叫黄包车啦。你本来就是一辆黄包车。而且还是一辆喝多了的黄包车。"

"那么，请问博比先生，"安德鲁彬彬有礼地问，"你看我呢，我是不是也喝多了？"

"怎么会呢，我的好孩子。你哪儿会喝多了呢。要喝只管自己斟吧。"

"谢谢你，博比先生，"安迪说，"我已经喝了四杯了。"

"喝吧喝吧，你能喝他个一百杯才好呢，"博比说，"你这孩子真是让人感到骄傲。"

"我们走吧，哈尔，走了好不好？"这时，那伙人里另外一个男人对想要买画的那人说。

"可我真是很想买那幅油画，"那人对他说，"只要价钱合适我就打算买了。"

"你随便吧，我可是要走了，"前头的那个男人却是一副拿定了主意的样子，"本来逢场作戏也没什么，别太离谱就行。可眼瞅着小孩子在这儿一个劲儿地灌酒，这算什么事啊。"

---

① 一种镇静药的商标名。是一种含溴的泡腾盐，也能治头痛。

"请问，你真的把金酒斟给这小孩子喝？"一直在靠门那头吧台一端的那个漂亮的金发姑娘终于忍不住地问博比。这姑娘个儿高高的，一头金灿灿的秀发，她脸上那红红的可不是红头疙瘩，是几颗很是讨人喜欢的雀斑。对那些晒不黑的白皮肤姑娘来说，一旦她们把脸晒成了棕褐色，往往脸上都会留有这样的雀斑。

"是啊，就是金酒，小姐。"

"我说你这也太不像话了，"那姑娘非常愤慨地说，"这简直太令人气愤了！你们知不知道这根本就是在犯罪！"

这时候，罗杰故意避开了那姑娘的目光，托马斯·赫德森也是连眼都不敢抬的。

"好吧，那你倒是说说应该给他喝什么好呢，小姐？"博比问。

"什么也别喝。这样的小孩根本就不应该喝酒。"

"这好像不大公道吧，我觉得。"博比说。

"公道？你还跟我讲公道？你知道什么叫公道吗？难道你所谓的公道就是用酒精来毒害一个孩子吗？"

"你听听看，爸爸？"小汤姆说，"我也早就说过安迪喝酒是不对的吧。"

"这三个娃子里只有他喝了那么点儿酒呀，小姐。比如旁边这位老弟就已经把酒戒啦，"博比又找了些理由来跟她解释，"人家一户就三个娃子，就一个娃子对生活还勉强能有这么点儿乐趣，你觉得剥夺掉他这么点生活乐趣，这就是公道了？"

"纯属狡辩，你还有脸谈公道！"那姑娘说，"我看你就是个十足的恶魔。还有你，你也是个恶魔，"她对着罗杰说，"还有你，也同样是一个恶魔，"她又对着托马斯·赫德森说，"你们都是一群丧尽了天良的恶魔，我恨透你们了。"

她愤怒地说着，眼睛里泪水打转，转过身去，背对着小家伙们和博比先生，对与她同来的那几个男人说："你们一个个也都这样冷酷？难道就没有一个人敢管吗？"

"好了好了，我看这也许是闹着玩儿的，"男人里有一个对她说，"你想想看，就跟人家开派对一样，常常都会雇个信口开河的侍者，特意地制造一些笑料呢。所以啊，你就别当真了，权当听相声表演了好吗？"

"不，他们这可不是闹着玩儿的。给小孩子喝的是金酒，就是人间悲剧，真是伤天害理，这么一群没心肝的家伙啊。"

"博比先生，"小汤姆①问，"我是不是喝五杯就行啦？"

"好吧，今天你就喝到五杯为止吧，"博比说，"别把那位女士给吓坏了。"

"哎，你们快陪我走，"那姑娘说，"我是真看不下去了。"

说着说着她激动不已，那含在眼里的泪水都流了下来，于是两位男士陪着她走出了店门。这姑娘一走，托马斯·赫德森和罗杰，连同三个演戏的小家伙，都很是扫兴地待在吧台前。

这时候另一个长得绝美的那位姑娘，慢慢地走了过来。她不光是容貌绝美，一身棕色的皮肤看上去也很光洁，再配着一头茶色的秀发。她穿的是宽松的长裤，但是也难掩她一副苗条的身材。她走路的姿态优美，使那一头柔软的秀发飘飘荡荡的，好不动人。托马斯·赫德森敢肯定自己以前在哪儿见过她。

"我想，这不是真的金酒吧？"她问罗杰说。

"当然不是真的啦。怎么可能是真的呢。"罗杰脱口而出。

"好的，我这就去告诉她，"她说，"看她那样子可是认真的，别闹得大家都不痛快了。"

她跟着也出了店门，临走时对他们还不忘微微一笑。真是一

---

① 原文如此。但从上下文理解来看，应是"安迪"。

个好可爱的姑娘啊。

"好啦，戏演完啦，爸爸，"安迪说，"我想喝可口可乐。"

"这会儿我倒想来瓶啤酒，爸爸。但愿我们不会害得那位女士觉得不痛快才好啊。"小汤姆说。

"那就喝啤酒吧，这还不至于让她感到不痛快吧，"托马斯·赫德森说，"我请你喝一杯，可以吗?"他这是对刚才那位想要买画的男士说的，"真是抱歉，在你看来，我们刚才这一套也许太傻气了。"

"哪里，哪里，"那人回答说，"我倒是觉得非常有意思呢。刚才那一幕让我看得都入神了。而且我向来都是极为仰慕作家和画家的。我好奇的是，你们这都是即兴发挥的吗?"

"对啊，这可不能是现实，只能是即兴的嘛。"托马斯·赫德森说。

"不过，我还是想问问那幅油画……"

"那幅画是我画的没错，不过现在主人是桑德斯先生，"托马斯·赫德森向他解释说，"我之前画了送给他的。我看他还挺喜欢这画的，估计不想卖吧。不过画毕竟是他的了，卖不卖还得由他自己说了算。"

"我不卖，这画我也喜欢，我得留着，"博比说，"所以，你也甭给我谈什么大价钱，你真要出了大价钱会惹得我心里别扭。"

"我是真心诚意想要这幅画呢。"

"哎哟，瞧你这话说的，好像我的心就不诚似的，真是的!"博比说，"你就别想啦，画现在是我的，以后也是我的。"

"可是桑德斯先生，把一幅这么名贵的画挂在这么个地方，多少会有点不大相称吧，你说呢。"这话听得博比的气儿都上来了。

"我说你就别再跟我纠缠了好不好?"他对那人说，"本来我们一伙儿人玩得正开心无比呢，可偏偏那娘们一哭，硬是搅黄了好端端的乐事，你是不知道，像这样开心的时光我这辈子也没有过几回。当然，我也知道她的本意一点儿不坏。可本意不坏却让我们这么扫兴。其实说着自己本意不坏的家伙，火气都格外地大。我那老太婆心地就挺好，干的也都在理，可就是每天和我闹。我焦头烂额的一天也不得消停。本意不坏？别拿出来给自己贴金了！好家伙，现在又来了你这位一厢情愿的，看中了我的画就想要把画拿走，想都甭想。"

"可桑德斯先生，我刚才可是听见你自己亲口说的，说你不想把画挂在这儿了，说这画原本就是打算卖的。"

"哎呀，那是我胡诌的好不好啦，"博比说，"你还没看出来那是我们几个闹着玩儿的时候我胡诌的嘛。"

"这么说这画就是不卖的喽。"

"对。这幅画不光不卖，而且还不租不借，这回你明白了吧？"

"那好吧，"那人很无奈，一边说着一边掏出自己的名片，"这是我的名片，如果哪天你有意出让这幅画，请随时跟我联系。"

"哎哟，这就对了，"博比说，"你这么喜欢画，汤姆家里兴许还真有些画打算出售呢。是吧，汤姆？"

"没有的事，别听他一派胡言乱语。"托马斯·赫德森说。

"是吗，我倒很想到府上去瞻仰瞻仰呢，如果可以的话。"那人对他说。

"可是我眼下还没有现成的作品可供参观，"托马斯·赫德森答道，"不过你要是有兴致的话，我倒可以把纽约的画廊地址抄给你。"

"谢谢。你请说，我这就记下来。"

　　那人用身上所带的自来水笔把画廊的地址记在自己的名片背面，又另外抽了一张名片递给托马斯·赫德森。过后那人再次向托马斯·赫德森表示了自己的谢意，并且想请他喝一杯，不知肯不肯赏光。

　　"我想跟你请教一个问题，一般来说，大概需要多少钱就能买到一幅大型的油画？"

　　"这个我还真说不上来，"托马斯·赫德森说，"不过画廊里的经纪人应该可以告诉你准确的价位。"

　　"好的，那我一回到纽约就去找他。说真的，你这幅画的意境挺深，真是太引人入胜了。"

　　"谢谢夸奖。"托马斯·赫德森说。

　　"这么说来这幅画真是铁定不卖的啦？"

　　"哎呀，"博比说，"你就别再纠结这件事了，好不好？实话跟你说吧，这画就是我的。当初我是提供了主题，请他为我画的。"

　　那人听博比这么说，脸上却流露出听惯了这一套的神情，所以他也只是笑笑，仍然摆出一副十分友好的样子。

　　"其实，我也不是非得死乞白赖地……"

　　"天呢，还敢说自己不死乞白赖呢，我说简直像个木头脑袋一样纠缠不清，"博比对他说，"得了得了，来来，我请你喝一杯，咱们就不要再提这画的事儿了行吗？"

　　这会儿三个小家伙都跟罗杰在聊。"哎，可惜后来被拆穿了，我觉得咱们起先倒演得挺像回事的，你说是吗，戴维斯先生？"小汤姆问他说，"你看我装得不怎么太过分吧？"

　　"你演得相当不错啦，"罗杰说，"很遗憾戴维还没有好好发挥就结束了。"

　　"是啊，我准备要装个大妖怪呢。"戴维说。

"得了吧，那你还不得把她吓死了才怪呢，"小汤姆说，"看她都已经难过成那样了。你还真打算装成个大妖怪不成?"

"那可不，我都已经翻过眼皮来了，只等着好戏上场了，"戴维对他们说，"结果，我正弯腰准备进入角色的时候，没想到戏却已经被迫收场了。"

"就是啊，这几天也真是倒霉，碰上个这么爱挑剔的女人，"安迪说，"这场戏才刚刚上演呢，我反正是没怎么玩，一点都不过瘾。只怕以后再没有机会能这么演一场了。"

"嘿嘿，你们说博比先生的戏演得很精彩吧?"小汤姆说，"哎呀，博比先生，还是你有两下子啊。"

"嘿，就这么匆匆收场了还真是遗憾呢，"博比说，"看吧，连警察都还没有来得及登场呢，我也只是演得刚刚进入了一点儿状态，现在我算是知道那些大演员大明星们在舞台上是怎么个感受了，这下我是真有了些体会了。"

他们正讨论呢，后来出去的那位姑娘又走进了店门。她进门时带进一阵风，吹得她的套衫紧紧贴在了身上，飘逸的头发也顺风扬了起来，她进来后只顾对着罗杰说：

"她说不想再回来了。不过不要紧的，我跟她解释过了，她也已经不生气了。"

罗杰邀她："给你添麻烦了，跟我们一块儿来喝一杯好吗?"

"好呀，真是太好了。"

接着罗杰一一向她介绍了大家的姓名。她说她名叫奥德丽·布鲁斯。

"有时间的话，我可以到你府上去看看你的画作吗?"

"行啊，没问题，只是还有很多是未完工的半成品。"托马斯·赫德森回答。

"是啊，我也很想跟布鲁斯小姐一块儿去。"那位男士不死心地又说话了。

"怎么，你是她的老太爷还是她的什么监护人吗?"罗杰问他。

"那倒不是。我们两家不过是世代的故交。"

"不好意思，对你恕不招待，"罗杰说，"你还是等到了'故交节'再来吧。或者从监护人那里领到一张卡片再来也行①。"

"请不要这样对他吧。"

"对不起，恐怕对这位先生我是有点不客气。"

"那就请别再这样了。"

"好的。"

"大家和和气气的，多好啊。"

"行。"

"刚才汤姆有句台词我记得很清楚，觉得挺有意思的，他说你书里写的全是一个姑娘。"

"是吗? 你真觉得有意思?"小汤姆问她，"可事实上并不是那么回事。你也知道了，我是在跟戴维斯先生逗着玩儿呢。"

"是啊，我看你就这话说对了。"

"走吧，你到我们家去参观参观吧。"罗杰对她说。

"好呀，可以带上我的朋友吗?"

"那不行。"

"带一个都不行吗?"

"是不是你就非得离不开他们吗?"

"哪儿的话呢。"

"这不就结了嘛。"

"那请问，我大致什么时候去你们家合适些?"

"随时都可以的。"托马斯·赫德森说。

---

① 精神病患者是需要有监护人的。不过在这里显然是带着挖苦的意思。

"我去可以顺便吃午饭吗?"

"当然了，非常欢迎。"罗杰说。

"啊啊，看来这个小岛还真是个好地方，这次来对了，"她说，"大家都这么和和气气的，你看有多好。"

"戴维刚才还没有表演呢，这下可以继续给你表演，因为要不是我们刚才匆匆就收场，他就装个大妖怪了。"安迪对她说。

"哎呀这可真是太好了，"她说，"有这么多好看的、好听的，实在是太有意思了。"

"你可以待多久呢?"小汤姆问她。

"这个我就不知道了。"

"那游艇会在这儿停泊多久呢?"罗杰问。

"我也不知道。"

"那你都知道些什么呢?"罗杰问，"对不起，我这话绝对没有半点儿挖苦你的意思啊。"

"不知道就是不知道，我就是一问三不知。请问你呢?"

"哈哈，我觉得你挺可爱。"罗杰说。

"哇!"她有点意外地叫了起来，"总之，多谢你的称赞啦。"

"你总该可以待些时间的吧?"

"我真不知道。不过我想应该可以的吧。"

"那我们是不是现在就动身出发去我们家，酒也别在这儿喝了，还是到我们家去喝一杯吧，好不好?"罗杰问她。

"我还是就在这儿喝一杯吧，"她说，"这个地方这么讨人喜欢，我喜欢这里。"

# 第十二章

　　第二天，罗杰见风力已经小了很多，就带着小家伙们去海滩游泳去了，虽然戴维的脚上还有伤，但是埃迪认为，这点小伤在海水里浸浸也不会有什么害处，只要游完后再把脚重新包扎起来就好了。所以他们一行四人就下海去了，托马斯·赫德森依然是在阳台上画他的画。独自在阳台上画画时，时不时地一探头就能看看他们。虽说是在画画吧，可他总在心里琢磨着罗杰和那姑娘在酒店里的一番情景，想着想着就难免分了心，因此他命令自己不要再想了。可心里总还是会情不自禁地想起那姑娘，想起他跟小汤姆的妈妈初次相见时的情景。他觉得小汤姆的妈妈跟这姑娘长得多像啊。不过他再一想，嘿，这世上他看惯了这般模样的姑娘，往往就是愈看觉得愈像。甩甩头，索性他也就不再瞎想什么了，还是专心画他的画吧。他相信自己迟早还会见到这个姑娘的，而且他还敢肯定大家以后见面的机会绝少不了。事情这不明摆着的嘛。唉，姑娘生得如此明艳照人，看上去又是那么讨人喜欢。不过他觉得她像汤米他妈这事儿，可绝不是什么好事呀。可这又有什么办法呢。他以前经历的像这样的事也够多的了。算了，他还是继续画下去。

　　他相信自己的技能，正在画的这张画肯定是不会差的。可另外那张要把鱼画在水里，可真不好画呢。他心想：是不是我应该先画那一张难度大的呢。心里另一个声音阻止了这个想法，还是先把这一张画好了吧。那一张反正也不急，可以等他们走了之后我再从从容容地画。

"来，我背你上岸去，戴维，"他听见罗杰说，"别让伤口里嵌进干的沙粒。"

"好吧，"戴维说，"请等等，先让我把两只脚在海水里洗洗干净。"罗杰一直把戴维背上了海滩，来到面对海的家门口，在门旁的一张椅子里放下。不过到椅子跟前得从阳台下过，所以托马斯·赫德森听见戴维问了罗杰一句："依你看她会来吗，戴维斯先生？"

"我也不知道啊，"罗杰说，"但愿她能来吧。"

"你说她美吗，戴维斯先生？"

"是挺可爱的。"

"我认为她挺喜欢我们的。戴维斯先生，你估计像这样一位姑娘，是干什么的呢？"

"这个我就说不上了。我还没有问过她。"

"可是我看汤米已经喜欢上她了。安迪也是的。"

"还说他俩呢，那你呢？"

"我也说不好。我不像他们喜欢一个人那么轻易，反正我是不会这么轻易就动心的。只不过我却是很想再见见她，这点儿我确定。戴维斯先生，你看她总不会是个坏女人吧？"

"这个怎么看呢，反正看上去是不像。你怎么想起问这个来呢？"

"汤米说他已经喜欢上她了，可就担心她是个坏女人。安迪却毫不在乎地说就是坏女人也无所谓啊。"

"我是觉得她看上去不像是个坏女人。"罗杰告诉他。

"可是戴维斯先生，跟她在一起的那几个男人，都不声不响的，这难道不奇怪吗？"

"你说的这个倒是挺奇怪的。"

"你能看出那几个人是干什么的或者是什么身份吗？"

"等她来了我们问问她吧。"

"你觉得她真的会来吗?"

"会来的,"罗杰说,"不过我要是你的话,我就不会像你这样着急。"

"我哪有,汤米和安迪才着急呢。你知道我心里喜欢的是另一个人。我明明告诉过你呀。"

"是啊,我记得。这个姑娘跟她也很像呢。"罗杰对他说。

"我想大概是她在电影里见过她,学了她的样子吧。"戴维说。

托马斯·赫德森听着他们的对话,还是只管画他的画。

就在罗杰给戴维的脚上擦药水包扎的时候,没想到她倒从沙滩的那头慢慢地走了过来。托马斯·赫德森在阳台上远远地就看到她光着两脚,泳装外边罩了一条同样料子的裙子,手里提一只"海滨袋"朝他们的房子走来。托马斯·赫德森心里不禁暗自惊讶:这姑娘不仅脸蛋儿长得美,就是穿着套衫时也还能有十分动人的傲人双峰,而且她的大腿也是那么长那么曼妙。尤其她的两条胳膊很可爱。她全身上下都晒得黑黝黝的,她只在嘴唇上抹了淡淡的口红,脸上再未施一点脂粉。其实在托马斯·赫德森看来,她的嘴本身就长得很美了,他倒宁愿她连口红都别抹才好呢。

"哈喽,"她微笑着说,"我是不是来得太晚了呀?"

"没有的事,正好正好,"罗杰对她说,"我们刚下海游泳回来,我还想再去一次呢。"

因为罗杰已经把戴维坐的那张椅子搬到了沙滩边儿上,所以当她弯下腰去瞧戴维脚的时候,托马斯·赫德森也都看得一清二楚。只见她额前倒披着秀发,脖颈子上那倒卷的短细发脚纤毫毕现,衬着她黝黑的皮肤,在阳光下看上去竟闪着些许银辉。

"你这脚是怎么啦？"她问，"瞅着怪可怜的呢。"

"钓鱼的时候使劲使多了就把脚底给擦破了。"戴维如实地告诉她。

"那该是多大的一条鱼啊？"

"不知道啊。它虽然上钩了，可最后又跑啦。"

"是吗，那真是太遗憾了。"

"啊啊，也没什么啦，"戴维说，"反正大家现在也都想开了。"

"你这脚都破成这样了还去游泳，可以吗？"

罗杰正往戴维脚上破了皮的地方擦红药水。脚虽然是干干净净的，只不过因为在海水里泡过了，看上去皮已经起了点皱。

"可以啊，埃迪说去海水里游泳对脚还是有好处的呢。"

"谁是埃迪呀？"

"我们的大厨师。"

"哦，那你们的大厨师还懂医务，身兼二职喽？"

"你是不知道，在这号事情上他可精了，"戴维解释说，"更何况戴维斯先生也是这个意思，说去游游没问题的。"

"戴维斯先生还说别的什么了吗？"她这是冲着罗杰问的。

"他还说很乐意见到你。"

"那敢情好。你们这些小家伙，快说说昨天晚上怎么玩的呀，一定很热闹吧？"

"还好吧，"罗杰说，"我们先在一起打了会儿扑克，后来睡之前我又看了会儿书。"

"打扑克最后谁赢了？"

"安迪和埃迪，"戴维说，"你们呢，昨晚都玩了些什么好玩儿的呀？"

"我们玩的'十五子戏'。"

"你睡得好吗？"罗杰问。

"很好。你呢?"

"我呀睡得好香甜。"他说。

"可是我们这几个人里只有汤米会玩'十五子戏',"戴维对那姑娘说,"那还是一个不成才的家伙教给他的呢,不过他也是后来才知道那个家伙原来是个搞同性恋的。"

"真的?那可真是太糟糕了。"

"按照汤米说的来看,也没有什么糟糕的事情发生,"戴维说,"毕竟又没有闹出什么乱子来。"

"可是我总觉得搞同性恋的都是些糟糕透顶的家伙,"她说,"难道搞同性恋的还会是什么好东西?"

"这事说起来还真是有点滑稽呢,"戴维说,"就是不成才的家伙,在教汤米'十五子戏'的时候,还给汤米讲了很多同性恋方面的事情,比如什么是同性恋啦,古希腊人又是怎么怎么样啦,还有达蒙和皮西厄斯①是怎么怎么啦,大卫和约拿单②又是怎么怎么啦诸如此类的。哎哟,据汤米说这个家伙讲起这些来那简直就像老师在课堂上讲课一样,就跟讲鱼卵能孵化为鱼,讲蜜蜂传粉能使花受精什么的没啥两样。不过,后来汤米问他可曾看过纪德③的一本书。那书名叫什么来着,戴维斯先生?不是《科里东》。应该是那本里边还提到了奥斯卡·王尔德④的?"

"《Si le grain he muert》⑤。"罗杰说。

---

① 两人为民间传说中的一对挚友。传说在公元前4世纪,古希腊叙拉古僭主狄奥尼西奥斯判处皮西厄斯死刑。不过,在行刑前,狄奥尼西奥斯允许皮西厄斯回家探望一次,但条件是以其朋友达蒙为人质,如皮西厄斯逾期不归,即杀达蒙代之。皮西厄斯不忍牵连达蒙,最后如期而返,狄奥尼西奥斯被二人的友谊所感动,遂释放了二人。

② 大卫和约拿单是《圣经》中的两个人物。大卫是以色列王,他在登基前原本是扫罗王的臣子。约拿单则是扫罗王的儿子。两人情投意合,约拿单像爱自己生命一般爱着大卫。但是因为扫罗王对大卫一直存有杀心,多亏约拿单数次救大卫脱离险境,最后又送他走上了逃亡的道路。

③ 纪德(1869—1951),法国著名作家。1947年诺贝尔文学奖得主。

④ 王尔德(1854—1900):英国著名作家。著有《道林·格雷的画像》等作品。

⑤ 《如果种子不死》。这是纪德在1936年出版的一部作品。前面提到的《科里东》出版于1911年,书中提出了认为同性恋是合法的这一观点。

"哦，对对，就是那本吓人的书，我记得汤米还把它带到学校里去，还给同学们念过。当然喽，因为书是法文的，同学们都看不懂，是汤米逐字逐句翻译给他们听的。其实那书里好些内容也挺乏味的，并没有什么意思，可是写到纪德先生去了非洲以后，那就吓人了，哎呀呀，那是真吓人啊。"

"这本书我也看过。"那姑娘说。

"是吗？那就好，"戴维说，"那你也就知道我要说的是怎么个意思了。总之啊，这个教汤米玩'十五子戏'的家伙自己骨子里就是个搞同性恋的，他一听汤米说起这本书，大吃了一惊，不过吃惊之余肯定又很欢喜，因为这样一来，什么蜜蜂啊、花啊这些就都不用再费口舌去给汤米解释了，所以他就对汤米说：'你知道了就好了嘛，'差不多就是这一类的话吧。没想到汤米这时回了他两句，我一直记得很清楚，汤米原话是这么说的：'爱德华兹先生，我对同性恋的兴趣可只限于理论上，不好意思。所以，非常感谢你教会了我玩"十五子戏"，我现在得向你说再见啦。'"

"哎呀，你们看，汤米那时候的风度就已经是没的说了，"戴维又对她说，"我想是因为他跟着爸爸在法国住了一阵，那时刚回来，所以他的绅士风度更是其他人没法比的。"

"那你也在法国住过喽？"

"是啊，我们都住过，只是各人有先有后。不过这些事情只有汤米能记得一清二楚。因为他的记忆力是最强的。而且他从来就没有记错过。怎么啦，你也在法国住过吗？"

"是啊，还住了好长时间呢。"

"是在法国上学吧？"

"对。就在巴黎郊外。"

"这下可好，一会儿你跟汤米可就谈得来了，"戴维说，"巴黎无论是城里城外，汤米都熟得很，就像我对这一带水下的暗礁沙洲早已摸熟了一样。不过，只怕我再怎么熟悉这里的暗礁沙洲也都还不及他对巴黎来得熟呢。"

戴维说话的这会儿，她已经在阳台下的阴凉地儿里坐下了，双脚在那儿一扭一扭的，像个不听话的小孩儿，从她脚上的趾缝里一点点落出白花花的沙粒。

"那你先把这里的暗礁沙洲什么的说给我听听吧。"她说。

"人们常说听景不如看景。听着能有多大意思，还不如领着你去实地看看呢，"戴维说，"我可以弄条小船，载着你去沙洲看看，你要是有兴趣的话，我们还可以下到海里去摸鱼。真的，要想了解暗礁是怎么样的，不实地去看可是什么都不知道的。"

"哎呀，说得我倒真想去看看呢。"

"游艇上那帮家伙都是些什么人？"罗杰问。

"无非就是些张三李四呗。反正你肯定不会喜欢他们的。"

"是吗，他们看上去还挺讨人喜欢的呢。"

"我们别用这种腔调儿说话好不好？"

"好吧。"罗杰说。

"比如你们见到的死乞白赖的那个人吧。他是这里边最有钱的一个，可也真的是最乏味的一个。好了好了，不说了，我们就别再提他们了，他们都是好人，个个都挺不错的，可就是些乏味得要死的人呢。"

这会儿，小汤姆也来了，后面还跟着安德鲁。刚才他们两个人在水里游得欢畅着呢，结果一下子就游到了海滩的那头去了。等到他们冒出水面来一看，才瞅见戴维的椅子旁坐着那位姑娘，他俩便急急忙忙地上了沙滩，踩到硬实些的地方就撒腿狂奔来了。安德鲁哪儿跑得过小汤姆呀，他被撇在后面好长一截儿，跑到这里时已经是上气不接下气的了。

"我说，你怎么也不等等我啊。"他气喘吁吁地对小汤姆说。

"对不起，安迪。"小汤姆说。接着便对那姑娘打招呼："你早。我们等了等没看见你人，就先下海去了。"

"真是对不起啊，我来晚了。"

"不晚，不晚。我们一会儿都还要下去呢。"

"我看我就不去了吧，"戴维说，"你们赶快一起去吧。我已经叨叨得够多的了。"

"一会儿下了海，你不用担心有回头浪打来，"小汤姆对她说，"这儿的海滩坡面比较长，坡度比较缓，没事儿的。"

"这一带有没有鲨鱼和舒鱼？"

"鲨鱼有是有，不过它们要晚上才出来活动，"罗杰对她说，"舒鱼也是不犯人的。除非碰上海水又浑又急的，那种情况下舒鱼才会咬人。"

"一般情况下，要是舒鱼只看见眼前有个东西在闪，却又看不清那是什么，这种时候舒鱼就想保护自身，所以就有可能误伤了人，"戴维很耐心地给她解释，"但是在水清的环境下，舒鱼是从来不咬人的。在我们平时游泳的地方附近就有舒鱼。"

"有时候可以很清晰地看见它们就在离你身边不远处，跟你一起在浅海里浮游，"小汤姆说，"要我说啊，它们就是一群好奇心大得不得了的家伙。不过看一会儿之后也就都游走了。"

"但是如果你手里正好有鱼的话，"戴维对她说，"比方说你摸到了鱼，把鱼串在串鱼绳上或者放在袋子里，那它们可能就要来打这些鱼的主意了，舒鱼的攻击速度可快了，所以搞不好的话就会咬了你，把你给误伤了。"

"另外还有一种可能，就是如果你没留神游到了一群鲻鱼里，或者说遇上了沙丁鱼群，"小汤姆说，"这种时候舒鱼一旦扑过来追袭鱼群，说不定也同时咬到你。"

"没关系的，我和汤姆一边一个护着你就好了，你游在我们中间，"安迪说，"那样就不会遇上什么麻烦了。"

这会儿，只见海浪一阵阵猛烈地扑上沙滩，打得四散开花。鹬鸟和威尔逊鸻鸟就抓住前一个浪头刚刚退落，后一个浪头还没有打来的这个空隙，以闪电一般的速度飞了出来，迅速地找寻硬实的地方，最后落在刚打湿的沙子上。

"哎呀，你们看这么大的风浪，打得人眼睛都快睁不开了，我们去游泳合适吗？"

"你就放心吧，这点儿风浪不算啥，"戴维对她说，"只要下水之前注意一下自己的脚下就好了。风浪大些没关系的，至少就不会有魟鱼在沙滩上晒太阳了吧①。"

"真的，戴维斯先生和我会照看好你的。"小汤姆说。

"还有我，我也会照看你的。"安迪说。

"我跟你说，你就是在浪花里真碰上鱼了，多半也只是些个小鲳鲹，"戴维说，"这种鱼就是专等涨潮的时候出行，主要是为了在沙滩上吃砂蚤的。不信你到时候看看吧，这种鱼在水里可好看了，它们见了人也挺好奇的，却从来不咬人。"

"听你们说了这么多，感觉真有点像到了水族馆似的。"她说。

"还不止这些呢，如果你想要长时间地潜在深水里，那么安迪可以教你怎样吐气，"戴维对她说，"汤米可以教你怎样去避免海鳝的纠缠。"

"行了吧，你就别吓唬她了，戴夫，"小汤姆说，"再说了，我们两个哪有他的潜水本领厉害，我们不是潜水大王。他才是我们这儿真正的潜水大王呢，布鲁斯小姐，所以……"

---

① 魟鱼是常栖息在近海底层的一种鱼类，显然戴维说的是句俏皮话。

"叫我奥德丽就好了。"

"奥德丽。"小汤姆这样叫了一声，话却没有接着说下去。

"嗯？你刚才想要跟我说什么来着，汤米？"

"我好像也忘了，也许自己随便说说了，"小汤姆说，"走吧，我们还是下海游泳去吧。"

他们走了以后，托马斯·赫德森继续在阳台上画了一会儿画，才下楼来坐在戴维的身旁，目光看向已经跳进了浪花的那四个家伙。托马斯·赫德森远远地看见，那姑娘游水潜水都像海豹似的那么滑溜。她没有戴游泳帽，要真论游泳的本事的话，那她可是一点也不比罗杰差，只是在体能上与罗杰有明显的差距。他们在海里游了好一会儿，等他们出了水上了海滩，踩着硬实的沙地向屋里走来的时候，那姑娘脑后的一头秀发已经是湿淋淋的了，这倒是衬得她毫无遮饰的脸庞轮廓更加分明了。托马斯·赫德森就一直看着这姑娘，他觉得这样俊俏的面容、这样曼妙的身材，好像真还从来没见到过谁能胜过她的。哦，不，还是有一个是比得过她的，他心里很快闪过这么个人来。是啊，那一个才是容貌最俊俏、身材最曼妙的呢。于是他命令自己：就此打住吧，不要再想下去了。这个姑娘看看就好了。好不容易来了这么个可爱的姑娘，你就高兴高兴吧。

"怎么样，游得带劲儿吗？"他问她。

"真是带劲极了呢，"她对他笑笑，"可我怎么一条鱼都没有看到呢？"这句她是转身对戴维说的。

"哎哟，这么大的浪头，见到鱼的可能性不大啦，"戴维说，"你就是见到了也是偶然撞上的。"

她若有所思地坐在沙地上，双手抱住膝头，头发湿漉漉的随意在两肩披散着，两个小家伙坐在她一旁。罗杰则一身慵懒地趴在她跟前的沙子里，额头枕着交叉的双臂。托马斯·赫德森随即推开了纱门，进屋上楼，继续到阳台上画他的画去了。他心里似乎觉得，他还是这么办最妥当。

下面的沙地上，既然旁边都是小家伙们，托马斯·赫德森也不在，于是那姑娘的两眼就盯在了罗杰身上。

"怎么，你心里有什么不痛快吗？"她问他。

"没有的事。"

"是有什么心事吗？"

"可能是有那么一点儿吧。很奇怪，我也说不上来。"

"像今天这样难得的好天气，最好是什么都不要去想的。"

"好吧，听你的。那我就什么都不想。我老老实实地看着海浪总可以吧。"

"海浪随便看，反正不要钱。"

"你还想再下海吗？"

"行啊，不过想待会儿再去。"

"你游泳还不错，是谁教的？"罗杰问她。

"不就是你吗？"

罗杰这才从臂弯里抬起头来，愕然地盯着她看。

"当蒂布角①的海滩，你还记得吗？就是那个很小很小的海滩？不是伊甸岩哦。不过我倒也经常去伊甸岩，看你在那儿跳水。"

"那你怎么又跑这儿来了呢？你的真名到底叫什么？"

"其实我是特意来看你的啊，"她说，"我的名字啊，应该叫奥德丽·布鲁斯吧。"

"需要我们回避吗，戴维斯先生？"小汤姆问。

罗杰根本就没顾上搭理他。

---

① 当蒂布角位于法国东南沿海尼斯附近的安蒂布港西南处。

"你的真名到底叫什么？"

"我本来叫奥德丽·雷伯恩。"

"那你为什么要来看我？还是特意来的。"

"这有什么错吗？我就是想要来看你，然后就来了呀。"

"有没有错倒说不上，"罗杰说，"不过，又是谁告诉了你我在这儿的呢？"

"我从一个讨厌透顶的家伙嘴里听到的，某天我在纽约的一个鸡尾酒会上碰到了这个家伙，他告诉我你在这儿，因为他跟你在这儿打过一架。他还说你是个在海滩上混饭的流浪汉。"

"哼，我倒真的是在海滩上流浪够了。"罗杰的双眼望向海上说。

"是吗？他还说了你好多别的名堂。当然也都不是什么好听的名堂。"

"说说在当蒂布角的那阵子，你是跟谁在一起的？"

"跟妈妈和迪克·雷伯恩。怎么样，现在你总该想起来了吧？"

听到"迪克·雷伯恩"这个名字后，罗杰吃惊地一下子坐起身来，直直地瞅着她。随即走过去一把将她搂住，亲了亲她。

"瞧我这该死的，我怎么就……"他说。

"所以，我说特意来看你没错吧？"她问。

"你这个淘气的小丫头，"罗杰说，"真的是你吗？"

"难道还要我验明正身？还是说你觉得不敢相信？"

"你怎么验明正身啊，我可不记得你身上有什么暗记呀。"

"那你现在喜欢我吗？"

"何止喜欢，我现在可爱你呢。"

"是吗？我可不会永远都是一副小马驹的模样哦。你还记得在奥特伊①的那次，你说我就像一只小马驹？当时听你这么说我都哭了呢。"

"这有什么好哭的呢，其实我说你像小马驹，是像坦尼尔②笔下《爱丽丝奇境历险记》插图里的那个小马驹，就是可爱的意思，这可是句好话呀。"

"反正我是让你给说哭了呢。"

"戴维斯先生，"安迪打断他们，"不好意思，还有奥德丽，我们哥儿几个想去找些可口可乐来喝。你们要不要也来一瓶？"

"我不要了，安迪。你呢，丫头片子？"

"好啊，那给我来一瓶。"

"走吧，戴夫。"

"你们去吧。我还想听听呢。"

"我真服了你这个老弟，有时候还真是服得要命呢。"小汤姆说。

"你们别忘了，给我也带一瓶啊，"戴维说，"你们只管继续，继续，戴维斯先生，你们压根儿不用管我的。"

"没关系啦，你就只管待着吧，戴维。"姑娘笑笑地说。

"可你后来又去了哪儿了呢？为什么现在又改叫奥德丽·布鲁斯了？"

"这事儿说来就比较复杂了。"

"我猜也不会简单。"

"因为妈妈后来改嫁了，这人姓布鲁斯，因此我也改叫奥德丽·布鲁斯了。"

"哦，我认识这个人。"

---

① 位于巴黎西部一区，当地有个赛马场。
② 约翰·坦尼尔（1820—1914）：英国著名的插图画家、讽刺画家。他最为有名的插图作品就是《爱丽丝奇境历险记》。

"我很喜欢他。"

"这个嘛，我就不发表意见了，"罗杰说，"可为什么把名字又改成奥德丽了呢？"

"奥德丽本来就是我的一个名字。因为我不喜欢跟妈妈用同一个名儿，索性就用了奥德丽。"

"我是不太喜欢你妈妈。"

"我也不喜欢她呀。不过我倒是很喜欢迪克·雷伯恩，也喜欢比尔·布鲁斯。你知道吗，我那时就很爱你和汤姆·赫德森。不过你看他是不是也没认出我呢？"

"我不知道。他这人脾气怪，也许认出了没说。不过我知道，他一定觉得你挺像汤米母亲年轻的时候。"

"是吗？我要真像她就好啦。"

"你呀，跟她还真是像得就跟一个模子里刻出来似的。"

"真的呢，还真像，真像，"戴维说，"这我可以做证。哦，对不起，奥德丽。按理我应该闭上嘴走开才是的。"

"不过你那时可并不爱我，也并不爱汤姆。"

"不，我是从不说瞎话的。你并不了解呢。"

"你妈妈呢，如今在哪儿？"

"她现在住在伦敦，跟一个叫杰弗里·汤森的人结婚了。"

"她是还在吸那玩意儿吗？"

"哪有不吸的？而且她还是那么美丽。"

"真的？"

"你别这个表情嘛。她是真的还那么美啦。再说我也没必要出于孝道去说些恭维话吧。"

"我看你以前是够孝顺的啦。"

"我知道。我以前总是一片好心地为大家、为所有人祈祷。结果呢，却落得个样样都让我伤透了心。每逢耶稣受难节我总是先为妈妈祝福，祈愿上天降恩，让她有一个善终。你都不知道吧，我还一直在为你祈祷呢，罗杰。"

"那我也祈祷，祈祷上天让你的祈祷能够多应验一些吧。"罗杰说。

"就是。"她说。

"这事可就不好说了呢，奥德丽。祈祷什么时候应验可是谁都说不准的，"戴维说，"当然，我的意思倒不是说戴维斯先生已经需要人家祈求上天来保佑他了。我只是想从理论上说明祈祷应验的时间是说不准的。"

"好啦，戴夫，"罗杰说，"那个布鲁斯后来怎么样了？"

"他死了呀。你不记得了吗？"

"啊，这我还真不记得了。我只记得迪克·雷伯恩死了。"

"这个你倒还记得。"

"是啊，我记得。"

这时，哥儿俩小汤姆和安迪捧着几瓶可口可乐回来了。安迪递给姑娘一瓶冰过的可乐，也给戴维递了一瓶。

"谢谢你，"姑娘说，"味道真是好极了，还是冰的。"

"奥德丽，"小汤姆说，"这下我可想起你来了。我记得当初你常跟着雷伯恩先生，一起到我爸爸的画室里来看画。那时你还不大爱说话。你，我，爸爸，还有雷伯恩先生，我们四个常常一起去各个马戏团看表演，还去看赛马，这些你记不记得？只是，那时候的你不及现在的你这样美呢。"

"哪有像你说的这些，"罗杰说，"不信去问问你爸爸。"

"其实雷伯恩先生没了，我也伤心了好久呢，"小汤姆说，"我还记得很清楚他是被一辆大雪橇撞死的，对吧。要怪就怪那辆大雪橇转弯的时候速度太快，那么突然地就撞进了人群。按说他真是不应该去的。因为他那会儿本来就病情很重，因此爸爸还特地带我去看望过他。经过一阵子调养他的身体仿佛有了些许好转，他就去看大雪橇比赛。他出事的那天我们还都不在场。哎呀，对不起，我只管自己回忆了，大概惹得你心里难受了吧，奥德丽。"

"是啊，他为人真是挺好的，"奥德丽说，"我也还好，心里并没有多不痛快，汤米。毕竟那都是很久以前的事了。"

"那你对我们这两个娃娃呢，还有印象吗?"安迪急切地问她。

"我的天，她怎么可能对我们有印象啊，大骑士? 那时世界上都还没有咱俩呢好不好。"戴维说。

"我怎么知道这些? 不过就是随口一问嘛，"安迪反问，"反正我对法国是一点印象也没有的，我看你也不见得会有多少印象吧?"

"你看你，我并没有自夸，我能有多少关于法国的印象啊，真是的。行了，我看我们三个就打统账吧，以后法国的事都归汤米记，这岛上的事今后就统统归我。还有爸爸的画，但凡是我见过的我都记得牢牢的。"

"你爸爸画赛马的那几幅画，你记不记得?"奥德丽问。

"当然，不是我吹嘘，只要是我见过的就没有记不得的。"

"是吗? 那我告诉你，有几幅画里可是有我呢，"奥德丽说，"在隆尚①的，在奥特伊的，在圣克卢②的，凡是你爸爸画赛马的画里都有我。但不知道为什么他总是只给我画个后脑勺的背影。"

"对啊对啊，我都还记得你那时后脑勺是怎么个模样呢，"小汤姆说，"那时候你的头发很长已经垂到了腰际。每次看比赛，我都坐在你后面，而且是坐在比你高出两级台阶的地方，为的是

---

① 隆尚是位于巴黎西郊布洛涅树林内的一个赛马场名。
② 圣克卢是一个市镇，位于巴黎西南郊外，那儿也有一个赛马场。

看得清楚赛场。我脑子里还有这样的画面呢，一个雾蒙蒙的日子里，法国的秋天常常都是这样的天气，空气里看上去就像弥漫着一层青色的烟雾。我们一行人坐在上层看台，正对着的就是水沟障碍，树篱和石墙在左边。终点设在离我们较近的一头，水沟障碍则是设在跑道的里圈。我就记得为了能清楚地看到赛场，我总是坐得比你高，因此也就总在你的后边看着你的后脑勺，要不我就干脆不上看台，直接到跑道边上去看。"

"那时在我看来啊，你就是个有趣的小娃娃。"

"本来我当时也就是个小娃娃嘛。你也是看我年纪太小，所以从来都不跟我说话吧。可你刚说到奥特伊，我倒想起来了，那儿的跑马场真是漂亮啊，对吧？"

"那是，漂亮极了。我去年还去过呢。"

"真的吗？那我们今年也计划去一次好不好，汤米？"戴维说，"戴维斯先生，以前你也常跟奥德丽一起去看赛马吗？"

"没有的事儿，"罗杰说，"我只是负责教她游泳。"

"那时候的你可是我心目中的英雄啊，只是都放在心里。"

"我爸爸也是你心目中的英雄吗？"安德鲁问。

"那是一定的啦。可惜尽管我一厢情愿地想要把他当成我的英雄，最终也还是不行，因为他当时是个有妻子的人。不过在他跟汤米的妈妈离婚以后，我觉得机会来了，于是给他写过一封信。写的那封信倾注了我满满的感情，我都已经下定决心，无论怎样都要去接替汤米他妈妈的位置。可这封信我却始终没有寄出去，因为很快他又跟戴维和安迪的妈妈结婚了。"

"哎哟，这事儿听着还这么复杂呢。"小汤姆说。

"你们再接着说说巴黎的情况吧，"戴维说，"我们既然已经决定要去巴黎了，我想还是应该多了解些情况的好。"

"你还记得吗，奥德丽？因为想看得更真切，我们有时候索性下了看台去贴着栏杆看，只见那一匹匹马在越过了最后一道障碍后，齐刷刷地朝着我们直冲而来，一瞬间只觉得向我们奔来的马儿看上去愈来愈大、愈来愈大，我心里还在咚咚跳呢，不一会儿它们就都从我们面前一拥而过，那一刻真的感觉到场地上震耳欲聋的响声。"

"还有，那时的天气总是很冷，我们在外面看赛马的时候常常挨着大火笼取暖，然后从酒吧里买了三明治来吃，这些你都还记得吗？"

"我最爱的就是秋天去看赛马，"小汤姆说，"看完赛马再坐着敞篷的马车回家，你还记得吗？出了树林公园①，马车慢悠悠地沿河行去，天色已经渐渐黑下来了，空气里还弥漫着一股焚烧落叶的气味，河上的拖轮拖着一条条驳船，一派繁忙的景象。"

"天呢，这些你都记得那么清楚？哎呀你那时真的还只是个丁点儿大的小娃娃呢。"

"这么跟你说吧，从絮尔斯恩一直到夏朗通，河上的每一座桥我都记得。"汤米有点得意地说。

"真的？我看不太可能吧。"

"我就算说不上来桥名，但脑子里的印象却是清楚着呢。"

"我就不信那些桥你每一座都记得。我就记得沿河有些地段是很不堪入目的，所以好些桥也根本看不得。"

"这是没错。不过自从认识你以后我们又在那里住了好长一段时间，爸爸也总喜欢去河边走走，通常都是带上我从头到尾走一遍的那种。所以甭管是不堪入目的地段，还是赏心悦目的地段，我都去过，后来一有空闲我还跟一些朋友常常到河里去钓鱼呢。"

---

① 指的是布洛涅树林，它是位于巴黎西郊的一个树林公园，里面设有一个赛马场（即在前文中提到过的隆尚）。

"钓鱼？你真在塞纳河钓过鱼？"

"当真啊，那还有假？"

"你爸爸也去塞纳河钓过鱼吗？"

"爸爸是不大去那儿的。他要想钓鱼的话一般都去夏朗通。不过他在每天画完画之后，经常爱出去走走，我就跟着他一起去散步，一直走到我实在走不动了，我们就想法搭公共汽车回家。到后来我们慢慢有点钱了，再出去散步的话，就可以改坐出租车，要不就雇辆马车回家啦。"

"是啊，我们一同去看赛马的那个时候，你们肯定是已经有些钱的了。"

"你说的那年我想我们应该是有点钱的，"汤米说，"不过具体是怎么样的我也记不清了。反正我印象里就是我们有时候有钱，有时候也没钱。"

"那时候我们家倒是一直不缺钱的，"奥德丽说，"因为若不是个很有钱的人，妈妈是肯定不会嫁的。"

"那么现在呢，你很有钱吗？"汤米问。

"哪有你说得这么好啊，"奥德丽说，"我爸爸本身就很会花钱，娶了我妈妈以后，又不善管理钱财，不久把家产就赔了个精光。再后来我的那些后爹，在培养我时没有一个是舍得出钱的，就这样。"

"其实有钱没钱都是无所谓的。"安德鲁对她说。

"你怎么不考虑跟我们一起住呢？"小汤姆问她，"我看如果你要是跟我们在一起，那准错不了。"

"这个嘛，好倒是好。可我总归还是要自己去挣钱来养活自己啊。"

"现在我们打算到巴黎去了，"安德鲁说，"我邀请你，你就跟我们一起去吧。一起去多好呀。我们俩一块儿，可以走遍巴黎，把整个巴黎都看个遍。"

"我还要好好考虑考虑呢。"姑娘说。

"嗯，我现在给你调杯酒来，助你一决？"戴维说，"你知道吗？戴维斯先生书里的人物，在决定问题或者关键的时候，总是像这样来一杯。"

"拜托，你可别拿烈酒来灌我啊。"

"那可是奴隶贩子一贯使的诡计，"小汤姆说，"回头等酒醒了，人也到布宜诺斯艾利斯了。"

"那他们灌的酒劲头一定很猛吧，"戴维说，"到布宜诺斯艾利斯去的路可长着呢。"

"这要说酒的劲头厉害啊，我看没有什么酒能比得上戴维斯先生调的马丁尼了，"安德鲁说，"戴维斯先生，就劳驾你给她调一杯马丁尼，好吧。"

"你想要来一杯吗，奥德丽？"安德鲁问。

"好吧。如果一会儿就要吃午饭的话，现在喝一杯也无妨。"

罗杰起身去调酒，小汤姆过来挨着奥德丽坐下了。安德鲁原本就一直坐在她脚边儿。

"依我看啊，你还是不喝为好，奥德丽，"小汤姆说，"你这一喝，就算跨出第一步啦。记住，ce n'est que le premier pas qui conte. ①"

托马斯·赫德森一直在阳台上画他的画。底下他们的谈话他不可能听而不闻，不过自打他们游泳回来坐在下边聊天，他始终强压住内心的荡漾，没有探头看过他们一眼。是的，他以"工作"为由给自己构筑起了一层自我保护的外壳，这些年好不容易一直苦苦守在里边，心想：我要是就这么把工作停下，我的保护

---

① 原文如此。小汤姆说的是句法语，意思是：一旦跨出第一步，后面就一发不可收拾了。

壳恐怕就彻底完蛋了，那时或许他也就完蛋了。他也不是没想过，回头等他们一个个都走了，他一个人有的是画画的时间。话虽这么说，不过他心里还是看得很透彻的：

此刻他如果不要求自己坚持画下去，那么他以"工作"构筑起的自我保障体系必将就此瓦解。所以，他一再地告诫自己：静下心来好好儿画画，只当他们都不存在就好了。要下楼也得等今天的工作告一段落，收拾停当以后，那时再下去也不怕提起雷伯恩，不怕再提当年的那些旧事了，是啊，到时候提什么都不怕。可是想要静心谈何容易啊，画着画着，他又觉得一种寂寞之感涌上了他的心头，唉，下个星期他们就都要走了。他转念又连忙命令自己：快画你的吧，别瞎想了。头脑要清醒，不要轻易改变养成的习惯，要知道你以后还得靠这样的习惯生活呢。

终于工作告一段落了，托马斯·赫德森收拾好了画具，就下楼去与大家相聚，心里却还惦记着他的画。他跟姑娘打过招呼之后，怕别扭就把眼光避开了。好一会儿才又回过头来。

"别看我在阳台上，可也是长着耳朵的呀，我都听到了你们的谈话了，"他说，"就是想不听也不行啊。我真是很高兴，原来我们是老朋友。"

"我也很高兴呀。你是不是早就看出什么了？"

"或许也可以这么说，"他说，"走吧，我们现在可以去吃午饭了。你的湿衣服已经换了吗，奥德丽？"

"没呢，我这就到淋浴间去换衣服，"她说，"我带来了衬衫和配套的裙子。"

"汤米你去告诉约瑟夫和埃迪一声，就说准备开饭了，"托马斯·赫德森对小汤姆说，"走吧，我领你去淋浴间，奥德丽。"

这时罗杰已经进屋里去了。

"我想我既然来了就要来得明明白白，不应该掩盖自己的来意。"奥德丽说。

"你很诚实。"

"你看我来这里对他是不是也能帮助一些?"

"应该能吧，我觉得。他现在最需要的就是好好工作，好挽救自己的灵魂。其实我对灵魂什么的也不太懂。不过看到他第一次来到西海岸的那段时间，我看他是连灵魂都不在身上了。"

"可他现在打算要写一部小说了。还是一部伟大的小说。"

"你又是从哪儿听来的这消息?"

"报上有个专栏里谈起过。好像是乔利·尼克博克的专栏吧，我记得。"

"哦，"托马斯·赫德森说，"那就应该是了。"

"你当真觉得我可以对他有帮助?"

"应该可以的。"

"不过我总感觉事情还是有些难处啊。"

"有些难处也是在所难免的。"

"要不我现在就跟你说说吧?"

"回头再说吧，"托马斯·赫德森说，"你快穿好衣服，梳梳头发，赶紧去屋里吧。要不让他等久了，很难保证不会再遇见别的女人。"

"以前你可不是这样的人啊，我一直认为你是我见过的人里最厚道的一个。"

"哎呀，那可真是太对不起了，奥德丽。你来了我这心里真是高兴还来不及呢。"

"我们是老朋友了，对吧?"

"那当然，"他说，"走吧，快换好衣服，打扮打扮，到屋里去吧。"

说完他就把脸扭了过去，奥德丽也轻轻地关上了淋浴间的门。说真的，他也不知道自己的情绪怎么会一下子就变成这样了。眼看着这一个夏天的愉快心情就要渐渐消失了，仿佛有时候浅滩上的潮情变化了，出海的航道里潮水就紧跟着渐渐退落了一样。他远远地眺望着大海，望着那一溜熟悉的海滩，他发现此刻潮情果然已经变了，已经看得见有些海滨小鸟在那打湿未久的沙滩上、沙坡下方的远处忙活了。眼看着打上海滩来的浪花愈退愈远，也愈来愈小。他沿着海边凝神望去，一直望到很远很远，这么望了好一会儿他才收回了目光，进屋里去了。

# 第十三章

　　最后的几天时间里，他们依然过得很快活，还跟前阵子一样那么的快活，甚至分手前的那种难受一点也没有。那游艇已经开走了，奥德丽却留下了，她在庞塞·德里昂租了一间房。不过人却是每天都和他们住在一起，就在屋子尽头那边的凉台上简单地给她搭了个铺睡，顺带着把客房也归她用了。

　　从此她再也没有提过她爱罗杰的事。而且罗杰在托马斯·赫德森面前也不大提她，只说了一句："她嫁了个浑蛋。"

　　"不管怎样，你总不可能等她一辈子吧？"

　　"我不知道，可那男的偏偏又是个浑蛋。"

　　"你说说看，这世上有几个男人不是浑蛋的？那男的总该是有什么长处的，估计你慢慢也就清楚了。"

　　"是啊，他是个阔佬。"

　　"那就对了，兴许这就是他的长处了，"托马斯·赫德森说，"女人嘛，总免不了会嫁个浑蛋，不过那浑蛋呢，也总该有些别人所不具备的长处，情理之中嘛。"

　　"好吧，"罗杰说，"我们就不谈这个了。"

　　"你的书呢，还是打算要写的吧，写的话就早日开始啊。"

　　"当然要写。她来也是督促我写书的呢。"

　　"可不可以这么说，你写书敢情就是为了她喽？"

　　"去你的，汤姆。"罗杰骂了他一句。

　　"我在古巴还有些木房子，你要不要去那儿写？虽说挺简陋的，但是好处就是你可以在那儿安心写作，没人来打搅。"

　　"不了，我还是想去西部。"

"怎么，你还去西海岸？"

"不，不去西海岸。你不是有个牧场嘛，我可以在你的牧场住上一段日子吗？"

"牧场那边我就剩了一座孤零零的小木屋，艰苦程度可想而知，在牧场边的河滩上。其余的都给租出去了。"

"那就挺好的了，我很满意。"

这些天，那姑娘和罗杰常去海滩上散步，一散步就要好半天，要么就是一同下海游泳，有时候把小家伙们也带上。小家伙们去捕北梭鱼的时候，也把奥德丽一起带上，不光是捕北梭鱼，他们几个还一起下过暗礁里去摸鱼。托马斯·赫德森还是在家一心埋头画画。他只要手里一拿上画笔，只要看到孩子们一下海，心里就总是泛起甜丝丝的喜悦：等他们游玩回来了，就可以一大家人在一起热热闹闹地吃饭了。这种心情他觉得用"乐此不疲"来形容最合适。逢到他们去潜水摸鱼的日子，在家画画的他也因担心而静不下来，不过好歹他知道有罗杰和埃迪带着小家伙们，这两人会比他还小心的。最快乐的一次是他们全体出动，一直把船开到了水下沙洲的尽头处，在最远的一座灯塔附近钓鱼，钓了整整一天的鱼，那一天大家可真是钓得尽兴啊，战果那叫一个辉煌，什么鲣鱼啦、鲯鳅啦都没少钓，还钓到了三条大刺鲅。其中安迪钓到的是最大的一条，托马斯·赫德森就作了幅画送给安迪，画的就是一条刺鲅：脑袋扁平而又古怪，长长的流线型鱼身有着遍体条纹。画面的背景是支柱有如蜘蛛足的灯塔，头上描着夏日的白云，下面画着绿幽幽的水下沙洲。

后来终于有一天，小家伙们要走了，只见那架老式的西科尔斯基①型水陆两用飞机又到他们家的上空打了个盘旋以后，便降落在了港湾里。他们划着小船把三个小家伙送上飞机。约瑟夫也

---

① 西科尔斯基（1889—1972）：美国航空工程师，一生设计过多种飞机。

划了一条小船，他知道，这是以送行李的名义来给他们送行。小汤姆说："再见了，爸爸。今年的夏天我们过得可真带劲啊，谢谢了。"

戴维说："再见了，爸爸。这个夏天真是太有趣了。你不用担心我们，我们自己会照顾自己的。"

安德鲁说："再见了，爸爸。谢谢你啊，给了我们一个好快活、好快活的夏天，还让我们到巴黎去。"

他们先后爬上舷梯，钻进了座舱门，可三个兴奋的人影又都挤在门口，一边向站在码头上的奥德丽挥手，一边高喊："再见啦！再见啦，奥德丽。"

刚才搀扶着他们上舷梯的是罗杰，因此又听见他们在说："再见了，戴维斯先生。再见了，爸爸。"接着从水面上一直传来安德鲁提得很高很高的噪声："再见啦，奥德丽！"

终于，机舱门一关，锁上了。于是就只看见他们的脸贴在小小的玻璃窗上。一会儿那"磨咖啡豆的"① 开始发动了，溅起水来，一时间好似连小家伙们的脸上也带上了水花。托马斯·赫德森赶紧把小船一退，这才避开了劈头盖脸打来的飞沫。那老式飞机确实难看，滑行了一段后，便迎着当时吹着的那么一点点微风起飞了。在空中打了个盘旋稳定以后，就改为了平直飞行，他又想，这飞机样子虽然难看点儿吧，倒也飞得稳稳的，向着湾流上空慢慢飞去。

托马斯·赫德森心里知道罗杰和奥德丽也就要走了。听说第二天有渡轮要来，他随口问了问罗杰打算什么时候走。

"就在明天吧，汤姆老兄。"罗杰说。

"就搭威尔逊的船走吗?"

"是的。我请他回来接我的。"

---

① 对飞机引擎的俗称。

"我这么问倒不是为了别的，我是需要合计一下，这次应该托渡轮搬多少货合适。"

因此，紧接着第二天他们也就那样走了。托马斯·赫德森跟姑娘吻别，姑娘也亲了他。昨天小家伙们走的时候，那分别的场面并没什么凄凉但姑娘就哭了，今天她要走又哭了，还一边哭一边紧紧地搂住他不放。

"好好照顾他吧，你自己也多多保重。"

"我会的。你待我们真是太好了，汤姆。"

"别说这种傻话。"

"我会给你写信的，"罗杰说，"我到了那边可以替你办些什么事儿吗?"

"行啦，只要你过得开心就好了。到了那边不管情况如何，不妨也让我知道知道。"

"好的。相信这位也是会给你写信的。"

就这样，他们也走了。托马斯·赫德森送别他们回来，路过博比的酒店顺便进去坐了坐。

"这下你的冷清日子可就来喽。"博比说。

"是啊，"托马斯·赫德森说，"简直就是冷清得要命了。"

# 第十四章

孩子们一走，托马斯·赫德森一个人待着，不知道为什么只觉得满心不快。不过在他看来这不过是生活里少了孩子而产生的寂寞罢了，也是人之常情，因此他还是只管埋头作画。看来当一个人的世界末日真正来临的那一时刻，与之前博比先生构思中的那幅千古巨画相比，其实是不一样的。就好比现在他就被宣告了自己的世界末日，宣告托马斯·赫德森个人的世界末日到来的也就只是本岛的一个小伙子。小伙子从大路那头的当地邮局过来，给他送来了一份无线电报，并且还说了句："请你在封套的回条上签个字撕下给我。你知道的，我们也都很难过，汤姆先生。"

他照惯例拿出先令给了小伙子一个。可是小伙子接过来看了看，又把它放在了桌子上。

"我不是为小费而来的，希望你能节哀，汤姆先生。"小伙子说完就默默地走了。

他把电报看了一遍，然后收起来放在口袋里，走出门去，在靠海的门廊上坐下来。他接着很不放心地又从口袋里取出电报，又仔仔细细地看了一遍。

"令郎戴维及安德鲁同其母于比阿里茨①附近遭车祸身亡诸事已先代料理完望即来致最深切的哀悼。"

署名是跟他有来往的纽约那家银行在巴黎的办事处。

这时埃迪走了出来。他刚才已经从约瑟夫那里听到了这个噩耗，应该是报务室的一个小伙子告诉约瑟夫这个消息的。

---

① 位于法国西南部，沿比斯开湾。

埃迪在他身边坐下来说："这真是要命啊，汤姆，怎么会发生这样的事呢？这可让我们怎么办呢？"

"谁知道啊，"托马斯·赫德森说，"我想若不是他们撞了人家，就是人家把他们撞了吧。"

"我敢打包票这车一定不是戴维开的。"埃迪说得斩钉截铁。

"是啊，我也说一定不是他开的。不过现在说这些都于事无补，也已经无关紧要了吧。"

托马斯·赫德森嘴上说着，眼睛却望着那一平如镜的蔚蓝的大海出了神，远处那蓝得更深的地方就是湾流了。这会儿太阳已经沉得很低了，不多会儿就要被云彩掩住了。

"依你看会不会是他们妈妈开的车呢？"

"有这可能。不过也说不定是司机开的车。不管怎样，那还不都是一个样的结局？"

"会不会是安迪在开呢？"

"也不是没这可能。他真要开的话，他妈妈会让他开的。"

"这小家伙就是太爱逞能了。"埃迪说。

"可不是嘛，"托马斯·赫德森说，"只是他现在要逞能也逞不了啦。"

太阳终于落下去了，云彩遮住了阳光。

"我们赶无线电台下一趟发报的时候，给威尔金森①打个电报吧，请他早一点来，再请他帮忙打个电话，替我订一张去纽约的机票。"

"你走了，这里的事有什么要吩咐的吗？"

"没什么事儿，只要照看着点就行了。我会给你按月留几张支票。如果遇上大风，就多雇些得力的工人，拜托你把船和房子都看顾好了，我对此很感谢。"

---

① 威尔金森应该是拉尔夫船长的姓。

"我一定会尽力的，你就放心吧，"埃迪说，"只不过我现在感觉一切都没意思了。"

"我也是。"托马斯·赫德森淡淡地说。

"好在我们还有小汤姆。"

"是啊，眼下幸好还有他。"托马斯·赫德森说。这还是他收到电报以来，第一次不躲不闪地抬起眼，完整地探望了一下自己长远的前景，不过答案仍然只是一片茫然。

"你一定会熬过来的，汤姆。"埃迪说。

"是。哪一次我没有熬过来呢？"

"这样吧，我看你不妨先到巴黎住上一阵，然后再去古巴的老庄住上一段日子，真要寂寞得不行，那时候也可以让小汤姆来陪陪你。在那儿你还照样画你的画，这样至少让你换换环境或许能好受些。"

"好的。"托马斯·赫德森说。

"你出去走走，到处旅游旅游，也是大有好处的。什么都不要想也不要去管了。去坐坐大轮船吧，我这一辈子就想坐那么大的轮船。每一条大船都去坐坐。轮船开到哪儿我就玩到哪儿。"

"好的。"

"噢……天哪天哪！"埃迪终于还是忍不住地说，"你看这是不是该死，为什么非得要了我那小戴维的命？"

"这个，我们就别再说了吧，埃迪，"托马斯·赫德森说，"这要说起来就悬了，我想我们是理解不了这些。"

"真是个混账的世界！"埃迪把帽子往后脑勺上一推，骂了一声。

"可是比赛还没有结束呢，我们活着的人就还得尽力而为。"托马斯·赫德森对他说。不过他却已经意识到，其实自己对这场比赛也没有什么兴趣了。

# 第十五章

托马斯·赫德森是搭乘"法兰西岛号"东渡大洋的。在东渡的途中尽管他的本意是不想了解世界末日,可偏偏命运非得让他他真正明白地狱的概念:其实地狱并非就像但丁所写的那样,而那些描写过地狱的伟大作家们也并没有把形形色色的地狱都写尽,他们都没想到地狱也可以是一艘舒适惬意、人人喜爱的豪华巨轮,载着你去一个原本你总是欣然向往的国家。地狱里的确是有好多个"界",不过也并不是一成不变的,并非都像那位自命不凡的佛罗伦萨大作家笔下所写的那样。那天他很早就上船了,事后他才意识到,这是因为自己想要快快逃出纽约。在这里他实在待不下去了,他生怕在城里遇见熟人,人们总是会跟他提起那件不幸的事。他才早早地上了船,本想到了船上就好了,就可以把内心的悲痛暂时地搁在一边了吧,此刻他才知这心上的悲痛是无法赶走,他怎么也挪不开、搬不动的。是的,悲痛可以借一死而化解,也可以被各种因素所冲淡、所麻木。还有的说时间也有化掉悲痛的功效。但是,除了一死,如果还有其他什么方法能化解这悲痛的话,他想这悲痛就很可能并不是真心的悲痛了。

有一种办法的确可以把自己整个人儿搞得糊里糊涂的,从而暂时忘了悲痛,那就是用酒把自己灌醉,没错。还有一种办法也可以暂时把心思引开,那就是埋头工作。而且对托马斯·赫德森来说,这两种办法他都会。不过他也知道,一旦灌多了酒,自己的才能必定会受到戕害,好画也就画不出来了。再说工作,这么多年以来他倒是一直把工作看成自己生命的基础,所以即使内心没有任何的悲痛,他从来都是把工作抓得紧紧的,对他而言,什么都可以放松，唯有工作是绝对不能放松的。

可是眼前得有一段时间不能作画了，他也就打算喝喝酒，看看书报杂志，运动运动，尽量每天把自己累得撑不开眼，然后才能睡得着觉。在飞机上他倒是睡了一觉的。但是在纽约的这几天他是压根儿就没合过眼。

如今他已经来到了轮船上的特等包房里，包房还挺好的不愧是特等房，带了个起居室，搬运工随后替他把行李搬来了，还有他买的一大包书报杂志。他心想的是，没事儿就看看书报杂志，把空闲时间挤满，由此着手赶走悲痛也是最简单易行的。包房服务员看了看他的船票，没说什么。他顺便问服务员要了一瓶毕雷矿泉水①和一些冰块。行李送来以后，他先是取出一瓶五分之一加仑装的上等苏格兰威士忌，打开矿泉水，给自己调了一杯酒喝。然后割断了绳子，将那一大包报纸杂志摊开在桌上，准备选一本看看。心想看杂志肯定看得不会过瘾，但看总比不看强。那些杂志每一本看上去都是崭新笔挺的，跟平日在岛上收到的还真就是不一样。他顺手拿起《纽约客》开始看。在岛上的日子，他总是要把《纽约客》留到晚上才看的。而且像这样一本当周出版的《纽约客》，崭新的还没有卷拢过，他已经有好长一段时间没有看到了。他正靠在舒舒坦坦的大圈椅里，一边喝酒一边看，却怎么也看不下去：是啊，自己的亲人才离世未久，像《纽约客》这样的刊物是无论如何也看不下去的。他只好又换了一本《时代》来试试，这个还好，至少让人看得下去，他看到"人生大事"专栏报道了自己家的事情，里边报道了他两个儿子的死讯，并且注明了他们的年龄，连他们妈妈的年龄都有，不过那就说得好像有点不太准确了，消息里还提到了她的婚姻情况，说她竟然在1933年就离婚了。

---

① 一种冒泡的矿泉水，产于法国南部，毕雷是其商标名。

　　再看《新闻周刊》，也作了同样的报道。不过在看到这条小消息时，托马斯·赫德森突然有了一种奇怪的感觉，写报道的那位记者或是编辑好像对于两个孩子的遇难，感到挺惋惜似的。

　　接着他又为自己调了一杯酒，一边调酒一边想着，用毕雷矿泉水调威士忌就是比用别的强呢。于是他就从头到尾地把《时代》和《新闻周刊》两份杂志认认真真地看完了。表面上是看着杂志呢，他心里却禁不住地想：她非得到比阿里茨干什么去啊？要玩的话也该到圣让德卢兹①去玩啊，为何要发生让自己这么难过的事情呢。

　　由此可知，威士忌似乎已经开始起作用了。

　　他强迫自己说：好了，别再去想他们了。把他们的音容笑貌都一一记在心里吧，现在也只能当成故人撂一边了。不管怎么说，你迟早都得过这一关。迟过还不如早过。

　　是啊，还是再看看杂志看看报吧。他正这么想着，船已经开行了。即使船开得极慢极慢，他却并没有到起居室的舷窗边去张望船的航行。他就始终坐在那舒舒坦坦的椅子里，把那一大堆的报刊一份份、一本本拿来看，一边喝着他用毕雷矿泉水调的威士忌。

　　他又听见自己的内心在说：现在没有什么让你感到为难的。人都已经去了，心也就别再想了吧。其实你很不应该那么火热地爱着他们。不光对两个小家伙如此，对他们的妈妈也应该这样。威士忌就是这样的意见，你好好听听吧——他对自己说。乖乖，好个威士忌啊，还真是消解苦恼的万应灵丹呢。这真是"炼金士的万应灵丹，能够化沉甸甸的黄金为粪土只在顷刻之间"。哦，不行，这样念起来多拗口啊。还是"沉甸甸的黄金化为粪土只在顷刻之间"这样说的好。

--------

　　①　位于比阿里茨西南的一个小镇，沿比斯开湾。

他转而又开始想：罗杰跟那姑娘，这会儿也不知道在哪儿呢？我的汤米在哪儿这个问题向银行打听一下就知道。至于我在哪儿嘛这我自己清楚。我现在是在轮船里，正喝着一瓶"老帕尔"。喝吧，尽情喝吧，明天我再到健身房里去出一身汗，把今天喝的统统排解掉。然后还可以去洗个蒸汽浴。我还要去蹬蹬健身车、骑骑机械马。对，我就是要这么干，我要把机械马好好地骑个够。骑完了再去痛痛快快地进行按摩，最后上酒吧去喝酒聊天，随便找个人聊聊，聊什么都行，只要是别的话题。反正只有六天工夫。这样六天工夫很容易就打发了。

那天晚上他这样想着想着就睡着了，直到半夜醒来听见船还在大海里行进。大海的气味令他还以为自己是在岛上的家里，以为不过是做了个噩梦刚惊醒过来。后来才意识到这不是噩梦，他现在也不在岛上了。他用鼻子闻了闻，感到从开着的舷窗边框上飘来了一股浓浓的密封脂味儿。他扭亮了电灯，找了点儿毕雷矿泉水喝。嘴巴里是真干啊。

他看见桌子上摆了个盘子，里边装着一些三明治和水果，那应该是服务员昨天夜里送来放在那儿的。毕雷矿泉水放在桶里，用冰镇着，冰还没有完全化完。

他觉得应该吃点儿东西才好。看了看墙上的钟，正好是清晨三点二十分，清晨时分海上的空气很清凉，他先是吃了一块三明治、两个苹果，然后又从桶里取了点冰，调了一杯酒。这样一瓶"老帕尔"就快要见底了，不过他包里还有一瓶没开的呢。于是，在这一凉如水的清晨，他坐在舒舒坦坦的椅子里，一边喝酒，一边看《纽约客》。现在他才发现这《纽约客》看得挺不错的，他甚至觉得天不亮就喝酒，其实也挺有味道的。

要知道多年来，关于喝酒他已经养成了一个习惯，该习惯是雷打不动的，那就是到了夜里就不再喝酒了，而且只要是在工作日，一天的工作没完也是绝不会喝酒的。可是这会儿天不亮就醒了，打破了规矩之后他却感觉到一种天真的快乐重新来临。仔细想想，自打收到那份电报以来，这还是第一次又感受到了纯动物性的快乐，或者说是第一次又能感受到这种快乐了，这么说似乎更准确一些。

看着看着，他心里不由得想：《纽约客》还真是不错呢。看来即使是有祸事临头，挨到差不多第四天的时候，这本杂志也还是能入了眼的。第一天，第二天，第三天，还都不行，绝对不行。但到了第四天，就能看下去了。这点经验记着兴许还是有用的，错不了。看完《纽约客》了他又接着看《拳击台》，《拳击台》看完了再翻翻《大西洋月刊》，里面不管什么凡是可以一看的他都看了，甚至那些不值得一看的他也看了好几篇。这时候他已经调了第三杯酒，开始看《哈泼斯》了。他对自己说：你瞧，我还好好的，其实也没有什么嘛。

海明威全集

# 岛在湾流中（下）

Islands in the Stream

〔美〕海明威　著

饶　月　译　俞凌婍　主编

中国出版集团　　现代出版社

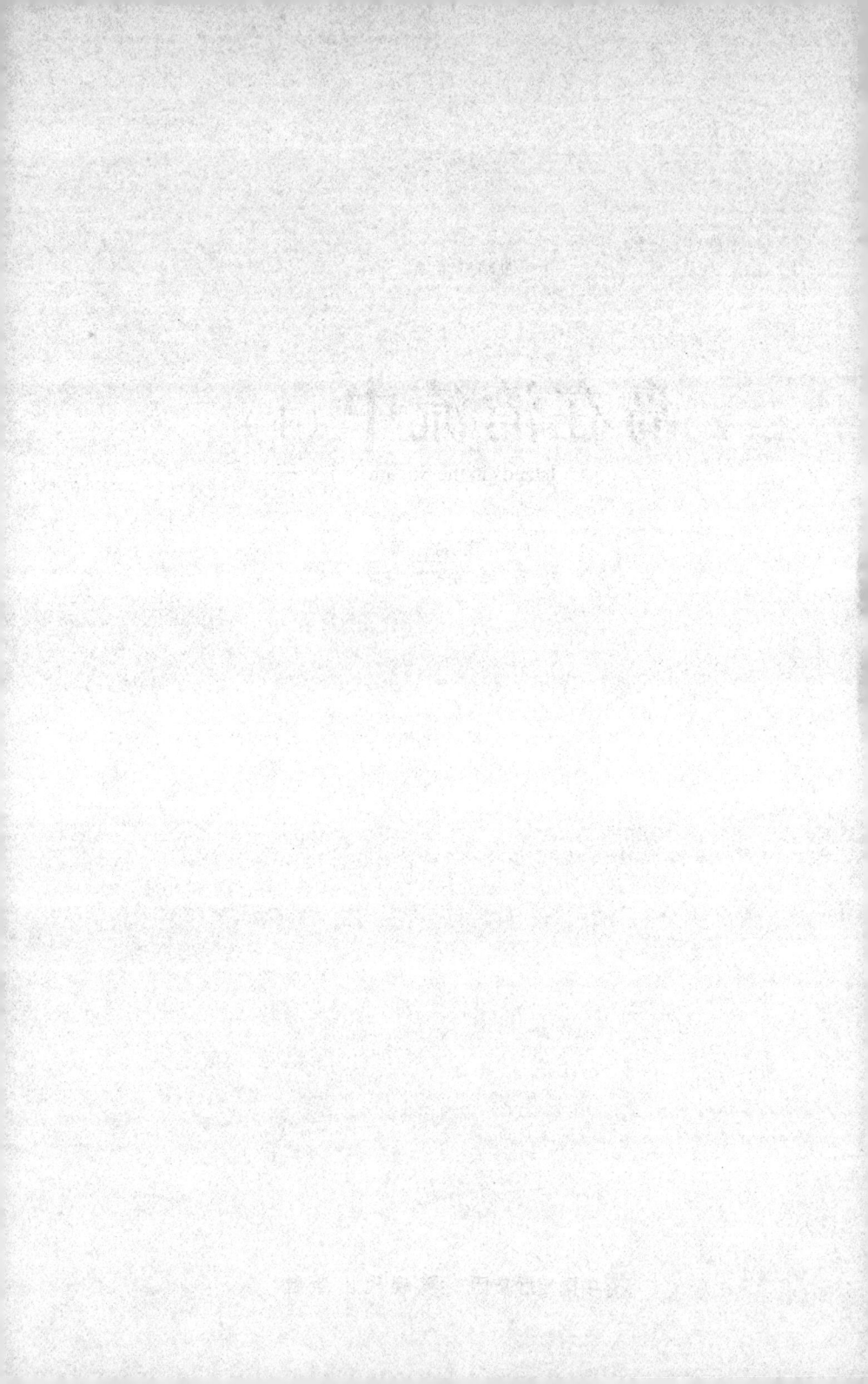

# 第二部　古巴

等到他们全部都走了以后，一张合成纤维的席子被他铺在地上，躺在了上面，外边风的动静儿挺大，隆隆作响的风声不时传入耳中。听起来风一定刮得很大，略微感觉有些冷，于是他就又从包裹里取出两条毛毯铺在地板上。然后在起居室的桌子脚边挪了挪空位，他将一个鼓鼓囊囊的椅子靠垫安放在这儿，然后堆叠两个枕头在一起又紧顶着靠垫。虽然桌子上仅放着一盏看书用的大台灯，光线却充足得有些刺眼，他就找出一顶鸭舌帽戴着，遮住了部分光线，然后在灯光下拿出信慢慢地看了起来。他的猫儿就蜷在他的胸口，不时地扭动一下身子，轻轻地打着呼噜。他轻轻地将一条薄毛毯拉起来，将人和猫全都盖在下面。他拆开了手中的信慢慢地看了起来，身旁的地上放了一杯加了水的威士忌，他不时地端起喝上一小口。不喝的时候就把杯子放到只要伸伸手就能拿到的地上。

那猫儿翻了个身继续打着呼噜，不过丝毫没有打搅到他，因为那猫儿的呼噜声很轻微，几乎是无声的。他一只手拿着信笺，脸上一副若有所思的表情，另一只手就用手指头慢慢地抚摩着猫儿前颈上的毛。

"看来你真的有个喉式传声器①啦，宝伊西，"他说，"你可真是爱我啊。"

猫儿似乎被打搅了美梦，毛茸茸的爪子在他胸口轻轻地挠了几下，猫儿的爪子一下子就把他的藏青色的厚毛线衫给抓起了几

① 飞机驾驶员有的时候会使用喉式传声器，该器附于喉核处，依靠喉核的震动传出声音，用来隔离周围噪音的干扰。

丝毛线头。猫儿亲昵地把头在他的衣服上蹭了蹭，又长长地伸了个懒腰，活脱脱地像只睡眼惺忪的小老虎，他顿时感到胸口上面的分量加重了几分，有种沉甸甸的感觉，手指在猫儿毛茸茸的颈部抚摩着，仍然感到一阵阵的无声呼噜，看来小家伙舒服地待在梦乡呢。

"太可恶了，这女人真不是什么好东西，宝伊西。"他对猫儿说着，他随手拆开了另一封信。猫儿探起毛茸茸的小脑袋将他的下巴顶着，还就着他的下巴来回地蹭着。

"调皮的小家伙，蹭吧，蹭吧，一会儿有你受的罪了，保管叫你吃不了兜着走，宝伊西，"他说着就压低下巴，用下巴上的胡茬去蹭猫儿的脑袋，"女人们总是受不了我的胡茬儿。可惜宝宝呀，你就是不会喝酒，其他事儿你可都会，你可真是我的宝宝。"

猫的名字叫宝伊西，最初的由来是一艘叫作"宝伊西"号的游艇，不过他已经叫习惯了，到现在他干脆把猫儿就叫作宝宝了。

第二封信他沉默着看完，一直从头看到尾，看信的过程中一句话没有说过，之后才伸手拿起了地上的酒杯，默默地喝了一口加冰的威士忌。

"真是不公平啊，"他说，"看来咱们没什么好谈的了。要不咱俩换换位置，信就由你来看，换我来趴在你胸口打呼噜可好？我说宝宝，我这个主意你看是不是很好啊！"

他索性翘出了胡茬迎向着猫儿的脑袋，猫儿仰起头来迎着他的下巴蹭来蹭去，胡茬像一把密集的梳子一样，一直从猫儿的两耳之间梳到了后脑勺，然后来到肩胛骨之间，这个时候第三封信已经被他拆开了。

"还是你最好，我的宝伊西呀，刚才你有没有替我们担心呢？刚才起风的时候我是挺操心的。"他对着猫儿说道，"我们进港的时候你没看到，莫洛堡都被海浪打在下面呢①。估计你看到后会被吓傻的，宝宝。我们进港的时候那浪头是多么的凶、多么的大啊，就好比踩在冲浪板上，浪花打得漫天都是。"

猫儿却依然一副心满意足的样子，趴在那里，顺着他的话语轻轻呼吸着，仿佛在回答他一般，一人一猫呼吸都是那么均匀。宝宝是一只身子好长的大公猫，估计是夜里太过辛苦地逮耗子，实在让人觉得它很累，不过依他看宝宝还挺懂情意的。

"我不在的时候那些该死的老鼠倒霉了吧？你应该是战功赫赫的吧，宝宝？"早已放下手中的信后，他一只手轻轻地抚摩着毛毯里的猫，"小肚子鼓鼓的，看来你夜里的战绩真是不错呢？"猫儿撒娇地翻过身来，把肚皮凑过去给他抚摩，在很早以前猫还是小猫的时候，它一旦高兴起来就总是喜欢这样子。他把猫儿在胸前紧了紧，那大猫就顺从地侧着身子，把脑袋顶住了他的下巴。可是他搂得有些过于紧了，那猫儿就突然不耐烦地一翻身，爪子一下抓住了他的毛衫，改为趴在他胸前，一人一猫仍然紧紧地互相依偎着，猫儿现在几乎连呼噜也不打了。

"啊啊，难受啦？真是对不起啊，宝宝，"他歉意地说，"最后的这封信真的要看啊，我会一口气把它看完的。抱歉，反正现在我们也想不出什么办法。我看你也拿不出什么好主意吧？"

猫儿一副可怜巴巴的样子，就那样眯着眼紧紧地依偎着他，也不再打呼噜了。"我连一点好办法都没有想出来呢，不要急不要急，宝宝。当我灵光一闪的时候我会告诉你的。"他就一边看信，一边抚摩着猫儿，嘴里还说着。

第三封信，有些漫长，等到他看完的时候，一身黑白色毛的大猫早就已经趴在他胸前睡熟了。那副姿势像极了狮身人面像，还颇有些气势，美中不足的就是那颗毛茸茸的小脑袋还耷拉在他胸前。

---

① 这里说的进港指的是进哈瓦那港口。莫洛堡就在哈瓦那港口外面。

猫儿这回真是睡着了，太好了！他心想。我也应该舒舒服服地睡个觉，不过应该先脱了衣服洗个热水澡，但哪里有热水呢？洗热水澡都是很难了。再说一天来折腾得好累了，今晚我也不想去睡在床上。睡在这儿还踏实些，睡在床上说不准还会骨碌下来。胸口感觉到猫儿越来越沉，让这老畜生压在身上恐怕也睡不成。

"宝宝醒一醒，"他说，"我想侧着身子睡了，你这样趴着睡觉的话非得下去不可啦。"

猫儿软绵绵沉甸甸的，他刚用双手抱起它，猫儿就一下子警醒过来了，但是它睁开眼睛向四周看了看，没发现异常就又变回迷迷糊糊的状态了。他把猫儿在身边安置好，终于将身子翻了过去，把头枕在右臂弯上侧身而卧，猫儿被他甩在了背后。那猫儿开始还很不乐意的样子，但还是给自己挪了个地方，身体圈起来像个毛球，非得挨着主人才睡着了。他把三封信又从头到尾地读了一遍，一阵困意袭来，他决定睡觉了。他探起身，伸手关掉了刺眼的台灯，侧着身子贴地躺着，他感到自己的屁股和猫儿紧紧地贴在一起。他一个枕头枕着脑袋，另一个枕头抱在怀里，就这样睡着不知道过了多久。外边的风呼啸着猛烈地刮着，虽然他是躺在这屋里的地上，但仍然感觉整个屋子有些摇摇晃晃的，仿佛自己现在仍然在船上的驾驶台上一样。毕竟他在驾驶台上可是一直工作了十九个小时啊，前不久才刚回来，估计是"晕陆"吧。

不知道怎么他竟然失眠了，躺着，眼皮已经重得抬不起来了，期望着快点睡着，但翻来覆去的就是睡不着。他不想再打开灯也不想再看信了，于是就只好继续躺在那里，希望快点睡着或者快点天亮。在这狂风呼啸的夜里，他所有感觉都变得灵敏得不行，即使隔着条毛毯都能感到身下是一张席子。记得在珍珠港事变之前的六个月，有一次他乘着一艘游艇去萨摩亚的时候，从那里带回来了这张席子，席子是按照这个房间的尺寸特意定做的。挺大的一张席子刚好可以将整个地面的花砖全都盖住，在通往院子那边的落地长窗的位置，只是由于不时开窗关窗，席子头上都起了拱卷了。风从窗框下的隙缝里不断地吹进来，直往席子下钻，把席子吹得一鼓一鼓的，他感觉得到身下的席子微微波动。他心想，"这西北风至少还要刮一天，然后就会变成偏北风，最后就变成了东北风，接着就慢慢弱了下来。"转了东北风以后有时还可能要吹上几天大风。据他所知一般冬天起风都是按照这个规律来的，不过稍后才会稳定下来，变成东北信风，也就是当地人所说的"拔立柴"。一旦刮起东北向的大风，而且风跟墨西哥湾流常常面对面地就冲突起来，只要风力达到七级以上，海面上就会掀起连他这位经验丰富的人都绝少见到的滔天恶浪，他清楚地知道，德国人的潜艇在这样的风浪里是绝对不会浮到水面上来的。他心想：四天以后潜艇肯定就会上来，看来我们至少还要在岸上待四天。

最近一次的巡逻情景不由得浮现在脑海中。他们的巡逻船沿着海岸保持着规定的速度行驶着，离岸边也保持着 30 英里的距离，但不巧的是刚刚行驶 60 英里，一阵大风就来了。他当即决定返航，回到哈瓦那港而不去巴伊阿·翁达①避风，结果这一错误的决定让他这一路吃尽了苦头。天气过于恶劣，船都有些吃不消了，看来回去后船上有好些机件都得要好好检修一下了，一个错误的决定让他一路上不得消停，也十分难为了这艘船。如果当时决定去巴伊阿·翁达避风的话，或许就不会弄得现在这般狼狈不堪。但话又说回来，近来他们可是没少去巴伊阿·翁达，何况去的次数多了乏味就不可避免了。何况他这次根本就没有想到在海上一待就待了十二天，按原定计划出海根本不会超过十天，却事与愿违。好几样物品已经在他的船上出现了短缺。对于这场大风到底何时停歇他心里已经越来越没谱了，所以他才会做出这么一个让他损失颇重的决定——回哈瓦那港。他明天一大早就要到

① 巴伊阿·翁达（翁达湾）：位于古巴北部的一个海港，在哈瓦那西偏南 60 英里处。

大使馆去向海军武官报告，不过去之前先要梳洗整齐了，洗个澡，刮一下脸。或许他们也会说他现在应该还在沿海一带滞留，在这种鬼天气返航安全毫无保证。但是他对自己的想法还是很有信心的：在这种气候下德国人的潜艇肯定不会浮出海面的，何况他们想要出水也没那么容易。说到底其实就是这么回事，其实整个想法正是建立在这一情况下，只要他这个观点能够成立，能够被认可其他什么都不会再是什么问题了。不过事有万一，任何事都不会那么单纯。他越想就越觉得这件事肯定有令人难以察觉的秘密。

侧卧的时间一久，他感觉右侧屁股、大腿以及右边的肩头都渐渐地有些麻木了，愈来愈感到地板硬得让人无法忍受，于是他用肩膀的肌肉稍微支撑了一下，身子一转就改为平躺着了，在毛毯下他将腿拱了起来，膝盖弯曲，用脚后跟将毛毯的边缘压住。这样才算舒服一些了，他伸过左手，轻轻地抚摩着这个已经睡熟了的猫儿。

"宝宝，看你睡得可真是香啊！你倒真会自在，我对你都有些嫉妒了呢！"他轻轻地对那猫儿说，"看来只能这样了，一个人睡不着总比一人一猫都失眠要好，你就继续进入梦乡吧。"

宝伊西睡着了，他也少了个说话的伴儿，一丝寂寞浮上心头。他也想过要不要将其他的猫儿也放出来两只，自己也好跟它们说上几句话缓解寂寞。但是考虑一下还是决定算了吧。那一定会惹得它吃醋的，宝伊西的心可是很容易受伤的。记得今天他们的旅行车到达的时候，宝伊西早已在屋子外面等着了，而且双眼圆睁着。当他们一个一个走下车的时候，那猫儿简直高兴得不得了，来回在脚前脚后钻来钻去，对每一个人它都会表示热烈的欢迎，只要门稍微打开一点缝隙，它就会没完没了地进进出出。也许自从他们走了以后，它差不多每天晚上都是要这样在屋子外面干等着的。要不然他刚接到出发命令的时候，那猫儿怎么就感觉到了呢。当主人有些准备出发的迹象的时候，灵敏的猫儿就仿佛听到了命令一样，显然猫儿是不懂什么命令不命令的，但是，它立刻就能从种种迹象中嗅出来。于是出发前的每一样准备工作都接二连三准备起来，直到最后，到临走前的一天，整个屋里因为大家的忙碌而变得乱糟糟的（假若每次天不亮就必须出发的话，那么在半夜以前他总是要求大家必须集中睡在他的房间里），每当猫儿看到这样的情景，它就越发显得焦躁不安、越来越紧张了。直到临走的时候那猫儿几乎连命都不要了，总是寻找钻到他们的车上去的通道。实在没有办法了，如果放任它跟着车子跑出院子，它就会一直跑到村子里，跑到公路上，因此他们不得不将它锁进了屋子。

曾经有一次他就在公路中央上看到一只被汽车撞死的猫儿。从那猫儿的尸体来看是刚刚才被撞到的，但是它已经没呼吸了，由于它看上去跟宝宝是那么的相像。所以他就多看了几眼。这只猫颈前、胸口、前脚都是白色的，背是黑色的，脸上也同样地像戴了一个黑色的面罩。因为那个地方离自己的农庄至少也有六英里路，所以他判断那肯定不会是宝宝，不过当他看到尸体时还是觉得内心一阵难过，甚至还专门停下车来，又回去把猫儿抱起来仔细看了又看，确认它的的确确不是宝宝了，这才把它轻轻地安放在路边，免得别的车辆路过时再碾到。那猫儿生前的身体看起来一定是蛮强壮的，也不知道到底是谁家养的，如果主人寻找时留意到路边，就能看见它了，知道了下落，免得为走丢的猫儿而牵挂。假如不是考虑到这一点，死去的猫儿早就被他抱上车，带到农庄去埋葬了。

那个地方他又路过了一次，那是当天傍晚回农庄的时候，他想一定是猫主人找到这里，发现了猫儿的尸体，要不然怎么路过的时候他看到那只死猫已经不在了？当天夜里他坐在那张大椅子里看书，宝伊西不知怎么也蹲在椅子上紧紧挨着他，就在那时他心里禁不住浮出一个悲观的想法：如果死掉的猫儿是宝伊西，万一它真有个万一的话，那么他还真的是无所适从了。从宝伊西日常看不见他时的紧张和为了他可以拼命的那种态度来看，他想如果猫儿失去了他肯定也是一样那么疯狂的。

宝宝，你要是想日子好过得多，那就要能把世事看得坦然些。遇到这样的事它比我还着急呢，你为什么总是这么急啊。他不断地叮嘱自己：我可是能够说到做到，如果让我遇到这样的事情，那么我能够努力把一切都看得坦然些、平淡些，但是宝伊西它可怎么办呢？无论如何它是做不到心平气和的。

尽管宝伊西有着古怪的脾气，但每当他在海上的时候，孤独总是充斥一切，这时候就不由自主地想起它，想起它的一举一动，想起它那一片那无可救药的痴情，甚至连命都可以豁出去。他还记得第一次见到这猫儿时的情景，仿佛历历在目，它还只是一只小猫咪。在下望哈瓦那港，坐落在突出的岩崖顶上有个名叫科希马的镇子，在镇上的酒吧里，那个卖雪茄的玻璃柜台上面，有一只小猫咪正在和自己的影子玩耍。记得那是一个阳光明媚的圣诞节的清晨，他是跟孩子一起来这个酒吧的。这里经常通宵达旦，直到现在都还有几个醉汉待着没走呢，这个时候东风刮得越来越强劲，大门敞开着，大堂和吧台上都是灌进来的风，尽管阳光明媚、空气清新，一切都那么沁人心脾，可这样的一切对于这些酩酊大醉的醉汉来说，却是会感到一切都不顺心，都很扫兴。

"风这么大，快把那该死的门关上。"一个醉汉侧趴在桌子上对老板说。

"那可不行，"老板肯定地说，"这里必须得要风吹进来的，换一下新鲜空气。你要是嫌风太大的话就请到别处去，吹不到风的地方多得是，是吧。"

"老子们在这儿花了钱，你竟然不让我们满意，这算什么态度啊？"这又是夜里喝多了酒，等着醒酒而懒得动弹的醉汉。

"开玩笑呢？你那点儿钱买的仅仅是你要下肚的酒。要服务？要舒坦？不好意思了，我这里是无法让你充大爷的。"

这是一座设有露天座位的平台的酒吧，越过外边平台，他的目光向远处望去，只见深蓝的大海翻着的白浪间渔船扬帆穿梭于此，此时刚好是钓鱿鲣的季节。不止吧台上有五六个渔民，平台上也有两桌坐满了人。这些都是昨天出海的渔民，而且收获颇丰的，要不就是还没收获的，趁着这好天气、这潮情短期内还不至于马上就变，这会儿，想偷懒一下，今天在家里就当是过一年一次的圣诞节，就不出海打鱼了。据他——托马斯·赫德森所知，这帮渔民从来就不是什么虔诚的教徒，就算是在圣诞节也不会来教堂的。说来也好笑，这帮渔民是他这辈子见过的最不像渔民的渔民了，这帮渔民故意把自己打扮得不像个渔民的样子。但是他们确确实实全都是经验最老到的渔民。他们要不就干脆光着头，好一些的也是仅仅头戴旧草帽。有时光着脚，有时也穿着鞋，身上的衣服也大都是旧旧的。渔民跟"瓜希罗"那里的农民之间的不同，就在于农民如果进城时都是穿着紧身裤子，正儿八经的打褶衬衫、头戴宽边帽的，而且差不多每个人都带一把大砍刀，脚蹬骑马靴的。而渔民则总是一副乐呵呵充满自信的样子，并且似乎很偏爱家里破破烂烂的旧衣服，专挑旧衣服来穿。农民平时大多是充满戒心的，除非喝了酒话才会多起来。不过有一个十拿九稳的办法能判断一个人是不是渔民，那就是仔细看他的手。老渔民的手被太阳晒得黑黝黝的，不仅如此，还有一些红斑分布在上面，而且饱经风霜的手掌和指头上布满了让绳子勒出来的深深的口子和疤痕。年轻的渔民手掌虽然没有那些饱经风霜的痕迹，但也能看到被晒出了片片红斑，也都有着深深的疤痕，当然一些肤色本来就特别黑的人除外，大多数人手臂上的汗毛都让海水侵蚀过，太阳一晒，都会变成白花花的样子了。

托马斯·赫德森清晰地记得，一个圣诞节的早晨，就是战争爆发后的第一个圣诞节，他来到酒吧。酒吧的老板问他："对虾不错，要不要来一点儿?"话音未落，一大盘装得满满的刚出锅的对虾就被端了出来，轻轻地放在吧台上面，老板又去拿来一个盘子，把黄澄澄的酸橙切了片装满一盘。对虾鲜红欲滴，触须从吧台边上垂了下来，还有一尺多长呢，个头确实好大。确实不错啊，他当时就玩味地拿起一只，把长须拉直了一看，好家伙真是够长！就连日本海军大将的胡子也没有这个长啊！

这只长着日本海军大将胡子的对虾很不幸地被托马斯·赫德森扯下了脑袋，用两个大拇指在对虾腹部的软壳上一拨，虾肉就到口了，那滋味真是粉嫩爽滑到极点，而且入口一股喷香，简直是唇齿留香，他也可以分辨得出，这虾是用原汁海水加鲜酸橙汁和原粒黑胡椒烹煮的，他感觉这辈子还从来没有吃过这样好吃的虾，就是在马拉加，在巴伦西亚，在塔拉戈纳①，都从来没有品尝过如此好吃的虾。恰是在这品尝美味的时候，那小猫从吧台上急急忙忙跑了过来，在他的身边挨挨擦擦的，一会儿又凑到他的跟前讨好，他看得出这馋家伙是想讨一只对虾吃。

"小家伙，这么大的虾你确定能吃得下吗?"他说。不过他仍然将一块虾肉用两个指头拧下来，递给了小猫。小猫反应迅速，叼起来就跑，不过一下就跳回到卖雪茄的柜台上，它迫不及待地大吃特吃起来，应当是饿极了。

托马斯·赫德森一边看着这小猫，一边吃着虾肉。这猫儿胸口和前脚是白色的，眼睛和脑门是黑色的，感觉就像是戴着个半截子的黑面罩。仔细看看这猫儿一身黑白相间，倒也算漂亮。

他就问老板这是谁的小猫。

"你要是想要的话就当是你的好了。"

"我确实是喜欢小猫，但我家里已经养了两只波斯猫了。"

"那你何不把这只也领去呢，反正你都养了两只了，也不差再多一只。正好也可以给你们家的猫儿加上一点科希马的血统。"

"爸爸，我们就把它领回家吧，我喜欢它，多么漂亮乖巧啊!"他的儿子在身边开口了，他的儿子现在已经不再时刻需要照顾和担心了。儿子原本是站在平台的台阶上看渔船往来穿梭

---

① 以上提到的三地均在西班牙。

的，他喜欢看着这些，好多船上的人卸下已经卷好了的钓线，然后将捕来的鱼扔到岸上，然后拔下桅杆。可没想到这时候小家伙却跑上了台阶，进到店堂里面来了。"我们把它带回家养着，这样不是很好吗？你看它多可爱啊，爸爸，我求求你啦。"

"它生在海边，那你说如果让它离开了大海它会感到快乐吗？"

"爸爸，如果它留在这儿，用不了多久肯定就要落难到街头，相信我没错的，你又不是没看到街上的那些流浪猫儿是多么可怜？我们不收留这小猫，也许它很快就会变成它们中的一员的。"

"到了农庄上它会快乐的，还犹豫什么，快领走吧。"老板说。

"你应该参照一下我的意见，托马斯，"旁边桌子上有一个渔民听到了他们的谈话，这个时候他就插上嘴来说，"你要是真想要猫儿的话，我可以替你去弄一只从瓜那巴夸①来的安哥拉猫来，纯得不能更纯的安哥拉种，非常地道的安哥拉虎猫。"

"你确定是公的？"

"错不了，绝对跟你一个性别。"那渔民调侃地说。整桌人都被逗得哈哈大笑。

说西班牙语的国家的人民讲笑话的时候，十有八九都不会离开这个基调的。"只是那是一身毛哪。"那渔民又接着调侃了一句，果然又引得酒吧内一阵哄堂大笑。

"爸爸，我只要这只猫儿，我们把它领回去，好不好？"小家伙恳求说，"这是只公猫。"

"你怎么这么确定？"

"我当然确定，真的确定，爸爸。"

"你还记得咱们家里那两只波斯猫吗？你那时候不是也说它们是公的吗？"

---

① 位于哈瓦那以东的一个城市。

"波斯猫是很难看得准的，爸爸，这个我绝对不会赖账的。但是这只不一样啊，这一次我看得很准，爸爸。这一次绝对是千真万确的。"

"喂，托马斯，你到底要不要瓜那巴夸的安哥拉虎猫？"那渔民促狭地问。

"难道那猫还有什么特别的灵性吗？难道是一只成了妖的猫？"

"这只猫儿连圣芭芭拉①的名字都没有听说过呢，纯洁得像个基督徒。我猜你信奉基督都还比不上这只猫儿虔诚呢。"

"Es muy posible.②"另一个渔民打趣地这么一说，又是一场哄堂大笑。

"既然那猫如此名贵，那得花多少钱啊？"托马斯·赫德森问。

"一个子儿都不要。完完全全地免费。这只地道的安哥拉虎猫就算作为送给你的圣诞礼物好啦。"

"哈哈，那得给我详细介绍介绍，别客气，到吧台上来，咱俩好好喝一杯吧。"

那渔民倒是没有丝毫犹豫地来到吧台跟前。只见他的鼻子上架着一副角质架眼镜，蓝衬衫虽然干干净净，但已经褪了色，尤其两个肩膀之间的衣衫薄得就像网眼衫一样，经纬眼看着都已经在散开，看上去让人很担心只要再洗一次就要露了。下身穿着的卡其裤同样褪色褪得厉害，这人圣诞佳节竟然还光着双脚。脸庞和双手都被晒成了乌木一样的颜色。他将双手往吧台上一搁，只见疤痕累累的，他对老板说："威士忌加干姜水。"

"我喝干姜水不太好受，"托马斯·赫德森说，"我的威士忌加点矿泉水就好。"

---

① 这是传说中的人物，据说只要呼唤她的名字，就可以避开雷电。
② 西班牙语：倒是大有可能的。

"我挺喜欢干姜水口味，"那渔民说，"加拿大纯干威士忌也很不错，是我的最爱。我总会觉得别的威士忌里有股子怪怪的味道。托马斯，我愿用那只猫起誓，我那只猫可是只规矩的好猫。"

"爸爸，"儿子心里有些生气，"在你跟这位先生喝酒之前，先答应我领养了这只猫儿，好不好？"

儿子把空虾壳用一根白棉纱线系上，在那里像钓鱼一样逗小猫玩儿。小猫也和儿子玩了起来，它像纹章上挺身跃立的狮子那样，用两只后脚一站，扑向晃过来的诱饵。

"咱家有两只了，你确定你还是很想要这只小猫？"

"那是当然了，难道你还不知道？"

"那你就养着吧。"

"爸爸，你真是世界上最好的爸爸。那我就先带它到汽车上去，我要赶紧跟它建立感情。"

孩子抱起小猫，在托马斯·赫德森的目光下穿过马路，钻进了汽车的前座。由于车篷并没有合上，他在酒吧里能看清孩子的一举一动。小家伙的身上洒满了灿烂的阳光，他坐在这敞篷跑车里，一头棕发被风吹得都平贴在头顶上。因为怕小猫跑掉，小猫被孩子按在车座上，所以小猫他就看不见了。风刮得很大，孩子也不得不缩下了身子来避风，坐在车座上不停地抚摩着小猫。

如今小猫都成了老猫了，当年的孩子也已不在了，人已亡而猫还在，真是物是人非。依他看，假若是按照他和宝伊西现在心有灵犀的话，他们俩中任何一个离开了，另外一个也是不愿独活的。他想：人跟人之间的感情是微妙的，同样人跟动物之间恐怕也是如此。他也不知道以前人跟动物产生感情的事有多少，对于这种事，没有经历过的人也许会觉得很好笑吧。可是他一想起来心里就泛起点点苦涩，丝毫也不会觉得有什么好笑。

他想，对，这一切有什么好笑的，就如同孩子先猫而亡，哪里谈得上好笑？当然回忆往事，他仍能找出会心一笑的点点滴滴的情节，譬如宝伊西有时会无缘无故地咆哮一阵儿，然后突然一声悲鸣结束，之后把整个身子直僵僵地贴在他的身上，好像是在表示它的心情。后来据仆人们描述，有时这猫儿因为主人外出之后好几天不肯吃饭，当然也不是绝食，比如最后实在饿得受不了了还是要来吃的。还有它还不肯跟别的猫儿一起回窝，有时它一连几天就在外边捕食充饥，但是到最后总还是回来了。当送食的仆人端了一大盆碎肉开门进去，别的猫总是争先恐后地挤啊挤啊，生怕自己吃少了，它却总是鄙夷地踩在它们的背上蹿出屋去，不大一会儿，别的猫还正围着送食物的仆人团团乱转呢，它却又呼地一下子从它们头上跑回屋子里来了。不用说就是回来吃食儿的，它吃食物时总是狼吞虎咽，一吃完就迫不及待地离开这个养猫的房间。好像整整一屋子的猫，压根儿就入不了它的眼似的。

主子可是早就看出点它的小心思了：宝伊西一向是把自己当作人类的。只有一个遗憾，它不能像熊那样可以跟主子一样喝酒，但凡吃主子吃的东西，它几乎是无一不尝，特别是一般猫儿不敢尝的东西。托马斯·赫德森记得，上一年夏天有一次他们在一起吃早饭，他无意中给了宝伊西一片冷冻鲜杧果。没想到这小家伙居然吃得美滋滋的，从此只要托马斯·赫德森不出海，只要出产杧果的季节还没有过季，它每天早晨就可以吃几片杧果。放在盘子里的杧果片是滑溜溜的，没有人的帮助猫儿自己是抓不起来的，因此托马斯·赫德森不得不像喂孩子一样把杧果一片片喂到它嘴边，让它张口来接。也许仿照面包片架的样子做上一个杧果片架是个不错的想法呢，这样猫儿吃起来就可以不用那么急急忙忙了。

后来在九月里，宝伊西又发生了一件趣事。因为近期准备去海地，所以托马斯·赫德森的船要进行航行前的全面检修。在检修的日子里就一直没有出海，就在这时鳄梨树上结满了果实。

"阿瓜卡特"① 枝干深绿粗大，果实的颜色比起叶子来只是颜色深了点儿，也亮了点儿。他心血来潮，把果壳剖开，去掉果核，在空芯里加上油醋作料，舀了一匙果肉喂给它吃。那猫儿居然也吃了，从那之后，每顿饭它总要吃上半个"阿瓜卡特"。

一次托马斯·赫德森带上宝伊西一起在自己农庄的小山丘上散步，他就对宝伊西说："你呀，干吗不爬上树去自己采两个来吃呢？"

当然那猫儿是回不了他的话的。

可是一天傍晚他竟然在一棵鳄梨树上发现了宝宝的身影。当时天空已经有了一丝夜色，他决定出去散散步，其实主要目的是要去看看那些向着哈瓦那飞来的乌鸦。它们正成群结队地迁徙着，每天黄昏就能看到，来自东南方附近乡下的乌鸦就会合成一大队一大队地向这边飞来，栖息在林荫大道的西班牙月桂树上，咕咕呱呱的叫个没完没了。山冈上的灯火在太阳落入哈瓦那背后的大海后都亮起来，对于托马斯·赫德森来说这时候看乌鸦掠过山冈飞来是最佳时刻了，这个时刻还可以看到薄暮中第一批出现的蝙蝠，离巢作夜间飞行的猫头鹰幼鹰。一般来说宝伊西总是要陪着他散步的，那天傍晚他可是一直找不到宝伊西的影子，于是"大山羊"就成了他的临时伙伴。其实"大山羊"与宝伊西是有血缘关系的，它是宝伊西的后代，它肩膀和脖子都有些宽，连脸也是大脸盘，根根胡须都翘得奇高，一身墨黑，看上去既骄傲又健壮，最大特点就是爱打架，"大山羊"从来不去外出抓耗子，因为已经有很多大事够它忙活的了，比如它是打架专家，一天打架够它忙活的，又有个传宗接代的伟大任务。不过它一般倒总是乐天派，除了不大愿意进行自己的本职工作之外，陪主子出去走走也同样是它喜欢的。它尤其喜欢和主人玩耍，就是托马斯·赫德森时不时停下来，用脚劲儿碾它一下，它呢，也就趁势侧身倒

---

① 意即西班牙语里的"鳄梨树"。

下，等着托马斯·赫德森用脚在猫肚皮上揉啊揉的。如果脚劲儿轻了它还不乐意，"大山羊"绝不会嫌你揉得太重、太猛，它只会觉得你穿着鞋比光着脚板更让它舒服，它就喜欢这个在主人看来奇怪的调调儿。

这天托马斯·赫德森刚想伸手下去爱抚一下"大山羊"（"大山羊"就喜欢你手劲儿够重，最好能像拍斗牛犬那样），却不料一抬眼，发现鳄梨树的枝叶丛中，宝伊西竟高高地蹲在那，"大山羊"同样一仰头，也看见了它。

"怎么跑这来了，老家伙？"托马斯·赫德森招呼它说，"敢情你已经能自己上树吃果子啦？"

宝伊西回答不了，往树下的"大山羊"看了看。

"晚饭的时候我可是会给你准备'阿瓜卡特'吃哦。"托马斯·赫德森对它说，"快下来咱们一块儿走走吧。"

宝伊西一声不吭地瞅着"大山羊"。

"还别说，这满树的绿叶和你还蛮衬的，看起来蛮帅的嘛。要是不想下来你就继续在树上蹲着吧。"

宝伊西不想理睬他们了，把头扭向一边，于是托马斯·赫德森就带着那只大黑猫，继续往小林子里走去散步了。

"你看它是不是神经病发作了，'大山羊'？"主子问猫儿。为了逗猫儿高兴，他又接着说："有一天晚上我们找不到药了，你还记得那时的事吗？"

一个"药"字，对"大山羊"简直比魔咒还要神奇。它一听到这个字，就条件反射般直挺挺地侧身倒下，等着主子来"全身松骨"。

"药，你还记得吗？"主子又问了一遍。那只大黑猫已经兴奋快乐得浑身抽搐，而且鼻涕口水满脸流，一副傻劲儿十足的样子。

一个"药"字之所以会对它产生这么神奇的效果，其中还有个故事。有一天夜里主子已经喝得烂醉如泥了，醉得实在太厉

害，连宝伊西都被熏跑了，不肯睡在他那里。"公主"是绝对不
会愿意陪喝醉的他睡觉的，它可是从来也不愿委屈自己的。只有
"独行客"肯陪着他，这是"大山羊"原先的名字，还有就是
"独行客他弟弟"，虽然名字是叫弟弟，但它其实是个妹妹，那真
是一只倒霉的猫儿，它伤心的事情一件接着一件，有时还莫名其
妙胡乱发疯，他认为"大山羊"肯定觉得酒醉的主子更好，也许
那是因为托马斯·赫德森不喝醉时陪夜的只能是其他猫儿，"大
山羊"是无缘陪夜的，才让人得出这样的印象吧。总之是这样：
托马斯·赫德森连续三四天都没有出海了，从早喝到晚直到酩酊
大醉。在佛罗里迪塔酒吧他同一些古巴政客就喝开了个头，他们
是经过这里顺便进来，匆匆忙忙喝一杯就走了；接着又有一些种
甘蔗、种稻米的庄园主也来喝点儿小酒；有一些是利用午餐休息
的时间，偷点儿空闲来喝一杯的古巴政府的工作人员；还有陪着
个什么人上这酒吧来的美国大使馆的二秘、三秘；还有那帮满面
春风而又无处不在的联邦调查局人员，摆出美国年轻后生的那份
潇洒，还拼命想要装成常人的模样，结果反而变得更加显眼，即
使他们穿着一件白色亚麻布或皱条纹的平民百姓服装，但每一个
脑门都像挂着联邦调查局的肩章一样一下就让人可以分辨得出。
他喝的是康斯坦特亲自调制的双料的冰冻代基里酒①，风味特佳
后劲儿十足，起初尝尝似乎一点酒的味道都没有，可是喝上几口
之后，那种感觉却就像在高速滑雪道进行速降一样，犹如穿行在
细粉般的干雪中。一旦七八杯下了肚，那种感觉就更强烈了，虽
还像在滑雪坡道上快速滑降，可是脚下却像跟滑雪板已经脱开
了。后来跟他认识的几个海军人员又来了，那必不可少的奉陪是
惯例，再后来是几个当时人称"无赖海军"的海岸警卫队队员。
他来喝酒可就是为了要忘掉自己的本行，可看着他们就有点想起

---

① 古巴一个产朗姆酒的城镇名字叫作代基里。因此一种由糖、柠檬汁和朗姆酒调成的鸡尾
酒就取名为代基里。

自己的本行了，因此他就远远地躲到吧台的那头去了。吧台那头是一些看起来比较体面，资格又比较老的妓女，这些老资格妓女打扮得风韵犹存的，不知道这二十多个酒吧老常客们还有谁没有跟她们睡过觉？不过现在反而大家之间没了那种尴尬，他就找了只圆凳在她们那里一坐，要了一份"总会三明治"，又喝了几杯双料的冰冻代基里。

那天晚上他又喝醉了，都想不起自己怎么回到农庄的，除了"大山羊"外，那些猫儿谁也不愿意陪他过夜，"大山羊"对主子身上的气味通通接受，朗姆酒味也不嫌，它也不反感主子喝得烂醉如泥，甚至它还陶醉于主子身上散发出来的一股浓浓的妓女的气息，那味道像极了圣诞吃的水果蛋糕。它和他就在一起呼呼大睡，"大山羊"每次醒来总是把呼噜打得震天响，最后托马斯·赫德森总算没有睡死过去，晃晃麻木的脑袋，他想起今天确实是喝多了，便对"大山羊"说："我们应该吃一点儿药。"

一听到这个拥有巨大魔力的"药"字，"大山羊"心里可欢喜了，在它心里，它在主子的房间里所能享受到这高级别的荣华富贵，到了这个地步也算是极限了，所以它的呼噜声也越来越响亮了，几乎茶杯都震动了。

"药怎么没了呢，'大山羊'？"托马斯·赫德森找不到后就问它。一连几天的风暴不但令他无法出海，而且还将电线都不知道刮断了多少根，当他去开床头的台灯看书时，灯却没亮，估计是哪里出现了短路，到今天也没人去修复，因此才没电。头痛得厉害，他就摸黑在床头柜上四处摸索着，找寻着那特大剂量的速可眠胶囊，他记得这药还剩一颗，吃了保证很快就能睡着，到明天早上醒来一点不良反应都不会有的。黑漆漆中他一伸手，却不小心刚好碰到药上面，药从床头柜上掉到了地上，骨碌一下就没了。药却好像躲着他一样，地下都被他仔细摸了个遍还没找到。因为他从来不抽烟的，所以床头根本没有备火柴，手电又没办法按亮，估计他出门的时候手电被仆人乱用一通，早就把电池用光了。

"我说'大山羊'，"他当时就说，"为了你不失去你的主人，咱们可得把药找到啊。"

他下了床来找，"大山羊"也急得跟着跳到了地上，于是一人一猫就一起找药。其实"大山羊"也根本不知道要找的是啥，但它还是顺从主人的意思钻到了床下，它就知道傻卖力气多干活肯定没错，托马斯·赫德森想，管它有用没用现在只有叮嘱它："就看你的了，'大山羊'。一定要把药找出来啊。"

"大山羊"把床下里里外外找了个通透，急得在床下喵喵直叫，最后疲惫地钻了出来，对着主子打招呼，托马斯·赫德森在地上一摸，指尖触到了胶囊，这"大山羊"还是有些灵性的，药还真让"大山羊"找到了。只是那胶囊摸上去感觉沾上了不少尘土和蜘蛛网。

"你呀不只四肢发达，还真是只神猫。药还真让你找到啦。"他对"大山羊"赞赏有加。然后把胶囊谨慎地托在掌心里，从床头的水瓶里倒些水小心地冲洗了一下，才喝了一大口水把药咽了下去，喘了口粗气，这才重新躺在床上，眼皮觉得渐渐发沉，显然药性到了。"大山羊"感觉到他着实称赞了自己，对此报以大声的呼噜。从此以后，"大山羊"只要一听到"药"字，耳里就像听到了神奇的咒语那么神奇。

托马斯·赫德森在出海的时候不但想念宝伊西，也想念"大山羊"。尽管"大山羊"有时候也吃足了苦头，但是它是一只刚性有加的猫，在它的身上绝看不到一丝一毫悲剧性的色彩。它即使有时候经过了一场殊死的恶斗，结果还是大败，但却始终能保持自身个性的绝对完整，在它身上也从没露出过哪怕半点可怜相。有一次它跟别的猫儿决斗之后，浑身的毛都浸透了汗水，紧贴在皮上，连回到屋里的力气都没了，只能趴在阳台前的杧果树下直喘粗气，宽肩膀更显得格外的宽，腰窝也显得格外的瘦细。此时它没有一点力气，趴在那儿一动也不动，只知道一个劲儿地大口大口吸气，可即便是如此，它脸上也始终没露出过哪怕半点可怜相。它不只脑袋大如狮子，连狮子的那种打不败的气概也同样拥有。托马斯·赫德森喜欢"大山羊"，"大山羊"也同样喜欢主子，他们之间既有敬又有爱。但"大山羊"是不能跟主子彼此产生感情的，这点跟宝伊西是比不了的，或者说根本就谈不上的。

至于宝伊西呢，他认为简直真是愈来愈不像话了。就在宝伊西被他和"大山羊"发现爬上"阿瓜卡特"树的那天晚上，主子都已经上床睡了但它还是没有回来，宝宝在外边待到很晚。那时候它睡的是一张大床，在房子最里面的那间卧室里，窗子处于房子的三面墙上，晚上一股股凉风习习而来充满整个房间。每当他夜半醒来时就能听到夜鸟啾啾的叫声，就在他失眠而听着窗外的鸟的叫声时，忽然在耳边响起"噔"的一声，一听声音就知道是宝伊西跳上了窗台。宝伊西本来是一只能够踏雪无痕不留一点声响的猫。可是那天它却一上窗台就招呼起主子来。托马斯·赫德森对此觉得很是好奇，就过去打开纱窗。宝伊西一闪就跳了进来，主子这才发现它嘴里衔着两只田鼠。

一片月光照进窗子里，大床上一片洁白，并且洒满了一大片木棉树干的影子，宝伊西就在月光里把两只田鼠当玩具耍了起来。它仿佛一下子又回到了它的童年。它一会儿欢快地蹦来蹦去，一会儿又围着老鼠打转，把两只田鼠一边拖动一边毒打，然后把一只拨弄到一边去，身子一弓又一个饿虎扑食向另一只纵身扑去，总之是往疯了玩，好一会儿它终于玩累了，才把两只田鼠拖进了浴室里面。不大一会儿托马斯·赫德森就感到身边突然多了个分量，那一定是它跳上床来了。

"我还以为你在树上吃杧果呢！"宝伊西拿头在他身上亲昵地蹭蹭。主子还问了它一句。

"我的好猫咪，看来你是在捕鼠除害，在保护我们家的家产啦？耗子被你逮住了，你是不是还舍不得吃啊？宝伊西老弟？"

宝伊西无法回答，只是打了几个无声的呼噜，拿脑袋在主子身上蹭蹭以示亲昵。它捕鼠捕累了，所以不大一会儿就睡着了。不过这一夜它却睡得很不安稳，估计梦里还在戏耍那两只可怜的田鼠呢，到了第二天早上，它对两只死耗子早已连半点兴趣都没有了。

托马斯·赫德森一直没有睡着，他看着天渐渐亮了。棕榈树的树干在灰蒙蒙的曙色里渐渐显出了身影。先是只能看到灰蒙蒙的树干，以及朦朦胧胧的树梢轮廓。后来天又亮了些，才看清大风把棕榈树的树梢吹得在左右摇摆着。等到射来第一缕阳光，棕榈树摇摆的树枝也露出绿油油的树叶了，树干也在灰蒙蒙中泛出些白亮。远处石灰岩的山头看上去像是积满了白雪，由于一冬的干旱，山冈上的草都有些发黄了。

他从地上疲惫地爬起身来，披上一件很旧的麦基诺厚呢短衣，套上软帮鞋，没有打搅宝伊西的美梦，让它还能蜷着身子睡在毯子上，自己尽量放低声音，从起居室进了饭厅，又穿过饭厅来到厨房里。宅子一侧的北端就是厨房的位置，外边的风刮得出奇的猛烈，有呼啸声，凤凰木的树枝虽然已经光秃秃的了，但还是被吹往墙上、窗上乱撞一气。冰箱里存贮的食物已经吃得一点不剩了，壁橱里也空空如也，一些烧菜用的佐料倒是还有不少，还有一罐美国产的咖啡、一听立顿牌的红茶和一听烹调用的花生油。烧饭的是个华人厨子，负责每天要吃的东西，而所有的原料都是从菜市上当天现买的。托马斯·赫德森昨晚回家已经很晚了，事先也没有告诉他们，估计这会儿那个华人厨子已经去菜市买菜了，他所买的也不过就是当天仆人们的那点吃喝。托马斯·赫德森揉了揉肚子想：看来只好等仆人来了，就差遣一个到镇上去，希望能买些水果、鸡蛋。

他只好烧了点开水，沏上一壶茶来缓解饥饿，带着热茶和一副杯碟，又回到起居室里。这时候太阳已经完全露出来了，房间里的昏暗一扫而光，取而代之的是一片亮堂，他把自己埋在大椅子里，品着手里的热茶，看着墙上的被冬日的阳光映照得清新、灿烂的画。心里想：我也许该换几幅新画了。我的卧室里还有几幅好画，到时取来，反正我现在已经不再住在卧室里了。

船上的空间是狭小的，也许是他在船上待久了吧，如今坐在这大椅子上再看自己的起居室，只觉得空间大极了。当初定制席子的时候是说得出尺寸的，现在时间久了，他也说不出这起居室到底有多长。现在早就忘了。反正不管房间到底有多长吧，反正今天早上看起来竟像长出了三倍。刚开始上岸的时候，事事他都觉得有一种新鲜感，碰上好几件事情都让他觉得自己的关注点变了：其一是觉得房间大，其二便是打开冰箱愣了一会儿，竟然发现里面一无所有。在海上时通常刮的都是凛冽的西北风，而且伴随狂风与急流相互激荡，时而波涛汹涌，所以船上的日子都是在颠簸不定中度过的，如今这种感觉已经都消失了，离他遥远得他都几乎忘记了。就像这大海一样。至少大海他还是看得见的，在这个洁白的房间里只要开着门就能看得见，如果从窗外望去的话也看得见。只不过房子与大海之间隔着草木葱茏的山冈，一条公路穿过山冈；远处还有一些光秃秃的山头，这片山头自古就是一片天然的屏障，这城市，这海港都被它掩护着，在海港的那一头是白色的一片城区。不过眼睛越过这重重阻隔，尤其是远处的一片白色的城区后再看去，大海只剩下蓝蓝的一抹罢了。事情的前因后果往往就是这样：他现在觉得自己离大海已经相当遥远了。那种颠簸的感觉也不复存在的，其实能远远地离开大海他倒也是愿意的，反正到时候想出海时还是要出海的。

他心里促狭地想，这风浪至少还有四天吧，那帮德国佬在这四天里有罪受呢。海上的风浪这么大，他们在水下的潜艇里躲着，不知道鱼儿会不会在肚皮底下游来游去？也许潜艇的四周已经变成鱼儿嬉戏的场所？不知道多深的水下才能不被海上风浪的激荡影响到？反正潜艇下潜再深，在这一带的海里也绝不会深到那里没有鱼。那里的鱼也许会觉得潜艇奇怪，鱼儿还喜欢围着艇底很脏的潜艇打转嬉戏，有些潜艇的底部也一定是相当脏的，一定会引得鱼儿前来耍耍。不过按这些德国潜艇的出航行程来看，大概还不至于会脏得特别厉害。即使不是特别脏，但引得鱼儿游来也是避免不了的。他想起了大海，想起今天如果要是出海的话，海上肯定怒涛汹涌，巨浪翻滚，那种日子可绝对不好过。尽管这样他还是想着想着就出了神，半晌才回过神把海上的一切挤出脑袋。

看到睡在毯子上的猫儿，他不由得伸过手去轻抚，没想到猫儿却醒了。只见它打了个大大的哈欠，伸了伸腰肢，重又蜷作了一团呼呼大睡了。

"说来也真是奇怪，跟我睡过的女人从来都睡得很死，没有一个是我醒她也醒的，"托马斯·赫德森很是纳闷地说，"宝宝，你还是照旧睡吧，想起来真是有些悲哀，现在连陪我睡觉的猫都变成这个样子了。不过我刚才的话其实也是没话找话的。曾经我也有过这么一个女人，我醒的时候她也立刻醒了，甚至有的时候我还在睡懒觉的时候，她就已经醒了。好人品的女人你都没有一个在对的时间里认识，你也没赶上认识她。你运气真是太背了啊，我的宝伊西。你难道还有什么办法吗？"

突然他灵光一闪，"我脑子里倒是有个主意，你猜怎么着？我们应该一起去找上一个好人品的女人，宝宝。即使你我都爱上她，那也没关系。如果你要能养得活她，她归你也绝对没问题。可是靠你的田鼠要养活个女人，根本就不可能。"

腹中的饥饿感在喝了点茶后感觉倒也好过一阵子，可是饥饿并没有被驱散，这会儿他又饿得慌了。要是在海上的话，他早在一个小时前就已经把一顿丰盛的早饭下了肚了，一壶茶也早在一个小时前就享用完了。昨天风浪太大，返航的时候做不了饭，他就在驾驶台上，找来两个咸牛肉三明治，再夹上两片厚厚的生洋葱，就作为了他的早饭，对付着充饥了。也难怪这会儿就饿得这么厉害，可叫他恼火的是，厨房里哪怕连一丁点儿可以吃的东西都找不到。他心想：为了以备返航，回家时可以应个急，我一定要买一些罐头之类的食品储存在家里。不过那样的话就得备一只有锁的碗橱，免得仆人们再把买来的罐头用个精光，而我偏偏又好面子，把家里吃的东西都锁起来又是我最不喜欢做的事了。

最后他就坐在椅子里，倒了一杯加水的苏格兰威士忌，喝喝酒，看看积了好几天的报纸，不知不觉间强烈的饥饿感觉渐渐消退了，也不再像刚刚到家时那样兴奋了。他对自己说：今天你想要喝多少就只管尽情喝个够吧。离海港已经不远了，一旦到了港，就只管喝好了。今天的天气出奇的冷，找个地方喝上两杯一定很安逸，去佛罗里迪塔酒吧喝酒倒也不错，那里的客人是不会很多的。喝酒的地方倒是有着落了，他还在犹豫吃饭的问题：是到和平饭馆去吃好，还是就在酒吧里吃好呢？这种鬼天气，和平饭馆里也不会暖和到哪儿去。他心里这样想着。不如我今天穿厚些，在外套里多加一件毛线衫好了，记得以前在那里吃饭时，那家饭馆里靠墙有一张桌子，今天正好坐在那里，离吧台也很近，是吹不到风的。

"宝宝，不如咱们出去走走吧，你肯定会喜欢的，"他很认真地对猫儿说，"我们今天就到城里玩一天吧，玩它快快活活的一整天。"

宝伊西怕这是要带它去看兽医，它心里对兽医还很有些阴影的，跟他去可不大高兴。坐车时带上"大山羊"倒是不错的——他心里又开始想着。如果上船时带上它估计也是挺好玩儿的事，只要遇不上风浪那就好办。也许把它们都带上出去走走应该是不错的。可惜这一次没有什么礼物给它们，两手空空总是不好办的。如果今天城里发现有卖猫薄荷①的话，我一定要去多多地买一些，晚上好让猫儿们闻个够，像"大山羊"啦，威利啦，宝宝啦，都必须要闻个一醉方休。其实家里养猫房间的五斗橱里应该

---

① 学名樟脑草，属于芳香类植物的一种，猫对其香气有特殊的嗜好。

还有一些猫薄荷，只是时间很久了，恐怕已经风干失效了。猫薄荷容易受热泛潮，在热带地方放不上几天就要失效，自己倒是特意种了一些，但是却根本没有一点效力。他心想：我们要是猫该有多好啊，也就能享受猫薄荷那样既灵验又不伤身体的东西，那样一来就完美了。为什么我们就不能让鼻子闻闻也就能求得一醉呢？我们就从来没有类似的玩意儿……

猫薄荷对这帮猫儿的吸引力也是不尽相同的。宝伊西、"大山羊"、威利、"独行客他弟弟""毛皮行""小不点儿""特混舰队"，这几个对猫薄荷简直都是爱得着魔了，一闻起来没完没了。"公主"（是只青灰色的波斯猫，本来叫"娃娃"，但是仆人们却都管它叫"公主"，于是也就这么叫了）对猫薄荷却从来都是敬而畏之，远远避开，碰都不愿意碰一下；还有那只叫作"伍尔非大叔"的纯灰色的波斯猫也是如此。

虽然"伍尔非大叔"长得身材修长，显得英俊潇洒，事实证明它却是个大傻瓜，它不碰猫薄荷的原因可能正是因为它太笨了，笨得不知道怎么享受，或者最可靠的说是个太过保守的死脑筋。任何新鲜的玩意儿对于"伍尔非大叔"来说都是危险重重，从来不敢去轻易试一试的，对于没吃过的新鲜花样也是百般小心，总要小心地嗅上半天，在这位猫的眼里好像危险无处不在一样，等到它嗅完了，面前早就只剩一个空盘子，东西也早就给其他的猫抢光了，连渣儿也别想能够给它留下。可是"公主"却是不一样的，它聪明又优雅，气度雍容华贵，品格高尚且秉性也最仁慈，也算是猫里的老奶奶老长辈了，它对猫薄荷也表现得很奇怪，只要是一闻到那个气味浑身毛发就全立起来，感到十分害怕，仿佛那是个唯恐避之不及的不道德的邪门歪道一样。"公主"长着一身灰里含青的毛发，眼珠像是黄金的，举止优雅大方，集雍容华贵与端庄凝重于一身，可是一旦等它到了发情期那就有的瞧了。帝王之家的种种宫闱秽闻也许就是这种痕迹之底，以小见大，由此大概也能管中窥豹了吧，不过也能显现一些荡妇潜质了。托马斯·赫德森是见过"公主"发情的情景的，不过那不是撕心裂肺、苦恼欲绝的第一次发情，而是它脱离青涩，变成美丽又成熟贵妇以后，只见它平日端庄稳重的形象瞬间破灭，突然变成一股放荡的风。托马斯·赫德森也是看得鼻血欲流怦然心动：要是有一个像"公主"那样可爱的真公主存在，要是他这辈子能跟这位公主做一场爱，那是死了也甘心的，这可真应了那句古语"牡丹花下死，做鬼也风流"。

不过这个真公主呢，在跟他相亲相爱以前一定要像"公主"那样雍容华贵、那样美丽非凡，可是一旦到了床上，一定也要像"公主"发情时那样春心荡漾、那样放浪。这是他的期望，只不过他只在梦里遇上了这么一位公主，醒来久久回味，忍不住叹息，这人世间包罗万象，但什么也比不上他的这些舒心的美梦。可是梦境再美好毕竟只是一场梦而已，他不能总活在梦里，要现实中拥有才好。只要世上真有这样的公主，那么他一定将梦实现，他对自己这一点还有这个自信。

不过说来也真是遗憾，这辈子他总共就只跟一个公主做过爱（这里的公主是把意大利的公主排除在外，此公主非彼公主，那种公主不算的），而这位公主的长相却相当平常，一双脚平淡无奇，一双大腿也缺乏公主般优美的曲线。不过她的皮肤还是极有光泽而且可圈可点的，属于那种北边人的很是细腻的皮肤，梳着齐齐整整的一头长发也光可鉴人。他总是忍不住轻抚她的脸蛋，还喜欢她明媚的大眼睛，总之这个人他是喜欢的。船要通过苏伊士运河，靠近一座叫伊斯梅利亚①的灯塔时，两个人在一起靠着栏杆相互依偎着，两个人的手紧紧地握在一起，有一种美滋滋的感觉瞬间浮上心头。他们都彼此深深地喜欢上了对方，但还没达到相爱只能算相互吸引，但那跟相爱实际也已经相差不远了。跟大家在一起时她还刻意地回避、注意着点，生怕别人注意到他

---

① 一座位于苏伊士运河中段的城市。

们，两个人说话的腔调也尽量不让人听出异样来。这会儿两人手握着手靠着栏杆站立在黑暗里，两个人似乎心有灵犀，都意识到了彼此之间有些什么在交流，而且对此已经毫无疑问了。既然觉察到了，而且也拿准了，他就老老实实地对她都说了，而且因为他们心里都已经对彼此默许，他还对她提了个要求，那就是彼此间都应该坦诚相告过去的一切，不允许有丝毫的隐瞒。

"我也确实这么想的，"她说，"你难道对我不了解？那我就真的没办法了。你难道真的没办法了解？"

"办法总会有的，"托马斯·赫德森指着救生艇说，"世上本无路，走的人多了便有了路嘛。"

"你是说我们到救生艇里去做？"她说，"不行，无论如何我才不到那样敞亮的救生艇里去呢。"

"那就这样吧。"他说着，她的一个奶子被他紧紧地抓住，手指揉捏着一粒渐渐变硬的乳头，只觉得她的奶子似乎一下子充满了活力，耸立起来了。

"这样不是也很好嘛，"她却打断了他的话，"亲爱的它们可不只有这一只，知道吗？"

"知道，宝贝。"

"嗯，这样才够舒服。"她说，"我到今天才发现我竟然很爱你，你有感觉吗，赫德森？"

"怎么发现你是爱我的？"

"啊，"她禁不住颤抖了一下，"就是这样发现啦。这好像不难吧？难道你就一点儿感觉不到我喜欢你？"

"很明显的事情嘛，还有什么好发现的。"他故意撒了个谎。

"知道就好，"她脸上闪现一丝狡黠的微笑，"你的房间不妥当，我的房间也不妥当，救生艇就更是个不妥当的地方了。"

"那男爵的房间怎么样？"托马斯·赫德森说。

"男爵的房间老是有人进进出出的。这男爵也真够事多的。真挺有意思的，人常说古时候的男爵事多，哪知道现在的男爵事更多。"

"可不是嘛，"他敷衍地说，"要不我先去探听清楚，如果其他人都不在，我们再过去不是更好？"

"不，绝对不行，我会羞愧，我会紧张。我们为什么不能把握好现在呢？其实现在这样随你意愿，你可以用些力，趁现在爱我，尽情爱我吧。我相信你会全心全意地爱我的，很不错保持现在的样子，就照你的想法这样来吧。"

他当然乐意遵命照办，当然添了点花样是避免不了的。

"不行了，你真可恶，"她说，"快，快停下。我真受不了。"

于是她也不甘示弱："哼，让你使坏，你真的受得住吗？"

"我还可以，继续嘛。"

"好。那我就干脆赖在那儿啦，看你怎么求饶。别，快别这样，现在不能吻我。这里可是船员出入的甲板，要是你在甲板上可以吻我，那指不定你在这儿干出来什么事情呢？"

"你倒是说说什么事情我们不能干呢？"

"我可不想在甲板上干些什么，赫德森。哪里好呢？你这坏蛋倒是跟我说说，哪里属于我们两个，到底去哪儿才能想干什么就干什么呢？"

"我告诉你，这里边还有个很深的道理。"

"你说的道理我全都明白。可问题是在哪做？"

"我真是爱你爱得要死。"

"这我知道。我也爱死你了。可你也知道，相爱的人不能操之过急，总该遵守一点点规矩的，不然没什么好结果的。"

他这时故意使坏，做了点小动作，她就微微嗔怒地说了："你要是还这样，那我可要说声对不起。我要走啦。"

"那我们坐下，让你平静一下吧。"

"不，绝不。我们还是站着好些，就保持这样，在这里站着。"

"你那讨厌而又充满魔力的手，是长在那了还是怎么着？还是你喜欢这么着？"

"完全正确，温暖甜蜜，喜欢死了。宝贝，你有意见？"

"意见倒没有。可是你的手总不能一直都这样赖下去啊。"

"好吧，你得逞了。"她说着转过头来，匆匆吻了他一下，立刻又转过头去望着远处的沙漠了，可以看见夜色中轮船正在路过沙漠。当时正值冬季，晚上还是很冷的，甲板上就更冷了，他们就紧紧地偎在一起，两颗心也交结在一起，难舍难分，"我决定让你得逞了。这貂皮上衣在这热带地方想不到有用，居然还能派得上这种用场。你不会只顾了自己舒服就不管我吧？"

"怎么会呢。"

"你发誓？"

"我发誓。"

"哦，啊！赫德森。你这个地地道道的坏蛋，求求你。求求你快点来吧。"

"你是当真的？"

"对，我是真的想。别再问我了，快点。求求你马上就来吧。快，立刻。嗯，就是这样。这就来吧。"她呢喃着说。

"你确定，现在，立刻，马上就来？"

"对对。是真的，求求你快点来吧。"

翻云覆雨过后两个人仍旧站在那里，能看见灯塔的灯光说明轮船还在航行，已经比开始之前近了许多，远方的景色和运河的堤岸还在悄悄倒退。

"刚才你不会被我吓到了吧？我自己都感觉到害臊了。"她问的时候脸颊微红，还有些不好意思。

"怎么会呢。喜欢你还来不及呢，我真是爱死你了。"

"是不是我太自私了，你还没有舒服够吧？"

"没有的事。我已经很满足了。你很好。"

"那不是多此一举，真的，千万别那样以为，对我来说真的不是多此一举。"

"那就按你说的不是多此一举吧。那么我们现在来接吻，好吗？"

"不，现在不行。"她拒绝，"还是把我紧紧搂在你的怀里吧。"

平静了一会儿她说："我对他真的很着迷，喜欢死了，你不会见怪吧？"

"哪儿的话呢，'他'毕竟长在我的身上，我得意都还来不及呢。"

"让我告诉你一个小秘密吧。"

她侧过头告诉了他一个秘密，对于他来说其实这所谓的秘密也没有什么可大惊小怪的。

"你说这样的话我是不是很坏啊？"

"当然算不得坏，"他说，"我看倒是挺好玩儿的。"

"赫德森啊，我的心肝儿。"她说，"我真是爱死你了。我求你了，一切都是你的，随你怎么玩都可以，你要玩只管尽情去玩，但完了你的心还得回我这儿来。要不我们到里茨酒吧去吧，我想来瓶香槟怎么样？"

"这样也好。可你的先生不会介意吗？"

"他现在眼里只有他的桥牌。从窗里我都看得见他专心致志的样子。放心吧，他打完了牌会知道去哪找我们的。"

于是设在轮船尾部的里茨酒吧就成了他们现在的去处，点了一瓶 1915 年的毕雷·儒埃纯干香槟，一瓶喝完了，但不尽兴就又来了一瓶，过了一会儿，赫德森看见王子来了。赫德森对他印象不错，王子人挺好的，当初他在东非打猎玩儿，正好王子伉俪也在东非打猎。在内罗毕的穆赛加夜总会和托尔酒吧他与他们结识了，后来巧合的是，在蒙巴萨又一起搭上了同一艘轮船。那是一艘在蒙巴萨停靠，专作环球航行的游船，船的终点是英国的南安普敦港，不过之前要经苏伊士运河，过地中海，最后到达终点。游船属于超级的豪华巨轮，船上所有的客舱都是带套间的包房，住起来很舒适。虽然费用不菲，但在当时轮船的生意很火，这艘环球旅行的游船本来也早已住满了乘客，不过有几个旅客在船到印度时已经上岸办其他事情去了，没再搭乘。这时一位消息灵通人士告诉了在穆塞加夜总会里的托马斯·赫德森，船上空出了几个空房间，如果有意搭乘的话，凭借他的关系之后，倒也无须花上很多的钱。他转身就又把这情况告诉了王子和公主，肯尼亚王子乘的是飞机，一路劳顿，正不乐意呢，汉德利·佩奇飞机①那年代飞得很慢，飞行个半天都算好的，坐飞机跟遭罪没什么两样的，听到有超级游轮可坐，而且价钱也不是很贵，他们简直高兴死了。

"老兄，你可真是神通广大啊，你能打听到这么一条重要的消息，搭这条船走我真是高兴坏了啊。"王子意犹未尽还说来着，"明天吧，我一起床就去打电话跟他们联系，咱们要坐超级油轮了。"

搭这条船走果然是一种享受，放眼望去，是如此一片湛蓝的海水，蒙巴萨的新港在船后缓缓远去，不一会儿已经将非洲给抛在了后边，那参天的白色老城连同背后的翠绿一片都给抛在了后边。长长的沙洲间驶过巨轮，激荡起阵阵哗哗的海水，浪花在沙洲上打得四溅。轮船终于来到了辽阔的大洋上，便更加快了速度，不时可见有跃出水面的飞鱼，在船的前方游来游去。非洲在船的背后终于化成一条长长的蓝线了，船上一个服务员激动地敲起了锣，顿时船上响起了阵阵锣声，当时他和王子、公主、男爵四个人正在酒吧里享受舒适的喝干马丁尼呢。他与男爵也是打过交道的，算是老朋友了，但其常住在非洲，人品确实不怎么地。

"让这锣敲去吧，我们会管我们自己的胃，在里茨吃午饭不用他们操心了，"男爵说，"大家也没有什么不同意见吧？"

---

① 英国飞机设计师弗烈德里克·汉德利·佩奇（1885—1962）于1919年创办汉德利·佩奇民航公司。

　　自从来到了这艘船上，他跟公主竟然还没有睡过觉，即使船到达海法时，他们其他什么早已都干出来了，就只有这一条一直没有破戒。两人之间已经非常默契，都已经到了一种如痴如醉、不顾一切的地步，论其两人这种干柴烈火的势头，按说是早该睡在一块了，而且每次肯定会弄到意犹未尽，欲望是无穷尽的，没有其他原因打搅，他们不弄到筋疲力尽是不会停下的。但事实却恰恰相反，船一在海法靠岸，他们反倒坐上汽车到大马士革游玩去了。一路上，托马斯·赫德森坐在司机的边上，王子和公主俩坐在后座。托马斯·赫德森游览了当年托·爱·劳伦斯①留下过足迹的一两处地方，瞻仰了一两处圣地的古迹，除此之外，一路上便都是成片的沙漠和重叠的山峦了。回来的路上他和王子换了一下位置，司机的旁边换成了王子，他坐在后座的公主旁边。一路上他觉得迷糊，只看见王子的后脑勺和司机的后脑勺，晃来晃去，托马斯·赫德森实在是有些累了。事后他只记得海法是一座从大马士革到轮船停靠的港口，一条河从公路旁流过。河床是个陡峭的峡谷，但是规模极小，根本就没有任何气势，看上去根本就像是在看一座峡谷的微缩景观。峡谷里竟然还有个小岛。要说这次旅行印象最深刻的，就是这小岛了。

　　虽然去了一趟大马士革，但根本没有解决两人间的实际问题。船缓缓驶离了海法港，下个目的地是地中海，当时正吹东北风，可是甲板上已经变得非常冷了，几乎看不到游客的影子，他们俩就偷偷躲到了救生艇甲板上。船在缓缓晃动，海上起了风浪。这时候她对他说："老是这么憋着，简直是在活受罪。"

　　"不如我们来个'低调处理'吧？"

　　"那可不行。我们就应该立刻上床，一个星期除了上床什么也不干。"

---

　　① 托马斯·爱德华·劳伦斯（1888—1935）：英国军人、学者、间谍兼于一身，长期在阿拉伯各地活动，人称"阿拉伯的劳伦斯"。

"一个星期好像有点不够吧？"

"那我们就大干一个月。我是真恨不得立刻，马上，可偏偏现在又干不了。"

"不如我们现在就到男爵的房间里去吧，应该没人。"

"不。我喜欢没人打扰地、放心大胆地干，我不爱提心吊胆地干。"

"你现在还能忍得住吗？"

"心里像猫抓了一样，我真是像要疯了，而且已经有点发疯的迹象了。"

"等到了巴黎，我们就可以上床大干了，我们可以尽情享乐。"

"不过这样的事我从来没有干过，可叫我怎么找借口脱身呢？我实在不知道该怎么脱身。"

"推说上街买东西应该是个不错的借口。"

"可如果真是上街买东西也总得有人陪着啊。"

"有人陪着倒也问题不大。你们身边不是雇用着人吗？"

"用人倒是有。你想想，那可那绝对是一步险棋。"

"那咱们就干脆别干算了。"

"不，我想，我一定得干，说什么也要干。怎么回事，我心里又惴惴不安的，一点都不踏实啊。"

"你以前就从来没有偷过情？对他从来都是老老实实的？"

"绝对没有。遇到你之前，我总以为自己一辈子就这样，对他忠贞不渝，根本不会做对不起他的事。可我现在却一心只想做这种事了。尽管我不断地想。可万一要是让人知道了，后果不敢想象，我真不知道该怎么面对那样的唾骂。"

"我们还是再仔细想想，看看还有什么好办法吧。"

"求求你，让我紧紧偎着你，用力搂着我吧。"她说，"求求你，我们什么都不要说了，什么也都不要想了，更别去操什么心了。求求你就这样紧紧搂着我，好好地疼爱我吧，我现在是浑身

— 313 —

冒火，我好难受啊。"

过了一会儿，他认真地对她说："我最后再说一句，偷情这种事你就不做了吧，做过之后你的心里就总会出现像现在这样自责、不安的情绪的。你不想对不起你的丈夫，更不想人人皆知。可世上没有不透风的墙，一旦真干出来这种事了，你不想别人知道也不行啊。"

"我一定要干。可我仍然不希望伤到他的心。我死了也要干。我已经疯了、着魔了无法控制自己了。"

"说到不如做到。咱们说干就干吧。"

"可要是马上就干的话会不会太冒险了。"

"这船上的人没有不认得我们的，他们见了我们这样卿卿我我，听见我们这样说着情话，难道谁还会相信我们纯洁？还没在一起睡过觉？大家已经认为我们睡过觉了，想想做与不做难道还有什么区别吗？"

"怎么会呢，做与不做显然是有区别的。两者显然是有本质区别的。尽管我们已经熬到了这一步，可没有做过就不会怀上孩子吧？"

"这说法真是绝了，"他说，"真是服了你了。"

"我们真要是怀了孩子我才高兴呢。我跟他一直都没能有个孩子，他一直很想要个孩子。这主意不错，如果我们怀上了，我就马上去跟他睡觉好了，他绝对想不到孩子是咱们的呢。"

"我觉得马上就去跟他睡觉并不是个好主意。"

"这话也是啊。那等到明天晚上应该没问题吧？"

"你们有多长久没有同房了？难道没一起睡？"

"瞧你说的，我每天晚上都跟他睡在一起。赫德森，我心里难以抑制这种兴奋，我没法子呀，实在没法子呀。他现在老是打桥牌打到很晚，我也不知道什么原因，他好像是在躲着我。他巴不得等他回房安歇时我早已熟睡了。我们夫妻相好都有些年头了，也许他对我有点审美疲劳了。"

"你们结婚这么久了就一次也没有找相好的？"

"我……我找过，说来实在不好意思，之前有过几次了。不过我可始终没有对不起他的行为，那种事甚至连想都没有想过的。王子他心地善良，作为丈夫很称职的，我真的很爱他，他也爱我，待我一直那么温柔体贴。"

"我看我们还是别站在这了，咱们下去吧，要不咱们到里茨酒吧去喝一点香槟吧。"托马斯·赫德森说。此刻公主的心里话让他的心情糟透了，内心也矛盾起来。

里茨酒吧里只有寥寥的几个客人，冰桶里长镇着1915年的毕雷·儒埃纯干香槟，他们随便找了一张靠墙的桌子坐下，侍者过来只问了一声："还照老规矩吗，赫德森先生？"他点头，然后一个侍者就给他们送来了酒。

他们互相举杯示意一下就喝起来了，公主说："这个酒真的很合我的口味，你喜欢吗？"

"简直喜欢得不得了。"

"你是不是有心事，有什么可以跟我说说吗？"

"当然是想你。"

"这个不用说我也知道。你不知道我心里也非常想你。但是你在想我的什么呢？"

"我在想，我们不能总是说啊说啊的，应该马上去我的房间。我们这样可真是，一味光耍嘴皮子、吊膀子，就是光说话不办实事。你看看表，现在几点了？"

"十一点十分。"

"你们这儿的钟几点啦？"他扭头又问送酒的侍者。

"十一点一刻，先生。"侍者看了看吧台里的钟对他说。

一等到侍者走远，远得他们说的话他听不到了，他就很是认真地问："他每天打桥牌？大概要打到几点？"

"反正每天都很晚，他今天也说要打到很晚，用不着等他，让我先睡。"

"这杯酒喝完了我们就上我房间里吧。我房间可不只有酒。"

"可是赫德森呀，可这是很危险的事情啊。"

"危险？事事总有风险。"托马斯·赫德森说，"你想想老是这样想干又不干，反倒要危险一千倍、一万倍。"

那天夜里一场翻云覆雨，他们一口气做了三次爱，事后他送她回到自己的房间，她说容易被人看到，他不该送的，他却说越是小心越会让人怀疑，不如送送她，让人看着更觉得合情合理，何况王子不是还在打他的桥牌吗？把她送走后，托马斯·赫德森又回到里茨酒吧，还没到打烊的时间，酒吧还在营业，他又要了一瓶酒，之前喝的那种牌子的，于是就看起报纸，报纸是在海法港那儿送上船来的。激情之后再看看报纸，真是一身轻松，生活也不过如此啊，他这才想到自己居然有好长时间没看报纸了，牌局散了以后，王子走过里茨酒吧，探头进来看了看，确认他老婆不在。托马斯·赫德森说："这么急着去睡觉干吗？"然后请他过来喝一杯。他感到自己的话里竟含有那么一种强烈的亲情，他对王子愈加觉得喜欢了。

当船到马赛时，他和男爵下了船。而船上的其他大部分旅客还要继续各自的旅行，毕竟游轮的终点是南安普敦。在马赛老港的一家路边饭馆里，他和男爵又要了一大瓶玫瑰红葡萄酒，一边喝酒一边吃腌贻贝倒也是种享受。托马斯·赫德森这时才感觉自己饿得快前胸贴后背了，他想起来了，原来是体力消耗过大，他的肚子自从船离海法以后就老是觉得很饿。

真是要命，这会儿肚子饿得更厉害了，他心想。真是奇怪了，这帮仆人按说现在至少也应该来一个了，该上饭了，可都到哪儿去了呢？外边的风愈来愈冷了，也不知道是肚子饿的错觉还是真的冷。这使他想起了从前同样的一个大冷天，港口到马赛的街道路面很陡，走得也不快，于是他们把外套领子翻了起来为了遮风挡寒，然后在路边饭馆的餐桌上吃着贻贝，就着加了辣椒的很烫的肉汁浓汤，一层化开了的黄油浮在汤面上，一口喝下去感觉很烫，这样寒冷便被驱散几分。他接着舀起浓汤中的贻贝，剥开薄薄的黑壳后，品尝那鲜美多汁的肉。他们喝的玫瑰红葡萄酒味道很纯正，是塔继尔的正宗货，跟普罗旺斯①的风情是几乎完全一致的。港口鱼龙混杂，他们一边吃一边瞧：形形色色的人们沿着那陡直的鹅卵石街道往上走来，有淳朴的渔家姑娘，有轮船上下来的游客，也有在港口做营生的娼妓，衣着却很粗陋，她们喜欢迎着西北风搔首弄姿，风把她们的裙子都吹得鼓鼓的，并且还时不时地掀起来一点儿，里面的内衣就若隐若现。

"你这小家伙，这两天做得也太出格了，"男爵说，"真是太出格了。"

"你要不要再来点贻贝？"

"不了，不能再来稀的了。我得来点干的。"

"要不我们再来一盘杂鱼汤②？"

"天哪！连续喝两道汤？"

"我真的快要饿死了。如果今天不尝个够的话，要想再来品尝这里的特色，还不知要到何年何月呢。"

"我就猜到你是饿得受不了了。那好吧。我们就再来一盘杂鱼汤，另外再来一盘烤得绝嫩的里脊牛排，这该够了，今儿个索性成全你这个饿鬼吧。"

"喂，下一步你如何打算的？"

"该回答的人应该是你吧，你到底爱不爱她？你没下一步打算？"

"不爱。"

"不谈感情一切就会好办得多。你最好还是赶快一走了之。我看你一走就什么也不会发生了。"

"可是我已经约好了要跟他们一块儿去钓鱼呢。"

---

① 普罗旺斯是法国南部一个地区。

② 又叫普罗旺斯鱼汤，是用好几种鱼、蛤和蔬菜烹调而成。

"打猎还有点儿意思，怎么不去打猎呢？"男爵说，"钓鱼怪没趣的，一点也不热闹，再说她也是不对的，这样欺骗自己的丈夫。"

"我看他一定都知道了。"

"他哪里知道这些。他只知道她爱上了你。而你又是个有身份的人，所以你干点儿啥还有个限制，人家也不好立马就说你怎样怎样。可是她就另当别论了呀，欺骗丈夫这一条本身就不应该。再说，你想跟她结婚吗？"

"当然不想。"

"那不就结了，反正她也是不可能跟你结婚的，所以既然你并不爱她，又何必把她的丈夫牵扯进来，弄得他也很不愉快呢？"

"反正，我现在很明确一点，就是我不爱她。"

"那我觉得你应该离开。"

"没问题，其实我也觉得自己应该走了。"

"好了，你同意就好。不过走之前我倒是想问你一件事，老实告诉我，你觉得她到底怎么样？"

"挺不错的一个人。"

"还说着傻话。我认识她的妈妈。要是你也认识她的妈妈就好了。"

"很遗憾，我并不认识。"

"你应该认识的。我就始终也想不明白，你为什么会跟这种无聊透顶的娘们好上了。总不至于你是出于画画的需要，才搭上这样的女人的吧？"

"这是哪里的话啊。才不是你想的那么一回事呢。说实话我非常喜欢她，到现在还很喜欢。不过也就是喜欢而已，我并没有爱上她，说来这事情怎么这么复杂。"

"反正我的意见你赞成就好。那你现在打算去哪里呢？"

"我们才刚从非洲出来呢。"

"是啊。你怎么不去古巴住一阵呢？或者去巴哈马啊。假如我能够从国内弄到一笔钱的话，我倒是非常乐意奉陪的。"

"你估计还能从国内弄到点钱吗？"

"确实不大可能。"

"那我就还是在巴黎住一阵儿再说吧。我都已经有好久没有住住大城市了。"

"巴黎可算不得真正的大城市啊。有资格叫大城市的是伦敦。"

"关键是我很想去看看巴黎，也许那里有什么新的花样。"

"这个嘛我倒是可以先给你讲讲。"

"不是那些新花样，我就是想去看看画呀，会会老朋友什么的，再到'六日赛车馆'①、奥特伊、昂冉②、勒特朗布莱③这样的地方去逛逛。你也跟我去吧，这样岂不是挺好？"

"我可不喜欢赛马，那是要拿许多的钱去赌博的，我也没有那钱呀。"

哎，干吗还要想这些呢？他想着想着渐渐地又把心思收了回来。男爵已经死了，巴黎也早就落在了德国鬼子的手里，公主也没能生下个一男半女。他不由得心想：这辈子他是没有骨血可当皇族了，倘若非得要自己的血跟皇家有点关系的话，除非是在将来参观白金汉宫的时候，正好碰上出鼻血，可以弄几滴鼻血洒在宫里，不过这种可能性也几乎没有。他当下打定了主意，要是再过二十分钟，那帮仆人还一个都不见的话，他就只好自己到村子里去买些鸡蛋、面包回来吃了。真是的，在自己的家里居然也会挨饿，这真是活见鬼了，他心里还埋怨着。可是自己又实在是太累了，到村子里去走一趟都有点犯难。

---

① "六日赛车馆"是一个比赛骑自行车耐力的体育馆。因为要连续比赛六天，所以叫作"六日赛车馆"。

② 奥特伊请见前注。昂冉：位于巴黎北边的昂冉湖畔，以矿泉浴场闻名于世，当地也有一个赛马场。

③ 勒特朗布莱是位于马恩河畔的一个游乐胜地，那里的赛马场有着十分悠久的历史。

　　就在他心里这么思量的时候，他隐约听见厨房里有人声，于是就使劲摁了摁装在大桌子下面的电铃，紧接着就听见厨房里嗡嗡响了两下。

　　很快，他屋里的二听差进来了，这位照例还是那副诡秘、机灵、熬惯了日子的模样，稍微带着一些娘娘腔，同时又拥有几分圣塞巴斯蒂宝①的风格。二听差进来问道："先生按铃了吗？"

　　"不是按铃难道是敲钟吗？马里奥呢，去哪儿啦？"

　　"他取邮件去了。"

　　"猫儿们还好吗？"

　　"都很好。没发现有什么情况。就是'大山羊'跟埃尔高多②打了一架，带了点儿伤，不过我们也都处理好了。"

　　"我看宝伊西像是瘦了。"

　　"它一到晚上总是跑出去。"

　　"'公主'呢，怎么样了？"

　　"前些日子情绪不大好。不过这两天胃口见好，吃得挺不错的。"

　　"能弄到肉食吗？"

　　"没问题，我们从科托罗那里领来好多的。"

　　"狗呢，都还好吗？"

　　"都不错。就是'小黑妞'又怀上崽子了。"

　　"难道没有将它关在屋里，还让它到处跑吗？"

　　"我关了，可它还是逃了出去。"

　　"还有其他事儿吗？"

　　"没有了。这次先生出海还顺利吗？"

　　"是的，没出什么事儿。"

　　说到这里，这个听差的话让他有些来气，整个人就变得有些

---

① 早期的基督徒、殉道者。
② 西班牙语：胖子。

不耐烦。有两次了，都想打发他走了，可两次都是因为听差的父亲赶来一再求情，他面上挂不住才又重新留下了。他们正说着话儿呢，大听差马里奥回来了。他带着报纸和信件，一进来就带着满脸的笑容，使得他那张黑黑的脸看起来是那么的快活，那么和蔼可亲。

"先生出海顺利吗?"

"最后有点风浪。"

"Figúrate.① 这北风可是刮得那么猛啊让人有些怕。对了，你吃早餐什么的没有?"

"我想吃也得有吃的才行啊。"

"好，好，鸡蛋、牛奶、面包，我都带来了。Tú②."马里奥吩咐二听差说，"你快去给先生做早饭。先生鸡蛋想怎么个吃法?"

"还照老样子吃吧。"

"那照老样子，Los huevos como siempre③，"马里奥又说，"宝伊西去接你了没有啊?"

"接了。"

"你可不知道，这回你一走啊，它呀天天精神头像是被掐了一样，真是伤心透了。而且我看这次比以前哪回都要伤心呢。"

"别的猫儿呢?"

"都还好，只有'大山羊'和'胖子'还是处不来，狠命打过一架。"他都用英语说猫的名字，感觉非常得意，"'公主'的情绪也不大好。不过并没什么要紧的。"

"¿Y tú?④ 那你呢?"

"我吗?"他很开心又腼腆一笑，"我好得很。多谢您关心啦。"

"家里人也都好吗?"

---

① 西班牙语，即"你想呀"之意。
② 西班牙语：招呼"喂，你"的意思。
③ 西班牙语：鸡蛋还照老样子吃法。
④ 西班牙语：那你呢?

"也都很好，谢谢您。我爸爸也工作去了。"

"那就好，我真为他高兴啊。"

"他自个儿也挺高兴。昨天晚上没有客人留宿在这里吗？"

"没有。他们都进城里玩了。"

"肯定都给累坏了。"

"就是。"

"对了，你有好几个朋友来过电话的。我都记下了他们的名字，不过英语里的姓名我不太会拼呢，但愿你还能都认出来吧。"

"没事儿，只要照着读音记下来我可以认得。"

"可你念起来跟我念起来也是不一样的啊。"

"上校来过电话吗？"

"没有，先生。"

"好的，先给我来一杯威士忌加矿泉水吧，"托马斯·赫德森说，"还要给我的猫儿送来一杯牛奶。"

"是端到饭厅里去，还是送到这儿来？"

"哦，对啊，威士忌送到这儿来，我想现在喝。猫儿喝的牛奶放在饭厅就好。"

"马上就来。"马里奥说。很快，他到厨房里调了一杯威士忌加矿泉水拿来，"我看这酒是够浓的啦，调进去很多水。"他说。

托马斯·赫德森这会儿却在想：我是现在就刮脸呢，还是等吃过早饭了再刮呢？按理说应该先刮的，再说我要威士忌不就是为了要一边喝酒，一边刮脸的吗？思来想去，就决定了，到浴室里去刮吧。可是心里又一百个不乐意：多讨厌啊！不，不能讨厌，必须得到浴室里去刮。好好刮，刮完就神清气爽的了，这样，你吃过早饭到城里去才不显得邋遢呢。

他就这么说服了自己，一边刮脸一边喝酒，肥皂涂到一半的时候小呷一口，涂完了肥皂再呷一口，接着涂第二轮肥皂的时候又呷一口。这样他就不大讨厌刮胡子了。腮帮子上、下巴上、脖子上，都是已经积了两个星期的硬胡子，想要刮干净还真得费点儿工夫呢，他一连换了三次刀片。这当儿宝伊西在他脚边儿走来走去，它时而看他刮脸，时而又在他腿上蹭来蹭去。冷不防地它一个猛蹿，直接冲出房去，瞅它这架势，托马斯·赫德森就知道它那灵敏的耳力在起作用了，准是听见牛奶碗放在饭厅花砖地上的声音了。尽管他是一点也没有听见这声响，也没有听见听差的叫唤猫儿，可是宝伊西它就是听见了。

托马斯·赫德森刮完胡子后，往右手的掌心里满满地倒上一捧酒，接着往脸上一抹。啊啊，刚刮完胡子的面皮一接触到酒，顿时感到一阵凉飕飕的刺激，刀片刮过后的那种刺痛感瞬间就消失了。这种九十度以上的上等纯酒精在古巴很便宜，就像美国最低级的外用酒精一样。

他心想，糖我是不吃的，烟我也不抽，这个国家还是好，还酿制出了这样的好酒，倒真是带给了我无穷的乐趣。

因为房子四周都是石铺的庭院，所以浴室的玻璃窗下半部都给涂了漆，但是窗子的上半部没涂，还是明净的玻璃，所以他从浴室里望出去，看见棕榈树的树叶在大风中猛烈摇晃。他心想这风真是刮得比自己估计的还猛呢。按说都已经刮这么久了，也差不多到了该转向减弱的时候了吧。可是这事情也是很难说的呀，有时就算是风向转成了东北，这风刮得猛不猛还得另说呢。不过，真正令他开心的是，他竟然已经好几个钟头没有去想什么大海了。他想：这样就好了。压根儿就别再想大海了，管它海上怎么了海下又怎么了呢，只要是跟大海沾边儿的，我就什么都不去想。甚至啊，哪些该想哪些不该想都别去想，通通都别去想才好呢。大海，就由它去吧。别的事情也一样，都一样——他心想。这些那些的，都丢远点儿吧。

"先生打算在哪儿用早饭？"马里奥问。

"哪儿都行，只要跟那 puta① 大海离远点儿就行。"

---

① 西班牙语：臭娘子。

"那是在起居室好呢，还是在先生的卧室里？这两个有些吃不准。"

"就在卧室里。我坐在柳条椅子上，早饭就摆在旁边的桌子上吧。"

他喝了几口热茶，吃了一个煎鸡蛋，另外还吃了几片涂着橘子酱的烤面包片。

"今天怎么没有水果呢？"

"有香蕉。"

"那给我拿几个香蕉过来。"

"可是喝了酒吃香蕉，这恐怕不行吧？"

"没什么不行的，那是迷信。"

"可就在你出海的那段时间，咱们村里有个人又吃香蕉又喝朗姆酒，结果就死了哎。"

"你怎么知道这个酒鬼不是因为喝多了朗姆酒而死的呢，或许那个吃香蕉只是碰巧吧？"

"不会的，先生。据说这人吃了很多很多香蕉，朗姆酒却是只喝了一丁点儿，最后就突然死了。香蕉还都是他从自己园子里摘下来的呢。瞧，村后的那个小山冈上就是他住的地方，这人在七路公共汽车上工作呢。"

"唉，愿他安息吧，"托马斯·赫德森说，"还是多少给我来几根香蕉吧。"

马里奥也只好把香蕉拿来了，这都是在自己园子里现采的，个儿虽然很小，却一个个都黄澄澄的，是早已熟透了的。等剥完皮来，简直就只有人的手指头那么点儿大小。但是托马斯·赫德森一连吃了五根，因为味道真是没得说。

"等着看我会不会发病啊，"他说，"去把'公主'领来吧，还要给它吃个蛋呢。"

"是啊，为了庆祝你平安归来，我已经给它吃了一个蛋了，"听差说，"还有宝伊西和威利，我也各给了一个。"

"很好，那'大山羊'呢？"

"'大山羊'看来伤得挺重的，园丁师傅说目前它的伤还没有好透，不宜给它吃多了。"

"它们这场架打得到底有多狠呀？你跟我说说。"

"哎哟，那是打得真狠啊。它俩从家一直打到花园后面的荆棘丛中，最后连它俩的踪影都瞧不见了，这怎么也得打了一里多地吧。它们现在打架也挺有意思，听不见一点儿声响，打完了也不知道到底是谁赢了。反正是'大山羊'先回来的，它一回来就躺在庭院里的水缸边儿上，看那样是没力气跳到顶上去了，我们就替它治了伤。过了一个钟头，'胖子'才回来，我们再替它拾掇拾掇了伤口。"

"你还记得不，当初这一对小哥们儿可是无比的相亲相爱啊。"

"那能不记得嘛。可谁知道如今却变得仇恨这样大，看来'胖子'不把'大山羊'咬死是决不罢休的。它可要比'大山羊'重呢。"

"不过'大山羊'打架的本事也是一点儿不含糊。"

"话是不错，先生。可你想想，整整重了一磅的话，那还是有很大的出入。"

"哎呀，你看你，什么都爱拿斗鸡的眼光去硬套，猫打架跟斗鸡可是两码事儿，我看身体重一磅吧关系也不大。拳击比赛你看过吧，除非因为超过了等级标准，才必须减轻体重，否则在同一级别里重一磅轻一磅也没什么大不了的。当年登姆普西①夺得世界冠军的时候才不过 185 磅重。而威拉德②足足有 230 磅重呢。我看'大山羊'和'胖子'都该算是大号的猫了。"

---

① 杰克·登姆普西（1895—1983）美国职业拳击运动员，1919—1926 年的最重量级世界冠军。

② 杰斯·威拉德（1881—1968）美国拳击运动员，1915—1919 年的最重量级世界冠军。

"可是照'大山羊'和'胖子'的那种打法，谁多一磅分量就会占不小的便宜啦，"马里奥接着说，"如果它们打架也有人押输赢的话，保管都会对这一磅的分量相当看重的。你看着吧，都要认真考虑考虑多几两少几两呢。"

"好吧，再给我拿几根香蕉来。"

"还吃香蕉？你就发发善心吧，先生。"

"你真的相信那胡说八道的一套？"

"那就麻烦你再给我来一杯威士忌加矿泉水吧。"

"就算你命令我，我也不能这样。"

"我这是请求你。"

"你的请求也就是命令。"

"那就只管拿来吧。"

听差实在说不过他，只好端来一杯威士忌加冰镇矿泉汽水，酒里面还加了点儿冰块，托马斯·赫德森接过了酒，开玩笑说："看看我发不发病啊。"可是一看到听差黑黑的脸上，那充满担心的神情，他连打趣的兴致都没了，于是又补了一句："放心吧，我心里有底，准出不了毛病，真不骗你。"

"先生自己心里有数那是先生的事儿。不过我总归是有劝劝先生的这个责任。"

"我知道，你没有任何错。你劝过我了，也尽责任了。佩德罗来了吗？"

"还没有，先生。"

"等他一来，让他赶快备好凯迪拉克，我这就要进城去了。"

既然佩德罗还没来，你不妨趁这个时候洗个澡——托马斯·赫德森对自己说。就要去哈瓦那，洗完澡当然得收拾一下，怎么也得穿戴整齐了再进城去见上校啊。你这是怎么啦，到底哪儿不对劲儿啊？我浑身都不对劲儿呢——他心里这样自问自答着。是啊，浑身都不对劲儿。在陆地上浑身不对劲儿，在海上还是一样的浑身不对劲儿，连闻着这空气都只觉得浑身不对劲儿。

托马斯·赫德森坐在柳条椅里，顺手从椅子底下拉出一个搁脚架，把脚搁在上面，他欣赏起这卧室墙上挂着的画。那个很蹩脚的床却是首先映入眼帘的，就连床垫也不是上等货色，不过他也是基本不到这床上睡觉的，除非是跟谁吵了架，所以当时买的时候图的就是便宜。床头挂着一幅胡安·格里斯①的《弹吉他的人》。一边看着这画，他脑子里不由得蹦出了一句西班牙语：常思往事则成人。他叹道：哎，你倒是想了，可人家怎么知道，你已经想得连命都快没了呢。房间的另一头，在书橱上方挂着保尔·克勒②的《创作的丰碑》。他并不像喜欢《弹吉他的人》那样喜欢这幅画，不过他还是会很欣赏地看上两眼。他还记得当时在柏林刚买回这幅画的情景，印象中只觉得这画好邪门。那样刺眼的色彩，就像他父亲医学书插图里画的下疳啊，杨梅疮啊什么的。他妻子乍一见这幅画的时候，也差点儿把魂都吓掉了，不过后来也就慢慢习惯了，学会就画论画地看待这股邪门劲儿了。其实要说他自己现在对这画的理解，并不见得会比当初深刻多少。不过论画这始终是一幅好画，所以他很喜欢并时不时地看上两眼。他还清楚地记得第一次见到这幅画是在那个清寒的金秋，就在柏林沿河一幢大楼的弗莱希海姆画廊里，当时他们夫妻俩还是那么的幸福。

马松③画的一幅森林远景挂在另一个书橱上方，画的是达弗雷镇，他像喜欢《弹吉他的人》一样喜欢这幅画。其实，真正的好画都有这么个了不起的地方：虽然你爱煞了它，心里没有不可企及的那种无奈。你在喜爱之余一丝惆怅也没有，相反，一幅好画倒是能让你感到一种不可言说的愉悦，因为在这幅画里体现了你所追求的那些。也就是说，尽管你没有达到这样的境界，但是

---

① 胡安·格里斯（1887—1927）：西班牙画家，1906年移居巴黎后，成为第一次世界大战后法国先锋派的主要成员，后又开创了综合立体派。

② 保尔·克勒（1879—1940）：瑞士表现派画家，1933年被纳粹赶出德国。

③ 法国画家，见前注。

只要你看到有人达到了，你心里照样也会很舒服。

这时宝伊西进屋来了，它一跳就跳上了他的膝头。它可是很有一手的，无论在哪跳上跳下的，从来都心里有数，也没失败过。在这宽敞的卧室里有个五斗橱，非常高，它只要一纵身，就可以轻松地跃上橱顶，看着一点儿也不吃力。现在它就是轻轻一蹦，就利索地蹦上了托马斯·赫德森的膝头，舒舒服服地躺在他身上，想向他表示亲热，用前爪又抓又挠的。

"我在赏画呢，宝宝，你要是也能欣赏这些画就好啦。"

托马斯·赫德森心想：我津津有味地欣赏好画，它却对蹦高捕耗子其乐无穷。但是它看不懂画，终究是个遗憾呢。不过那倒也说不定，没准儿它对画还有很大的兴趣呢。

"宝宝，我不知道你是否懂得欣赏画，要是懂的话，哪些画家的画会对你的胃口呢，估计你会喜欢荷兰时期的画派吧，那个时期的画大多以静物画为主，画的什么鱼啦，牡蛎啦，各种野兽啦，是栩栩如生的，画得相当地好。嘿，淘气包，你对我别又挠又抓的啊。现在可没到晚上呢。大白天可不能来这一套。"

托马斯·赫德森把宝伊西翻过身来，让它肚皮朝上，这样就能老实点儿，可它还是只管来亲热。

"你也该好好学学规矩才好，宝宝，"他说，"一进门到现在了，我可还没有去看过别的猫儿呢，我这可是对你情有独钟啊。"

宝伊西开心极了，托马斯·赫德森把手伸到它脖子下为它轻轻抓痒痒，感觉到它喉咙一阵一阵地安逸地打着呼噜。

"宝宝，我都臭了，我得去洗澡了。谁像你啊，你倒是一天有半天在洗澡。不过你洗澡是用舌头舔的。那时你呀，简直就像个有身价的大老板在办公，你一到洗澡的时候就理也不理我了。你那是例行公事，而且不允许任何人的打搅。可我呢，本来应该去洗澡的，还赖在这里喝早酒，真像个烂酒鬼。估计这就是你我之间的一个差异吧。另外还有，如果要你在驾驶台上站十八个钟头，估计你是肯定不行的。但是我就行。连续站十二个钟头那简直是家常便饭。必要的时候十八个钟头也不成问题。比如昨天吧，我就一直站到今天快天亮，算了一下，足足一连站了十九个钟头呀。不过我不能像你那样不老实，总是跳啊蹦的，更不能像你那样夜晚狩猎去捕耗子。我倒是也打过几次夜猎的，那真是好玩极了。但是你可就不一样了，你的胡子那么灵敏，我猜一定是装有雷达的。鸽子的喙上都有一层硬壳，估计在那上面有个高频无线电测向仪吧。别的鸽子我不了解，但至少信鸽都是有这么一层硬壳的。可你的神秘装备又是什么样子的呢，宝宝？"

宝伊西挪开了爪子，躺在那儿显得安逸舒服，并且喉咙里打着不出声的呼噜，显然开心极了。

"你的搜索接收机上有没有信号啊，宝宝？我用现代的磁控设备可以测测你的脉冲宽度跟脉冲重复频率，船上已经被我安了一个磁控管。这可是咱俩的秘密，你可千万别对人说啊。原理跟你说你也不会懂，是由于超高频得出的分辨率高，所以老远就能发现敌人的潜艇。这叫微波，宝宝懂了吗？和你打的呼噜也是一样的微波。"

他的思绪又开始了：你明明说好了不到出海时就坚决不去，但怎么就这样经不起考验呢。你心里也明白，你要忘记的并不是大海。大海是你所爱的，其他地方可以不去，大海是非去不可的。快到阳台上再仔细感受一下大海吧。其实大海并不像想象的那么残忍，一点也不冷酷，更不是别人传言的那么邪恶。大海就是大海，不管你在不在，它就在那儿，风可以推波，潮可以助澜，在海面上风和潮水可以尽情地展开厮杀与搏斗，可是海面之下一点也不受影响，平静得犹如处子，安静地待在那儿。自己是应该庆幸的，今后出海的机会还多的是，人是要学会感恩的，感恩大海博大的胸怀，容许你把它当成了自己的家。大海就是你永远的家，所以别对大海的高深妄加评测，也别对大海匪夷所思。你苦恼的原因并不在大海。想到这，他对自己竟然有些沾沾自喜：无论如何这也算是开了点窍了。尽管你回到陆地上就总要犯迷糊。于是他拿定了主意：那好吧，我在海上就应该多多思考开开窍，这样即使回陆地迷糊点儿也不算什么事。

陆地上可是有很多趣事的呢——他心想。我们就先去领教一下陆地上有趣的事吧。当然还是要先去见一下那个烦人的上校——他想。其实我倒是不反感跟他见面，见面这种事我一向是很愿意的，因为见了他后，你会感觉到精神会振奋一些。还是别胡思乱想了。就不要再去多想上校了——他想。今天什么事情也不要去想了，要愉快地过好这一天，不想上校就是其中一条。当然该见还是要去见他的，但就是心里不要去想他了。对于他的事，有好些已经想得够多了，在心里挥之不去，但也有好些随着时间的流逝已经淡忘，想再记起都难。所以我看你还是不要去想他了吧。好，说到做到，我现在就不想。待会儿去见他，向他汇报就是。

他喝完了杯中的酒，将膝头上的猫儿抱开，慢慢地站起身来，又仔细欣赏了一阵儿墙上挂的三张画，就进浴间里洗淋浴去了。由于仆人们是早上上班后才将烧热水炉子点火的，所以水还不是很热。不过他还是给全身抹满了肥皂，还把头发也揉了个遍，最后就用冷水一冲，就算洗完澡了。从衣柜中挑了一件白色的法兰绒衬衫穿上了，系上了深色的领带，下边穿了条法兰绒便裤、羊毛袜子，脚上穿着一双已经穿了十年的英国拷花皮鞋，外边再套一件开司米套衫，外加一件旧的粗花呢上装。着装完成后，他按铃叫了仆人马里奥。

"佩德罗来了吗?"

"来了，先生。您的车子已经在外边停好了。"

"给我来杯'汤姆·柯林斯'，记得用椰子汁加苦味汁给我调一杯，我要带走。外边要个软木杯垫。"

"遵命，先生。您不穿大衣了吗?"

"那就带一件吧，要是天冷了，回来好穿。"

"先生，午饭时您能赶回来吗?"

"不吃了。晚饭也不回来吃了。"

"先生，猫儿都放出来了，正在避风的地方晒太阳呢，您要不要去看看猫儿再走？"

"不了，我着急走，晚上回来再看它们吧。我要给它们带点礼物。"

"好的，那我现在就调酒去了。不过得现弄点椰子汁，要花点工夫的。"

"你到底怎么啦，怎么连猫儿也不想去看看啊？"他对自己迷糊了，但事实上，他自己也弄不明白这个闷葫芦了。看来这倒真是个新问题。

宝伊西两眼一直紧紧地盯着他，看到主人又要走，不过因为看到没带大包小包，估计不会出远门，所以并不恐慌只是略微有点儿不安。"你知道吗，我那也许都是为了你呢，宝宝，"托马斯·赫德森安慰着说，"你就放一万个心吧。等到晚上的时候我就回来啦，最晚也就是过了午夜吧。估计回来也是筋疲力尽累得跟条死狗似的。那时就让我们在这儿把自己的头脑清醒清醒吧。Vámosnos a limpiar la escopeta. ①"

他从明亮的起居室里走了出来，他到陆地这么久了，到现在还觉得这个长长的房间大得有点没边儿了。终于来到户外的石头台阶，古巴冬日的早晨格外清爽，户外更是一片明亮。他的脚边立即围来一条条打转的狗，那条一脸苦相的耷拉着脑袋晃个不停的猎狗也过来趴在他的跟前。

"你这畜生愁眉苦脸的，看来真是又可怜又苦恼啊。"他说着拍了拍那条猎狗，那猎狗也讨好地对他直摇尾巴。因为天冷风大，其他的那些杂种狗都精神头十足，欢蹦乱跳的没个老实劲儿。庭院里有一棵在风中摇曳着的木棉树，还有几根被风吹折了的枯枝落在台阶上，仆人还没有来打扫。汽车司机缩着脖子，特

---

① 西班牙语：不妨让我们来擦擦猎枪。

意做出一副哆哆嗦嗦的样子，好像已经等了好久，从车后走了出来，说："您早，赫德森先生。出海一切顺利吧？"

"平安无事。车子都检查了吧，没什么问题吧？"

"有我在全都照看得好好的。"

"我相信也错不了，我看好你哦。"托马斯·赫德森用英语说。这时候马里奥从屋里出来，下了台阶，恭敬地来到汽车跟前。显然他是来送酒的：大号的酒杯里盛着深色的酒，颜色和铁锈有点相似，一张软木薄片制成的杯垫裹在杯子外面，软木薄片有些大，跟杯口相距不到半英寸。

托马斯·赫德森见他来了，就对他说："天气是有点冷了，去到汤姆先生的衣服里找找，把那件前面有纽扣的毛衣让可怜的佩德罗穿上。这台阶也该打扫了，一会儿得找人把断树枝打扫一下。"

司机帮他把酒拿着，托马斯·赫德森不由得俯下身去跟狗亲热。宝伊西则是一副不屑的样子，坐在台阶上看着。狗中有只名叫"小黑妞"的狗，那是一条可爱的小母狗，原先还长着一身油亮的黑毛，但是因为上了年纪，毛发已经渐渐变得灰白了，尾巴倒卷在背上，玩得开心的时候那细弱的腿脚简直都会闪闪发亮，尖尖的嘴巴像猎狐犬一样，一双眼睛透着灵性总喜欢含情脉脉地盯着主人。

这条狗的来历还有些特殊，那是一个晚上他在一个酒吧喝酒时发现的。他发现它老是跟着人家出去又独自回来，就问掌柜的这狗是什么种。"当然是古巴种呗，"掌柜的说，"这小东西已经在这儿四天啦，怪可怜的。谁出去它都要跟着出去，可是人家没有一个肯要它的，都把车门一关。"

结果他就把它带回了自己的庄园，可是到了庄园里它两年都没有发情，托马斯·赫德森还以为这条狗老得不能再生育了。谁也没有想到的是，有一天它遇上了一头警犬，这下可不得了，两下闹得如火如荼，弄得再不把它救出来都危险了，因此它就生下了一窝警犬崽子，以后又生下了斗牛犬崽子，猎狗崽子，还有一头不知跟哪头公狗生的崽子，简直好看得不得了，遍体通红，估计其老子是头爱尔兰种的塞特狗，可是胸部和肩部却又是斗牛犬的模样，而尾巴跟"小黑妞"一般无二地倒卷在背上。

此刻虽然它自己又怀上崽子了，可它的儿女依然都围在它的身边，倒也其乐融融。

"又多一窝崽子，这回又是谁家狗的种啦？"托马斯·赫德森问司机。

"这回倒不知道，没看住，不知道又是哪家的公狗。"

这时马里奥拿来毛衣递给了司机，司机把散了线的衣服脱下穿上毛衣。要说了解情况还是要数马里奥了："这回当老子的是村里那条爱打架的狗啦。"

"算了，反正我也管不了，再见了，狗儿们，"托马斯·赫德森说，"你也再见啦，宝宝。"宝伊西听到主人唤它名字，就穿过狗群，蹦蹦跳跳地下了台阶，跑到车子跟前来了。托马斯·赫德森一只手拿着外垫软木的酒杯，坐在车里，身子探到窗外，轻轻地抚摩宝伊西。宝伊西的前腿支着车门，后腿一竖直起了身子，伸过头来眼睛眯着，蹭蹭他的手，享受着主人的爱抚。"放心吧，宝宝。我会尽快回来的。"

"宝伊西，我的小可怜啊。"马里奥说完爱怜地抱起猫儿搂在怀里，猫儿目不转睛地目送着。汽车一拐弯，绕过花坛，顺着坑坑洼洼的车道渐渐驶去，很快就下了道坡，高高的杧果树在前面又挡住了视线，所以一下子就看不见车了。于是马里奥只好把猫儿抱到屋里，放了下来，猫儿却着了急，一纵身就蹦上了窗台，两眼还是直盯着那车道的下坡处——再往前看，车的影子已看不到了。

马里奥过来抚摩它毛茸茸的脑袋，可是那猫儿根本就一副不安心的样子。

"可怜的宝伊西啊，"那个高个儿黑人听差说，"可不是嘛，这猫儿真够可怜的啊。"

托马斯·赫德森的车子顺着坑坑洼洼的车道开到了大门口，司机立刻跳下车来，把门上的铁链麻利地解开了，迅速地又回到车上，车子开出了大门。这时一个黑人小伙子正好从街上走来，司机就向他喊一声，请他帮忙，把大门关上。那小伙子咧嘴一笑，点了点头。

"他是马里奥的一个兄弟。"

"没错，人挺不错。"托马斯·赫德森说。

车子终于穿过村里那些坑坑洼洼的乡间小路，转到了中央公路上。路况好多了，车子一路驶去，经过了住在公路两旁的许多人家，还经过了两家店门都大开的杂货店，杂货店在街边设了卖酒的柜台，一排排的瓶装酒摆放在柜台上，两侧的货架上则摆满了各种罐头食品。开过了最后一个卖酒的店家后，眼前出现一棵奇大的西班牙月桂树，树枝撑开得很大，整个路面都被罩在底下。石铺的老公路就在前面不远处了，路到此便开始全是下坡。下坡路足足有三英里长，路两旁都是参天的古树。路边依然有杂货店，还有幼儿园、小农庄，也有大农庄。大农庄里西班牙殖民时期的宅邸，现在已经破旧，并被分割成不同用途，就连那高低起伏的旧日的牧场也已被街道分割开来。一直分割到野草茂盛的山坡下才算为止。因为季节原因，那里草也是一片枯黄。这个国家原本是一片郁郁葱葱的，如今河道一带成为四下里唯一的绿意，河边两岸高高地耸立着灰色的树干，风都把树顶上的绿叶吹得歪在一边。这场北风既猛又冷，还很干燥。佛罗里达海峡早就被前几场北风吹得寒气袭人，这一场风没有带来一滴雨也没有带来一丝雾，天气变得越来越干燥。

托马斯·赫德森轻呷了一口冰凉的酒，用舌尖细辨那味道，有一丝新鲜的青酸橙汁的酸甜味，还有淡淡的椰子汁椰香味，不过淡味比起汽水来还是要浓多了。所加的金酒酒味醇厚，是地道的戈登金酒，所以一沾上舌头顿时让人觉得精神一振，咽下去更是回味无穷。更何况酒里还加了苦味汁，整杯酒被染得艳丽无比。呷上一口这样的美酒，感觉真像是站在甲板上吹着温暖潮湿的海风，张着满帆一路顺风而行——他心里美美地想。真是美酒！此酒只应天上的神仙有啊！

因为酒杯外垫着的软木还起了很好的保温作用，所以酒里的冰块可以不致很快融化，酒也能更好地保持口味。他不舍得一口气就喝光，便拿在手里，慢慢地浏览一下车外的景色，这时车离城里已经不远了。

"这已经是下坡路了，你怎么不'膛'车呢，'膛'车不是可以省些汽油吗？"

"既然你吩咐我'膛'车，我'膛'就是，"司机皱着眉头说，"不过这汽油都是公家开销的，您可不用花一分钱啊。"

"其实你自己在平日里多练练也好啊，"托马斯·赫德森说，"赶明儿要是公家不报销这油钱的话，咱不还得自己掏钱买吗，到时候不就用上你这'膛'车的本事了吗？"

这时车子已经开到平地上了，左手一大片都是花农的园圃，看到右边一带则住的都是编篮子的工匠时他对司机说："对了，起居室里那条大席子破了好几处，我得请个编篮子的工匠来补一补。"。

"是的，先生。"

"你有认识不错的工匠吗？"

"有的，先生。"

瞧瞧，就因为不"膛"车说了他两句，现在连回话也变得这么简短而生硬了。说心里话，托马斯·赫德森本来对这个司机就不是很喜欢，他这人往往报事不实，脑子明明不开窍吧却还愣是一副自以为是的样子，对汽车里的机件他也一窍不通，也不懂得如何保养，而且为人又总是很懒，一点儿也不勤快。不过尽管他有这么多缺点，开起车来还是很有两下子的，所谓有两下子，也就是说他开起车来能应付古巴这样毫无章法的交通环境，反应灵敏极了。而且他对这里面的规矩熟悉，所以还真是少不了他呢。

"加上毛衣暖和些了吧？"

"是的，先生。"

"你这个浑蛋！"托马斯·赫德森在心里直骂。"再不改改你这副臭腔调，我还怎么用你，我真想狠狠地打你一顿！"

"昨晚你家里怎样，很冷吧？"

"那是冷得够呛。简直 horroroso①。哎呀，你是无法想象那个冷的，赫德森先生。"

话说到这儿双方总算是和解了，这时候车子也过桥了。当初也就是在这桥上，发现了一个姑娘的躯体。这个可怜的姑娘被她那当警察的情人肢解成了六块，分别用牛皮纸包好扔在中央公路的沿路。桥下的河道现在看着是干的，可是那天晚上河里是有水的，而且天还下着雨，这个出了惊天动地大事的现场吸引了所有驾车人的目光，堵在这段路上的车辆排起了足足有半英里的长龙。

第二天一早，各大报纸争相在头版刊出了死者躯干的照片，有一家报纸还在报道里说，根据躯干判断这个姑娘肯定是个来自北美的游客，因为生活在热带的人们到了这个年龄是不可能还像这样发育不全的。托马斯·赫德森很奇怪这种论断，始终也不理解他们是怎么推断出死者确切年龄的，因为当时都还没有找到死者的头部，等到最后在一个叫巴塔瓦诺的渔港里发现死者头部的时候，已经过了一段时期了。不过结合报纸头版刊出的躯干照片来看，那模样儿跟眼下残存的一些一流的希腊雕刻比起来，确实还差得有点儿远。但是她可不是什么北美来的游客，后来事实也证明，在她身上也都一一具备热带妇女发育成熟后的各种各样的魅力。不过事后好一阵子，托马斯·赫德森都尽量躲在庄园里，不敢再在这一带路上露面。其实不光是他害怕，他害怕引来麻

---

① 西班牙语：吓死人的意思。

烦，因为只要看见有人在路上跑，或者哪怕人家走路时加快了一点脚步，都很可能引来一批老百姓冲着你边嚷边追："他往那边跑啦！快逮住他！碎尸案的凶手就是他！"

过了桥，车子开始上坡开进了卢耶诺。这时望向左边，便可瞥见一个小山冈的身影，它是那么的独特，以至于托马斯·赫德森每次见到这小山冈，就总会想起托莱多①。他想起的可不是艾尔格列柯②画笔下的托莱多，而是站在城外山坡上见到的托莱多真实的一角。车子爬上最后一道坡了之后，那个小山冈就那么赫然地出现在你眼前，看吧，这下如此一清二楚了，这不是托莱多又是什么呢。可惜也只能看一会儿的工夫，一转眼就又该走下坡路了，车窗外古巴的景色迎面而来。

进城的路上，他最不喜欢的就是这一段路了。他上车还带着酒，真正的目的无非就是为了对付这一段路的。他心想的是：我闭着眼睛喝我的酒，实在不想看这一派贫困、一派污秽。不管是厚积了四百年的尘土，还是流着鼻涕的娃娃们，棕榈叶也支离破碎的，洋铁罐头皮做的简陋的屋顶，还有害梅毒得不到及时有效的治疗而落下的走路拖拖沓沓的毛病，以及那些年代久远、污水没有任何处理而乱流的小河，脖子脱毛、虱子累累的鸡鸭，脖颈上长鳞癣的老爷爷，身上永远带着一股臭气的老奶奶，对了，还有那收音机，什么时候都开得震天响，只要闭上眼睛，就可以把这些扔得远远的了。可是，转念一想这似乎又很不应该。自己不是个绝情的人啊，按说我应该好好看看，再想想能不能帮上点儿什么忙，能不能为他们做点儿什么。可是你一门心思只管喝你的酒，这不就像以前因为害怕晕船晕过去就带上嗅盐一样的人们吗？不，恐怕还不止这些吧——他心想。他寻思着好像除了这一

---

① 位于西班牙中部的一个城市。
② 艾尔·格列柯（1541—1614）：西班牙画家，西风颇受风格主义影响，色彩明亮、偏冷。

条，还有点儿像贺加斯①名画《酒巷》里人物喝酒的那种味道。也就是说，自己之所以喝酒，是因为骨子里其实是不想去见上校的。他心里进一步地排除着，琢磨着，你现在喝酒总是有缘故的，要么是有什么事不乐意了，不然呢就是心里欢喜着什么呢。你这个家伙现在不就是这样嘛！常常一天到晚只知道喝酒啥事也不干。今天八成又要去喝上一大通了？

他一边想着，一边呷了一大口酒，顿时满嘴的清凉爽口人也精神了不少。眼前的这段路因为有有轨电车行驶，所以路况极为恶劣，此刻显然铁路道口的栅门关闭了，来往车辆马上就一辆接一辆地排起长龙。被堵的汽车货车已经排成了一条弯曲的长龙，托马斯·赫德森不由得朝队伍前头望去，一眼就看到了耸立在对面山坡上的阿塔雷斯堡。这里还有一段流血的战争历史，在他出生前四十年，一支由克里滕登上校率领的远征军兵败巴伊阿·翁达，他们最后被押到这个堡垒来枪毙，当时总共有一百二十二名美国志愿兵在这座山前被枪毙。再往远处看看，哈瓦那电力公司高高的烟囱里正冒出一道道浓烟直上天空，一条年深月久的石子路面公路在高架桥下穿越而过，正好与港湾的上游平行，港湾上游的水污黑油腻的啊，简直跟油轮油舱里泵出的舱底油差不多吧。这会儿道口栅门开了，车流开始慢慢移动，现在车已经行驶到了这里，再大的北风也吹不到了。在木板条码头上，一条条木壳船停泊在那涂了木焦油的木桩旁，谁能想象这些可怜兮兮的破旧船只就是所谓的战时商船队？只见海湾里的垢腻浮沫随着浪花随时拍打着船身，那颜色却是比木桩上面涂的木焦油还要黑上许多，那气味臭得更是比阴沟里堆积了很久的污水还要臭。

他一眼就认出来这里边有好几条船都是他熟悉的。有一条三桅老帆船，当时可能由于船身很大被敌人潜艇给瞄上了，二话没

---

① 威廉·贺加斯（1697—1764）：英国油画家、版画家。作品多揭露贵族阶层的丑恶面目，对下层民众的生活多表示同情。

说给了它一炮弹。其实船上装来的只是木材，回头还要装食用糖运出去。如今虽然那挨过炮弹的地方已经修补好了，托马斯·赫德森还是一眼就认出它来了。那是因为他当时也在海上自己的船上，等他开船冒险靠过去看时，只见甲板上被打死的，还活着的，全都是华人。咦，不是说好今天不去想海上的事吗，怎么又想了呢？

可是这条船我还是得看看的——他在心里对自己说。毕竟船上的人比起我们刚才路过的那些地方的居民来说，还要强得多呢。再说了，这个港湾也毕竟藏垢纳污了三四百年的，而且不管怎么说，这个港湾靠近出口的那一段还是不坏。还有卡萨布兰卡①那一段其实也不能算太差。你难道忘了，自己在这个港湾里还度过了几个月白风清之夜呢，所以怎么能不想呢？

"你瞧瞧。"他说。司机见他探头在看，正准备把车停下。他却让司机只管往前开："直开进大使馆就好了。"

他刚才看到的是一对熟悉的老夫妇。这对老夫妇住在一间用木板和棕榈叶搭成的木屋子里，这间简陋的屋子还是借着一堵墙搭起来的，就是一个披屋。墙的另外一边就是火车轨道，另一边则是电力公司安置燃煤的堆煤场，所有从港口卸下的煤都要堆在那里。因为卸载机卸煤都得从墙头上过，所以整个墙上落满了煤屑，看上去黑乎乎的，而且那墙跟铁路路基相距很近，估计还不足四英尺。而且木屋的坡顶很陡，就这么点儿地方要睡两个人实在是很勉强。当他们的车经过时他们看见那老夫妇俩正坐在门口，用一个铁皮罐头盒煮咖啡。他们是黑人，全身看着都脏兮兮的，由于年纪也大了的缘故吧，再加上污垢也积得厚了，所以身上都长满了鳞皮屑，再看他们身上穿的所谓的衣服，也不过是用

---

① 在西班牙语中，卡萨布兰卡是"白房子"的意思。以此命名的地方有很多。这里指的是哈瓦那附近的一个地区。前文提到的"海港那头的白色的一片，即城市的又一翼"，有可能就是指那里。

装食糖的旧麻袋做的。他们的年纪实在是很老了吧。可是怎么看来看去，他却始终没看到那条狗呢。

"¿Y el perro?①"他随口问司机。

"是啊，我也已经有好久没看到了呢。"

这些年，他们常常从这对老夫妇的家门前过。那个姑娘有一次（昨晚看的来信就是她写的）忽然变得激动起来，说是每次从这间破屋前过，都觉得自己问心有愧，受不了了。

"那你替他们想过办法吗？"他当时就问她，"你老说这不像话那不像话的，笔下写起这些个'不像话'来更是警句连篇，可你为什么只是说却不去做呢？"

这话一下子就惹那姑娘生气了，她马上将车停了下来，就跳下车跑到屋子前面，拿出二十块钱就给了那老婆子，说让她去找一间好一点儿的房子居住，也去买一点儿东西来吃吧。

"是啊，谢谢小姐，"老婆子说，"可真是好心人啊。"

过些时候他们再次经过那儿一看，老夫妇俩还是住在老地方，见了他们快乐得直挥手。不过老夫妇俩买了一条个头很小，毛卷卷的白毛狗。托马斯·赫德森不由得心想：这样的狗，怕是不该养来跟煤屑打交道吧。

"你看他们的那条白毛狗会去哪儿了呢？"托马斯·赫德森问司机。

"多半是死了吧。他们自己都没啥东西吃呢。"

"那我们抽空给他们弄一条狗来。"托马斯·赫德森说。

他俩说话的这会儿工夫，披屋已经落在后面很远了，车子继续往前开，如今左边是一道刷成泥土色的墙，这是古巴军队的参谋总部。在门口站岗的是有一丝白人血统的古巴士兵，尽管姿势有些懒散却显示几分得意，一身卡其军装早已被洗得褪了颜色，

---

① 西班牙语：狗呢？

头上的作战帽戴得可是比史迪威将军①还端正三分，肩上斜挎着一支"斯普林菲尔德造"②长枪，军装威武却掩不住他肩上那瘦嶙嶙的骨头。汽车经过时他漫不经心地瞅了过来。托马斯·赫德森看得出像他这样站在北风里是很冷的。一直这么站着不冷才怪，他要是能在管区里巡逻巡逻的话，就不会那么冷了——托马斯·赫德森心想。不过再过一会儿，太阳应该就能照到他身上，到时候他就算保持这样的姿势，只要能晒到太阳也就暖和了。万物都离不开太阳啊。看这小伙子还这么瘦这么单薄，当兵估计还没多久吧——他想。等到了来年春天，我们再从这里经过时，即使站岗的还是他我恐怕都要认不出来了。哎，瞧瞧那"斯普林菲尔德造"一定是够重的，也真难为他扛在肩上。可惜他们站岗得用真枪，也不能用一支轻一点的塑料枪，哪里像眼下的斗牛士，用摩莱塔③逗牛的时候手里拿的只是一把木剑，这样一来手腕子就灵活多了。

"不是说贝尼特斯将军要率领一个师去欧洲参战吗，有消息吗，现在是怎么个情况呀？"他问司机，"那个师到底开拔了没有啊？"

"Todavia no，"④司机说，"还没有呢。不过听说将军现在正在苦练摩托车，练得可勤了。每天一大清早就开始上马里孔路⑤开练。"

"如此说来那肯定是个摩托化师喽，"托马斯·赫德森说，"你瞧，怎么从参谋部出来的人，不管是士兵还是军官，人人都提着个袋袋，那袋袋里装的，是什么啊？"

"大米呀，"司机说，"你还不知道吗，部队刚到了一批大米。"

---

① 史迪威（1883—1946）："二战"时期美国著名的陆军将领。
② 指的是士兵肩上的步枪，由美国马萨诸塞州斯普林菲尔德兵工厂制造。
③ 挂在木杆上的红布，斗牛用的。
④ 西班牙语：还没有。
⑤ 在哈瓦那一条沿海的公路。

"怎么，大米现在不容易弄到吗？"

"可不是，这上哪儿弄去啊？做梦呢！"

"那你呢，现在的伙食怎么样，很差吗？"

"差劲极了"。

"怎么会呢？你可是在我家里吃饭的呀。这些东西的价钱不管涨得有多高，我也都是照买不误，又少了你哪一样呀？"

"哎呀，我是说在我自己家里吃饭差劲极了。"

"你什么时候是在自己家吃饭的？"

"星期天啊。"

"是吗，看来我也得给你买一条狗了。"托马斯·赫德森说。

"狗我们家倒是有一条，"司机说，"而且我们家那条狗是又漂亮又机灵啊。它可是最爱我了，在它眼里这天底下什么也不如我。我到哪儿它都黏着我非得跟着我不可。可赫德森先生呀，你是要什么有什么的，可你不知道这场战争啊，给古巴人民带来了多大的苦难啊，你是无法理解，也体会不到的。"

"是啊，一定有很多人在挨饿吧。"

"这个情况你是无论如何也理解不了的。"

"是的，我实在是无法理解，"托马斯·赫德森心想，"这个国家里怎么还会有人挨饿这样的事儿我理解不理解无关紧要，可你呢，你这个王八蛋，我还管你饭呢，你都从来不知道好好保养汽车里的机件，要我看那，你也只有吃粒枪子儿的份儿。真要依了我是恨不能把你一枪给崩了。"尽管心里这么想的，但他嘴里说出来的却是："好吧，我去想想办法，也给你家弄点儿大米来。"

"那真是太感谢您了。唉……我们古巴人眼下生活的那个困难劲儿，像你这样身份的人是怎么也想象不出的。"

"是啊，这样的生活一定是够呛吧，"托马斯·赫德森说，"可惜不能带你出海去，不然我也给你放几天假，让你好好休息休息。"

"海上也挺艰苦的吧。"

"那倒是，"托马斯·赫德森说，"有时候还不是一般的艰苦，即使像今天这样不错的天气你也感觉不到惬意。"

"所以啊，我们大家都有自己的十字架要背。"

"该我背的十字架我自己背就好了，可我看有些人那都是活该背十字架，我管他们个屁。"

"可是，我们看待问题还是需要冷静些、耐心些的，赫德森先生。"

"Muchas gracias.① "托马斯·赫德森说。

这个时候车子已经转到圣伊西德罗街上了，已经驶过了火车总站，对面就是"半岛和东方轮船公司"②码头的大门。这里以前很是热闹，停靠在这儿的有从迈阿密和基韦斯特来的船只，还停泊着泛美航空公司使用的老式飞剪型水上飞机③，现在因为美国海军征用了"半岛和东方轮船公司"的船只，泛美公司改飞DC-2和DC-3后，就都在"放牛人牧场"机场起降了，所以这里的码头也只能是关闭了，可以看到当初飞剪型水上飞机的停泊处，现在停泊着海岸警卫队和古巴海军的猎潜艇。

托马斯·赫德森对圣伊西德罗街这一带印象很深刻，而且是很早便熟悉了的。现在他所说喜欢的一些地方，当年只不过就是一条去往马坦萨斯④的路：还记得过了一片灰不溜丢的镇市之后，便到了阿塔雷斯堡，得再经过一个他连名字也说不上的郊区，就上了一条砖铺的路，沿路有一连串的小镇。就在这一连串的小镇里车子飞驰而过，这个镇那个镇的他根本记不清。可是哈瓦那一带的酒吧，没有一个是他不熟悉的，包括那些个下等酒吧，再说这圣伊西德罗街本来就是码头区繁华一时的窑子街。只是如今在

---

① 西班牙语：多谢（你的好意劝导）。

② 一家英国的轮船公司。

③ 一种巨型船身式水上飞机。

④ 位于哈瓦那以东的一个城市。

这街上再也不存在一家妓院了，整条街早已冷落。自从当局取缔了妓院，所有妓女都被遣返欧洲以后，这条街就一直这样冷落。至今还能记起那个大遣返的盛况，跟维尔弗朗施①那边的情景正好相反。在那个地中海港口，每当美国船离港时，都能看见在港口挥手送行的是清一色的女性。而这边呢，当满载"姑娘"的法国轮船驶离哈瓦那时，好家伙，港里港外人山人海，甭管是岸上、码头上，还是防波堤上，都堆着一群一群的男人在那里挥手告别。当然也不光男人相送，还有女人租了游艇，或是借了卖杂货的小艇，围着轮船，护送满载"姑娘们"的轮船出港。至今回想起那个场面，也是充满伤感，不过当时也有很多人认为此事可笑至极，托马斯·赫德森是怎么也想不通，为什么送妓女就可笑了？不过遣送妓女这件事引来这样的情景，总归说来还是挺滑稽和愚蠢的。总之满载"姑娘们"的轮船开走以后，伤心的人实在不少，从此圣伊西德罗街也再没有恢复过生机。尽管这条街现在是如此的冷清萧条，甚至冷清到简直看不到一个白人（男的女的都看不到了），就是偶尔看见一两个也无非是开卡车的，推送货车的路过这里，但是他自己心里是清楚的：只要这条街的名字一提起来，至今他还是会怦然心动。其实，要说风流街巷哈瓦那还有的是，而且有些街巷、地区传言还闹得蛮凶的呢，比如离这儿不远的地方，就有条叫耶稣和马利亚街热闹得很，不过那种地方住的就全是清一色的黑人了。总之，圣伊西德罗街附近，自从没有妓女之后就一直是一幅萧条、冷落的景象了。

车子继续往前开，就进入了真正的所谓码头区，这儿停泊着要去雷格拉②的渡轮，还有一些在沿海一带航行的帆船。港湾里充斥着褐赤赤的海水，也还涤荡着相当大的浪头，但是激荡的浪尖上却并没有泛起一点白沫。在看过了刚才港湾深处那脏得发黑

---

① 一个位于法国东南部的地中海港口，在尼斯以东。
② 地处哈瓦那郊区的一个市镇。那一带有很多储存食糖和烟草的仓库。

的水之后，却不由得觉得这里褐赤赤的海水也还算是清澈明净的。再朝对面望去，卡萨布兰卡这一带的海湾因为有山峦挡去了风，所以连浪花都没有一朵，除了古巴海军的灰色炮艇，还有好些小渔船停泊在那儿，他知道那儿还停靠着自己的船，不过从现在的地方望去却还看不见。隔着海湾，有座黄色的古老的教堂仁立对面，那些个粉红的、绿的、黄的都是雷格拉的一带的房屋，再往远处一点，还可以望见贝洛特那边炼油厂的贮油罐和炼油大烟囱，背后静静地躺着朝科希马的方向逶迤而去的一溜灰色的山峦。

"先生你看见你的船在哪儿泊着了吗？"司机问。

"从这儿还看不见。"

尽管电力公司的烟囱还直冒浓烟，但因为他们已经到了上风头，所以没怎么被污染，只觉得这里的晨光是那么的灿烂明净，空气也是那么的清新如洗，即便跟他高地上的庄园相比也并不逊色。只是眼前码头上来来往往的人们，个个都是一副瑟缩的样子，显然由于北风呼啸的缘故今天的气温较低。

"我们先到佛罗里迪塔去吧。"托马斯·赫德森对司机说。

"可是只要再过四条马路就可以到大使馆了啊。"

"我知道。可我还是想先到佛罗里迪塔那里去。"

"好的，遵命就是。"

于是车子就直入市区，到了市区里感觉风也小了些。当他们的汽车经过货栈和商店时，托马斯·赫德森立刻感受到那扑面而来的各色各样的气息，有堆着的整袋面粉的气息，也有散落的面粉屑的味道，有新开的木板货箱的，还有闻着比早上喝杯酒还够刺激的现炒咖啡豆的浓郁，车子刚要向右拐弯朝佛罗里迪塔跟前靠去时，又飘来了一股好闻的比刚才的种种味道都浓的烟叶子香味。无疑这条街也是他心头所爱，不过他却从不在这条街上散步，不是不喜欢。因为白天根本不可能散步，因为人行道太窄，车辆行人又太多。晚上呢也不行，虽然车辆行人是没了，可是咖啡豆也不炒了，店都打烊了，也闻不到烟叶子的香味了。

"你看，还没开门呢。"司机说。只见那酒吧两边的铁拉门还关得严严实实的。

"果然不出我所料。好吧，那我们现在走奥维斯波街去大使馆吧。"

这条街他倒是已经步行过千百回了，不光在白天走过，晚上也走过。在这条街上他是不大情愿坐汽车的，因为在这条街上坐汽车的话一眼就过去了，所以他倒是喜欢在这条街上漫步，可现在没时间再耽搁了，他得赶时间去汇报呢。他一口喝干了杯里的酒，不时瞅瞅前方的车辆，瞅瞅人行道上的行人，或是瞅瞅南北向街道上的过路车辆，就是不看这条街，准备留待以后步行的时候再细细打量。车子停在大使馆兼领事馆的大楼前，他下车走了进去。

按惯例，访客进入大使馆都得在一张桌子上填写姓名、住址和来访事由。那管事的办事员总是阴着个脸，两道眉毛显然是修过的，两撇小胡子盖过了上嘴唇那下撇的两角。他抬头看了看访客，面无表情地推过一张登记表来。哪知道托马斯·赫德森瞧都没瞧一眼，就自顾自地跨进了电梯。那办事员见他这样，耸耸肩膀，再用手理了理他的眉毛。虽然他这个举动也太做作了点。他应该是知道自己眉毛理一理总比那毛茸茸、蓬松松的样子整洁些、好看些吧，再说也跟他的小胡子更相配了。他相信他那细细的两撇小胡子绝对是小胡子里最细的了，因为再细就不称其为小胡子了。他认定埃洛·弗林①的小胡子都没那样细，什么平乔·古蒂埃雷斯，霍尔赫·内格雷特的也都不在话下。不过就算小胡子细了点儿，赫德森这王八蛋也不能就这样大大咧咧地直闯进去，一副根本不理他的样子，这实在是不敬到极点了。

"你们这里看门人现在都是怎么弄进来的，怎么随便弄个乱

---

① 埃洛·弗林（1905—1959）：好莱坞的一名电影演员，以演武打片出名。

七八糟的'相公'就来看门啦?"他问那个开电梯的。

"哎哟，你还叫他'相公'，我看这是抬举他了呢。简直就是草包一个。"

"怎样，这里一切都好吗?"

"很平静，跟往常一样过日子，挺好的。"

他一直乘到四楼，走出了电梯，沿着过道走了过去。这一排有三扇门，他进到中间一扇门，值班的是海军陆战队准尉，于是他就上前询问上校在不在。

"上校今天早上坐飞机走了，说是到关塔那摩那里①去了。"

"那他什么时候回来?"

"他只说还可能要去一趟海地。"

"可有留下什么要给我的吗?"

"这个上校并没有向我交代过。"

"那有给我留下什么口信吗?"

"他就说让你稍等，再没说什么。"

"上校情绪可好?"

"糟透了。"

"脸色呢?"

"那可不是一般的难看。"

"怎么? 难不成是在生我的气?"

"不会的。他就关照让你稍等。"

"那是不是还有什么没告诉我的?"

"这我就不清楚了。你估计有什么?"

"得了，不说了吧。"

"好吧。瞧你这话说的，听得我也是云里雾里、不明不白的。反正你也不是部队里面的人，也不用替他当差的。你还是出你的海去吧。我其实也犯不着管你的事……"

---

① 关塔那摩是位于古巴岛东南的一个港湾。这里指的是该处的美国海军基地。

"哎呀，何必生气呢。"

"你现在还在乡下住吗?"

"是的。不过我今天都在城里，白天晚上都在。"

"可他今天白天如果回不来，估计晚上也回不来。反正我等他来了，立即打电话到乡下通知你吧。"

"依你看，他真的没有生我的气?"

"的的确确是没有生你的气啊。我说你这是怎么啦? 难道你做了什么，自己心里有鬼?"

"没有的事。其他的人有谁跟我生气吗?"

"据我所知，就连海军上将也没有生你的气。行啦，快去吧，代我痛痛快快喝两杯去。"

"我自己还没痛痛快快喝两杯呢，我先解决自己吧。"

"行啊，别忘了也代我喝呀。"

"为何还要我代劳? 你不是每晚都喝得烂醉的吗?"

"那又怎样，还嫌不过瘾呗。那个亨德森干得还可以吗?"

"还可以。你怎么问起他来了?"

"没事儿，不干什么。"

"说吧，到底干什么?"

"能干什么呀，就是随便问问。有意见吗?"

"没意见，我们是不会到处发表什么看法的。"

"果真有器量，不愧是个当头儿的。"

"我们要提意见的话，就正儿八经告你的状去了。"

"你告不了的。就你个小老百姓。"

"见你的鬼去吧。"

"还用去哪儿见啊。在这儿我不是就已经见到了吗。"

"行啦，等他一到，你就打电话通知我。最关键的是不要忘记——代我向上校致意，一定跟他报告说我已经来过了啊。"

"是的，长官。"

"行啦，无缘无故加个'长官'干什么?"

"开玩笑，跟你客气客气呗。"

"好吧，再见了，霍林斯先生。"

"再见了，赫德森先生。不过我最后还有句话要提醒你：别让你手下的人走得太散了，需要的时候招不来可不好。"

"好的，多谢你的提醒，霍林斯先生。"

这时，从过道那头的译电室走出来一个他正好认识的海军少校。这人脸儿晒得黑黑的，这也难怪，他平时就爱打高尔夫，还常去海曼尼塔斯海滩。这家伙看上去非常健壮，心里想什么也从不表现出来。他年纪轻轻，但对远东方面的事务可以说是十分在行。当初他在马尼拉就开了一家汽车经销行，后来还在香港设了个分行，而那会儿托马斯·赫德森就认识他了。他精通好几种语言，会讲他加禄语①，还会说一口流利的广东话，西班牙语自然也不在话下。因此就把他给派到哈瓦那来了。

"嘿，汤米，"他说，"你什么时候回来的？"

"昨天夜里回的。"

"怎样，路好走吗？"

"相当难走啊。"

"我看你那辆车子迟早有一天会翻车要命的。"

"别呀，我开车可是小心着呢。"

"那倒是，你开车向来是非常小心的，"海军少校弗雷德·阿彻一边说着，一边用手一搂托马斯·赫德森的肩膀，"让我碰碰你。"

"这是干什么啊？"

"就让我高兴高兴呗。碰碰你我就感到很高兴了。"

"你最近有去和平饭馆吃过饭吗？"

"还真是好几个星期没去了呢。我们一块儿去好吗？"

"行啊，你说个时间。"

---

① 菲律宾的一个语种，被定为菲律宾的国语的基础。

"今天午饭我是没空了，我看那就晚上我们一起去吃吧。你今天晚上有饭局吗？"

"饭局是没有。不过吃完晚饭后还有点儿事。"

"我也一样，晚饭后还要办点儿事。那我们那会儿在哪儿碰头好呢？要不就佛罗里迪塔吧？"

"也行，你就在他们临打烊的时候过来好了。"

"好。我因为吃过晚饭还要回这儿来呢。所以晚饭也是不好喝太多的。"

"怎么，你们这班家伙总不至于还要加夜班吧。"

"我可不就得加夜班嘛，"阿彻说，"不过这种做法，真是不得人心。"

"总之，今儿碰到你我可真是怪高兴的，弗雷迪先生，"托马斯·赫德森说，"见了你我都变得开心起来了。"

"那不见得吧，"弗雷德·阿彻说，"我看你本来没少开心。"

"你的意思是说我一直都很开心？"

"你难道不是吗，你本来就是一直这么开心着。这次开心完了下次又开心了，下次开心过了还有再下次的开心，总之就是开心个没完。"

"可还是没有开心到怎么样啊。"

"干吗一定要开心到怎么样才算数呢，老兄。反正你很开心就对了。"

"改天请你一定把这个意思写成文字送给我，弗雷迪。我得把它当作座右铭，每天清早起床就这么念一遍。"

"话说你那条船到底碰到过什么头痛的事没有啊？"

"还真没有。最头痛的不过也就是三万五千来块钱的一艘破船彻底让报销了，这个数字还是我签了字然后上报的。"

"这件事儿我知道。在保险箱里我看到过你签了字的那份东西。"

"是嘛，原来他们办事竟然这样马虎啊。"

"可不是嘛。"

"那这里的人都这么马虎吗？"

"那倒也不是。而且跟之前相比，现在已经改进很大了。我这话一点儿不骗你，汤米。"

"那敢情好，"托马斯·赫德森说，"但愿今后都不会再碰到这样的事了。"

"对了，你要不要进来待会儿？我们这儿又新来了几个同事，我管保你见了一定会喜欢他们的。两位都是挺不错的家伙。有一位那真是没的说。"

"是嘛，他们知道我干着那档子事不？"

"他们怎么会知道呀。他们只知道你是出海的商人，所以很想跟你见见面。我看你也会喜欢他们的。其实都是挺不错的人嘛。"

"行啊，不过还是改天再跟他们见面吧。"托马斯·赫德森说。

"那好，听你的，我的老大，"阿彻说，"等到馆子快打烊的那会儿我就过去找你啊。"

"什么馆子，是佛罗里迪塔呀。"

"哎呀，我指的就是这小酒馆儿。"

"得，看我这脑筋，真是愈来愈不开窍啦。"

"你这不过是聪明人一下子没转过弯来，"阿彻说，"要不我带一个人去，就是刚才说起的那两位中的其中一位，你看好不？"

"还是算了吧。你看可以免的话就免了吧。说不定那个地方还有我那一伙的人呢。"

"我以为你们这帮家伙一上了岸各自顾各自，就都互不照面了呢。"

"可有些时候也难免寂寞难熬啊。"

"我看就应该把他们通通集中关在一起才是办法。"

"你就是关了他们，他们也照样会逃走的。"

"好吧，你快去吧，"阿彻说，"这会儿恐怕已经快迟到了呢。"

两人互相分别后，弗雷德·阿彻推门进了译电室对面的那间屋子去办公了，于是托马斯·赫德森就顺着那条过道走去，这回他也没乘电梯，而是改走楼梯。出了大楼，只觉得被猛烈的阳光刺得睁不开眼，那来自西北的大风依然猛刮着，一点儿不见小。

上了车，他就吩咐司机走奥赖利街直接去佛罗里迪塔。当车子正要沿着使馆大楼和市政府大楼前的广场绕圈，再拐上奥赖利街的时候，他一眼看到了港湾出口处的海浪，天呢，原来这浪头竟有这么大啊，连航道浮标也都跟着大起大落。再仔细一看，港湾出口处不但海面上波涛汹涌，而且那清澈透绿的海水一波又一波地击打着莫洛堡脚下的岩石，波峰浪尖也在阳光下飞起了朵朵白花。

他心里暗自称奇：好壮观的大海！不只景象壮观，大海本身也是伟大。真值得我为此干一杯。不由得他又想了起来：哎哟！我在弗雷迪·阿彻心目中还是个心智坚定得很的人呢，可惜啊，我要真有那么坚定就好了。嘿，我这是说的什么话呢！我又有哪点够不上这坚定二字啦？坚定二字简直是我的座右铭。出海的时候我没有少去过一次，而且每次都是那么积极主动。我怎么样才能让他们满意呢？总不至于要我把强力水下炸药当早餐吃吧？总不至于要我把随身带的烟草换成强力水下炸药吧？要是真那样的话，别人不把我当成怪物才奇怪了呢——他心里嘀咕着。这么说你莫非有点疑神疑鬼了，要不怎么会想到这上头去的呢，赫德森？他告诉自己：那完全是扯淡。心里为何会有这些想法，毕竟这也是人之常情嘛。脑袋里有不少想法一时半会儿也很难理出个头绪来。尤其在我，真觉得有种罄竹难书之苦。我只是觉得，我宁可要自己变成弗雷迪心目中的那种坚定的人，也不想做一个自怨自艾的人，要依我看做一个有七情六欲的人是比较有趣的，但是这样一来痛苦也会多得多。我眼下就痛苦得要命呢。看来我还是做他们心目中的那种人比较适合。算啦算啦，这种事我也干脆不要再去自寻烦恼了。很多事情只要你去想了，更多的事情就会接踵而至。我呸，你想得倒美，可我还是奉行这样的原则——他想。

佛罗里迪塔开门营业的时间比较早，这时《警报》和《磨炼报》两种报纸也已经能够买到了，他就一起买了，带着两份报纸来到吧台跟前。他在左边吧台尽头处找了一只高脚凳坐了下来。背靠着向街的墙，他的左边正好被柜台内的后墙挡住。他照例向佩德里科要了一杯不加糖的双料冰镇代基里酒，佩德里科也照例一笑，人们觉得他哭比笑都好看，那笑脸其实倒有些像一个不小心摔断了脊梁骨而当场身亡的死人，一副龇牙咧嘴的样子，但你又不能否认那确实是张笑脸。先来看看《磨炼报》吧。战事现在已经发展到意大利境内。他对五兵团作战的那一带地方不是很熟悉，对于另一翼八兵团作战的地方倒是很熟悉的。当他头脑中正想着那一带的地势的时候，伊格纳西奥·纳特拉·雷维约就进酒吧来了，过来站在了他的身旁。

佩德里科在伊格纳西奥·纳特拉·雷维约的面前摆上了一瓶维多利亚原封酒，一只放好了大冰块的酒杯，一瓶加拿大无甜味苏打水也摆在了旁边。来客急忙忙调好了满满一大杯，又斟酒又兑水的，忙活得差不多了，才慢慢向托马斯·赫德森转过身来，双眼透过那副角质架、绿镜片的眼镜直对着他瞅，装出好像才刚刚看见他的样子。

伊格纳西奥·纳特拉·雷维约看起来瘦瘦高高的，上身穿着一件乡下人才穿的白布衬衫，下身裤子也是白的，脚上穿着一双擦得锃亮锃亮的棕色的老式英国拷花皮鞋，露出里面的黑色袜。他脸儿红红，两撇黄色的小胡子硬得跟牙刷似的，一双充血的近视眼藏在绿镜片后。他那一头沙色的头发有些卷，看来是好不容易梳整齐的。你再看他调酒的那副猴急样儿，准会以为他今天还没有开过号呢，其实这早已不是他今天的第一杯了。

"你还不知道吧，你们的大使闹笑话啦。"他对托马斯·赫德森说。

"龟孙子才信你的。"托马斯·赫德森回了一句。

"不不，我可没有跟你开玩笑。你听我说。不过这话你可是千万不能透露出去啊。"

"得了，喝你的酒吧。我才不想听呢。"

"哎呀，你当然应该听听。你不仅要听，你难道不应该想个办法来补救补救吗？"

"我说，你不冷吗？"托马斯·赫德森问他，"这么冷的天儿，还只穿这样一件衬衫、一条薄薄的裤子，你不知道冷啊？"

"对，我从来就不知道冷。"

我看你也从来不知道该清醒清醒——托马斯·赫德森在心里咕哝了一句。你大清早就来到自己家附近的那个小酒吧，喝酒喝到摇摇晃晃到这儿来开号的时候，人已是喝得稀里糊涂的了。也难怪在这风大天冷的天，穿什么衣服也都浑然不觉。对了，准是这么回事——他想。可他转念又联想到自己，那你怎么不问问自己又如何呢？你今天早上又是什么时候喝的第一杯酒呢？到这儿来开号以前也已经几杯下肚了？哎呀，酒鬼对酒鬼就不要多加指责了嘛。其实问题还不在于他是不是酒鬼——他想。他是酒鬼关我啥事儿。其实是对他这个人简直讨厌透了。所以吧，对于这样招人讨厌的家伙是用不着怜悯、用不着慈悲为怀的。所以他就对自己说：来吧来吧，你今天不就是为了要开心一下吗？那就别想什么了，好好乐一乐。

"来吧，我跟你掷骰子玩儿，咱可说好了，这杯酒谁输谁请客啊。"他说。

"行啊，没问题，"伊格纳西奥说，"你先掷吧。"

谁承想他一下就掷出了三个 K，自然有恃无恐，这一局果然赢了。

这感觉可真是愉快。当然这杯酒的滋味也是美得不能再美了。凭谁掷出三个 K 来这种感觉本身都是够愉快的，更何况赢了伊格纳西奥·纳特拉·雷维约，这就更令他高兴了，因为这个家伙总是自命不凡，惹人讨厌的，所以赢了他觉得特别有意思，心里可是受用极了。

"再来，再掷一次看看。"伊格纳西奥·纳特拉·雷维约说。托马斯·赫德森心里不由得有点儿走神：说也奇怪，怎么只要一想起这个自命不凡而又惹人讨厌的家伙，他的名字就总会连名带姓地一齐蹦出来，这就好比你一想起他，自命不凡、惹人讨厌这两个词儿也都会自动跟他连在一起。这恐怕有点像那些姓名后面还带着第三之类的人名儿一样。比如托马斯·赫德森第三之类。那个讨厌就别提了。

"我说，你的全名该不会叫伊格纳西奥·纳特拉·雷维约第三吧？"

"哪儿的话呀。我父亲叫什么名字你不是知道吗？"

"是啊。我是很清楚。"

"再说我两个哥哥叫什么名字你也都知道，就连我爷爷叫什么名字你也是清楚的吧。不要想入非非啦。"

"是的，我不应该想入非非，"托马斯·赫德森说，"我一定注意不要想入非非。"

"这才是嘛，"伊格纳西奥·纳特拉·雷维约说，"记住喽，想入非非是没有好处的。"

只见他铆足了精神在那儿捧着皮做的骰子筒摇，还从没见过他干什么有这样卖力、这样顶真，尽管他打足了精神，把自己调整到了最佳的竞技状态，可是摇了半天，也没掷出一个大花色来。

"真是可怜呢，我亲爱的朋友，"托马斯·赫德森说。他拿起沉甸甸的骰子皮筒开始摇，觉得那声音还真是好听，"我的好骰子呀，你对我真友好。胖乎乎可爱的骰子啊，我真得表扬表扬你。"他说。

"行啦，别傻里傻气的，赶紧掷吧。"

这一把，托马斯·赫德森在湿漉漉的吧台上掷出了三个 K，外加一对 10。

"我们是不是也该赌点什么？"

"之前不是说好的吗，"伊格纳西奥·纳特拉·雷维约说，"这赌的是第二杯酒。"

托马斯·赫德森点点头表示同意，又作出一副跟骰子筒无比亲切的样子，摇了两摇，掷出来一个 Q 跟一个 J。

"你看，要不要赌点什么？"

"看这样子我恐怕是赢不了你喽。"

"那好吧。我赢了就还是喝酒，总可以了吧。"

接着，他又掷出来一个 K，一个 A，感觉那两颗骰子从筒里出来的时候简直就是一副气派十足、不可一世的神气。

"看吧，就你这小子能有这么好的手气。"

"再给我来一杯双料冰镇代基里，不加糖，那个伊格纳西奥要什么请他自己点吧。"托马斯·赫德森说。这会儿他倒是渐渐喜欢起伊格纳西奥了。

"我说，伊格纳西奥，"他说，"我见过戴淡红镜片的，可还从来没有听过和见过有谁戴绿眼镜看世界的。像你这样戴着绿眼镜看东西，不是什么都长得跟青草一样了吗？你不觉得自己随时随地都像在绿草地上吗？你难道从来都不觉得自己像只吃草的牛羊吗？"

"你懂什么，绿颜色是最有助于眼睛休息的。这都已经得到了最有研究的验光师证实的。"

"原来你跟最有研究的验光师也有来往啊？我看他们一定都是些异想天开的家伙。"

"虽然我跟别的验光师没有什么私交，不过我的那位验光师可是及时了解掌握了他们的研究成果。纽约的验光师里，就数他本事最高。"

"是吗，在伦敦数谁最高呢，我倒很想认识认识。"

"我不知道在伦敦数哪位验光师最高明。不过你要知道世界上最高明的验光师可是在纽约。你如果想去见见他，我很乐意给你一张他的名片，替你介绍介绍。"

"来吧，我们再来掷一次，看看这杯酒谁请客。"

"好啊。你先我后。"

托马斯·赫德森拿起骰子皮筒，感觉拿在手里沉甸甸的，这是因为佛罗里迪塔酒吧的骰子大，这倒是让他信心十足。也算是承蒙这副骰子的关照，他的手气也一直不错，他可不想把赐给他的这份好运给冲没了，所以也没有多摇就掷出来三个 K，一个 10，一个 Q。

"啊啊，三个 K。真是妙不可言。"

"嘿，还真有你的，这家伙！"伊格纳西奥·纳特拉·雷维约说完，掷出来一个 A，两个 Q，两个 J。

"好吧，那就再来一杯双料冰镇代基里，千万别加糖啊，伊格纳西奥先生要喝什么请他自己点吧，"托马斯·赫德森对佩德里科说。

佩德里科照例一笑，很快就送上了酒，顺便把调酒器也放在了托马斯·赫德森跟前，瞅着调酒器里还留了一份代基里呢，至少可以斟上满满的一大杯。

"就凭我今儿这顺风手气，你信不信，我可以一直赢你到天黑？"

托马斯·赫德森得意地对伊格纳西奥说。

"糟糕，看你这架势，怕真是有这样的可能呢。"

"看得出这副骰子可喜欢我呢。"

"是啊，能有什么鬼东西喜欢你就好。"

托马斯·赫德森突然感觉头皮上隐隐传来一阵犹如针刺般的疼痛，细想一下这种感觉近一个月来已经有过多次了。

"咦，你这话是啥意思啊，伊格纳西奥？"他问得可是非常的客气。

"我的意思是，我反正是怎么样也不会喜欢你的，我的钱不是都叫你赢去了吗？"

"哦，你是这个意思啊，"托马斯·赫德森说，"那我们就再来一杯，祝你健康。"

"我还祝你去见阎王呢。"伊格纳西奥·纳特拉·雷维约闷着声说。

忽然托马斯·赫德森感到头皮又是一阵犹如针刺的感觉。他赶紧把左手伸到吧台上伊格纳西奥·纳特拉·雷维约看不见的地方，轻轻地用手指头叩了三下①。

"那可真是多谢你啦，"他说，"要不要再来掷一次，还是赌杯酒？"

"不来了，"对方说，"你今天都赢了我这么多钱了，我输得可不少啊，你可真狠心。"

"瞧你这话说的，你哪儿输什么钱啦？不过几杯酒罢了，图个高兴嘛。"

"酒不也是钱嘛，酒钱总得我来付吧。"

"我说，伊格纳西奥，"托马斯·赫德森说，"你今天这话听起来可是在刺人呀，我记得你说的是第三遍了。"

"对，我还就是说话刺人怎么了？要是一些无礼透顶、态度粗暴的家伙也这样对你，就像你们大使对待我那样，我肯定你说话比我还刺人。"

"你看你怎么这样，我不想听你说了。"

"瞧你这副德行，还说我说话刺人呢。算了，托马斯。我们是好朋友对不对？你的公子汤姆好些年没见了，对了，小汤姆近况如何啊？"

---

① 此处为西方迷信，指的是听到晦气话后，只要用手在木头上敲三下，就可以消灾避邪，逢凶化吉。

"他已经死了。"

"啊，这……真是太对不起了，我都不知道。"

"没什么，"托马斯·赫德森说，"来吧，我也请你喝一杯。"

"这消息让我好难过啊。真的，我这心里堵得慌啊。他到底怎么死的？"

"我目前也不太了解具体的情况，我会弄清楚的，等我都清楚了再告诉你吧。"托马斯·赫德森说，"地点呢？"

"地点我不知道。我只知道他在那执行飞行任务，至于其他的就什么也不知道了。"

"他不是去过伦敦吗，那段时间他在哪儿，是和我们的朋友怀特一起吗？"

"是的。他去过几次伦敦，每次都去怀特家，正好怀特家办聚会，凡是去参加的朋友也都见过他。"

"也好，这总算是个安慰。"

"是个什么？"

"我是说，知道他和我们的朋友聚过会，我的心里感到一点安慰。"

"是啊。我想他在伦敦应该玩得很尽兴。他一向都是要玩就一定玩得很尽兴，什么都不管。"

"我们是不是该为他干一杯？"

"干个屁。"托马斯·赫德森说。这时他两眼紧闭，心乱如麻，用"心如刀割"来形容再合适不过了，他有意不去想的那些痛苦又涌上心头。过往种种的伤心事儿，他一直尽力地躲避，出海在外的时候他把这些痛苦都扔出脑海，从来不去想，今天一早上也都不曾想过，可如今却又都一股脑儿地冒了出来。"唉，不想这些。"

"我想他值得这一杯，我们为他干了，"伊格纳西奥·纳特拉·雷维约还在说，"在我看来，这是极正当的为礼之道，我们应该为他干一杯的。你别管，我来付这杯酒的账。"

"好吧。那我们就为他干一杯吧。"托马斯·赫德森喃喃地说。

"对了，他是什么军衔？"

"空军上尉①。"

"要是小汤姆能一直干到今天，空军中校也能当上，至少空军少校是没问题的。"

"我看军衔就免了吧。"

"得，你说免就免了吧，"伊格纳西奥·纳特拉·雷维约说，"你的公子，汤姆·赫德森，也是我们的朋友，他值得我们为他干了这一杯。Dulce es morire pro patria.②"

"放屁。"托马斯·赫德森小骂了一句。

"怎么啦，我念的拉丁文有错？"

"错不错我不知道，伊格纳西奥。"

"可我听你当年的老同学说你的拉丁文是顶呱呱的。"

"还顶呱呱呢，我的拉丁文早就忘得干净了，"托马斯·赫德森说，"还有我的希腊文、英文，哪一样不是忘得一干二净，岁月不饶人呀，忘性越来越大呀，就连心脏也快不行啦。我现在就还会说一句话，那就是来一杯冰镇代基里。Tú hablas③'来一杯冰镇代基里'？"

"别这样，我想我们对汤姆应该尊敬点儿才是。"

"你是不了解汤姆，他才是开玩笑的行家呢。"

"确实是那样。他是个懂幽默的人，还精于幽默，有时真称得上是绝了。人也是长得一表人才，风度翩翩。对了，他还是个挺出色的运动员。在运动员里也算得上是头挑儿的。"

"就是啊。拿掷铁饼来说，他可以掷到 142 英尺。打起橄榄

---

① 原文 Flight Lieutenant，这是英国空军的军衔。下文提到的空军中校（wing commander）、空军少校（squadron leader）也都是空军军衔。

② 拉丁文：为国捐躯是幸福的。

③ 西班牙语：你可会说……

球来可真是一个全能的，轮到进攻的时候就当助攻后卫，轮到防守了就当左拦截手。他还打得一手好网球，什么打飞鸟啦，钓鱼啦，这些他样样都精通。"

"那可不，他不仅是一个优秀的运动员，还具有不错的运动员风度。像汤姆这样的运动员也是数得着的了。"

"可就是有一件事儿太不好了。"

"哪一件？"

"他已经不在人世啦。"

"好了好了，你也不要灰溜溜的了，汤米。与其这样，你还不如多想想小汤姆在世时的模样儿。想想他总是那么的喜气洋洋、容光焕发，想想他是多么的有出息。不要像这样垂头丧气、灰溜溜的，对你可是没有好处。"

"是没有好处，"托马斯·赫德森说，"行吧，那就不要再灰溜溜的了。"

"你就听我的吧。我们在这儿谈谈他也是挺有意思的。任谁听到这个消息都是够难受的，但是我相信你会像我一样挺住的，当然我跟你是不能比的，你是他的父亲，你肯定要比我难受一千倍啦。不过他驾驶的是什么飞机，你知道吗？"

"喷气式战斗机。"

"原来是喷火式啊。好吧，那就让他驾驶一架喷火式，永远留在我的记忆里。"

"那倒也不是很容易想象的呢。"

"没问题的。我在电影里看到过这种飞机。我也有好几本讲英国空军的书，因为英国新闻署通常会寄一些出版物给我们，你也知道吧，这种飞机的装备非常先进了。小汤姆坐在飞机里该是怎样一副雄姿，我完全能想象出来。他多半就穿着一件那种海上救生背心，当然还有飞行衣、降落伞、大皮靴这些都是少不了的。哎呀，这么一说我完全就想象出来了嘛。好啦，我得回家吃午饭去。你也跟我一起上我们家吃饭吧，好不好？卢特西亚一定非常欢迎你去的。"

"多谢了。只是我还约了个人在这儿碰头呢。真是谢谢你了。"

"那就再见了，老兄，"伊格纳西奥·纳特拉·雷维约说，"你会挺过这一关的，我相信你。"

"还得多谢你的指点才是。"

"你这是说的哪门子话呀，有什么好谢的。你知道我也是很喜欢汤姆的，跟你一样那么爱他。我们大家都这么爱他。"

"那就谢谢你，今天请我喝了这么多酒。"

"你就等着吧，改天我要翻了本，还不都得从你手里赢回来？"

伊格纳西奥说完这话就出去了。他前脚刚走，有个人就从吧台那头不远处向托马斯·赫德森这边挪了过来，没错，这就是他船上的人了。一个皮肤黑黑的小伙子，头发又黑又短，还带点儿卷儿，左眼皮微有点耷拉的样子：仔细一瞅才发现原来这只眼睛是假的。不过粗看是看不出来的，因为他有四只不同的假眼睛：有充血的，也有略有点充血的，还有近乎澄清的和完全澄清的，当然，这些可都是政府特地为他做的。正好他这会儿也已经喝得三分醉了，和他现在戴的略有点充血的那一只很相符。

"嘿，汤姆，你这一趟什么时候回来的？"

"昨天，"接下来的话汤姆却说得很慢，几乎看不到他的嘴唇在动，"放自然点儿。别搞得跟演滑稽戏似的。"

"我这可不是故意的。我可能是喝多了，有点醉了。我跟你说，我已经被他们破肚开膛地拉开来看过啦，我的肝都已经打了包票啦。现在的我算是个无愁天子啦。你不是都知道这些的吗。对了，汤姆，刚才你跟那个冒牌英国绅士说的话，因为我刚才就站在他旁边也不免听到了几句。怎么，你的公子汤姆牺牲啦？"

"是的。"

"唉，真是的，"那小伙子连声感叹，"唉，真是的。"

"这些个话我们就别再提了吧。"

"是啊，不提，不提也罢。可是你是几时听说的呢？"

"就在上次出海以前。"

"唉，真是的。"

"今天你准备干些什么呢？"

"都已经计划好了，先跟几个哥们去巴斯克酒吧吃饭，吃完饭再一起去找女人睡觉。"

"那你明天会在哪儿吃午饭呢？"

"还在巴斯克酒吧那儿。"

"那行吧，就这样，你们明天吃午饭的时候让帕科给我打个电话，好不好？"

"行啊。打到你家里吗？"

"对，就打到我家里。"

"我看你也跟我们一块儿去玩玩，找个女人玩玩呗？我们要去亨利的'逍遥楼'呢。"

"我看看情形再说吧。"

"这会儿亨利就在到处找姑娘呢。他可是一吃完早饭就出去找了。这家伙，自打尝过几回甜头之后越发来劲了。也是因为他对我们现有的两个妞儿还不满意，一心还想找更好的。那两个妞儿大白天看着确实真够泄气的，不过想想在游乐场里也就只能搞到这样的了，像模像样的实在是找不到哇。我看这个城市也真是愈来愈差劲了。现在亨利把这两个妞儿留在'逍遥楼'里备用，他自己和'老实头'莉儿开着一辆汽车出去找别的姑娘了。"

"你看他能有什么收获吗？"

"我看是够呛吧。亨利心里有个小丫头，就是在回力球场常见的那个小丫头，他对那个丫头早就垂涎三尺了。可是因为亨利块头那么大，'老实头'莉儿也没有办法帮他弄到手，那丫头一看到他就害怕极了。'老实头'莉儿说，不过我要是对那妞有意的话倒可以把她给我弄来。可是毕竟亨利想要，她想帮忙也使不上劲儿，因为亨利实在是高大威猛，再加上小丫头也许是听到了点什么传言，所以一见到他就怕得不行。还好亨利现在身边有那两个妞儿垫底，别的姑娘找不到也无所谓了，至少还有得玩的。但是瞧瞧他，整个心思都在这个小丫头身上了，就连魂儿都让她带走了。不过他到底怎么想的谁也说不好，也许这会儿他早就跟那两个妞儿又干上了呢，把其他事情都抛在脑后。可这家伙光干也不顶饿吧，他好歹也得吃饭啊，我们约好在巴斯克酒吧碰头的。"

"看来一会儿要让他多吃点儿。"托马斯·赫德森说。

"谁能说得动这个人呢？我想恐怕除了你没有别人了。那个能耐对他来说我是没有了。不过我可以请客让他多吃点儿东西，再不就求他多吃点儿。要不就自己多吃点儿也行，做个榜样给让他瞧瞧。"

"也许可以让帕科叫他多吃点儿。"

"你这个主意倒是不错。也许帕科有办法真能让他多吃点儿。"

"再说他刚刚大干了一场，也许这会儿肚子早就咕咕叫了呢，要是你难道不会吗？"

"你说呢？"

就在这时候一个肥硕的大个子走进酒吧来：个头是那样的大，肩膀是那样的宽，神情是那样乐呵呵的，风度也是那样的美妙，除了他以外，托马斯·赫德森真还没有见到过第二个这样的大块头。没错，确实是亨利。即使天气是如此的寒冷，奇怪的是那张挂着微笑的脸上居然是一脸的汗珠。一进门来他就热情地扬扬手向酒吧里的每个人打招呼。他这么大的个头实在是太显眼了，他一进来，似乎满酒吧的人立刻就都全体矮了那么三分，可是他的笑容却实在是那么具有亲和力，看上去很阳光。一条旧蓝裤子穿在他身上，衬衫也是古巴乡下人穿的那种，鞋子底是用绳子编的。"汤姆，你这个淘气的小子，"他热情地招呼说，"我们是在找俏娘们儿呢。"

他一旦到了这种室内没有风的地方，那张漂亮的脸上的汗就出得更夸张了。

"亲爱的佩德里科，你点的这个酒也给我来一份，对了，记得给我双料的。如果你要是现调酒的话，即使再加大点分量我也不会介意。我说汤姆，这会儿见到你，真是有点出乎我的意料啊。哎哟，瞧我这眼睛怎么长的！这不是'老实头'莉儿吗。我的美人儿，快坐到这边来。"

另一扇门里走进来的是"老实头"莉儿。看这个女人的时候，当她远远坐在吧台那头的时候是最好看的，常常让人有种冲动。因为那个时候她身上早就已经裸露无遗的臃肿神态都已经被那张擦得亮亮的木头吧台给遮挡住了，你就只能见到她浅黑色的可爱的脸庞。可是现在她从门口直接向吧台走来，你的视线没有被任何遮挡，她的臃肿身子便展露无疑，也正因为她面前没有遮挡，她才能开足了马力，却又不露一点匆忙之态，她摆动着身子，像团蠕动的肉，直赶到吧台跟前，有些费力地爬上托马斯·赫德森原来坐的高凳，肥大的屁股一下坐了下来。托马斯·赫德森只好把左边有遮有挡的位置让给了她，身子向右边挪过去一个位置。

"哈喽，我亲爱的汤姆，"她说着一把抱住托马斯·赫德森的脸，亲了一下，"亨利那家伙真是坏透了。"

"我的美人儿，我的心肝，你倒说说我哪里坏了啊？"亨利对她说。

"你还说自己不坏？"她故作生气地对他说，"我不看见你倒还好，每看到你一次就觉得你一次比一次坏。亲爱的托马斯啊，你可千万要护着人家啊，要不又得被他欺侮。"

"唉？我倒是很好奇啊，你说他坏，他坏在哪儿啦？"

"最近他迷上了一个才一丁点儿大的、毛还没长齐的小丫头，恨不得连皮带肉的吃了，可他跟小丫头根本就不匹配呀。再说那小丫头见了他就害怕，也死活不愿意，要怪就只能怪他自己，谁叫他长那么大的块头呢，称起来两百三十磅都是少说的啦。"

亨利·伍德脸上的汗水冒得更加厉害了，脸也红了起来。他喝了一大口酒。

"不是两百三十磅，是两百二十五磅。"他气愤地说。

"你看看，我跟你说的一点都没错吧？"那黑皮肤的小伙子说，"我告诉你的半点儿都不假的。"

"你这大嘴巴不要到处乱说，怎么哪都有你的事呢？"亨利责问他。

"你弄来的那两个妞儿，绝对的两个骚货。两个贱娘们一看就是做烂水手生意的。而且那是两个臭婊子，心中除了钱什么都没有。我们竟然还跟她们睡觉呢。一边数落她们是下贱的婊子，一边又跟她们上床睡觉。完全就是给人家在暖被窝。咱们既然是老朋友，那我就说句掏心窝的话：跟她们睡让我觉得自己更下贱。"

"听你这么一说她们可真是地道的烂货呢，没错吧？"亨利嘴上逞强这么说，脸却更涨红了。

"绝对的烂货！应该往她们身上浇一桶汽油，放把火把她们点了天灯才好呢。"

"真是辣手摧花啊。""老实头"莉儿说。

"实话告诉你吧，太太，"那黑皮肤小伙子皮笑肉不笑地说，"我就是个手段狠辣的人。"

"威利，"亨利说，"我看你还是拿去'逍遥楼'的钥匙吧，快去看看那边，可千万别闹出什么事来！"

"完全没必要，"黑皮肤小伙子说，"估计你是忘了，'逍遥楼'的钥匙我有，再说我也不想去看，即使那边出再大的事。你要是担心，想确保那边不出什么事的话，唯一的办法就是——赶快把这两个臭婊子撵走，我看到她们就气不顺，你要不去我去也可以。"

"可要是别的娘们都找不到，我们只有这两个娘们呢？"

"那我们总得想法去找能上的吧。我说莉莲①，你的屁股怎么像粘在那高凳上不动了呀，别赖在这儿啦，你就不能去打打电话联系一下吗？至于那个小丫头就算啦。我说亨利，你也别尽想着那个小妖精啦。要是你再这样下去，不变成神经病也肯定会离神经病近许多了的。听我的准没错。我以前就发过神经。"

"我看你现在就在发神经。"托马斯·赫德森对他说。

"这倒是完全有可能的，汤姆。你说的我是绝对的相信！不过这种小妖精不合我的胃口，我是从来不'吃'的。"（他把"小妖精"故意说成了"小要紧"。）"要是亨利到现在还不肯死心，一门心思地非要'小要紧'不可，那也只能是他自己的事谁也管不了。不过我还真就不信了，他少了'小要紧'就活不了了？我就不明白了，'小要紧'这种女人就仿佛缺臂少腿的，她到底好在哪呢？叫他还是把那个该死的'小要紧'忘了吧，赶快让莉莲去打电话联系。"

"只要能弄到好姑娘，我绝对不挑剔的，啥样儿的都要，"亨利认真地说，"你的脑子总不会进水了吧，威利。"

"我们可不能再要好姑娘了。"威利说，"你要真想去找好姑娘的话，保证你马上就又会发另一种方式的神经。你看我说得没错吧，汤米？姑娘越好就越是危险。而且，要真是让你得了手，一旦真的搞上了，她们告你一个行为不端那都是轻的，重则会告你一个强奸或强奸未遂罪都是有可能的。所以这个想法你还是放弃吧，你千万别再去打听什么好姑娘了。我们还是去找窑姐儿来得爽快。要找干净些的、好一些，人也要长得俊俏些的，当然情趣是不能少的，还有最重要的是——花钱也不能太多。能让我们搂着睡觉就行。我说莉莲，你怎么还不去打电话啊？坐着不动什么意思啊。"

---

① 莉莲：莉儿的正名。

"瞧你那急色的德行。一，电话现在有人占着呢；二，还有个人正等着接他的班呢，就是卖雪茄的柜台上的那个。"莉儿说，"我说，你小子可真够坏的啊，威利。"

"我这个人特点就是出手迅猛，"威利说，"老实说我都觉得自己够坏的，估计像我这样的坏小子，世上怕是很难找到第二个了。不过呢，我还是希望我们能够团结点，劲儿往一处使，不要再像现在这样各顾各的啦。"

"我说咱们就耐心喝上个一两杯吧，"亨利说，"我相信莉莲的能力，只需要一两杯酒的工夫，莉莲就一定能找到一个相熟的姑娘了。你看我说的对吧，我的美人儿？"

"当然了，这还用你说。""老实头"莉儿用西班牙语说，"对我来说找到个把姑娘不算难事！不过我要到电话间去打电话。在这儿打不够专业。在这儿打电话有欠体面，再说也不合适。"

"你看看，这下时间又被耽误了，"威利说，"好吧。就听专业人士的。就再等一会儿吧。那我们就喝酒消磨时间吧。"

"你今天都干什么去了啊？"托马斯·赫德森问。

"我说你可真有意思，汤姆，"威利说，"还问我干了些什么，你自己呢，又干了些什么来着？"

"我跟伊格纳西奥·纳特拉·雷维约在一起喝了几杯。"

"这名字听起来怎么那么像一艘意大利的巡洋舰啊，"威利说，"你们说呢，意大利不是有艘巡洋舰就叫这个吗？"

"有吗？好像没有吧。"

"就算没有，那也应该不差多少了。"

"给我看看你的酒账，"亨利说，"看看你到现在一共喝了几杯啊，汤姆？"

"今儿是伊格纳西奥付的账。我掷骰子赢了他，所以他请客。"

"那到底你一共喝了几杯啊？"亨利又问。

"至少也得有四杯吧。"

"在这之前还喝过些什么？"

"来这儿的路上嘛，喝了一杯'汤姆·柯林斯'。"

"在家里的时候呢？"

"那可就喝得多了。"

"你瞧瞧，还说冤枉你是个酒鬼？我看半点儿都不带冤枉的，"威利说，"佩德里科，给我们再来三客双料冰镇代基里，太太要什么请她自己点吧。"

"Un highbalito con agua mineral,①""老实头"莉儿说，"汤姆，我们到吧台那头儿去坐坐吧。省得我坐在这里招人家讨厌呢。"

"谁叫你在这儿管人家了，"威利说，"我们老哥儿几个好长时间没见了，还不让我们在吧台这头跟你一块儿喝一杯？真是扯他娘的淡！"

"是啊，对我来说你坐在这儿也没有什么不好的，美人儿。"亨利说。话还没说完呢，他一眼看见吧台那边有他的两个庄园主朋友，还不等酒到，他就急忙过去找他们说话了。

"看吧，这下他的心思也岔到别处去了，"威利说，"我看他这会儿也不再惦记着那个'小要紧'了。"

"可不是嘛，他这个人就是很容易分心，""老实头"莉儿说，"他呀，最容易分心了。"

"那一点办法也没有，谁叫我们过的就是这样烂的生活呢？"威利说，"谁像我们这样一个劲儿地为寻欢作乐而寻欢作乐？不过说真格的，就是寻欢作乐吧，也该有个正经的态度才行。"

"我看汤姆就不会分心，""老实头"莉儿说，"他吧，就是有些忧伤。"

"你这是在胡说八道，"威利对她说，"你这样唠唠叨叨的，算怎么回事儿呀？一会儿说人家分心，一会儿又说人家忧伤，对

---

① 西班牙语：来一杯威士忌加矿泉水。

了，先还说我辣手呢。我手段辣又怎么啦？像你这样的娘们还轮不到在这儿这么评头论足的，你知不知道点儿规矩？别忘了你也就是个卖笑的女人，你知道不知道？"

被威利这么一说，"老实头"莉儿哭了起来，那泪珠儿可不是装的，比电影里见到的还要大，还要水灵。不过她一向都是只要想哭，随时都能哭得稀里哗啦的那种，甭管是出于需要也罢，还是说真的伤心了。

"哎哟，这娘们，哭起来泪珠子这么大，真是太够味儿了。"威利说。

"威利，你可不应该拿这样的话骂我的啊。"

"是啊，你就别再说了吧，威利。"托马斯·赫德森也说。

"威利，我真是恨死了，你这个缺德的狠心家伙了，""老实头"莉儿说，"我也真是搞不懂，像托马斯·赫德森和亨利这样的男子汉怎么就跟你混在一起。像你这样缺德的家伙，嘴里吐出来的尽是垃圾。"

"我说这位太太，"威利说，"你真的不应该这样说话呢。垃圾两个字有多难听呢。嘴里吐出来的尽是垃圾，不就像咬下了雪茄头乱吐一气吗？"

这时托马新·赫德森把手搭在了小伙子的肩头上。

"来吧，喝酒吧，威利。看来大家伙儿的心情都不是太好。"

"没有的事儿，亨利的心情可就好着呢。可只要我把你刚才告诉我的消息跟他一说，保证他也不得好过啦。"

"那可不是我告诉你的，是你问的。"

"你知道我不是这个意思。我只是在想，你为什么不让大家替你分担分担你的悲痛呢？可你偏要把它憋在心里，还憋了整整两个星期呢？"

"这心里的悲痛别人是分担不了的。"

"这么说你认为大家都要把悲痛藏在心里喽，"威利说，"我真的没有想到，你居然会主张悲痛是要藏在心里的。"

"威利，不用你来跟我讲这些大道理，"托马斯·赫德森对他说，"但是你的好意我是明白的，也心领了。至于你想做我的工作，那就算了吧，真的用不着。"

"好吧。那你就把你的悲痛藏在心里吧。不过我可告诉你，这样对你一点儿好处也不会有的。因为我就是个例子，从小就是喝着这样的苦水长大的。"

"其实我也一样，"托马斯·赫德森说，"不骗你的。"

"是吗？既然如此，那或许还是你自己的那一套管用。不过你的脸色有点差，我始终觉得你哪里有点儿不大对劲。"

"因为我喝了点儿酒所以有些脸色不好，再加上劳累，还没有好好休息过呢。"

"对了，你那个女人有音信吗？"

"有啊。来了三封信了。"

"怎么样，进行得顺不顺利？"

"啊，真是糟得不能再糟了。"

"这个嘛，"威利说，"我有办法。你不是会把事藏在心里吗，那你就把这些藏在心里吧，这样一想起来倒也不至于感到空虚。"

"我心里并不空虚。"

"是不空虚。我知道，你那只猫儿宝伊西可是爱你呢。我还亲眼见过它，那只已经疯魔的老畜生，现如今还好吗？"

"还是老样子，疯疯癫癫的。"

"哎哟，它一疯起来那真是有的闹，我看我是受不了，"威利说，"它的疯劲儿不是一般的厉害。"

"疯是疯了点儿，也真是挺难为它的，多难熬的日子啊，都跟着我熬过来了。"

"是吗？这猫儿还真是能熬，要让我吃这些苦啊，我保准早发神经病了。你还来什么酒，托马斯？"

"老样子。"

威利却一把搂住了"老实头"莉儿那丰满的腰肢。"听我跟你说，莉莲，"他说，"我知道你是个好姑娘。我也不是故意要让你生气的。我一时情绪激动失控了。都怪我不好。"

"那你保证今后再也不说这样的话了？"

"绝对不说了，除非又出现一时情绪激动的状况。"

"给，你的酒，"托马斯·赫德森对他说，"来吧，敬你这个王八蛋一杯。"

"看看，说的这才像句人话呢，"威利说，"眼见你原先的那股劲儿头又来了，这样才好。只可惜你那只宝贝的宝伊西不在这儿。要不它见了你这模样儿，准会高兴得满地打滚。我刚不是说要大家分担分担吗，我的意思你明白哈？"

"明白明白，"托马斯·赫德森说，"我明白。"

"好了，"威利说，"咱先丢开这事儿不提了。嘿，看看，'收垃圾的来了，垃圾箱也该清理一下了。'你们看看亨利这家伙，瞧瞧他那样。你们倒是说说奇不奇怪，在今天这样的大冷天里，他还那样汗出如浆啊？"

"为了女人呗，这有啥奇怪的，""老实头"莉儿说，"他是叫女人迷了心窍啦。"

"迷了心窍？"威利说，"你信不信拿一只半英寸的钻头，随便在他脑袋上哪个地方钻个洞，保管会有一大堆女人从里面流出来。所以啊，迷了心窍就算了，你应该换一个合适点儿的词儿。"

"其实迷了心窍在西班牙语里，分量可是够重的了。"

"迷了心窍？再说迷了心窍又算得了什么？行吧，今天下午我有空的话可得好好想想用什么词儿合适。"

"汤姆，走吧，我们到吧台的那头儿去，这样我坐得舒坦些，我们也好说说话儿。你可以再给我要一块三明治吗？我今天一早就跟亨利出来跑，已经跑了一上午了。"

"那我到巴斯克酒吧去了，"威利说，"别忘了回头把他也一块儿带来啊，莉儿。"

"好的，""老实头"莉儿说，"我就是自己不去也一定让他去，放心吧。"

说完，她就一步步向吧台的那头走去，走路的仪态那叫一个端庄礼貌啊，她每走过一班酒客，都得跟这个说上两句，或是对那个微笑致意。看起来大家都对她很尊重。这些跟她搭话的人里面十之八九都曾跟她相好，算起来最早的都已经是二十五年前的事儿了，"老实头"莉儿到吧台那边坐定以后，朝托马斯·赫德森微微一笑，托马斯·赫德森见状便带上账单，也搬到了吧台的那头儿。不得不承认，"老实头"莉儿笑起来可美了，深色的眼珠是那样的迷人，乌黑的头发尤其可爱。而且每当她发现自己脑门上和"头路"两侧的发根有露白的迹象，就会问托马斯·赫德森要了钱去"理一理"，等她"理"好回来，那头发也已经染过了，看上去就如同少女的头发一样光洁自然，可爱极了。她的皮肤很光滑，给人感觉就像橄榄色的象牙（我们假设象牙也能长成橄榄色的话），而且还隐隐约约地带上一丝玫瑰的色调。说实在的，这种颜色总是让托马斯·赫德森想起一种叫"马阿瓜"的木材。当你用砂纸将新砍下来的"马阿瓜"略略打光之后，再稍稍上点蜡，风干以后的"马阿瓜"就很像这种颜色了。他在别处也还从来没有见到过这种朦朦胧胧像是带点儿绿的颜色。不过"马阿瓜"却是不带玫瑰的色调。所以那玫瑰的色调完全是她外加的，虽是外加，却颇为淡雅，一点也不突兀，好像还带着中国仕女的那份风韵。此刻，这样一张可爱的脸蛋正在吧台的那头儿望着他呢，于是他一步步朝她走过去，愈来愈近也只觉得这张脸蛋也越发可爱了。可是一走到她跟前儿，"老实头"莉儿那肥大的身躯赫然在目，顿时也显出了刚才那诱人的玫瑰的色调是人为的痕迹，完全失去了那种朦胧神秘之感，尽管那张脸蛋看上去还是如此的可爱。

"看看，你是多么的美啊，'老实头'。"托马斯·赫德森对她说。

"算了吧，汤姆，我是长得越来越胖了，这一点连我自己也觉得怪不好的。"

他顺势把手往她肥大的屁股上一搭,说:"哪有的话,你胖得讨人喜欢。"

"真的,我刚在吧台前走过的时候都觉得特别别扭。"

"我刚看你走路的姿势可好了。稳重得就像一条船。"

"我们的那位朋友现在可好?"

"好着呢。"

"什么时候我能去看看他?"

"你想什么时候去都行。要不现在就去吧?"

"现在就算了吧。汤姆,刚才威利跟你说的都是些什么呀?怎么我有点听不懂啊?"

"别搭理他,他不过是发神经病罢了。"

"不,我看不是这么回事。他说的是你,你是不是有什么伤心事啊。是不是你和你那位太太有什么事儿?"

"才不呢。她算哪门子太太啊!"

"敢情你要是能也好啊。可惜人都已经走啦。"

"是啊。这点我倒是早就明白了。"

"到底那是什么样的事儿,让你伤心呢?"

"真的没有什么。只是有些伤心罢了。"

"你就告诉我嘛,告诉我好不好嘛,求你了。"

"说什么呀,已经没什么好说的。"

"你听我说,汤姆,你应该告诉我的。有时亨利伤心得在半夜里痛哭,后来他也跟我说了。威利那些吓人的事儿也告诉我了。可那些哪儿是什么伤心事,简直都是些丑事嘛。所以你也应该说给我听听。你看大家都把心里话告诉我了,就你不肯说。"

"那是因为根据我的经验,即便说了,我心里也不会感觉轻松。反倒是说比不说还要难受。"

"汤姆,你说说看,刚才威利说我的那些话有多难听。他难道就不想想我听了有多伤心吗?从我嘴里什么时候说过他这样的话？我这辈子还别说，从来没干过昧着良心的事，就是那些邪门歪道的事也是没干过一件。"

"所以我们才都叫你'老实头'莉儿嘛，你管他做什么。"

"你知道吗，如果摆在我面前两条路，走邪道可以大发横财，做正经人一辈子都是穷苦不堪，那我也会毫不犹豫选择做正经人，哪怕穷一辈子都要有志气。"

"我知道。对了，刚才不是说想要三明治吗？"

"先不要了，这会儿又不饿了。"

"那么就再来一杯吧，好吗？"

"好的。多谢了，汤姆。对了，一直有件事想问你。听威利说有只猫儿跟你产生感情了，这都是瞎说的吧？"

"他没有瞎说。确实是有那么一回事。"

"我说这也太不像话了吧。"

"没有什么不像话的呀。事实上我也已经跟这只猫儿产生感情了的。"

"哎哟，这种话你怎么说得出口啊。汤姆，求求你，别在这儿耍我了。你看威利耍了我，害得我都哭了呢。"

"我要你干什么，我是真爱这只猫儿。"托马斯·赫德森说。

"我可不要听你说这种话。汤姆，什么时候你可以带我去那个疯子的酒吧看看？"

"没问题，改天带你去就是了。"

"那些疯子真的会到那儿去碰碰头、喝喝酒，就像我们常人来这个酒吧似的？"

"对啊。跟咱们唯一的不同，就是他们穿着用装食糖的麻袋做成的衣服裤子。"

"你还真的参加疯子棒球队，跟麻风病人的球队打过比赛吗？"

"当然是真的？疯子队里也从没有过像我这样好的投球手，我投的那种不旋转球那叫一个棒啊。"

"你是怎么认识他们的呢？"

"有一次从'放牛人牧场'回来，我路过那儿的时候偶然下车看看，就喜欢上那儿了。"

"你当真会带我去那个疯子的酒吧？"

"当真的。只要你不害怕就行。"

"我肯定会害怕的。不过因为有你陪着我还是敢去的。其实我就是想要去尝尝害怕的滋味，才那么想去。"

"那就去吧，那儿还真有几个怪有意思的疯子，没准你见了他们会喜欢的。"

"你是不知道，我头一个丈夫就是个疯子。不过他是属于暴烈型的。"

"你看威利会不会也是个疯子？"

"他怎么可能是疯子。不过他就是性子暴烈些罢了。"

"其实他吃过很多苦呢。"

"这话说得，谁没有吃过苦呀？威利吃了点苦，他自以为是地认为再也不会有人来惹自己了。"

"我看倒也不是这样。这事我还是了解的。真的。"

"那好，我们不谈这个，换一个话题吧。你看到吧台那边正在跟亨利说话的那个人没有？"

"嗯，看到了。"

"我跟你说，这个家伙一到了床上，就净喜欢干畜生 B 样的勾当。"

"哦，可怜的家伙。"

"他才不穷呢①。他有的是钱。可他就喜欢干 porquerías。"②

"你就从来都不喜欢 porquerías？"

"从来都不喜欢，随便你去跟谁打听。我发誓，我这辈子从

---

① 上文"可怜的"，原文为"poor"，因为又可作"穷"解，所以莉儿理解成了穷的意思。
② 西班牙语：下流的勾当。

来没有在女人和女人之间搞过些什么。"

"我们莉儿还真是'老实头'。"托马斯·赫德森笑着说。

"怎么，难不成你认为我这样不好？以我对你的了解，你肯定也不喜欢 porquerías 呀。你就喜欢在做爱之后，快快活活地睡上一大觉，是吧。"

"Todo el mundo me conoce."①

"不，他们才不了解你呢。这些人对你有各种各样的看法。可我相信我是了解你的。"

这会儿又有满满的一杯不加糖的冰镇代基里摆在他面前。他举起酒杯来，看着杯口结着一圈霜花，酒面上浮着一层泡泡，他不经意地望着泡泡底下清澈的酒，却情不自禁地想起了大海。酒面上的泡泡真像船后拖着的浪沫，而底下清澈的酒呢，看上去好似船过泥底的浅海时船头破开的海水。可不是嘛，跟那海水简直就是一样的颜色。

"酒吧里要是能供应那样一种酒多好啊，酒色要像八百英寻深海的海水，而且得有太阳当空照着那一平如镜的海水，一直照到水里，然后水里游着许多浮游生物。"他说。

"你这说的都是些什么啊，有可能吗？"

"啊啊，没什么。让我们干了这杯浅海酒吧。"

"汤姆，你今天到底是怎么啦？你心里有疙瘩，对不对？"

"没有，没有。"

"你这神情看起来怪伤心的，真的呢，你今天整个人看着都显老了些。"

"是让这猛烈的北风给吹的。"

"可你原来总说只要一吹强劲的北风，你就精神抖擞，连心情也跟着愉快了。就连我们好几次突然兴起做爱，不也是因为吹起了强劲的北风吗？"

---

① 西班牙语：每个人都了解我。

"这倒也是哈。"

"你以前一向是喜欢北风的,看,我身上这件外套还是你买给我的,刮北风的时候让我穿呢。"

"现在看这件外套还是觉得挺漂亮。"

"有好几次吧,我都差点儿把它给卖了呢,""老实头"莉儿说,"你是不知道,这件外套让好多人爱得巴不得立刻就从我身上拿了去。"

"是啊,刮这么大的北风穿着它估计是再合适也没有了。"

"你就放快活些吧,汤姆。平日喝了酒你总是很快活的。快喝了这杯,我们再来一杯。"

"不行啊,喝太快了的话,我额头就又该疼了。"

"那我们就慢慢儿喝,喝它个细水长流。给我再来一杯威士忌。"

看到酒瓶就在她面前的吧台上,莉儿索性就自己调了一杯,原来是那个叫塞拉芬的掌柜特意把酒瓶留在那儿的。托马斯·赫德森看着她的酒,说:"你正喝的像淡水涵。我们国内有条火穴河,它跟吉本河汇合而为麦迪逊河①,火穴河河水在合流前就是这样的颜色。如果你再往里多加点儿威士忌的话,那酒的颜色可就变得像一条小溪的水质那样了,我记得那是从一个雪松沼泽地流出来的小溪,然后它在一个叫瓦布米米的地方汇入了熊河②。"

"瓦布米米这名字听着好怪啊,""老实头"莉儿说,"是什么意思呢?"

"我也说不上来是什么意思,"他说,"只知道是印第安人的地名。按说我应该是知道那意思的,可现在已经想不起来了。就还记得那里的印第安人是奥吉布瓦族。"

"那你可以给我说说印第安人的事吗?""老实头"莉儿说,

---

① 麦迪逊河位于美国西北部的蒙大拿州。
② 熊河在美国流经了爱达荷、怀俄明、犹他等三州,最后注入大盐湖。

"其实我一直都想听听印第安人的事，感觉那比疯子的事还带劲儿呢。"

"咱们这儿的沿海一带就有不少印第安人。他们都住在海边，靠捕鱼、晒鱼干为生，也有一些干烧炭这一行。"

"我想听的不是在古巴生活的印第安人。那都是些混血儿。"

"不，并不都是混血儿。也有一些地地道道的印第安人。一开始他们应该是在尤卡坦①生活的，后来是让人抓住再带到这一带来的。"

"反正我是不喜欢这种尤卡坦人。"

"是吗，我喜欢。可喜欢了。"

"接着跟我说瓦布米米吧。那个地方是在远西地区吗？"

"不是的，就在北边。而且靠近加拿大的那一带的小村子。"

"别说，加拿大我还真熟。有一次我沿圣劳伦斯河而上，乘一艘叫什么公主号的大轮船，最后一直坐到了蒙特利尔。可惜那时正好下大雨，外面什么也没看见，当天夜里我们就改乘火车回纽约了。"

"难道你们在河上的时候，雨就从来没有停过？"

"当然没有停过。而且船快进河口的时候又在海湾里遇上了大雾，并且天上还下过一阵雪。加拿大的事咱们以后再说吧。不如你就先给我讲讲瓦布米米吧。"

"瓦布米米只是个很小的村子，村子里有个锯木厂就在靠河的位置，还有火车铁轨横着穿越整个村子。常年大堆大堆的木屑总是堆在路轨上。顺河而下有许多流木，为了能挡住这些意外之财，河上还拦腰筑起了栅栏，所以整条河道都几乎被一根根原木给填实了。从村边往上游望去，河面上都这样一大片满是木头，延续了好长一段呢。记得有一次我在那儿钓鱼，突然有事情

---

① 尤卡坦是处于中美洲北部的一个半岛，现中南部及东南部属危地马拉和伯利兹，其他大部分属墨西哥。

想要过河，于是便从木头上爬过去。却没想到有一根木头并不结实，一碰就打转，我就倒霉地被掀翻在河里了。我从水里浮起来，想要游到岸上去，可头上却都被连成一片的木头给封住了，拼了命也钻不出去。木头底下一点光亮也没有，两眼一抹黑，我只能用手四处瞎摸，摸来摸去却到处都是树皮还是没找到水面。我无论怎么使劲也扒不开这些紧紧挨在一起的木头，脑袋没法探到水面上来，根本没法呼吸。"

"那你后来怎么了？"

"当然是我淹死了呗。"

"我呸，你少在这儿胡说了，"她说，"快告诉我，后来你又怎么办的？"

"那时候我拼命开动脑筋，终于灵光一闪，让我想出了一个道理：要想能钻出去，那么我的动作就一定要一气呵成。我认准了只要、肯定要找出一根不结实的木头，我在底下仔细地摸，从这边摸到那边，不放过任何细节，最后让我摸到跟另一根木头紧紧相挨的缝隙。当时我就双手合在一起，使出吃奶的劲儿拼命往上推，我竟然真的把木头扒开了一条缝。于是我从一小缝隙入手，就把手往里插，前臂很快也插进去了，随后胳膊肘也插进去了。这时我就看到希望了，凭着两个胳膊肘做支撑，两根木头就这样被我一点一点地分开，脑袋终于也探了出来，于是就每一条胳膊都抱住一根木头。真是救命啊，这会儿哪一根木头我都舍不得放手。于是就这样，我夹在两根木头之间终于能喘口气了，好好地歇了大半天恢复了体力。因为那河里漂满了木头，所以河水的颜色就成了褐色的。有另外一条小溪也流入这条河，那溪水的颜色才跟你的酒是一样的。"

"我想如果换作是我，怎么也别想从两根木头当中爬上来，估计我早死定了。"

"其实当时也差点儿就放弃了，我以为自己是永远也上不来了。"

"当时你在水下待了有很久吧？"

"具体多长时间我也不知道了。我就记得自己把两边的木头紧紧抱住了，好久好久才缓出力气，身子半天也不得动弹。"

"这个故事真是太好听。可是听了估计晚上肯定要做梦呢，太紧张太刺激了，不如换个轻松的给我说说吧，托马斯·赫德森。"

"那好吧，"他说，"让我仔细想想还有什么啊。"

"别介啊，不用去想了，随便说一个，要不，就说一个现成的吧。"

"那好吧，"托马斯·赫德森说，"当初小汤姆还很小的时候，就是他还是个小娃娃的时候……"

"Qué muchacho más guapo！①""老实头"莉儿插进来说，"Qué noticias tienes de él?②"

"Muy buenas."③

"Me alegro,④""老实头"莉儿却想起了已经是飞行员的小汤姆，想起那时小汤姆是多么的英俊潇洒啊，一时不觉得泪流满面，"Siempre tengo su fotografía en uniforme con el sagrado corazón de Jesús arriba de la fotografíay al ado la virgen del Cobre."⑤

"你信教？对科夫雷圣母很相信吗？"

"我当然是百分之百的虔诚教徒。"

"是吗，那既然信了就还是应该信下去才好。"

"汤姆可是被她日日夜夜保佑着呢。"

"看来很好啊，"托马斯·赫德森说，"请给我再来一大杯，塞拉芬。你想听轻松的故事吗？我要酝酿一下一些你最想听的。"

"对，我可喜欢啦，请给我讲讲吧，""老实头"莉儿期盼地

---

① 西班牙语：小伙子可真帅啊！
② 西班牙语：还有他的信儿吗？
③ 西班牙语：他还挺好的。
④ 西班牙语：我真高兴。
⑤ 西班牙语：他的一张穿军装的照片还一直被我带着，耶稣的圣心在照片的上边供着，旁边供着的是科夫雷圣母。

说，"我这个人有时太感情用事了，这会儿我心里又闷起来了，讲个轻松点儿的吧。"

"好吧好吧，这轻松的故事说起来倒也 muy sencillo①，"托马斯·赫德森说，"记得我们第二次带汤姆去欧洲玩的时候，他尚在襁褓之中，才仅仅三个月大，我们当时坐的是很老的样式的轮船，那条轮船不仅小而且开起来也慢，我们一路上又常常遇上大风大浪。轮船上也混合着各种各样的怪味。有舱底的污水散发的味儿，有石油污垢的味儿，有镶着黄铜窗框的舷窗上的密封脂味儿，还有一股厕所的骚臭味儿，粉红色的消毒剂放在小便池里结成一大块一大块的，那也有一股刺鼻的味儿……"

"Pues②，好像这故事也挺沉重的啊。"

"Sí，mujer，③ 你这样乱说话就不对了。这故事蛮轻松的，muy④ 轻松。那么让我继续说下去吧。船上浴堂的那股子味儿也很重，因为大家都得按规定的时间去洗澡，否则你会被浴堂恶毒服务员看不起。热乎乎的海水从淋浴间铜喷嘴喷出，闻起来有股味儿，地板上湿乎乎的木格子在散发着一股味儿，就连浴堂服务员那浆挺的制服也有股味儿。船上的英国饭菜那股味儿让人闻着就想吐，简直就是喂牲口的。地上满是扔下的烟头，什么忍冬牌的，选手牌的，金叶牌的，样样都有，这股子味儿不但充斥在吸烟室里，而且无论到哪儿，只要地上有烟头就有这股味。总之哪怕有一种味道是能让人闻着舒服些的也好啊，奇怪的是英国人男男女女身上都有一股异味，你也知道，就连他们自己也都知道有这种味儿，就像黑人总觉得我们有股子异味儿一样，因此英国人就有老是不断地洗澡的这个标志了。实话说母牛喷出来的气息都比英国人身上的那股子味儿要好闻些，这股味儿即使是抽烟斗的

---

① 西班牙语：省事得很。
② 西班牙语：听上去。
③ 西班牙语：你说什么，太太。
④ 西班牙语：很是。

英国人都掩盖不住。抽烟斗的反而又多了点怪气味呢。他们身上的花呢料子本来倒也算闻得过去，皮靴子的味道也还不错，马鞍子什么的也闻着很舒服。可是这是在船上，马鞍子没法子在这儿呢，那花呢料子味是不错，可那也早就吸饱了烟斗里的烟灰味儿。在那条船上能闻到点好闻的气味唯一的办法，就是要上一大杯德文郡①苹果汁，要那种绝对纯的，上面泛着泡沫的，然后你就把鼻子尽量伸进杯子里去闻，越近越好。那个气味简直是绝了，我就经常是要了苹果汁，然后把鼻子伸在杯子里闻啊闻的，闻得再久也不可能厌倦，即使都快把自己憋死了也还不想移开。"

"我的天哪，你的故事讲到这儿听上去比较轻松点了。"

"你就瞧好吧，精彩的还在后面呢。因为我们的舱房比吃水线只高出一点点，位置很低，所以舷窗几乎一天到晚也不会打开，窗外奔腾的大海就在你眼前隔着舷窗而已，时不时你能清楚地看得见海水在舷窗上扫过，那绿色的水纯净极了。汤姆睡觉不太老实，我们怕他不小心从铺位上滚下来，就准备做一个能挡在铺前的东西，于是就把大大小小的箱子都捆在一起放在他的旁边，如果我和他妈妈想要看他睡得老实不老实，就得翻身从箱子上爬过去。可是每次去看他的时候，只要他还醒着，就总能看见他在那儿嘿嘿地笑个不停。"

"吹牛了吧，他才三个月大呢，你确定他真的就会笑了？"

"当然了，我就没听过他小时候哭，他总是笑。"

" Qué muchacho más lindo y más guapo！"②

"可不是嘛，"托马斯·赫德森说，"多棒的小伙子啊。我这儿轻松的故事多着呢，要不要再给你讲个他的故事听听？"

"我是有一点好奇，他妈妈挺不错的一个人，为什么你还要选择离开她呢？"

---

① 英国英格兰的一个郡。

② 西班牙语：多漂亮多英俊的小伙子啊！

"原因就不说了，太复杂了，不是一时半会儿能说清的，两人确实有些阴差阳错吧。要不然我再讲个轻松的故事？"

"那好吧。不过我可再也不要听那么多气味了。"

"瞧瞧这冰镇代基里多带劲儿，调得实在是太高明了，感觉如果轮船开到时速三十海里时，船头纷飞的浪花的颜色也只能跟这酒色有一拼。我倒是有个不错的创意，要是冰镇代基里能发磷光，你说那好看不好看？"

"想要那效果还不容易啊，你在酒里加点磷不就得了？不过我看这种酒跟毒药差不多了。听说在古巴常常就有人吃火柴头上的磷自杀的。"

"据我所知还有喝 tinte rapido① 自杀的呢。这快干墨汁到底是什么东西？"

"就是指人家染黑皮鞋用的染料。不过要说姑娘家自杀，最常见的还是自焚这一招。这些姑娘们要么是因为在恋爱问题上遇到了阻碍想不通，要么是因为那未婚夫负了心，骗了姑娘的身子之后一走了之，毁约不娶，于是绝望的姑娘就往自己身上浇些酒精，再点上一把火。这也就是最传统的死法。"

"我知道你说的这种方法，"托马斯·赫德森说，"就好比当年的 auto da fé。"②

"不过那些真心想自杀的还就得用这个方法，""老实头"莉儿说，"只要是选择自焚的姑娘，十个有九个必死无疑。火从头上烧起，可以说是几秒钟就蔓延到了全身。至于喝快干墨汁，得了吧，我看那多半是做做样子给人家看的。还有喝碘酒的，基本也就是这么回事。"

"我说你们两位，说话怎么老是死啊死的，你们到底在谈些什么呀？"掌柜塞拉芬说。

---

① 西班牙语：快干墨汁。
② 葡萄牙语：火刑。

"我们在说自杀的事。"

"Hay mucho,①"塞拉芬说，"一般是穷人自杀的多。至于那些有钱人自杀的，我在古巴倒还从来没听说过。你可听说过？"

"我听说过啊，""老实头"莉儿说，"就我知道的有那么几个，还都是些上流人家的人呢。"

"对你来说，你能有什么不知道的？"塞拉芬说。

"托马斯先生，要不要给你来点什么东西下酒？Un poco de pescado? Puerco frito?② 冷盘肉要不要来一点？"

"好的，"托马斯·赫德森说，"随便来点什么现成的，就好了。"

不大工夫塞拉芬便端来一盘炸得焦黄松脆的小块猪肉，还有一盘是油炸面拖红鳍笛鲷，黄灿灿又绷得硬硬的面皮里面裹着淡红色的鱼皮，最里面的芯儿是雪白喷香的鱼肉。塞拉芬这个小伙子个儿挺高，天生说话一副粗鲁样儿，走路的样子更是显得奇异，因为汤汤水水的总是弄得吧台后面的地面湿漉漉一片，他不得不穿着一双木屐来应付了事。

"冷盘肉呢，要不要来一份？"

"不用了。这些已经蛮多的了。"

"我说你这人，给你你就要，""老实头"莉儿说，"你还不了解这店里的规矩吗，汤姆？"

这家酒吧是从来不肯给人"白"酒喝的，这点大家都心知肚明。不过话又说回来，这里每天还免费供应热腾腾的午饭，也是数量众多不计其数。除了炸鱼炸肉，还有一盆盆热腾腾的油炸肉馅面团和一些法式油煎面包片，以及夹着烤干酪火腿的三明治，那是相当丰盛了吧。而且掌柜的是用老大的调酒器来调代基里，在给你斟完酒以后，管保那调酒器里还余下了至少有一杯半

---

① 西班牙语：那可多了去了。
② 西班牙语：来一点鱼？来点炸猪肉？

的量。

"现在好点儿了吧，你心里有没有觉得好受些了？""老实头"莉儿问。

"嗯，好受些了。"

"告诉我吧，汤姆，你到底在伤心什么事啊？"

" EI mundo entero.①"

"这个世界的确是愈来愈不像话了。为此谁能不感到伤心呢？可你总不能一直在伤心中过日子吧。"

"为什么不行，我这样违法了吗？"

"不违法那也不等于你就做得对呀，你这样是在伤害你自己。"

算了，我来这儿是自己消消闲，不是为了跟"老实头"莉儿讨论什么道德问题的。托马斯·赫德森心想。那你来这儿想要干什么呢，你这个浑蛋？你就是想把自己灌醉是吧。尽管你自己还不觉得，或者你是不敢承认，可实际上你现在就是在干这么个事儿。事到如今，你所要的已无法如愿，你所想的也已经不可复得。不过你要是想寻找如何减轻痛苦的办法，办法倒多的是。来吧，就用这个办法试一试吧。

"Voy a tomar otro de estos grandes sin azúcar.②"他对塞拉芬说。

"En seguida, Don Tomǎs,③"塞拉芬说，"那就加把劲儿打破你的纪录，干不干？"

"我不干。我不过就想安安静静喝我的酒罢了。"

"上次你也是在安安静静喝着酒的啊，不过喝着喝着就创纪录了，"塞拉芬说，"你不但安安静静，而且后劲儿十足，我没记

①　西班牙语：为这整个世界。
②　西班牙语：照原样再给我来一大杯，不要加糖。
③　西班牙语：这就来，托马斯先生。

错的话，你是一直从早上喝到半夜，居然最后还能靠着自己的两
条腿，硬是走了出去。"

"我可没想着要打破什么纪录。"

"我看你今天很有希望破纪录呢，"塞拉芬对他说，"就这样
一直喝下去，你再吃点菜，那个破纪录的希望就越来越大啦。"

"既然这样，你就加把劲儿再破一回纪录，汤姆，""老实头"
莉儿说，"我在这儿替你做证。"

"哪儿还用你来做证，"塞拉芬说，"我就是最好的见证。我
这儿一下班，就去给康斯坦特报告数字。我看你这会儿的酒兴真
是比创纪录的那一天还浓呢。"

"说真的，我可不想打破什么纪录。"

"可你今天喝酒看起来这么有滋有味，不紧不慢的，还真是
不错的竞技状态呢，现在从你脸上根本看不出一丝酒意。"

"行啦！纪录！纪录！去他娘的纪录！"

"好吧。Como usted quiere.① 不过我这儿还是给你记着数儿
呢，希望你能回心转意。"

"没错儿，他可记着数儿呢，""老实头"莉儿说，"他账单
也都有存根的。"

"那你呢，太太，你要什么？你是要真纪录呢，还是想搞个
假纪录？"

"什么真纪录假纪录的，我通通不要。听着我只要再来上一
大杯，加矿泉水的。"

"Como siempre.②"塞拉芬说。

"随便，你改成白兰地我也照喝不误。"

"你要喝白兰地我可就侍候不了啦。"

"汤姆，你知道吗？有一次我想搭上一辆电车，却不小心摔

---

① 西班牙语：那就随先生的便吧。
② 西班牙语：还照老样子。

了下来，差点儿连命都没了。"

"哦，我可怜的'老实头'莉儿，"塞拉芬说，"过着这样东闯西荡的生活，多悬乎啊。"

"那也比你整天穿着木屐，站在吧台后面侍候酒鬼要强一些。"

"我本行就是干这个的，"塞拉芬说，"再说能侍候你这样高贵的酒鬼，也是我莫大的荣幸呢。"

这会儿亨利·伍德走了过来。那么高大的一个家伙站在那儿直冒汗，可以说非常抢眼。一看他那兴奋样儿，准是又改变了原先的打算。托马斯·赫德森不由得心想：这个家伙最喜欢临时变卦了。

"我们打算现在就去阿尔弗雷德的'逍遥楼'，"他说，"你也一块儿去吧，汤姆？"

"你忘了威利还在巴斯克酒吧等你呢，你和人家约好的。"

"我觉得这回威利不去也就算了吧。"

"那你怎么着，总得通知他一声才行呀。"

"是，是，我给他打电话。你也一块儿去吗？保管让你玩得痛快。"

"别尽想着玩儿，你也应该吃点东西，犒劳一下自己的胃。"

"你放心，我一定放开胃口美美地吃一顿。怎么样，你还好吗？"

"好，"托马斯·赫德森说，"我好得很。"

"难道你这是要争取打破纪录吗？"

"没这回事儿。"

"那今天晚上我们还要见面吗？"

"我看就算了吧。"

"你要是觉得可以的话，我没有关系啊，需要的话我就出城到你庄上过一夜。"

"别麻烦了。你就痛痛快快玩你的吧。可一定要记得吃点东西啊。"

"好，我一定美餐一顿。再次向你保证。"

"还有，一定要给威利打电话啊。"

"是，一定，我一定给威利打电话。请你只管放心。"

"对了，阿尔弗雷德的'逍遥楼'是在哪儿？"

"啊，我跟你说，那可是个绝美的所在。还拥有一流的设备，居高临下面向港湾，真是个令人心旷神怡的地方啊。"

"行啦，答非所问，我是问具体的地址在哪儿。"

"其实这个我也说不清楚，不过我会告诉威利的。"

"你看威利会不会跟你生气？"

"我也没办法他要生气就让他生气吧，汤姆。这一回我实在不能请威利同去。你也知道我多么喜欢威利。可是有时候我也没法儿请他一起参加。这点你是清楚的。"

"好吧。你不请他可以，但电话一定要打给他啊。"

"两样我都保证，我保证一定给他打。还保证一定会吃一顿极丰盛的饭。"

他笑了笑，轻轻拍了拍"老实头"莉儿的肩头就离开了。别看他这么大个子的人，走起路来居然也是一副风度翩翩的样子。

"他就这么走了，家里那两个姑娘怎么办呢？"托马斯·赫德森问"老实头"莉儿。

"别担心两个姑娘，这会儿也早走啦，""老实头"莉儿说，"他那儿又没有东西吃。我看有没有喝的都还是个问题。怎么，你打算去那儿转转吗？还是索性跟我回家呢？"

"那就上你家去吧，"托马斯·赫德森说，"不过这会儿还真不想去。"

"那就再给我讲一个故事吧，轻松点儿的。"

"好吧。你又想听个什么样的故事呢？"

"塞拉芬，"莉儿说，"再给托马斯来一杯双料冰镇的，不要加糖。Tengo todavía mi highbalito. ①"她又转过来对托马斯·赫德森说:"就跟我说说吧,你一生中最快活的时光。而且不能提气味哦。"

"那怎么行,不提气味成不了故事啊。"托马斯·赫德森说。这时他看见亨利·伍德穿过广场,上了一辆跑车。这辆车是那个叫阿尔弗雷德的甘蔗种植园主的,此人可算是当地的一个巨富。不过亨利·伍德那么大的个子,上车都不容易。我看这家伙也就是个子大,干什么都不利索。托马斯·赫德森心想。不过话又说回来了,在有些事情上大个子却是占了不少便宜的。刚想到这儿他又赶快制止自己:不要再想下去了。你今天说是来休息的。那就好好休息吧,想那么多没用。

"莉儿,你想要我说个什么样的故事给你听呢?"

"我刚不是都跟你说了吗?"

塞拉芬正把调好的酒倒进高脚杯,他看见酒面上的泡沫一点点漫过杯口,流到了吧台上。塞拉芬取过一个硬纸护垫,好把酒杯的脚底插在槽里。托马斯·赫德森手指捏着那细细的杯脚,手里拿着沉甸甸的酒杯,只觉得一阵凉意扑面而来。停顿了一下,他就呷了一大口,含在嘴里,当舌头和牙齿着实领受了这一番凉意之后,他才咽下。

"好吧,"他说,"真要说我这一生中最快活的一天,我小时候的那才能算是最快活,要是哪天一早醒来,不用去上学也用不着做功课的话,那就是我最快活的一天了。那时候我每天早上几乎都是饿醒的,醒来我就能闻到草上露水的气息,有风的日子我能听见铁杉树高高的枝头风声簌簌,没风的日子里就只感觉树林里一片寂静,连湖上也是一派悄然,于是我就安静地等着听清早的第一批声息。我那会儿真能做到安静很惊奇吧。往往第一声都是翠鸟传来的,它们飞过湖面时,一边飞一边喳喳地叫,随后还

---

① 西班牙语:我还是来我的威士忌。

有一串回声。有时也来自屋外哪棵树上的松鼠，它们甩一下尾巴就吱吱吱地叫一声。有时也有可能是山坡上啼叫的鹆鸟传来的声音。反正只要我醒来之后，听到了清早的第一批声息，又感觉到肚子饿了，再一想当天既不用上学也不用做功课，那可不就是我最快活的时候了。"

"这么说，跟女人在一起也没有快活过？"

"跟女人在一起当然也挺快活的。而且那个快活简直让人连性命都可以不要了似的。那个快活，真叫人受不了，快活得连我自己都不敢相信了，感觉那真是如醉如狂的快活呀。不过那样的快活始终比不上我跟自己孩子在一起，也比不上跟几个爷儿们相处得其乐融融的时候，当然，也比不上我小时候清早醒来的时候。"

"你跟家人在一起过得很快活这我不奇怪，可你独自一人的时候怎么也能这么快活呢？"

"你还当真不成，我不过胡说八道一阵儿。不是你让我想到什么就给你说什么的吗？"

"少扯，我可没有这么说。我是让你给我讲个轻松的故事，就跟我说说你一生中最快活的时候。可看看你都说了些啥来糊弄，说什么从前一清早醒来觉得很快活。你这根本就不是故事嘛。快点，给我讲一个像模像样的故事，那种正经八百的。"

"可是讲什么呢？"

"要带点爱情的。"

"什么样的爱情？你是要听神圣的爱情，还是放荡的爱情？"

"无所谓啦。只要是有意思的、好听的都行。"

"好吧，讲爱情的话，我倒有一个挺有意思的故事讲给你听。"

"那就快给我说说吧。再给你来杯酒怎么样？"

"酒还是等我讲完了这个故事再添吧。那好吧，我接下来要说的故事，是我在香港亲身经历的事。要问世界上哪座城市让人感觉绝妙，那么非香港莫属了，我当时在那儿的日子真可谓无忧无虑、神仙般的日子，过得可舒心了。香港前边有个美丽的海湾，大陆上的九龙城就位于海湾的对面。其实整个香港城位于一个多山的岛屿上，岛上满眼的郁郁葱葱，道路蜿蜒地通上山顶，不少住宅建造在高高的山坡上，不过那繁华的市区却是在山脚下，同九龙两地遥遥相对。整日就能看见快速的现代化渡轮在两岸之间来回摆渡，来去都极为方便。至于九龙这座城市也是漂亮得不得了，你要是见了，肯定会喜欢得不想去别地儿了。城市的布局合理，而且干干净净的，成片成片的树林子向远处延伸，绿色一直都蔓延到市区边了，那妇女监狱的院墙外就是打野鸽子的绝好所在。打野鸽子已经成为我们的经常活动，那儿的野鸽子个头儿很大，长得也够帅，略带点儿紫色的毛披满了野鸽子的脖颈上，简直可爱极了，飞起来迅猛有力劲头足，每当夕阳西下的时候，女监白粉院墙外的一棵大月桂树就变成了它们的栖息地。我打猎的最爱是飞得高高的归巢鸽子，我往往就专找这种打，顺风飞的鸽子飞得好快，每当等它正好飞到我的头顶上的时候，我就果断地开枪。女监的院墙内常常掉落被打中的鸽子，那时挺有趣的，你能听见那班女犯都高兴地大喊大叫，因为鸽子变成大家抢夺的目标，不过很快，大喊大叫就被哇哇乱嚷所取代，那是因为她们被监狱里跑来的锡克看守驱散了。锡克看守要回了鸽子后，便从警卫的门房里出来，很恭恭敬敬地把鸽子送还给我们。

"新界就是大陆那边九龙周围一带的地区，那里山多林密，是野鸽子很好的栖息地，每当傍晚，只听见野鸽子的叫声连成一片此呼彼应。常常有妇女和孩子在路埂边上挖土，然后把土都往头上的篓里装。如果你正提着猎枪，他们看到你都会惊慌地逃到树林子里躲起来。一开始我对此有些莫名其妙，后来才明白，这里的土里含有钨砂所以他们才挖土。因为在当时贩卖钨砂是很赚钱的。"

"Es un poco pesada esta historia. ①"

"怎么会呢，'老实头'莉儿。这个故事其实一点都不乏味呢。你肯定越听越爱听。钨砂这东西无论怎么谈也是 pesado②，但够稀罕的是这采钨砂背后的故事。按理来说只要有钨砂在那，要采就去采喽，那还不容易？通常是含在泥土里的话，就把含钨砂的土挖起来拉走就行。如果钨砂含在石头里的话，就把石头大块大块地挖出来运走。但是在西班牙的埃斯特雷马杜拉那种地方，有些村子全村盖房子的材料都是石头，而钨就蕴含在这种石头里，并且其含量还极其丰富，就连农民也全都是用这种含钨的石头垒成田头的矮围墙的。可是那里的农民却没见因此发财，照样是很穷。但是现在这个时候，钨可就非常值钱了，瞧瞧就连DC－2型运输机也被我们特地用上了，也就是目前飞行于这里跟迈阿密之间的那种飞机，在中国大后方的南雄机场装载钨砂运到九龙的启德机场。再把钨砂在九龙装船运往美国。这是因为在当时钨被认为是一种稀有物资，对于我们的战略储备具有极重要的意义，因为钨是能够提高钢的硬度的一种重要金属。但是在新界的山里，上山去采的人多得不得了，能挖多少就尽管使劲儿地挖，男女老少都有，他们的篓子装满了矿砂，然后顶在头上，拿到一个大棚屋里去买卖交易，自然有人在大棚屋里悄悄收购。这个情况是我在打野鸽子的时候发现的，因此诚实的我就把这一现象告诉了内地收购钨砂的人员，好心提醒他们注意。但是他们听了却谁也没有把这认真当回事儿，但我却决定不罢休，就一级级向上反映去，后来有一天一位地位很高的官员终于被我见到了。可是当他听说新界有钨砂任人采掘时，竟然看不出一丝紧张，也显得丝毫不在意，对我说了一句：'我说老兄哎，管它呢，我们南雄那边的机构干得不是还不错嘛。'每天傍晚时分我们都在女

---

① 西班牙语：这个故事没有什么新意。
② 西班牙语：缺乏新意。

监的院墙外打鸽子，时常能看见一架老式的道格拉斯双引擎飞机从山那边飞来，向着机场缓缓降落，你也知道那些飞机可是想方设法越过了日军的防线飞过来的，飞机上还装着一大袋一大袋的钨砂，可奇怪的事情就在这儿了，而那些女监里面抓来的女犯人，有许多人都是非法采掘钨砂而被关进去的。"

"Sí，es raro，①""老实头"莉儿说，"但是你这个爱情故事到底要到什么时候才会露面啊？"

"随时都可以，"托马斯·赫德森说，"但是我认为你要是先了解一下故事发生的地点和相关背景情况之后再听起来的话就格外地有滋味了。

"这个美丽的香港被周围众多的岛屿环绕着，海湾也相当多，海水清澈，简直美极了。实际上新界是从大陆上延伸出的一个半岛，那里丘陵起伏，林木茂密。环境也很不错。香港本岛就是位于一个碧湛湛的深水海湾里的，说起来那海湾我印象里就是面积可真够大的了，一头直连到广州，一头连着南海。那里冬天的气候，跟今天我们这种刮北风的天气也很像，只是那里不但狂风猛烈，而且也预示瓢泼大雨，晚上睡觉的时候都觉得有股子寒意。

"在那里我每天起床总是很早，就算是下雨我也要到鱼市场去遛。香港那儿跟咱们这儿的鱼也差不多，红石斑鱼也是主要的日常食用鱼。但是他们那里打上来的鱼看着真够奇肥的，而且外表更加光鲜亮丽，明虾的个头也特大，这样大的明虾在其他地方我是从来没有看到过的。清早时的鱼市真是热闹极了，运到的鱼类品种繁多，都是刚打上来的很新鲜的，鳞光闪闪的看上去一片一片的，我也认不得所有鱼的品种，不过这样的鱼市好长时间几乎没有出现过。还有被网住的各种野鸭卖。绿翅鸭，赤颈鸭，针尾鸭，好多品种都有，无论雄的还是雌的，一身冬羽都是那么的

---

① 西班牙语：可不是嘛，真的是很奇怪。

丰满。不得不说有些野鸭我还真从来都没有见到过，那羽毛之轻盈优美、色彩之斑斓绚丽，完全可以跟我们家乡的树林鸳鸯相比了。每次我总是尽情地浏览个够，那野鸭不但有漂亮得简直叫人不敢相信的羽毛，眼睛也是那么的美。至于鱼就更不用说了，都是刚打上来的，亮灿灿的鳞片，肥实极了。蔬菜看着也很新鲜，也是品种丰富、琳琅满目，所有的蔬菜可都是菜园子里种出来的，肥料是用的人粪，被当地人称之为'粪肥'，利用这种肥料种出来的蔬菜格外的光鲜好看。我认为每天早上逛一逛市场，看到这么多的百家物本身就是一种享受。因此我每天早上都要到市场上去走一趟。

"一般出殡送葬的队伍都出现在早上的街头，送葬的人全部都穿一身白，吹鼓手吹吹打打的看起来还挺热闹的。那年头出殡的队伍里吹打的最流行的曲调肯定是非'幸福的日子又来到'莫属了。那时这个调子可一天到晚都能听见，你要是想求得片刻的安静都是不可能的事，因为当地几乎天天都有死人。虽然死人的事天天发生，可据说百万富翁在香港本岛就有四百个，另外还不知道有多少百万富翁在九龙呢。"

"Millonarios chinos？[①]"

"他们百万富翁中的大多数人都是中国的。不过这些百万富翁里面也是形形色色的人。我的朋友中就有好多百万富翁，一起在豪华的中式餐馆里吃午饭已经成为我们的日常活动。好几家当地的餐馆规模即便跟世界一流饭店也能相媲美，那广东菜可真是绝了，做得色香味俱全。在当时有十个百万富翁是我最要好的朋友，其实我到现在也不知道他们到底姓什么，不过我倒是知道他们名字的两个起首字母，比如 H.M.，M.Y，T.V，H.J.，等等。在那里只要是有地位的中国人彼此相称都是这样的。还有我也认识了三位中国的将军，不可思议的是其中有一位竟然是在伦敦的

———————
① 西班牙语：全都是中国的百万富翁？

怀特查拍尔①长大的，这人是警察部门的督察，我觉得他确实很了不起。还有五六个中国航空公司的驾驶员我也认识，这班人的进账实在令人咋舌，简直像有一台印钞机，可即使这样赚足了后还不满足，还要捞点外快。在我众多认识的人里有一个警察，还有一个澳大利亚人，不过他神经有些毛病的，还有好些英国官员，还有……算了，简直是举不胜举，我也不再多举了，免得你又觉得腻烦。总之我在香港交的朋友简直是太多了，而且都是极亲密、极知己的朋友，我以前不曾有过这么多的朋友，后来也始终不曾有过。"

"Cuándo viene el amor?②"

"马上就到了，我是在考虑哪个爱情故事应该先登场呢。你这么着急，那我就先来说一个你听听吧。"

"那可要讲得好听点哪，你说来说去的就是那么一大堆中国的事，我听得都有些乏味了。"

"怎么会呢？你不应该听得腻烦的，你是不知道香港是那么好的地方。你也应该和我一样，听过后就深深地迷上这个国家的。"

"既然那里那么好，那你干吗不干脆留在那儿呢?"

"你以为我不想留在那儿啊，我想留也留不下呀，因为可恶的日本人随时都可能打过来，那儿随时都会被占领。"

"Todo está jodido por la guerra.③"

"可不是嘛，"托马斯·赫德森赞同地说，"这话说得太棒了。"他有些吃惊，因为他还是第一次听见"老实头"莉儿用了这么个强烈的字眼。

---

① 在伦敦东部，是个犹太人聚居区，在伦敦比较有名。
② 西班牙语：到底还有没有爱情故事登场?
③ 西班牙语：战争引发了各种各样的坏事情。（原文中的 jodido 是个粗字，原意为"操"。下文所说"强烈的字眼"即指此)。

"Me cansan con la guerra.①"

"我也是如此，"托马斯·赫德森点点头，"这场可恶的战争令我厌烦到极点，但是对香港，我还是魂牵梦萦的。"

"那就给我说说那里的故事吧。给我的感觉那里应该还是 bastante interesante② 的。我只是感兴趣你的爱情故事，让我听听吧。"

"有趣的事情实在是太多了，我只能实话实说，所以那些什么爱情故事也顾不上说了。"

"说说在香港你找的头一个相好是个什么样的人？"

"我找了个貌若天仙、拥有高挑身材的中国姑娘，她的生活方式非常欧化，也非常'解放'，我很不解为什么每当我邀她上旅馆跟我睡觉时她就是不肯，说是怕传出去，会闹得人人皆知。为什么我想留在她家里过夜时她也不肯留，说是怕会惊动仆人。其实别说是仆人了，就连她家里那条警犬都早就看出苗头了。这畜生就老是来坏我好事。"

"那你们幽会找的什么地方啊？"

"只要她愿意，任何地方都可以做，主要是在车船之类的地方多些。"

"那样也行啊，这样我们的这位朋友某先生岂不非常委屈？"

"可不是嘛。"

"真是可怜啊，你们就这样对付了幽会？就没有在一起睡过一夜？"

"……没有。"

"汤姆，我的小可怜啊！她到底有什么好，怎么值得你这么迁就呢？"

"这个我也说不好。我觉得应该是很值吧。其实当时我为了

①　西班牙语：这可恶的战争简直让我厌烦透了。

②　西班牙语：十分有趣。

约会应该租上一幢房子，再说住在旅馆里实在是不方便。"

"其实你在那里也应该租一个'逍遥楼'，像这里的人不是都有个'逍遥楼'吗。"

"可我觉得'逍遥楼'不太妥当。"

"这我明白。不过你要真是想要那个姑娘，干一下也可以说得过去嘛。"

"反正后来有另外的事情发生了，问题也就随着解决了。我说这个故事你有没有听得腻味？"

"怎么会呢，我的好汤姆，你就接着说吧。现在倒是勾起了我一点继续听下去的欲望。快说啊，到底最后问题是怎么解决的呢？"

"一天晚上那个姑娘跟我吃过了晚饭，就决定一起去划船，荡了好久好久，荡得我浑身都是劲儿啊，可终究是隔靴搔痒，反而弄得心里像长了草，荒荒的一片。她的肌肤摸上滑如琼脂，真是妙不可言，两片嘴唇感觉略薄，却更加情意绵绵。一番蓄意的温存后，她也是被挑逗得热情难耐。后来我们终于下了船，决定到她家去办事。可是那条警犬在她家里又虎视眈眈地看着我，再说了，要是干起来又那么大的动静，想要不惊动人几乎不可能办到，最后，可怜的我只能独自一人回到了旅馆。那会儿我感觉自己真是窝囊透了，心里满满的委屈，再跟她争论什么也于事无补了。其实她的话是有道理的，这我是知道的，可是我心里难免会想，你思想那么'解放'又有个屁用，竟然连床都不敢上？我心里琢磨着，你真要思想够'解放'的话，就应该做到把被子抖开欢迎我。总之当时我是又懊丧，又 frustrado①……"

"不会吧，你 frustrado 的样子我倒从来没有见过，你 frustrado 起来那模样儿一定是挺好玩也蛮可爱的吧。"

"可爱个屁。我那天晚上只觉得灰心丧气，灰溜溜的浑身没

---

① 西班牙语：泄气的，泄气。

有一点劲儿。"

"快继续说啊。"

"那好我继续，我当时从服务台上取了房间的钥匙，当时我那心里真是 frustrado 极了，看什么都不顺眼，见什么都厌烦得要死。那家旅馆可是够高档的，又大又阔气，阔气得简直让我都感觉阴沉沉的。我麻木地乘电梯上去，心想只有一个又大又阔气的空房间等着我，空荡荡、阴沉沉、冷清清的，高个儿天仙般的中国姑娘也不会出现在房间里。出了电梯我穿过过道，那个阴沉沉的大房间的沉甸甸的大门被我慢慢打开了，一看，我的天！里边还真有点让我吃惊的，不是仙女也差不多了，我也无所谓了。"

"房间里到底有什么能让你那么吃惊啊？"

"眼前是三个中国女子，一个个都是千娇百媚，堪称绝色，我那个一直想要而到不了手的天仙般的中国姑娘跟她们一比，就显得实在是很稀松平常了。任何男人看见了这样的绝色女子，都会欲火焚烧按捺不住的。只可惜她们谁也不会说英语。"

"她们都是打哪儿来的？"

"她们是一个跟我相熟的百万富翁打发来的。其中一个女子递给我一个仿羊皮纸的信封，我从里面抽出一张便条，那张纸还真是厚。上面就只有一句话：'聊表微忱，C. W. 敬献。'"

"接下来呢，你怎么办的呢？"

"我能怎么办，又不了解她们的风俗习惯，只好先一一跟她们握握手，然后又跟每个人都亲了亲，最后我想了想，对她们说，大家一起去冲个凉。这是我看好的互相认识的办法。"

"你又不会说中文，怎么跟她们说的呀？"

"就说英语呗。"

"那她们听得懂啊？"

"反正我觉得她们是理解了我的意思的。"

"那后来呢，接下来你们又做什么了？"

"别提了，我还从来没有干过跟三个姑娘睡觉这样的事，我很是窘迫。心想要是两个姑娘的话，尽管感觉也不大好吧，但至少还有那么点儿好玩。再说这种事儿可不是一个姑娘的乐儿加个倍那么简单，绝不是那么回事儿，不过反正在喝醉酒的情况下，觉得还挺好玩儿也就罢了。可是三个姑娘真是有点多了，所以把我给弄得也不知道怎么办好了。当时我也只能问她们要不要喝一杯，她们却都不喝。于是我就给自己来了一杯，我们四个人就一起坐在床上，还有她们一个个都长得娇小玲珑的，那床也特大。喝完酒我顺手把灯关了。"

"怎么样，好玩儿吗？"

"那感觉太妙了。跟这样的姑娘同床，真是太妙了。论肌肤，她们跟我认识的那个姑娘一样光润，甚至还要光润得多。论人嘛，那真是娇滴滴羞答答的，反正一点也没有那种'解放'味儿。何况又是三个姑娘让我在黑暗中一起消受。我以前可从来没有过两条胳膊抱过三个姑娘的，这么一试居然也抱得过来。她们可都是经过了专门训练的，在床上这方面懂得许多路数，那可都是我见所未见，闻所未闻的，幸好当然这一切都是在黑暗中进行的，我呢，压根儿也就不想睡了。不过到最后我还是睡着了，直到第二天早上醒来后，我看她们都还在熟睡中，睡梦中的她们还像我跨进房门，初打照面时那么美。那真是我这辈子见过的最美的姑娘。"

"难道比二十五年前你初次见我时还美？"

"不，莉儿。No puede ser. ① 她们都是中国姑娘，你知道中国姑娘的那个美啊。反正我是比较喜欢中国姑娘的。"

"No es pervertido. ②"

"瞧你这话说的，绝对不是性变态。"

"可一下子上了三个呀。"

---

① 西班牙语：她们不可思议。
② 西班牙语：不会是性变态吧？

"三个的确是多了点。做爱，其实只能是有一无二的事。"

"好嘛，这样的大便宜算是让你给捡到了。不过我也不会傻呵呵地吃这份干醋，毕竟不是你自己去找的乐，那是人家送上门来的。倒是那个不肯跟你上床的养警犬的女人，让我十分讨厌。第二天早上是什么情况，汤姆，你醒来后是不是感到浑身酥软？"

"酥软！那简直是你想象不出的酥软！真是从未有过的。我觉得从头顶上一直到脚指头那里，每一个地方都有做了这荒唐事情之后的报应，腰背都是僵直的，就连脊椎骨的每一根都觉得疼得不得了。"

"于是你就给自己来了一杯。"

"对，我就是喝了一杯之后才感觉舒服了一些，心里又感到美美的了。"

"那你接下来又干吗呢？"

"看着她们一个个都还熟睡未醒的样子，我真巴不得给她们照个相。拍出来的照片想必一定是一幅绝妙的美人酣睡图，可这时我的肚子已经饿得要命了，再加上浑身酥软，我撩开窗帘看了看天，外边正在下雨。我心想这倒好了，我们也只好在床上赖一天了。不过我总得先填饱自己的肚子吧，再说不是还得张罗张罗她们的早饭吗？因此我洗了个淋浴之后，悄悄穿好衣服，轻轻把门带上，走得无声无息。我来到了楼下旅馆的早茶室里吃早饭，早饭可谓丰盛极了：鱿鱼、面包卷、橘子酱，还有蘑菇烧咸肉，味道都太美味了。我还喝了一大壶茶，当然，也少不了一杯双料的威士忌苏打，可即使如此，吃完早饭还是觉得浑身虚软。我看完香港的英文早报了，心想也不知道她们要睡到几时才醒。想出去遛遛吧，一到旅馆的大门口张望，外面还下着很大的雨。那就只能到酒吧间去坐坐了，可是酒吧还没有开门呢。这才知道我在早饭时喝的酒是由餐厅的酒柜上提供的。最后我也等不下去了，还是赶紧上楼吧。可是打开房门一看：三个人全都不见了。"

"天呢，这多可怕呀。"

"是啊，我当时想想也觉得挺可怕的。"

"那你怎么办才好呢？我猜你应该是又喝了一杯吧。"

"对。我又喝了一杯，然后又到浴间里去洗了个澡，这次全身上下抹了很多肥皂，反复用水冲，洗得彻彻底底的。想想这事还真是悔之又悔。"

"Un doble remordimiento?①"

"可不嘛，我真是悔不当初。一是后悔不应该做出跟三个姑娘睡觉的事情来，接着又后悔怎么能这样让她们就离我而去呢。"

"要这么说，你以前在我这里过夜之后也总会后悔的。不过我看你后悔一阵儿也就过去了。"

"我知道。我这人就这样，就是干了错事又后悔，后悔过一阵儿就好了。可这天早上我一个人在旅馆里真是一悔再悔，后悔得不得了。"

"嗯呢，于是你又喝了一杯。"

"你是怎么猜到的？后来我就给朋友打电话，就是那个送女人给我的百万富翁。可是他既不在家，也不在办公室。"

"那一定是在他的'逍遥楼'里。"

"肯定的。我想那几个姑娘也准是到'逍遥楼'去找他，向他汇报昨夜的事了。"

"我是在想他是从哪儿捞到三个这么标致的姑娘。你再看看眼下的哈瓦那，就是跑遍全城，也找不出三个有模有样的姑娘来。这点我可是深有体会啊，今天早上我还想替亨利和威利找上个把勉强能将就的，结果根本就是白费力气。当然这么早去找，时候也不太对。"

"哎呀你怎么能跟人家比呢，人家香港的那帮百万富翁，不

---

① 西班牙语：你就后悔得那么厉害？

光在当地到处都有眼线，就连全中国也都有他们的眼线。这跟我们布鲁克林的道杰斯棒球队到处物色队员一样。一旦发现在哪个城镇或是哪个村子里有个绝色女子，他们的心腹就会买下这个姑娘，再把她送到香港，又是调教又是打扮的，给好好儿养起来以便日后派上用场。"

"可在我印象中，中国女子的发式 muy estilizado①，要是她们梳着这样的发式，怎么会到第二天早上你还觉得她们还是那样美呢？要知道头发愈是做得 estilizado，折腾了一夜过后，到第二天早上就愈是看不得。"

"她们梳着的发式不是你说的那种。她们都留着披肩的长发，那年头美国姑娘也正流行披肩发，直到今天大街上这种发式也很流行啊。而且还得是让头发略带一点卷的那种。据说 C. W. 最喜欢看姑娘梳这种发式。他是到过美国的，当然啦，那个头式在电影里也都能看得到。"

"后来呢，你就再没跟她们相会过啦？"

"也有，不过就只是一次一个了。为了'聊表微忱'，C. W. 还不时打发她们来我这儿，不过都是一次一个，再没有三个一起来过。再说她们可都是他的新宠，他自己也还要受用呢。而且，他的意思是他也不愿意坏了我的操行。"

"是嘛，那这个朋友听起来还蛮不错的。他后来又怎么样了？"

"应该是给枪毙了吧。"

"真够可怜的。不过这个故事倒是很好听的，能把这么个故事说得如此优美，也真是难为你了。现在我看你的情绪是不是也好多了。"

恐怕还真是这样呢，托马斯·赫德森心想。是啊，我来这儿就是图个开心的，不是别的。

"哎，莉儿，"他说，"今天这酒我看也已经喝得差不多了吧，

① 西班牙语：非常优美。

你觉得呢?"

"先说说你现在感觉怎么样?"

"好多了,真的。"

"请再给托马斯来一杯双料冰镇代基里,不加糖的。我就不添酒了,已经有点儿醉了。"

我还真是感觉好多了,托马斯·赫德森心想。这也挺奇怪的,甭管多坏的心情,也总会有好起来的时候,甭管有多后悔,也总会有把懊恼丢开的一天。只是这得需要多久的时间啊!不过这人世间只有一桩谁也拗不过它的事儿,那就是死。

"你死过没有?"他突然问莉儿。

"瞧你说的,我一个大活人在你面前呢,我怎么会死过呢?"

"Yo tampoco.①"

"你这人可真是的,怎么说这种话呢?这不是存心要吓唬我吗?"

"我怎么会存心吓唬你呢,亲爱的。我这个人从来也不想吓唬谁。"

"好吧,看在你叫我亲爱的分儿上,这话我爱听。"

唉,这样耗下去又有什么意思呢,托马斯·赫德森心想。难道你就没有别的找乐子找快活的办法了吗?何必非要泡在佛罗里迪塔酒吧里,陪着这个年老色衰的"老实头"莉儿,挤在老妓女坐惯的吧台一头儿,只顾拿酒来灌自己?别忘了,你可是只有最后这四天工夫了,你就不能把这四天工夫用得像样些?可是转念再一想:怎么才叫用得像样,除了这儿我又能去哪儿呢?难道去阿尔弗雷德的"逍遥楼"?算了吧,这儿和"逍遥楼"不是一回事吗?再说你在这儿待着不是挺好的吗?恐怕世界上再也没有哪儿的酒能让你喝得更有滋有味的。甚至连这点味道都没有呢。再说你现在也只能喝喝酒罢了,所以你要是能多喝就尽量多喝点儿

---

① 西班牙语:我也没有。

吧。想那么多干吗呢，唉，你现在也只剩喝酒的份儿了，见了酒你就应该喜欢，甭管它是好是歹，通通都喜欢吧。要知道你以前不就一向喜欢喝酒吗？准确地说是一向极爱喝酒的，所以你现在也只有这能喝酒的份儿了，所以你应该爱喝酒。

"对，我爱喝。"他冷不防地失声说了这么一句。

"什么，你说什么？"

"我说我爱喝酒。不过不是什么都爱。我就只爱这种双料冰镇的代基里，还不能加糖。一加糖的话，喝太多了就会不舒服。"

"Ya lo creo.① 不过这要是换了别人，喝那么多不加糖的准得送命。"

"是啊，没准儿我就会送命于此。"

"不，你不会的。你只会再次打破纪录，今儿个你打破纪录后就去我家吧，我觉得你该好好睡上一觉，不过我是最怕你打鼾的。"

"我上次打鼾了吗？"

"Horrores.② 还有，晚上有时你唤我的时候呀，叫出来的名字不下十来个，五花八门什么都有。"

"哦，那可真是对不起啦。"

"没什么。我只是觉得挺好玩的。你这么一叫啊，倒是让我知道了好几个我原来不知道的秘密呢。不过你跟别的姑娘在一起的时候，像这样把她们的名字乱叫一气，她们不跟你生气吗？"

"我哪有什么别的姑娘。只有一个妻子。"

"我倒是很想喜欢、尊重你的夫人，虽然感觉这也许很难办到。当然，我也绝不会允许别人说她的坏话。"

"我就是要说她的坏话。"

"别，你可千万别这样。这种事可不是上等人干的。而且我

---

① 西班牙语：那当然。
② 西班牙语：才叫厉害呢。

最讨厌两件事：一是看见男人哭鼻子。虽然我也知道，他们一定是伤心极了才这样，可看着总觉得心里别扭得慌。二是听见男人说自己老婆的坏话。你们男人啊十之八九都有这个毛病。你可千万别犯这个毛病啊，我们这会儿待得好好的，可别干这扫兴的事儿。"

"好。去她的。我们不提她就是了。"

"这就对了，汤姆。其实她人长得真的挺美的。真的，我觉得她挺美的，Pero no es mujer para ti.① 得了得了，不说了，我们不能在人家背后说坏话了。"

"好。"

"要不你再给我说一个轻松的故事吧。只要讲起来有劲儿就行，跟爱情无关也没关系。"

"我现在可已经没有什么轻松的故事了。"

"你少骗我了。我知道你肚子里面有的是故事。再喝一杯，喝完了就给我讲一个轻松一点儿的故事。"

"为什么一直都是我讲，你怎么就不能发挥一点儿呢？"

"我能发挥什么作用呀？"

"起码帮大家把这要命的气鼓一鼓啊。"

"Tú tienes la moral muy oaja.②"

"是啊，你说的我心里都明白。但你为什么就不能讲两个故事，来给大家鼓鼓气呢？"

"算了，这件事情还是必须由你自己来做。你是知道我的。其他的事儿上只要你有用得着我的地方，那我是无所不从的。怎么到今天了，你还不了解我不成？"

"那好吧，"托马斯·赫德森说，"你还想再听我讲一个轻松的故事？"

---

① 西班牙语：但是她配不上你啊。
② 西班牙语：看你的情绪还真是低沉得很。

"是啊，真心的。酒给你放在这儿了。相信我，只要你再说一个轻松的故事，然后再喝一杯酒，你的心情也会马上好起来的。"

"你保证？"

"这我可不敢担保。"她说着不觉抬起眼来瞅了瞅汤姆，这一瞅可了不得，眼泪又啪嗒啪嗒地涌了出来，这一切来得是那么爽快那么自然，就好像咕咕直冒的泉水一样，"汤姆，你为什么就不跟我说呢，到底你是怎么了？我现在也不敢问你了。难道那事是真的？"

"就是那回事，"托马斯·赫德森说。这下"老实头"莉儿是再也控制不住地大哭了起来，看着酒吧里那么多人，他只好赶紧拿胳膊搂住她，不停地安慰她。对于这么一个肆无忌惮地大哭、哭得大煞风景的人来说，她可不顾什么雅观不雅观的了。

"我那可怜的汤姆呀，"她在那儿边哭边号，"我那可怜的汤姆呀。"

"快冷静点儿，我的 mujer①，来喝杯白兰地吧。好了好了，我们来高兴高兴吧。"

"还怎么高兴呀，算了，我是再也高兴不起来了。"

"你瞧瞧你，"托马斯·赫德森说，"跟你说了实话我倒很后悔，看你都伤心成什么样子了？"

"那我就高兴起来，"她说，"你在这儿等一下我。我去趟洗手间，等我回来保证就好了。"

对啊，你还是给我安生点儿的好。托马斯·赫德森心想。我这心里难道不难受吗，要是你还在那儿哭个不停，还要跟我叨叨这事儿，那你还让我在这儿怎么待下去，我也只好走我的了。可真要走，我又能到哪儿去呢？可实在是无处可去啊，这是去谁家的"逍遥楼"都解决不了的问题，这点他比谁心里都清楚。

---

① 西班牙语：好姑娘。

"给我再来一杯双料冰镇代基里，不要加糖。No sé lo quepasacon esta mujer."①

"她一哭起来，那眼泪可就是个喷水壶嘛，"那掌柜的说，"劳师动众地还要铺设引水管道干什么，找她不就得了？"

"对了，铺设引水管道的事，现在进行得怎么样了？"托马斯·赫德森问。

吧台左边儿坐着一位个子矮矮的家伙，那断了鼻梁骨的脸上总是乐呵呵的，托马斯·赫德森只觉得看着他面熟，却怎么也想不起他姓什么叫什么，也不知道他的政治观点如何。他还在想呢，只听那人说："那帮 cabrons②！他们就是打着引水的幌子，捞取发不完的财，因为老百姓生活里最缺不了的就是水。当然，我们生活里不可缺的东西还有很多，但是你们想想啊，唯有水是找不到代用品的。大家说说看，要是没有水，这日子就没办法过了，你看那帮王八蛋就借引水之名，在给自己兜里捞油水，不干实事。要我说啊，你这一辈子也别想有个管用的引水管道了。"

"对不起，你的意思我还没有完全听懂。"

"Sí. hombre.③ 你知道吧，就是因为这引水管道是大家生活里必需的，所以那帮人才能借着铺设引水管道的名头发着一直也发不完的财。这样一来呢，他们就永远也不可能帮你把这引水管道给铺设好的。说白了，这引水管道就好比是金鹅产金蛋，不过换了谁也不愿把这鹅给杀掉的。"

"他们为什么就不能规规矩矩地铺设引水管道，正正当当地赚两个钱呢？要发财也应该另想 truco④，不是吗？"

"可是比引水还要好的发财门道，你还在哪儿能找到呢？如今只需把这引水的愿一直许下去，那就有发不完的财。这点你放

---

① 西班牙语：跟这个女人在一起，指不定还会闹出什么事来呢。
② 西班牙语：王八蛋。
③ 西班牙语：好吧，朋友。
④ 西班牙语：门道，门路。

心，哪个吃政治饭的，也不会当真给你好好铺设引水管道，坏了这么个发财的好门路。虽然那些个巴望向上爬的政客，有时也不免会耍些最低级的政治手腕相互挞伐，但是谁也不会去攻击引水管道这个事儿，政界人士都知道这是他们真正的经济基础。好，现在我提议大家来干一杯，为海关，为卖彩票的，也为押数字赌博的，为食糖的限价，还为那永远不见影子的引水管道，我们干一杯。"

"Prosit①."托马斯·赫德森说。

"老兄你不是德国人吧？"

"我是美国人。"

"好，让我们为罗斯福，为丘吉尔，为巴蒂斯塔②，还有那些不见影子的引水管道，干杯。"

"也为斯大林干一杯。"托马斯·赫德森说。

"是的。还有斯大林，更为赫尔希的巧克力中心③，为大麻烟，为那不见影子的引水管道，干杯。"

"为阿道夫·卢克④干杯。"托马斯·赫德森说。

"为阿道夫·卢克，为阿道夫·希特勒，为费拉德尔菲亚，为吉恩·滕尼⑤，为基韦斯特，为那不见影子的引水管道，干杯。"

就在他们不停说话干杯的时候，"老实头"莉儿也从厕所里出来了，又坐到了吧台前。虽然她现在已经不哭了，脸上也重新补过了脂粉，但是刚才伤心落泪的痕迹脸上还明显存在。

"你认识这位先生吗，莉儿？"托马斯·赫德森问她，也确实是向她介绍这位新朋友——不过人家也很有可能是故交吧。

---

① 拉丁文：为你的健康干杯。（因为德国人在祝酒时常用此词，所以下文要这样问他。）

② 巴蒂斯塔（1901—1973）：当时的古巴总统。

③ 赫尔希（1857—1945）：美国的巧克力大王，他在宾夕法尼亚的巧克力厂周围建起了公园、博物馆、学校、运动场等，在当地俨然形成了一个"巧克力中心"。

④ 阿道夫·卢克（1890—1957）：古巴著名棒球运动员，有"哈瓦那之光"之称。

⑤ 吉恩·滕尼（1898—1978）：美国职业拳击运动员，是1926—1928年的世界重量级拳击冠军得主。

"我们只是在床上会过。"那位先生抢先说了。

"Cállat①,""老实头"莉儿说,"我只知道他是政界上的人。"她扭头对托马斯·赫德森说:"Muy hambriento en este momento.②"

"不,是渴得慌才对。"那政客立马接过她的话头说。"你轻点吧。"他对托马斯·赫德森说,"再来一杯什么?"

"那就来一杯双料冰镇代基里,不要加糖。要不我们来掷骰子看看该谁付账,怎样?"

"不用了。我来付吧。让我用一下无限制赊账的机会吧。"

"他其实倒是个好人,"趁那人在唤掌柜的,"老实头"莉儿凑到托马斯·赫德森耳边悄声说,"虽说也是个吃政治饭的,不过这人挺正直,脾气还挺好。"

这时那人回过身来搂了搂"老实头"莉儿。"奇怪你怎么一天比一天瘦了呀,mi vida③,"他说,"我想我们应该是同一个政党的吧。"

"来吧,为引水管道,干杯。"托马斯·赫德森说。

"我的天,这哪儿行啊。你这是要干什么?你的水要是来了,可千万别砸了我们的饭碗行吗?"

"来吧,让我们为早日结束这场 puta guerra④ 干杯吧。""老实头"莉儿说。

"干啦。"

"来,为黑市干杯,"那人说,"为水泥短缺干杯。也为那些操纵黑豆供应的先生们干杯。"

"干,"托马斯·赫德森说,继而又补上一句,"我们还要为大米干杯。"

"对,还要为大米干杯,"那政客说,"干。"

---

① 西班牙语:你住口。
② 西班牙语:我这会儿可是饿得慌呢。
③ 西班牙语:我的宝贝儿呀。
④ 西班牙语:丑恶的战争。

"怎么样，你觉得心里好点儿了吗？""老实头"莉儿说。

"没错儿，好多了。"

说这话的时候他瞅着莉儿，却眼看她又要哭出来了。

"听着，你要再哭，我就打掉你的下巴哦。"他说。

托马斯·赫德森这才注意到，一张平版印刷的招贴画贴在吧台后面的墙上，面画上是一个身穿白西装的政客，还打着一行标语："Un Alcalde Mejor."意思是"一位更合适的市长"。也许是这张招贴画够大的缘故，他觉得那位"更合适的市长"睁着圆圆的双目直瞅着每个酒客的眼睛。

"来吧，咱们为 Un Alcalde Peor① 干杯，"那政客说，"为一个更差劲的市长干杯。"

"那么，你也参加竞选了吗？"托马斯·赫德森问他。

"当然。"

"那真是好极了，""老实头"莉儿说，"我们现在可以来拟定一个施政纲领吗。"

"这还不容易，"那位市长候选人说，"Un Alcalde Peor 你听听我们这个口号，已经足够能赢得选票了。施政纲领虚无缥缈的，要它干什么？"

"可是施政纲领总该是有一个的好吧，难道没有？"莉儿说，"你说呢，托马斯？"

"我觉得也是。'关闭农村学校'怎么样？"

"对，我同意就是应该关闭。"那位市长候选人说。

"Menos guaguas y peores②.""老实头"莉儿又提了一条。

"好，公共汽车也要再少些、再差些。"

"我们何不把公共交通索性通通取消了呢，大家觉得怎么样？"

---

① 西班牙语：一个更差劲的市长。
② 西班牙语：公共汽车要再少一些、再差一些。

那位市长候选人接着提出他的意见，"Es más sencillo.①"

"好啊，我看行，"托马斯·赫德森说，"Cero transporte.②"

"瞧瞧，真是言简意赅、铿锵有力啊，"那位市长候选人说，"这充分说明了我们是不带偏见的。或许我们还可以再发挥一下。改成 Cero transportes aéreo，terrestre，y marítimo③ 的话，你们觉得怎么样？"

"真是妙极了。这样的施政纲领才有点像样。那么在麻风病问题上，我们该表示怎样的立场才好呢？"

"Por una lepra más grande para Cuba.④"那位市长候选人说。

"Por el cáncer cubano.⑤"托马斯·赫德森说。

"Por una tuberculosis ampliada，adecuada，y permanente para Cuba y los cubanos，⑥"那位市长候选人又说，"这句口号虽然长了点儿，但是如果在广播里念，听起来就十分够味儿了。我们在梅毒问题上的立场又该如何呢，我亲爱的同志们？"

"Por una sffilis criolla cien por cien."⑦

"好的，就是这个，"那位市长候选人说，"打倒 Penicilina⑧ 和 Yanqui⑨ 帝国主义的其他花招。"

"对，坚决打倒。"托马斯·赫德森说。

"我们是不是又该喝点儿什么了呀，""老实头"莉儿说，"你们觉得呢，correligionarios⑩？"

"好主意，"那位市长候选人说，"也真是，除了你还有谁想

---

① 西班牙语：那样就简单多了。
② 西班牙语：取消全部公共交通。
③ 西班牙语：海陆空公共交通全部取消。
④ 西班牙语：为争取古巴有更多的麻风病人而奋斗。
⑤ 西班牙语：为争取古巴人民得癌症而奋斗。
⑥ 西班牙语：为争取在古巴和古巴人中间广泛、深入、持久地流行结核病而奋斗。
⑦ 西班牙语：为争取梅毒百分之百本地化而奋斗。
⑧ 西班牙语：盘尼西林（也称青霉素）。
⑨ 西班牙语：美国。
⑩ 西班牙语：同志们。

得出这样的好主意？"

"就是你呀。""老实头"莉儿说。

"喝，喝，反正我可以赊账，你们只管冲着我来其余的别管了，"那位市长候选人说，"你们就瞧着吧，这账我是能赊的，我也顶得住你们多猛烈的火力。喂，掌柜的，酒博士，小二哥，听我说，照老样给每人再来一杯酒。不过我这位政治上的同道，记清楚了，他的酒是不能加糖的。"

"我这会儿又想到了一个口号，""老实头"莉儿说，"把古巴的糖还给古巴人。"

"来吧，打倒北方的巨人。"托马斯·赫德森说。

"坚决打倒、坚决打倒。"那另外两位应声说道。

"其实，我们还是应该多提一些特别是有关本市的内政方面的口号。国际上的事务我们本不应涉及过多，我们到底还在打仗呀，而彼此还是盟友嘛，你们说是这个道理不。"

"不过打倒北方的巨人这个口号，我还是觉得应该提，"托马斯·赫德森说，"眼下那北方的巨人正在打全球战争，现在正是打倒他的绝妙良机。我看我们就应该把他打倒。"

"那就等我选上以后再打倒他吧。"

"为 Un Alcalde Peor 干杯。"托马斯·赫德森又说。

"来吧，为我们大家干杯。为我们的党干杯。"那位更差劲的市长一边说着，一边举起酒杯。

"我们必须牢记，我们的党是在什么样的条件下面被建立起来的，我们应该把建党宣言写出来才是。对了，今天是几号来着？"

"应该是二十号吧。最多也就差个一两天。"

"几月的二十号？"

"二月二十号，写吧，撑死就差那么一两天。题目可以用：EL grito de La Floridita."[1]

---

① 西班牙语：发自佛罗里迪塔的呼声。

"现在可是个庄严的时刻，"托马斯·赫德森说，"让你写的话行不行啊，'老实头'莉儿？能不能把刚才这些都写出来，永垂后世？"

"我啊，写倒是能写。就是当场现写我可能干不了。"

"我觉得还有一些问题，我们也必须表明一下立场，"那位更差劲的市长又说了，"我说，那个北方的巨人，这一次聚会就由你来做东如何？你们也都看到了，我在这儿的赊账能力称得上是不屈不挠的，你们的轮番进攻我也顶住了。可是小鸟总有支撑不住，变得可怜的时候，为什么非要穷追猛打，将其置之死地而后快呢？所以这一次就由你来付账吧，巨人。"

"不要叫我什么巨人。我们都是同一个立场，那就是反对那个早该死的北方巨人。"

"好吧，那请问先生，你到底是干什么的呢？"

"我是个科学家。"

"Sobre todo en la cama,①""老实头"莉儿说，"我听说他在中国曾经做过大量的研究。"

"好吧，我也不管你是干什么的，反正这一次你来做东就对了，"那位更差劲的市长说，"接着我们就来继续拟定党的施政纲要吧。"

"对待家庭问题呢，我们应该怎么说？"

"这可是个神圣的不能再神圣的课题呀。家庭的尊严不亚于宗教。在这个问题上我们一定要小心谨慎的好。你看提 Abajo los padres de familias② 怎么样？"

"是挺有气概的。可我们为什么不干脆提打倒家庭呢？"

"Abajo eL Home.③ 这种想法的确极可钦佩，不过那可是会

---

① 西班牙语：专门研究床上问题的。
② 西班牙语：打倒家长。
③ 西班牙语：打倒家庭。

让人家误会是 béisboL① 的事。"

"还有儿童问题呢，我们怎么说好呢？"

"这个嘛，就只能让他们先稍微委屈一下了，等他们都到了法定的选举年龄的时候再来找我吧。"那位更差劲的市长如此谈儿童问题。

"离婚问题呢，这个我们总得有个什么说法吧？"

"哎呀，这可又是一个敏感的问题，"那位更差劲的市长说。"Bastante espinoso.② 你说呢，可以谈谈你对离婚的看法呗？"

"离婚问题我们最好不要涉及。因为我们的竞选口号既然不提打倒家庭，那再提赞成离婚的话就自相矛盾了。"

"好吧，那咱们就撇开离婚不谈了。行吧，让我再来看看……"

"得了吧，你还看得了？""老实头"莉儿说，"你醉得眼都花了，还看什么啊。"

"在这儿别尽挑我的刺啦，女人，"那位更差劲的市长对她说，"至少有一条是我们肯定要实行的。"

"你说，哪一条？"

"orinar.③"

"这一条我完全赞成，"托马斯·赫德森居然听见自己说，"最基本的要求就是这条了。"

"可不是，就像引水管道引而不发一样，都是基本要求。何况这个问题也的确是由水引起的。"

"这明明是酒精引起的。"

"你懂什么，酒精所占的比例跟水比起水来那是可以不考虑的。所以主要的成分还是水。对了，咱们这儿不是有位科学家嘛，你跟我们说说人体里的水分占体重的百分之几？"

---

① 西班牙语：棒球比赛。（因为棒球比赛中也常用 home 一字，是"本垒"的意思。）

② 西班牙语：真够棘手的。

③ 西班牙语：撒尿。

"八十七点三。"托马斯·赫德森脱口而出，信口说了个数字，在这儿乱弹琴。

"一点不错，"那位更差劲的市长说，"是不是我们应该趁现在还迈得开腿，走一趟啊？"

他们到了男厕所，看见一个黑人正在那里看一本玫瑰十字会①的小册子，他长得文文静静且有几分气度。看得出来他是在学那一套，而且正在做每周的例行功课。托马斯·赫德森还正儿八经地跟他打了个招呼，对方同样正经八百地回了个礼。

"感觉今天的天还蛮冷的呢，先生。"那位正在研究玄学的厕所服务员捧着本书跟他说。

"是啊，的确很冷，"托马斯·赫德森说，"对这一套你已经研究得怎么样啦？"

"还不错，先生。应该说算是有点小成绩了。"

"那就好。"托马斯·赫德森说。他无意间看见那位更差劲的市长好像碰到了点儿什么困难，便转口对他说："以前我在伦敦的时候参加过一个俱乐部，那个俱乐部里有一半的成员都有撒尿十分费劲儿的毛病，剩下的另一半也有别的毛病，撒尿可实在有太多的毛病了。"

"这挺有意思，"那位更差劲的市长好不容易完成了他的苦差使，说道，"这个俱乐部叫什么名字。EL Club MundiaL②？"

"不对。时间太长了我好像也把那个名字给忘了。"

"不是吧，你怎么连自己俱乐部的名字都忘啦？"

"忘了就是忘了嘛。这有什么奇怪吗？"

"走吧，我们还是再去喝一杯吧。小便一次，该付你多少钱？"

---

① 玫瑰十字会是一个古老的秘密会社，以宣扬宗教的神秘教义为主旨，并自称有占星、炼金等古传玄术。
② 西班牙语：世界俱乐部。

"你就随便给吧，先生。"

"我来我来，"托马斯·赫德森说，"小便付钱，这钱我是付得乐意。就好似买束鲜花。"

"先生刚才说的那个俱乐部是叫皇家汽车俱乐部呢？"那黑人送了一方毛巾给递过来，站在一边说。

"不是，绝对不是。"

"那真是对不起，先生，我随口问问，"那个研究玫瑰十字会玄术的服务员接着说，"只是我也是听说那个是伦敦最大的俱乐部之一。"

"不错，"托马斯·赫德森说，"那的确是伦敦最大的俱乐部之一。给，拿去买一样自己喜欢的东西吧。"说着掏出一块钱递给他。

"为什么你要给他一块钱？"一出厕所，那位更差劲的市长就这么问他。到了外边立刻又变得人声嘈杂，掺杂着酒吧的声音，旅馆里面的声音，还有大街上车辆行人来来往往的声音，全都混成了一片。

"给就给吧，其实我也没什么正经地方好用钱的。"

"Hombre①，"那位更差劲的市长说，"让我看看，你脑子没糊涂吧？身上呢？有没有什么不舒服的？"

"哎呀，我没有什么不舒服，"托马斯·赫德森说，"我好得很啦，多谢你啦。"

"你俩出去遛了一趟，开心吗？"坐在吧台前高凳上的"老实头"莉儿见他们回来了。托马斯·赫德森定睛瞅了瞅她，这才又重新看清她了。看上去她比以前黑了许多，横里似乎也阔了许多。

"出去遛一趟当然开心啦，"他说，"出去走走，总能碰到些有趣的人。"

———————————

① 西班牙语：老兄。

　　这时"老实头"莉儿伸过手来,在他的大腿上使劲拧了一把。但他的目光却没在"老实头"莉儿身上,而是无意朝店堂的那头儿望了去。他的眼睛越过一顶顶巴拿马草帽、一张张古巴型的脸庞,越过酒客们手里那一只只摇得起劲的骰子筒,径直望到了敞开的店门,望到了门外那倾洒在阳光下的广场。正望着这一切的时候,忽然他看见一辆轿车停在了店门前,然后只见门卫把帽子拿在手里,恭恭敬敬地拉开了轿车的后门,从车上下来了一个女人:天呢,竟然是她。

　　没错儿,果然是她!看这下车时的姿势绝不可能是别的女人:那样老练,那样自然,最要命的是那样的优美,当她的脚踩到街面上,那神气的样子就像是给了这条街道一个极大的面子一样。这许多年来有不少人都想学她这份风度,有些人居然也真是学得像模像样的了。可是当你见到她本人,你就会立马感到那些学她的人不管学得多么相似,也都只能说是仿冒或者仿照罢了。此刻她身穿军装,只见她对门卫笑笑,也不知道问了他一句什么,只看见那门卫兴冲冲地回了话,点头不迭。于是她迈步穿过人行道,往酒吧这边走来。背后还跟着一个穿军装的女兵。

　　托马斯·赫德森腾地一下站起来,他只觉得胸口一阵阵抽紧快要透不过气了。这会儿对方也已经看见他了,只是因为吧台前坐满了人,一排排餐桌上也都是人,她只好在中间的空隙里穿梭着向他走来。当然那个女兵也还紧紧跟在她背后。

　　"对不起,"他急忙对"老实头"莉儿和那位更加差劲的市长说,"我必须去见一个朋友了。"

　　两人在吧台和餐桌之间的那个狭窄的通道中途相会了,他用力地一把就把她搂在了怀里。彼此紧紧相拥,已经紧到不能再紧。他拼命地吻她尽情地吻她,她也以吻相答,双手还一个劲儿地在他的两条胳膊上抚摩。

　　"哦,真是你呀,哎呀,真是你吗,真是你呀!"她说。

　　"是我是我,"他说,"你怎么跑这儿来了呢?"

"从卡马圭①来的呀，还用说吗。"

满店人的目光都已经被他们吸引了。他不管不顾一把将她抱了起来，紧紧贴在胸前，再一次使劲儿地吻了个够，这才把她放下，牵着她柔软的手，径直走向了角落里的一张桌子。

"我们可不能在这儿太现眼啊，"他说，"小心给抓起来。"

"要抓就抓吧，"她说，"给你介绍一下，这位叫金妮。是我的秘书。"

"你好，金妮，"托马斯·赫德森说，"来吧，我们快把这个疯婆娘藏到桌子后边去吧。"

虽然金妮长得不是很好看，却一看就是个讨人喜欢的姑娘。她们俩穿着一样的军服，只不过军官上装都没有肩章，还有衬衫领带，裙子，长袜，翻皮靴。头上戴的是帆船帽，但是她们左肩下那个样子的臂章却是他从来都没有看见过的。

"把帽子脱了，小东西。"

"照规矩来说，是不可以这样做的吧。"

"别管那些，快脱下来吧。"

"好，脱就脱。"

她把帽子脱了，仰起脸来，把头发披散开，然后就回过头来望着他。托马斯·赫德森也深情地望着她，只见她前额高高的，一头波浪形的头发是那么迷人，头发的颜色还是和以前一样，像是成熟了的麦子的颜色，但又闪着一种银色的光泽，她那两个酒窝总能把人迷得神魂颠倒，鼻子有一点点不那么挺翘但也恰到好处，嘴巴已经被他吻得只剩一片狼藉，从下巴到颈前是一条极可爱的曲线。

"我好看吗？"

"这还用问吗，你会不知道？"

"穿军装的女人你以前吻过吗？可有军装上的纽扣在你身上

___

① 位于古巴中东部的一个城市。

这样蹭来蹭去的?"

"从来没有过。"

"那你爱我吗?"

"我一直都是那么爱你呀。"

"不,我问的是你这会儿就是此时此刻爱不爱我。"

"爱。"他说,却只觉得嗓子眼里一阵苦涩。

"爱就好,"她说,"你要是敢不爱我的话,小心你没法子下台。"

"你在这儿能待几天呢?"

"就只有今天一天而已。"

"那就让我们再吻吻。"

"你刚才不是说会给抓起来吗?"

"是啊,那就再等会儿吧。你喝点什么?"

"有上等的香槟吗?"

"当然有。不过这儿还有一种怪不错的土酿酒。"

"没有才怪呢。你已经喝了有几杯啦?"

"我都记不清了。怎么也该有十几杯了吧。"

"那还好,也就是眼睛附近能看出一丝丝醉意。快告诉我,你是不是跟别的什么人好上了?"

"没有的事儿。你呢?"

"我先不告诉你。我想知道你那泼妇老婆现在在哪儿呢?"

"在太平洋。"

"沉到海里去才好呢。最好是沉到万丈深的海底。哦,汤米,汤米,汤米,汤米,汤米。"

"说吧,你是不是跟什么人好上了?"

"好吧,让你给说对了。"

"你还真不是个省事的东西呀。"

"你说说这糟不糟?自打我出走以后,这还是我们第一次相见呀,可你没有跟谁好上,反倒是我跟别人好上了。"

"得了吧，你这也叫出走？"

"在我看来，就是这么一回事呀。"

"怎么样，他讨人喜欢吗？"

"我的那一位呀，可讨人喜欢呢，就跟小孩子一样。他根本就离不开我。"

"他在哪儿？"

"哦，这不能说，这可是个军事秘密呀。"

"你就是要去他那儿？"

"是的。"

"你现在到底干什么工作？"

"我们是 USO① 的。"

"就像 OSS② 那样的机构？"

"去你的，少跟我胡扯！你不用在我面前装什么糊涂，更不要因为我爱了谁，你心中就来气。你爱上别人的时候，可是从来就没征求过我的意见。"

"那你爱他到什么程度了？"

"我可没说我爱他。我只是说跟他好上了。现在只要你开口，我连这点跟他'好上'的关系都可以抛到一边儿。反正我就只在这儿待一天了。我才不想跟你那么客套。"

"去你的。"他说。

"要不我开车先去旅馆了，好不好？"金妮问。

"你去旅馆干什么，还是先来一点儿香槟吧，金妮。你有车吗？"她问。

"有啊。就停在外边的广场上。"

"一会儿我们可以一块儿上你家去吗？"

"当然行啦。不过最好我们还是吃了饭再去吧，要不就去买

---

① 劳军联合组织的缩写。

② 战略情报局的缩写。

一点儿东西，然后带到家里去吃也可以。"

"你看我们运气多好呀？到这儿来一找就找到你了。"

"那是，你们的运气真是好，"托马斯·赫德森说，"不过，你怎么知道上这儿来找我呢？"

"是卡马圭机场的一个小伙子告诉我的，我向他打听，他就说你可能在这儿。我们想的是要是找不到你，就在哈瓦那逛逛。"

"那我就带你们去哈瓦那逛逛吧。"

"不，"她说，"让金妮去逛逛就好了。"

"行啊，没问题。"或许你也可以找一个熟悉的人去陪着金妮逛逛呢？

"可是我们今晚就必须回卡马圭去。"

"几点的飞机？"

"应该是六点钟吧。"

"好的，包在我身上。"托马斯·赫德森说。

这时候一个男人来到了他们桌子跟前。他是个本地人。

"抱歉，"他说，"能请你给我签个名吗？"

"好的。"

他随即递给她一张明信片，上面印着的就是这家酒吧的照片，照片里面的康斯坦特正站在吧台后面调制鸡尾酒。她在明信片上写下了自己的名字，看她胡乱签的那些个卖弄的特大字体，托马斯·赫德森真是再熟悉不过了。

"你知道吗，这既不是给我小女儿的，也不是给我那个正在上学的儿子的，"那人说，"我其实是想自己留个纪念。"

"那真是太好了，"她说着还对他微微一笑，"我太欢迎了。"

"我看了你演的每一部影片，"那人说，"在我眼里，你就是这世界上最美丽的女人。"

"哦，你说得可真是太好了，"她说，"真心希望我能在你心中永远保持这个美好的印象。"

"既然遇见了，我有没有那个荣幸能请你喝一杯呢？"

"我刚好也和朋友在这里喝呢。"

"我知道他的，"那位电台报告员说，"我和他认识好多年了。我可不可以坐在这儿呢，汤姆？我看这儿还有一位女士呢。"

"请坐，这位是罗德里格斯先生，"托马斯·赫德森说，"金妮，请问你尊姓啊？"

"沃森。"

"嗯，这位是沃森小姐。"

"很高兴认识你，沃森小姐。"那位电台报告员说。这小伙子真是帅气，皮肤被阳光晒得黝黑，眼神十分友善而且笑容也令人喜欢，一双大大的手掌显现出他原本的职业：一位棒球高手。曾经的他不仅是一个棒球运动员，还是个赌徒。到现在他的眉宇间还保留着几分摩登赌徒的风度。

"我有这个荣幸邀请三位一起去吃午饭吗？"他问道，"现在已经是午餐时间了。"

"谢谢，赫德森先生和我还有一点事情需要处理，我们现在得赶去乡下一趟。"她说。

"我倒是挺想和你一起去吃午饭，"金妮说，"我觉得你人还是挺不错的。"

"他应该是一个靠得住的人吧？"另一位女士向托马斯·赫德森问道。

"是的，他是个好人。在这个城里算得上真正的好人。"

"谢谢你的夸奖，汤姆，"那人说，"你们真的都不能和我一起去吃午饭了？"

"我们是真的还有些事需要去乡下走一趟，"她说，"我们现在已经差不多要迟到了。金妮，我看回头我们还是在旅馆碰面吧。谢谢你啦，罗德里格斯先生。"

"你真是世界上最美丽的女人，我说的可都是实话，"罗德里格斯先生说，"假如以前的我还没有这么深的体会的话，那我今天可真幸运算得上是深有感触了。"

"希望你能一直将这份美好的印象保留下去。"说完，她们两个人就走出了店门，来到街上。

"好啊，"她说，"这还真不错。金妮也看上他了，这人是挺讨人喜欢的。"

"他的确很讨人喜欢。"托马斯·赫德森说。这时候司机帮他们打开了车门。

"你也一样讨人喜欢，"她说，"但是你已经喝了太多的酒了。所以我最后就连香槟都没有要。我想知道那个坐在吧台头儿上的你的黑人朋友，她是谁啊？"

"她就是一个坐在吧台头儿上的黑人朋友呗。"

"那你是不是还想喝上一杯？假如你还想喝的话，不如我们找个地方休息一下，再去喝上一杯。"

"不了，我不想喝了。你呢？"

"你知道我从来都是个不喜欢喝酒的人。不过，要是有葡萄酒的话我倒是想来一杯。"

"我家就有葡萄酒。"

"那真是太好了。现在你可以安安心心地吻我啦，这一回就不用再担心他们会把我们抓起来了。"

"Adondé vamos?①"司机问，但双眼笔直地看着前方。

"A la finca②."托马斯·赫德森说。

"噢，汤米，汤米，汤米，"她说，"你尽管来就行了。让他看见又有什么嘛，这有什么呢？"

"是啊，是没什么关系的。假如你不放心的话，将他的舌头割下来不就行了？"

"你说的什么呀，我才不会那么做呢。对别人下毒手的事情

---

① 西班牙语：请问去哪里？
② 西班牙语：去庄上。

我从来都没做也不会去做的。谢谢你给我出了一个这样子的主意。"

"我认为这个主意其实是很不错的。你最近过得怎么样，你这个总是那么风流的老风流种子？"

"我还是跟以前一样啊。"

"真的跟以前一样？"

"人人都说本性难移，我也一样。只要我们还待在这个城市，我可就是属于你的。"

"一直到飞机起飞的那一刻。"

"是的，说得一点儿也不错。"她一边说，一边还把身子挪动了几下，使自己坐得更舒服一些。"你瞧，"她说，"气派十足的路段走完了，这一带就全是灰蒙蒙、乌糟糟的地方了。我们有多久没干那活儿了？"

"有一段时候了。"

"是啊，"她说，"的确是有一些时候了。"

然后他们就一起向外看着外面那些灰蒙蒙、乌糟糟的地方。她的眼睛很好、头脑灵活，他可是花了多少年的时间才弄明白这些现象的，她一眼就全看明白了。

"到这里才算好一点。"她说。和他在一起，她可是从来没对他说过一句谎话，他也很想要自己不对她说谎，但竟然就是有些难以办到。

"你还爱着我吗？"她问，"对我说实话，不要花言巧语地来敷衍我。"

"当然是爱你的啦。难道你会不知道？"

"我当然知道。"她说，但为了证明他说的话，她还是搂了搂他，仿佛搂一搂就能证明一样。

"现在你的那一位是谁？"

"现在我们不要谈论他。你肯定不会对他有什么兴趣的。"

"或许吧。"他说着说着就死命地将她搂进怀里。看他们的样子，如果两个人都硬着互相顶，毫不相让的话，那么其中一个人非得被另一个压垮不可。这是他们俩一贯玩耍的把戏。结果还是她硬不过，输得很彻底。

"你们男人没有乳房的，"她说，"因此你总是赢。"

"我可是没有一张能够迷得你神魂颠倒的脸蛋儿，也没有你们女人身上的那两个玩意儿，更没有一双修长迷人的玉腿。"

"但是你有别的哪。"

"那倒是有，"他说，"你不知道昨天晚上我却只能跟一个枕头、一只猫儿空亲热。"

"那今天就让我来代替那只猫吧。离你家还有多远？"

"再过十一分钟就到了。"

"照这个样子，十一分钟都很难熬啊。"

"那换我去开车？那样的话，八分钟内我们就能到家。"

"还是算了吧，记住我曾经告诉过你的：要有耐心！"

"你给我的教导非常无聊，但也全都是十分高明的东西。趁现在这会儿你就再给我补习一下吧。"

"有这个必要吗？"

"不讲也没关系。反正这会儿也只需要八分钟就能到了。"

"你家里舒服吗？床大不大？"

"等下你看见就知道了，"托马斯·赫德森说，"你又犯那爱怀疑的老毛病了？"

"我才没有疑心。"她说，"我只是想要一张很大、很大的床而已。那样我就能彻底放松，忘掉有关部队的一切，最好忘得一干二净。"

"我的睡床倒是很大，"他说，"不过，恐怕也没有你那部队大。"

"何必跟我说这么难听的话呢，"她说，"再英俊的小伙子，只要将老婆的照片一拿出来，就没戏可唱了。这样的空降部队到底是如何情形，你难道还会不知道吗？"

"幸好我不知道。我们都是在水里泡着的。但我们还不能叫作海上部队，也从来不会用海上部队自称。"

"那你可不可以跟我讲一些呢？"她请求道，手也毫不客气地伸进了他的口袋。

"不行。"

"我就知道你是不肯说的，好吧，我就喜欢你这个严守秘密的样子。我也只不过是好奇而已，人家都来问我啊，我可是有一些担心了。"

"好奇倒没什么，"他说，"担心就不行了。你不记得好奇心害死一只猫儿的故事了吗？我就养着一只好奇心特别大的猫儿。"他不自觉地想起了宝伊西。他停顿了一下，接着说："但是担心的话就要严重得多了，那简直能让那些实力雄厚的大实业家都能把命送掉呢。你啊，是不是也要我为你担心呀？"

"我才不需要你担什么心的，只要心里想着我是个演员，多关心我一下就好了。但不要过了头。好了，还有两分钟我们就能到了。这里的田野看上去真美，太令人喜欢了。我们就在床上吃午饭，行吗？"

"需不需要吃完午饭再睡上一觉？"

"好啊。只要能按时上飞机，这也算不上什么大事。"

汽车驶上了那条老公路，路面铺满石子，两边种的都是参天大树。这是一条比较陡的上坡路。

"你心里是不是有什么事无法放开？"

"是的，就是你。"他说。

"我是说公事。"

"你看我像一个有公事在身上的人？"

"谁说得准呢。我认为你是个很会表演的演员。能像你一样演得那么惟妙惟肖的，我还真没看见过第二个呢。我真的很爱你啊，我亲爱的疯子先生，"她说，"你扮演的那许许多多的精彩角色我都看见过。但是我最喜欢的就是你扮演的那个忠诚的丈夫的角色，你演得真是太棒了，连裤子上都露出了湿漉漉的一大片。你每看我一眼，那湿漉漉的一片就要晕染得更大一些。我记得那一回好像是在里茨饭店那里①吧。"

"是的，我在那里饰演的忠诚丈夫这一个角色演得是最成功的了，"他说，"就像加里克②的得意杰作都诞生于老贝利街上一样。"

"你恐怕记得不太仔细吧，"她说，"我觉得你演得最好的是在'诺曼底号'轮船上面。"

"'诺曼底号'被烧毁之后，我可是连续整整六天都是茶不思，饭不想。"

"这还算不上你的最高纪录呢。"

"是啊。"他说。

这时候车子已经在大门口停了下来，司机走过来打开大门。

"您真的住这里？"

"是的。对不起，还得上一个坡，车道都被弄得坑坑洼洼了。"

汽车驶上了斜坡，穿过一片杧果林和一片没有开花的凤凰木，绕过那些养着牲口的棚屋，顺着环形的车道来到了一座宅子前面。他刚打开车门，她就跳下来了，看那通身的气派，仿佛她的脚踩在这块地上就是这块地的荣幸，彰显她的高贵端庄，和蔼友善，给足了面子似的。

她仔细看着这一处，站在这里可以看见卧室敞开着的那扇窗户。窗户很大，也不知怎么回事，她一看见这窗子就想到了"诺曼底"号。

"飞机要是误点就让它误去吧，"她说，"为什么我就不可以说我生病了呢？别的女人不是也都生病了吗？"

---

① 著名的豪华饭店。巴黎、纽约、伦敦等各地都有分店。
② 戴维·加里克（1717—1779），英国的著名演员及戏剧家。

"有两个极好的医生跟我熟识，我可以请他们帮你证明。"

"那听起来真是太棒了，"她一边说着话，一边迈上了台阶，"需要请他们吃饭吗?"

"那倒不用，"他说着打开了房门，"我只需要给他们打一通电话，然后让司机过去把证明拿回来就可以了。"

"就说我生病了，而且不能上飞机吧，"她说，"这个理由不错，就这么办吧。我破一次例可是很难得，这一次就让那班大兵自己慰劳自己好了。"

"你还是去吧。"

"不去了。我现在要来慰劳你。最近有没有人好好慰劳过你啊?"

"没有。"

"我也是。噢，应该说'我也没有'这样比较规范吧。"

"我也搞不清楚了。"他随口答应了一句，接着就忍不住将她紧紧地抱在怀里，他深深地凝望了她的眸子一眼，然后就将目光移开了。他打开那间大卧室的门，像突然醒悟过来似的说道："规范些的说法应该还是'我也没有'。"

窗户都敞开着，所以房间里吹着一股风，不过这会儿还有太阳，所以倒也有些令人神清气爽。

"这里简直就跟'诺曼底号'一模一样。你是因为我要过来，所以特别这样布置的吗?"

"那是当然的了，亲爱的，"他并没有告诉她实话，"你觉得怎么样?"

"噢，你说谎的功夫竟比我还高。"

"嘿，我可比不上你的花言巧语呢。"

"我们两个都不要说假话了。就当作你是为我的到来特地布置的好了。"

"就是特地为你而布置的，"他说，"只不过看上去似乎还有一个第三者。"

"你搂着别的女人就是这样用劲儿的?"

"还没有到将她压垮的地步。"他顿了一下,又加上一句,"并且也没有躺下。"

"那谁在乎躺下不躺下了,你吗?"

"我也没有在乎。"说完,他一把将她抱了起来,一直抱到了床上。

"我去把百叶窗放下。你在这里表演节目来慰劳我,我一点儿也不反对,但是我这里的仆人可以用放在厨房的收音机娱乐,他们就不需要我们表演节目了。"

"现在就开始?"她说。

"是的。"

"以前我教过你的你都记着没有啊。"

"我什么时候忘记过了?"

"你常常都会忘记的。"

"那好吧,"他说,"那你是在哪里见到他的?"

"我们见过他的。你忘记了?"

"行了行了,不要总是说什么记不记得的了,我们就不要再说话了吧,不要再说话了,不要说话了。"

事情过了之后她说:"哪怕是'诺曼底号'上的乘客,肚子也会饿的呢。"

"那我打铃叫仆人过来吧。"

"但是他们还不认识我呢。"

"说一下就认识了。"

"不用了,我们还是出去散散步吧,我还想参观参观你的房子。对了这段时间你都画了些什么画呢?"

"画了个屁。"

"没时间画吗?"

"你看呢?"

"通常你不用出海的时候不就有时间作画了吗?"

"什么出不出海的，你说的这话是什么意思？"

"你看你又来了，汤姆。"她说。这时候他们已经来到了起居室，两个人都坐在老式的大椅子上面。她脱掉了鞋子，把脚放在地板上的垫子上轻轻地蹭着。然后她将身子蜷着缩在椅子里，为了讨他欢心她还特意将头发也刷了一遍。她知道，自己的头发对他有着致命的吸引力。现在她这样蜷坐在椅子上，只需要稍微动动头，秀发就会如瀑布般散开，如同一匹光洁绚丽的丝绸。

"去你的，"他说，但是又立刻补了一句，"亲爱的。"

"我早就被你骂得够惨的了也不在乎了。"她说。

"我们换个话题谈谈吧。"

"你当时为什么要娶她呢，汤姆？"

"因为那时候你已经有恋人了呀。"

"这可不是什么好理由。"

"谁都没说这是个好理由啊。我更不会这样说的。但是这终归是我犯下的错误，我已经后悔不已了，难道还要我像个老妇人一般说个不休吗？"

"我要你说的时候你就要说。"

这时候，那只有一身黑白色毛发的大猫走了进来，跑到她的脚边，在她的腿上蹭啊蹭的。

"它搞错对象了，"托马斯·赫德森说，"但也说不定它的感觉十分灵呢。"

"难道是……"

"不用说，肯定是的。"他招呼了一声，"宝宝！"

那只猫儿立刻来到他跟前，一跃就跳上了他的膝头。由此可见，这只猫儿对他们两个倒是一视同仁的，并且十分依恋。

"我们一起来爱她吧。宝宝，你一定要好好地看看她哦，这么漂亮的女人你是再也找不出第二个了。"

"就是这只猫儿晚上陪你睡觉的吗？"

"是啊。你不喜欢？"

你说哪里的话。现在跟我睡觉的那个男人还比不上它令我欢喜呢，但是它也有那个人一模一样的毛病：没精神。

"我们干吗一定要谈论他呢？"

"好，那我们就不说。但你又为何一定要装出一副没有出过海的样子呢？你看你的眼睛都已经熬红了，眼角那儿也有白色的裂痕了，就是头发也是被太阳晒得花花斑斑的，就好像是抹了一点什么似的……"

"并且我走路的姿势不仅摇摇晃晃，很不稳当。而且肩膀上还站着只鹦鹉，一只木头做的假腿时不时地就要踢人。我可以跟你说，亲爱的，我是替自然历史博物馆画关于那些海洋生物的画的，所以我偶尔也会跟着船队出海去。哪怕是战争时期，我们的工作也不能因此而中断。"

"真是一份神圣的工作，"她说，"我已经记住了你这个谎话，我一定会按照你的这个口吻说。汤姆，你是真的一点儿都不喜欢她吗？"

"是的，我一点儿也不喜欢她。"

"那你还爱我吗？"

"我不都向你表示很多次了？"

"说不定你那时候正在演戏呢。你整天都跟各种各样的臭女人混在一起，却还扮演着一个专心致志的痴情者。西纳拉，你没有以你的方式忠实于我啊①？"

"我之前不是跟你说过吗，你的文化修养太高，这反而对你自己没什么好处。我十九岁的时候就已经不再念这首诗了。"

"是啊，我也一直都在不停地提醒你啊，要你安分守己，下决心好好画画，不要总是异想天开，去爱上别人……"

---

① 英国抒情诗人欧内斯特·道森（1867—1900）著有一首著名的诗《西纳拉》，其中有一句常常被引用的名句："西纳拉，我以自己的方式忠实于你。"

"你指的是跟别人结婚吧。"

"不。结婚当然也是一件非常要不得的事情。但你要是爱上了别人，那我就再也要不敬重你了。"

"是的，我可忘不掉你这千篇一律的说辞，你说得是那么的好听呢：'那我就再也不要敬重你了。'干脆你把这句话的版权卖给我得了，随你开什么价钱，我只求你，不要再四处说这句话了。"

"我敬重你，但你也不要再爱她了，好不好？"

"我爱你，我也敬重你，并且我不爱她。"

"太好了。你嘴巴甜得总是会让我感到高兴，幸亏我生了这场大病，没能赶上飞机。"

"你也应该知道，我是真的非常敬重你。从前是，现在也是。即使你干了那么多愚蠢的事情，我依然还是那么尊重你、爱你。"

"并且又待我那么好，答应我的事每一件都信守诺言，无法让我不爱。"

"那你说说最近的一件是什么事？"

"我说不上来。反正是承诺的话你就绝不食言的。"

"我们换个话题可以吗，美人儿？"

"我们早就不应该继续这个话题了。"

"恐怕原本就应该是不谈为好。反正我们之间的事情十有八九都是避而不谈的。"

"噢，你这话说得就不对了。证据都在那里明摆着的，你也不需要多说什么了。你呀，总是认为对待女人嘛，只需要陪她一起睡觉就行了。但是你有没有想过，她是很希望你能给她面上添光，并且能给她无微不至的关怀呢？"

"并且我还要乖乖地安分守己，跟那些你亲爱的男人一个样。"

"难道你就不能多依靠我一点吗？让我成为你不可或缺的一部分？不要总是这样僵硬死板，不是一个给一个拿，就是'拿走吧，我还没有饿'。"

"我们来外面是做什么的？听你的道德讲座吗？"

"我们到外面来仅仅是因为我爱你，并且我希望你能做到毫无愧疚。"

"也无愧于你，无愧于上帝，无愧于任何一种抽象的冠冕堂皇的大道理。但我连一个抽象派的画家都不是呢。你呀，怎么不去劝土鲁斯·劳特累克①不要逛妓院子？怎么不去劝高更②注意不要染上梅毒？怎么不去劝波德莱尔③早点回家？跟他们比，我是不是还差一大截儿呢，你不要跟我总来这一套。"

"我可从来都不是这样的人。"

"不，你从来都是这样的人。从来都是干着这样的工作。哟，你干得好积极呀。"

"我原本也不想干的。"

"是的，我知道你从来都没想过要干这一行。因为你总是想去夜总会唱歌，害得我待在夜总会里面当保镖。我们还专门为这件事商量了好久，你还记得不？"

"小汤姆那边有什么消息吗？"

"他过得很好呢。"话刚说出口，皮肤上就感觉那像针扎一般的异样又来了。

"他都有三个星期没有写信给我了。给自己的妈妈写信怎么还能这般懒散。他写信一直都是极认真的。"

"你要知道，现在是战争时期，很多事情当兵以后就做得不那么随心所欲了。通信线路也有可能是被阻断了呢。这样的情况也不是没有发生过。"

"你还记得最开始的时候吗？那时候他连半句英语都不

---

① 土鲁斯·劳特累克（1864—1901）：法国画家，作品吸纳了日本浮世绘技法，自成一派。
② 高更：见前注。
③ 波德莱尔（1821—1867）：法国诗人，象征派诗歌的先驱者。作品有《恶之花》。

会呢。"

"是的，在格斯泰德的时候①他还有一帮子小伙伴呢。接着我们又搬到了恩加丁山谷②，再后来我们又搬到了佐格③，你还记得吗？"

"你这儿有没有他最近的照片？"

"就只有那一张，你已经有了。"

"我们喝一杯吧？你家里都有些什么样的酒？"

"什么都有，随便你想喝什么。我现在就去把当差的叫来。葡萄酒是储存在地窖里的。"

"那你可要快点儿回来。"

"夫妻俩这样说说话儿是不是挺有趣的呢。"

"你可要快点回来，"她又重复叮咛了一句，"你听见了没有？我这个人一向都没有跟你絮絮叨叨，要你早点回家呀之类。你知道，我不是那些爱使小性子的女人。"

"是的，我知道，"他说，"用不了多久我就会回来的。"

"那当差的应该还能弄一些吃的东西过来吧？"

"应该没什么问题，"托马斯·赫德森说，然后他又转过头对着那猫儿叮嘱道，"你在这里帮我陪着她，宝伊西。"

真是的。他心想。我为何要跟她撒那样的一个谎呢？我为什么要这样瞒着她呢？我为什么要干这件费力不讨好的事情呢？难道我真的像威利说的那样，愿意将悲痛独自一个人承担下来？我真的是他说的这样的男人吗？

好吧，现在这一切全都被你弄得乱七八糟的了。他心里又想着。你才和她重归于好，重拾旧爱，这个时候该怎么跟她说她儿子的死讯？你忍心将儿子的死讯告诉这个做母亲的？你如何将儿

---

① 瑞士西部的一个城镇。
② 在瑞士的东部。
③ 瑞士中部的一个城镇。

子的死讯告诉你这个父亲？你不是一向都认为自己足智多谋吗？现在就应该赶紧想个办法出来了。

　　你看，你一个办法都想不出来了。现在你应该明白了吧，你根本就没有一丁点儿办法。

　　"汤姆，"他听见她呼唤的声音，"我一个人在这里冷冷清清的，那只猫儿自以为它可以代替你陪伴我，但它始终不是你啊。"

　　"那就将它放回地上吧。当差的去村子那里了，我现在正找冰块呢。"

　　"找不到就不喝好了。"

　　"那好吧，"他答应了一声，就重新回房间里来了。开始的时候踩着砖地，后来就感觉已经踩到席子上面了。他抬眼朝她瞧去，只见她还是蜷在老地方。

　　"你在跟我刻意回避不谈他的事情。"她说。

　　"不谈。"

　　"为什么不谈？我想我们还是谈一谈比较好。"

　　"他的相貌跟你太像了。"

　　"这并不是一个理由，"她说，"请你实话跟我说吧，难道他死了？"

　　"你说得不错。"

　　"求你，快过来抱着我。这回我是真的病了。"他发现她浑身发抖，就赶紧跑过去跪在椅子边，紧紧地抱住了她，但她仍旧控制不住地发抖。过了好一会儿她才又开口说："你呀，真是可怜啊！你呀，真是可怜！可怜！"

　　过了一段时间，她又对着他说："无论我以前做了些什么，说过些什么话，拜托有任何错误的地方都还请你原谅我。"

　　"我也要请求你原谅。"

　　"你真是个可怜家伙，而我也真是个可怜家伙。"

　　"我们都是可怜的人，"他说，但后面半句他却没有发出声音，"小汤姆也是。"

"你能跟我讲一些详细的情况吗？"

"也没有什么能够跟你说的。我知道的就这么一点儿。"

"我想我们应该学会怎么去接受这个事实吧。"

"或许是吧。"

"要是我能够一下子垮下去就好了，但我现在只是觉得，心里像被人突然掏空了一样难受。"

"我明白。"

"这种事情都是无人幸免的吗？"

"我想是吧。反正我们只能遇到这么一次。"

"现在我就像掉进了一个黑乎乎的冰窟窿里一样，太怕了。"

"我很抱歉，没有一看到你就跟你说这件事。"

"这没什么，"她说，"能拖一时是一时是你一贯的做事风格。我并不怪你。"

"那个时候我真的是太想要你了，我真是个自私又糊涂的浑蛋啊。"

"你这样也不能算自私。我们本来就是相亲相爱的夫妻。只是我们做错了一些事情而已。"

"最大的错误就是我做的。"

"不。这不全是你的错，我也有责任。但愿从今往后，我们不要再争吵不休了。"她的内心波动不已，最后终于忍不住大哭起来，说，"汤姆啊，我实在不知道应该怎么办呀，我真的撑不下去了啊。"

"我知道，"他说，"我可爱的甜美人儿，好美人儿，我也撑不下去了。"

"那时候的我们是那么年轻、那么单纯，两个人都非常优秀，小汤姆更是俊美得没话说……"

"跟他妈妈就像一个模子印出来一样。"

"但现在却再也无法找到踪影了。"

"真是可怜啊，我最亲最爱的人。"

"你说我们以后的日子应该怎么过下去呢?"

"你原本在做什么,继续做下去;我原本在做什么,我也要继续做下去。"

"这几天我们能不能一直待在一起呢?"

"当然,只要这风不停止。"

"那就让它继续刮下去吧。你认为我们还能做爱吗?"

"我想小汤姆也不会在意的。"

"不会的。他肯定不会在意的。"①

"还记得你将他驮在肩上去滑雪的那件事吗?那刚好是在傍晚的时候,我们大声唱着喜欢的歌,穿过旅店后面的果园一路走下山,这些事你都还记得吗?"

"是的,我全都记得一清二楚。"

"我也全都记得一清二楚,"她说,"但那时候的我们为什么要那么傻呢?"

"我们不仅是情侣,也成了一对冤家呀。"

"我知道,但我们不应该成为冤家的。现在,你没有再爱着别的女人吧?要知道现在的我们除了彼此以外,就什么都没有了啊。"

"我从来都没有爱上过别的人。从来都没有。"

"我也没有。请你相信我。照你看来。我们还有没有重新在一起的可能呢?"

"我也不知道。但我们可以试试看。"

"这仗要打多长的时间?"

"你要问那些管打仗的人去。"

"还要打上好几年吗?"

"总是还需要打上两年左右的样子吧。"

"你会不会也和小汤米一样?"

---

① 这一段话是女方说的。后面一段照后文看也应该是女方说的。原文如此。

"很有可能那样。"

"我不同意。"

"那我要是活下来了呢？"

"你要我说什么好呢？小汤姆已经不在了，那些刻薄的话，你就别说了。坏心眼儿的事情我们就不要再去做了吧？"

"我会注意的。我并不是刻薄，但你要使坏心眼儿的时候我也有办法应付的。真的。"

"什么办法？去找那些妓女厮混？"

"恐怕让你猜到了。不过，如果我们能住在一起的话，我也就再也不用去找她们了。"

"你总是会说一些甜言蜜语来哄我。"

"你看你看。刚刚才说好不来这一套的。"

"是，对不起。我再也不说了。当我们在太平间的时候就不用再来这一套了。"

"你又提起太平间了。"

"噢，"她说，"很抱歉。但是我真不知道该如何去找一种说法来表达我要说的意思。我已经觉得自己开始麻木了。"

"接下来你会越来越麻木的，"他说，"突然听到噩耗都是难以接受的，麻木的时候你也同样觉得呼吸困难，而且胸闷气滞。但是你仍然会继续麻木下去。"

"说起噩耗，请你将你知道的所有情况全都告诉我吧。让我即使麻木，也麻木得快一点儿，好吗？"

"好吧，"他说，"但上帝知道，我是真心地心疼你呀。"

"你一向都是极心疼我的，"她说，"你就放开心跟我说实话吧。"

他在她的脚边盘着腿坐下，但是眼睛却没有再看着她。窗户透进来的阳光照在席子上，有一块光斑，宝伊西就躺在那里，他的眼睛就只看着那只猫，"他这回是去阿布维尔①沿海执行例行的侦察，结果飞机被德国人的军舰打下来了。"

"那他跳伞了吗？"

"没有。飞机被烧毁了。他肯定是中弹了。"

"还是中弹痛快，"她说，"真的，还是中弹痛快。"

"可以肯定他被炮弹击中。不然他完全来得及跳伞的。"

"你没有骗我吧？会不会是降落伞着火了呢？"

"没有的事。"他又撒了个谎，心里想着今天可是无论如何都不能再说下去了。

"你听谁这么说的？"

他将那个人的名字跟她说了，"这么说的话，的确是真的了，"她说，"这样一来我就没有儿子了，你也同样没有儿子了，这个滋味有得我们俩慢慢品尝了。你还听到一些别的什么吗？"

"没有了。"他尽量使自己的语气保持一种真实性，在她的面前。

"那我们就这样活下去吗？"

"可不是吗，我们能怎么办呢。"

"我们还剩下什么啊？"

"什么都没有了。"他说。

"我真的不能留下和你一起生活吗？"

"我认为是的，因为气候一旦好转，我就得出海。我跟你讲的事情你从来都是藏在心里面的，这件事也请你一起藏在心里吧。"

"但是我可以做到一直和你在一起，直到你出海。哪怕你出了海，我当然也可以在这里等你回来啊。"

"我觉得这样不妥当，"他说，"关键是说不准我什么时候能回来，再说了，你抛下工作待在这里的话，日子也没那么好过

---

① 法国北部沿海的一个城镇。

了。要是你愿意的话那就多留几天吧，等我们出海的时候你再离开。"

"好吧，"她说，"那我就多待几天，等到你出海的时候再走。我们一起好好回忆一下我们的小汤姆吧，等你心里觉得舒服一点以后，我们再来亲热亲热吧。"

"幸好汤姆跟那间屋子从来没有沾上什么边。"

"是啊。但是不管房间里有什么孤魂野鬼，我照样有办法将它们赶走。"

"现在都这个点儿了，我真的应该弄点东西来吃了。噢，还得来一瓶葡萄酒。"

"是得来上一瓶，"她说，"小汤姆是个很可爱的孩子，是不是？他那么活泼，又那么善良。"

"你呢，你是个什么性格的？"

"总归是你喜爱的性格呗，"她说，"并且我还有钢铁一般的意志。"

"真不知道我房子里那帮当差的小子都去哪儿了，"托马斯·赫德森向她解释着，"可能他们没有想到我会回来吧。但家里竟连一个接电话的都没留下。我现在就去拿葡萄酒，这个时候要冷得多了。"

他打开了一瓶葡萄酒，斟满了两个玻璃杯。酒是上好的葡萄酒，是他为自己出海回来，心情平静时去喝而特意准备的。杯面上浮着细小晶莹的气泡，久久不散。

"为我们自己干杯，为我们曾经犯下的每一件错事，为我们之前的失去和今后的得到，干杯。"

"我们以前也得到很多。"他说。

"是的，也有很多得到的。"她说，顿了一会儿又说，"其实你只有一条是永远都不会改变的，那就是对酒的爱好。"

"照你这么说，我还有值得被人们称赞的地方吗？"

"我很抱歉，上午的时候因为酒还说了你一顿。"

"那是对我有益处的。说来似乎有些奇怪，不过它的确对我有一定的好处。"

"什么对你有好处？喝酒也是我对你的教导？"

"我想我指的应该是酒。并且是那种用大杯子去盛装的冰镇的酒。"

"就算你说得有道理，我现在也不批评你其他的地方，我只想说一件事情，那就是在你家里，找出一点吃的东西实在是太难了。"

"请你耐心点儿吧。你不是经常这样教训我吗？"

"我还要怎么保持耐心，"她说，"我肚子饿能怎么办？我现在才懂得，难怪人家在守灵的时候和参加葬礼之前总是吃得那副模样。"

"你要是感到舒服，想怎么出气就怎么出吧。"

"你急什么呢。我要是有话要说的话，你还担心我会憋在心里吗？我们之间总不能每说一句话就得要对方说一个'对不起'吧？我都已经向你道过一次歉了。"

"你听我说，"他说，"说到难过，心痛欲绝这个滋味，我在三个星期前就提前尝试了。现在我们对这个滋味的感觉肯定是不一样的，我们心里经过的阶段都差了那么久了。"

"当然不一样了，你这个阶段可是舒服多了，"她说，"难道我还不够了解你吗？为何你不索性再去找你的那帮婊子？"

"你就不要再说这样的话了，好不好？"

"我就要说。说出来我的心里才痛快一些。"

"'圣母马利亚，可怜可怜女人吧！'你知道这是谁的名言吗？"

"总是某个男人呗，"她说，"总是某个臭男人呗。"

"需要我将整首诗都背给你听听吗？"

"我才不要听。我早就已经对你的话感到腻烦了，说什么你得到消息比我早了三个礼拜啦，说来说去全是这一套。你就是看不起我是个非战斗人员，还自以为是地认为自己干了什么不得了的机密大事，机密得连睡觉都是抱着一只猫，生怕跟人一起睡觉，说梦话泄露了秘密一样……"

"照你这么说，你直到现在都还不明白我们分手的根本原因吗？"

"原因，不就是我对你感到腻烦了吗？但是你却爱我爱得无法自拔，你总是身不由己，到现在你都是身不由己的人。"

"你说得很对。"

听差早就已经在饭厅那儿站着了。起居室里的争吵他也看到了、听到了，这让他感到非常苦恼，黑黝黝的脸上都铺上了一层层薄薄的汗水。他对他的主人感情很好，也很爱这屋子里的猫儿狗儿，他对那个漂亮的女人也怀着尊敬的态度。他只要一听见吵架就觉得惶惶不安，精神恍惚起来。在他眼里，他从来都没有见过像今天这个这么漂亮的女人，但是主人却和这个美人在争吵，美人也对主人说了许多令人不舒服的话。

"先生，"他出声道，"抱歉打扰您一下。我能和您去厨房说几句话吗？"

"对不起，我去去就回，亲爱的。"

"一定又是一些什么不可告人的秘密吧。"她说着，然后在自己的杯子里斟满了一杯葡萄酒。

"先生，"听差说，"中尉先生是用标准的西班牙语吩咐的，他说让您马上就去，还特地将'马上'两个字重复了一遍。他说地点您知道，还说这是公事。因为我不想用家里的电话打给您，刚才就是去村子里给您打电话了。但是人家跟我说您已经回来了。"

"干得不错，"托马斯·赫德森说，"谢谢你啦。麻烦你给我和小姐煎几个蛋吧，然后再去通知司机准备好车子。"

"是的，先生。"听差说。

"有什么事吗，汤姆？"她问，"是不好的消息？"

"我必须走了，去执行任务了。"

"你刚才不是跟我说，只要风没有停，就不会接到任务的吗？"

"话是这么说，但出不出海我可是说了不算，得由人家。"

"那你觉得我是不是还可以留在这里呢？"

"你如果愿意的话，可以留在这里看看小汤姆的信，我会吩咐司机准时送你去飞机场。"

"那好吧。"

"如果你想要的话，这些信都带去也没有关系的。另外那些照片，想带走的话就尽管带走。我的写字台你只管随意翻看。"

"你怎么完全像变了一个人一样？"

"或许是和原来有那么一点不一样了吧。"他说。

"你也可以去画室里看看我画的画吧，"他又说，"我在施行我们这个计划之前画过的一些画，有几幅画得还是挺不错的。你要喜欢的话就尽管拿走。还有一幅我画的是你，那是我的得意之作。"

"我就要这一幅，"她说，"你好起来的时候真是太好了。"

"她的信件你要是想看的话也尽管看吧。并且里面有几封信几乎都可以收进博物馆里面去了。你觉得有什么好玩的东西，都尽管拿去吧。"

"瞧你说的这样子，我又没有带那种大的箱子过来。"

"那你看过之后，就在飞机上的厕所里将它们处理掉就行了。"

"那好吧。"

"我一定争取在你走之前早些赶回来。但能不能真的办到确实就很难说了。若是车子真的回不来的话，我会叫一辆出租车过来接你去旅店或者直接去飞机场。"

"好的。"

"你要有任何事都可以找这个听差。要熨衣服也尽管吩咐他吧，我这里的衣服你要用的话也尽管拿，这庄子里的一切物品都随你取用。"

"好的。汤姆，你一定要爱我，不要再像上次那样让别人破坏了我们的感情，好吗？"

"我敢肯定。那种女人算什么玩意儿，你刚刚不是才告诉我了吗，我爱你是身不由己的。"

"我只希望你能这样就够了。"

"但很多事情总不是我能够说了就算的。你要什么书，尽管去拿。这屋子里的玩意儿，你只要看上了，就都拿去。把我要的蛋给宝伊西吃吧，至少它要吃一个的。它喜欢蛋切得小小的。我还是走了吧，这样一件件的嘱咐，已经耽搁不少时间了。"

"再见，汤姆。"她说。

"再见，小东西，要注意照顾好自己啊。希望要我这么急急忙忙地赶去或许什么事儿也没有呢。"

说完这些他就急匆匆地出门走了。那猫儿也悄悄地跟着走出来，仰起头望着他。

"别担心，宝伊西，"他说，"我们不会那么快走的，我还会回来。"

"请问先生要上哪儿？"司机问。

"城里。"

海上的风刮得这么猛烈，海浪也那么凶猛，我才不信真会发生什么事情呢。不过也说不准，或许他们正是发现了什么情况呢。也说不准是哪个伙计在某个地方遇到麻烦了呢。说实话，这一次我倒真希望能赶上。我得记着回去一定立一个所谓的临时遗嘱，我要将这座庄子留给她。别忘了遗嘱还必须去大使馆办公证手续，办完手续后就可以将遗嘱存放到保险箱里。真是难为她了啊，这么大的事她硬是坚强地撑了过来。但是真正的打击还没到呢。真正到了那个时候，要是我可以去帮她一把那该多好啊。要是我可以给她更多的力量让她撑下去该多好啊。或许这个还能够办得到。只要我们这次的行动能够一举成功。噢，不，一次还不够，还必须有第二次，第三次……话扯得越来越远了，希望这一次就能首战告捷，早日结束这场战争吧。让她带走的那些画，也不知道她到底会不会带走，真希望她能带走。但愿她记得把蛋喂给宝伊西吃。天冷了，那猫儿可很容易饿的。

伙计们要聚集起来应该不会有什么困难，船在进船坞大修之前再干一次也应该还经受得住。只是一次的话，应该是没有问题。肯定还可以经受得住。我们就冒险去拼一次吧。幸好备用的零件都还比较齐全。反正都是最后的场面了，再干一票又会有什么关系？当然了，要是留在家里的话就舒服太多了。什么，你还想着舒服？见你的鬼去！

你要明白几件事情：儿子，你已经丢掉了。爱情，你也已经丢掉了。荣誉，早就是过去的事情了。你现在所做的无非就是在尽你自己的责任。

是的，你现在只是在尽你自己的责任，但是你知道你的责任是什么吗？就是我曾经作过的那些保证，我一定要言而有信。但你作过的保证太多了，你能够全部办到吗？

这个时候，在庄上的卧室里面，也就是那间像"诺曼底"号的房间，她早就躺在了床上，那只叫宝伊西的猫儿也在她身边躺着。煎蛋，她已经吃不下去，香槟，没有任何味道。听差送来的几个蛋她全都切碎喂宝伊西了。因为她刚拉开了写字台的第一个抽屉，就一眼看到了蓝色的信封上儿子的亲笔笔迹和保密检查的戳记，她终于忍不住冲到床前扑面就倒在了床上。

"他们两个都走了。"她对着那猫儿说着话。它又没有这许多烦恼，那猫儿吃了蛋显得很开心，也十分喜欢身边这个散发出阵阵香味的女人。

"他们两个都走了，"她说，"宝伊西，你倒是告诉我呀，我应该怎么办呢？"

那猫儿打着几乎听不到声音的呼噜。

"看来你也是不知道的，"她说，"看起来这个世界上再也不会有人知道了。"

# 第三部 在海上

# 第一章

眼前是白灿灿的一长溜儿海滩，一眼望过去没有尽头。海滩后边是一排茂实的椰子树。一列暗礁横布在港湾的入口处，强劲的东风刮得海浪一个劲地往礁石上冲，激起一片纷飞四溅的浪花，所以你行驶的船只要一旦探到了口子上，前行的路是十分容易看清的。海滩上空无一人，格外宁静，白色的沙子明晃晃的，看上去亮得有些刺眼。

坐在驾驶台上的人对岸上的情况细细观察了一番。发现原来那些有棚屋的地方，现在已是空无一物，礁湖里也看不到有船只在停泊。

"你以前到这里来过吗？"他对他身边的副手说。

"来过。"

"那一带本来不是有一些棚屋的吗？"

"确实是有，海图上还标明这里有个村子。"

"可现在明明什么都没有了，"那个男人说，"你能看见那边的红树丛里有船停在那儿吗？"

"压根儿就看不到有什么船影子。"

"我打算现在就把船开过去，决定在这儿抛锚了，"那人说，"这条水道我熟得很。表面上看似不太深，但实际深度要比你看上去的深上七八倍呢。"

他低头朝碧绿的海水看过去，将映在海底的船影子看得清清楚楚。

"我记得，原先村子的东边有个地方最合适下锚。"他的副手说。

"好。右锚就位，准备抛锚。我准备就把船停在那里。看这风没日没夜地刮起，估计这岸上也不会有什么小虫子之类的飞物了。"

"应该是不会有了。"

他们一边说着一边就下了锚，船就停在了那儿。船不大，还算不上是艘轮船，不过在船主人的心目中它好歹还是个可靠的家伙。风依旧很大，海水拍打着礁石，礁石上飞溅起阵阵白色和绿色的浪花。

驾驶台上的人确定船停稳了后，方才抬起头朝岸上望去，随手关上了船机。他向岸上看了好久，但怎么也捉摸不透这究竟是怎么一回事。

"你带三个人上岸去看一看，"他说，"我要休息片刻。千万要记住，你们每个人的身份都是科学家。"

作为科学家，枪械自然是不能携带的，他们只准备带上当地人最常带的大砍刀，头上戴的是一种宽边草帽——巴哈马采海绵人常戴的那种。船上的人们管这种帽子叫"sombreros científico"①，他们认为帽子越大，就越有科学家的派头。

"哪个不要脸的贼把我的科学帽偷走了。"一个巴斯克人②说。说这话的人肩膀奇宽无比，鼻子上方两道浓密的眉毛紧锁眉头。"为了确保科学工作顺利开展，我看最好还是要带上一袋手榴弹才好。"

"你还不如戴我的科学帽呢，"站在一边的另一位巴斯克人说，"我这顶帽子可要比你的那顶更有范。"

---

① 西班牙语：科学帽。
② 巴斯克人是生活在西班牙北部范围一带的民族。自 1939 年后，很多巴斯克人因无法再忍受国内的残暴镇压，此后，逐步移至拉丁美洲和美国。

"这顶科学帽太棒了。"其中，一位身材最魁伟的巴斯克人说道，"戴上这顶帽子我觉得自己跟爱因斯坦就没什么两样了。托马斯，那我们现在要去采些标本吗？"

"不需要，"驾驶台上的人坚定地说道，"我已经把任务都向安东尼奥交代清楚了。你们的任务就是把眼睛睁得大大的，警惕点儿就行。"

"我这就去找找看哪里有喝的水。"

"水源就在村子的后边一点，"那人说，"但是你一定要留意一下，看看这水还能不能喝。我们怕是得再去接一些了。"

"$H_2O$，"那巴斯克人脱口而出，"这可是科学上的叫法。嘿，你这个伪科学家，偷帽子的贼，快拿四个型号为五加仑的水罐给我们，我们也好不白跑一趟。"

另一个巴斯克人把四个所要的水罐装在小艇里，他还在罐子外边套上柳条筐子以防摔烂。

驾驶台上的那人又听见这两个人在絮叨："别用桨在我背上捣乱。"

"我不是在做科学研究吗。"

"去，你个鬼科学，你大爷的科学的兄弟。"

"你应该说科学的妹子吧，那么她的名字就叫盘尼西林。"

那人一边看他们俩向着海滩划艇而去。一边琢磨着：本来应该是我去的，可我通宵都没法睡，整整十二个小时呀，都一丝不敢放松地把着舵。好在安东尼奥这方面的能力不比我差。可我真不明白：这里究竟发生了什么事？

他又看了看暗礁，观察了岸上，盯着船舷外的海水看了好大一会儿，方才闭上眼睛，转过身去睡着了。

等小艇回来靠上了船边，他也醒了。一看见他们脸上的不悦，他就知道事情变得糟糕了。他的副手额头上直冒汗，要知道这人是个少汗的人，平时是不大会流汗的。一遇到麻烦，或者坏消息，控制不住地直冒汗。

"棚屋被人放火烧掉了，"他说，"看样子还想趁机毁尸灭迹，因为发现废墟里有没烧尽的尸体。但由于风向改变，在这里闻不到那种烧焦的气味。"

"一共有多少具尸体？"

"到目前为止共发现了九具。没准可能还有。"

"男的女的？"

"男女都有。"

"地上有脚印的痕迹吗？"

"可惜没发现什么，因为后来下过一场雨把什么都洗掉了，而且雨还不小。"

有个叫阿拉的肩膀宽阔的巴斯克人说："他们死了估计有一周了。"

"你是怎么知道的？"

"准确的时间谁也说不准，"阿拉说，"不过倒推起来，死了得有一周了。而根据地蟹爬行的踪迹来看，下雨大概是三天前的事情。"

"水怎么样？"

"很好。"

"已经打来了吗？"

"嗯。"

"我认为他们没必要在水里投毒，"阿拉说，"一开始我闻了闻气味，没闻出什么不对劲，我接着就尝了尝味道，也没发现什么问题，就打来了。"

"你怎么这么草率，去独自尝味道？"

"我之前都闻了闻气味，没觉得有什么异常，再说了，那水也实在看不出就是让人下了毒的。"

"你认为会是谁杀的人呢？"

"这可就说不准了。"

"你们没有接着再查查吗？"

"没。但我们一发现这些，就赶紧来向你报告了。你是一船之长，得由你做出判断和命令。"

"干得不错。"托马斯·赫德森说。然后他下舱里去系上了武装带，佩上了手枪。武装带的另一侧又挂上一把带鞘的精美小刀。手枪贴在腿上，因为颇有些分量，走路沉甸甸的。经过厨房的时候又顺便去取了只匙子，悄悄地藏在口袋里。

"阿拉，你和亨利跟我一块上岸。威利，你到了就留下看着小艇，顺便再想办法捉些海螺。至于彼得斯，就接着睡觉吧。"他又交代了副手，"把机器仔细地检查一遍，水箱也要全部好好查看。"

在细白的沙子映衬下，海水蓝蓝的看上去无比清凌可爱。低头看去，连水下的沙子上那一道道隆起的弧线脊背都可以看得一清二楚。小艇在一道隆起的沙埂上被搁住了，他们索性蹚水上岸。

"亨利，你顺着海滩走，从逆风的方向一直走到红树林子那里。一路上要格外注意观察，留意脚印或者其他可疑的痕迹。然后再跟我在这儿会合。阿拉负责走相反的方向，一路也要仔细观察。"

顺着脚印就能看得见尸体在哪，从枯槁的矮树丛里还能听得到地蟹咔嚓咔嚓的声音。他抬头望了望海上：他的船依然静静地停靠在岸上，礁石上不时激起一排排浪花，威利在这艘漂荡不定的小艇上拿着一个水底观察镜在寻找水底海螺。

既然这事非办不可，那我还是去快点干完才好——他心琢磨道。怕是可惜了今天的好天气，要是干些别的该有多爽呢。有意思的是，这里明明不缺雨水，却下了一场这么大的雨，而我们那里正好相反——盼雨却总是不下。这里有多久没雨了，上一次的雨是在什么时候都已经记不得了。

风猛着劲不分昼夜地刮着，这样的天气已经持续五十多天了。他从刚开始看到刮风就心烦到现在已经很适应了。并且吹着风能够使他感到振奋，感觉从中获得了一种力量，他但愿这风永远也不要停息。

人总是如此，越是不易得到的东西，就越是一心要等。他心想。与其在无风天等雨，还不如在刮风天里等雨要来得安心，而且比起那种风向不定或者来势凶猛的风暴天来，也要好得多。好在能找到有水的地方的。所以，雨下不来也无所谓，我们总可以想办法找到水的。这一带的礁石小岛上水并不稀缺难找，前提是你要懂得找水的窍门。

他暗自思量：既然如此，那就麻溜地把事情都去干了吧。

幸好有风的帮忙，他才能把事情做好。他蹲下身，捧起一把把沙子，仔细地边筛边看，因为风的存在，将近前的那股难闻的尸臭都吹散殆尽。沙子里没看出什么异常，他有点迷惑，但还是将火场附近上风一带的沙子都观察了一番才进入现场。他本来希望少费点劲，早些找到需要的线索，但怎么也找不到。

一进入现场，虽然不是什么行家但他仍迅速地背对着风干起活来。他拿出小刀在尸骨上来回戳戳敲敲，进行查看。尸骨都已经烧焦了泡酥了，这是地蟹们的美味，这些小东西正吃得起劲呢。他不时地背过脸，深吸一大口气，再屏住呼吸回过头来干下去。突然间，他摸到有颗硬邦邦的东西嵌在一根骨头上，他心里一紧但马上用匙子将这硬东西挖了出来放在沙地上。如此循环深入，一鼓作气，他又在这堆尸骨里找到了同样的三颗硬物。方才转过身，迎着风深深地透出一口气。接着，他又用沙子用力地把小刀和匙子擦干净后放回身上。最后他又抓了一大把沙子和四颗子弹，左手拿着刀和匙子悄悄地从矮树丛里退了出来。

这时，面前一只体型肥大的地蟹，横里有一尺来宽。威武地冲着他扬起了张开着的双鳌。那蟹蛮横地不肯让路，双鳌举得高高的，露出锋利的钳子。

"你这家伙未免也太自以为是了，出来就拦人。"他说。这会儿，他先把小刀在鞘子里放好，又把匙子放进了口袋，然后再把沙子和子弹换到左手，才能腾出右手来在短裤上擦干净，接着才去掏枪——那是把口径为357的马格南左轮枪，枪把早已被汗手摸得乌光锃亮。

"家伙，你要是现在让路还来得及哦。"他对地蟹平静地说道。

那蟹却仿佛没听见似的，纹丝不动。双鳌还是一如既往地举得高高的。他二话不说，抬手一枪朝蟹的两眼间打去，那蟹顿时崩裂粉碎。

"现在很难弄到这种357口径的子弹了，因为联邦调查局的那些家伙也是用的这种型号，他们自己逃避兵役也就罢了，居然还要去追捕逃避兵役的人，这帮畜生真是没法说，"他说，"可是我总想用一用，解一解手痒，要总是不打枪，时间久了就不会开了。"

唉！可怜的蟹老弟——他叹惜着。不要怪我心狠，这要怪它自己不识趣，要是乖乖让开路就啥事也没有。

到了海滩，他抬头望去发现自己的船依旧停在那儿。海浪依然不断拍打着水岸，威利将小艇停妥后便钻到水里捉海螺去。他把小刀从刀鞘里又拿出来好好洗了洗，又把匙子洗过，接着再把四颗子弹也洗了一遍。他把子弹摊在掌心里仔细端详，那表情就跟一个淘金人——本以为淘洗盘里只会像其他一样只有些零碎不成型的沙金，不料显现在眼前的居然是成块的四大颗天然的金子。四颗子弹的弹头是黑的，原先粘在子弹上的剩皮残肉已经洗净，所以那缠度很小的膛线印子全都能看得一清二楚。看着看着，他发现那是施迈瑟自动手枪①的9毫米标准子弹。这一发现，他实在是心花怒放。

他想：尽管他们捡走了全部弹壳，这些子弹却留下了，无疑这是留下了自己的名片。我得好好琢磨琢磨。目前来说，有两点是清楚的：一是在这礁石小岛上什么人都没留下，二是岛上的船也都消失不见。根据这两点来分析是不错的，老兄。你分析问题的能力不是一向都很强吗？

可他的脑筋却并没有运转起来，而是把手枪放在两腿之间一夹，身子往后一仰躺倒在沙子上，而两眼直盯着那座雕塑——不过是一块普通的漂来的木头。风吹沙盖之后的形象，如同一座雕塑。一座沙灰两色的雕塑嵌在又白又细的沙子里，如同展览会上展出的艺术品。不拿到巴黎的秋季美术展览会上去才真是可惜。

耳边响起一片海浪拍击礁石的澎湃声。他看着这景象，不禁想，此情此景用来作幅画倒是挺不错的。他平静地躺在那儿，眼望天空，虽然空中一无所有，只有东风还起劲地吹。四颗子弹已经稳妥地放在短裤的零钱口袋里，并扣上了纽扣。他清楚地知道这四颗子弹可是关系到他今后生死存亡的宝贝。不过他现在觉得考虑太多的实际问题没用。索性欣赏起眼前的这块灰色的木头来。他此刻心里必然有数：冤家是已经找到了，他们肯定是逃不了的。我们同样也逃不了。先多想无益，他还是等阿拉和亨利回来再看下一步怎么办吧。阿拉肯定会发现些蛛丝马迹的，他才不傻呢。海滩上固然各种假象丛生，但真相总会悄然留下些痕迹

① 一种德国制造的枪械。

的。他又摸了摸口袋里的四颗子弹，然后用胳膊肘顶着地，匍匐着一点一点往里爬。不一会儿，他就爬到了一个沙子看起来干燥白净些的地方。其实沙子都是一样的，之所以他觉得更白也许是一种感官上的错觉吧。他把头枕在那块灰色的漂来木上休息一会儿。手枪还警惕地夹在两腿之间，一点也不敢放松。

"嘿！咱俩的交情到现在有多久了？"他对着手枪说道。

"噢，不，不，你完全不用回答我，"他又继续说道，"你就好好先歇着吧，到时候你一定得好好露一手给我看。崩个把的蟹根本就不够劲儿，你得崩上几个像样点儿的德国佬才过瘾。"

# 第二章

　　他就那么望着海上，一排排浪花飞起，他一直静静地躺着但脑海却在不停地翻滚着。当阿拉和亨利分别从海滩两头走来，他心里也考虑得差不多了，也可以说是相当成熟了。他们的身影越来越近，他赶紧把头一扭，转去看大海了。原本他打算要休息一下的，可不想这么费劲琢磨，但无奈自己就是办不到。现在既然已经考虑得有谱了，且又想趁他们还没来的空当抓紧时间休息休息，储存体力，那就什么也不要去想，只是看着这海浪拍击礁石的情景。可确实还没来得及。他们到得太快了。

　　"你们发现什么了吗？"他向阿拉问道。此刻，阿拉已经走到灰色的漂来木旁坐了下来。亨利也顺势挨着他坐了下来。

　　"是这样的，我发现了一个年轻人，可是已经没有气息了。"

　　"这个年轻人看着像是德国人，"亨利说，"我们发现他的时候，他面孔朝下，扑在沙子里。身上只穿了条短裤，留着金黄色的长发，皮肤被太阳晒得到处都是花斑。"

　　"你发现他身上都哪里中了弹？"

　　"一枪打在脊梁骨底下，一枪打在脖颈子上，"阿拉说，"Rematado.① 这是从他身上取出来的子弹，我已经洗过了。"

　　"我也找到了四颗，一模一样的。"托马斯·赫德森说。

　　"是不是那种 9 毫米口径的卢格尔手枪② 下的手吧？"亨利问，"这枪的型号跟我们手里的 .38 手枪是一模一样的口径。"

　　"这种黑色的子弹头明显是自动手枪上用的，"托马斯·赫德

---

① 西班牙语：这就挂掉啦。
② 一种德国制造的半自动型号的手枪。

森说，"阿拉，谢谢你把子弹都取了出来。"

"这有什么谢的，这只是奉你的指令嘛。"阿拉说，"他脖子上的那颗子弹已经把身体打了个对穿，所以，我在沙子里捡到的，还有一颗是亨利帮着挖出来的。"

"挖颗子弹倒不费什么事，"亨利说，"这些天的风吹日晒，也差不多把他变成人干了。刀切上去的感觉就跟切馅饼似的。村里挂掉的几个跟这情况可完全不一样，你说是什么人非要这么把他干掉呢，汤姆？"

"我也说不准这是怎么回事。"托马斯·赫德森说。

"你觉得呢？"阿拉又问道，"他们要是在这儿上的岸，难不成是来修潜艇的吗？"

"不可能。他们的潜艇早已经沉没了。"

"噢，对了！"阿拉好像明白了什么一样，"那就是因为没有潜艇了，所以这帮人才下手把这里的船全都抢走了。"

"可打死那水兵又是为了哪一出呢？"亨利问道，"我这话也许问得不太高明，你别见怪啊，汤姆。可你知道吗，我是多么想为此尽一下自己的绵薄之力啊，现在总算有这个机会了，我感到十分的开心。"

"你这话说得重了。"托马斯·赫德森说，"虽然判断不出凶手，但我们已经闻到了猎物的臭迹，而且是很有价值的，这一点完全可以肯定。"

"那这猎物有齐胸高①吗？"亨利兴奋地问。

"我可不爱听这种话。"

"但你有没有想过，这水兵到底会是谁打死的呢？又是因为

---

① 打猎人说，猎物所散发的臭迹有齐胸高，意为臭迹的气味非常强烈，猎狗不用低头嗅，只是抬着头就能循迹而去，"齐胸高"的原文为 breast high，这种说话实际上是一语双关，隐含着的意思是"胸脯很高"，故托马斯·赫德森才说自己不想听这种话。

什么原因被打死呢?"

"除了窝里反,还能有什么,"托马斯·赫德森说,"一枪打在脊梁骨底下,下手这么狠,你说这人究竟心有多狠? 后来开枪的那一个我看是稍微慈悲点,打在他的脖子上。"

"照你这么说,有可能是两个人打的喽?"阿拉说。

"你有没有发现弹壳?"

"还没有,"阿拉说,"把该找的地方我都找过了。就算是自动手枪,即使弹壳飞得再远,也不会超过我搜寻的范围。"

"没准也是被同样细心的家伙捡去了,我那里的一些个弹壳也都给他捡走了。"

"那他们现在可能会到哪儿去呢?"阿拉不解地问道。

"我判断他们只可能朝南的方向去,"托马斯·赫德森说,"要知道,往北他们是压根儿也去不了的。"

"那么,我们呢?"

"现在我得按照他们的思路考虑,"托马斯·赫德森说,"但我掌握的情况有限,还不能作出准确的判断。"

"人也死了,船也不在了,你现在都掌握了这些情况,"亨利说,"汤姆,相信你是能够把问题分析清楚的。"

"还有,总算摸清了一种武器,可他们把潜艇到底丢在了什么地方? 他们有多少人? 光这些问题就够人伤脑筋的了,昨天晚上我们想跟关塔那摩的电台联系,但怎么也联系不上,再说从这儿路向南的礁石小岛又不计其数,而且我们还得算好什么时间补充淡水。再加上彼得斯又是那副样子——你看看吧,这情况真是太糟糕了!"

"我看你分析得挺对呀,汤姆。"

"话说得倒是轻巧,"托马斯·赫德森说,"在这事上,判断没错和判断的全错,就好比是一个卵细胞里长出来的一对龙凤双胞胎，关键就差的是一丁点儿。"

"但我坚信我们是绝对可以把他们找到，难道你没有这个信心吗？"

"当然有，"托马斯·赫德森说，"这样，你去把威利找回来，捕到的海螺交给安东尼奥。这样，我们大家就能吃几顿海鲜杂烩了。阿拉，我给你三个钟头去装水，记住，能装就要尽量装满。关照一下安东尼奥，机器要照旧检修。这个岛上真是要啥啥也没有，一只猪啊鸡的都找不到，我计划等不到天黑就要离开这个鬼地方。"

"那是因为都叫他们给弄走了。"阿拉对他说。

"要果真如此，那他们只能统统吃掉了。话说，想要喂养又没有饲料，要保存宰杀的又缺冰。但他们是德国人，总是会想到法子的，好在这个季节还能捕些海龟来当食物。我估计我们没准能在洛博斯岛找到他们。要是不出意料的话，他们下一步该去占据洛博斯岛了。让威利往冰箱里尽量装满海螺，水只要够喝到下一个岛就行了，不用太多，拿着挺沉的。"

话说到这里时，他好似想到什么，突然间就打住了，思考了一下又说："不好意思，我要修正一下刚才所说的话。水只管装好了，一直装到太阳下山都是没有问题，我计划在月亮出来以后开船。"

"水呢，尝过有什么味道吗？"阿拉问。

"已经尝过了，很干净，没问题，你的确很有先见之明。"亨利回答。

"谢谢夸奖，"阿拉说，"我这就叫威利来。"

"汤姆，"亨利问道，"那我是留在这儿，还是去装水？或者干点什么别的？"

"你还是去装水吧，如果实在累得不行了，就去睡一会儿。

我今儿晚上在驾驶台上还需要你帮我呢。"托马斯·赫德森说。

"我去给你拿件大衣来吧?"亨利问。

"还是给我拿件衬衫吧,哦,再加条毯子,拿条薄的,回头怕天就要凉呢。"托马斯·赫德森说。

"这里的沙子真好,又干又细,我还从来没有见过这样细的沙子呢。"

"这还不因为是经年日久的风捶打成的。"

"你说我们真的能抓住他们吗,汤米?"

"这还用担心吗?"托马斯·赫德森说,"放心吧,肯定没有问题的。"

"我这人就是好瞎操心,你千万别见怪才好。"亨利解释说。

"你天生是个操心劳神的命,不会有人怪你的。"托马斯·赫德森说,"你是个非常勇敢的汉子,亨利。我喜欢你也同样信得过你,相反你并不愚蠢。"

"你真认为我们来真的了?"

"嗯,是的。你别再多想了。你的任务就是多考虑些具体的任务。想想看,你能做些什么事情,有什么办法能够让弟兄们都快快活活地去迎接战斗。打仗的事,就交给我一个人来考虑好了。"托马斯·赫德森说。

"嗯,我一定把我该做的工作都做好,"亨利说,"我想,是不是我们的兄弟在上阵前能先演习演习,这样,我们才会打仗打得更漂亮。"

"有道理。"托马斯·赫德森说。

"等待真是叫人心急如焚啊。"亨利说。

"难免的,尤其是去追捕敌人,那最容易心焦。"托马斯·赫德森拍拍他的肩说。

"先去眯会儿吧,"亨利说,"你一直到现在,都没有好好睡过觉呢。"

"我一会儿再去。"托马斯·赫德森说。

"汤姆，你推断他们的潜艇会在哪儿沉没呢？"阿拉问。

"他们抢走岛上的船，又杀光岛上的居民，按照痕迹来推测，应该是一周之前的事。就是卡马圭基地宣布击沉的那艘潜艇。可奇怪的是那艘潜艇实际上是到了这儿才沉没的。风刮得这样猛烈，这么远划橡皮艇过来也是不太可能的。"

"这下就能判断出他们的潜艇就是在靠近这里东面一带沉没的。"

"完全有可能。奇怪的是，潜艇沉没了，但他们居然都安然脱险了。"托马斯·赫德森说。

"可是，想要回国，路却还远着呢。"亨利说。

"确实如此，现在要回国的话路就更远了。"阿拉说。

"那帮德国佬可真是些怪胎，"托马斯·赫德森说，"他们胆量奇佳，有些家伙也确实叫人佩服得很。但是，凡事都有例外啊，窝囊种也有，好比这一个就是。"

"大家还是各自去干自己的活儿吧，"阿拉说，"要侃的话，在晚上当班的时候再侃好了，侃侃也好，免得一个劲打盹儿，你先歇会儿吧，汤姆。"

"睡一会儿是会好些呢。"亨利说。

"歇着和睡觉也差不多。"

"那可不一样哦，"阿拉说，"我确信，你需要的就是睡觉而不只是歇着，汤姆。"

"我试着看能不能闭会儿眼，"托马斯·赫德森说。可是等他们一走，托马斯·赫德森却怎么也无法入睡。

那帮德国人进入小岛后，为什么手段如此残忍、会如此痛下杀手呢？有什么解不开的深仇大恨呢？他心想。他们怎么着也是逃不出我们的手掌心。如果岛上有幸存的居民的话，无非也就是能够透露给我们两点，一是他们有多少人，二是他们都有些什么武器装备。从他们的想法来看的话，仅凭这两点就已经有杀人灭口的想法了。也许在他们的眼里，就是因为岛上的居民不过是些低贱的黑人而已。但此举同样也暴露了他们的底细。这些德国佬如此大动干戈地杀人，说明他们绝对有个什么样的不可告人的计划，但对这个计划，他们内部也存在着意见分歧，要不然，他们也就不会动手杀死那个水兵了。但或许，这个死去的水兵也是触犯了什么被处死的。比如有可能潜艇本来还不至于沉没，还能够设法返回基地去，但偏偏让这个倒霉的水兵给弄沉了。

不过呢，这也说明不了什么问题。推测毕竟不能作为准确的依据，只是一种主观上的可能和臆测。就算事实真是如此，就很清楚地说明潜艇是在已经望见小岛的时候，不知为何迅速沉没的，这也说明他们身上并没有多少装备。也许潜艇压根儿就不是那个小伙子给弄沉的，若是这样推断的话，他很有可能就是被冤枉的。

这些德国佬究竟弄走了多少船也不得可知。还真没有别的好办法，只能先不做定论，姑且一个小岛一个小岛查一番再说。

但如果他们穿过老巴哈马海峡，跑去古巴本岛沿海呢？这也不是完全没有这个可能的呀——他心里暗暗想。假如他们要逃生的话，这可是他们的最佳方案。

如果这些人采取这个方案的话，他们就要搭上从哈瓦那开出的西班牙船回国去。虽说金敦①有个检查关卡，但是选择走这条路风险还要小很多，而且，从过去的经验来看，从这条路上出逃的人确实不少，成功率也很高。但就是那个要命的彼得斯，他的

---

① 牙买加的首府。

电台就在关键时候坏了。竟然来了个 FCC "实在联系不上"！我们只好搬出来那部高级的大型电台先应付一下，这台机器要多复杂就有多复杂，他哪儿能对付得了呢。我也不知道他是如何搞的。昨天晚上他跟关塔那摩通话时，就怎么也联系不上，如果今天晚上仍然联系不上的话，我们就只能独立行动了。真是活见鬼！他暗暗叫起苦来。不过如果只能采取独立行动这一步的话，那更大的难关还在后面呢。他告诉自己：还是快睡会儿吧。现在也只能如此了，好办法一时半会也想不出来了。

这么想着，他就在海浪搏击礁石的巨响声中睡着了。

# 第三章

　　托马斯·赫德森沉沉地睡着了，并且觉得自己的儿子小汤姆并没有死去。另外两个儿子也都好好的安然无恙。他还梦见妻子跟他躺在一起，而且是压在他的身上，因为她以前总是喜欢这样。他感觉一切都是那么真切，仿佛都在眼前一般实在，肌肤毫无距离地紧紧贴着，她喜欢在他的嘴上肆无忌惮地乱亲一通。她的头发披散着，浓密而又柔软，都垂落在他的眼睛和面颊上。可是他躲开了她那花瓣一样的嘴唇，张嘴含住了她的秀发，衔在嘴里。然后用一只手把那把马格南左轮枪悄悄地塞在了老地方，让它继续待着睡大觉。他抱着她那柔软的身躯，任她柔软的秀发如帷幔般罩在他的脸上，然后就慢慢地、有节奏地动了起来。

　　此刻，正是亨利拿着薄毯子给他盖上。托马斯·赫德森却情不自禁地在睡梦中说起话来："你太美了，这样美丽，这样可爱，跟我这样紧紧相贴。"亨利什么也没说，只是替他把毯子盖好，然后扛起两个五加仑的柳条筐坛子，就转身走了。

　　梦还在继续……

　　美妙的梦，香甜而抵死缠绵。

　　不久，他醒了，手碰到毯子，一时间竟没有醒过神来，意识到自己方才只是做了个梦。他侧过身来，发现大腿间夹着个手枪皮套，才明白过来，心中不觉一片空虚，这空虚可要比做梦之前厉害多了，不做还好些，刚才的梦更加添了一分空虚落寞。小艇正在往他的船上运水，而海浪还是一个劲儿地在拍打着礁石。他见天色还未亮，便转了个身，将身上的毯子裹紧，臂膀夹紧了接着又睡了。等到他们的人来叫他时，他早已经睡得很熟了。可是这一回，却什么梦也没有做。

# 第四章

夜里，他在船前掌了一夜的舵，好在前半夜有阿拉在驾驶台上陪着他能够聊聊天，后半夜才换上了亨利。海上的横浪很大，毫不夸张地说，在这样的海上行船有如骑马下山，一路都是下坡，时而要在山腰里面横穿而过。这海简直就是连绵不断的山梁，哪儿都是七高八低的坎坎坷坷。

"跟我说点儿什么吧。"汤姆对阿拉说。

"说啥？"

"啥都行。"

"彼得斯现在还是没能联系上关塔那摩。我们那部全新的大电台都叫他给弄坏不能用了。"

"这个我知道。"托马斯·赫德森说。他尽量稳住船身，以此来减轻晃动。"不晓得是哪个零部件被他烧坏了，他自己估计搞不来。"

"不管他修不修得了，现在他还倒饬着呢，"阿拉说，"威利在一边看着他，怕他打瞌睡。"

"那威利又是谁来看着呢？难道就不怕威利也跟着打瞌睡？"托马斯·赫德森说。

"他不会打瞌睡的，他跟你一样，也是个睡不着觉的主。"阿拉说。

"那你呢？"托马斯·赫德森说。

"我一夜不睡都没什么问题，要不我来替你把会儿舵？"阿拉说。

"那倒不用了，反正我也没有别的事做。"托马斯·赫德森说。

"汤姆，你心里到底怎么个难受法？"阿拉说。

"我也说不上来。我也不知道一个人能够难受到什么样的程度。"托马斯·赫德森说。

"老是难受对身体可不好，要不我去替你把皮酒囊拿来喝点酒？"阿拉说。

"不用了，谢谢，拿瓶凉茶来就好，你顺便再去彼得斯和威利那儿看看有什么情况没。别的地儿也都一起查看一下。"托马斯·赫德森说。

阿拉听了他的话，便下舱里去了，剩下托马斯·赫德森一个人独自面对着雾气茫茫的黑夜和大海。驾着船在这海浪上行进，犹如骑着匹好马在崎岖的山地上一路直冲下坡去。

亨利拿着瓶凉茶上来了。

"情况如何，汤姆？"阿拉说。

"一切都很正常。"托马斯·赫德森说。

"彼得斯的那部老电台刚收听到了迈阿密警方的一些通话。都是些在警车里的警察向局里报告。威利想跟他们联系一下，但我建议他这事可千万使不得。"阿拉说。

"你说得没错。"托马斯·赫德森说。

"意外收获，彼得斯在超高频频段里收听到一个叽叽呱呱说德国话的声音，可他说那是'狼群'① 在通话。"

"可是要是'狼群'的话，他也听不到啊。"

"今天晚上可真是有趣得很啊，汤姆。"亨利说。

"未必呢。"托马斯·赫德森说。

"是吗？我这不过是向你汇报罢了。我来把会儿舵，你告诉

---

① "狼群"，是德国人制造的潜艇群。第二次世界大战时，德国潜艇曾使用"狼群"战术，即一艘潜艇跟踪目标后，将目标的位置、速度和航向汇报给可以拦截这一目标物的其他潜艇，以便所有潜艇能够集中力量对该目标展开攻击。

我航向，然后去舱里再看看。"亨利说。

"彼得斯把这些都记录下来了吗？"托马斯·赫德森说。

"是的。"亨利说。

"让胡安再给我测定一下方位，再交代彼得斯记录下来。知道电台里那个王八蛋叽叽呱呱半天是什么时候发生的事？"托马斯·赫德森说。

"在我刚上来的那会儿。"亨利说。

"快叫胡安测定方位，给记录下来。"托马斯·赫德森说。

"明白，汤姆。"亨利说。

"说说咱那伙宝贝兄弟们都在干啥呢？"托马斯·赫德森说。

"睡大觉呢。吉尔也睡着了。"亨利说。

"拿出本来，让彼得斯记下方位。"托马斯·赫德森说。

"那还再来报告你吗？"亨利说。

"我们的方位全在我脑子里呢，你说还用得着报告我吗？"托马斯·赫德森说。

"那是，我明白了，汤姆，但你的火气怎么变得这么大呢？"亨利说。

亨利去了一下又转身回来了，但托马斯·赫德森却闷着头不大想开口说话。所以，亨利也就沉默着陪他站在这驾驶台上，也就不开口说话。因为船晃得非常厉害了，所以他岔开了双脚，尽力站稳。大约过了个把钟头，他才缓慢开口道："发现了一个亮光源，在船头顺时针两点的方向。"

"很好。"

等到船身跟亮光平齐后，汤姆猛地又掉转了航向，把海浪全都甩在了船后。

"现在是咱们回家的方向了，我们已经进入航道了。"汤姆对亨利说，让他快去叫醒胡安并让他上这儿来。你好好睁大眼睛看看吧，你刚刚有点粗心，没有及时发现亮光。"

"真是对不起，汤姆。我马上就去叫胡安。你说，咱们要不要组织个'四人岗'来值班警戒？"

"可以，但是等天快亮的时候再派吧，到时候我会关照你的。"托马斯·赫德森说。

托马斯·赫德森这时候想的是：他们完全有可能抄近路闯浅水区的沙洲。但我看他们也不一定就会选择走这条路。因为黑夜里穿浅水区是个有风险的事，他们可不太肯冒这种险的。如果是白天的话，那些水兵，长年行惯深水的，看到浅水区的沙洲怎么会喜欢。估计他们也同样会在我拐弯的地方转向，然后像我们这样舒舒服服地靠岸。他们没准会去古巴沿海地势最高的地方。只要风向还顺的话，他们绝对不会进港口的。至于孔菲特斯那个地方，他们也不会进去的，因为他们知道那儿有个无线电台，这对他们来说是非常不利的，因为很容易被发现。但他们又非补充粮食、淡水不可，要我说，其实对于他们最好的方法，就是尽量去靠近哈瓦那，再行进到巴库拉瑙一带上岸，再想方设法从那儿混进城去。我呢，待会到达孔菲特斯后，去发个信号将这里的情况向他汇报汇报，就不去向上校请示了，要是向他请示，他万一不在，那是要耽误我们的事的。当然，也要汇报我的行动。随便他采取什么措施吧。关塔那摩方面势必也会有自己的预防措施，卡马圭方面也会有自己的一套措施，还有古巴当局方面和联邦调查局方面，相信也都会出台他们各自的措施。拭目以待，一周后，就会曝出些新闻来了。

不行我等不及，我得这周就把他们抓住，我就不信了，按照常理来说，他们总得停下船来补给一番，比如去弄点水喝吧，而且他们带走了那么多牲畜，也总得要宰了，去烧着吃吧，否则就得饿死腐烂的。猜测他们很可能会在白天隐蔽，而只在夜间偷偷活动。换了我的话我也会这样做的。一定得设身处地好好琢磨一番：一个有头脑的德国水兵，要是碰到了这许多难题，会怎么去考虑呢？他心想。

这位受人尊敬的潜水艇艇长确实有很多难题摆在面前，托马斯·赫德森心想。他最不好对付的就要数我们了，他却压根儿就不知道。

我们到底是怎么回事啊。他该不会认为我们对他有什么威胁吧。难道他以为我们都是些无所谓的人吗。当然不是，他们的警觉性还是有的。

不过，他还是觉得高兴：总算有个机会可以大干上一场了，而且还有这么些好伙伴陪着你一起干。

"胡安，你看到什么了，老弟？"他问道。

"不就是所谓的海洋呗。"

"其他人呢，你们看见什么了吗？"

"我什么也没看见。"吉尔说。

"我倒是看见咖啡了，可就是它没有看到我，始终远在天边啊。"阿拉叹惜着。

"我看见陆地了。"亨利说。他方才看见前方矮矮方方的一片模糊，那就是陆地，就像有人用大拇指在刚刚露光的天边抹了道淡淡的墨水印子。

"哈哈，谢谢你啦，亨利，那是罗马诺岛的背面，"托马斯·赫德森说，"非常感谢各位，你们现在下到舱里喝咖啡去吧，另外派四个不怕死的好汉上来在这儿看着，过一会儿就会有稀罕事儿看，有趣着呢。"

"汤姆，你要不要来杯咖啡？"阿拉问。

"不了，我就喝茶吧。"

"我们才只值了两小时的班呢，不用这么快换我们下班的，汤姆。"吉尔说。

"快去舱里喝杯咖啡吧，还有几位刚烈的好汉，也让他们有个立功的机会。"

"你不是估计他们在洛博斯岛吗，汤姆？"

"原来我确实是这么想的，不过后来想想又改变看法了。"

原先那几位下舱后，又换了四个人上来。

"各位，你们就一分为四，各据一方。下面有咖啡了吗？"托马斯·赫德森说。

"尽管喝，有的是。茶也有。发动机运转正常，船的进水情况也还不算太严重，再说海上航行嘛，大风大浪的，进点水肯定也是在所难免的。"他的副手说。

"彼得斯现在情况怎样？"

"夜里他喝了些威士忌，总算是没打瞌睡。因为威利生怕他睡着，所以一直都看着他呢，当然也顺道喝了点儿他的威士忌。"他的副手说。

"我们得到孔菲特斯那里加些油，还得看看需要补充些什么物资，如果能想到就尽量补充齐全。"

"你得让大伙儿装货的速度加快点，我还想宰上一头猪呢，保管给你的那份都烫好刮好，"他的副手说，"我看你趁我们装货的时候，抓紧时间睡会儿吧。要不，干脆让我来替你把会儿舵？"

"不用了。我还有三个信号得赶紧发出去。等办完事了，你们就装你们的货，我呢，睡我的觉。睡足了再去跟踪和追击。"

"是朝哈瓦那的方向吗？"

"是的。他们躲得过了一时半刻，逃出我们的手掌心可是妄想。我们那些弟兄情况现在如何？"

"对于他们你还会不了解吗？以后有机会的话我们再细谈吧。汤姆，这里有股逆流，你把船稍微再往里再靠靠，少受点影响。"副手说。

"船晃成这样，你怎样，吐得厉害吗？"

"还行吧，不碍事。"副手说，"那横浪也真够厉害的，太要命了，"托马斯·赫德森说，"确实是够厉害的。"

　　"眼下德国人的潜艇活动可是太猖獗了，你看，拉瓜伊拉①港外，金斯敦北边，凡是一切运送石油的航线上都组成了'狼群'。"

　　"现在这一带有时候也会出现'狼群'。"

　　"是啊，我们怎么这么倒霉。"

　　"他们才活该倒霉呢。他们嗅觉灵敏，不管到哪儿，都有他们的踪迹，而且他们的目标是非常明确的，我们得开动脑筋，努力追击才行。"

　　"那让我们快点行动起来吧。不然我们的结果显然也是能预料得到的。"托马斯·赫德森说。

　　"我们可一直都没有松懈过呢。"

　　"话虽如此，但我总觉得我们进展太慢了。"

　　"等我们到了孔菲特斯后，你先去睡个觉，待你一觉醒来，我保证一切进展都会快得出乎你的意料。"他的副手说。

---

　　①　委内瑞拉首都加拉加斯的外港。

# 第五章

托马斯·赫德森终于看见了小沙岛上的瞭望哨和信号塔，它们被漆得白白的，高高耸立，很容易被认出来，所以首先跃入眼帘。除此之外，这个小岛实在没什么特别的景致。

太阳从他背后照射过来，而寻路上岸并不是多困难的事，托马斯·赫德森先是从一条宽敞的通道穿过礁石，接着绕过沙洲和一些珊瑚礁来到了背风的所在地。靠外边是一片状如半月形的沙滩，岛上一半都是一些干枯的草，而另一边则尽是光秃秃的岩地。这全然是因为风向的结果。沙滩上的海水清凌凌的，十分好看。托马斯·赫德森把船一直开到快近沙滩的中央才下锚。此时，太阳已经高高升起有些时间了，举目近观电台及其周围情景，发现附属建筑的顶上飘着一面古巴国旗。信号塔上却依然四下无物，什么也没有挂。只有那面古巴国旗看去还挺新的，明净鲜亮，风吹过后哗啦啦直响。

"大概换过班了，我们上次走之前国旗还是旧的。"托马斯·赫德森说。

他四下望了望，上次他们扔下的汽油桶都还老老实实地待在原处，地上的沙子明显有挖过的痕迹，给他准备的冰块还埋在那儿就好了。新隆起的沙子高高的，看上去就像新堆的坟头，乌黑的燕鸥在风中飞翔。

他闻到了船上厨房里煎火腿的香味，那一定是有什么人出来掏燕鸥蛋准备做早饭了。也正是在这时候，他到船尾那头喊话了，让他们把自己的早饭送到驾驶台上来，他还仔细地、认真地察看了一番岛上的动静。他们也很可能就在这儿呢。要攻下这个小岛他们是完全办得到的，他心想。

忽然间，他看到从电台通向海滩的小道上来了一个穿着短裤的人，定睛一看，却是中尉。他皮肤看上去晒得黑黑的，偏又一副乐呵呵的模样，头发估摸着都有三个月都没理了。他立在那儿，就扯开嗓门打了一声招呼："怎么样，这趟出海还顺利吧？"

"还凑合，到我船上来喝杯啤酒，怎么样？"托马斯·赫德森说。

"再过一会儿吧，"中尉说，"早两天就送来了你要的冰和补给物资，还有些啤酒。我们把冰帮你放了起来。其他的东西目前都在屋里堆着。"

"你那里现在有什么消息吗？"托马斯·赫德森说。

"不知你听说没有，十天前，有一艘潜水艇被飞机在吉恩丘斯附近海面上打沉了。这不是太新的消息，说起来是你上次走前的事了。"中尉说。

"听说过了，那是两个星期以前的事了。应该就是这一艘吧？"托马斯·赫德森说。

"确实如此。"中尉说。

"那还有其他什么新闻吗？"托马斯·赫德森说。

"另有消息说，前天又有一艘潜水艇在沙尔礁岛附近的海上打下了一架软式飞艇①。"中尉说。

"这消息被证实了吗？"托马斯·赫德森说。

"听说已经被证实了。还有呢，你的猪也算得上是一个新闻。"中尉说。

"这到底是怎么一回事儿？"托马斯·赫德森说。

"就在听说软式飞艇被打下的那一天，他们在给你送来了补

---

① 软式飞艇用于搜索和攻击潜水艇，也可以用作雷达哨。

给物资的同时顺道给你送来了一头猪。没想到的是，第二天早上发现那猪居然自己下海游水去了，结果就被淹死了，我们也就喂了它一天的食。"

"Qué puerco más suicido!①"托马斯·赫德森说。

中尉听到这话不禁哈哈大笑起来。他那张黑黑的脸庞上总是乐呵呵的一副表情，可人是一点也不傻，聪明得很，而且他很会做戏，因为他觉得装傻非常有趣，在政治上也是一把保护伞。上面给他下了命令：务必要尽力协助赫德森，但对他只字也不能问。托马斯·赫德森得到的命令则是，尽一切可能，去利用电台所提供的方便，但对任何人都不得泄露一点机密。

"还有什么好玩的新闻吗？有没有见到过巴哈马人采海绵、捕海龟的船？"他问。

"这些人自己那里有的是海绵、海龟，那就根本不用跑到我们这儿吧？不过呢，就在这周，这里倒真的来过两条捕海龟的巴哈马小船呢。根据那行船的方向应该是想顶风进岛来着。不过后来不知怎么回事，那船就是匆匆忙忙往克鲁斯礁岛的方向去了。"

"你知道他们在这儿干什么吗？"托马斯·赫德森问道。

"不好说，我也摸不透。我寻思你们是为了做科学研究才在这一带海上来来去去的。但捕海龟的船丢下海龟最多的地方不去捕，怎么反倒跑到这儿来呢？"

"你当时看到有多少人在船上？"托马斯·赫德森问。

"我们当时只能看得见掌舵的人，其他人根本看不清楚。两条船的甲板上都被棕榈叶遮上了，像搭了个棚似的，估计是怕海龟被太阳给晒着了。"中尉回答道。

"那掌舵的家伙是白人还是黑人？"托马斯·赫德森问。

"白人，但是晒得有些黑。"中尉说。

---

① 西班牙语：好一头不要命的猪！

"那你看得出来船上的船号或船名吗？"托马斯·赫德森问。

"看不太清楚。距离实在太远了。自那天晚上起，我就下令全岛进入戒备状态，第二天又戒备了一天一夜，但什么情况也没有，一切如常。"中尉说。

"那他们是什么时候从这儿经过的？"托马斯·赫德森问。

"没记错的话，应该是在报道说你们的飞机打沉潜水艇的十一天以后吧。离你们今天来这儿也就三天工夫。他们是你们的朋友吗？"中尉回答说。

"你应该给他们打过信号吧？"托马斯·赫德森问。

"当然打过了，但没有听到回话。"中尉说。

"可以替我发三份电报吗？"托马斯·赫德森说。

"当然可以。写好给我就好了。"中尉说。

"我这就去舱上装油装冰，再把补给物资一起搬上船去。补给物资里有你们能用得上的东西吗？"托马斯·赫德森说。

"不太清楚。有一张清单，但用英文写的，我看不懂。"中尉说。

"中尉，送来的东西里有没有火鸡之类的？"托马斯·赫德森问。

"有呢，"中尉说，"我想让你意外惊喜一下，所以先前没有跟你说。"

"那我们就把火鸡和啤酒一分为二吧。"托马斯·赫德森说。

"我这就叫手下人来帮你们装油装冰。"中尉说。

"太好了，真是太谢谢你了。我此次只打算停留两个小时。"托马斯·赫德森说。

"嗯。我们换班又往后推迟了一个月。"中尉说。

"又推迟了？"托马斯·赫德森问。

"是的。"中尉说。

"你的那些部下对此都没有意见吗？"托马斯·赫德森问。

"不用担心他们，他们都是犯了纪律，受了处分才送到这里的。"中尉说。

"感谢你的鼎立相助。我想整个科学界都要对此向你表示感激。"托马斯·赫德森说。

"关塔那摩也会一样感激我吗？"中尉问道。

"那是当然，关塔那摩是科学界的核心领域嘛。"托马斯·赫德森说。

"我觉得那伙人最可能是藏起来了。"中尉说。

"我也这么想的。"托马斯·赫德森说。

"船上遮的棕榈叶都还是青色的呢。"中尉说。

"还有其他什么情况吗？"托马斯·赫德森问。

"没别的了。你就把电报拿来给我吧，我实在不想再上船了，怕耽误你的时间，打搅了你的工作就不太好了。"中尉回答道。

"假如我不在的时候，送来的东西里有什么不能久放的，你们就及时吃掉，不要等腐败变质了，坏了又怪可惜的。"托马斯·赫德森说。

"谢谢。没能照看好你的那头猪，实在很抱歉。"中尉说。

"出些小岔子，我们谁都难免的。"托马斯·赫德森说。

"我这就去告诉手下人，让他们不要上船，只能好好待在船尾帮着装货，在船边多帮些忙。"中尉说。

"那实在谢谢你了，你还能不能记起来，那两条捕海龟的船有什么特点吗？"托马斯·赫德森说。

"看上去两条船的外形倒是很一般。基本上没有什么区别。看上去真像是同一个造船师傅造出来的。船在礁脉角上一拐弯好像是想要顶风进岛。但后来不知怎么回事，又匆匆往克鲁斯礁岛的方向去了。"中尉回答说。

"没有出礁脉吗？"托马斯·赫德森问。

"没有，而且后来不一会儿就看不见了。"中尉说。

"那在沙尔礁岛附近海里的那艘潜水艇呢?"托马斯·赫德森问。

"那艘潜水艇浮在水面上，跟那架软式飞艇拼了个你死我活，惨烈得很。"中尉说。

"如果我是你的话，我可要继续保持戒备状态关注后面的态势。"托马斯·赫德森说。

"我现在就是这么做的，所以你才一个人也没有看见呀。"中尉说。

"我明明看见了鸟儿在海上乱飞。"托马斯·赫德森开玩笑地说。

"倒霉的鸟儿!"中尉说。

# 第六章

船在顺风的推送下，沿着礁脉的里侧顺利地向西行驶。经过前期的补给准备，水箱装满了，冰也藏好了。在下面甲板上，一个值班人员正在麻利地煺着鸡毛、开鸡膛，鸡毛都顺手丢进了海里。而另一个值班人员则专心地擦洗着枪支。驾驶台上也挂起了两块长长的木牌子，上面用粗黑的大字表明本船系科学考察船，船的四周已经遮上了齐腰高的帆布。一团团的鸡毛顺着船的走势随着海水往后漂浮而去。

"把船往里靠靠，愈靠里愈好，只要别撞上了沙洲就行，反正这一带的海岸你熟。"托马斯·赫德森吩咐阿拉。

"是的，所以知道这是空搭，那我们打算到哪儿下锚呢?"阿拉说。

"我想到克鲁斯礁岛的头上去走走看看。"托马斯·赫德森说。

"看看也可以，不过我觉得看了也没有多大意思。难道他们还会留在那儿吗?"阿拉说。

"是不太可能会留在那儿了。万一那里有渔民或是烧炭工见过他们。"托马斯·赫德森说。

"希望这风能快快停下来，多想能过上两天没风没浪的日子啊。"阿拉说。

"哈，罗马诺岛那边可还有风暴等着你呢。"托马斯·赫德森说。

"这我知道。可这儿的风刮起来太凶了，人站在船上简直就像站在山口风中一样。要是这风还这样无休无止地刮下去，我们就别想赶上他们。"阿拉说。

"我们一路走来步步都还算得很准确，说不定这次还真能交上点儿好运呢。"托马斯·赫德森说，"他们本来完全可以占领洛博斯岛的，可以利用那里的电台向那另一艘潜水艇呼救，以便来接他们走。"

"这足以说明他们还不知道这一带还有其他一艘潜水艇，他们总得有点霉运光顾一下。"阿拉说。

"嗯，我也这么觉得，要不，他们也不至于十天里就转了那么多地方。"托马斯·赫德森说。

"也说不定他们可能是耍心眼，故意这么干的呢。"阿拉说，"算了，别想啦，汤姆。我想得头都疼了，平时扛汽油桶都没觉得这么吃力。咱这船该往哪儿开呢？"

"就照这个方向开吧，开的时候一定可要注意着点，因为已经靠里边行驶着，还要注意别碰上了突出的沙洲。你得小心那个没安好心的密涅瓦①。"托马斯·赫德森回答道。

"好的。"

按照你的说法，估计那潜水艇挨炸弹的时候连着电台也一起给炸了，托马斯·赫德森在心里盘算开了。这也不是没可能，要说就算电台被炸坏了，也应该有备用电台呀。但偏偏潜水艇被炸了以后，彼得斯一直都捕捉不到他们的信号。不过这也说明不了什么大问题。能说明问题的事实根据只有一条：肯定有人三天前在我们这航行的路线上已经看见了那两条船。

有多少人是不得而知的。是否有伤员也不得而知。除了知道有一支自动手枪，有些其他什么武器装备也不得而知。唯一知道的就是，我们还是得跟着他们的航向走。

如果幸运的话，我们也许能够在克鲁斯礁岛和梅加诺礁岛之间找到些有价值的线索，他心想。说不定只能找到一大群白羽

---

① 密涅瓦：罗马神话中的智慧女神，也是战争女神，传说她是喊一声杀，全副武装地从朱庇特的头颅里蹦出来的。

鹏，要不就是些沙地里沙蜥爬向水源的足迹了。

如果去查看查看也好，至少这样就能少想这些事了。干完以后就可以去会会自己的猫儿狗儿，可以到城里的酒吧拼命喝个够再回家来，休息够了再准备下一次的出海，重新又去干一场。

也许这一次你就能抓获这帮家伙。虽然不是你打掉他们的潜水艇，但你也在这场歼灭潜水艇的一仗中发挥了你的作用。如果你想立个大功的话，那就得把潜水艇上的人一网打尽。

可是你为何还是如此漠然，无动于衷呢——汤姆开始责问自己。他们是一群杀人犯，你知不知道？你那满腔的正义感都跑到哪儿去了？你怎么看起来像一匹没有骑手，却还傻傻地在跑道上奔跑的赛马呢，只知闷头往前赶路？我们虽然还不能说一无是处，其实也是跟他们一样都是杀人犯呀，谁知道将来又会有什么结果呢——他告诉自己说。

担心也好，忧虑也罢，可是该干的事情还是得干。那就干吧，他在心里对自己说。我不需要干得引以为豪。只要干好事情就是。我跟人家又没有雇佣关系，用不着干一行爱一行。当想到这里时，他又马上揶揄了自己：是呀，自己竟然连个雇佣关系都还谈不上呢。如此一想，汤姆的心里就更不是滋味了。

"我来把舵吧，阿拉。"他说。

阿拉没说什么，把舵轮让给了他。

"注意观察右舷。阳光很强，小心眼看花了。"阿拉说。

"我去取墨镜。汤姆，你听我说，你就让我来把舵吧，另外去甲板上挑四个得力的人上来不是很好吗？你太累了，在小岛上的时候，你就没怎么休息好！"

"在这一带还用不着派'四人岗'值班。"托马斯·赫德森说。

"但是，你累了，需要休息。"阿拉说。

"我不怎么困。他们的船要是一直都往这条路上紧贴着岸边走，那一定会出事的。你听我说。如果他们的船出了事，那么就得停船修理，如此一来，我们就可以找到他们了。"托马斯·赫德森说。

"可你也不能总是不休息呀，汤姆。"阿拉说。

"其实我没有表现自己的意思。"托马斯·赫德森说。

"谁也不会对你有这样的想法啊。"阿拉说。

"你对这帮人是个什么态度？"托马斯·赫德森问。

"逮住了，必要的杀几个，其余的不动，都逮回去。"阿拉说。

"可是他们杀了那么多人啊？"托马斯·赫德森说。

"我不主张对敌人以牙还牙。我想他们应当也是迫不得已，才下了这个毒手而并不是为了杀人取乐。"阿拉说。

"哼，他们还灭了个自己人呢。"托马斯·赫德森说。

"知道吗？亨利几次想把彼得斯给宰了。而我自己有时候也真想动手宰了他。"阿拉说。

"确实，这种心情并不少见。"托马斯·赫德森表示理解地说。

"对这种事情我采取的方法是脑子不去想，心里就不烦。你也就少操些心吧。你平日休息的时候总爱看看书，那么，今天你也就去看看书吧，好好休息休息，行不行？"阿拉说。

"我今天晚上确实要好好睡一觉了。待会儿船下了锚，我就去看会儿书然后睡觉。我们已经赶上了他们四天的路程了，虽然现在还是看不出来。"托马斯·赫德森说。

"其实只有两种可能：我们要么把他们逮住，要么就把他们赶到战友们的手里。"阿拉说，"不过那都一样，能自己立功当然值得自豪，但我们还另有一种自豪感，这一般人就体会不到了。"

"这个确实忘了。"托马斯·赫德森说。

"这种自豪感里没有一丝丝虚荣的成分，死亡是它的妻子，失败是它的兄弟，倒霉是它的姊妹。"阿拉说。

"这种自豪感一定感觉很棒。"托马斯·赫德森说。

"确实如此，"阿拉说，"所以你不能忘了，汤姆，你不能把自己给毁了。我们这条船上的所有人都有着这样一份自豪感，彼得斯也不例外，虽然我很不喜欢彼得斯。"

"谢谢的你的指点，我有时候看问题真的是很悲观。"托马斯·赫德森说。

"汤姆，男子汉唯一的宝贝就是自豪感。"阿拉说，"有时候我们的自豪感那么强烈，我们都曾经在自豪感的驱使下干过些不容易办到的事。而我们的心里对此是无怨无悔，但是男子汉光有自豪感是不够的，还需要多动脑筋，多加小心才好。我看你不太注意爱护自己，所以我希望你能够多保重自己。不仅仅只是为了我们，也为了整条船。"

"我们?"托马斯·赫德森说。

"大家，所有人。"阿拉说。

"对喽，"托马斯·赫德森说，"还有你的墨镜也得算一个。"

"汤姆，希望你能理解我们的心意。"阿拉说。

"我理解。真是万分感激。听你的话，我一定会饱饱地吃上一顿晚饭，再去美美地睡一觉。"托马斯·赫德森说。

"多保重，多多保重吧，汤姆。"他说。

# 第七章

　　船行至克鲁斯礁岛后，在背风处下了锚，将船停靠在岸边。这是片水底是沙质土的海湾——介于两个礁岛之间。

　　"要是泊在这儿的话，一个锚肯定不行，还得加一个吧？"托马斯·赫德森向副手喊道，"我看了一下，这水底的土质不行啊。"

　　副手耸耸肩，接着就弯下腰去抛第二个锚，以便能够更稳固些。托马斯·赫德森把船迎着潮水慢慢朝前挪了挪，只见沙洲上茂盛的水草在水流中纷纷后退。他随即又打了个倒车，待第二个锚牢牢吃住以后方才顶着风停下。这时潮水从船身两侧滚滚而过。这里虽说是背风面，但风却依旧不小。他知道待会儿一等潮头转过来，船身肯定就会横过来，这就不免要遭受巨浪的冲击。

　　"管它呢，要晃就晃吧。"他说。

　　此时，他的副手已经放下了小艇，大伙儿正忙着准备在船尾再下个"丹福思"式的锚继续固定一下船身呢。在这里下好了锚，等到涨潮的时候，船仍然还能保持以头顶风的位置，就会避免不被巨浪打横了。

　　"你们干吗不再多下几个锚呢？把这条船搞得像只蜘蛛似的。"他大声喊道。

　　那副手冲他咧嘴一笑。

　　于是他对副手说："你把尾挂发动机装好，我到岛上去转转看看会有什么。"

　　"你还是别去了吧，汤姆，"他的副手说，"还是让威利和阿拉去吧。我负责送他们上岛，然后再送几个人去梅加诺岛看看。你说他们要带上 niño① 吗?"

"还是别带了。咱们得像个科学家的样。"

我现在真是听话啊，什么都由别人来照看了。也许是我确实需要好好休息了。可奇怪的是，我怎么一点儿也不累，也不困呢? 他心想。

"安东尼奥。"他喊了一声。

"在。"他的副手回应道。

"帮我把那个充气垫子拿过来，再拿上两个靠垫和一大杯酒就可以。"

"什么酒?"

"来杯金酒配椰子汁吧，对了，再加上点安古斯图拉和酸橙汁。"

"这么说，就是来一客'托美尼'喽?"亨利心里一阵高兴:哈，他终于又开始自己要酒来喝了。

亨利顺手就把充气垫子扔了上来，然后也上了驾驶台，他还带来了一本书和一本杂志。

"你这里倒是很挡风，一点也吹不着，"他说，"要不要我把帆布撩起来点儿，通通风?"

"哟，我什么时候变得这么尊贵还有人伺候啊，请问行情是何时上涨的?"

"汤姆，我们几个一起商量过了，大家都认为你需要休息了。你总是不顾一切地拼了命地干，人再能干，也是有一定限度的，也是会劳累的。你现在的身体情况已经超过这个限度了。"

"一派胡言。"托马斯·赫德森说。

"我当时对他们说过，说依我看你肯定没问题，还是挺得住

---

① 西班牙语:小家伙。原意是小孩，这里指的是轻武器（冲锋枪）。

的。但大伙儿就是不放心，他们一起说服了我。所以你现在就是得休息，汤姆。"亨利说。

"我精神好得很呢。我不会管你们说的这些的。"托马斯·赫德森说。

"问题也就在这儿了。你没日没夜连着干，把住了舵不放，就是不肯下驾驶台。而且什么话都听不进去。"亨利说。

"好了，好了，我明白你们的心意啦。不过这里还是得听我的。"托马斯·赫德森说。

"托马斯，你要知道我可完全是一片好心为你着想啊。"亨利说。

"好吧，我听话休息就是了。你总该会到小岛上去搜索搜索吧？"托马斯·赫德森说。

"应该没问题。"亨利说。

"你得去梅加诺岛上看看有什么动静。"托马斯·赫德森说。

"没问题。威利和阿拉已经先去了。我还得等安东尼奥把小艇开回来。"亨利说。

"彼得斯那家伙怎么样？"托马斯·赫德森说。

"他很卖力也很用心，一下午都在修那个大电台。据他说是已经全部修好了。"

"太棒了。待会儿我要是睡着了的话，你们一回来就要叫醒我啊。"托马斯·赫德森说。

"知道了，汤姆。"下面递东西上来了，亨利接过来一看，原来是一只大号玻璃杯，杯里满满铁锈色的混合酒，里面还放着冰块，杯外裹着双层的纸巾，并且用橡皮筋紧紧箍住。

"这是杯双料的'托美尼'，喝完酒，看会儿书就早点睡吧。待会儿你就把杯子放在手榴弹架子上的空格里好了。"亨利对他说。

托马斯·赫德森呷了一大口。

"这酒真是不错啊。"他说。

"我就知道你喜欢喝这种口味的酒。你就放心吧，一切都错不了，汤姆。"亨利说。

"是的，凡事总得自己先尽心尽力干好，谁都希望能够好上加好。"

"没错，你好好休息会儿吧。"亨利说。

"好。"

亨利说完就下去了，托马斯·赫德森听见了发动机嗡嗡作响的声音，心想，那必定是小艇回来了。嗡嗡声一会儿就停止了，只是听见小艇上有说话的声音，但又听不清在说着什么。后来嗡嗡声又重新响起来了，小艇又开走了。他又在那等了一会儿，再仔细听了听，然后拿起酒杯，把剩下的酒往船外猛劲一泼，酒全部洒在了空中，然后都随风飘到船后。他就把杯子往放置手榴弹的三层架上一放，然后就脸朝下趴在橡皮垫子上，一把搂紧了垫子。

我观察到他们船上遮着棕榈叶，下面怕是藏着伤员呢，他心想。也不排除是因为人太多，得找些东西遮盖遮盖。不过还是觉得第一种的可能性非常大。要是人多的话，他们第一天晚上就应该上这儿来了。我应该亲自上岸去看看的，不过阿拉和亨利都是把好手，也能干着呢，威利也很棒。我一定要做出个表率。当下他就对自己说：今后遇到这种事，一定要穷追猛赶，多动脑子，不能怕犯错误，更不能轻率地行动，这样跑到他们前面，反倒会被他们漏了网，岂不成了个笑话。

# 第八章

托马斯·赫德森突然间感到有人按着他的肩膀，回头一看原来是阿拉，阿拉兴奋地对他说："我们抓到了一个德国佬，而且是威利和我一起抓到的。"

托马斯·赫德森赶紧下了螺旋梯，阿拉也尾随着一块儿下去。只见那被抓的德国人裹着条毯子躺在船尾。彼得斯在旁边拿着杯水，坐在甲板上。

"快来看看，有好东西了。"他说。

那德国人身形已是很消瘦，下巴上和凹陷的双颊上长着金黄的胡子，头发又长又乱，再由于天色近晚，太阳已快西沉，所以他看上去跟画上的圣徒确实挺像。

"怎么办？他太虚弱了，已经没法招供了，威利和我审问过他。"阿拉说。

"问问他无论需要点儿什么，我们都可以提供。"托马斯·赫德森对彼得斯说道。

"再问清楚他们一共来了多少人。告诉他我们一定要搞清楚他们的人数。"

彼得斯转身又对那德国人说了起来，他语气非常轻柔，生怕惊扰到他。

那德国人费了半天劲，勉强挤出了几个字。

"他说他不知道。"彼得斯说。

"不可能，我一定得知道。你问问他要不要打一针吗啡。"

那德国人看了一眼托马斯·赫德森，又勉强说出了几个字。

"他说他已经感觉不到痛了。"彼得斯说。可是紧接着，彼德斯又用德国话说开了，语速很快，托马斯·赫德森从中听出了一种温存细软的味道，或许是德国话的声调本身听起来就比较富于感情吧。

"你别多嘴，彼得斯，"托马斯·赫德森说，"我只是让你翻译我的原话，不要自作主张。明白吗？"

"明白了，长官。"彼得斯说。

"告诉这可怜的家伙，我会救他的，有办法让他开口的。"

彼得斯将托马斯·赫德森的话翻译给那德国人听，只见那德国人转过脸来，用眼睛望着托马斯·赫德森。虽然他还是个年轻人，但眼睛已经迟钝了。一张脸也早已像海滩上漂来的烂木头那样枯朽，也没有什么生气。

"Nein." 德国人缓缓从嘴里吐出了一个字来。

"他说他绝对办不到。"彼得斯说。

"我也听懂这话了，威利，你给他弄点热汤喝，再来点儿白兰地。"托马斯·赫德森说，"彼得斯，你再问问他，是否要来一针吗啡，如果他说不肯也别再难为他。再告诉他，我们这里吗啡多得是，给他一点儿没关系。"

彼得斯把托马斯·赫德森的原话翻译给那德国人听，只见那德国人望着托马斯·赫德森竟然淡淡一笑。他对彼得斯又说了些什么，但语气轻得几乎听不出来。

"他说谢谢你了，但他现在已经不需要了。"

那德国人又接着对彼得斯轻轻说了句什么，彼得斯马上就翻译了出来："他说如果是在上个星期的话，他就能用得上了。"

"告诉他我真的十分佩服他。"托马斯·赫德森真心地说。

只见小艇已经靠到了船边，艇上坐着的是他的副手——安东尼奥以及亨利等人，他们是要去梅加诺岛的。

"上船轻一点，不要到船后去，后船有个德国佬，快不行了，我想让他能安静点儿咽气。你们有什么发现？"托马斯·赫德森对他们说。

"没有，什么都没发现。"亨利说。

"彼得斯，如果你要是有什么话就只管跟他说吧。没准你还能套出点什么话来。我要跟阿拉和威利到前边去喝一杯了。"托马斯·赫德森说。

一进舱，他就问："威利，汤准备好了吗？"

"我做了一锅够咱们喝的，做的是一锅蛤蜊汤，煮得差不多了，可以喝了。"威利说。

"为什么不做牛尾汤呢？咖喱鸡汤的味道也很好啊。"托马斯·赫德森说，"按照他的身体情况还是喝鸡汤比较好，可以早点恢复然后送他走。你把鸡肉都放到哪里了？"

"我可不干，还想给他吃鸡肉？那些可是留给亨利吃的。"

"你想过吗，我们为什么要那样优待他呢？"托马斯·赫德森说。

"其实我们并不是真心要优待他。我不过是想让他喝点好汤、来杯美酒，兴许他就肯开口说实话了。可他就是一心求死，不肯开口呀。你给我来杯金酒吧，阿拉？"

"汤姆，他在岛上有个窝棚呢，还有睡在一张用树枝做的床上，看上去感觉还挺不错，瓦罐里的水蓄得满满的，也不缺吃的。在沙土上还挖好了排水沟。我发现从海滩到窝棚一路上有很多清晰的脚印，数了数估计有八双到十双吧。我和威利把他抬过来可是很费了不少工夫。他身上的两处伤口都生了坏疽了，靠右大腿的那个坏疽气味可难闻了。也许我们根本就不应该把他抬来，所以，还是得由你和彼得斯过去审问审问他。"

"他身上有枪支吗？"托马斯·赫德森问。

"什么都没有。"阿拉说。

"快把我的酒拿来给我，依你看，那个搭窝棚用的树枝大概是什么时候砍下来的？"托马斯·赫德森说。

"不会迟于昨天早上，但也不敢把话说死。"阿拉说。

"你看见他时，他那会儿说了什么话没有？"托马斯·赫德森问。

"什么都没有说。他看见我们手里有手枪，眼里还流露出害怕的神情。我想那是因为他看到了威利锐利的目光吧。当我们把他抬起来的时候，他又笑了笑。"阿拉说。

"我想，那只不过是他想表示他还是能笑得出来的。"威利说。

"后来，他就昏过去了，你看他这样半死不活的怎么办，还要拖上多久啊，汤姆？"阿拉说。

"我也说不好。"

"好了，我们还是带上酒到外边去坐会儿吧，我可实在信不过彼得斯。"亨利说。

"先把蛤蜊汤喝掉吧，我可是饿得不行了，要是亨利没有意见，我就把亨利的鸡肉热一罐给他吃好了。"威利说。

"我没有什么意见，只要他吃了肯开口说话。"亨利说。

"要是他吃了仍不肯开口呢？你把白兰地给他带去吧，没准他也跟你我一样，都是爱酒如命的人呢。"威利说。

"这个德国佬确实是个好汉，虽然奄奄一息了，但还是硬撑着活了下来。"托马斯·赫德森说。

"我看虽说奄奄一息了，但还显得挺有风度的。"阿拉说。

"这么说你跟彼得斯是一鼻孔出气的，难道你也成了亲德派了吗？"威利问他。

"威利，你胡说什么呢。"托马斯·赫德森说。

"你到底怎么啦？我们这里有一小撮狂热的亲德派，我说你这么维护这德国佬，到底是什么意思？"威利倒反问起托马斯·赫德森来。

"阿拉，你等着汤热好了吧。威利，跟我到前边来。"托马斯·赫德森板着脸说。

安东尼奥也想跟着去，可是托马斯·赫德森不同意，于是安东尼奥只好又退回厨房里去了。

托马斯·赫德森和威利来到了前舱，此时天已渐黑。托马斯·赫德森只能勉强看清威利的脸。托马斯·赫德森看了看威利，说道："威利，你还有什么话，全都倒出来吧。"

"你呀，难道因为儿子牺牲了，就连自己的命也不要了吗？难道非得累死在驾驶台上才肯罢休吗？难道只有你们家有牺牲别人家就没有儿子牺牲吗？"威利说。

"说完了吗？"

"彼得斯就够讨厌的了，现在我们又摊上个半死不活的德国佬，把整条船搞得臭气熏天。再弄个烧饭司务当大副，你说说咱们这条船，到底算是哪门子的船？"

"他饭烧得怎么样呢？"托马斯·赫德森问。

"他做饭倒是有一手，开开小船也很有两下子，难不倒他，要说我们大伙儿算在一起，加上你在内都还抵不上他一个人呢。"

"怕是比他差远啦。"

"得了吧，汤姆。不是我非得要发脾气，其实我也没有什么资格发脾气。但我就是看不惯这些个做法。我很喜欢待在这条船上，同样也很喜欢大伙儿，但就是那个彼得斯总是招我讨厌。虽然你不爱听我说的这些话，但请你务必要听我说一句：请你千万千万不要再这样糟蹋自己了。"

"其实我也谈不上糟蹋，我只是一心想着工作的事，想着想着别的事暂时都顾不上考虑了。"托马斯·赫德森说。

"真是服了你了，你这么高的思想境界，我看也真该上十字架了。"威利愤愤地说。

"好吧，我尽量控制自己不去多想就是了。"托马斯·赫德森说。

"这才像人话。"威利说。

"那你现在心里舒畅点了吗？威利。"

"当然舒畅多啦。我想大概都是那个德国佬惹我上得火。他们把他安顿得妥妥当当的，那意思好像摆明了，如果换了我们的话就绝不会安顿成这么妥帖似的。其实这有什么难啊，我们只要有时间，也一样能办好。不过，他们倒真是舍得花时间。人都只剩一口气了，如今四面八方都在捉拿他们了。可他们还是不遗余力地把他安顿得妥妥当当的，也真是到了家了。"

"这话不错，可他们把那边小岛上的居民也收拾得干净利落的。"托马斯·赫德森说。

"是啊，问题就是出在这儿。"威利说。

就在这时，彼得斯进来了。他远远站住，一个立正，接着敬了个礼，不过却仍是一副醉态。只听他报告说："汤姆，不，长官，他死了。"

"谁死了？"

"那个俘虏。"

"知道了，你去开动发电机，再去试试，争取跟关塔那摩联系上。"托马斯·赫德森说。

按理说他们指示也该下来了，他心想。

"俘虏说了什么吗？"他又向彼得斯问道。

"还是什么都没有说，长官。"

"你感觉身体怎么样？威利。"他问。

"没问题。"

"那赶紧就去给他拍两张躺在船尾的侧面照。再脱掉他的短裤，揭掉毯子，拍一张他在船尾直挺挺躺着的全身照。另外，再拍一张头部的正面特写照和一张全身平卧的正面照。"

"遵命，长官。"威利说。

托马斯·赫德森说完就上了驾驶台。他心想：这事情还得海军情报局说了算数，可是他们哪里会相信我们抓到了这么个半死不活的德国佬呢。什么证据都没有。有人会说这是德国人扔在海里的尸体，碰巧被我们捞到了。真该死，刚才我怎么就没有想到趁他活着的时候早些给他拍照呢。正在想的时候，阿拉上来了。

"汤姆，你打算派谁把他抬上岸去埋掉？"

"今天谁活儿干得最少就谁去。"托马斯·赫德森说。

"所有人都干得很卖力。算了，还是我带吉尔把事情做个了结吧。我们打算把他埋在沙土里，埋的位置我看只要比满潮的水位高一点就可以了。"

"再高一点是不是更好？"托马斯·赫德森说。

"行，你一会儿告诉威利坟上的木牌子该怎么个写法。我们正好有个不用的箱子，如果用得上，我就拆块木板给你。"

"你这就让威利上来吧。"托马斯·赫德森说。

"咱用不用把他裹好以后再缝起来？"

"这倒不用了。用他自己的毯子裹起来就行。"托马斯·赫德森说。

"请问你有什么吩咐？"威利问道。

"你辛苦一下，在木牌上题上'无名德国水兵'几个字，下面再标上日期。"托马斯·赫德森说。

"好的，汤姆。那我是不是也跟着掩埋队一起上岸去？"威利问道。

"这倒不用了。有阿拉和吉尔两个去就行。你把木牌题好后就休息一下，或者好好喝一杯。"托马斯·赫德森说。

"等彼得斯一联系上关塔那摩，我就把电报送上来。你还要下去吗？"托马斯·赫德森说。

"我顺便就在上面休息了，不下去了。"威利说。

"在这么条大船的驾驶台上值班是什么感觉？会不会感到责任重大，要担负起处理乱七八糟的一大堆事情？"威利问道。

"这也就跟你在木板上题几个字是差不多的一回事？"托马

斯·赫德森说。

这时关塔那摩那边终于有电报来了。密码译出来是：继续西进严密搜索。

哈哈，正合我意！托马斯·赫德森心里暗喜道。他平静地躺了下来，不一会儿就进入梦乡了。细心的亨利轻手轻脚地拿了条薄毯子来给他盖上。

# 第九章

托马斯·赫德森在离天亮还有一个小时的时候，就已经把气压表都看过一遍。气压降低了零点四①，他不放心就叫醒了副手，让他赶紧也看看。

"你看到昨天罗马诺岛上空的风暴了吗，看这情况恐怕要转南风了。"他低着嗓门说。

"有茶吗？"托马斯·赫德森说。

"瓶子里还有点凉茶，你稍等，我这就去给你拿来。"他的副手说。

虽然这船尾甲板早已经就擦洗过了，但托马斯·赫德森又重新拖了一遍，还把拖把也洗得干干净净。然后就带上一瓶凉茶上了驾驶台，一心等着天亮。

天色还没亮，他的副手就把尾锚收了起来，又跟阿拉一起收起了右舷锚，副手又开动水泵，抽干舱底的污水，再次检查了一遍船机各部分。

等一切准备工作就绪后，副手昂起了头，大声地说："准备完毕，听命待发。"

"怎么会有那么多水在舱底？"托马斯·赫德森问。

"哦，那是因为填料箱的盖子松了。我已经去把盖子拧紧点儿了，现在看来问题还不大，万一机器发烫的话可就麻烦了。"

"嗯。把阿拉和亨利叫上来吧。我们这可是要出发了。"

船起锚了。"树在哪儿，再指给我看看。"托马斯·赫德森转

① 英寸读数。0.4英寸水银柱的气压差折合公制的话，约为10毫米，即13.5百帕左右。

过头对阿拉说。

阿拉给托马斯·赫德森指了指，由于船已经渐渐远去，只能看到一点点影子了，托马斯·赫德森立即用铅笔在海图上画了个叉标记上。

"后来彼得斯就一直也没有跟关塔那摩再联系上？"

"没有呢。这家伙够倒霉的，又把机子烧坏了。"

"算了，还好我们已经跟上了他们。"托马斯·赫德森说。

"你判断一会儿真的就要转南风吗，汤姆？"亨利问。

"照气压表的数来看怕是要转了。等风起来了再看吧。"托马斯·赫德森说。

"风是四点前后息的，现在几乎没有了。"亨利说。

"你昨晚被沙滩上的那种小飞虫咬到没有？"托马斯·赫德森问道。

"晚上还好，天一亮就被咬了。"亨利说。

"你最好还是下去拿些驱蚊水喷喷吧，别再让小飞虫给咬了。本来就是要用的东西，留在船上带到东带到西的不用也是浪费呀。"托马斯·赫德森说。

今天倒真是个好天啊，但是一抬头，还是能看到岛上空那高高的成堆的云。岛的上空云层高积，这预示着将有南风来袭，如果不起风的话，那就意味着是陆地风暴的前兆了。

"假设一下，如果你是个德国人，阿拉，你会怎么想呢？"托马斯·赫德森问，"假如你看到了这些迹象，知道自己完全没有顺风可借了，那你这会儿又会怎么想呢？"

"我会靠里走，我只能这样办。"阿拉说。

"那你也得有个向导才行啊。"

"那找一个不就好了。"阿拉说。

"上哪儿去找呢？"

"这还不简单，安通岛上渔民有的是啊，如果再靠里点儿的话，罗马诺岛上也有会。或者到科科岛上去找也行。我反正知道，在这种季节里，那一带的岛上肯定会有腌鱼的渔民。如果在安通岛上的话，说不定还能找到有活鱼舱的渔船呢。"

"那我们就到安通岛去找找看吧，早上一醒来就能遇到这么好的天气，能够背晒着太阳在驾驶台上把舵，实在是太痛快了。"托马斯·赫德森说。

"要是天天都能有这样的好日子让你背晒着太阳在驾驶台上把舵，那真该感谢这海洋了。"

今天的天如同夏天来临，早上的风暴还未形成。天气看起来还是相当不错，海水依然平静而清澈，海底有什么都能看得清清楚楚，海浪柔柔地拍打着珊瑚礁。不过海浪非常轻柔而温婉，带着一种懒洋洋的节奏，让人不由得感觉到平静而美好。

托马斯·赫德森暗暗寻思道：看这幅景象，大海好像在说，既然我们都是朋友了，那么以后我就不会再给你捣乱了，不再任意撒野了。大海，虽然有时也会犯混脾气，但大多数时候倒也和蔼而友善。而小溪总是一派友善慈善的模样，只要你不去招惹它，你可以一辈子都对它放心。

他又瞧了瞧那缓缓起伏的波浪，不禁看得出了神，思绪也翻飞起来，波浪让人觉得密涅瓦女神就那么亭亭玉立地站在眼前，温情脉脉地告诉来海上的人：这海上可是个好地方哟。

"给我来个三明治，好吗？里面要夹咸牛肉和生洋葱，或者加火腿蛋和生洋葱也可以。你吃过早饭就指派四个人上来值班，告诉他们要检查检查望远镜。我计划要先走一段外海了，然后再转到安通岛上。"他对阿拉说。

"好的，汤姆。"

要是没有这个阿拉，我还真不知道自己怎么办才好呢，托马斯·赫德森心里想。一切这样顺利，顺利得简直都叫人不敢相信了。自己也睡过一个好觉了，精神焕发。同时也已经接到命令，我们也紧紧地咬住了敌人的尾巴，而且前边还有人拦截。现在要做的只是按照命令执行就好，而且今天的晨光又是这样的灿烂，执行搜索的命令真是再合适不过了。

船沿着深水航道一路驶去，眼前是平静的大海，微波轻伏，海鸟盘旋，真是一片祥和，远处是罗马诺岛内陆的一排排苍翠的树木，许多礁石小岛散布其间。

"遇到这种没风的天气的话，他们的船走不了很远的。"亨利说。

"哼，我看他们压根儿就走不了。"托马斯·赫德森说。

"我们现在就要上安通岛吗？"亨利说。

"对。彻底解决掉这个问题。"托马斯·赫德森说。

"安通岛还是很不错的，只要没什么风浪，我知道那里有个停船的好去处，停在那儿绝对不会吃他们的亏。"亨利说。

"就怕万一到了近海他们会来劫船。"阿拉说。

他们发现前边出现了一架小型的水上飞机，很低地直向他们飞来。在阳光里看起来只有一点，显得渺小极了。

"飞机来了，传令挂大旗。"托马斯·赫德森说。

看起来飞机越来越近，在船的上空打了两个盘旋以后又继续向东飞去，不一会儿，就飞得看不见了。

"如果要是发现了目标，飞机才没有那么自在呢，不一炮给打下来才怪呢。"亨利说。

"如果真是发现了情况，那飞机上的人只需要把方位报出去，在弗兰塞斯礁岛上的人就能收到情报了。"

"这个完全有可能。"阿拉说。那另外两个巴斯克人并没有说话，他们的背相向而对，用心观察着自己负责瞭望的那个方向。

过了一会儿，叫乔治的巴斯克人开口说话："飞机在偏东方向，看样子是又飞回来了，目前位于罗马诺岛和外围小岛之间的位置。"乔治的真名其实叫尤赫尼欧，缘于彼得斯叫起尤赫尼欧来有时会"卡壳"，因此大家都改叫他乔治。

"看来开飞机的人也许想要回家吃早饭去了。"阿拉说。

"他要是发现了我们，也会去报告的，没准再过上个把月，大家就都会知道我们此时此刻是在哪儿了。"托马斯·赫德森说。

"只要航图上的方位没标错的话，应该没什么问题，汤姆，我看见大帕雷东岛啦。就在我们左前方二十度左右。"阿拉说。

"伙计，你的眼睛可真够尖的啊。"托马斯·赫德森夸奖道，"我们转到里边去，从内航道去安通吧。"

"转左舷九十度就应该没问题。"

船就向着那葱茏可爱的礁石小岛驶去。托马斯·赫德森恋恋不舍地把舵转出了开阔的航道，驶离了这片浩渺大海，暂时放弃了清早在远洋航行的妙趣，去到那近海的礁石小岛堆里干一番搜索的苦差事了。但根据飞机飞行的迹象表明，它就是到这一带的海岸上来侦察的，而且它还掉了个头复查了一遍，这就足以说明在东边并没有发现敌人的那两条船。当然了，这架飞机也许只是在执行它例行的巡逻任务。但仔细分析琢磨之后，我感觉还是前一种可能性要更大一些。因为如果是例行巡逻的话，飞机应该是在深水航道的上空飞行的。

他看到安通岛了，那是一个林木茂密的小岛，随着船的前行，安通岛在他的眼前逐渐显现了轮廓。他用力将船向海岸驶去，眼睛紧紧盯着前方并搜索着他心中想要的标记——最近定位在小岛顶部一棵最高的树，他发现这棵树恰好正对准远处罗马诺岛上的一个小山口。若按照着这个方向驶去的话，即使阳光有多么刺眼，他也能照样轻轻松松地靠岸。

本来，他觉得也没有这个必要这么做。但为了能够很好地演习，他还是按照最初的想法办了。因为这一带海岸刮飓风是常事，他在找到了作为标记的那棵树后又想再找一个更固定的方向标记，他一边想一边就降低了船速并且让船继续地沿海岸平稳地前行，用心地把树影对准了背后鞍形山的山口后才一个急转弯径直往里驶去。水道两边都是沙洲，海水很浅，勉强才将沙洲盖住，这种地方捕捉美味是最适宜的。他对阿拉说："让安东尼奥放个钓钩出去。看看能不能钓到什么好吃的。这条水道底下的沙滩可肥着呢。"

他径直将船笔直地往里开。他原本是不想去看左右两边的沙洲，只想一鼓作气开到底。但转念一想，阿拉说起过得意忘形有多种表现形式，再次对照着自己的表现一琢磨，这也算得上是一种得意忘形的表现吧。想到这儿，他立刻冷静起来，以右舷的沙洲为准把好舵，只要发现左侧跟沙洲有摩擦，他就把船朝右一偏，并不一直依着自己习惯定向了。他觉得在这里行船就像在街道齐整的居民新区里开车一样，很顺手，基本上不会有什么意外。望见前边有个深水小湾正是转弯掉头的好地方，他打算就在那儿下锚。就在船快到那个小湾时，忽然听见威利急嚷起来："有鱼哎！有鱼！"他朝船后一看，只见一条嘴巴张得开开的大海鱼扭动着身子跃起在半空中。这真是一条大鱼，一身的银鳞在明媚的阳光照射下闪闪发亮，在阳光里鱼儿拼命挣扎着，一下子又掉进了海里，溅起一大片白色的水花。

"Sábalo①."安东尼奥很不屑地叫了一声。

"是 sábalo，没什么意思。"那两个巴斯克人也说。

"我想逗它玩玩，这鱼的肉其实是不怎么好吃，但我还是很想去把它抓上来。"亨利向汤姆说道。

"不确定威利能不能把它逮上来，要是逮不上来的话，你就去收拾这鱼吧。让安东尼奥别管了，还是赶快到船头去吧，我马上要下锚了。"

大伙儿都忙着下锚了，再也没有人理会那条 Sábalo 了。

---

① 这种鱼的西班牙语名称。

"还要再多下一个吗？"托马斯·赫德森朝着船头上的副手喊道，副手摇了摇头。当锚吃住了以后，船也稳稳当当地不那么来回晃了。

副手来到了驾驶台上。"放心吧，汤姆，船铁定刮不走的，风暴再大也刮不走了。"他说，"就算再大也绝对刮不走。顶多就是晃些，反正怎么也刮不走的。"

"你估计一下，这风暴什么时候会来？"

"估计得等到两点以后吧。"副手望了望天色对他说道。

"把小艇放下去吧，我们时间不多，得赶快出发了，记着尾挂发动机里要多加一桶汽油。"托马斯·赫德森说。

"这次你打算带上谁去？"

"阿拉，威利，加上我一共三个人。人少些，小艇才能开得快些。"

# 第十章

小艇里，阿拉、威利和汤姆都带上了雨衣，而且把雨衣裹在niño 的外边。所谓 niño 就是"汤姆生"式冲锋枪，他们还给冲锋枪套了个羊绒里子的长枪套。这个长枪套可是阿拉缝制的，虽然他不是个内行的裁缝但做工看起来却不差。那几个巴斯克人给这些枪起了个外号，叫"小家伙"。

"拿瓶水给我们。"托马斯·赫德森对他的副手说。安东尼奥便拿来了好大一瓶，但是是冷水。瓶子的瓶盖还是紧紧拧着。托马斯·赫德森拿到水后又递到了威利的手里，威利就去放在小艇的前头，意思是谁喝谁拿。威利蹲在船头，阿拉最喜欢驾驶这种挂发动机的小艇，所以选择坐在船尾。托马斯·赫德森则居中。

三人准备妥当后阿拉就驾起小艇径直向岛上驶去，天上的云愈积愈厚了。

当小艇行驶到岛前的浅水里之后，托马斯·赫德森看见水下的沙底上鼓起了浅灰色的一团团，定睛一看，全是海螺。"我们要不先在海滩上察看一下，汤姆？"阿拉探过身来问道。

"确实应该察看一下，趁着现在天还没下雨。"

阿拉便加大了马力向岸上开去。因为前方正好是个突出的尖角地形，沙子又被潮水冲出了一条沟，于是他就顺势将小艇开进沟里停住。

"这个小岛叫什么？"威利问。

"安通。"

"你负责查看从这儿到东边的那个尖角地，我们一会儿就会来接你。我负责查看这一带的海滩。阿拉负责上岸查看。完毕后我就驾上小艇，接完他，再来接你。"

"要是发现了德国佬，我可以朝他们开枪吗？"威利问道。

"上校说了，好歹得留一个，但还是要想办法留下一个最好机灵点儿的活口。"托马斯·赫德森说。

"哈，看样子我得先给他们每个人都进行一下智力测验，然后再开火。"

"伙计，你可别忘了对自己也要进行一下智力测验。"

"我的智力可是没得说的。"威利语气很不屑地说，然后一抬腿就向前走了。他细细地查看着这片海滩和前边一带，查了又查，不放过任何一块地方。

托马斯·赫德森使劲把小艇推下了水。然后，把 niño 往腋下一夹顺着海滩一路查看起来。他光着脚，脚趾缝里可都嵌满了沙子。再往前走了一会儿，能看到阿拉驾驶的小艇已经快绕过那个小尖角了。上了岸后，他心里非常高兴。便尽量加快继续查看海滩的脚步。

他把这片海滩满潮线以上的地面都查看过一遍，并没有发现任何脚印，只看到了一只海龟爬过的痕迹。印迹很宽，还扒出了一个洼洼，看样子是在那儿下过蛋。

可惜时间太紧，要不然还可以去掏海龟蛋了，托马斯·赫德森心里想，脚下不禁加快了脚步，想快去看看阿拉把小艇放在哪儿了。

托马斯·赫德森脚下的步子一紧，精神也随着为之一振。他心里寻思，这一带没发现有德国佬的足迹了。如果德国佬在这里的话，怎么会让他们这么太平呢。不过再转念一想，也难说，没准他们犯了个大错却还蒙在鼓里不知情呢，所以才会自我感觉良好。

托马斯·赫德森顺着海滩一路走去，他极力告诫自己要专心观察，什么都不能去想了，只一心注意四下的动静。他观察得十分仔细，但脑子里总是免不了思潮起伏。

他把小艇推到水里后利索地翻身上船，趁机还在水里洗了洗脚上的沙子。他把裹在橡皮雨衣里的 niño 在手边一放，便开动了发动机朝着海滩行驶而去，但还是看不到阿拉的影子。等到看见阿拉时，阿拉已经快查探到红树①湾附近了。此时阿拉已经听见了引擎声，回过头来招招手让他把小艇开过去。托马斯·赫德森猛地一转船头，小艇就来到了阿拉的身后。

"把船尽量靠向外边走，我们快去找威利吧。"他说。

"看这天色快要下雨了呢，汤姆。"阿拉说。

"你发现了什么了吗？"托马斯·赫德森问。

"什么都没发现。"阿拉说。

"我也是一无所获。"托马斯·赫德森说。

"瞧，那不是威利吗？"阿拉说。

威利屈起双腿在沙滩上坐着，niño 搁在他的膝头上。托马斯·赫德森就把小艇向他那儿驶去。他觉得威利有些奇怪只盯着他们直瞅，整个人显得没精打采。

"你们俩跑到哪儿去啦？"威利劈头盖脸地吼道。

"消消气，威利。他们是什么时候来过这儿的？"托马斯·赫德森说。

"昨天。"威利说。

"总共有多少人？"托马斯·赫德森问。

"七八个吧。"威利说。

"还有其他情况吗？"托马斯·赫德森问。

"他们找到了一个向导，但不知道应该给他定个什么职别。"威利说。

那个向导是个打鱼人。他用棕榈叶在岛上搭了个窝棚，捕来

---

① 红树是一种生长在水边的植物，外表不红。但剥去树皮后里边的树干是红色的，因此红树之名由此而来。

鱼后先切成一条条腌起来，然后挂在架子上晾干，通常都是卖给专门来收购的华人，而华人再转手卖给一些杂货小店的华人老板。他们从晒鱼架的数量来看，这个打鱼人腌制的鱼干数量还不少呢。

"这一下那帮德国佬就有鱼吃啦。"威利说。

"汤姆，你说说看，这两次都是谁发现德国佬的？"

此时，雨开始下大了，狂风乍起，颇有山雨欲来风满楼的感觉。

"赶紧把雨衣穿上吧，把 niño 也罩在雨衣里。"阿拉说。

"好的，"威利说，"这一下我们可算咬住他们的尾巴了，汤姆。"

"别高兴得太早，前边的地方还大着呢，况且现在他们又有了个熟悉本地的帮手，对我们可是一点也不利了。"托马斯·赫德森说。

"你考虑问题总是考虑得太复杂，"威利说，"他们熟悉，我们也不陌生啊？"

"但他们还是要比我们熟悉得多一点。"托马斯·赫德森说。

"才不管他们呢。这下我要到船尾去好好洗个澡了。先用肥皂一擦，再冲干净。我得好好享受享受。"

这时候，雨已经下得很大了，可以说是暴雨如注，连大船的影子都看不清楚了。风暴很快地往海上推进，一时风也狂，雨又猛，船上的蓄水箱这一下可要满得无法收拾了，恐怕这会儿他们都在忙活着厨房里的水龙头和船头的厕所里，因为必须都要猛劲往外放水了，托马斯·赫德森心想。

"有多少些日子没下过雨了，汤姆？"威利问。

"根据航海日志的记载，得有五十多天了吧。"托马斯·赫德森说。

"看来真是雨季到了，快给我递个瓢儿，我要把水给舀出去。"威利说。

"一定要把你的 niño 护好喽，千万别被雨水打湿了。"托马斯·赫德森说。

"放心吧，护得好好的呢，小家伙在我的裤裆里夹着呢，枪口塞在我上衣的左肩底下，"威利说，"快把瓢儿递给我吧。"

后来他们就全都来到了船尾，统统脱得精光，开始洗起澡来。大家拿起肥皂往身上到处擦，涂完了就把身子直起往后一仰，任凭雨水来冲洗。原本他们个个都被海上多日的骄阳晒得浑身黢黑黢黑的，但在这种奇特的天色的衬托里却显得异常的透白。托马斯·赫德森不禁想起了塞尚①画里的洗浴者，但又觉得还是让伊肯斯②来画似乎会更好些。想来想去，他还是认为这幅画应该由他自己来创作会更合适。他在脑海里已经勾勒出了这样的景色：一股怒号的白浪从灰色的滚滚波涛里翻起，白浪里烘托出飘摇的船身，天边黑压压的风暴袭来，但云层里又透出了一线瞬息的阳光，铺天盖地的淋漓大雨全都被映成了银白色，同时也照亮了船尾的洗浴人。

托马斯·赫德森猛地将小艇停住，此时，阿拉已经用力地抛出了一根缆绳：他们终于到大船了。

---

① 保罗·塞尚（1839—1906）：法国著名画家，后期印象派杰出代表。

② 托马斯·伊肯斯（1844—1916）：英国著名画家，其绘画特点题材通常取材于日常生活，画风细致写实。

# 第十一章

后来，大雨总算停住了，这时候，托马斯·赫德森也把因久旱干缩而造成漏水的问题全都检查完毕，各种接水的盆盆罐罐也都放上了，真正是漏水而不只是溢水淌水的地方也统统都用铅笔一一做了记号。紧接着托马斯·赫德森又布置了值班的人员，给他们分派了任务，并跟副手和阿拉把需要决断的事都一一商量好，最后取得了一致的意见才算完成。

吃过晚饭后，大家围圈坐下来打扑克，他没有参与他们的活动，而是独自上了驾驶台，随身还带上个驱蚊水和充气垫子，以及一条薄毯子。他打算就躺着休息休息，什么也不想，什么也不愿意去想。他觉得就像有时候想想星星，却无须想得很深；有时候也可以想想大海，而不必在意一定的主题；有时候可以想想日出，而完全不必去思索新的一天将如何开始。

不一会儿托马斯·赫德森就睡着了。他梦见自己重新变成了一个孩子，骑上了一匹骏马，在一个陡峭的峡谷里尽情奔驰。走到一处，前方忽然就变得开阔起来，涧流无比清澈，连涧底的鹅卵石都能看得一清二楚，还能清楚地看见水潭底里的大蛙①吞食漂流在水面上的小虫。当他正梦到自己骑在马上看大蛙往上浮时，阿拉却拿着电报把他叫醒了。

来电还是那句话：继续西进严密搜索。

"谢谢，如果再发来电报，马上给我送来。"他说。

"肯定的，打扰你了，汤姆。你继续睡你的吧。"

---

① 学名为克氏鲸，是美国西海岸的特产。

"你可不知道，我正做着个好梦呢。"

"想对我说说么，想说就说别藏在肚子里，没准真能美梦成真呢。"阿拉调侃道。

他就又睡了，这回的梦可没刚才那么美妙了，他梦见庄上的小屋竟让人放火给烧了，那头已经长得很大的幼鹿也被杀了，连他的狗都不能幸免于难，他梦到自己还在一棵树下发现了狗的尸体。猛然就惊醒过来了，满身是汗。

我看靠做梦来逃避现实绝对不是什么好法子，托马斯·赫德森对自己说。我还是要像以前那样，咬着牙关去忍受，千万不要指望靠一些不切实际的东西来麻醉自己。还是及早醒醒为好。

他对自己说道：现在摆在面前的除了最根本的问题，还有一些不大不小的问题。想想真是心有不甘啊，自己冒了风险，一直对人对事都费尽心力，将荣辱得失都置之度外，可到最后老天竟然赏给自己的居然是这样的睡不安稳。明明缺少睡眠，又不能睡个好觉，身体都要拖垮了。话说这也是你自己一直不要睡，才搞成这副德行的，又有什么可怨的呢。

算了，困了就睡吧，大不了睡梦被惊醒罢了，出一身冷汗又没有什么大不了的，这都根本不算什么事。但你还记得吗，当初你跟那个姑娘同床相拥而眠的时候，你总可以舒舒服服地一觉睡到大天亮，除非她调皮地把你弄醒要同你做爱，否则你是不可能毫无原因地在半夜里醒来的。还是回味回味这些美妙的往事吧，托马斯·赫德森想，看是不是能帮助你安下神来。

看样子他们并不想真正打起来。没准他们只想搭上一艘西班牙轮船逃回去。假如他们真的有力量来真的，那天晚上就应该早来把孔菲特斯打下来了。但他们却偏偏没有这么做。那到底还有什么原因促使他们起了疑心呢，也许是因为他们看见了我们扔在海滩上的那些汽油桶，不，他们怎么可能会如此了解我们的底细呢？他们一定是见了汽油桶后，觉得这里有些舰艇，所以才有这么大的用油量。但还有一种可能是他们有人负伤，所以才不想打。但这也说不过去啊，他们完全可以趁着晚上四寂无人的时候，把载有伤员的船停得远些，其他的人一样可以攻上岸来啊，如果他们要叫那另一艘潜水艇来接的话，就必须得先拿下无线电台才行。可是，另一艘潜水艇到底去哪儿呢，为何一丝踪迹都没有？这里边真是蹊跷多多、疑云密布。

还是多想些让人开心的事情吧。比如天亮起航，太阳晒在背上暖暖和和的该有多惬意。可是你也别忘了，对方现在也有熟知本地情况的向导了，还有那么多的咸鱼当存货，所以你还真得多动动脑筋才行。想着这些，慢慢地他就又睡着了，这次睡得挺熟，一直到天亮前的两小时，而且是被沙滩上的小飞虫叮醒的。因为多想了一些当前所面对的难题，他自己的情绪也比之前已经稳定多了，所以一觉下来，平安无梦。

# 第十二章

天还没亮，船就起航了，托马斯·赫德森依旧顺着来时的航道向前驶去，等太阳出来后，船也已经出了夹道。于是他又改航线方向为向正北驶去，这样好甩开外边一圈的危岩暗礁，方才能进入深海。虽然这样的行驶路线要比走近岸多花些时间，但毕竟要安全得多。

自打太阳出来后，海面完全就感觉不到什么风了，看上去那真是风平浪静了，海面上起伏不大，连往常司空见惯的海水拍击礁岩激起浪花的景象也看不到了。他知道待会儿一定是又闷又热，到下午就该起风暴了。

托马斯·赫德森的副手上来了，他朝四处望了望后再对着陆地的方向观察起来，从这头一直看到那头，只见远处露出了灯塔高高的身影。

"要是我们早点儿靠里走的话也就不用大费周折走这么远，没准早就赶上他们了。"

"我明白你的意思，但我考虑还是以稳当些为主。"托马斯·赫德森说。

"今天的天气跟昨天差不多呢。但奇怪怎么会这么热呢？"

"没风的话，料他们的船走起来快不到哪里的。"

"哪能快得了啊。估计他们的船现在正停在什么地方。你想到灯塔上去查问一下，他们到底有没有从帕雷东岛和科科岛之间的夹缝穿过去，是吗？"

"没错。"

"那就让我上去吧。那个看灯塔的人我认识。你去下锚就可以。我用不了一会儿就可以回来。"安东尼奥说。

"我看也没必要下锚。"

"咱的船上有的是精壮小伙，起个锚一点也不麻烦。"

"你去看看，如果阿拉和威利已经吃过饭了的话，你就让他们上来一趟。按说这儿离灯塔也挺近的，应该不会出现什么情况和意外的，不过我们还是照规矩办，你还是叫乔治和亨利都一块上来吧。"

"可别忘了哦，这一带的暗礁可以延伸到深海里呢，汤姆。"

"放心吧，我忘不了的，再说我也看得见。"

"茶要喝凉的吗?"

"谢谢。麻烦再给我带一份我吃的那种三明治来。你下去后先叫值班的人上来。"

"好的。我一会儿会让人给你送来凉茶。我得去准备准备了，眼看着就要上岸了。"

"汤姆，你跟灯塔里的人说话可千万要注意哪。"

"我会小心的，要不也不会自己上去了。"

"上灯塔嘛，总得有个理由才行，还得编些鬼话打打掩护。"

"没错，你就说，我们有些东西要送给他们用，科学考察嘛，稀奇玩意也该有一些的。"副手说。

四个人上了驾驶台，按老位置各就各位值班。亨利向汤姆问道:"你看见了什么了吗?"

"我看见了一只海龟，有只海鸥一直绕着它的头顶上打转呢，我以为那海鸥会在海龟背上停下，不过它还就是不下来，一直打转。"

"Mi capitán①."乔治叫了一声。他叫的这个巴斯克人个子比阿拉还高，体魄健壮，确实一副优秀运动员的体格，而且还是个

---

① 西班牙语:我的船长。

非常优秀的水手，不过在一些其他方面他并不擅长。

"Mi señor obispo①."托马斯·赫德森也客气地回敬了他一句。

"你想叫就这么叫吧，汤姆，我倒是想请问你，如果见到了非常大的那种潜水艇，我是不是就叫你呀？"乔治说。

"如果它有你上回见到的那个那么大个的话，你就谁也不用叫了。"托马斯·赫德森说。

"我最近晚上做梦，总是梦见那艘潜水艇。"乔治说。

"你这会儿可别跟我提那艘潜水艇了，我才刚吃了早饭呢。"威利说。

"我还记得那回我们跟它碰头后，不知怎么回事，我觉得自己的Cojones②像电梯一样猛一下都升上来了，心里直发毛，都有点不知所措的感觉。"阿拉说，"你当时是什么感觉呢，汤姆？"

"我亲眼看着它出水的，后来就听见亨利叫了一声：'哎呀，来了艘航空母舰啦，汤姆。'"阿拉说。

"那家伙体型可真大，看上去跟一艘航空母舰一样，所以我才情不自禁地脱口叫了出来。至今我对它还有这么个感觉呢。"亨利说。

"我这辈子就是叫它给害的，自这以后，我就不是以前的我了。我是真的再也不想干这海上的买卖了，我要是能掏得出五分钱，早就撂挑子不干了。"威利说。

"来，我给你两毛钱，到大帕雷东岛你就可以下船走人。两毛扣掉五分钱后你还可以多出一毛五呢。"亨利说。

"谁稀罕你的钱，我只不过是想改行。"

"你真想改行吗？"亨利看着他问道。自从最近两次回哈瓦那休整以来，他们之间就一直有些小疙瘩没解开。

---

① 西班牙语：我的主教大人。
② 西班牙语：睾丸。

"你听着，有钱的大爷，我们可不是来打潜水艇的，要不你先来一杯酒壮壮胆，就算你喝了酒，也不见得就有胆子敢上来。我们干的不就是在追杀几个德国佬么，他们也没有三头六臂，坐的也只是一条平常无奇的小船。不就这么点任务嘛，我看没有什么大不了的。"威利说。

"得了，我看你还是把这两毛钱收回去吧，说不定哪天你就用得上了。"亨利说。

"去你大爷的！"

"别吵啦！听见没有，我说你们两个别吵啦。"托马斯·赫德森冲他们喝了一声，眼睛直盯着他们俩。

"汤姆我错了，对不起。"亨利说。

"我没觉得有什么错，不过我还是得向你道歉。"威利说。

"汤姆，你瞧，我们的正前方向出现了海岸。"阿拉说。

"那不是海岸，这是海水刚退下去后露出的礁石，照海图上的标记所指示，海岸的位置还要往东一些呢。"托马斯·赫德森说。

"我说的是约莫半英里以外呢，你再看得远些。"

"看到了一个人，好像在捕龙虾，要不就是在网鱼，但是有些远。"

"你说我们要不要跟他说个话什么的？"

"看样子他是从灯塔上下来的，安东尼奥反正要到灯塔上去的，回头让他跟他们谈谈。"

"鱼上钩了！鱼上钩了！"副手发出了一阵叫喊。亨利一听便求托马斯·赫德森说："我去帮着他把鱼一起抓上来吧，好不好，汤姆？"

"可以。你叫吉尔上来吧。"

亨利下去了。不一会儿，只见那鱼便蹿了起来，是条舒鱼。又过了一会儿，只听见安东尼奥一边嘟囔，一边拿了手钩就去钓鱼。紧接着又听见了噼噼啪啪的用棍子敲击鱼头的声音。托马斯·赫德森以为他们还要把那条舒鱼再扔回海里去，所以想看看这鱼究竟有多大。突然间他想起来了：估计安东尼奥钓上这鱼后，好送给灯塔上的人以便做个人情。就在这时候，他听见两个人忽然同时喊了起来："看啊，又有鱼上钩了！"这一次，鱼没有蹿出水面，倒是听见钓线一个劲儿地往外放。托马斯·赫德森看到后就把船再往深海里开去了一点，而且给两台发动机都减了减速。但钓线仍在不断地往外放，他索性关了一台机器，然后将船头向着鱼儿转过四十五度停住。

"看啊，是个大家伙的刺鲅鱼！"他的副手喊了起来。

亨利麻利地在收线拉鱼，其余人都纷纷往船后的海水里看去，见那鱼儿有着长长的身子，尖嘴，虽然这一带深海的海水并不那么清澈，但依旧能看见鱼儿的一身条纹，无比清晰。眼见着手钩快要把它钩到时，不料鱼儿一扭头，又飞快地钻进深海里了，四周围观的人的眼睛都还没有来得及眨一眨，它就又消失在蓝蓝的海水里，不见了踪影。

"这种鱼就有这么一手，会一头往下直钻，一下就没了影儿。"阿拉说。

亨利赶紧收线将鱼儿拉了上来，捉到了船上。只见那鱼儿浑身乱颤。遍体蓝色的条纹非常鲜艳，那快得像刀锋一样的利嘴看起来失去了往日的风采，只剩张一会儿闭一会儿的份了。但鱼尾巴仍不停地在甲板上乱甩。

"Qué peto más hermoso!①"阿拉说。

"这条刺鲅确实很漂亮，我们可不能这样继续闹腾下去，不然一上午都要浪费了。"托马斯·赫德森接着对副手说，"让钓线继续挂在船外，你把接钩绳都摘了吧。"当下他就改舵把船直接

---

① 西班牙语：好漂亮的鲅鱼！

驶向小岛礁石高处的灯塔门外，并且一鼓作气加快了速度，他想争取把耽误的时间补回来，但表面上却依然装作还在钓鱼似的。

"这条鱼可真漂亮啊，模样儿也挺特别的。"亨利走上驾驶台说，"我真想把它挂在小滑车上。"

"你猜猜这条鱼有多重？"威利问。

"安东尼奥说怎么也得有六十来磅重吧，威利。我得对你道个歉，当时我实在来不及叫你了。其实我们都认为你去抓是最合适的。"

"也没什么，你手脚也挺利索的，我看我抓起来未必有你那么快呢，再说我们也得快些赶路了。这一带的鱼那是很肥呢，我们要是想捕的话，都能捕上一大堆呢。"威利说。

"没问题，等我们打完仗后，一定找个时间好好来捕。"

"一言为定，等打完仗了，我要跑到好莱坞去找个技术顾问的活，比如要是有哪个演员想扮个航海的把式什么的，我就可以好好教他们这方面。"威利说。

"你干这活完全错不了。"

"应该错不了吧。为了将来能真正实现这个理想，我一直在学习、琢磨这里头的各种学问，想想这都一年多了。"

"威利，你怎么了，怎么总闷闷不乐的呢？"托马斯·赫德森问道。

"我也不知道到底为什么，反正从早上一醒来，心里就着实憋得慌。"

"哎，你帮我到厨房里看看倒的茶凉了没有，要是凉了麻烦你给我拿过来。然后还得麻烦你给我做一份三明治，安东尼奥这会儿腾不开手。"

"没问题，三明治要夹什么？"

"放些花生酱，如果有洋葱的话就再加些洋葱。"

"是，长官。"

"我看还得消一消你那肚子里憋着的那股子气。"

"是，长官。"

等威利一走，托马斯·赫德森就对亨利说："你别跟他较真了。我现在还离不开这小子，这小子毕竟还是有他的一手绝活，他现在可能心里一时有些不痛快了。"

"我一直是耐着性子对他好，可他这个人实在是太难伺候了。"

"那就发扬点精神，再耐心点儿嘛。你刚才说什么两毛钱的玩笑，不是存心要惹他恼怒吗？"

托马斯·赫德森瞅着前方平静无澜的海面，在他的左前方有一溜儿礁石，虽然看上去似乎没有什么危险，但却杀机四伏。可他就是喜欢背着阳光紧贴险礁冲过去。这样不仅可以把耽误的工夫抢回来，而且还能得到一些其他方面的补偿。

"真对不起，汤姆，以后说话我一定多注意，少胡思乱想。"亨利说。

威利端着茶上来了。满满的一大杯。

"船长大人，茶是冰过的，我对此还采取了保冷措施。"他说。与此同时他递给了托马斯·赫德森一份用半方纸巾垫着的三明治。

尽管当时没有风，但托马斯·赫德森还是敏锐地闻到了一股酒气。

"你不会觉得这会儿有些早吗，威利？"托马斯·赫德森说。

"完全不早，长官。"威利说，显然他能听出话里的意思。

托马斯·赫德森以疑问的目光又对他一番打量。

"你再说一遍，威利？"托马斯·赫德森说。

"我说不早了，长官。"威利说。

"我听见了。"托马斯·赫德森说，"你听好了。你现在下去把厨房好好打扫干净，完事之后就到船头上去，我们要准备下锚了，你站的地方一定要让我能清楚地看见才好。"

"是，长官，可我觉得身体有些不太舒服，长官。"威利说。

"真的吗？"托马斯·赫德森说。

"是的，长官，我是真的觉得不太舒服，我想找船上的医生看看。"威利说。

"医生就在船头上。你去敲敲门，看看他在不在，反正你去船头也要经过卫生室。"

"我也是这个意思，长官。"威利说。

"什么意思？"托马斯·赫德森说。

"没什么，长官。"威利说。

"他是醉糊涂了。"亨利说。

"不，他才没有醉糊涂呢，他只是酒喝多了。"托马斯·赫德森说。

"他这一阵子确实挺奇怪的，不过他这人跟我们都不同，一向都很怪。他受过苦遭过难，心里难免总是不痛快。哪像我从来就不知道什么叫苦什么叫难。"阿拉说。

"汤姆心里痛苦也有很大的啊，可他从来不表现出来，只是喝些凉茶罢了。"亨利说。

"你们别胡说了，我谈不上有什么痛苦，我一直都喜欢喝凉茶。"托马斯·赫德森说。

"我记得你以前可是从来都不喜欢喝凉茶的。"

"可别忘了，习惯也是在不断更新的，没有什么是永远一成不变的东西，亨利。"

"阿拉，你跟着亨利一起到船头上去，看看他需要什么帮助。你就留在他身边多看着点儿。亨利去收钓线。乔治，你负责帮着安东尼奥放小艇。安东尼奥要是让你一块儿去，你就跟他一块儿去好了。"

驾驶台上就剩下托马斯·赫德森一个人了。

"阿拉。"他喊了一声。

"什么事，汤姆？"阿拉上来问。他尽管长着一副铁塔似精壮的身躯，但上螺旋梯登驾驶台却轻巧得像杂技演员一样。

"现在下面的情况怎么样？"托马斯·赫德森问。

"汤姆，威利的情况好像有点让人担心，我让他别在太阳里晒了，还给他调了杯酒，叫他喝了就躺下休息。现在人是很安静，但是他看东西的眼睛总是直直愣愣的，完全不正常。"

"别担心他了，本来他脑子就有点儿问题，也许是因为晒多了太阳才这样。"

"不排除这种可能。但会不会还有其他原因呢？"阿拉问。

"你觉得呢？"托马斯·赫德森说。

"彼得斯和吉尔还在睡觉。我记得昨天晚上是吉尔值班看着彼得斯。亨利睡了，乔治跟着安东尼奥到小岛上去了。"阿拉说。

"他们一会儿就该回来了。"托马斯·赫德森说。

"是的。"阿拉说。

"也怪我一时急糊涂了，派威利到船头上去了。我可不能再让他去晒太阳了。"托马斯·赫德森说。

"我自己当时在拆洗那几把大家伙。其他凡是有引信的东西我也全部都检查过一遍了，现在湿气重，加之昨天晚上又下了雨，我就怕引信受潮不能用。所以昨天晚上打完扑克以后，我们把各人的枪都拆洗过了一遍，还上了油。"

"你做得不错，现在湿气确实很重，不管这枪开过没开过，今后我们得每天要检查一遍。"

"明白了，威利也不适合留在船上了，我们应该找个借口让他走，不过在这儿就让他走有点不太妥当。"阿拉说。

"那到弗兰塞斯岛再说怎么样？"

"我看到那也行。不过我觉得最好还是到哈瓦那再打发他走，要不干脆叫人送他离开哈瓦那算了。汤姆。"

托马斯·赫德森似乎想起了什么，脸色有点儿不好看。

"既然他是由于身体不过关而被部队刷下来的，而且脑子多少又有些毛病，按说我们在最开始的时候根本就不该收下他。"阿拉说。

"这我知道。只是我们当时也没想那么多的，现在后悔也晚了，还是收了他。"

"算了，这估计也没有什么太大不了的，我先下去了，手里还有点活儿没干完呢。"阿拉说。

"好，去吧，多谢你啊。"托马斯·赫德森说。

"A sus órdenes.①"阿拉说。

安东尼奥和乔治驾着小艇出现了。安东尼奥一到就迅速地跑上驾驶台来，把小艇和发动机都撂给了乔治和亨利，让他们去把船吊上来。

"伙计，情况怎么样？"托马斯·赫德森问他。

"估计他们是趁风还没平息就连夜赶过去了，他们要是从那条夹缝里穿行过去的话，灯塔上的人照说是看不见他们的。我也问了一个网鱼的老头，他说也没看见有什么捕龟船在这一带出没。听看灯塔的人说，那老头是个极爱饶舌的人，若真要是看到了，绝对是要讲给旁人听的。你看我们要不要再退回去呢，重新找那老头核实一下？"安东尼奥说。

"不必了。依我推测，他们或许早就到了科科港了或者就在吉耶尔莫。"

"你看因为后来的风很快就平息了，估计他们最多只能到得

① 西班牙语：听候您的命令。

了那一带。"

"你能确定他们在夜里穿不过那条夹缝吗？"

"我敢肯定，即使最厉害的领航员也别想穿得过那儿。"

"那就起锚开船吧，我们就到科科岛附近或者吉耶尔莫一带去找他们。"

前面一带沿海的地形极其复杂，托马斯·赫德森索性把船转到外边，为的是避开种种危险的地形，一路迂回曲折往前开动。此时的天空中，云层已经堆得很高很厚了，他估计风暴会来得更早一些。托马斯·赫德森在心里暗暗盘算：过了科科港，还有三个地方要去搜索一下。我还是得再加大点儿马力，务必在天黑前要赶到那儿。

"亨利，你来代我掌会儿舵？把航向保持在二百八十五度别动就行。我要到下边看看威利去。万一你要是发现了什么的话就及时喊我一声。"托马斯·赫德森说，"吉尔，靠岸的一带就不用去看了。还是到右舷去仔细注意观察前方的动静。靠岸一带的水比较浅，他们的船是不会开到那儿去的。"

"我认为还是有必要仔细看看靠岸的一带，那儿紧贴着岸边，有一条弯弯曲曲的航道，他们的向导可是极有可能带他们走那条路，借机把他们藏到红树林子里去。"吉尔说。

"嗯，我这就去叫安东尼奥上来。"托马斯·赫德森说。

"如果他们真是在红树林子里的话，我的这副大望远镜就能望见他们船的桅杆。"

"我才不信呢，说得神乎其神的。"

"你要是不见怪的话，就同意了吧，汤姆。"

"我没说不同意啊，你真要是发现了一支桅杆，我就任凭你来一杆子堵住我的屁股眼儿，另外再塞上几颗花生米。"托马斯·赫德森甩出了两句粗俗的话。

听到托马斯·赫德森这样的粗话，吉尔未免感到颇有些不快，不过他觉得这话倒是没有错的。他举起了大望远镜，专注地盯着那一带红树林子仔细地搜索，眼珠只差没从眼眶里蹦出来了。

托马斯·赫德森下了驾驶台径直来到威利那儿，一边跟威利说话一边还分出神来往海上和陆上看。说来奇怪，怎么一下了驾驶台就会感觉到自己的视野一下子窄了很多，而且看到下面平静无事，心里又自责起来：你真傻，不坚守岗位，还到处瞎跑。其实他总是想尽力跟底下的人保持接触，但又不想干"只视不察"的蠢事。好在自己现在已经逐步将权力转移给安东尼奥和阿拉了。作为一名海员，他觉得安东尼奥要比自己强多了；而阿拉作为一个男子汉也要远胜于他。他心想：他们俩现在是青出于蓝而胜于蓝，但指挥权还在我手上，我应该充分利用好他们的才智和优点。

"威利，你究竟是怎么啦？"他问。

"真对不起，我也知道自己表现得有些过分了，可是我控制不住。但不瞒你说，我现在身体真的是很不舒服，汤姆。"

"你很清楚我们在喝酒方面的规定，虽然没有明确的要求，但是这是靠自觉遵守纪律，这些老调我想也不用我多次强调了。"托马斯·赫德森说。

"你是了解我的，我并不是个酒鬼。"威利说。

"你要真是酒鬼的话，我们也不会要你的。"

"可彼得斯你不是要了吗。"

"不一样，你得明白彼得斯不是我们主动要的，而是上面给我们派下来的，而且他也有他的问题。"

　　"他的问题就是撂不开安格斯①。老弟，你看着吧，用不了多长时间，他的那些问题也就会成为我们共同的问题了。"威利说。

　　"不谈他了，还有什么使你感到苦恼呢?"托马斯·赫德森说。

　　"就是时不时感到会心烦。我呢，已经是半个疯子了，而这船上的大家伙儿呢都像是半个圣人或者半个不要命的好汉似的。"

　　"威利，我看你心里其实也并没有什么真正不痛快的大事。只不过是让太阳给晒得有点迷糊了，喝酒是不能从根本上能解决问题的。"

　　"汤姆，我明白，我本意并不是想故意撒野同你胡闹。我想问问你以前曾经尝到过那种癫狂崩溃的滋味吗?"威利说。

　　"应该不算，有时候似乎接近了，但总还差那么一小步。"

　　"哎，那种滋味真是让人不好受，只是一会儿也都会让我受不了的。好吧，我答应你，这酒我就从此就再也不沾了。"威利说。

　　"也不用说得这么绝对。只需还像以前那样，少喝点儿就行。"

　　"我以前那么喝酒其实也是借酒消愁的。"

　　"这我理解，喝酒从来都不是平白无故的。"

　　"是啊。你要相信，我对你说的句句都是实话。绝不会说假话的，汤姆。"

　　"假话谁不会说呢? 不过，我相信你即使说假话也是事出有因的。"

　　"你还是快上驾驶台上去吧，你呀，每次紧紧盯着海看，就像盯着个想要甩了你的姑娘似的发愣出神。"威利说。

------------

　　①　凯尔特神话中的爱神。

"可不能再喝酒了啊，威利。"托马斯·赫德森说。

"我答应你，说过不喝就保证不喝。"威利说。

"我相信你。"托马斯·赫德森说。

"汤姆，我可以问你件事吗？"威利问道。

"想问什么只管问吧。"托马斯·赫德森说。

"你心里的苦恼能到什么程度，睡得着觉吗？"

"最近总睡得不大好。"托马斯·赫德森说。

"昨天晚上也睡得不太好吗？"威利问道。

"对。"托马斯·赫德森说。

"那是由于你在海滩上巡查过了一遍的缘故。"威利说，"快上去吧，我这儿你就别操心了，一会儿我就跟阿拉干我们的活儿去。"

# 第十三章

　　他们在科科港的海滩查找脚印，已经到处都查遍了，于是他们又驾上小艇，准备到远处的红树林子里再去搜索一番。他们发现如果捕龟船想来找地方躲躲的话，这儿还真有几个能够藏身的好地方。最后他们还是一无所获，但却遇到提前来袭的风暴了。大雨劈头盖脸的，打得海面看上去就像凿了无数的喷泉一样，喷出的一道道白色水柱直冲云霄，非常壮观。

　　托马斯·赫德森又亲自去海滩上巡查了一遍，在靠海滩的地方有个通海的小湖，他发现小湖背后的内陆处，有个在涨潮时红鹤的聚集处，他当时看到有好多美洲鹳，这种禽鸟在西班牙语中名唤"科科"，所以明白了这个小岛也由此得名。同时，他还看到了一对粉红的琵鹭，非常罕见，一身玫瑰红的羽毛鲜艳靓丽，在灰色淤泥的映衬下看上去真是美丽不可方物。琵鹭在走动时脑袋会朝前一冲一冲的，显得优美而灵活。但这种鹭鸟在饥饿难耐时，却又无情得可怕，这也是一些涉禽的共同特点。他无暇多加观赏，因为他还得进一步去深入前方查看，也许那帮家伙为了躲避蚊子都上了高处也说不定，这样便会将船藏在红树林子里呢。

　　他一无所获，除了有个地方能看得出，有人烧过炭以外——但也有好些日子了。等他回到海滩上时，一阵突如其来的风暴早已劈头盖脸地打了下来，阿拉急忙接他上了小艇。

　　阿拉这人，一向最喜欢顶着狂风暴雨开小艇了。他报告托马斯·赫德森说：所有派出去搜索的人都没发现什么异常的情况。现在其他人都已经在小艇上了，除了威利。威利的任务是查看最远的一段海滩，位于红树林子的那一头。

"那你呢?"阿拉问。

"我也什么都没发现。"托马斯·赫德森说。

"我先送你们上大船吧，待会再回来接他。你说，那帮家伙到底能上哪儿去呢，汤姆?"

"要我说的话，估计会上吉耶尔莫去。"托马斯·赫德森说。

"我和威利也是跟你一样的看法。"

"他怎么样了?"托马斯·赫德森说。

"他能怎么样了，你还会不了解吗?"

"了解啊。"托马斯·赫德森正说着的时候。小艇就靠上了大船边，他很快就上了船。

托马斯·赫德森看着阿拉掉转船头后又一头冲进了前方的狂风暴雨。他叫船里的人拿来一条毛巾便蹲在后船撩起衣衫来。

"要来一杯酒吗，汤姆? 你现在浑身都湿透了。"亨利说。

"多谢，来一杯也好。"

"来杯纯朗姆怎么样?"

"没问题。"托马斯·赫德森答应了一声，然后就到舱里去换了一身干净的衣服。再出来一看大家，全都是些兴高采烈的模样。

"我们都喝过了，纯得很，大家只要喝了这个酒，再赶紧把身上擦干，这样就不会轻易受凉了。"亨利说着，就给他递过一杯来。

"嘿，汤姆，快喝吧，喝了这一杯可防百病呢。"彼得斯说。

"你是什么时候醒来的?"托马斯·赫德森问他。

"听见大伙咕嘟咕嘟的声音时就醒了，那声音实在太大了。"

托马斯·赫德森开始并不太想喝这杯朗姆酒，但看到其他人喝完酒后都那么兴高采烈，想想他们身负着这样无趣的任务，却还能自娱自乐那么愉快，觉得自己如果不喝的话，就未免太扫兴、太不随和了。而且从内心来说，他也确实很想喝。

"彼得斯，你来跟我分了这杯酒吧。"他对彼得斯说。

"统共就一杯，还分个什么劲呀，就这么点儿酒，再一分的话喝了就跟没有喝似的。"

"那你也给自己倒上一杯吧，酒这东西你喜欢，我也喜欢。"托马斯·赫德森说。

"痛快喝了吧，待会就要请你拿出你的看家本事，这下全靠你把你那些难搞的机器都修好开起来。这不仅仅是为了你自己在干。"托马斯·赫德森说。

"应该说为了我们这个集体，大家觉得这船上数谁干得最卖力儿？"彼得斯说。

"我看当属阿拉，"托马斯·赫德森说完抿了一口朗姆酒，随即又把大家一个个看过一遍，"其实我们这船上的每一个都是最棒的英雄，一点也不含糊。"

"为你干杯，汤姆。"彼得斯说。

"为你干杯。"托马斯·赫德森说。

"为……我的首长……干杯。"彼得斯说。他有点结巴了，似乎是紧张得过了头了，可他本身就醉着，没什么需要紧张的。

"我申明可并没有这样明文规定咱们之间的关系。不过你要这样说我也认了。最好还是重新说一个。"托马斯·赫德森说。

"为你干杯，汤姆。"

"谢谢，不过你一定得铆上劲儿，把你的电台调弄好，否则我是宁当乌龟王八蛋也不会为你干杯的。"托马斯·赫德森说。

彼得斯看着托马斯·赫德森，清楚地看见他的脸上浮现出一股军人的正气，虽然身子骨儿大不如从前，可当年服过三期兵役的老兵的架势一点也不减。面对着这样一位堂堂正正的人物，彼得斯也不禁从心底无比敬佩地说出一句话来："是，长官。"

"我就先干为敬，希望你将来能多做出些奇迹来。"托马斯·赫德森说。

"是，汤姆。"彼得斯说这句话的时候心中已完全没有一点保留。

好吧，就到此为止了吧，托马斯·赫德森心里想。我对彼得斯的看法总跟大伙儿想不到一块儿。他有什么毛病也不用我再啰唆了。但他并非一无是处。他这个人有时错误的事做过了头，却稀里糊涂地反倒变成正确的了。照这样来看他肯定不是规规矩矩干我们这号任务的人，不过没准能干得了更有价值的工作呢。

威利也是一样，他心想，虽然两人都很难弄，不过各有各的特点。不过，威利他们这会儿也该回来了吧。

只见小艇卖力地穿过了汹涌的白浪，冲破了重重的雨幕快速向他们驶来。待他们上船后，两个人都已经被狂风暴雨浇得浑身都湿透了。出门的时候，他们没带雨衣。

"向你汇报，汤姆，"威利说，"只有一只落汤鸡和一副饥肠。"

"没有发现什么情况吗？"托马斯·赫德森问。

"完全没有收获。"威利站在船尾，身上的水往下直滴，托马斯·赫德森见此景象赶紧叫吉尔拿两块毛巾来。

阿拉抓住了缆绳使劲地把小艇拉了上来，所有人也就随即爬上了甲板。

"我们得赶快擦一下这些枪。"威利说。

"里外都湿透了，我们得先把自己身上擦干。"阿拉说，"我这个人从来就不能淋雨，现在屁股上已经起了一层鸡皮疙瘩了。"

"汤姆，别看今天这样大的风暴，但那帮人如果有胆量开船，再把帆稍微收拢点儿，他们的船还是照样就走了。"威利说。

"你说的这种可能性，我也想到了。"托马斯·赫德森说。

"依我看，他们在白天没风的时候肯定是躲起来了，下午一起风暴他们就趁机跑掉了。"

"那你觉得他们现在会在哪呢？"托马斯·赫德森说。

"他们可能现在还没有过吉耶尔莫。不过也有可能已经过了刀肠儿。这都是有可能的。"

"天一亮咱们就出发，兴许明天就能在吉耶尔莫逮住他们了。"托马斯·赫德森说。

"找到他们还是不太容易，但可能他们早就已经不在了。"

"那是。"托马斯·赫德森说。

"我们船上为什么没有装雷达设备呢？"威利问。

"此刻就是有雷达也帮不了我们什么忙。你倒说说，你能从屏幕上看到些什么呢，威利？"托马斯·赫德森说。

"好，我就不再瞎嚷嚷了，你别介意，汤姆。我们有超高频，然而我们追捕的对象连部普通的电台都没有……"威利说。

"这我不是不知道，难道你更愿意去追捕一个拥有优良装备的敌人吗？"托马斯·赫德森说。

"对。我还真是这么想的，至少这样能好抓些。等我抓住那帮王八蛋后，要亲手把他们一个个都宰了。"威利说。

"宰了他们又能改变什么？"托马斯·赫德森说。

"难道你忘了他们杀光了岛上所有的人吗？"

"是杀光了，但是这也没什么稀奇的，威利。你这些年走南闯北的见得也多了，干吗这么激动呢？"托马斯·赫德森说。

"好吧。反正我要是抓到他们一定会宰了他们的。"威利说。

"你最好给我留个活口，我要留着他们了解情况。"托马斯·赫德森说。

"可上次抓住的那个德国佬也没说出什么来啊。"威利说。

"是啊。但是他的情况太惨了，奄奄一息了，要是换了你也一样。"托马斯·赫德森说。

"好吧，我要喝一杯了。"威利说，"可以吗？""行啊，然后把淋湿的衣服都给换了，可别去跟人家惹事了。"托马斯·赫德森说。

"跟谁惹事都不行吗?"威利说。

"别贫了，搞得还像个小孩子似的。"托马斯·赫德森说。

"好吧好吧，听你的听你的。"威利说完，咧嘴一笑。

"这样才好嘛，我就喜欢你这样，可要一直保持下去。"托马斯·赫德森对他说。

# 第十四章

那天夜里，雷鸣电闪，好不热闹，雨一直下到清晨三点才停下来。雨停了以后，小飞虫们又纷纷出动了，把他们一个个都咬醒了。托马斯·赫德森特意到舱里给大家喷了驱蚊水，虽然当时引起咳嗽声一片，但不久许多翻身和拍打虫子的声音就少了。他拿着驱蚊水向彼得斯浑身上下喷了个遍，彼得斯也慢慢醒过来。

托马斯·赫德森用手电筒照着气压表瞧了瞧上面的读数，见气压在升高，他心想，这一下他们可就有风可使了。他又回到船艄，只留了一点驱蚊水，剩下的都喷进了舱里。这一次他轻手轻脚，非常注意，并没有惊醒一个人。喷完之后，他就独自静悄悄地坐在船艄，看着夜色逐渐退去。并且时不时也往自己身上喷些驱蚊水。船上总是缺医少药的，但好在这种驱蚊水还是备得很足的。有时身上出了汗，再喷上这种驱蚊水就会感到火辣辣地疼，不过总比让飞虫叮咬好多了。这里的飞虫在没有叮你的时候，一点声息你是听不到的，一旦给叮了以后，就奇痒难熬，肿起豌豆大小的疙瘩。尤其被沿海和小岛的飞虫叮咬后的毒性特别厉害。不过他转念又一想，可能是由于我们皮肤不一样的缘故吧，也可能是因为我们的皮肤还不够结实的缘故吧。真佩服土著竟受得了这种长期的叮咬。要在这一带沿海和巴哈马群岛一直住下去，吃不了苦的人根本就无法生存。

这时两架飞机在高空中掠过，他就这样坐在船中听着那隆隆的机声，一直到什么声音也听不到。

天一亮后，他们就开始赶路，眼力最好的吉尔用十二倍的望远镜监看沿岸一线。由于船离海岸很近，所以连岸上红树断了一根树枝也都看得一清二楚。托马斯·赫德森还是把他的舵。

"他们不是已经过了这一带了吗？我们还用得着看吗？"威利说。

"那也得好好再查看查看。"阿拉说。他是给亨利当副手的。

"那条弗兰塞斯岛上运糖浆的瘟船难道不是天一亮就要派人去巡查吗，他们的人呢？"

"他们的惯例是在星期天的时候是不进行巡查的，今天一定是星期天。"威利说。

"天上有卷云，看样子是要起风了。"阿拉说。

"说来说去，我现在就只担心一件事，就怕他们现在已经穿过吉耶尔莫的那条狭路往里边去了。"托马斯·赫德森说。

"你担心的不是没有道理，确实要防一手。"

"这一下弄得我也紧张起来了，我们还是开足马力快往前追吧。"威利说。

"我总觉得你神经特别容易紧张。"亨利说。

"谢谢你的关心啦，亨利。"威利瞅了他一眼，朝船外啐了口唾沫，"其实我那是故意装出来哄哄你的。"

"别再吵了，前方有个大珊瑚礁，刚好跟水面齐平的。"托马斯·赫德森说，"我们一定要注意这个地方，可千万要小心，别撞上去。里边就是吉耶尔莫了。大家看见了吗？"

"只不过又是个讨厌的小礁岛罢了，没什么稀奇的。"威利说。

"你们特别注意有没有烧炭的烟了？"托马斯·赫德森问。

"没有，汤姆。"吉尔说。

"昨天晚上的雨下得那么够劲，怎么还能冒得出烟呢。"威利说。

"不一定呢，老弟，凡事切忌武断。"托马斯·赫德森说。

"好的，记住了。"威利说。

"你要知道，对于那种大的炭窑即便下上一整夜铺天盖地的大雨，也依旧不会被扑灭。我就亲眼见到过一次，那次连着下了三天雨，可炭窑没有一个被淋坏。"托马斯·赫德森说。

"你去的地方多，见识果然要比我广。"威利说。

"看，那儿有片浅水暗礁，太容易出事了，我才不信他们能有本事在那样的风暴里，在这样的水路带还安然无恙地行船。"亨利说。

晨曦中，四只燕鸥和两只海鸥正绕着那片浅水不停地乱转乱啄。不知道这些海鸟发现了什么，一直不断地往水里冲。叫声尖厉。

"汤姆，这些鸟儿在抓什么呀？"亨利问。

"我也不太清楚。也许是那片浅水里有很多小鱼，但鱼儿离水面还有些远，鸟儿啄不到吧。"托马斯·赫德森说。

"可怜的鸟，为了生存可是起得比我们还早。"威利说。

"你打算怎么走，汤姆？"阿拉问。

"我打算尽量把船紧靠岸边，一直往前开，开到这个岛子的尽头去。我打算紧靠那个小岛慢慢地再绕上一圈，你们用望远镜仔细查看。然后再到吉耶尔莫岛顶端里侧的湾湾里下锚。"托马斯·赫德森说。

"什么？我们又要下锚了吗？"威利说。

"当然了，你怎么回事，这么一大清早说话就带着气。"托马斯·赫德森说。

"我哪有什么气啊。只是想单纯地很赞赏这片大海，很赞赏这一片美丽无限的海岸。想当年是哥伦布第一个发现了这一片美丽的海岸。不过也算我走运，不在他的手下当差。"

"是的，我也觉得你确实一直挺走运的。"托马斯·赫德森说。

"我在圣迭戈住院的时候看过一本书，还记得就是写哥伦布的。所以要谈哥伦布，我可是专家呢，他手下的那班子人可比咱们这条船上的人还乱七八糟，难管得很。"威利说。

"我们这条船上的人怎么就成了乱七八糟了啊。"

"眼下还说不上。"威利说。

"好啦，哥伦布专家。右舷二十度左右有条沉船你看见没有？"

"汤姆，右舷的情况应该归你的右舷岗哨去瞭望吧，"威利说，"不过单凭我那只好眼也能看得明白，确实有条沉船，沉船上还栖息着一只鲣鸟。"

"好。"托马斯·赫德森说。

"我本来可以当个伟大的鸟类学专家，我也是有点天分的，知道吗，我奶奶以前是养鸡的呢。"威利说。

"汤姆，你看我们是不是可以再往里边靠过去点儿？现在潮水在涨。"阿拉说。

"行啊，让安东尼奥到船头去观察一下，然后向我报告现在水深多少。"托马斯·赫德森回答说。

"水深没问题，汤姆，你往岸边靠吧。这边的航道你应该很熟。"安东尼奥喊上来。

"熟是很熟。我就是想再保险一点。"托马斯·赫德森说。

"用不用我来替你把会儿舵？"

"现在岸上的高地都能看得一清二楚了，那我就让你看着啦，吉尔。你可要认认真真看仔细了啊。"阿拉说。

"威利，你帮着吉尔和阿拉一起来观察海滩，不只要看海滩，还要仔细往岛里看。你们三个人共同把任务完成得漂漂亮亮，行不行？"托马斯·赫德森说。

"没问题，汤姆。"威利说。

吉耶尔莫岛上一个人都没有，船过岛子的梢头，托马斯·赫德森突然间开了口："我们现在就紧靠那个半月形小岛绕上一圈，你们大家都用望远镜用心地看。如果要是发现了什么情况，我们就开着小艇过去看看。"

不一会儿，起风了，海面上也明显有了些起伏，但暗礁上并没有激起大朵的浪花。托马斯·赫德森眼睛瞅着前方的礁石小岛又开始思索起来。他知道有一条沉船在这座小岛的西端，但是潮水涨得这样高，从这里望过去，水面上只是露出了沉船赤褐色的一角。他绕过了沉船，才见到了那片沙滩。

"我看见有烟了，岛上肯定有人在住着呢。"阿拉说。

"是有烟，现在都飘西边去了。"威利说。

"通过烟的位置可以判断应该是在那片沙滩的正中。"吉尔说。

"能看得见有桅杆吗？"

"没呢。"吉尔说。

"真邪门，大白天的总不会连桅杆都不竖起来吧。"威利说。

"各就各位了，大家。阿拉，你留在我这儿。威利，你叫彼得斯做好通话的准备。"托马斯·赫德森说。

"你怎么看这个情况？"等大家都走了以后，阿拉就迫不及待地问托马斯·赫德森。

"我是觉得如果我是个捕鱼的，见没有了风，蚊子又多，就会暂时撤离吉耶尔莫，到这个小岛上来避避。"托马斯·赫德森说。

"我也是这么想的。"

"现在这小岛上没有人烧炭，这股烟又不大。我肯定就是不久前生的火。"托马斯·赫德森说。

"也可能是一堆大火快要烧尽了。"

"我也考虑到了这种情况。"

"那就过五分钟再见分晓吧。"

他们的船从沉船边上缓缓绕过，不一会儿就来到了小岛的背风面，托马斯·赫德森看到了一间棚屋，想必烟就是从这里飘来的。四下再看却看不到其他船的影踪。

"看来我们就快赶上他们的脚步了。你赶紧跟安东尼奥上去看看，如果打探到任何情况立马来告诉我。我把船停在紧靠岛前的沙洲那儿。你关照下大家各自坚守自己的岗位，不要放松。"

说时迟，那时快，只见小艇一个急转身就驶到了岛上，安东尼奥和阿拉朝那小屋走去。两个人的脚步迈得飞快，到了屋前便朝里喊了一声，可里面走出来的是一个皮肤奇黑的女人。看上去更像是一个长住在海边的印第安人，脚板光着没有穿鞋，长长的头发都快垂到腰间了。一会儿，又从里面走出来了一个女人，同样的黑，同样有着长长的头发，不同的是怀里还抱着个小孩。等女人同他们打完招呼，阿拉和安东尼奥马上就跟她们俩握了握手表示友好，便赶紧回转小艇，把发动机一开就回转到船上。

安东尼奥和阿拉一下小艇就径直上驾驶台，急着向托马斯·赫德森汇报他们看到的情况。

"那间屋里只有两个女人，男的都出海打鱼去了。有一个抱小孩的女人说她看到过一条捕龟船，拐进了往里去的那条水路。大概是在风起的时候就拐进去的。"安东尼奥说。

"如此推算的话，大约是一个半小时以前的事了，潮水这会儿可是已经在慢慢退了。"托马斯·赫德森说。

"势头非常猛，这退潮的速度真是比起潮还要来得快，汤姆。"安东尼奥说。

"这可怎么办，这潮水一退，那条路上的水就浅了，我们再想过去可就困难了。"

"是啊。"

"那咱们该怎么办呢？"

"全听你的，你指挥。"

托马斯·赫德森便转了个满舵，把两台发动机都开到了两千七百转，急速地向小岛的梢头直驶而去。"真要搁浅了，他们也走不了。"他说。

"要实在不行的话，我们就下锚好了，就算搁浅，这儿也是泥灰底，安全得很。"安东尼奥说。

"还是有不少地方是礁石的，阿拉，你去叫吉尔上来，让他替我注意观察前面可有标桩没有。你和威利一块再检查一遍枪支弹药。安东尼奥，你就还留在这儿哪也不去。"托马斯·赫德森说。

"这条水道是挺够呛的，难道我们真过不去了吗?"安东尼奥说。

"潮水一低的话，谁也别想过去。他们那条破船也一样会搁浅，还有一种可能就是这风一会儿就会息的。"

"你看这风吹得多强劲有力，一时半会儿是停不了的，汤姆。"

"你看到标桩了吗，吉尔?"托马斯·赫德森问。

"还没呢，我还什么都没看到，汤姆。"

"那看起来像是根树枝，也像是根木棒。"

"按照我们航行的方向，航标肯定是在我们的正前方。"

"天哪，我看到啦，汤姆。我终于看到有一根长长的木棒在我们的正前方。"

"谢谢你啦。"托马斯·赫德森高兴地说。

此刻的风还没有来得及掀起巨浪，水底的泥灰还没有被搅浑。所以他的行船还不至于遇上很大的困难。可是一看到那条水道是那么的窄，托马斯·赫德森就觉得头皮一阵发麻。

"别担心，船过得去的，我们只要紧贴着右岸走就没问题。我盯着，船一到夹道口，我就马上提醒你。汤姆。"安东尼奥说。

托马斯·赫德森把船紧贴着右岸小心地向前驶去。见船跟左岸的距离太近了，于是就调整方向再往右边偏了点儿。到了那个棘手的拐弯处时，结果发现也并不如他事先想象的那么难走。这时候，风力已经加大，托马斯·赫德森感觉到肩膀上一阵阵强劲扑来的风。

"标桩就在正前方，这回可只是一根树枝。"吉尔说。

"我也看到了。"

"汤姆，这一段总算是走过来了。我们通过了这条夹道就下锚吧。可以停在走私岛的这半边。要不也可以停在走私岛的背风面。"安东尼奥提了个建议。

托马斯·赫德森扭过头去，他看见走私岛此刻看上去就像个小不点儿，但却一派青葱，生意盎然。他说："吉尔，麻烦你细细打量一遍小岛和看得见的水道，看能发现捕龟船吗。我已经看到前面的两个标桩了。"

船一会儿就过了第一标桩。近前一看，只是根枯树枝，细不溜秋的，在风里直晃。托马斯·赫德森心想：风再这样刮下去，水位就会远远低于平均低潮水位了。

"你看见了什么了吗，吉尔？"

"报告长官，除了标桩什么也没有。"

海水也慢慢开始变得混浊了，风一大的话，海浪也就跟着高了。现在根本就看不出水底，也见不到沙洲了，只有当船开过时，由于水都被吸过去，沙洲才能露出点面目来。

情况对我们很不利呢，托马斯·赫德森心里已经有些焦急。但话说回来，对我们不利，对他们也一样很不利。何况他们的船走的不是顺风，如果他们不是行船的老手的话，这种情况是绝对应付不了的。那么我现在就必须当机立断，必须判定出他们走的是老航道还是新航道。如果是个年轻人的话，大概会走新航道——也就是飓风新吹出来的那条航道。如果是个上了年纪的向导，那就多半会选择走老航道，一来是习惯使然，二是这条路也比较安全可靠。

"安东尼奥，你说咱们是选择走老航道好还是新航道好？"他问道。

"我觉得两条路都不怎么好走呢。其实我认为走哪一条都差不多。"

"如果是你的话，你会怎么办呢？"

"那我就到走私岛的背风面去再下锚，等潮水来了之后再走。"

"现在潮位这么低，天黑前我们是赶不到那儿的。"

"唉，难就难在这儿啊。所以你问，如果是我的话，会怎么办，我也只能这样回答。"

"我打算去冒一下险。"

"你想清楚了吗，汤姆？你可是船上的指挥，你要知道，即便我们抓不到他们，自然有人会逮住他们的。"

"可弗兰塞斯岛上怎么也没有派飞机来巡逻呢？应该把这一带全部都侦察到，一天二十四小时都不能间断。"

"今天上午他们派的飞机来巡逻过了。难道你没看见？"

"没有。你看到了怎么也不告诉我？"

"我以为你也看见了。那是一架小型的水上飞机。"

"真该死，"托马斯·赫德森说，"那时我一定是正好在厕所里，而发电机又正好开着。"

"算了，反正事情都过去了，也没什么打紧的，"安东尼奥说，"可汤姆呀，下面的两个标桩都没见踪影啦。"

"吉尔，你看见下的两个标桩了吗？"

"都没看到。"

"真该死，"托马斯·赫德森说，"现在我也没有别的办法了，到了前面那个小岛，我只能先紧贴着开过去，设法避过南北两头的沙嘴。再往前会有个红树林子的岛子。那个岛子要大一些，我们得先去查看一下，一切等查看过后再决定是走老航道还是新航道。”

“可就怕还这样刮东风，水估计会浅得连船也过不去。”

“这该下地狱的东风！”托马斯·赫德森恨恨地骂出口。话骂出了口，自己听着也觉得格外解恨，但跟基督教有关系的骂人的话里，似乎再也没有比“下地狱”这个词渊源更久、分量更重的了。他明白，他刚才骂的是世上一切吃航海饭的人的一个“好朋友”。但既然骂了，他也就不打算认错了。他于是又骂了一遍。

“你言重了吧，汤姆。”安东尼奥说。

“我知道。”托马斯·赫德森说。他在心里也默默地有点悔意，也不禁想起了一首诗来。大致记得是这样几句：

> 吹吧，吹吧，西风你吹吧，
> 期望还有小雨渐渐。
> 啊，但愿我的爱能让我揽在怀中，
> 但愿此生还能在自己床上寻得梦浓。

他心想：都是一样的风，没啥区别，只是所处的纬度很不一样而已。西风来自这个洲，东风又从那个洲吹过来。不过不管西风东风，都是一样的友善，对人也有各种各样的好处。想到这里，他不禁在心中默默地歌颂了起来：

> 啊，但愿我的爱能让我揽在怀中，
> 但愿此生还能在自己床上寻得梦浓。

此时的海水已经无比混浊了，只是行船也已经没法掌握水情了，只能通过看间隔距离和船过时从沙洲上吸过来的水量来估摸判断了。乔治和阿拉，一人一手拿了测深锤和一根长长的篙子，立在船头。他们测完了水深，然后大声向驾驶台上报告。

托马斯·赫德森恍惚间觉得眼前的情景似乎以前在梦里见过。凶险的航道他们一路上也闯得够多了。但这次似乎不一样，完全是另外一码事。这样的事他以前也经常碰到过。但这一次的情况似乎更为严重，他觉得目前的局面好似还能受自己掌控，可自己其实却又无力掌控。

"你看到什么了没？"他问吉尔。

"什么也没看到。"

"用不用叫威利也上来帮你看看？"

"不用了。我要是瞧不见的话，威利也一样瞧不见的。"

"我看还是让他上来帮你看看吧。"

"那你就瞧着办吧，汤姆。"

十分钟以后，船就搁浅了。

# 第十五章

他们的船搁浅在一块夹泥带沙的滩地，按说此处应该竖个标桩的，可什么都没有。此时，潮水还在不断退落。风一阵阵地猛刮，直刮得海水一片混沌不堪。前面有一个不大不小的中等礁岛，左边是些零零星星的小礁岛，但都只是些一小点儿。随着潮水的逐渐退去，左右两面的沙洲渐渐露了出来。一群群的水鸟在空中不停打着盘旋，一伙伙地飞到沙洲上来找食吃了。

安东尼奥放下小艇后跟阿拉一起在船头下了个锚，顺便在船尾也下了两个小锚。

"你看船头还用再加一个锚吗？"托马斯·赫德森问安东尼奥。

"暂时先不用了，汤姆。"安东尼奥说。

"要是风再大起来的话，万一潮水一涨，船被风一吹，难道船不会跟潮水磕碰吗？"托马斯·赫德森问。

"我看没这么严重，但也不排除这种可能性，汤姆。"安东尼奥说。

"我看干脆在上风头下个小锚，再把大锚移到下风头去。这样我们就可以百分百放心了。"托马斯·赫德森问。

"好吧，多费些手脚其实也不是坏事，省得到时候风一大，把船给冲上险滩，再搁浅一次的话可真不好玩儿。"安东尼奥说。

"是啊，我们以前都是有过教训的，不能总是犯同样的错误。"托马斯·赫德森说。

"下锚总不会错吧。"安东尼奥说。

"那不会有错的，你再多下一个小锚吧，把大锚再挪个地方。"托马斯·赫德森说。

"好的,就这么办,汤姆。"安东尼奥说。

"阿拉最喜欢起锚了。"托马斯·赫德森说。

"怎么会有人这么喜欢起锚?"安东尼奥问。

"没办法,阿拉就是喜欢。"托马斯·赫德森说。

托马斯·赫德森抬眼朝前望去,只见前方绿色的礁岛上黑乎乎的一片,看起来像是潮水退落后露出的红树根。他心里又在想:那帮家伙估计就躲在礁岛南半边的湾湾儿里。估计这风得到凌晨两三点钟才能平息,他们很有可能会在天黑之前动手,只需等到一涨潮就抓紧往外逃,他们只有两条路可以溜出去,不是老航道就是新航道。出了航道后就是那个像大湖般的海湾,他们只要一到了那里,一晚上就不用发愁了。而且过了海湾,接下来的水道也好走得很,出去完全没问题。一切的关键都在于风。

自从船一搁浅,他就深深地缓了一口气。船搁浅时猛烈一撞,虽然在碰撞的一瞬间就判断出他们撞上的肯定不是岩石。但还是给了他一个不小的打击,他感觉自己身上都受了伤,不过如今既然搁浅了,他也还松了口气。

阿拉来到驾驶台上对托马斯·赫德森说:"这儿的土质相当不错,能吃得住锚的,汤姆。几个锚都下得牢牢的,我们还系了根起锚绳在那个大锚上。要起的时候大锚一拉就能上来。我们还在船尾的两个锚上也都系上了起锚绳,结实得很,随时也都可以起。"

"我看到了,谢谢你,阿拉。"

"别在心里放着不痛快了,汤姆。那帮家伙没准就藏在那边岛子的背面。"

"没什么,我没有什么不痛快的。只是觉得时间又给白白耽搁了,怪可惜的。"

"放宽心吧,我们又不是沉了船,只不过是搁浅了嘛,等潮水一涨照样走得了，一点也不耽误。"

"我知道。"

"舵轮和螺旋桨，全都好好的呢。只不过船的大半个身子都已经埋在烂泥里了。"

"这是我开进去的，出得去的，没问题。"

"汤姆，你是不是心里有事啊？"

"我能有什么心事啊，别瞎操心了。"

"我就是不大放心，怕你万一有心事压力大。"

"能有什么心事啊，你和吉尔一块儿下去吧。一定要让大家吃饱饭，而且要吃得高高兴兴的。等吃过了饭我们就去那个岛上仔细看看。除此之外也没别的什么事了。"托马斯·赫德森说。

"我和威利现在去好了，等回来再吃吧，我们这会儿还不饿呢。"

"不用了。回头我带威利和彼得斯一起去。"

"你不打算带我吗？"

"这次不了。带着彼得斯是因为他会说德语。你这就去把他叫醒，再想法子让他多喝几杯咖啡提提神。"

"可是我也想一块儿去呢。"

"但咱们的小艇统共就这么点地方呀。"

吉尔留下了那架大望远镜，跟着阿拉下去了。托马斯·赫德森拿出大望远镜对着那个岛观察起来。他发现由于岛上的红树都长得高而茂密，结果就挡得严严实实的，什么都没看到，更无法判断背后有没有什么鬼名堂。而且也别想看出岛后是不是有桅杆竖起。大望远镜端得久了，眼睛都开始疼了，托马斯·赫德森把望远镜在盒子里放置好，把皮带从盒子上取下来顺势往钩子上一挂，望远镜和盒子一起平放在手榴弹架上。

托马斯·赫德森举起望远镜，从东到西看过一遍，还是没有看到任何船影。他心想：那帮家伙没准已经穿过新航道直接进了内水路了。真希望有人半路上能逮住他们就好了。依我们现在的实力，如果不是要经过一番恶战，肯定是制伏不了他们的。他们怎么也不会向一条小艇心甘情愿投降的。

托马斯·赫德森一直在反复地想，如果自己处在他们的位置上，又会怎么处理呢，想着想着，他也想得厌烦了。心想：算了，不想了。反正责任我自己很清楚，所以问题其实也很简单。自从小汤姆死后，如果没有责任心的驱策，我真不知道自己会变成什么样子呢。但另一个声音又从心里应声说：你会怎么样？会画画啊。而且说不定会干些更有意义的事情呢。不过这也真说不定，他心想，去尽自己的责任吧这样才会更有意义。算了，多想想责任，也多尽一份力量，才能尽快将事情做个了结。现在我们大家共同齐心协力，就是要对这件事情尽快做个了结。再下一步该怎么样，谁也不知道了。我们这一路上辛辛苦苦地追查这帮该死的家伙，虽然累是累一些，但成绩还相当不错，不，何止是相当不错——他心想。应该说成绩好极了。现在歇上十分钟，再去尽自己的责任吧。

"你想来点东西吃吗，汤姆？"阿拉在下面大声喊道。

"我现在还不饿呢，老弟，我想来点凉茶喝喝，茶瓶子在冰上搁着呢，麻烦你帮我递上来吧。"托马斯·赫德森说。

阿拉把茶瓶子递给了托马斯·赫德森，托马斯·赫德森接过瓶子往驾驶台的角落里那么一靠，舒舒坦坦地喝着凉茶，距离前面那个最大的礁岛已经很近了。岛上栽种的红树的根已经都露了出来，过了一会儿，左边飞来了一群红鹤，飞得很低，轻轻地从水面上掠过，映衬着阳光，实在是太美了。不过，他看到这群鸟儿却并没有从那个绿色的礁岛上穿岛而过，而是突然来了个急刹车，全部转向右边飞去了。

"阿拉。"他朝下面喊了一声。

"什么事，汤姆？"

"快去取三把 niño，每把配六夹子弹，外加十二颗手榴弹和一个中型的急救包，准备好后一起装上小艇。再麻烦你去叫一下威利来。"

托马斯·赫德森观察到，那群红鹤已经在右面的浅滩上停了下来，现在都忙着四处找食。正瞧着，耳边响起了威利的嗓音："汤姆，我看这些红鹤感觉有点不大对劲呢。"

"估计这群红鹤是被什么人给吓着了，所以才不敢飞到岛子那边去。我现在敢肯定，在岛子那边有船，如果不是那条我们要逮捕的船也一定另有别的船。威利，你想跟我去岛上走一趟吗？"

"非常乐意效劳。"

"你吃完饭了吗？"

"要去领死的人难道就不知道放开肚子饱吃一顿吗？"

"那你就去帮阿拉搬会儿东西吧。"

"阿拉也是跟我们一起去吗？"

"彼得斯会说德语，当然得带上他了。"

"难道不能换上阿拉吗？我不想跟彼得斯一起去，这是要真枪实弹地干一仗的。"

"没准彼得斯去一说，我们就可以不用打这一仗啦。威利，听我说，我要的是活口，再说他们还有个向导呢，我可不希望他被无辜打死。"

"汤姆，你要求的条件也太多了，你可得知道他们有八个人哪，说不定还是九个，而我们只去三个。我们能不能活着回来还是另说呢。至于说他们有个向导，可谁知道这料得准还是不准呢？"

"你放心吧，我们必然料得不会错的。"

"我们可别做这样大度的君子。"

"所以嘛，我才先征询一下你的意思，看你愿不愿意去。"

"去，当然去啦，就是这个彼得斯不行。"威利说。

"真要打起来的话，彼得斯肯定也能行的。麻烦你去把安东尼奥和亨利叫上来一下。"

"你估计他们肯定在那儿吗?"安东尼奥一来就问汤姆。

"不完全肯定，但有几分把握。"

"我想跟你一块儿去行吗，汤姆?"

"不行。小艇上只够载三个人的重量。万一我们有什么好歹发生，你们就用'五〇'机枪①设法封住他们的船，我估计他们的船很可能趁着潮水一涨就往外溜。如果冲出来的话，他们绝对会去那个长形的海湾里。这么一折腾，他们的船也会免不了要受些损伤。你们一定尽可能抓到一个俘虏，然后押到弗兰塞斯岛交给他们。"

"让我替彼得斯去执行这次任务吧!"亨利央求道。

"实在对不起，亨利，这不行。只有彼得斯会说德语。"托马斯·赫德森转而又对安东尼奥说，"船上的弟兄都是好样的，你就大可放一百二十个心。如果我们一切都顺利，只要他们还有人有一口气，我就让威利和彼得斯留在他们的船上，牢牢地看住他们，我自己就押一个俘虏乘着小艇回来。"

"这是个难题，我们上次抓回来的那个俘虏可是没过多久就一命呜呼了。"

"吸取教训吧，我这次一定要带个身强体壮、没伤没痛的人回来。快下去准备吧，要往小艇上装的东西可都不能少啊。我留在这儿再看一会儿红鹤。"

看了一会儿红鹤后，他就下了驾驶台，跟大家又交代了新的任务："吉尔，你到上边去用望远镜好好监视岛上的动静吧。亨利，你要是听见有什么大的动静的话，你就照准他们的船头，用力地打它个稀巴烂。到时候，大家都到上边去帮忙，要是发现有

---

① 口径为 0.50 英寸的机枪。

漏网的敌人，就搞清楚他们的栖身之地，明天好去将他们一网打尽。"

安东尼奥说："还有什么命令吗？"

"就只一条：要上厕所的就赶紧去，不要临时上阵又要拉屎撒尿的。"他说。

"快上船去掌你的舵吧，这可是条大吉大利的好船呢。"威利说。

"该是我交好运的时候了，那你就看着我步步高升，前程无量吧，赶紧上船来呀，彼得斯先生。"托马斯·赫德森说。

"很荣幸能上你的船，海军上将大人。"彼得斯说。

"祝你们马到成功啊。"亨利说。

"谢谢你的祝福。"威利回应了一声。发动机开动了后，小艇就冲着那岛疾驶而去。"我一会儿横着靠过去，你们一起往船上跳，我也就不再招呼你们了。"托马斯·赫德森说。

那两个人冲他点了点头。

"大家把家伙都拿好。露了眼也无所谓。"托马斯·赫德森说。

"到时，我们三个一起跳上船去，如果他们在舱里的话，彼得斯你就用德语叫他们高举双手快走出来。"托马斯·赫德森说。

"可如果他们就是不出来的话，我们又该怎么办？"彼得斯问。

"那威利就朝舱里扔进一颗手榴弹。"

"那他们如果是在甲板上，我们又该怎么办才好？"威利问。

"那还不好说，我们只能朝甲板上扫射，每个人负责一部分。船头归你，中间部分归彼得斯，船尾归我。"

"我是不是能再投一颗手榴弹进去？"

"可以啊，打起来就没有什么不可以的。只要伤号还能救活，我们都一律给予收容。这就是我坚持要带急救包的原因。"

"我还以为是给我们自己用的呢。"

"我们自己用也可以啊，反正有这个的话也算是有备无患。话不再多说了，大家都清楚任务了吗?"

"再清楚不过了，长官。"威利说。然后，又把身子向后一仰，压低了嗓音凑在托马斯·赫德森的耳边悄悄问了声："得在天黑以前统统解决掉，是吧，汤姆?"

"没错，争取当场就地解决。"

"真是倒霉，这下我们可撞上一伙强盗了。"威利说。

"废话不说了，威利，拿出点狠劲好好打一仗吧。"

威利睁大了他那只好眼睛点了点头。

在小艇绕过岛子的尖角之前，他又开口说了一句话："我看在这些树根上可以捉到牡蛎，还挺大个的呢。"

托马斯·赫德森表示同意地点了点头。

# 第十六章

小艇载着一行三人绕过岛的尖角后，进入了靠近另一个小礁岛之间的那条水道，他们一眼就看见了那条捕龟船。而捕龟船的船头靠着岸边停着，桅杆上却挂满了长长短短的藤蔓，甲板上有许多新砍下来的红树的树枝。

威利把嘴巴贴着彼得斯的耳朵，悄声地说道："没看见船上的小船。接着把话往后传。"

彼得斯脸儿也往后一仰，冲着后边说："船上的小船没看见，汤姆。很有可能有人在岸上。"

"我们上去炸沉这条船吧，原方案不变。把话往前传。"托马斯·赫德森说。

彼得斯向前一探身，跟威利咬了咬耳朵。威利起先摇了摇头，可又马上举起手来，做了一个 OK 的手势。威利成功地用抓钩牢牢地搭住了捕龟船的边沿，猛地用劲一拉，三个人几乎同时跃上了甲板。托马斯·赫德森发现舱口的门虚掩着，前舱口也敞开着，但用树枝稍微遮盖了一下。甲板上空无一人。

托马斯·赫德森朝威利挥了挥手，让他冲过这边的舱口闪到前面去，自己则用冲锋枪控制住前边的舱口。

"叫他们举起手慢慢地走出来。"托马斯·赫德森镇静地对彼得斯说。

彼得斯德语发音喉音很重，有些刺耳。说完之后，里面没有人回答，也没有发出一点动静。

托马斯·赫德森又说："彼得斯，再对他们说一遍，命令他们必须在十秒钟里都出来。如果肯出来的话，就作为俘虏对待绝不虐待，说话算话。说完了你就数数，一直数到十。"

彼得斯数到了十，数完之后，他把冲锋枪往左臂下一夹，掏出一颗手榴弹，果断地用牙齿一咬，拔去了保险销，还稳稳地放在手里让它冒了会儿烟，然后就以一个卡尔·梅斯①式的低手投球姿势，快速地将它送进了黑洞洞的舱口里。

托马斯·赫德森看着他流畅的动作，心想：看来，这舱里什么也没有。

托马斯·赫德森来到甲板上，用他的"汤姆生"对准了舱口。只见随即白光一闪，轰然一声巨响，说时迟，那时快，彼得斯的手榴弹也就炸开了，托马斯·赫德森看见威利扒开了树枝，也塞了颗手榴弹在前舱口里。可就在这时，他看见有个枪口从桅杆右方的藤蔓披拂中，也就是从威利投入手榴弹的那个舱口里拨开枝叶伸了出来。托马斯·赫德森立刻掉转枪口朝那个洞口开火，可那个枪口里早已连吐了五道急促的火光，一连串的嗒嗒嗒听去就像小孩子玩的拨浪鼓发出的有节律的声音。突然间，一道耀眼的强光一闪，威利刚扔进去的手榴弹炸了。托马斯·赫德森看见威利又拿了颗手榴弹，准备拔去保险销对准了投进去。再一看彼得斯，才发现他的头靠着船舷的边沿，侧转着身子静静地躺在那里一动不动。头上的血不断往外涌。

威利的这颗手榴弹投了进去，发出了跟第一颗不一样的声音，因为手榴弹滚到里面很深才炸开。

"里边还会有没死的德国佬吗？"威利大声地喊道。

"我这里再投一个进去看看。"托马斯·赫德森说。为了防止舱口里有人继续往外打枪，他就弓着身子先闪到一边然后再掏出手榴弹，接着用嘴拔去销子。他深呼吸一口气，随即从舱口跟前一个箭步蹿了过去，把手榴弹往里猛地一掷，然后手榴弹骨碌碌

---

① 卡尔·梅斯（1893—1971）：美国著名的棒球运动员，有"潜水艇梅斯"之称。

地滚到了后舱。两秒钟过后又是白光一闪，轰的一声炸开了，在甲板的炸塌处还冒出了缕缕青烟。

威利瞧了瞧彼得斯，托马斯·赫德森也过来瞧了瞧他。他们看到彼得斯脸上的表情跟平日几乎没什么两样。

"唉，彼得斯真是命太薄，我们这下可就没了翻译啦。"威利说。

"我们还有一大堆事都没干完呢，威利。"

"这条鸟船总算被我们炸沉了。"

"你还是快回大船上去，然后老老实实把阿拉和亨利都带到这儿来。再关照安东尼奥一声，等潮水一涨他可以把船也开到岛这头来吧。"

"我得先下舱里去检查检查，长官。"

"还是我去吧。"

"不了，这是我的分内之事。"威利说。

"你没事吧，老弟？"

"没什么。只是彼得斯牺牲了，我心里觉得很难过。我想去找块布，给他把脸蒙上。我们应该把他稍微挪一下，让他头朝上脚朝下，好躺直了走。"

"船头上的那些个德国佬怎么样了？"

"早他妈的成一团肉酱了。"

# 第十七章

威利去接阿拉和亨利了。彼得斯躺在舱口的另一边，脸上蒙着一件威利找出来的德国海军的常用衬衫。这小子的个儿还挺高的，怎么我以前从来都没有注意到呢，托马斯·赫德森心想。

他和威利将捕龟船都搜了一遍，只见船里早已是炸得稀巴烂。可惜船上只有一个德国人——也就是开枪打死了彼得斯的那个。但是船上还有一把自动手枪和近两千发子弹，子弹全都装在一个金属箱里，除此之外，船上就没有其他武器了，如果据此推测的话，上岸的人手里肯定都带着枪。而打死彼得斯的这个德国人应该是他们留在船上的伤员。还发现了一条骆驼牌香烟，上面盖有"供应舰船"的字样。当然船上没有咖啡也没有茶，也看不到任何酒的影子。

他们到底上哪儿去了呢？他们没看不见捕龟船上的这场虽然小却也惨烈的战斗，但也许至少能听见声音了吧，所以他们极有可能要回来拿留在船上的东西。如果他们真打算要大干一下，完全有可能趁黑来攻打我们的大船。但仔细想想这种可能性并不太大。

托马斯·赫德森对全盘局面做了最周详的考虑后得出了一个结论：他们一定是躲进了红树林里，然后也藏起了小船。我们要是上岛进行搜捕，他们要是想打我们一个伏击的话，简直是易如反掌。然后，他们就能逃进通向内陆的那个海湾，穿过辽阔的海湾，再设法在夜间时分偷偷绕过弗兰塞斯岛。那样实在是太容易了。然后一直向西划去，到了哈瓦那附近后，他们可以再设法跟那里的德国潜伏人员联系上，从而获得那里的德国潜伏人员的掩护，同时还能收容他们。然后他们还可以去换一条更好的船。当然，去抢一条或者偷一条，完全都是可能的。

想到这里，托马斯·赫德森认为自己有必要去弗兰塞斯岛汇报一下，请示下一步该如何行动。一方面还可以把彼得斯的遗体交给他们处理。这一路上在到达哈瓦那前应该还不会有什么大麻烦。这船上的冰用来保存彼得斯的遗体两三天，到弗兰塞斯岛估计还没有太大问题。他顺便还能在那儿加点油，冰就可以到凯瓦林再去补充些。

我们是一定要逮住这帮家伙的。但是我不能叫上威利、阿拉、亨利。让他们到红树林子里去挨德国人的枪子儿根本就不值，做出这种牺牲太无谓了。从这船上的种种迹象表明，我推测他们该有八个人。今天我们本来可以有机会出其不意将他们一网打尽的，但还是吹了，唉，不知道是他们机灵呢还是我们运气实在太差。

我们已经白白牺牲了一个兄弟，今天要是不把他们全部抓获我是决不肯罢休的。但不能拿兄弟们的性命去冒险，虽然我这不是正规部队，牺牲个把人也引起不了谁的注意。但是我在意得很。

我倒真希望那帮杂种回来看看这船上出了什么事，不知道他们到底去岛上干什么去了？难道是去捉牡蛎吗。我还记得威利就提起这边的牡蛎很多。也或许是他们不想大白天待在这捕龟船上，怕被飞机巡查的时候发现。不过都这些天了，他们也应该早摸清楚了这些飞机的活动时间了。现在我真希望他们快钻出来，干脆地把事情都了结了。他们如果想要上船的话，就必须进入我的射程。实在有点想不通的是，那个德国伤兵为什么不在我们跳上捕龟船的时候向我们开火呢？发动机的声音这么大，他总该能听见吧。难道他睡着了？

想想，这件事情令人费解的地方实在太多了，我都不知道自己分析得是不是那么一回事——他心想。或许我们就不应该来夺这条船。我们牺牲了彼得斯,他们也死了一个。双方都有牺牲,虽然不值得夸耀,但还说得过去,结局不至于太糟糕。

正在这时,他听见了小艇发动机启动的声音,便转过头去看看怎么回事,只见小艇绕过岛子的尖角朝他这里开了过来,可是艇上为什么才只有阿拉一个人啊。不过他又发现小艇吃水吃得很深,便想到,一定是威利和亨利平卧在船底呢。他想:这威利倒还真机灵,尽出些鬼点子。使了这一招障眼法为的是让岛上的那帮家伙还以为小艇里就一个人呢,但不知道他们会不会注意到,来的这个人跟刚才去的并不是一个人呢。这步棋有些险,我也说不上算不算得上是一招妙计,但是威利肯定是仔细琢磨过的。

小艇很快就来到了捕龟船的背面,托马斯·赫德森看到阿拉的脸上,完全是一脸的严肃,还察觉到他的两腿一直在抽动。亨利和威利果然如他所料,都平卧在船底。

捕龟船倾侧了过来,待小艇一停到船下,阿拉的手一搭上舷栏,威利便马上一个鹞子翻身,侧着身子说:"亨利,赶紧上去,快爬到汤姆旁边去。阿拉会把你的家伙递给你的,彼得斯的那一把现在也可以拿过来用用。"

甲板侧得越来越厉害了,亨利小心翼翼地紧紧地贴着甲板爬了上去。当经过彼得斯跟前的时候,扭头瞅了他一眼。

"嘿,汤姆。"他招呼说。

托马斯·赫德森一把拉住了亨利的胳膊悄悄嘱咐道:"你到船头上去,记得一定要卧倒,不能出一点差错。要趴在船舷的边沿下面,一点也不能露出来。"

"明白了,汤姆。"亨利说完后便一点一点地往下退去,然后再向船头爬去。他这一下就必须要从彼得斯的腿上爬过去,还顺手捡起了彼得斯身上还没来得及用的冲锋枪和弹夹,亨利把弹夹插在了自己的子弹带上,然后又掏出了彼得斯口袋里的手榴弹,一并挂在自己的子弹带上，拍了拍彼得斯的腿，便紧紧地抓着两支冲锋枪的枪口利索地爬到了船头。

托马斯·赫德森看见亨利顺着甲板一路小心翼翼地爬过去，一到船舷的边沿下面，他就把两支冲锋枪都放在右手边上，紧接着又试了试从彼得斯身上拿来的那支枪的性能，重新给这把枪换上了一夹子弹。忙完这些之后，他又把其余的弹夹全沿着船舷的边沿一字儿整齐地摆开，把手榴弹从子弹带上解了下来，一顺地全放在手边。托马斯·赫德森见亨利已经铺排停当，便转过头来打算跟威利再说两句。白天的阳光非常刺眼，威利躺在小艇底上，两只眼睛全都闭上。他上身穿着一件褪了色的卡其长袖衬衫，下身是条又旧又烂的短裤。阿拉坐在船尾，托马斯·赫德森突然注意到了威利的一头的黑发十分浓密，他的手抓着船舷，两腿还在那里颤动。样子确实不同于往常。不过托马斯·赫德森一直都很了解他的特点，这家伙在战斗之前总是容易紧张，但一旦投入了战斗，表现绝对没话说，一顶一的棒。

"威利，你心里是不是另有什么打算？"托马斯·赫德森说。

威利睁开了好的那只眼睛，为了抵挡阳光，坏的那只依然闭着。

"我想请你批准我绕到岛的那头去，去看看那上面到底是怎么个状况。我们一定要阻止他们逃出这个岛。"

"我跟你一块儿去。"

"不行，汤姆。干这号买卖我在行，况且这也是我的分内之事。"

"我不能让你一个人去。"

"你看，干这种事儿只能一个人去。你放心好了，汤姆。要是我把他们轰了出来，就让阿拉赶快回这儿来帮着你对付他们。只要不出什么问题，回头他可以再去海滩上接我。"

这时威利的两眼已经都睁了开来，只是他紧紧地盯住托马斯·赫德森，那神气就好像是在向人推销什么家用器具，对方买得起却不下手实在是太可惜了似的。

"我还是觉得最好和你一起去。"托马斯·赫德森说。

"得了，别再和我争了，汤姆。我跟你老老实实地说一句，干这号买卖我绝对在行，我是个不折不扣的老手了，像我这样的人，你还真找不到第二个呢！"

"好吧，你要去就去吧。"托马斯·赫德森说，"要是发现了他们的小船，一定要记得炸掉。"

"你当我是干吗去，难道去闲逛不成？"

"你要去的话就快走吧。"

"汤姆，你听我说。反正你已经给他们布下了两个陷阱，一个是我们的船，一个就是这儿。你还有阿拉帮着，所以灵活性很大，大不了你就是损失一名病退的海军陆战队士兵，牺牲了也无所谓的，你还迟疑什么的呢？"

"你这个人就是爱啰唆，"托马斯·赫德森说，"快走你的吧，臭狗屎来保佑你！"

"去你的！"威利也回了他一句。

"听你说话元气还足得很呢。"托马斯·赫德森说，然后用西班牙语把他俩此去的任务向阿拉交代了一下。

"你就别费心了，"威利说，"回头躺在船底我再告诉他吧。"

阿拉说："我这就回来，汤姆。"

托马斯·赫德森看他使劲一拉绳，便将小艇飞快地开了出去。船尾是阿拉宽阔的肩背和满头黑发的脑袋，威利平躺在船底，脑袋紧紧挨在阿拉的脚边，正跟他说着话。

虽然这家伙看着俗气，但他确实有种有胆量，不佩服不行，托马斯·赫德森心想。亏得威利这哥们，关键时候还真有点胆色。我正想打退堂鼓呢，他的促使和鼓励才让我打定了主意。到了危急关头，我什么装备都可以不要，就要跟前能有一个这样的海军陆战队战士，够格的固然好，就是有毛病的也成。我们现在可正是处在这样的危急关头啊。他在心中默默念叨：威利啊威利，祝你成功。虽然你老爱把"去你的"挂在嘴边，你自己千万可不能"去"啊。

"你没什么事吧，亨利？"托马斯·赫德森轻轻地问道。

"没什么，汤姆。我在想，威利竟敢这样独身去闯，这真是英勇过人啊，我都有些汗颜了。"

"哈，英勇过人？"托马斯·赫德森说，"这样的词儿他估计连听都没听过呢，在他看来，这是因为他有这个责任而已。"

"没有跟这样的有胆色的人结成好哥们，我感到很遗憾。"

"患难之中见真情，大家都是好朋友嘛。"

"今后我跟大家一定好好相处，都要成为一辈子的好朋友。"

"我们每个人都有许多各自的打算，要今后从头做起，希望这个'今后'这就能开始。"托马斯·赫德森说。

# 第十八章

托马斯·赫德森和亨利趴在发烫的甲板上，两双眼睛监视着岛上的一举一动。太阳晒在背上火辣辣地疼，幸好有些许风吹来，才不至于热得受不了。现在，他俩的脊背已经晒得跟当天早上在海滨见到的那两个印第安女人相差无几了。那两个印第安女人，辽阔的大海，浪花四溅的礁岩以及那深不见底的湛蓝色海洋，托马斯·赫德森想起这些，都有些仿佛觉得那都是前半辈子的事了。如果这风来得更早些，我们原本可以把船开到大海上去，这会儿说不定早就已经到弗兰塞斯岛了，彼得斯也照样可以跟他们联系，传递进岛的信号了。等到了晚上，大伙儿就可以任意畅饮了。但他马上又开始自责说：不行啊，你怎么能动这种肤浅的念头呢？这可是你应尽的责任啊。

"亨利，你觉得没什么吧？"托马斯·赫德森说。

"当然没什么了，汤姆，你说手榴弹给太阳晒得这么烫，会不会到时候就炸不响啊？"亨利将声音放得很低很低。

"我倒是从来也没听说过这样的事情，我觉得应该是晒得越烫炸起来就越厉害吧。"

"阿拉要是带着水就好了。"亨利说。

"他小艇里没有吗，你不记得了？"

"还真不记得了，我当时正忙着，就没太注意他的动作。"

这时候，他们隐隐听到了小艇尾挂发动机的响声。托马斯·赫德森小心翼翼地转过头去，看见小艇正驶了过来。小艇吃水不深。托马斯·赫德森老远就看见了阿拉那黑头发的脑袋。他回过头来继续监视着前方岛上的情况，突然一只夜鹭从岛中央的树林里"突"的一下蹿起来，他不觉得心里一紧，可是它扇扇翅膀就飞走了。又看见两只美洲鹤拍了几下翅膀，然后滑翔了一段，又欢快地打了几下扑棱，借着顺风飞向了旁边那个小礁岛。

亨利一直看得全神贯注，他说："看来威利一定往里走得够深的了。"

"是啊，这些鸟儿都是从岛中央飞起来的。"托马斯·赫德森说。

"这么说，那里就没什么人了？"

"假设这些鸟儿是由于威利到来惊飞的，就足以说明那里并没有其他人。"

"只要威利没有遇上什么困难，估计他现在也该到了。"

"一会儿阿拉就过来了，你千万可别抬起头来。"

阿拉把小艇横靠在捕龟船的旁边，拿抓钩搭住了船舷的边沿，小心翼翼地爬上了船。他带来了一瓶水和一瓶茶，茶装在一只旧的金酒瓶里，两只瓶子用一根粗钓线分别系在两头，挂在阿拉的脖子上。他慢慢爬到托马斯·赫德森的身边，就趴在了那儿不动了。

"仙水来啦，给我喝点吧？"亨利忍不住开始央求阿拉。

阿拉就把他的家伙一放，从钓线上解下了水瓶，顺着倾斜的甲板小心翼翼地从两个舱口间的上方，爬到了亨利据守的地方。

"喝吧，可不够你洗澡啊。"他说。

他在亨利的背上拍了拍，又爬回来，还是和原来一样趴在托马斯·赫德森的身边。

"汤姆，我们什么也没有发现。我把威利送到后岛上的岸。上岸的地方大概就在我们的正对面。送了他之后，我又回了趟我们的大船取了些水。我在开的时候，选择特意避开了这个岛，我是绕到我们大船的背面，然后再攀上去的。我把发现的情况全部告诉安东尼奥了。他也已经都了解了。然后我就给小艇的发动机和备用箱加满了油，这才带上冰茶和水来了。"每一句话，他都把声音压得低低的。

"干得太棒了。"托马斯·赫德森说完，就捧起那瓶冰茶解气地美美地喝了一大口，"真要感谢你，还给我送茶来。"

"这得多亏安东尼奥的提醒。我们走得匆忙，没想得这么细。"

"你到船后去，看看那头的情况。"

"是，汤姆。"阿拉说。

他们就都一直动也不动地趴在那儿，各自监视着岛上的一举一动。岛上时不时会飞起几只鸟儿，他们心里很清楚，惊动这些鸟儿的如果不是威利，就另有他人。

"这些鸟儿也真是够烦的，威利肯定对此恼火得要命，他怎么在上去之前就没有想到这一点呢。"阿拉说。

"这无疑是自己在暴露目标啊。"托马斯·赫德森接口说。

他心里又开始盘算开了，不由得扭回去看了看。

他又觉得眼前的情况有些不对劲。开始认真思索起来，那帮德国佬到底有什么必要非得到岛上去呢？他忽然感到自己和威利都上了对方的当了。他此刻就是认为这么多的鸟儿飞起来，总是不大妙的。这时，前方又飞起了两只美洲鹤，托马斯·赫德森就扭过头去对亨利说："亨利，你还是下到前舱里去一趟，注意内陆方向的动静。"

"好的，我现在就下去，汤姆。"

"手榴弹和弹夹就留下吧。你就在口袋里装上一颗手榴弹就够，另外再把 niño 带上。"托马斯·赫德森又不放心地嘱咐道。

亨利小心翼翼地爬进了舱里。虽然他的脸上还是原来的那副神情。但如果不是强忍着，恐怕早就变了颜色。

"真对不起，亨利，为了大家，只能暂时委屈你一会儿了。"托马斯·赫德森说。

"没什么，我反正又不会就这样过上一整个夏天。"亨利说到这里的时候。那故意装得一本正经的面孔这时才又换成了那种迷人而又可亲的笑容。

"我也有同感。不过眼下的情况可不是一眼就能看得那么真真切切的。"

三刻钟光景之后，只见一只白鹭冲天而起拍打着翅膀向上风头飞走了，于是托马斯·赫德森对阿拉说："威利马上就要出来了。你还是到那头的尖角上去接他吧。"

"我也看见他了，刚才还冲我们这边挥了挥手呢。这会儿已经躺下啦。"阿拉等了会儿才说。

"阿拉，你快去接他回来，让他回来后再接着躺吧。"

阿拉带上了枪，口袋里又装了两颗手榴弹，然后麻利地溜下甲板上了小艇。坐定后就解开缆绳准备出发了。

"帮我把那瓶茶扔给我好吗，汤姆？"

阿拉用双手接住了瓶子，平时他接东西总是喜欢用单手，而这次是为了保险起见。因为这瓶里的茶是要送给威利喝的。尽管威利这次去岛上还是没有什么发现，但他所经历的那份艰辛是大家深有体会的，因此他就格外小心，将茶瓶放在船尾底下，只希望这茶送到威利手上，让他喝上去的时候还是凉凉的。

"你看这情况如何，汤姆？"亨利问。

"不得不承认我们失算了。至少在这一步棋上是没走对。"

一会儿的光景，小艇就靠上了捕龟船，托马斯·赫德森说看见威利双手捧着茶躺在船底里。他的手和脸全都被树枝子划破了，虽然已经洗过了，但看上去道道血痕还是触目惊心。衬衫只剩下一个袖管。脸上被蚊子叮得到处都是疙瘩，身上凡是露肉的地方基本上都有蚊子叮咬的肿块。

"屁也没有找到一个，汤姆，"威利愤愤地说，"他们那帮兔崽子压根儿就没有上过岛。你我都没算准啊。"

"确实如此。"

"那你看咱们现在怎么办呢？"

"我想，他们搁浅以后就会往内陆方向去。但到底这是去打探航道去的还是干什么，就不好说了。"

"你说他们能看得见我们上船吗？"

"可能都看见了，也可能什么都没看见。因为他们在水面上，所以占据的位置低，不会望到很远的距离的。"

"可他们毕竟是在下风头，这里的声音估计能听到呀。"

"听到了也没办法。"

"那我们该怎么办呢？"

"你现在回我们的大船上去，再让阿拉回来接我和亨利。我估计那帮家伙还会回来的。"

"那彼得斯怎么办？我们得把他带走吧？"

"嗯，是要把他带走，速度要快。"

"汤姆，你说的这一边方向没有对准，我们俩今天都看走眼了，所以我也不敢贸然给你提什么建议了。"威利说。

"还是谢谢你的指点。等阿拉把彼得斯一装上小艇，我就到后舱里去。"

"还是让阿拉一个人把彼得斯抱下去吧，他们就算在远处看虽然看不太清，但黑乎乎的轮廓还是能看得见的。不过人只要是平贴在甲板上，不用望远镜他们是看不清的。"威利说。

托马斯·赫德森向阿拉交代了一番后，阿拉就动手来搬彼得斯。他脸上没有显露出丝毫局促不安的神情，仿佛不带一点感情，把蒙在彼得斯把脸上的布在脑后绾了一个结。动作中既没有一点怜惜，也谈不上有多粗暴，他就抱起了彼得斯轻轻放进了小艇里，前后只说了一句话："怎么这么直僵僵的呀。"

"所以才管死人叫僵尸呀，你没有听说过吗？"威利说。

"这倒是听说过，我们西班牙语里管死人叫 Fiambres，就是冷肉的意思，不过我还是想起了原先活生生的彼得斯。他本来可一向是那么温软软的一个人啊。"阿拉说。

"我这就准备把他送回去，你还需要我带些什么回来吗，汤姆？"

"我需要运气，但还是很感谢你到岛上去侦察了一番，威利。"托马斯·赫德森说。

"没什么，小意思。"威利说。

"让吉尔替你在划破的地方抹一点硫柳汞①。"

"这点皮肉之伤算不了什么，让人家误以为我是个丛林野人反而更好。"威利说。

托马斯·赫德森和亨利各自占据一个舱口朝前方观察，前方是错杂散落的一连串礁岛，过了礁岛就是一个长长的海湾，而如果要去内陆方向，就必须得从这个海湾里穿过。

"机灵着点，你可要瞧好了，我一会就准备把他们的那些弹药全扔进水里，顺便再到舱里去查看下情况。"托马斯·赫德森说。

托马斯·赫德森说在舱里又发现了几件原先没怎么注意到的东西。查看完他就把那箱弹药推到了水里。推了下去才后悔没将箱里的弹药拆开分散扔出去才好。不过再一想：算了吧，扔都扔了，也管不了那么多了。他拿起那把施迈瑟自动手枪，试了下发

---

① 一种防腐剂。

现是坏的。回头我让阿拉干脆把这家伙拆了，他心想。但我们至少搞清了他们没有带走这把枪，是因为根本就不能用。

"亨利，依你看，我们的行动他们会了解多少？猜猜我们的情况他们会掌握到什么程度？"

"我们干吗不把这些弹药留作证据？"亨利问道。

"要证据干什么？"

"有备无患嘛。你知道海军情报局的那帮人可多事儿着呢，我们把情况反映上去，他们说不定还不相信呢。你还记得上一回的那件事吗，汤姆？"

"当然记得。"

"那次人家的潜艇一路都马上摸到密西西比河口了，海军情报局的那帮人还不相信会有这样的潜艇。"

"就是。"

"我们本来把这些弹药留着还挺好的。"

"亨利，你别着急。那帮德国佬把那个小岛上的人都斩尽杀绝了，现在尸体都还在岛上。我们的手里有掏出来的施迈瑟自动手枪的子弹，我们现场还葬了一个德国人，这些情况在航海日志里都能找到。然后，我们又炸翻了一条捕龟船不假，缴获了两支施迈瑟自动手枪。其中一支坏了，另一支也被手榴弹给炸烂了。"托马斯·赫德森说。

"要是现在来一场飓风，一切都被刮得干干净净，海军情报局的那帮人估计又要说不信会有这样的事了。"

"好，就算这些都不足以让他们凭信。那彼得斯的事又怎么说呢？"托马斯·赫德森说。

"说不定他们会认为是被我们中间的内部哪一个给打死的！"

"那就没办法了。真是说不清了，真要是这样我们也只好都认了。"

他们隐隐听到了小艇发动机的声音，不一会儿，便看见阿拉绕过岛子的尖角直向他们驶了过来。

"收拾好你的家伙，亨利，我们这就要回自己的船上去了。"他说。

"我很想留在这条船上。"

"不，我那边的船更加需要你。"

等到阿拉的小艇靠了上来，托马斯·赫德森临时又改变了主意。

"你先在这儿再留一会儿吧，亨利，我待会儿让阿拉来接你。万一他们的小船靠上来，你就向他们扔一颗手榴弹，痛痛快快地炸了它。这后舱里地方很大，你还是守在后舱口比较妥当。一定要多开动脑筋随机应变。"

"好的，汤姆。谢谢你让我留下。"

"我本来是想自己留下，让你先回的，但我还有很多事情必须要同安东尼奥商量商量。"

"我明白。他们要是胆敢靠上来，我就先给他们扫几梭子，再扔出把手榴弹。"

"你要觉得这样好的话我也不反对。但千万千万不能把头探出来，扔手榴弹后就得换一个舱口。记住，千万要沉住气。"

托马斯·赫德森趴在下面的排水孔边，一件件地把东西递到阿拉手里，完事之后就离开了捕龟船，下到小艇里去。

"你那边舱里进水了吗？多不多？"他问亨利。

"不算很多，汤姆。没有问题。"

"在这种地方待久真怕得了幽闭症，要好好注意观察。"

"放心吧，汤姆，没事我一点也不紧张，我们会挺得住的。"

"先忍一忍，一到你该撤的点，阿拉就来接应你。"

"别再替我操心了，汤姆。真有必要的话，在这儿守上一夜我也不成问题，不过那就要麻烦阿拉给我送些吃的东西了，最好再带点儿朗姆酒和水来。"

"等他回头来接你的时候，我们可以一起在船上热热闹闹地喝点朗姆酒。"

阿拉把发动机上的起动绳一拉，小艇就径直向大船快速地驶去。托马斯·赫德森感觉到两排手榴弹紧紧地顶着大脑，一把niño沉甸甸地压在胸前，都有些透不过气来。他伸开双臂，亲热地搂住了自己的那把 niño，阿拉看得直哈哈大笑，俯下身来说："你呀，就是过惯了苦日子。"

# 第十九章

一行几人都到了大船上，傍晚的浅滩上看上去已是灰蒙蒙一片，只有一群白羽鹬在悠闲地啄食。因为水浑，所以根本就无法看清楚水道，往远处望去，尽是些礁岛。

托马斯·赫德森此刻正靠在驾驶台上的一个角落里，安东尼奥正在跟他研究。

"要到晚上十一点过后潮水才能涨足呢，这风大得很，刮得海湾里的水一直往外流，但沙洲和浅滩上的水也不容易留住，所以到时候能有多深的水还难说得很。"安东尼奥说。

"船能走得了吗？还是得用抛小锚的方式一步步地往前挪呢？"

"行船倒是没什么问题。不过晚上如果没有月亮的话就难办了。"

"没有月亮才有这样的大潮呢。"

"月亮昨天晚上刚露面，因为有风暴，所以我们连半个月亮的影子都没有见到。"安东尼奥说。

"就是。"

"我派乔治和吉尔去砍了些树枝，让他们沿着航道一路插上标桩，好让大船看到后开出去。我们有小艇在手，随时可以派出去测量水深数字，在两边礁岛的尖头上都布上标桩。"

"若是按照我的意思，我们最好把船开到一个适当的地方时，拿探照灯和'五〇'机枪对准那条捕龟船，再派个人在船上守着，当他们的小船一出现，就赶紧发个信号给我们。"

"那样当然好了，但你别忘了，我们的船在夜里摸着黑是到不了那儿的。要去的话就得开着探照灯，再派一艘小艇在前头打前阵，测量水深，测完了以后还要大声跟我们报告，并且一路要打上标桩。可这样一来动静太大了，谁还会出来呢？傻子才会出来呢。"

"你的话不无道理。我今天差点连续犯错两回了。"

"你是一时失算，就像打牌一样，你只是正好碰得不巧，就如同摸牌没摸到好牌一样。"安东尼奥说。

"我知道你是在宽慰我，但不管怎么说，我毕竟是失策了。你是怎么想的？"

"我在想，如果他们还在的话，只要我们又没有什么大举动暴露了身份，只是装作搁浅的样子的话，估摸着今天晚上他们就会出来，悄悄地想法子摸到自己的船上去。我们的船完全是一副游艇的模样，容易麻痹对方。刚才在船上交火的时候，我敢肯定他们正躲在后边的礁岛群里。他们以为我们人手不多，所以有恃无恐，根本不把我们放在眼里，要是他们在远处观察，看到我们的小艇里来来去去总只有一个人。"

"我们是故意装成这样的，才好行动。"

"如果他们要是看到了捕龟船上的那个烂摊子会怎么样，你说他们又会怎么想呢？"

"你先去叫威利上来一趟。"他对安东尼奥说。

威利上来了，看他脸上身上依然都是蚊子叮咬后的肿块，划破的地方已经好些了。

"你还好吗，威利？"

"我还活得好好的呢，汤姆。阿拉替我在蚊子咬的地方涂了些哥罗仿，现在已经不痒了。妈的，那儿的黑蚊子真可恶，足足有小半寸长。"

"我们这一回真是搞得太狼狈了，威利。"

"只能算是倒霉了！我们一开始就没有把目标对准。"

"彼得斯是怎么处置善后的？"

"我们用帆布把他缝起来了，还在他身上放了些冰块。可以多放几天不会坏。"

"威利，我刚才已经把自己的想法都告诉了安东尼奥，我打算把船开到一个合适的地方停靠，先用探照灯对准那条捕龟船，再拿'五〇'机枪瞄准。可安东尼奥说，如果我们的船要开到那儿的话，就要把整个大洋都惊动了，这种想法是行不通的。"

"安东尼奥说得很对，你之前的想法确实行不通，"威利说，"汤姆，这已经是你今天第三次判断失误了。我还比你少一回呢。"

"依你看，他们会不会中间再跑出来，去那条捕龟船里看看？"

"不见得！"威利说。

"不过我老感觉他们会去的。"

"他们又不是疯子，肯定不会自投罗网的。不过他们要实在到了山穷水尽的地步，也不排除去试试运气的可能。"

"他们可能会出来的，那群德国佬残忍地把那个岛上的人全杀了，就说明他们穷凶极恶了以后是会发疯干蠢事的。"威利说。

"不过，从他们当时的处境来看，这其实也并不为过。你难道忘了吗，他们当时刚丢了潜艇，已经走投无路了。"

"那是的，他们今天又丢了一条船和一个同伙呢。"

"这家伙倒还真有骨气，也挺沉得住气的，"威利说，"我们喊话要他投降时，还扔了颗手榴弹，他居然都沉住了气，不慌不乱，还照着我们给来上一家伙。他估计是看彼得斯长着一副长官的气派，又会说德语，所以就认定他是头头。"

“估计就是你想的这样。”

“你总共打了几发子弹，汤姆？”

“我最多也就五发吧。”

“那家伙也整整打了一梭子。”

“安东尼奥，你在这里听着觉得响吗？”

“听起来并不是很响，但听得还是很清楚。”安东尼奥说。

“可能他们压根儿就没有听到，我们的小艇来来去去的跑了好几回，他们的捕龟船侧了过来，这些他们肯定都看到了。他们肯定认为这船是我们设下的圈套。我看他们是不见得会去的。”托马斯·赫德森说。

“有道理。”威利说。

“你说他们有没有可能跑出来呢？”

“我要是能知道你还会不知道吗？这事还真是说不好。你不是很擅长从德国人的角度来分析问题吗？”

“以前还挺管用的。可今天这脑筋，一点都不灵光了。”托马斯·赫德森说。

“你的脑子灵还是挺灵的，不过有点运气不济罢了。”威利说。

“你趁着天色还没完全黑下来，去捕龟船上安几个饵雷吧。”

“你这才说到点子上了，这回才像是你说的话。我现在就去两个舱口安几个饵雷。那个德国死鬼身上和朝下一侧的船舷栏杆，我全都给安上饵雷。”威利说。

“多用些炸药。我们多的是。”

“一定要把这条船炸得稀巴烂。”

“汤姆，看，我们的小艇回来了。”安东尼奥说。

“我这就跟阿拉带上必要的东西去一趟。”威利说。

“可别大意炸着自己了啊。”

"放心吧，我们会当心的，你还是歇会儿吧，汤姆。"威利说。

"你也一样。"

"你要用得着我的话，随时可以叫醒我。"威利说。

"我来值班，潮什么时候开始涨？"托马斯·赫德森对安东尼奥说。

"已经在开始涨了，这东风目前正在吹得起劲，海湾里的水还在不断地往外涌，双方还在那儿僵持着呢。"

"你让乔治去歇会儿，派吉尔去接'五〇'机枪的警戒哨。让大家趁着空都好好休息，咱们准备要熬个通宵了。"

"汤姆，你怎么不喝一杯呢？"

"不太想喝。倒是你今晚准备给大家做什么吃？"

"一人一大块用西班牙酱汁煮的刺鲅鱼，外加黑豆、米饭。水果已经没有了。"

"那干果还有吗？"

"好像只有杏子干了。"

"那现在拿些出来泡上，明天吃早饭分给大家吃。"

"早饭要是只吃这个的话，亨利保准不乐意。"

"那就等他想开胃，再给他吃吧。汤够多吗？"

"还多得很。"

"冰呢？"

"还够我们用上一个星期。你为什么不替彼得斯来个海葬呢，汤姆？"

"我也在考虑中呢，他生前常说要是死了，海葬更好些。"托马斯·赫德森说。

"他说话怎么这么随便呢。"

"是啊，我也觉得当时说这种话太草率了。"

"汤姆，你也喝一杯吧？"

"那好吧，你那里还有一些金酒吗？"托马斯·赫德森说。

"你还有一瓶，锁在柜子里没动呢。"

"还有没有鲜椰子？"

"有。"

"那就给我来一杯金酒，里面放点椰子汁，再加点儿酸橙。对了，酸橙还有吗？"

"酸橙可是有的是。彼得斯原来还给自己存着一些苏格兰威士忌，不知他藏在哪儿了，你想喝那个吗？"

"不了。你要是找到了就先锁起来。说不定我们还有用得着的地方。"

"我先去把你要的酒调好了，再给你送来。"

"谢谢。要是我们运气好的话，说不定他们到晚上就会跑出来也不一定呢。"

"我怎么就不信呢，不过凡事的确无绝对，也有跑出来的可能啊。"

"乖乖，他们见了我们不动心那是不可能的。你想想，不论好歹，只要是船，他们都能用得着。"

"你的话很有道理，汤姆。可他们并不傻，他们的真正想法，你也许根本捉摸不透。"

"好吧。你先调酒去吧。我倒还真想钻研钻研他们这些人的脑袋瓜子里到底想什么。"托马斯·赫德森举起了大望远镜，又重新开始观察起那些礁岛来。四下一片空寂，他拿起安东尼奥调好的酒，喝了起来。

他知道自己本来早就下了决心不喝酒，所以，这次出来后连晚上一贯要喝的冰镇酒都坚决不碰，只将一颗心都投入在工作上。他早计划着自己要拼着命干，一直干到筋疲力尽，再睡他个天昏地暗，人事不省。不过现在喝了这杯酒也就破了戒了，只能怪自己毅力不坚定，怪不得别人，也不想找什么理由来替自己辩解。

他想反正我是拼着命使劲干了，而且干得一点也不含糊。现在我喝了这杯酒后再想想其他的事，不能整天去想那帮烦人的家伙了。他们要是今天晚上出来，绝对逃不出我们布下的天罗地网。要是他们不敢出来，那就等明天一早，潮水涨足了后把船开进去，我非得追上他们不可。

想到这，他也就不疾不徐地喝着酒。他一边喝一边又抬头望着前面一行参差不齐的礁岛。往事虽然已被他紧紧地锁在心底，但一喝了酒，还是禁不住打开了记忆的闸门，看到了这些礁岛，他就想起了当年小汤姆还小的时候，父子俩去钓大海鲢的情景。不过，他们当时去的不是这里的礁岛，而且航行的水道也要比这里宽多了。

他还依稀记得，他们当时去的礁岛上当然没有红鹤，其他的鸟类都跟这里差不太多，并无特别的，只有一样是这里缺少的——金斑鹤。他还记得当时，头一次捉到一只金斑鹤带回家来送给小汤姆的时候，小汤姆喜欢得不得了，抱着鸟儿摸了又摸，亲了又亲。曾经的情景历历在目。他还记得那天晚上去看小汤姆的时候，小家伙却已经甜甜地睡着了，怀里还紧紧搂着那只金斑鹤。他轻手轻脚地从小家伙的怀里抱走了鸟儿，生怕把他惊醒了。他把金斑鹤放到冰箱里，但心里总感觉像是偷了小家伙的宝物似的。第二天，他还照着金斑鹤给小汤姆画了一幅鸟儿的图，在画里，他极力表现了金斑鹤敏捷、善奔跑的特点，画的背景是绵延不尽的海滩，还有成排成排的椰子树。小家伙非常喜欢这幅画，那一年返校时，还非得要把这幅画也一块儿带走。

太阳已经渐渐西沉，暮色四起。他抬头望去，似乎看见可爱的小汤姆正在驾着一架喷气式战斗机高高地驶在天空中。飞机飞得很高，看上去只有一小点。他就一直待在飞机里怎么也不肯下来。托马斯·赫德森不禁心想，看来给自己立下不喝酒的规矩，还是很英明的。

可是看到现在的酒杯里还有大半杯子酒，不喝也怪可惜的，酒里还有些冰没有化呢，喝起来这是沾了彼得斯的光啊，他心想。这时他又忽然想起了当初，一家人住在岛上的时候，当时小汤姆在课堂的书本上刚学到了冰河时代，于是，小家伙便很担心冰河时代还会再来。

"爸爸，我别的什么都不怕，就怕这一件事。"小家伙当时无不担心地说。

"傻孩子，那是影响不到我们这儿的，这冰河时代就是要来的话，那也得需要过上几千几万年的时间呢！"托马斯·赫德森说。

"真的吗，你不会骗我吧？"小汤姆说，"啊，对了，还有一件事，我很怕旅鸽①绝种呢。"啊，我这个儿子也真是！那真是父子俩在一起过得最快活的一段时光了。

好了，现在就把剩下的这半杯酒喝完算了，再多想想有意思的事吧，回忆过去的幸福时光总是让人伤感。小汤姆已经不在人世了，虽然自己的伤心永远也不能消除和磨灭，但是，我终究是挺得住了。

他心里又想：我有哪几段时光感到最幸福呢？其实在那个美好纯真的年代，只要能找到些活干、挣够吃饱饭的钱还不成问题，那时的我一直都是十分幸福的。骑辆自行车在"树林公园"②

---

① 旅鸽是栖息于北美东部的一种野鸽子，善于长距离飞行，曾经一度大量繁殖，后因人类滥加猎捕以供食用而不加节制，后日渐稀少，19世纪初终遭灭绝。

② 即巴黎西郊的"布洛涅树林公园"，详见前注。

看街景，对健康又有利，逛够了就回家，自然是沿着香榭丽舍大街一路慢悠悠地踏着，过了圆形广场①还可以往前走好远，常回头看看背后时，发现暮色之中的凯旋门如同一个灰衣巨人一样高高耸立在两道车流之上。

走过了圆形广场便是协和广场了，暮色苍茫中望去，七叶树那挺立在枝头的花雪白雪白的，透着玉石一般的光泽。他有时就跳下跑车，干脆推着车，在碎石子铺成的人行道上慢慢悠悠地走，再惬意地欣赏着那些七叶树以及在树下徜徉的乐趣。

当时，丁香园咖啡馆的一名服务员十分喜欢他们夫妇，也特别投缘，调给他们的酒总是有普通人酒量的双倍，他们只需给里边兑上些水，一晚上就不用再去买第二杯酒了。他们后来也搬到那一带去居住。每天哄小汤姆入睡以后，夫妇二人总要一起光临这家温馨的咖啡馆，两口子一起在那儿消磨上一晚，那相亲相爱的样子，看了真是让人妒忌。从咖啡馆出来以后，他们就会像往常一样，到圣热纳维埃夫山②一带昏暗的街上静静地走走，而且每天晚上都会换一条不同的道儿来走，就这样牵着手一路走回家去。回到家后，就能听到床上小汤姆那均匀的鼻息声，和跟他睡在一起的一只直打呼噜的大猫。

托马斯·赫德森还清楚地记得，当时别人一听说他们竟让小汤姆的身边睡着一只猫，而做父母的居然双双出门，撇下小家伙一个人在家睡觉时，全都表示惊讶，有的甚至吓坏了。可是小汤姆却总是睡得又香又好，没出一点事。就算是醒过来了，也自有猫儿在身边陪着他玩，那猫儿是小汤姆最好的朋友。谁如果胆敢靠近小床跟前，那大猫决不依饶，它护主之心忠勇可嘉。

---

① 全名应是香榭丽舍圆形广场，乐广场和协和广场之间。在香榭丽舍大街上，位于星形广场。

② 巴黎的一个街区。

此一时，彼一时，如今小汤姆却……算了，不能多想了。有些意外是谁都免不了的。事到如今我也明白回天无力的事情太多了。

我真希望阿拉和威利能快些回来。他们一定在岛上布置了许多机关，只怕要把那条破船搞成个夺命船了。

我向来是不愿意伤及人性命的，也一辈子养成了这种耿直的脾气。但威利却爱要人性命。这家伙也真是奇怪，但相处下来，发现人还是挺不错的。他做事总要好里求好、精益求精。

他远远看见小艇，并且向他这边驶来了。不一会儿就听到了引擎声，他看着小艇一点一点靠近，一点点清楚起来，不一会就靠上了大船。

威利一副神气活现的样子来到了驾驶台上。他一个立正，气派十足地向托马斯·赫德森敬了个礼："报告，请问现在可以向酋长汇报吗？"

"你喝醉了吧，威利？"

"没有喝醉，汤姆。只是心里觉得热乎乎的。"

"你喝酒了吧。"

"是喝了点儿朗姆酒，汤姆。喝完后，我们就在酒瓶里撒了泡尿，又在瓶子上挂了个饵雷。他们要一碰就会完蛋，哈哈卖弄一下，这叫作计上加计。"

"船上机关摆得多吗？"

"汤姆，我完全可以向你担保，哪怕是只蟑螂，只要他踏上了这条船，绝对叫他给炸飞了不可，连一只蚂蚁都别想爬上去。不瞒你说，阿拉还一直都特别担心那德国佬死人身上的苍蝇会碰上机关，结果把船给炸了呢。也不怪他担心，这满船机关真是布置精巧，妙不可言啊。"

"阿拉现在干什么去了？"

"他现在兴奋得坐不住了，拿过枪就拆，拆枪擦枪地忙乎着。"

"你们两个怎么了，到底喝了多少朗姆酒？"托马斯·赫德森问道。

"半瓶还不到的样子。那都是我让喝的，不干阿拉什么事。"

"好吧。你现在给我下去，也跟他一块儿擦枪去，除了冲锋枪要擦，'五〇'机枪也都要仔细地检查一遍。"

"这机枪如果想好好检查，就必须要实弹试射一下才知道。"

"我知道，但是现在不要实弹试射了。你就按要求彻彻底底检查一遍好了，记得把上过膛的子弹扔掉。"

"这一招真是高明。"

"去叫亨利上来，让他再带一小杯酒给我，他要想喝的话也叫他自己带上一杯来。什么酒就问安东尼奥好了，他有数。"

"挺好的，你总算又开始喝点酒了，汤姆。"

"省省吧，我喝不喝酒你也用不着这么高兴吧。"

"老实说，汤姆，我是真不希望看到你对待自己就像那个不充电的机器人一样。你就做个半人半马的怪①，难道不好吗？"

"半人半马的怪，你从哪里听来这个怪词？"

"我是在书上看到的，汤米。不要瞧不起人哦，别看我年纪不算大，可我肚子里的学问大着呢。"

"真有你的，老小子，好啦，你快下去照我交代的办吧。"托马斯·赫德森对他说。

"遵命，长官。汤姆，等我们完成了这次出海任务，回去以后，你能不能卖给我一幅你画的海景，就跟挂在那家酒店里一样的那种画？"

---

① 希腊神话中的怪物。

"别胡扯了。"

"我才不跟你胡扯呢。你怎么这么不理解人呢真是怪毛病。"

"也许是吧。恐怕这也是我总也改不了的毛病。"

"汤姆，玩笑话我也说得够多了。不过说真的，你这次追击敌人确实干得够漂亮。"

"明天看吧。算了，我不想喝了，你让亨利自己端杯酒，上来就好。"

"别了，汤姆。还是喝一点点吧，我很喜欢看到你又开始喝酒了。"

"好吧，那就让他送来吧。你就别再赖在这里了，下去干你的活吧。"托马斯·赫德森说。

# 第二十章

亨利按照托马斯·赫德森的要求，端了两杯酒上来，然后才上了驾驶台。他来到托马斯·赫德森身边，只见他探出了身子，不知想着什么，眼睛直直地望着远处那礁岛的影子。清冷的天上挂着一弯细细的月牙儿。

"为你的健康干杯，汤姆，我可从来没有朝左边回过头去看过月亮。①"亨利说。

"今天的月亮并不是第一天露脸的新月，昨天才算是初次打照面儿。"

"是啊。昨天起了风暴，所以我们大家都没有看见。"

"就是，就是。下面怎么样？一切都好吧。"

"挺好的，大家都在各自干各自的活，不过情绪还挺高。"

"威利和阿拉现在怎么样了？"

"他们喝了点朗姆酒了，不过现在没喝了。"

"对。他们也不会再喝了。"

"我现在巴不得快点完成任务，威利肯定也是跟我一样的心情。"亨利说。

"我就不。一定要稳住，你也知道的，我们一定得抓活的。"

"我知道。"亨利说。

"他们因为自己杀戮太多，干下了不可饶恕的滔天错事，所以很害怕被我们活捉。"

"我看你也太小看他们了，你说他们今天晚上，会不会对我们实施突然袭击呢？"亨利说。

---

① 西方人的迷信，认为右边为吉利，左边为不祥。

"我看可能性不大。不过我们还是得格外警惕，不怕一万，就怕万一。"

"我们一定得提高警惕。依你看，他们到底会打什么样的鬼主意，采取什么行动呢，汤姆？"

"这我也估计不出来，亨利。如果他们真是要狗急跳墙的话，也不排除来打我们船的主意。如果他们有报务员的话，确实完全可以修好我们的电台，然后一直把船开到安圭拉岛①去，发一个电报跟叫一辆出租汽车一样容易，到时就会有潜水艇接他们回去。他们有充分的理由可以来打我们船的主意。说不定有什么人在哈瓦那的时候，就已经泄露了我们的秘密呢，搞不好他们清楚我们的底细。"

"谁会泄露我们的行踪和消息呢？"

"常言说得好，人死莫揭短，不过我就担心，会不会是彼得斯在喝了酒以后，就把我们的秘密都泄露出去了。"托马斯·赫德森说。

"要是从陆路逃走去哈瓦那的话，可以搭西班牙船，或者搭阿根廷船也行。他们杀了那么多的人，肯定怕被抓住。所以我觉得他们穷凶极恶后，什么铤而走险的事都能干得出来。"

"但愿如此。"

"那我们也得一切都准备好才好。"托马斯·赫德森说。

可是一晚上，一点动静都没有，天上参横斗转，星满月明，耳边的东风一个劲吹啸不止，水流擦过船身，卷得一片漩涡，水面闪着银色的磷光。

天还没亮，风势稍微减弱了些。天刚一亮，疲乏不堪的托马斯·赫德森就在甲板上睡着了。安东尼奥看见后拿来了一块帆布，轻轻地给他盖上，托马斯·赫德森睡得太熟，竟一点也没有

---

① 位于加勒比海的东北部，在波多黎各和维尔京群岛以东，属小安的列斯群岛中的背风群岛。

觉察。

　　安东尼奥于是顶了托马斯·赫德森的班，等到潮涨足了后，船已经开始在水里悠悠地晃动时，他才叫醒了托马斯·赫德森。接着他们就起了锚开始进发了。潮水清澈而明净，行起船来还有些困难，但毕竟比起前一天来说要好航行很多。他们还砍了根树枝，作为标桩插在上一次搁浅的那条水道里，插好的树枝上，绿叶都在水流里浮动。

　　托马斯·赫德森又抬起眼睛，目光异常坚定地望着前方，他们的船紧紧地跟着小艇，顺着水道往前走。再往前去了一会儿，竟发现一溜儿长着红树的礁岛。正在用望远镜观察的吉尔大声地喊道："快看，前面有标桩，汤姆。就在小艇的正前方，贴着红树林子呢。"

　　"再仔细看看，那里也许是去内陆方向的航道，进出口在何方？"托马斯·赫德森说。

　　"看样子像是，但我看不到进去的口啊。"

　　"我从海图上看，那条口也是很窄。恐怕我们进去的时候，船的两边都得擦着红树林子了。"

　　这时候他突然想起了一件事。心里便开始责备自己：我怎么会犯这么低级的错误，怎么会这么糊涂呢？那条破捕龟船上的机关还没拆呢，应该叫威利和阿拉回去把它们给拆了。若是现在不拆掉，以后万一有哪个不明白不走运的渔民一脚踩了上去，那可就得出人命了。好吧，回头我就让他们再去拆了。

　　小艇上有信号打过来了，那意思是要他尽量朝着三个小岛子的右边靠，于是他们越发地将船紧紧贴着红树林子走。不大一会儿，小艇又掉过头来跟上了他们，像是怕他还没有领会似的，开到了大船跟前。"航道就紧贴着红树林子，记住，标桩在左船在右。我们就一直往前去了。你就只管加足马力往前开。这条水道可深着呢。"威利扯开了嗓门说。

　　"威利，我们忘了拆那条捕龟船上的机关了。"

"知道了，那也得是我们回头再去拆。"威利还是扯开了嗓门说。

阿拉将小艇掉了个头，又重新往前方疾驰开过去，威利还冲托马斯·赫德森做了个手势，表示他刚担心的事没问题。小艇左一拐右一转的，一会儿就消失在绿叶丛中了。

托马斯·赫德森跟在小艇的后面往前开。他发现这里的水面相当开阔，从海图上看可是看不出来的。他心想：估计是来过一场飓风，冲大了这条老航道。不一会儿，小艇就进了一条窄水道，水道很窄，可是他发现红树林子里竟然一只鸟儿都没有惊飞起来。

托马斯·赫德森一边把舵，一边通过传话筒通知还在前舱里的亨利："一会儿我们肯定会在这条水道里遭到突然袭击。船头船舷的'五〇'机枪要进入战斗状态，做好射击准备。密切监视，注意隐蔽，一旦发现有枪口的火光出现，就盯死了压着往那儿猛打，火力要猛。"

"收到，明白，汤姆。"

他又把同样的内容通知了一遍安东尼奥。

"吉尔，现在放下望远镜。你拿上两颗手榴弹，把保险销松一松，然后放在我右手里的弹架上。你自己去拿上两颗，准备好了以后就不要再去看望远镜了。从地形上看，敌人很可能采取两面夹击来对付我们。"托马斯·赫德森说。

"该扔的时候你冲我喊一声，汤姆。"

"我不喊你了，你自己一看见枪口的火光亮起来，就直接扔过去。要扔得高一些，不然就没法落到树丛里。"

"吉尔，你快卧倒，该到爬起来扔的时候我会喊你一声的。"他说。

吉尔正趴在地上，两颗"灭火弹"正放在手边——所谓"灭火弹"就是用灭火器装上炸药和助爆药，用常规手榴弹的起爆装置来进行引爆，只是在导火线的接头处锯掉原有的火药管，再接上火帽，卷紧口子就是一枚新型的"灭火弹"。

托马斯·赫德森瞅了吉尔一眼，见他的额上直冒汗水。他就别过头来，不再给他施加压力，只是自己仍密切注意着两边的红树林子里的动静。

他望着前方绿色的两岸。可水已经变得混黄污浊，红树叶子亮得像上过蜡一样，非常有质感。他一路仔细地查看枝叶丛中是否有被人砍过、折断的痕迹。可是什么异样的情况也没发现，一切如常，风平浪静，可以看到红树根下露出的蟹洞，洞里有几只蟹在慢慢地爬着。

船继续一路往前开，这时水道也越来越细窄，不过托马斯·赫德森认为能看得见，再往前开一点，水道就开阔起来了。也许是我神经太过敏了吧——他心想。这时候，他看到有一只螃蟹从高处的树根里急忙忙地爬了出来，"扑通"一声就跳进了水里。他紧张地盯着红树林子看，可是看了半天也没有发现，除了根根树干、丛丛枝叶以外，还是一无所获。只见又是一只蟹，依然飞快地爬了出来，"扑通"跳进水里去了。

就在这时候，他一点都没防备的状态下对方向他展开了攻势，开起了火。他根本就没来得及看见火光一闪的瞬间。甚至连嗒嗒的枪声也还没有听到就已经中弹倒地，身旁的吉尔跟着一下子跳了起来。安东尼奥这时已看到对方枪口的闪光，于是，一连串子弹直冲冲地向着闪光处射去。

"把灭火弹朝曳光弹打的地方扔，"托马斯·赫德森急忙对吉尔说。他此时觉得身上像是给人重重地打了三棒一样，左腿上已经湿乎乎的一片，到处都是渗出的血。

吉尔就使出吃奶的力气扔了出去。只见阳光把那铜壳子和圆锥形的喷嘴照得闪闪发亮。在空中左右旋转着飞过去。

"快卧倒，吉尔！"他当即喊了一声，接着就看见灭火弹爆炸的刺眼亮光，随即烟雾也冒起来了。他闻到了烟味和焦味，然后才听到轰然一响，光着的脚板甚至都能感觉到船在震动。打得真热闹，他心想。这一下该把那帮狗杂种压住解决了。

"吉尔，快起来再扔两颗手榴弹过去。看准起烟的地方使劲扔过去。"不等手榴弹的白光一闪，手榴弹还没在红树林子里轰隆炸响，托马斯·赫德森又对着传话筒里传令："亨利，快给我狠狠地打，打他们一个屁滚尿流，没处躲藏。"

"再扔两颗手榴弹。一颗扔在灭火弹的后边，另一颗再靠着我们的这一边扔。"托马斯·赫德森对吉尔说。他看着吉尔把手榴弹扔了出去，随即就迅速地扑倒在甲板上。他也说不清到底是他自己卧倒的，还是甲板太滑害得他摔倒，他的腿中弹了，腿上的血一直不断地往下淌，甲板上都是他的血，他这一下摔得很重，都完全爬不起来。

"把我扶起来，你这颗可是扔得够近了。"他对吉尔说。

"你哪儿受伤了，汤姆？"

"腿上有两处呢。"

这时，他看见威利和阿拉驾着小艇从前面的水道驶过来了。他这才通过传话筒告诉安东尼奥，要他拿个急救包上来给吉尔。

就在这时候，他看见威利"扑通"一下卧倒在小艇的船头，用那把"汤姆生"冲锋枪向右边的红树林子里开起火来。嗒！嗒！嗒！枪声一连串，紧跟着就是一阵较长的连射。托马斯·赫德森马上将两台发动机一齐发动，以最快的速度向他们驶去。同时他只觉得浑身难受，骨头都在发疼，而那种软绵绵的感觉已经在向他袭来。

"快把机枪对准右岸，威利又发现敌人了。"他对亨利说。

"明白了，汤姆。你怎么样，不要紧吧？"

"我受伤了，不要紧。你和乔治如何？"

"我们很好，没事。"

"一定小心再小心，随时注意，发现情况马上开火。"

"明白了，汤姆。"

为了免得大船误入威利的火力范围，托马斯·赫德森便停止了前进，又缓缓地往回打起倒车来。威利此时已经换上了一夹曳光弹，他可能想以此给大船指示目标。

"你找到目标了吗，亨利？"托马斯·赫德森从传声筒里向他问道。

"我已经找到了，汤姆。"

"那就用短促连射，记住，要先打中心，再打四周。"

接着，他就听见两挺"五○"机枪又急又快地吼叫了起来，于是就向阿拉和威利招招手，叫他们快向这边靠拢。阿拉看到了他的手势，便将那台小小的发动机开足马力，火速赶了回来。威利一路上还在端着枪不停地射击，直打到靠上大船方才收手。

威利三脚并作两脚上了船，来到驾驶台上，他让阿拉去把小艇拴好。

他看了看汤姆，又看了看吉尔。吉尔此时正拿了条止血带给汤姆受伤的左腿仔细进行包扎。"噢，天哪，你这是怎么啦，汤姆？"威利说。

"我也不清楚。"托马斯·赫德森无力地说。他确实也不知道怎么回事就受伤了。而且他也看不见自己的伤口在哪，所以心里也不慌。不过感觉血出得也太多了，而且颜色也很深，他觉得浑身难受极了。

"你在那边发现了什么吗，威利？"

"那儿有个家伙竟敢拿冲锋枪向我们发了疯地开火，妈的，老子只一枪就把他撂倒了。"威利说。

"你的枪声好响啊，我根本就没听清他的枪声。"

"你们这儿的响声更大，跟炸了个弹药库似的震天响。依你看，那边还会有漏网之鱼吗？"

"不排除这个可能。"

"让我们再去一趟，去干个彻底。"威利说。

"让那帮王八蛋不死不活地受罪去吧，我们马上去把这事情做个彻底的了结吧。"托马斯·赫德森说。

"我还是留下来照应你吧。"

亨利仍然在用他的"五〇"机枪搜寻可疑的目标。因他打机枪又狠又准，此刻手里有两挺机枪可使，更让他的特点得到了加倍的发挥。

"你知道他们藏在哪儿，威利？"

"只有一个地方可以供他们藏身。"

"奶奶的，那我们就直接杀过去得了，直接打得这帮丫们屁滚尿流，遍地讨饶。"

"我们把他们的小船给报销了。"威利说。

"啊！我们怎么没听到动静呢？"托马斯·赫德森说。

"本来就没闹出什么大的声响，阿拉在用大砍刀把小船劈开了一个大窟窿，船帆也被砍了个稀巴烂。敢情就是叫基督老爷子把他当年在木匠铺里的一手绝活使出来①，一个月也休想修好。"威利说。

"我们出发吧，阿拉和安东尼奥去右舷，你跟亨利和乔治到船头上去。"托马斯·赫德森说。但是他此刻觉得浑身难受极了。因为吉尔已经给他扎上了止血带，所以腿上的血目前倒是止住了，所以他知道肯定是体内在出着血，"火力要猛，不要停。我还需要你们给我指引着船怎么走。他们现在离这里有多远？"

"很近，就紧靠着岸边，在小土墩的背后。"

"如果让吉尔把大家伙拿出来打，能不能打得到？"

"应该可以，我可以打曳光弹给他指示目标。"

"依你看，他们还会在哪出现？"

"除了这里，他们已经没有地方可去了。他们看得见我们毁了他们的小船。他们现在在红树林子里，就如同当年兵败被困的

---

① 据《圣经·新约》载：耶稣的父亲约瑟是木匠（《马太福音》13章55节），也有说耶稣本人也是木匠的（《马可福音》6章3节）。

卡斯特①一样，只能做无谓的垂死挣扎。如果现在我手头有安休瑟—布希公司出品的上等啤酒②就可以好好庆贺一番。"

"要冰镇的上等啤酒才够劲呢，我们还是快去吧。"托马斯·赫德森说。

"你的脸色苍白得厉害了，汤姆，你肯定是失血太多了。"威利说。

"我们还是快把船开过去吧，放心，我还撑得住，不会出什么事的。"托马斯·赫德森说。

船很快就迎头赶上了去，威利时不时地抬起了头，探出右舷的船头，用手纠正着行船的方向。

在高一些的树梢边上能看到土墩的身影，亨利瞄准土墩的前后不停地转动着机枪的枪口进行射击。乔治也找到了瞄准点，把自己的火力集中了对准土墩出口的所在。

"情况如何，威利？"托马斯·赫德森向传话筒里问道。

"只看见满地成堆的弹壳，估计开个铸铜厂都没问题了，你把船头往岸上靠靠，好把船身横转过来，这样可以让阿拉和安东尼奥的火力施展得更开。"威利回答说。

吉尔以为前方出现了目标，就猛开一阵火。一会儿才搞清楚但那不过是亨利打断的一棵树。

托马斯·赫德森眼看着船离对岸越来越近了，连岸上一片一片的树叶他甚至都能看得清。一会儿就听见安东尼奥在朝对方开火，他的曳光弹一连串打过去，威力无穷。这时候，由于阿拉也开起火来。他于是就慢慢改打倒车，把船往后略微倒了倒，让船紧贴着岸边，同时保持着安全的距离以便吉尔可以没有后顾之忧地放心投弹。

①　治·阿姆斯特朗·卡斯特（1839—1876）美国著名将领，曾在内战中功勋卓著，是镇压印第安人的急先锋。在小大角一役中被印第安人团团包围，兵败身亡。
②　安体瑟—布希公司是美国最大的啤酒厂商之一，出品的有百威啤酒等国际知名品牌。

"吉尔，扔一个灭火弹过去，就扔在刚才威利对准开火的地方。"他说。

吉尔的灭火弹一刹那就出了手，托马斯·赫德森在一旁看得暗暗称奇：吉尔的身手实在太棒了，只看见那圆筒形的铜壳子打着旋转，在空中高高地飞过，丝毫不差地落在了预定的目标上。只见刹那间白光一闪，继而轰然一声，腾起了一片浓厚的烟雾。托马斯·赫德森看见一个人从烟雾里走了出来，他两手抱住了头顶，向他们走来。

"阿拉，停止射击！"他急忙以最快的速度向两个传话筒里用力喊道。

但是还是晚了，阿拉已经对准那人扣动扳机，只见那人膝盖一弯，脑袋向前一歪，一下子便扑倒在红树丛里。

看到那个人倒地后，他只得又重新对他们下令："继续射击，不要停。"接下来吩咐吉尔时，口气都筋疲力尽了："再扔一个，还是扔在那个老地方附近吧。然后紧跟着再送两颗手榴弹。"

他心里有些叹息："唉，明明俘虏已经到手了，可是又这么不小心给打死了。"

过了会儿，他对威利说："威利，你想不想跟阿拉去红树林里看一看？"

"好呢，不过你们要在后方给足火力，好掩护我们顺利地上去。我打算从后面包抄过去。"威利说。

"你跟亨利仔细说一下你的要求。你看掩护火力要到什么时候才可以停呢？"

"等我们过了口子，就可以停了。"

"好吧，丛林野人。"托马斯·赫德森说。说完这话时，他感觉到自己的脑子才第一次空闲下来，这下他意识到，恐怕自己是要挺不过去了。

# 第二十一章

托马斯·赫德森听见小土埂的背后响起了手榴弹的爆炸声。但再没有听到第二响，也没有听到有枪响的声音。他感觉有些吃力，便将身子慢慢挪到舵轮上，靠在那上面。

"等一看见小艇，我就把船往口子里开进去。"他对吉尔说。

说完后，他感觉到安东尼奥的胳膊正紧紧地搂着他，听见他对自己说："汤姆，你得好好地躺一会儿吧，放心吧，开船我来负责。"

"好吧，就你开吧。"说完，他最后看了一眼水道那头，那儿两岸一片绿意葱茏，水面尽管是褐色的，却很清澈，一样可以看到树木深深的影子。而此刻，潮水涨势正猛。

吉尔和安东尼奥把托马斯·赫德森扶在驾驶台的铺板上，放他平躺下。然后，安东尼奥就来接手掌舵。托马斯·赫德森躺在地下，能够感受到那两台大马力发动机运行时发出的美妙节奏。

"吉尔，可以帮我松一松止血带吗？"他对吉尔说。

"你躺着别动，我去给你拿气垫来。"吉尔说。

"我就这样躺在木板上吧，你放心吧，我不会多动的。"托马斯·赫德森说。

"吉尔，在汤姆的头下枕个垫子，他就好受些。"安东尼奥说道。但他没有回头，眼睛一直死死地盯着水道的那头。

盯了一会儿，只听安东尼奥说了声："他们在向我们招手，要我们过去呢，汤姆。"托马斯·赫德森于是感觉到发动机入了挡，船在往前行进了。

"安东尼奥，记着船一出水道就要下锚啊。"

"明白了，汤姆。你就别再说话，费力气。"

下锚的时候，亨利来接手安东尼奥掌舵驾驶。船又到了空阔的水面上了，托马斯·赫德森虽然平躺在甲板上，但是仍然能感觉到船身在摆动。

"这儿的水面还开阔着呢，汤姆。"亨利说。

"确实。从这儿一直到凯瓦林，都是一路畅通的，海图上标注得也很齐全。"

"拜托，汤姆，你就只听别再说话了。好好歇着，不要再作声了。"

"让吉尔给我盖上薄毯子吧，感觉有点冷，可能是失血过多了。"

"我去拿吧。你现在还痛得厉害吗，汤姆？"

"痛是很痛，不过还算挺得住。咱们打了人家，对方也是一样这么痛。"托马斯·赫德森说。

"威利来了。"亨利说。

"我说你这人怎么就是不听话呢，让你别说话了还说，包括向导在内，那里一共有四个人。他们的主力也是这四个人。还有一个人，也就是叫阿拉失手打死的那个德国人。就是因为你说怎么也得要个活的俘虏，所以阿拉为了自己失手打死俘虏的事难过得要命。他现在这会儿还在那边伤心得哭呢，干脆就让他留在底下吧。这真的不能怪他，当时的情况那么激烈，他也没来得及细想就开枪了，这种事换作别人也是难免失手的。"威利说。

"你们扔那个手榴弹炸着什么了吗？"

"什么都没炸着，因为我看着不顺眼，所以就赏了他一颗手榴弹。你别再说话了，汤姆。"

"你们还得回去把那条破船上的机关给拆了呀。"

"我们这马上就走了，还有另外一个地方，我们也要一并去查看一下。如果此时我们要是能有一艘快艇该有多好啊。汤姆，你还别说，我们这些灭火弹的威力还真不赖，比83毫米的迫击炮可差不了多少呢。"

"可要论射程，那就要差多了。"

"要那么远的射程干吗？瞧瞧吉尔扔的那一颗，还不是一样把他们来了个一锅端？"

"你快走吧。"

"实话告诉我，你到底感觉怎样，伤得重不重，汤姆？"

"是挺重的。"

"能挺得住吗？"

"我尽力坚持吧。"

"你一定要坚持住。千万不要开口说话，也不要动弹。"

他们走的工夫儿并不长，可是在托马斯·赫德森看来却足足去了大半天一样。他仰面朝天躺在顶篷的遮阴里，强忍着开始发作的疼痛。亨利拿来吗啡想给他打一针，可是他就是不让亨利给打，因为他觉得自己还能忍忍，万一要是实在忍不住了，随时都能打。

他躺在那儿，身上盖着薄毯子，尽管三处伤口都已经被吉尔包扎得好好的，但是仍脸色苍白。吉尔还在他的三处伤口上洒满了磺胺粉。吉尔在旁边守护着他。吉尔是个十分单纯的小伙子，体格非常强壮，看上去倒真是块儿运动员的料儿。他既然投得出曲线球，可见要是去打棒球真是个可造之才，不去实在是很可惜，他投球的能力十分了得。没准磨炼磨炼的话，就能成为一个顶级的棒球运动员。托马斯·赫德森看了他两眼，想起他投手榴弹的情景，不禁脸上微微一笑。

"吉尔，你怎么不去打棒球呢，依我看，你真是块儿投球的好料。"托马斯·赫德森说。

"我的掷球能力不怎么样啊。"

"今天我看你表现得就非常好。"

"也许逼到了那个份上，情急无奈之下才使了出来，平时真的不行。"吉尔笑笑说，"你得喝点水了，嘴唇太干了，汤姆。想喝的话你就冲我点点头。"

托马斯·赫德森轻轻地摇了摇头，接着把目光投向了前方辽阔的水面，此时海面的波浪不大，这样的风力行船正合适。从辽阔的水面望去，他能看见图里瓜纽的一脉青山。

他心想：我们就去中央岛或者邻近的地方好了，没准那儿会有医生的。即使没有，但他们或许会用飞机再去别的地方请一个技术高明的外科医生来的。就算医生不怎么高明总要比没有医生强吧，所以我还是老老实实地躺着不动才是良策，这样就能撑到高明的外科医生来给我看。我是不是应该服用大剂量的磺胺药呢？可是水是不能喝的，喝多了就得上厕所，上厕所实在是不好办。但是又转念一想：你这个人啊，何苦到现在命都保不住了还要去操这份心呢。你这一辈子就是这么着了，再也别想有什么更好的结局了。如果阿拉真的及时住了手，没把那个人打死该有多好呢。那样的话，我们就能拿出铁证来，证明我们所干的这一切都是值得夸耀的，我们的人个个都是顶天的汉子。

还是想想自己战后的生活吧，将来是不是还是重操旧业继续作画呢？唉，这世上可画的好题材好风景多得实在数不过来，如果我能排除一切外部干扰，用我蕴藏着的才华一心一意地作画，恐怕取得的成就绝对了不起。要知道画画绝对要忠实于生活，不能过度美化。现在正是我发挥才能之时，要发挥多少都是没有问题的，但不能刻意期望有所回报。

"汤姆，你想喝点水吗？"吉尔又担心地问了他。

托马斯·赫德森摇了摇头。

他心想：只是三颗子弹而已，就妄想叫我再也不能画出好画来。这帮真该死的浑蛋。他们为何非得把小岛上的人赶尽杀绝呢，其实他们要是投降的话，那就什么事儿也不会发生，也不会死伤这么多人。为什么这帮家伙就非得干出这么十恶不赦的事呢？简直是暴力狂热分子。虽然我们也一直在追击，而且这场战斗也打得很坚决，并且以后还将这样的战斗一直进行下去，但是我相信我们可是跟他们不一样的。

这时候他听见了小艇回来的声音。由于他平躺在甲板上，视力所及处根本看不到小艇靠上大船，不一会儿，驾驶台上出现了威利和阿拉。只见阿拉满头的汗，两个人的身上都有划破的伤痕，估计是被矮树丛划伤的。

"对不起汤姆。"阿拉说。

"别往心里去，我没事，好着呢。"托马斯·赫德森说。

"我觉得咱们还是尽快离开这里吧，回头我再向你汇报详细情况。阿拉，你下去起锚吧，顺便叫安东尼奥上来掌舵。"威利说。

"我们是朝里走，去中心岛吗？我看走那条路会更快些。"

"是的没错，汤姆，你别说话了，你只听着就行，听我向你汇报吧。"威利停了一下，然后伸手在托马斯·赫德森的前额上摸了摸，又伸到毯子里按了按他的脉，动作轻柔又体贴。

"老小子，你可千万不能就这么挂掉啊，好好歇着，不要乱动。"他说。

"知道了。"托马斯·赫德森笑着说。

于是威利坐在甲板上，就向托马斯·赫德森汇报了起来。托马斯·赫德森躺在那儿完全不作声，就听他说着。

"头一个回合，我们就打死了对方三个。"

"一开始就看到他们有两把冲锋枪，而且位置占据得很好。可是吉尔头一颗灭火弹就准准地打中了他们，哈哈，我们的'五

○'机枪更帅，硬是打得他们屁滚尿流，抱头鼠窜。安东尼奥的枪弹更是没有轻易放过他们。你知道吗？我发现亨利打起'五○'机枪来还真是有一手。"

"他一向不含糊。"托马斯·赫德森说。

"对了，你放心吧，我们刚才已经拆除了那条破船上的所有机关。我和阿拉割断了所有的引线，只有炸药都还放在那儿没动。"

锚被起了上来，发动机在飞转，船缓缓地起航了。

"我们干得是不够干脆漂亮，你们觉得呢？"托马斯·赫德森说。"

"实事求是地说，对方的计谋更胜我们一筹。但好在我们的火力够强，所以最后才能胜出。关于俘虏的事，你可别再责备阿拉了。他心里对此已经无比地难过了。他说当时完全没来得及想，条件反射地手就扣动扳机了。"

"我不怪他。事情都已经过去了，大家都活着，才是最好的结果。"托马斯·赫德森说。

船正向那前方的青山驶去，速度也在渐渐加快。

"汤姆，我这么爱你，你可千万不能有事，别这么轻易地去见上帝。"威利说。

托马斯·赫德森两眼定定地瞅着他，头一动也不动。

"你自己好好想想吧，我这话你肯定听得懂。"

托马斯·赫德森还是直直地瞅着威利。他神思有些恍惚，抬眼望去，只见头上是湛蓝的晴空，那可是他一向喜爱的蓝天。举目远望，可以看到无际的海面，他心想着，恐怕是再也画不了这片通海大湖了。他稍微挪了挪身子，好暂时减轻一下伤处的疼痛感。

"我怎么能不懂你的意思呢，威利？我明白。"他说。

"得了吧，人家这么爱你，可你从来都不理解理解人家。"威利说。